드래곤과의 춤

3

* 이 도서의 국립중앙도서관 출판예정도서목록(CIP)은 서지정보유통지원시스템
홈페이지(http:seoji.nl.go.kr)와 국가자료공동목록시스템(http:www.nl.go.kr/korisnet)에서
이용하실 수 있습니다. (CIP제어번호: CIP2020028070)

GEORGE R. R. MARTIN

드래곤과의 춤

조지 R. R. 마틴 장편소설

이수현 옮김

3

얼음과 불의 노래 제5부   A SONG OF ICE AND FIRE

은행나무

목차

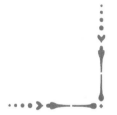

일러두기

1 등장인물의 이름이 다른 이름이나 단어와 혼동할 여지가 있는 경우에는 최대한 혼동을 피하는 방향으로 표기했다. 또한 이름에 일반명사가 포함되어 있는 경우, 외래어 표기법을 따르되 기존 독자의 편의를 고려해 임의로 표기하기도 했다.(예: 존 스노우, 새기독, 드래곤)

2 본문의 주는 모두 옮긴이의 것으로, 괄호 안에 글씨 크기를 줄여 표기했다.

존

"를로르시여." 멜리산드레가 쏟아지는 눈을 향해 두 팔을 치켜들고 노래했다. "당신은 우리 눈의 빛이요, 우리 심장의 불이며, 우리 아랫도리의 열기입니다. 우리의 낮을 데우는 태양이 당신의 것이요, 어두운 밤에 우리를 안내하는 별들도 당신의 것이옵니다."

"모두 빛의 군주 를로르를 찬양하라." 결혼식 하객들이 들쭉날쭉한 합창으로 웅하자마자 얼음처럼 차가운 바람이 불어와 소리를 날려버렸다. 존 스노우는 두건을 눌러썼다.

오늘은 눈이 가볍게 내려서 허공에 드문드문 눈송이가 춤을 추는 정도였으나, 동쪽에서부터 장벽을 따라 불어오는 바람은 낸 할멈이 자주 해주던 이야기 속 얼음 드래곤의 입김처럼 차가웠다. 멜리산드레의 불마저도 흔들거렸다. 불길은 붉은 여사제가 노래하는 동안 도랑 속에 웅크린 채 조용히 타닥타닥 탔다. 한기를 느끼지 못하는 건 고스트뿐인 것 같았다.

알리스 카스타크가 존에게 몸을 기울였다. "결혼식에 내리는 눈은 차가운 결혼을 뜻하죠. 어머님이 언제나 그러셨어요."

존은 셀리스 왕비를 흘긋 보았다. '그렇다면 셀리스와 스타니스의 결혼식 날엔 눈보라가 휘몰아쳤겠군.' 흰담비 망토 속에 몸을 웅크리고 말벗과 하녀, 기사에게 둘러싸인 남부의 왕비는 창백하고 연약하고 쪼그라든 존재 같았다. 얇은 입술에는 경직된 미소가 얼어붙어 있었으나, 두 눈에는 추앙의 빛이 넘실거렸다. '이 추위는 싫어하지만 저 불길을 사랑하는군.' 존은 보기만 해도 알 수 있었다. '멜리산드레가 한마디만 하면 기꺼이 불 속으로 걸어 들어가서 연인처럼 끌어안을 거야.'

왕비의 사람들 모두가 그런 열정을 공유하는 것 같지는 않았다. 브루스 경은 반쯤 취한 모습이었고, 말레곤 경의 장갑 낀 손은 옆에 선 여자의 엉덩이를 쥐고 있었으며, 나버트 경은 하품을 했고, 왕의 산의 파트렉 경은 화난 얼굴이었다. 존 스노우는 스타니스가 왜 저들을 왕비 곁에 남겨두었는지 알 것 같았다.

"밤은 어둡고 공포가 가득하니." 멜리산드레가 노래했다. "우리는 홀로 태어나고 홀로 죽으나, 이 검은 베일 속을 걷는 동안 서로에게서 힘을 얻고 당신께 힘을 얻나이다." 돌풍이 불 때마다 진홍색 비단과 새틴 자락이 너울거렸다. "이 세상의 어둠을 함께 마주할 수 있도록, 오늘 두 사람이 삶을 합치고자 나섭니다. 이들의 심장을 불로 채우시어, 둘이 손을 잡고 영원토록 당신의 빛나는 길을 걸을 수 있게 하소서."

"빛의 군주시여, 우리를 지켜주소서." 셀리스 왕비가 외쳤다. 다른 목소리들이 메아리치듯 응답했다. 멜리산드레의 신실한 신자들. 해쓱한 귀족 여자들과 벌벌 떠는 하녀들, 액셀 경과 나버트 경과 램버트 경, 철 갑옷을 입은 중장병들과 청동 갑옷을 입은 텐족, 심지어는 존의 검은 형제들 몇 명까지도 외쳤다. "빛의 군주시여, 당신의 아이들을 축복하소서."

멜리산드레는 불이 타오르는 깊은 도랑 한쪽에 장벽을 등지고 서 있었다. 결합할 한 쌍은 도랑을 사이에 두고 그녀를 마주했다. 그들 뒤에 왕비가 딸과 문신한 광대를 거느리고 섰다. 시린 왕녀는 공처럼 보일 정도로 모피를 둘둘 감고는 얼굴을 거의 다 덮는 스카프 사이로 하얀 입김을 내뿜고 있었다. 액셀 플로렌트 경과 왕비의 병사들이 왕실 사람들을 둘러쌌다.

도랑에 피운 불가에는 밤의 경비대원이 몇 명 모이지 않았으나, 지붕 위와 창가와 거대한 지그재그 계단 위에서 내려다보는 수는 많았다. 존은 누가 나와 있고 누가 없는지 주의 깊게 살폈다. 몇 명은 근무 중이었고, 근무 중이 아닌 상당수는 깊이 잠들어 있었다. 그러나 못마땅하다는 티를 내기 위해 불참한 사람들이 있었다. 오텔 야윅과 보웬 마시가 그렇게 빠진 사람 중에 들어갔다. 셀라다르 성사는 성소에서 잠깐 나와서 목에 걸린 칠각 수정을 만지작거리더니 기도가 시작되자 다시 들어갔다.

멜리산드레가 두 손을 들어 올리자, 거대한 붉은 개가 먹이를 찾아 뛰어오르듯 도랑의 불이 그녀의 손가락을 향해 솟구쳤다. 소용돌이치며 올라간 불똥이 내리는 눈송이와 만났다. "오, 빛의 군주시여, 감사드립니다." 그녀는 굶주린 불길을 향해 노래했다. "당신의 은총으로 우리 왕이 되신 용감한 스타니스에 대해 감사드립니다. 그분을 인도하고 지켜주소서, 를로르시여. 그분을 사악한 자들의 배신으로부터 보호하시고 어둠의 종복들을 분쇄할 힘을 내려주소서."

"그분에게 힘을 내려주소서." 셀리스 왕비와 그녀의 기사들과 말벗들이 응창했다. "그분에게 용기를 주소서. 그분에게 지혜를 주소서."

알리스 카스타크가 존에게 팔짱을 꼈다. "얼마나 더 걸리는 거죠, 스노우 공? 이 눈에 파묻혀 죽을 거라면 결혼한 여자로 죽고 싶은데요."

"곧입니다." 존이 확언했다. "곧이에요."

"우리를 데워주는 태양에 감사드립니다." 왕비가 읊었다. "캄캄한 밤에 우리를 지켜보는 별들에 감사드립니다. 무자비한 어둠을 저지해주는 난로와 횃불에 감사드립니다. 우리의 밝게 타오르는 영혼에, 우리의 아랫도리와 우리의 심장에 깃든 불에 감사드립니다."

이어서 멜리산드레가 말했다. "결합할 두 사람이 앞으로 나서게 하라."
불길에 멜리산드레의 그림자가 장벽에 드리우고, 하얀 목에 걸린 루비가
반짝였다.

존은 알리스 카스타크를 돌아보았다. "아가씨. 준비됐습니까?"

"네. 그럼요."

"무섭진 않아요?"

소녀가 미소 짓는 모습은 존의 심장을 부서뜨릴 만큼 아리아와 비슷했
다. "그 남자나 날 무서워하라고 해요." 뺨에 닿은 눈송이는 녹아내렸지만,
알리스의 머리는 새틴이 어딘가에서 찾아낸 레이스에 휘감겨 있었고, 그
위에는 눈송이가 쌓여서 얼음 왕관이 만들어졌다. 두 뺨은 발그레했고, 두
눈은 반짝거렸다.

"겨울의 여인이로군요." 존은 그녀의 손을 꽉 잡았다.

텐족의 마그나가 전투를 준비하듯 모피와 가죽과 청동 미늘 갑옷을 차
려입고, 허리에 청동검을 찬 채 불가에서 기다렸다. 벗어진 머리 때문에 나
이보다 늙어 보였으나, 다가오는 신부를 보려고 몸을 돌리는 모습에서 존
은 그 속의 소년을 볼 수 있었다. 눈이 둥그렇게 커졌는데, 그게 불 때문인
지, 여사제 때문인지, 아니면 그에게 두려움을 일으킨 여자 탓인지 존으로
서는 알 수가 없었다. '알리스가 본인이 생각한 이상으로 옳았어.'

"이 여인을 결혼식에 데려온 사람이 누구인가?" 멜리산드레가 물었다.

"접니다." 존이 말했다. "여기에 고귀한 핏줄과 태생으로, 성장하고 꽃을
피운 여자, 카스타크 가문의 알리스가 왔습니다." 그는 알리스의 손을 마지
막으로 한 번 꾹 쥔 후에 물러서서 다른 사람들 틈에 섰다.

"이 여인을 차지하러 나선 사람이 누구인가?" 멜리산드레가 물었다.

"나요." 시고른이 가슴을 두드렸다. "텐족의 마그나요."

"시고른." 멜리산드레가 물었다. "그대의 불을 알리스와 나누고, 밤이 어둡

고 공포가 가득할 때 이 여자를 따뜻하게 해주겠는가?"

"맹세합니다." 마그나의 약속이 허공에 하얀 구름으로 피어났다. 그의 어깨가 눈에 얼룩졌다. 귀는 빨갰다. "붉은 신의 불길에 걸고, 평생 이 여자를 따뜻하게 해주겠소."

"알리스, 그대의 불을 시고른과 나누고, 밤이 어둡고 공포가 가득할 때 이 남자를 따뜻하게 해주겠는가?"

"이 남자의 피가 끓도록요." 알리스가 걸친 처녀의 망토는 밤의 경비대의 검은 모직 망토였다. 그 등판에 수놓인 카스타크의 햇살은 안감과 마찬가지로 하얀 모피로 만들었다.

멜리산드레의 눈이 목에 걸린 루비처럼 눈부시게 빛났다. "그렇다면 내게 와서 하나가 되어라." 그녀가 손짓하자 불의 벽이 포효하며 솟구쳐 올라 뜨거운 오렌지색 혓바닥으로 눈송이를 핥았다. 알리스 카스타크가 마그나의 손을 잡았다.

그들은 나란히 도랑을 뛰어넘었다.

"둘이 불 속으로 들어가서." 돌풍이 붉은 여인의 진홍색 치마를 들췄고 내리눌러서야 겨우 가라앉혔다. "하나가 나왔다." 구릿빛 머리카락이 춤을 췄다. "불이 결합한 것은 아무도 떼어놓지 못하리니."

"불이 결합한 것은 아무도 떼어놓지 못하리니." 왕비의 병사들과 텐족, 그리고 검은 형제 몇 명까지 응창했다.

'왕들과 숙부들만 빼고 말이지.' 존 스노우는 생각했다.

크레간 카스타크는 하루 차이로 조카딸을 쫓아 나타났다. 말에 오른 중장병 넷과 사냥꾼 하나, 사슴을 쫓듯이 알리스의 냄새를 찾는 사냥개 한 무리와 함께였다. 존 스노우는 그들이 캐슬블랙에 나타나서 손님의 권리를 주장하거나 교섭을 청하기 전에, 몰스타운 남쪽으로 5리 떨어진 왕의 가도 위에서 그들을 만났다. 카스타크의 부하 하나는 타이에게 노궁을 쏘았다가 죽임을 당했다. 그러자 네 명과 크레간이 남았다.

다행히도 경비대에는 얼음 감방이 열두 개는 있었다. '모두 들어갈 자리가 있었지.'

다른 많은 것과 마찬가지로, 문장학도 장벽에서 끝이 났다. 텐족에겐 칠 왕국의 귀족들이 으레 쓰는 가문의 문장 같은 게 없었기에, 존은 집사들에게 즉흥으로 만들라고 지시했다. 집사들이 잘해냈다 싶었다. 시고른이 알리스의 어깨에 둘러 조인 신부의 망토에는 하얀 모직물 바탕에 청동 원반이 들어갔고, 그 주위를 진홍색 비단 조각으로 만든 불길이 에워쌌다. 신경 써서 들여다볼 이들을 위해 카스타크의 햇살을 반영하되, 텐 가문에 걸맞게 문장을 변형했다.

마그나는 알리스의 어깨에 걸쳐져 있던 처녀의 망토를 뜯어내다시피 벗겼으나, 신부의 망토를 둘러줄 때는 다정하기까지 했다. 마그나가 뺨에 입을 맞추려 고개를 숙이자, 두 사람의 입김이 얽혔다. 불길이 다시 포효했다. 왕비의 병사들이 찬송을 부르기 시작했다. "끝난 거야?" 새틴이 속삭였다.

"다 끝났어." 멀리가 중얼거렸다. "다행이지 뭐야. 저 둘은 결혼하는데 난 반쯤 얼어붙었네." 멀리는 제일 좋은 검은 옷과 아직 빛바랠 겨를도 없을 정도인 새 모직물들로 몸을 감쌌으나, 바람 때문에 두 뺨이 머리카락 못지 않게 벌게져 있었다. "홉이 와인에 시나몬과 정향을 넣어 데웠어. 그거면 몸이 좀 따뜻해지겠지."

"정향이 뭐야?" 미련둥이 오언이 물었다.

그사이 눈이 더 펑펑 내리기 시작했고 도랑 속의 불이 꺼져갔다. 군중이 흩어져서 마당을 빠져나갔다. 왕비의 병사고 왕의 병사고 자유민이고 할 것 없이 다들 바람과 추위를 피하고 싶어 안달이 나 있었다. "사령관님도 연회에서 같이 식사하십니까?" 멀리가 존 스노우에게 물었다.

"곧 가지." 존이 나타나지 않는다면 시고른이 모욕으로 받아들일지 몰랐다. '그리고 이 결혼은 결국 내가 주선한 셈이지.' "하지만 우선 처리할 일이 있어."

존은 고스트를 옆에 거느리고 셀리스 왕비에게 걸어갔다. 오래전에 쌓인 눈이 장홧발에 뽀드득거렸다. 건물 사이사이 길 위의 눈을 치우는 일이 점점 더 시간을 많이 잡아먹었다. 대원들은 지렁이 길이라고 부르는 지하 통로에 갈수록 의존했다.

"참으로 아름다운 예식이었어요." 왕비가 말하고 있었다. "빛의 군주님의 불타는 눈이 우리를 굽어보시는 걸 느낄 수 있었습니다. 아, 스타니스에게도 다시 결혼하자고, 빛의 군주님께 축복받는 진정한 몸과 영혼의 결합을 이루자고 몇 번 애걸했는지 몰라요. 난 우리가 불로 맺어진다면 전하에게 자식을 더 낳아줄 수 있다는 걸 알아요."

'자식을 더 낳아주려면 우선 왕을 당신 침대에 끌어들여야 할 텐데.' 스타니스 바라테온이 몇 년이나 아내를 피했다는 것은 장벽에서도 아는 사실이었다. 전쟁 중에 두 번째 결혼식을 올린다는 발상에 스타니스가 어떻게 반응했을지 상상이 갔다.

존은 허리를 굽혔다. "전하께서 괜찮으시다면, 연회가 기다립니다."

왕비는 꺼림직하다는 듯 고스트를 보더니, 고개를 들어 존을 보았다. "아무렴요. 길은 멜리산드레 님이 아십니다."

붉은 여사제가 말했다. "저는 제 불을 돌봐야 합니다, 전하. 를로르께서 제게 스타니스 전하의 모습을 잠시라도 허락하실지 몰라요. 대승이라도 볼 수 있을지 모르지요."

"아." 셀리스 왕비는 괴로워하는 얼굴이었다. "그렇겠지요……. 빛의 군주님께서 미래를 보여주시길 기도합시다……."

"새틴, 왕비 전하를 안내해드려라." 존이 말했다.

말레곤 경이 나섰다. "전하는 제가 모셔 가지요. 사령관의…… 집사는 필요 없습니다." 그 남자가 말을 어물거리는 모양새에서 다른 말을 하려 했다는 사실을 알 수 있었다. '내 시동? 애완동물? 남창?'

존은 다시 허리를 굽혔다. "바라는 대로 하시지요. 곧 따라가겠습니다."

말레곤 경이 팔을 내밀자 셀리스 왕비가 뻣뻣하게 잡았다. 반대쪽 손은 딸의 어깨에 얹혔다. 그들이 마당을 가로지르자 뒤따라 왕실의 새끼 오리들이 어릿광대의 모자에 달린 종소리에 맞추어 걸어갔다. "바닷속에선 인어들이 불가사리 수프를 먹고, 하인들은 다 꽃게라지." 패치페이스가 선언했다. "나는 알아, 나는 안다네, 오 오 오."

멜리산드레의 얼굴이 어두워졌다. "저 물건은 위험해요. 불길 속에서 여러 차례 저자를 봤지요. 때로는 주위에 머리뼈들이 보였고, 저자의 입술이 피로 붉게 물들어 있었어요."

'저 불쌍한 자를 아직 불태우지 않은 게 놀랍군.' 왕비의 귀에 한마디만 속삭이면 패치페이스는 불 속에 던져질 터였다. "불 속에서 어릿광대는 보면서, 스타니스는 흔적이 없습니까?"

"그분을 찾을 때면 눈밖에 보이지 않아요."

'또 쓸모없는 대답이군.' 클라이다스가 왕에게 아놀프 카스타크의 배신을 경고하기 위해 딥우드모트로 까마귀를 보냈지만, 그 새가 제때 도착했는지 존으로서는 알 수가 없었다. 브라보스 은행가도 존이 붙여준 안내인들을 대동하여 스타니스를 찾아 나섰으나, 전쟁 상황과 날씨를 생각하면 찾아내는 게 놀라운 일이었다. "왕이 죽었다면 알게 될까요?" 존은 붉은 사제에게 물었다.

"죽지 않았어요. 스타니스는 신께서 선택한 분이고, 어둠에 대항하는 싸움을 이끌 운명입니다. 불 속에서 보았고, 고대의 예언에서 읽었어요. 붉은 별이 피를 흘리고 어둠이 모일 때, 아조르 아하이가 연기와 소금 사이에 다시 태어나 돌에서 드래곤들을 깨우리라. 드래곤스톤이 연기와 소금으로 이루어진 곳이죠."

다 존이 이전에 들은 이야기였다. "스타니스 바라테온은 드래곤스톤의 주인이었지만, 그곳에서 태어나진 않았습니다. 형제들과 마찬가지로 스톰스엔드에서 태어났죠." 그는 얼굴을 찌푸렸다. "만스는 어떻습니까? 만스도 사라졌나요? 불이 보여주는 게 뭡니까?"

"안타깝게도 같아요. 눈뿐이에요."

'눈.' 존은 남쪽에 눈이 쏟아지고 있음을 알았다. 여기에서 이틀만 말을 달려도 왕의 가도를 다닐 수 없을 정도였다. '멜리산드레도 그걸 알지.' 그리고 동쪽에서는 바다표범만에 흉포한 폭풍이 몰아치고 있었다. 마지막 보고서에서, 하드홈의 자유민들을 구출하기 위해 급조한 누더기 함대는 거친 바다 때문에 꼼짝도 하지 못하고 바닷가 이스트워치에 틀어박혀 있었다. "솟아오르는 바람에 춤추는 재를 보고 있나 보군요."

"난 해골들을 보고 있어요. 그리고 당신도. 불 속을 들여다볼 때마다 당신 얼굴이 보여요. 내가 경고한 위험이 지금 아주 바싹 다가왔어요."

"어둠 속의 단검요. 압니다. 제 의심을 용서하세요. '결혼식에서 달아나는, 죽어가는 말을 탄 회색 소녀'라고 했었죠."

"난 틀리지 않았어요."

"맞지도 않았죠. 알리스는 아리아가 아닙니다."

"그 장면은 진짜였어요. 틀린 건 내 해석이죠. 나도 당신과 마찬가지로 인간이에요, 존 스노우. 인간은 모두 실수를 해요."

"총사령관도 그렇지요." 만스 레이더와 창 마누라들은 돌아오지 않았고, 존은 붉은 여인이 다른 목적을 가지고 있는 게 아닌지 생각할 수밖에 없었다. '저 여자가 자기만의 게임을 하고 있나?'

"늑대를 늘 곁에 두는 게 좋겠어요, 사령관."

"고스트는 멀리 갈 때가 별로 없습니다." 자기 이름이 들리자 다이어울프가 고개를 들었다. 존은 고스트의 귀 뒤를 긁었다. "이만 실례해야겠군요. 고스트, 가자."

장벽 기단부를 파 무거운 나무 문을 단 얼음 감방은 그 크기가 작거나 아주 작았다. 남자가 걸어 다닐 정도 크기도 있었지만, 죄수가 앉을 수밖에 없을 만큼 작은 방도 있었고, 제일 작은 방은 앉기조차 비좁았다.

존은 중요한 포로에게 제일 큰 감방과 요강, 얼어 죽지 않을 정도로 넉넉한 모피, 그리고 와인 한 부대까지 줬다. 자물쇠 안에도 얼음이 붙어서 감시병들이 문을 여는 데 시간이 좀 걸렸다. 막냇가지 윅이 존이 들어갈 수 있을 만큼 문을 당겨 열자, 녹슨 돌쩌귀가 저주받은 영혼처럼 비명을 질렀다. 희미한 대변 냄새가 풍겨왔지만, 예상만큼 강하지는 않았다. 이렇게 심한 추위에는 똥도 단단히 얼어붙었다. 존 스노우는 얼음벽 안에 흐릿하게 비친 제 모습을 볼 수 있었다.

감방 한구석에 모피 더미가 사람 키만큼 쌓여 있었다. "카스타크." 존 스노우가 말했다. "일어나시오."

모피가 움직였다. 모피 몇 장이 붙은 채 얼었고, 움직임에 털을 덮은 서리가 반짝거렸다. 팔 하나가 튀어나오더니, 얼굴이 나왔다. 엉키고 떡이 되고 희끗희끗한 갈색 머리, 이글거리는 두 눈, 코, 입, 수염. 죄수의 콧수염에 얼음이 앉았는데, 얼어붙은 콧물 덩어리였다. "스노우." 입김이 허공에 피어오르고, 머리 뒤 얼음을 부옇게 흐렸다. "네놈에겐 날 잡아둘 권리가 없어. 환대의 법칙이—"

"당신은 내 손님이 아니야. 당신은 내 허락 없이 무장하고 장벽에 왔지. 그것도 조카딸을 억지로 잡아가기 위해서. 알리스 아가씨는 내 빵과 소금을 먹었으니, 그쪽이 손님이다. 당신은 죄수고." 존은 잠시 기다렸다가 말했다. "당신 조카딸은 결혼했어."

크레간 카스타크의 입술이 말려 올라가며 이가 드러났다. "알리스는 내 약혼자였어." 50세가 넘었어도, 감방에 들어갈 때 그는 튼튼한 사내였다. 추위가 그 힘을 빼앗고 뻣뻣하고 약한 몸으로 만들어놓았다. "내 아버지가—"

"당신 아버지는 영주가 아니라 수호성주야. 수호성주에겐 결혼 협약을 맺을 권리가 없어."

"내 아버지 아놀프가 카홀드의 영주다."

"내가 아는 모든 법에서 아들이 숙부보다 우선하는데."

크레간은 힘겹게 일어나서 발목에 감긴 모피를 걷어찼다. "해리온은 죽었어."

'아니면 곧 죽겠지.' "딸도 숙부보다 우선하지. 해리온이 죽었다면 카홀드는 알리스 아가씨가 물려받아. 그리고 알리스는 텐족의 마그나인 시고른과 결혼했어."

"야인이야. 더러운, 살인자 야인." 크레간이 두 주먹을 쥐었다. 두 손을 감싼 장갑은 떡이 진 채 넓은 어깨에 뻣뻣하게 걸려 있는 망토에 맞추어 모피 안감을 댄 가죽제였다. 검은색 모직 전포에는 가문을 나타내는 하얀 햇살이 수놓였다. "네가 뭔지 안다, 스노우. 반은 늑대고 반은 야인, 배신자와 창녀 사이에 난 천출이지. 귀족 처녀를 냄새나는 야만인의 침대에 밀어 넣다니. 혹시 네놈이 먼저 맛본 거냐?" 그는 소리 내어 웃었다. "날 죽일 작정이면 어서 해치우고 친족 살해자의 저주를 받아라. 스타크와 카스타크는 한 핏줄이야."

"내 성은 스노우야."

"잡종 놈."

"인정하지. 적어도 그 부분만은."

"어디 그 마그나가 카홀드에 가봐라. 우리가 그놈 머리를 잘라 변소에 처박고 입에다 오줌을 눌 테니."

"시고른은 텐족 200명을 이끌고 있다." 존이 지적했다. "그리고 알리스 부인은 카홀드가 자신에게 문을 열 거라 믿어. 벌써 당신 부하 둘은 알리스에게 충성을 맹세하고, 당신 아버지가 램지 스노우와 짠 계획에 대해 알리스가 하는 말을 다 확인해줬지. 카홀드에 가까운 친척이 있다고 들었다. 당신이 한마디만 하면 그들의 목숨을 구할 수 있을 거야. 항복해. 알리스 부인이 배신한 여자들은 사면해주고, 배신한 남자들은 검은 옷을 입게 해줄 거야."

크레간은 고개를 저었다. 헝클어진 머리에 얼음 조각들이 붙어서, 고개를 젓자 서로 부딪치며 잘각잘각 소리를 냈다. "절대 안 해. 절대, 절대, 절대로. 영원히."

'이자의 머리통을 알리스 부인과 마그나의 결혼 선물로 삼아야 하는 건데.' 존은 그렇게 생각했지만, 위험을 감수할 순 없었다. 밤의 경비대는 왕국 내의 싸움에서 편을 들지 않는다. 이미 존이 스타니스에게 지나치게 많은 도움을 줬다고 말하는 이들도 있을 터였다. '이 멍청이의 목을 잘랐다간, 내가 야인들에게 영지를 주려고 북부인들을 죽이고 있다고 하겠지. 풀어주면 이놈은 내가 알리스와 마그나를 통해 해놓은 일을 다 망치려고 난리를 칠 테고.' 존은 아버지라면 어떻게 했을까, 숙부라면 이자를 어떻게 다뤘을까 생각했다. 하지만 에다드 스타크는 죽었고, 벤젠 스타크는 장벽 너머 얼어붙은 야생의 땅에서 실종됐다. '넌 아무것도 몰라, 존 스노우.'

"영원은 긴 시간이지." 존이 말했다. "내일은, 아니면 1년 후에는 생각이 달라질지 몰라. 하지만 스타니스 왕은 조만간 장벽으로 돌아올 거다. 그러면 당신을 죽이겠지……. 당신이 검은 망토를 걸치고 있다면 또 모르지만. 검은 옷을 입으면 모든 죄가 사라지니까." '너 같은 놈이라 해도 말이다.' "그럼 실례하지. 참석할 연회가 있어서."

살이 에이듯 추운 얼음 감방에 있다가 북적거리는 지하실에 들어서니 너무 더워서, 존은 계단을 내려가자마자 숨이 막혔다. 연기와 구운 고기와 멀드와인 냄새가 났다. 존이 연단에 앉았을 때는 액셀 플로렌트가 건배를 제안하고 있었다. "스타니스 국왕과 그분의 아내이신 셀리스 왕비님, 북부의 빛에 건배!" 액셀 경이 우렁차게 외쳤다. "빛의 군주 를로르 님께, 우리 모두를 지켜주시길! 하나의 땅, 하나의 신, 하나의 왕!"

"하나의 땅, 하나의 신, 하나의 왕!" 왕비의 병사들이 따라 외쳤다.

존도 나머지와 함께 술을 마셨다. 알리스 카스타크가 이 결혼에서 즐거움을 찾게 될지는 알 수 없었지만, 적어도 오늘 밤만은 축하해야 마땅했다.

집사들이 첫 번째 요리를 내왔다. 염소 고기와 당근으로 맛을 낸 양파 수프였다. 왕실의 요리라고 하긴 어렵지만, 영양은 풍부했다. 맛도 좋았고 배 속이 따뜻해졌다. 미련퉁이 오언이 깽깽이를 들었고, 자유민 몇 명이 피리와 북으로 합세했다. '만스 레이더의 장벽 공격을 알리던 바로 그 피리와 북이야.' 존은 그들의 음악이 지금은 달콤하게 들린다고 생각했다. 수프와 함께 오븐에서 꺼낸 따끈따끈한 거친 갈색 빵이 나왔다. 식탁에 소금과 버터가 놓였다. 그 광경을 보자 존은 우울해졌다. 보웬 마시에게 들으니 소금 공급은 넉넉했지만, 버터는 한 달 안에 끝날 것이었다.

노리와 늙은 플린트는 연단 바로 아래의 귀빈 자리를 받았다. 둘 다 스타니스와 함께 행군하기에는 너무 늙어서, 대신 아들들과 손자들을 보낸 터였다. 그러나 결혼식 참석을 위해 캐슬블랙에 내려올 정도로는 민첩했다. 둘 다 장벽에 유모도 데려왔다. 노리 여자는 마흔 살이었는데, 존 스노우는 평생 그렇게 가슴이 큰 사람을 본 적이 없었다. 플린트 여자애는 열네 살에 남자애처럼 가슴이 판판했으나, 젖은 부족하지 않았다. 그 둘이면 발이 '괴물'이라 부른 아이도 잘 자랄 것 같았다.

그것만은 존도 고마웠으나…… 두 백발의 전사가 그것만을 위해 산에서 내려왔다고는 한순간도 믿지 않았다. 둘 다 전사들을 수행원으로 데려왔는데, 늙은 플린트는 다섯 명, 노리는 열두 명이었고 모두 너덜너덜한 털가죽과 징 박힌 가죽 갑옷을 입은 모습이 겨울의 얼굴만큼이나 무시무시했다. 길게 수염을 기른 남자도, 흉터가 있는 남자도 있었고 둘 다 가진 경우도 있었다. 모두가 장벽 너머 자유민들과 마찬가지로 북부의 옛 신들을 섬겼다. 그러나 지금은 여기 앉아 바다 건너에서 온 기묘한 붉은 신이 주재한 결혼에 축배를 들었다.

'마시지 않겠다고 하는 것보다야 낫지.' 플린트도 노리도 잔을 뒤집어 와인을 바닥에 쏟지 않았다. 그러니 받아들인다는 뜻일 수도 있었다. '아니면 맛 좋은 남부 와인을 낭비하기 싫을 뿐인지도 몰라. 돌산에서는 와인을 맛볼 일이 별로 없을 테니까.'

다음 요리가 나오기 전에 액셀 경이 셀리스 왕비를 이끌고 춤을 추러 나갔다. 다른 이들도 뒤따랐다. 우선 왕비의 기사들이 왕비의 말벗들과 짝을 이루었다. 브루스 경은 시린 왕녀의 첫 춤을 함께한 후, 그 어머니와도 췄다. 나버트 경은 셀리스의 말벗들과 차례차례 춤을 췄다.

왕비의 기사들 수가 말벗 여성들의 세 배에 달했기에, 제일 초라한 하녀들까지도 춤을 추러 나가야 했다. 몇 곡이 지나간 후에는 검은 형제 몇 명이 젊은 날, 그러니까 죄를 저질러 장벽에 오기 전에 궁정과 성에서 배웠던 기술을 기억해내어 춤을 추러 나섰다. 왕의 숲에서 온 늙은 악당 울머는 활 못지않게 춤에도 능숙하다는 점을 증명했는데, 보나 마나 파트너들에게 왕의 숲 형제단의 무용담을, 시몬 토인과 배불뚝이 벤과 함께 말을 달리고 귀족 포로들의 엉덩이에 낙인을 찍던 흰 사슴 웬다를 돕던 시절 이야기를 늘어놓을 터였다. 새틴은 우아함 그 자체가 되어 하녀들 셋과 차례로 춤을 췄지만 귀족 여인에게는 접근도 하지 않았다. 존은 현명한 처세라 생각했다. 그는 왕비의 기사들이 자신의 집사를 쳐다보는 눈빛이 마음에 들지 않았다. 특히 왕의 산의 파트렉 경이 문제였다. '저놈은 피를 흘리고 싶어 해.

그럴 이유만 찾고 있어.'

미련퉁이 오언이 어릿광대 패치페이스와 춤추기 시작하자 둥근 천장에 웃음소리가 메아리쳤다. 그 광경에 알리스 부인도 미소 지었다. "여기 캐슬 블랙에선 춤을 자주 추나요?"

"결혼식이 있을 때마다 추지요."

"나와 춤을 출 수도 있어요. 어디까지나 예의로. 언젠가 나랑 춤을 췄죠."

"언젠가?" 존은 농담조로 말했다.

"우리가 어렸을 때요." 알리스는 빵을 한 조각 뜯어서 존에게 던졌다. "잘 알면서 그래요."

"부인께선 남편과 춤추셔야죠."

"나의 마그나는 안타깝지만 춤을 출 사람이 아니에요. 나와 춤추지 않겠다면, 멀드와인이라도 좀 따라줘요."

"분부대로 하지요." 그는 술병을 가져오라고 손짓했다.

"그래서······." 알리스는 존이 와인을 따르자 말했다. "이제 난 결혼한 여자로군요. 작은 야인 군대를 거느린 야인 남편을 둔."

"그 사람들은 스스로를 자유민이라고 합니다. 대부분은요. 텐족은 다른 사람들이죠. 아주 오래됐고." 이그리트가 해준 이야기였다. '넌 아무것도 몰라, 존 스노우.' "서리엄니산맥 북쪽 끝에 숨겨진, 높은 산봉우리에 둘러싸인 감춰진 계곡에서 왔고, 수천 년 동안 다른 사람들보다는 거인들과 더 교역을 많이 했습니다. 그래서 달라요."

"다르다." 알리스가 말했다. "하지만 우리와는 더 비슷하죠."

"그렇습니다. 텐족에겐 영주와 법이 있지요." '무릎을 굽힐 줄도 알고.' "주석과 구리를 캐 청동을 만들고, 갑옷과 무기도 훔치지 않고 직접 만듭니다. 자부심이 강하고, 용감한 부족이죠. 만스 레이더는 예전 마그나였던 스티르에게 장벽 너머의 왕으로 인정받기 위해 그를 세 번 이겨야 했습니다."

"그리고 이제 그들은 장벽 너머 우리 쪽에 와 있군요. 산맥 요새에서 쫓겨나 내 침실로 뛰어들었어요." 그녀는 비딱한 미소를 지었다. "내 잘못이에요. 아버지는 당신 형제인 롭을 사로잡아야 한다고 하셨지만, 그때 난 겨우 여섯 살이라 방법을 몰랐어요."

'그래요. 하지만 이제 당신은 열여섯 살이고, 우린 당신이 남편을 사로잡을 방법을 알기를 기도해야겠죠.' "부인, 카홀드의 식량 저장 상황은 어떻습니까?"

"좋지 않아요." 알리스는 한숨을 쉬었다. "아버지가 너무 많은 남자들을 남쪽으로 데려가시는 바람에 추수할 손이 여자와 어린 남자애밖에 없었어요. 그리고 전쟁에 나가기엔 너무 늙었거나 몸이 불편한 남자들이 있었죠. 작물이 밭에서 시들거나, 가을비를 맞고 진흙에 묻혔어요. 그리고 이젠 눈도 왔죠. 이번 겨울은 혹독할 거예요. 노인들은 몇 명 살아남지 못할 테고, 아이들도 많이 죽을 거예요."

북부인이라면 누구나 잘 아는 이야기였다. "제 아버지의 조모님은 모계가 산맥에서 온 플린트였지요." 존이 말했다. "그 집안은 자칭 최초의 플린트였어요. 다른 플린트는 장자가 아니라 음식과 땅과 아내를 찾아 산맥을 떠나야 했던 아들들의 핏줄이라고요. 산맥 위는 언제나 혹독한 삶이었어요. 눈이 내리고 음식이 적어지면, 젊은이들은 겨울 마을을 찾아가거나 여기저기 성에서 일해야 했죠. 노인들은 남은 힘을 모아서 사냥을 나간다고 선언했어요. 일부는 봄이 오면 발견됐지만, 대부분은 다시는 보이지 않았죠."

"카홀드도 비슷해요."

존은 놀라지 않았다. "부인, 저장량이 떨어져가면 저희를 기억해주십시오. 노인들을 장벽으로 보내어, 서약을 하게 하세요. 여기에서라면 적어도 추억만으로 몸을 데우며 눈밭에서 혼자 죽지는 않을 겁니다. 남는 남자애들이 있다면 그들도 보내세요."

"그러죠." 알리스가 존의 손을 건드렸다. "카홀드는 기억합니다."

이제 큰뿔사슴 고기를 자르고 있었다. 존이 기대한 것보다 훨씬 냄새가 좋았다. 그는 하딘의 탑에 있을 레더스에게 한 조각 보내고, 운운에게 구운 채소를 큰 쟁반으로 세 개 보내라고 지시한 후 자기 몫으로 큰 조각을 먹었다. '세 손가락 홉이 잘해냈는데.' 걱정했었다. 홉은 이틀 전 밤에 존을 찾아와서 밤의 경비대에 들어온 건 야인들을 죽이기 위해서지, 야인들에게 요리를 해주려던 게 아니라고 불평했다. "게다가 결혼식 연회라니, 해본 적이 없어요. 검은 형제들은 아내를 두지 않으니까 말입니다. 그 망할 놈의 서약에 있지 않습니까."

존이 멀드와인을 마셔서 구운 고기 맛을 씻는데 클라이다스가 바로 뒤에 나타났다. "새가 왔습니다." 그는 그렇게 말하며 양피지를 존의 손에 밀어 넣었다. 단단한 검은 밀랍으로 봉해놓은 편지였다. '이스트워치로군.' 존은 밀랍을 깨기도 전에 알았다. 코터 파이크는 읽지도 쓰지도 못하니, 하문 학사가 쓴 편지였다. 그래도 내용은 코터 파이크가 말한 대로 적어서, 퉁명스럽고 직설적이었다.

오늘은 바다가 잔잔. 열한 척이 아침 조수를 타고 하드홈으로 출항. 브라보스 배 세 척, 리스 배 네 척, 우리 배 네 척. 리스 배 두 척은 겨우 항해하는 상태임. 구하는 야인보다 가라앉히는 야인이 많을지도. 사령관 명대로. 배에 까마귀 스무 마리와 하문 학사를 태움. 보고서를 보내겠음. 나는 발톱호에서 지휘, 부지휘관 넝마 소금이 검은 새호에 타고, 이스트워치는 글렌던 경이 맡음.

"어두운 날개에, 어두운 소식인가요?" 알리스 카스타크가 물었다.

"아닙니다. 오래 기다리던 소식이에요." '마지막 부분이 심란하긴 하지만.'

글렌던 휴엣은 노련하고 강했으며, 코터 파이크 부재중에 지휘를 맡길 만한 인사였다. 그러나 또한 그는 알리서 쏜이 자랑할 만한 친구였고, 짧게나마 자노스 슬린트와도 친구였다고 할 만했다. 존은 아직도 휴엣이 침대에서 그를 끌어내던 태도와, 장화로 갈비뼈를 걷어차던 느낌을 떠올릴 수 있었다. '나라면 그자를 택하진 않았을 거야.' 그는 양피지를 말아서 허리띠 속에 밀어 넣었다.

생선 요리가 다음이었지만, 꼬치고기 살을 바르는 사이 알리스 부인은 마그나를 끌고 춤을 추러 나갔다. 움직이는 모습을 보니 시고른은 춤이라곤 춰본 적 없는 게 분명했지만, 멀드와인을 거나하게 마신 덕에 상관없어 보였다.

"북부의 처녀와 야인 전사가 빛의 군주에 의해 하나로 결합하다니." 액셀 플로렌트 경이 알리스 부인의 빈자리에 앉았다. "왕비님이 좋게 보시는군. 난 왕비님과 가까운 사이라 그분 마음을 알지. 스타니스 왕도 좋게 여길 거요."

'루스 볼턴이 스타니스의 머리통을 창에 꽂지만 않았다면 말이지.'

"안타깝게도 모두가 같은 의견은 아니오." 액셀 경의 수염은 축 처진 턱살 아래 매달린 남루한 솔 같았다. 귀와 콧구멍에서도 거친 털이 돋아났다. "파트렉 경은 자기가 알리스 부인에게 더 어울리는 상대였다고 생각하지. 북쪽으로 올 때 영지를 잃었거든."

"이 자리에는 그보다 훨씬 더한 것을 잃은 사람들이 많습니다." 존이 말했다. "그리고 왕국을 위해 목숨을 포기한 사람도 많지요. 파트렉 경은 운이 좋았다고 생각해야 합니다."

액셀 플로렌트는 미소 지었다. "스타니스 왕이 여기 계셨다면 똑같이 말했을지도 모르겠군. 그래도 전하의 충실한 기사들에게도 지원이 있어야 하지 않겠소? 그런 대가를 치르면서 이렇게 멀리까지 따라왔으니 말이오. 그리고 이 야인들도 왕과 왕국에 결속시켜줘야 할 테고. 이 결혼이 괜찮은 첫걸음이긴 하오만, 왕비님께선 야인 공주가 결혼하는 모습도 보시면 기뻐할 거요."

존은 한숨을 내쉬었다. 발이 공주가 아니라고 설명하는 데에도 지쳤다. 아무리 말을 해도 듣는 것 같질 않았다. "끈질기시군요, 액셀 경. 그 점은 인정합니다."

"날 비난하는 거요, 사령관? 그런 전리품은 쉽게 얻을 수 없지. 성적인 매력도 넘친다 들었고, 보기에도 나쁘지 않다던데. 엉덩이도 크고, 가슴도 커서 아이 낳기 딱 좋다고."

"그 아이들의 아버지는 누가 될까요? 파트렉 경? 아니면 액셀 경?"

"누가 낫겠소? 우리 플로렌트 가문은 예전 가드너 왕의 혈통을 이었다오. 멜리산드레 님이 알리스 부인과 마그나처럼 우리의 예식도 치러주실 수 있겠지."

"부족한 건 신부뿐이로군요."

"그거야 쉽게 해결할 수 있지." 플로렌트의 미소는 고통스러워 보일 만큼 가식적이었다. "그 여자는 어디 있소, 스노우 공? 다른 성 어딘가로 옮긴 거요? 그레이가드, 아니면 섀도타워? 다른 계집들과 같이 '창녀굴'로 보냈나?" 그는 몸을 가까이 기울였다. "공이 즐기려고 꿍쳐뒀다는 작자도 있소만. 아이만 배지 않았다면 난 상관없소. 난 그 여자에게서 아들들을 볼 거요. 공이 먼저 탔다면 뭐…… 우리 둘 다 물정 밝은 남자들 아니오?"

존은 더 참을 수가 없었다. "액셀 경, 경이 정말로 왕비님의 수관이라면 왕비님이 안됐군요."

플로렌트의 얼굴이 분노로 붉어졌다. "그러니까 사실이군. 네놈을 위해 감춰둔 거야. 이제 알겠어. 서자가 제 아비의 자리를 원하는군."

'그 서자는 아버지의 자리를 거절했어. 그 서자가 발을 원했다면 달라고

만 하면 그만이었어.' "실례해야겠습니다, 경. 신선한 공기를 마셔야겠네요."
'여긴 악취가 진동해.' 그가 고개를 돌렸다. "나팔 소리가 났는데."

다른 사람들도 그 소리를 들었다. 음악과 웃음 소리가 단숨에 죽었다. 춤추던 사람들이 그대로 멈춰서 귀를 기울였다. 고스트마저 귀를 쫑긋 세웠다. "들었소?" 셀리스 왕비가 기사들에게 물었다.

"전투 나팔 소립니다, 전하." 나버트 경이 말했다.

화들짝 놀란 왕비가 목을 더듬었다. "공격받는 건가?"

"아닙니다, 전하." 왕의 숲의 울머가 말했다. "장벽에 선 감시병들일 뿐입니다."

'한 번.' 존 스노우는 생각했다. '순찰자들이 돌아온다.'

그 순간 다시 나팔이 울렸다. 그 소리가 지하실 안을 꽉 채우는 것 같았다.

"두 번." 멀리가 말했다.

검은 형제, 북부인, 자유민, 텐족, 왕비의 병사 모두가 조용히 귀 기울였다. 심장이 다섯 번 뛸 시간이 지나갔다. 열 번. 스무 번. 그러자 미련퉁이 오언이 키득거렸고, 존 스노우는 다시 숨을 쉴 수 있었다. "나팔이 두 번 울렸다." 그는 선언했다. "야인이야." '발이다.'

거인의 재앙 토르문드가 드디어 왔다.

대너리스

연회장 안에 융카이의 웃음소리, 융카이의 노래, 융카이의 기도가 울려 퍼졌다. 무용수들이 춤을 췄다. 악사들이 종과 삑삑이와 공기주머니로 기묘한 음률을 연주했다. 가수들은 알아들을 수 없는 옛 기스의 말로 오래된 사랑 노래를 불렀다. 와인이 흘렀다. 노예상만의 연하고 색 엷은 와인이 아니라 아버에서 가져온 풍성하고 달콤한 빈티지 와인과 이상한 향신료들을 넣은 콰스의 드림와인이었다. 융카이인들은 히즈다르 왕의 초대를 받아, 평화 협정에 서명하고 미린의 명성 높은 투기장의 부활을 지켜보러 왔다. 대니의 고귀한 남편은 그들을 환대하기 위해 대피라미드를 열었다.

'난 이 짓이 싫어.' 대너리스 타르가르옌은 생각했다. '어쩌다 이렇게 됐지? 어쩌다가 내가 살가죽을 벗기고 싶은 자들과 술을 마시고 웃게 된 거지?'

열 가지가 넘는 고기와 생선이 나왔다. 낙타, 악어, 노래오징어, 옻칠한 오리와 가시땅벌레, 그리고 입맛이 보수적인 이들을 위해 염소와 햄과 말고기도 있었다. 개고기도 있었다. 기스카 연회는 개고기 요리 없이는 완성되지 않았다. 히즈다르의 요리사들은 개를 네 가지 다른 방식으로 준비했다. "기스카인들은 인간과 드래곤만 빼면 헤엄치거나 날거나 기어 다니는 건 다 먹을 겁니다." 다리오가 경고했었다. "그리고 기회만 있다면 드래곤도 먹을 거라고 장담하죠." 하지만 고기만으로는 식사가 되지 않으니, 과일과 곡식과 채소도 있었다. 사프란, 시나몬, 정향, 후추, 그 밖의 값비싼 향신료 냄새가 진동했다.

대니는 요리를 거의 건드리지도 않았다. '이게 평화야.' 그녀는 스스로를 타일렀다. '이게 내가 원했던 것이고, 내가 구하려던 것, 내가 히즈다르와 결혼한 이유야. 그런데 왜 이렇게 패배 같은 맛이 나지?'

"조금만 더 견디면 돼요, 내 사랑." 히즈다르가 장담했었다. "융카이인들은 곧 사라질 테고, 그들의 동맹과 고용인들도 갈 겁니다. 우린 우리가 바랐던 모든 걸 갖게 될 거예요. 평화, 음식, 무역. 우리의 항구도 다시 열렸고, 배들이 자유롭게 오가도 돼요."

"그래요, 그들이 허락하는 한 그렇지요." 대니는 그렇게 대답했었다. "하지만 저들의 군선은 남아요. 저들은 원하면 언제든 우리 목에 손가락을 조일 수 있어요. 내 성벽이 보이는 곳에서 노예 시장을 열었고요!"

"우리 성벽 바깥이에요, 사랑스러운 여왕님. 그게 평화의 조건이었어요. 융카이인들이 이전처럼 방해 없이 노예 무역을 한다는 게."

"자기네 도시에서 하라는 거였어요. 내가 보는 곳이 아니라." 현명한 주인들은 스카하자단강 바로 남쪽에, 그 넓은 갈색 강이 노예상만으로 흘러드는 자리에 노예 우리와 경매대를 세웠다. "저들은 내 면전에서 날 비웃고 있어요. 내가 저들을 막을 힘이 없다는 걸 보여주려고."

"그런 태도만 보이는 거예요." 대니의 고귀한 남편이 말했다. "말한 대로 보여주기일 뿐이에요. 마음껏 연극을 하라고 해요. 저들이 사라지고 나면, 우린 저들이 떠나간 자리에 과일 시장을 열 거예요."

"저들이 사라지고 나면 말이죠." 대니는 그 말을 따라했다. "그래서 언제 사라지는 거죠? 스카하자단강 너머에서 기마병들이 보였어요. 라카로 말로는 도트락 척후병이고, 칼라사르가 뒤따라 온대요. 도트락인들은 포로를 잡을 거예요. 남자고 여자고 아이고 잡아서, 노예상들에게 넘기겠죠." 도트락인들은 사지도 팔지도 않았지만, 선물을 주고 선물을 받았다. "융카이인들이 저 시장을 연 것도 그래서예요. 새로운 노예 수천을 데리고 여길 떠날 거예요."

히즈다르 조 로라크는 어깨를 으쓱였다. "하지만 떠나겠죠. 그게 중요해요, 내 사랑. 융카이는 노예 무역을 하고, 미린은 하지 않는다, 그게 우리가 합의한 내용이에요. 잠시만 더 참으면 지나갈 거예요."

그래서 대너리스는 새빨간 토카와 어두운 생각에 휩싸인 채, 오직 말을 걸 때만 대답하고, 도시 안에서는 연회를 벌이는 지금도 성벽 바깥에서 사고 팔리고 있을 남자와 여자를 떠올리며 식사 내내 말없이 앉아 있었다. 어이없는 융카이 농담에 웃고 떠드는 건 고귀한 남편이나 하게 내버려뒀다. 그게 왕의 권리이자 의무이니.

내일의 투기 시합에 대한 대화가 많이 오갔다. 흑발의 바르세나가 멧돼지를 상대하여, 단검과 엄니가 부딪칠 예정이었다. 크라즈도, 얼룩 고양이도 싸울 터였다. 그리고 내일의 마지막 시합으로는 거인 고호르가 뼈 부수는 벨라쿼와 맞선다. 해가 지기 전에 둘 중 하나는 죽을 것이었다. '손이 깨끗한 여왕은 없어.' 대니는 스스로에게 말하며 도리아를, 쿠아로를, 에로어를 생각했다…… 한 번도 만나지 못한 하지아라는 이름의 어린 소녀를 생각했다. '성문 앞에서 수천 명이 죽는 것보다야 투기장에서 몇 명 죽는 게 낫지. 이게 평화의 대가라면 기꺼이 치르겠어. 뒤돌아보면 진다.'

융카이의 최고사령관인 유르카즈 조 윤자크는 외모로 보면 아에곤 정복 시절에도 살아 있었을 것 같았다. 등이 굽고, 주름투성이에, 이도 다 빠진 그는 건장한 노예 둘에게 들려서 식탁까지 왔다. 다른 융카이 귀족들도 썩 대단할 게 없었다. 하나는 작고 발육이 덜 됐는데, 수행하는 노예 병사들은 무섭도록 크고 말랐다. 세 번째 귀족은 젊고 건강한 몸에 화려했으나, 너무 취해서 대니는 그자의 말을 한마디도 이해할 수 없었다. '어떻게 이런 것들 때문에 내가 이런 길을 걷게 된 거지?'

용병들은 달랐다. 융카이를 위해 싸우는 네 개의 용병대 모두가 대장을 보냈다. 바람결단은 '누더기 왕자'라는 펜토스 귀족이 대표했고, 긴 기마창은 군인이라기보다는 제화공처럼 생긴 데다 말도 우물거리는 길로 레간이 대장이었다. 고양이 용병단의 핏빛 수염은 열 명 몫의 소란을 피웠다. 덥수룩한 수염을 기른 거대한 남자였고, 와인과 여자에 대한 욕구가 엄청났으며, 큰소리치고 트림하고 천둥처럼 방귀를 뀌고 손 닿는 데 지나가는 하녀마다 꼬집었다. 한 번씩 하녀를 무릎에 끌어다 앉히고 가슴을 잡거나 다리 사이에 손을 넣기도 했다.

둘째 아들들도 나타났다. '다리오가 여기 있었다면 식사가 피투성이로 끝났겠군.' 어떤 평화 협정도 어슬렁어슬렁 미린에 돌아온 갈색 벤 플럼을 살려 보내야 한다고 다리오를 설득할 수는 없었으리라. 대니는 일곱 명의 사절과 지휘관에게 어떤 해도 미치지 않을 것이라고 맹세했으나, 융카이인들에겐 그것으로 부족했다. 그들은 대니에게 인질도 요구했다. 융카이 귀족 세 명과 용병대장 네 명과 균형을 맞추기 위해, 미린은 인질 일곱 명을 포위 진영에 보냈다. 히즈다르의 누이와 사촌 두 명, 대니의 혈맹기수인 조고, 대니의 제독 그롤리오, 거세병단 부관 '영웅', 그리고 다리오 나하리스까지.

"내 여자들은 두고 가지요." 다리오는 대니에게 그렇게 말하며 검대와 도금한 여자들을 건넸다. "날 위해 안전하게 지켜줘요, 내 사랑. 융카이 놈들 사이에서 이 여자들이 피투성이 장난이라도 치면 안 되잖아요."

민머리도 자리에 없었다. 히즈다르가 왕관을 쓰자마자 제일 처음 한 일이 민머리에게서 놋쇠 짐승단의 지휘권을 빼앗아, 자기 사촌인 통통하고 창백한 마르가즈 조 로라크에게 넘긴 것이었다. '이게 최선이야. 녹색 은총자는 로라크와 칸다크 사이에 원한이 있다고 했고, 민머리는 내 남편에 대한 혐오감을 숨긴 적이 없었지. 그리고 다리오는……'

다리오는 결혼식 이후 더 다루기 힘들어졌다. 그는 대니의 평화에 기뻐하지 않았고, 대니의 결혼에는 더더욱 그랬으며, 도르네인들에게 속아 넘어간 데 대해서도 격분했다. 쿠엔틴 공자가 다른 웨스테로스인들이 폭풍 까마귀로 넘어온 것은 누더기 왕자의 명령이었다고 말했을 때, 다리오가 그들을 다 죽이려 드는 것을 회색 벌레와 거세병들의 개입으로 겨우 막았다. 가짜 탈영병들은 피라미드 밑에 안전하게 갇혔으나…… 다리오의 분노는 심해지기만 했다.

'인질로 있는 게 더 안전할 거야. 나의 대장은 평화에 걸맞지 않아.' 대니는 다리오가 갈색 벤 플럼을 베고, 궁정에서 히즈다르를 조롱하고, 융카이인들에게 도발하거나 아니면 대니가 너무나 많은 것을 포기하며 얻어낸 협정을 뒤엎을 위험을 감수할 수 없었다. 다리오는 전쟁과 재앙이었다. 그러니 대니는 그를 침대에서, 심장에서, 그녀에게서 몰아내야 했다. 다리오가 그녀를 배신하지 않는다면, 그녀를 지배하고 말 것이다. 대니는 어느 쪽이 더 두려운지 알지 못했다.

폭식이 끝나고 먹다 만 요리가 다 치워지자—여왕의 고집에 따라 그 요리는 아래에 모여든 가난한 이들에게 주어졌다—길쭉한 유리잔에 콰스에서 온, 짙은 호박색의 향신료 강한 술이 채워졌다. 이어서 여흥이 시작되었다.

유르카즈 조 윤자크 소유의 융카이 카스트라토(고음을 낼 수 있도록 변성기 전에 거세한 남자 가수) 가극단이 옛 제국의 고풍스러운 언어로 노래를 불렀다. 그들의 목소리는 높고 달콤하고 불가능할 정도로 순수했다. "저런 노래를 들어본 적 있나요, 내 사랑?" 히즈다르가 물었다. "그야말로 신들의 목소리가 아닙니까?"

"그렇군요. 저들은 남자의 과일을 갖는 쪽을 더 좋아하지 않을까 싶지만."

이 예인들은 모두 노예였다. 그것도 평화 협정의 일부였다. 노예 소유주들이 노예들을 풀어줘야 하는 게 아닌가 하는 두려움 없이 재산을 미린에 가지고 들어올 수 있는 권리. 그 대신 융카이는 대니가 해방시킨 노예들의 권리와 자유를 존중하겠다고 약속했다. 히즈다르는 공평한 거래라고 했지만, 여왕은 뒷맛이 썼다. 대니는 그 쓴맛을 씻어내려 와인을 또 한 잔 마셨다.

"당신만 좋아한다면 유르카즈가 기꺼이 저 가수들을 우리에게 줄 거예요." 그녀의 고귀한 남편이 말했다. "우리의 평화를 확고히 할 선물이자, 우리 궁정의 장식으로."

대니는 생각했다. '저 카스트라토들을 우리에게 준 다음에, 집으로 돌아가서 더 만들겠지. 세상에 남자애는 넘치니까.'

다음에 나온 곡예사들도 대니의 마음을 움직이지는 못했다. 아홉 층짜리 인간 피라미드를 만들고, 꼭대기에 벌거벗은 어린 소녀를 올려도 소용없었다. '혹시 나의 피라미드를 표현한 건가?' 여왕은 생각했다. '꼭대기에 올라간 소녀가 혹시 나인가?'

그 후에 대니의 남편은 노란 도시에서 온 방문객들이 밤의 미린을 볼 수 있도록, 손님들을 이끌고 아래층 테라스로 나갔다. 융카이인들은 와인 잔을 손에 든 채 몇 명씩 무리 지어 레몬나무와 밤에 피는 꽃들 아래 정원을 돌아다녔고, 대니는 갈색 벤 플럼과 마주쳤다.

벤이 허리를 깊숙이 숙였다. "전하. 아름다우십니다. 흠, 언제나 그러셨죠. 융카이 놈들 중엔 전하의 반만큼도 아름다운 자가 없어요. 전하께 결혼 선물을 가져올 수 있겠다 생각했는데, 경매가가 늙은 갈색 벤에게는 너무 높이 올라가더군요."

"그대에게 선물을 받고 싶진 않군."

"이 선물은 원하실 수도 있습니다. 오랜 적의 머리통이라."

"그대의 머리인가?" 대니는 다정하게 말했다. "그대는 날 배신했어."

"이렇게 말해도 될지 모르겠지만, 그건 좀 가혹한 표현이군요." 갈색 벤은 회색과 흰색이 뒤섞인 희끗희끗한 구레나룻을 긁었다. "저희는 이기는 쪽으로 간 것뿐입니다. 전에 했던 일과 똑같지요. 다 제가 결정한 것도 아닙니다. 제 부하들이 했죠."

"그래서, 날 배신한 건 그대의 병사들이라는 건가? 왜? 내가 둘째 아들들을 홀대했나? 급료를 속였나?"

"그런 적은 없으시죠." 갈색 벤이 말했다. "하지만 다 돈 문제만은 아닙니다, 위대하신 여왕님. 전 그 사실을 오래전에, 첫 전투에서 배웠지요. 전투가 벌어진 다음 날 아침, 죽은 자들을 뒤지면서 약탈할 게 없나 찾던 중이었습니다. 시체를 하나 보았는데, 어떤 도끼잡이가 어깨에서부터 팔을 잘라버렸더군요. 피가 딱딱하게 말라붙은 데다 파리 떼에 뒤덮여서 다른 사람이라면 건드리지도 않았을 몰골이었지만, 입고 있는 징 박힌 가죽조끼가 질이 좋아 보이더란 말입니다. 나한테 잘 맞을 수도 있겠다 싶어서 파리 떼를 쫓아버리고 조끼를 잘라냈지요. 그런데 그 망할 것이 생각보다 무거웠어요. 안감에다가 주화를 잔뜩 꿰매어 넣은 겁니다. 금화였어요, 전하. 사랑스러운 노란 금이었지요. 어떤 남자든 남은 평생 떵떵거리고 살 만한 돈이었습니다. 하지만 그게 그자에게 무슨 소용이었나요? 그자는 돈을 다 싸들고서 팔이 잘려 나간 채, 피와 진흙 속에 누워 있었지요. 그게 제가 얻은 교훈이었습니다. 아시겠습니까? 은화는 사랑스럽고 금화는 어머니나 다름없지만, 일단 죽으면, 죽으면서 마지막으로 싸지른 똥보다도 가치가 없는 겁니다. 예전에 말씀드렸지요. 늙은 용병도 있고 대담한 용병도 있지만, 늙고 대담한 용병 같은 건 없다고요. 제 부하들은 죽고 싶지 않았어요. 그게 다입니다. 그리고 제가 부하들에게 전하는 융카이 놈들에게 드래곤을 풀지 않을 거라고 했더니…….”

‘내가 졌다고 보았군.’ 대니는 생각했다. ‘내가 무슨 자격으로 그 생각이 틀렸다고 할까?’ “이해해.” 거기서 끝낼 수도 있었겠지만, 대니는 궁금했다. “떵떵거리며 살 만한 금화였다고 했지. 그 재산으로 뭘 했나?”

갈색 벤은 소리 내어 웃었다. “그때 저는 어리석은 청년이었던지라 친구라고 생각한 남자에게 말했고, 그 남자는 저희 하사관에게 말했고, 그러자 제 전우들이 와서 그 짐을 덜어줬지요. 하사관은 제가 너무 어리다고, 제가 가지고 있으면 창녀에게 다 써버릴 거라고 했습니다. 그렇지만 조끼는 남겨줬어요.” 그는 침을 뱉었다. “용병은 절대 믿으시면 안 됩니다.”

“그것만은 나도 배웠어. 언젠가 그대에게 교훈에 대한 감사 인사를 해야겠군.”

갈색 벤의 눈가에 주름이 졌다. “그러실 필요 없습니다. 전하의 마음에 있는 감사 인사가 어떤 건지 압니다.” 그는 다시 허리를 굽혀 절하고 멀어졌다.

대니는 몸을 돌려 자신의 도시를 내다보았다. 성벽 너머에 융카이의 노란 천막들이 바다 옆으로 질서정연하게 서서, 노예들이 파놓은 도랑에 보호받고 있었다. 신기스에서 온, 거세병들과 같은 방식으로 훈련받고 무장한 철군단 둘은 북쪽 강 건너에 진을 쳤다. 또 기스카인 군단 둘이 더 동쪽에 진을 쳐서, 키자이 고개로 가는 길을 틀어막았다. 남쪽에는 용병단이 묶어놓은 말들과 요리불들이 보였다. 낮이면 하늘에 피어오르는 가느다란 연기 기둥들이 마치 갈가리 찢긴 회색 리본 같았다. 밤이면 멀리서 피운 불을 볼 수 있었다. 만에 바싹 붙은 곳에는 용납할 수 없는 것이 서 있었다. 그녀의 문 앞에 차려진 노예 시장이었다. 해가 저문 지금은 볼 수 없었지만, 그곳에 있다는 걸 알았다. 그 생각만으로도 화가 났다.

"바리스탄 경?" 대니는 조용히 말했다.

하얀 기사가 즉시 나타났다. "전하."

"얼마나 들었지?"

"충분히 들었습니다. 틀린 말은 아니지요. 용병은 절대 믿을 게 못 됩니다."

'여왕도 그래.' 대니는 생각했다. "둘째 아들들에…… 갈색 벤을…… 제거하라고 설득해볼 만한 자가 있을까?"

"다리오 나하리스가 폭풍 까마귀의 다른 대장들을 없애버렸듯이 말입니까?" 노기사는 불편한 기색이었다. "가능할지도 모르지요. 저는 모르겠습니다, 전하."

'그래.' 대니는 생각했다. '그대는 너무 정직하고 명예를 중시하지.' "그게 안 된다면, 융카이가 고용한 용병단이 셋 더 있어."

"강도와 살인자, 수많은 전장의 쓰레기들입니다." 바리스탄 경이 경고했다. "플럼처럼 배신 잘하는 대장들을 뒀고요."

"나야 어린 계집애에 불과하고 그런 건 잘 모르지만, 지금 우리에겐 배신을 잘하는 성정이 좋을 것 같군. 예전에 내가 둘째 아들들과 폭풍 까마귀를 설득해서 합류시켰던 걸 기억하겠지."

"전하께서 길로 레간이나 누더기 왕자와 따로 말씀 나누고 싶으시다면, 제가 전하의 거처로 데려갈 수 있습니다."

"지금은 때가 아니야. 보는 눈도, 듣는 귀도 너무 많아. 경이 신중하게 융카이인들과 떼어놓을 수 있다 해도, 자리에서 사라진 걸 누군가 알아차릴 거야. 그자들과 접촉할 좀 더 조용한 방법을 찾아야 해……. 오늘 밤은 아니지만, 곧."

"분부 받들겠습니다. 저에게 잘 맞는 임무가 아니라는 걱정은 듭니다만.

킹스랜딩에서 이런 유의 일은 리틀핑거나 거미에게 맡겨졌지요. 저희 늙은 기사들은 단순해서, 싸움에만 쓸모가 있답니다." 그는 칼자루를 토닥였다.

"우리 포로들." 대니가 제안했다. "바람결단에서 도르네인 세 명과 함께 넘어온 웨스테로스인들이 있었지. 아직 감옥에 가둬두지 않았나? 그자들을 이용하시오."

"풀어주란 말씀이십니까? 그게 현명할까요? 그자들은 비열한 방법으로 전하의 신뢰를 얻으려고 온 자들로, 기회가 오자마자 전하를 배신할지도 모릅니다."

"그리고 실패했지. 난 그자들을 믿지 않아. 앞으로도 결코 믿지 않을 테고." 사실 대니는 믿는 방법조차 잊어가고 있었다. "그래도 이용은 할 수 있어. 하나는 여자였지. 메리스였나. 그 여자를…… 내 호의 표현으로 돌려보내요. 그들의 대장이 영리하다면 이해할 거요."

"그 여자가 최악인데요."

"더더욱 좋지." 대니는 잠시 생각했다. "긴 기마창의 의향도 알아봐야 해. 고양이 용병단도."

"핏빛 수염요." 바리스탄 경의 주름이 깊어졌다. "외람되오나 전하, 그자는 조금도 가까이 하고 싶지 않습니다. 전하께선 아홉 닢 왕들을 기억하기엔 너무 어리시지만, 그 핏빛 수염은 야만적이기가 똑같아요. 그자에겐 명예는 없고 굶주림만 있습니다…… 돈과 영광, 피에 대한 굶주림이지요."

"그런 자들에 대해서라면 경이 나보다 잘 알겠지." 핏빛 수염이 정말로 용병 중에서 가장 명예를 모르고 탐욕스럽다면 흔들기도 제일 쉬울 테지만, 이런 문제에서 바리스탄 경의 조언을 거스르기는 싫었다. "경이 최선이라고 생각하는 대로 하시오. 하지만 빨리 손을 써요. 히즈다르의 평화가 깨질 거라면, 준비해두고 싶군. 난 노예상들을 믿지 않아." '난 내 남편을 믿지 않아.' "그자들은 약한 틈만 보이면 우리를 공격할 거야."

"융카이도 약해지고 있습니다. 적리병이 톨로스인들 사이에 자리 잡았고, 강 건너 세 번째 기스카인 군단까지 퍼졌다고 합니다."

'하얀 암말.' 대너리스는 한숨을 쉬었다. '퀘이트는 하얀 암말이 온다고 경고했지. 도르네 공자에 대해서도 말했어. 태양의 아들이라고. 퀘이트가 많은 것을 말해줬지만, 다 수수께끼로구나.' "적들로부터 나를 구하는 데 역병에 기댈 순 없지. 이쁜이 메리스를 풀어주시오. 즉시."

"분부 받들겠습니다. 하지만…… 전하, 이런 말씀 드려도 될지 모르겠습니다만, 다른 길도 있습니다……."

"도르네 길 말이오?" 대니는 한숨을 쉬었다. 도르네인 세 명도 쿠엔틴 공자의 계급에 맞게 연회 자리에 초청받았지만, 레즈낙은 주의를 기울여 그들을 대니의 남편과 가장 먼 자리에 배치했다. 히즈다르는 질투하는 남자 같지 않았지만, 어떤 남자도 새 신부 근처에 구혼 경쟁자가 있는 것을 좋아하진 않으리라. "말도 잘하고 괜찮은 사람 같긴 하지만……."

"마르텔 가문은 역사가 깊고 고귀한 데다, 1세기가 넘도록 타르가르옌 가문의 충실한 친구였습니다, 전하. 제가 아버님의 일곱 기사 시절에 쿠엔틴 공자의 종조부와 함께 복무하는 영광을 누렸지요. 르윈 공자는 남자가 꿈꿀 수 있는 가장 용맹한 전우였습니다. 쿠엔틴 마르텔은 그분과 같은 핏줄입니다."

"공자가 말하는 5만 강병을 데리고 나타났다면 기뻤겠지. 그 대신 공자는 기사 둘과 함께 양피지 조각만 가지고 왔어. 양피지가 내 백성들을 융카이에게서 지켜줄까? 함대라도 같이 왔다면……."

"선스피어엔 해군이 없습니다, 전하."

"그래." 대니도 웨스테로스 역사를 그 정도는 알았다. 니메리아는 만 척의 배를 도르네의 모래 해변에 상륙시켰으나, 도르네 대공과 결혼하면서 다 태워버리고 영영 바다로부터 등을 돌렸다. "도르네는 너무 멀어. 도르네 공자를 만족시키려면 내 백성들을 다 버려야 해. 경이 공자를 집으로 돌려보내야겠어."

"도르네인은 고집이 세기로 악명이 높습니다, 전하. 쿠엔틴 공자의 조상들은 200년 가까이 전하의 조상들과 싸웠지요. 전하 없이는 가지 않을 겁니다."

'그렇다면 여기에서 죽겠지.' 대너리스는 생각했다. '그자에게 내 눈에 보이는 것 이상이 있다면 또 모르지만.' "아직 안에 있나?"

"자기 기사들과 같이 술을 마시고 있습니다."

"데려오게. 공자가 내 아이들을 만날 때가 됐군."

바리스탄 셀미의 엄숙하고 우울한 얼굴에 희미한 의혹의 빛이 스쳤다. "분부 받듭니다."

대니의 남편은 유르카즈 조 윤자크와 다른 융카이 귀족들과 웃고 떠들고 있었다. 남편이 그녀를 찾을 것 같지는 않았지만, 만약에 대비하여 시녀들에게 혹시 히즈다르가 찾으면 그녀는 자연의 부름에 응하고 있다고 말하라 일렀다.

바리스탄 경은 도르네 공자와 함께 계단에서 기다리고 있었다. 쿠엔틴 마르텔의 각진 얼굴은 불그레했다. '와인을 너무 마셨군.' 그는 숨기려고 애썼지만, 대니는 그렇게 판단했다. 허리띠를 장식한 구리 태양들을 제외하면 소박한 차림새였다. '별명이 개구리였지.' 대니는 기억을 돌이켰다. 이유를 알 만했다. 그는 잘생긴 남자가 아니었다.

대니는 미소 지었다. "공자. 내려가는 길이 먼데, 정말 같이 가보고 싶나요?"

"전하께서 괜찮으시다면요."

"그럼 갑시다."

거세병 둘이 횃불을 들고 앞장서서 계단을 내려갔다. 뒤에서는 놋쇠 짐승단이 둘 따라왔는데, 하나는 물고기 가면을 썼고 하나는 매 가면을 썼다. 그녀의 피라미드 안, 심지어 평화와 축하를 누리는 이 행복한 밤에도 바리스탄 경은 대니가 가는 곳마다 위병들을 거느려야 한다고 주장했다. 소규모 일행은 침묵 속에서 오랫동안 내려갔고, 세 번 멈춰 서서 숨을 돌렸다. "드래곤에겐 머리가 셋 달렸지." 대니는 마지막 계단을 내려가며 말했다. "내가 결혼했다고 꼭 공자의 희망이 끝난 건 아니오. 공자가 왜 여기 왔는지 알아요."

"전하를 위해섭니다." 쿠엔틴이 어색하도록 정중하게 말했다.

"아니." 대니가 말했다. "불과 피를 위해서지."

코끼리 하나가 우리 안에서 요란한 소리를 냈다. 아래에서 응답하는 포효에 대니는 갑작스러운 열기를 느끼고 달아올랐다. 쿠엔틴 공자가 놀라서 쳐다보았다. "드래곤들은 전하가 가까이 오면 늘 안다오." 바리스탄 경이 말했다.

'아이들은 어머니를 알지.' 대니는 생각했다. '바다가 마르고 산맥이 낙엽처럼 바람에 날릴 때⋯⋯.' "나를 부르는군. 가지." 그녀는 쿠엔틴 공자의 손을 잡고 두 마리 드래곤이 갇혀 있는 구덩이로 향했다. "밖에 남아 있게." 대니는 거세병들이 거대한 철문을 여는 동안 바리스탄 경에게 말했다. "쿠엔틴 공자가 날 지켜줄 거야." 그녀는 도르네 공자를 끌고 안으로 들어가서 구덩이 위에 섰다.

드래곤들이 목을 길게 빼고, 불타는 눈으로 그들을 응시했다. 비세리온은 쇠사슬 하나를 박살 내고 나머지는 녹여버렸다. 이제는 거대한 하얀 박쥐처럼 발톱을 불타고 무너져가는 벽돌 깊이 박아 넣은 채 구덩이 천장에 매달려 있었다. 아직 사슬에 매인 라에갈은 황소의 사체를 먹고 있었다. 지난번에 왔을 때보다 구덩이 바닥에 뼈다귀가 더 높이 쌓였고, 벽과 바닥은 검은색과 회색으로 벽돌이라기보다는 재에 가까웠다. 오래 버티지는 못할 텐데…… 그 벽돌 뒤에는 흙과 돌밖에 없었다. '드래곤도 옛 발리리아의 불벌레처럼 바위를 뚫고 나갈 수 있을까?' 그렇지 않기를 빌었다.

도르네 공자는 얼굴이 새하얘졌다. "저…… 저는 세 마리가 있다고 들었습니다."

"드로곤은 사냥 중이야." 그가 나머지 사연까지 들을 필요는 없었다. "하얀 녀석이 비세리온, 녹색이 라에갈. 내 오라버니들의 이름을 땄다네." 대니의 목소리가 불탄 돌벽에 메아리쳤다. 작은 목소리였다. 여왕이자 정복자의 목소리도 아니고, 새 신부의 기쁨에 겨운 목소리도 아닌 그저 소녀의 목소리였다.

라에갈이 화답하듯 포효하며 붉고 노란 불기둥으로 구덩이 안을 채웠다. 비세리온이 응답하여 내뿜은 불길은 금색과 오렌지색이었다. 비세리온이 날개를 퍼덕이자 회색 재 구름이 피어올랐다. 다리에 매달린 끊어진 사슬이 철컹거렸다. 쿠엔틴 마르텔이 펄쩍 뛰어 물러섰다.

더 잔인한 여자였다면 비웃었을지 모르지만, 대니는 그의 손을 힘주어 잡고 말했다. "나도 저 아이들이 무서워. 부끄러울 거 없네. 내 아이들은 어둠 속에서 거칠게 자랐고 분노를 키웠지."

"저…… 저들을 타실 생각입니까?"

"하나는 타야지. 내가 드래곤에 대해 아는 거라곤 어렸을 때 오빠가 말해준 내용, 그리고 책에서 읽은 내용뿐이지만 정복자 아에곤이라 해도 감히 바가르나 메락세스를 탈 생각은 하지 못했고, 아에곤의 누이들도 검은 공포 발레리온을 타지는 못했다고 해. 드래곤들은 인간보다 오래 살아서 몇백 년까지 살기도 하니, 발레리온도 아에곤이 죽은 후에 다른 이들을 태웠지만…… 그 누구도 두 마리 드래곤을 탄 적은 없어."

비세리온이 다시 쉭쉭거렸다. 잇새에서 연기가 피어올랐고, 목구멍 깊숙한 곳에서 도는 금빛 불길을 볼 수 있었다.

"저들은…… 저들은 무서운 생물입니다."

"저들은 드래곤이야, 쿠엔틴." 대니는 발끝으로 서서 쿠엔틴의 두 뺨에 한 번씩 가볍게 입을 맞췄다. "그리고 나도 그래."

젊은 공자는 침을 삼켰다. "제…… 제게도 드래곤의 피가 흐릅니다, 전하. 제 혈통을 거슬러 올라가면 선한 왕 다에론의 누이이자 도르네 대공의 아내였던 타르가르옌 왕녀, 첫 번째 대너리스가 있어요. 당시 대공은 그분을 위해 물의 정원을 지으셨지요."

"물의 정원?" 대니는 사실 도르네의 역사에 대해 잘 몰랐다.

"제 아버지가 제일 좋아하는 궁전입니다. 언젠가 전하께 안내해드리면 좋겠군요. 온통 분홍색 대리석으로 지었고 연못과 분수가 가득한 데다, 바다를 보고 있답니다."

"아름답겠군." 대니는 그를 이끌고 구덩이에서 멀어졌다. '이 사람은 여기에 속하지 않아. 애초에 오지 말았어야 했어.' "공자는 그리로 돌아가야 해. 안타깝지만 내 궁정은 공자에게 안전한 곳이 아니야. 공자 생각보다 적이 더 많아. 그대는 다리오를 바보로 만들었는데, 다리오는 그런 모욕을 잊는 남자가 아니거든."

"제게는 기사들이 있습니다. 제게 충성을 맹세한 방패들이죠."

"기사 둘뿐이지. 다리오에겐 500명의 폭풍 까마귀가 있어. 그리고 내 남편도 조심하는 게 좋아. 온화하고 상냥한 사람처럼 보이지만, 속지 마. 히즈다르는 내게서 왕관을 얻었고, 세상에서 제일 무시무시한 전사들에게 충성을 얻고 있네. 혹시라도 그중 누군가가 히즈다르의 경쟁자를 제거해서 총애를 얻겠다고 생각하면……."

"저는 도르네 공자입니다, 전하. 노예와 용병으로부터 달아나진 않을 겁니다."

'그렇다면 정말 바보로군. 개구리 왕자.' 대니는 그녀의 거친 아이들을 마지막으로 쳐다보았다. 쿠엔틴을 데리고 문으로 돌아가자 드래곤들이 소리를 질렀고, 그들이 내뿜는 불에 벽돌 위로 불빛이 너울거렸다. '뒤를 돌아보면 진다.' "바리스탄 경이 연회 자리까지 타고 갈 남여를 부를 테지만, 그래도 올라가는 길이 지루할 수 있어." 등 뒤에서 거대한 철문이 쿵 소리를 내며 닫혔다. "그 다른 대너리스에 대해 말해주게. 난 내 아버지의 왕국 역사에 대해 더 알아야 해. 학사 없이 자랐거든." '오빠만 하나 있었지.'

"기쁘게 말씀드리겠습니다, 전하." 쿠엔틴이 말했다.

손님들이 다 떠나고 대니가 거처로 물러나 남편이자 왕과 재회했을 때는 자정이 훌쩍 넘은 후였다. 히즈다르는 좀 취하긴 했지만 행복해했다. "난 약속을 지키는 사람이에요." 그는 이리와 지키가 잠옷을 입혀주는 동안 말했다. "당신이 평화를 원했으니, 내가 평화를 안겨주지요."

'당신은 피를 원했으니, 곧 내가 피를 안겨줘야겠지.' 대니는 그렇게 생각했지만, 말은 다르게 했다. "고마워요."

그날의 흥분이 남편의 열정에 불을 붙였다. 시녀들이 물러나자마자 그는 대니의 로브를 찢고 침대에 밀어 눕혔다. 대니는 두 팔로 그를 안고 원하는 대로 하게 놓아두었다. 취했으니 오래가지는 않을 터였다.

실제로 그랬다. 그 후에 그는 대니의 귀에 코를 부비며 속삭였다. "신들께서 오늘 밤 우리에게 아들을 주셨으면."

머릿속에 미리 마즈 두르의 말이 울려 퍼졌다. '해가 서쪽에서 뜨고 동쪽으로 지는 날에. 바다가 마르고 산맥이 낙엽처럼 바람에 날릴 때. 마님의 자궁이 되살아나서 살아 있는 아이를 밸 때. 그때라야 돌아오겠지요. 그 전에는 안 됩니다.' 의미는 명백했다. 그녀가 살아 있는 아이를 배는 것은 칼 드로고가 죽음에서 살아 돌아오는 일만큼 불가능했다. 그러나 아무리 남편이라 해도 공유할 수 없는 비밀은 있는 법이었으니, 대니는 히즈다르 조 로라크가 희망을 간직하게 내버려두었다.

그녀의 고귀한 남편은 곧 잠들었다. 대너리스는 그 옆에서 몸을 뒤척일 수밖에 없었다. 히즈다르를 흔들어 깨우고, 그녀를 안고 입 맞추게 하고 다시 관계하고 싶었지만, 설령 그런다 해도 그 후에 그는 다시 잠들 테고 그녀는 어둠 속에 홀로 남을 것이다. 다리오는 뭘 하고 있을까 궁금했다. 다리오도 잠 못 이루고 있을까? 그녀에 대해 생각하고 있을까? 다리오가 정말로 그녀를 사랑할까? 히즈다르와 결혼했다고 그녀를 미워할까? '애초에 다리오를 침대에 끌어들이지 말았어야 했어.' 그는 용병에 불과했고, 여왕에게 걸맞은 배우자가 아니었지만…….

'다 알고 있었지만, 그래도 난 그렇게 했지.'

"여왕님?" 어둠 속에서 조용한 목소리가 날아왔다.

대니는 움찔했다. "거기 누구냐?"

"미산데이입니다." 나스 출신의 서기가 침대에 다가왔다. "전하께서 우시는 소리를 들었어요."

"울어? 난 울고 있지 않았다. 내가 왜 울겠느냐? 평화도 얻었고, 남편도 얻었고, 여왕이 바랄 수 있는 모든 것을 얻었는데. 네가 나쁜 꿈을 꾼 것뿐이야."

"전하 말씀이 맞겠죠." 소녀는 절을 하고 가려고 했다.

"여기 있어라. 혼자 있기 싫구나." 대니가 말했다.

"부군 전하께서 같이 계신데요." 미산데이가 가리켰다.

"부군 전하는 꿈을 꾸고 있지만, 난 잠을 잘 수가 없구나. 내일은 피에 목욕을 해야 해. 평화의 대가지." 그녀는 지친 미소를 짓고 침대를 두드렸다. "이리 와 앉으렴. 나와 이야기하자."

"전하께서 바라신다면요." 미산데이가 옆에 앉았다. "무슨 이야기를 할까요?"

"집." 대니가 말했다. "나스. 나비와 형제들. 너를 행복하게 하는 것들, 너를 웃게 하는 것들, 네 가장 좋은 기억들을 말해다오. 세상에 아직 좋은 게 있다는 사실을 일깨워다오."

　미산데이는 최선을 다했다. 대니가 겨우 잠이 들어 연기와 불로 이루어진, 반쯤 만들어지다 만 기묘한 꿈을 꿀 때에도 미산데이는 계속 이야기하고 있었다.

테온

낮은 스타니스처럼 느닷없이 찾아왔다.

윈터펠은 몇 시간 동안이나 깨어 있었고, 성곽과 탑에는 모직물과 사슬 갑옷과 가죽 갑옷을 입은 남자들이 빽빽하게 모여 결코 오지 않는 공격을 기다렸다. 하늘이 밝아질 때쯤에는 북소리가 잦아들었지만, 전투 나팔 소리는 세 번 더 울려 퍼졌고 매번 더 가까이에서 들렸다. 그리고 여전히 눈이 내렸다.

"오늘은 눈보라가 그칠 거야." 살아남은 마구간지기 중 한 명이 큰 소리로 우겼다. "이건 겨울도 아니야." 테온이 감히 웃을 수 있었다면 큰 소리로 웃었을 것이다. 낸 할멈이 이야기해줬던, 40일 밤낮을 날뛰었던 폭풍, 1년이나 이어진 폭풍, 10년 동안 계속된 폭풍 이야기들이 떠올랐다……. 성과 도시와 왕국 전체를 30미터의 눈 속에 묻어버렸던 폭풍들.

그는 대연회장 뒤쪽, 말들이 묶인 자리에서 멀지 않은 곳에 앉아서 아벨과 로완, 그리고 '다람쥐'라 불리는 지저분한 갈색 머리의 세탁부가 베이컨 기름에 튀긴 퀴퀴한 갈색 빵 덩이에 덤벼드는 모습을 보고 있었다. 테온은 이스트로 탁해진 데다 씹어도 될 만큼 걸쭉한 흑맥주 한 잔으로 아침을 대신했다. 몇 잔 더 마시고 나면 아벨의 계획이 그렇게까지 미친 짓으로 보이지 않을지 몰랐다.

색이 엷은 눈의 루스 볼턴이 하품을 하며 들어왔다. 통통한 데다 임신까지 한 아내, 뚱뚱한 왈다가 함께였다. 몇몇 귀족과 부대장이 앞서 와 있었는데, 그중에는 창녀잡이 엄버, 아에니스 프레이, 로저 리스웰도 있었다. 식탁 한참 저편에는 와이먼 맨덜리가 앉아서 소시지와 삶은 계란을 게걸스레 먹었고, 그 옆에 앉은 늙은 로크 공은 귀리죽을 떠서 이도 없는 입으로 가져갔다.

램지 공도 곧 나타나서 검대를 조이며 연회장 앞쪽으로 갔다. '오늘 아침엔 기분이 나쁘군.' 테온은 알 수 있었다. '북소리 때문에 밤새 깨어 있었거나, 아니면 누군가에게 기분이 상했어.' 테온은 추측했다. 한마디만 잘못하면, 부적절한 표정이라도 한번 지으면, 엉뚱한 순간에 웃기라도 하면 램지 공이 격노해서 한 사람의 살가죽을 벗길 수 있었다. '제발, 이쪽은 보지 마세요.' 램지는 한 번만 보아도 모든 것을 알 터였다. '내 얼굴에 쓰여 있겠지. 램지는 알 거야. 램지는 언제나 알아.'

테온은 아벨을 돌아보았다. "이건 안 될 거야." 목소리를 어찌나 낮게 깔았는지, 말들도 엿듣지 못할 지경이었다. "성을 떠나기 전에 잡힐 거야. 탈출까진 한다 해도 램지 공이 우리를 추적할 거야. 램지와 뼈다귀 벤과 암캐들이."

"성벽 바깥에 스타니스 공이 있는데, 소리를 들어서는 멀지 않아. 거기까지만 가면 돼." 아벨의 손가락이 류트 줄 위에서 춤을 췄다. 가수의 수염은 갈색이었지만, 긴 머리는 대부분 회색으로 세어 있었다. "서자 놈이 뒤쫓아 온다면, 괜히 그랬다고 후회할 만큼의 시간도 살지 못할걸."

'그렇게 생각하겠지. 그렇게 믿어. 마음대로 믿어.' 테온은 가수에게 말했다. "램지는 네 여자들을 사냥감으로 삼을 거야. 사냥해서 잡아다가 강간하고, 시체는 개들에게 먹일 거야. 추적이 재미있었다면 다음에 태어날 개들에게 그 여자들 이름을 붙일지도 모르지. 너는 살가죽을 벗길 거야. 램지와 스키너와 춤춰봐 데이면, 그놈들이 게임을 벌이겠지. 넌 그놈들에게 죽여달라고 빌게 될 거야." 그는 손가락이 모자란 손으로 가수의 팔을 움켜잡았다. "날 다시는 저놈 손에 떨어지지 않게 해주겠다고 맹세했지. 그렇게 약속했어." 그 말을 다시 들어야 했다.

"아벨의 약속은 참나무처럼 튼튼해." 다람쥐가 말했다. 아벨 본인은 어깨만 으쓱였다. "무슨 일이 있어도 그러지요, 왕자님."

연단 위에서는 램지가 아버지와 다투고 있었다. 테온이 듣기에는 너무 멀었지만, 뚱뚱한 왈다의 동그란 분홍빛 얼굴에 드러난 공포만 봐도 알 만했다. 와이먼 맨덜리가 소시지를 더 주문하는 소리, 로저 리스웰이 외팔이 하우드 스타우트의 농담에 껄껄대는 소리가 들렸다.

테온은 익사한 신의 물속 궁전을 보는 날이 올지, 아니면 유령조차 여기 윈터펠에 남게 될지 궁금했다. '죽은 건 죽은 거지. 죽은 게 구린내보다는 나아.' 아벨의 계획이 잘못된다면 램지가 그들의 죽음을 길고 어렵게 만들 터였다. '이번엔 내 머리끝부터 발끝까지 살가죽을 벗길 테고, 아무리 애걸해도 고통을 끝내주지 않을 거야.' 테온이 평생 알았던 그 어떤 고통도 스키너가 가죽 벗기는 작은 칼로 일으킬 수 있는 고통에 비할 바가 못 됐다. 아벨도 곧 그걸 알게 될 것이다. 그런데 뭘 위해서? '제인, 그 애 이름은 제인이고, 눈 색깔이 달라.' 역할을 수행 중인 배우. '볼턴 공도 알고, 램지도 알지만 나머지는 눈이 멀었어. 심지어 이 교활한 미소를 짓는 망할 가수도. 아벨, 너와 네 살인자 창녀들에게 떨어진 농담이야. 너흰 엉뚱한 여자애를 위해 죽을 거다.'

로완이 타버린 탑의 폐허에 있던 아벨에게 데려갔을 때 그는 그들에게 진실을 털어놓기 일보 직전이었지만, 마지막 순간에 입을 다물었다. 가수는 에다드 스타크의 딸을 데리고 도망치는 데 열심인 것 같았다. 램지 공의 신부가 집사의 딸인 걸 알면…….

대연회장 문이 쾅 소리 나게 열렸다.

차가운 바람이 휘몰아쳐 들어오고, 자욱한 얼음 결정이 허공에서 청백색으로 반짝였다. 그 속을 뚫고 허리까지 눈을 묻힌 호스틴 프레이 경이 품에 시신을 안고 들어왔다. 장의자들을 채운 남자들이 잔과 숟가락을 놓고 몸을 돌려 이 소름 끼치는 광경을 바라보았다. 연회장이 조용해졌다.

'살인이 또 났군.'

바닥에 발소리를 울리며 상석으로 걸어가는 호스틴 경의 망토에서 눈이 흘러내렸다. 그 뒤로 프레이 기사와 중장병 십여 명이 따라 들어왔다. 하나는 테온도 아는 소년이었다. 여우 같은 얼굴에 막대기처럼 마른 큰 왈더, 둘 중에 더 작은 쪽이었다. 가슴과 두 팔, 망토에 피가 튀어 있었다.

피 냄새를 맡은 말들이 소리를 질렀다. 개들이 쿵쿵대며 식탁 밑에서 달려 나왔다. 장의자 여기저기에서 남자들이 일어섰다. 호스틴 경의 품에 안긴 시신은 분홍색 서리로 무장한 채 횃불 빛을 받아 반짝였다. 바깥의 추위에 피가 얼어붙은 것이다.

"내 동생 메렛의 아들이오." 호스틴 프레이가 시체를 연단 앞 바닥에 내려놓았다. "돼지처럼 도살해서 눈 속에 처박아뒀더군. 어린애를."

'작은 왈더로군. 둘 중에 큰 녀석.' 테온은 생각하며 로완을 흘긋 보았다. '이 무리는 여섯 명이야. 누구든 이런 짓을 할 수 있어.' 그는 기억을 돌이켰다. 그러나 세탁부가 그의 시선을 느끼고는 말했다. "이건 우리 짓이 아니야."

"조용." 아벨이 경고했다.

램지 공이 연단에서 죽은 소년을 향해 내려갔다. 그의 아버지는 좀 더 천천히, 색이 없는 눈과 고요한 얼굴로, 엄숙하게 일어섰다. "이건 더러운 짓이군." 이번만은 루스 볼턴의 목소리도 모두에게 들릴 만큼 컸다. "시신을 어디에서 찾았소?"

"망가진 아성 밑에서 찾았습니다." 큰 월더가 대답했다. "오래된 가고일들이 있는 곳요." 소년의 장갑에는 사촌의 피가 잔뜩 묻어 있었다. "혼자 나가지 말라고 했는데, 자기한테 은화를 빚진 남자를 찾아야 한다고 했어요."

"어떤 남자?" 램지가 물었다. "이름을 말해라. 누군지만 알려주면 내가 그놈 살가죽으로 망토를 만들어주마."

"이름은 말 안 했어요. 주사위 놀이에서 돈을 땄다고만 했죠." 프레이 소년은 머뭇거렸다. "주사위 놀이를 가르쳐준 건 화이트하버 남자였어요. 누군지는 모르겠지만, 그중 하나였어요."

호스틴 프레이가 큰 소리로 외쳤다. "볼턴 공. 우린 누가 한 짓인지 압니다. 이 소년과 나머지 모두를 죽인 자를요. 자기 손으로 직접 하진 않았지요. 직접 죽이기엔 너무 뚱뚱하고 비겁하니까요. 하지만 명령은 그자가 내린 겁니다." 그는 와이먼 맨덜리를 돌아보았다. "부정하시오?"

화이트하버의 영주는 소시지 절반을 씹었다. "자백하지……." 그는 소매로 입가에 묻은 기름기를 닦았다. "……이 가엾은 아이에 대해 별로 아는 게 없다고 자백하지. 램지 공의 종자 아니었던가? 몇 살이었소?"

"지난번 명명일에 아홉 살이 됐소."

"정말 어리군." 와이먼 맨덜리가 말했다. "하지만 이게 축복이었을지도 몰라. 살았다면 자라서 프레이가 됐을 테니."

호스틴 경이 탁자 상판을 걷어차서 와이먼 공의 둥근 배에 떨어졌다. 잔과 접시가 날고, 소시지가 사방에 떨어지고, 맨덜리 병사 십여 명이 욕을 하며 일어섰다. 몇 명은 나이프든 접시든 병이든 무기가 될 만한 건 뭐든지 잡았다.

호스틴 프레이 경이 칼집에서 장검을 뽑아 들고 와이먼 맨덜리를 향해 뛰어올랐다. 화이트하버의 영주는 피하려고 했으나, 탁자 상판 때문에 의자에 묶여 있었다. 칼날이 네 겹 턱 중에 세 겹을 베며 새빨간 피 보라를 뿌렸다. 왈다 부인이 새된 소리를 지르며 남편의 팔을 잡았다. "그만." 루스 볼턴이 외쳤다. "이 미친 짓을 멈추시오." 맨덜리 병사들이 프레이에게 덤벼들기 위해 장의자를 타 넘는 한편 볼턴의 병사들도 앞으로 달려 나갔다. 맨덜리 한 명이 단검을 들고 호스틴 경에게 돌진했지만, 이 덩치 큰 기사는 몸을 빙글 돌려 그자의 팔을 어깨부터 잘라버렸다. 와이먼 공이 겨우 일어섰다가 다시 쓰러졌다. 늙은 로크 공이 학사를 외쳐 부르는 사이 맨덜리는 두들겨 맞은 바다코끼리처럼 쓰러져 피 웅덩이를 만들었다. 주위에서는 개들이 소시지를 두고 다퉜다.

싸우는 이들을 갈라놓고 학살을 끝내는 데 드레드포트 창병 마흔 명이 필요했다. 그때쯤에는 화이트하버 병사 여섯 명과 프레이 병사 두 명이 죽어 누워 있었다. 십여 명이 부상을 입었고 서자의 자식들 중 하나인 루톤은 벌어진 배 안으로 미끄러운 내장을 다시 밀어 넣으려 애를 쓰고 어머니를 외쳐 부르며 시끄럽게 죽어갔다. 그를 조용하게 만든 건 램지 공이었다. 그는 강철 정강이의 부하 하나에게서 창을 빼앗아 루톤의 가슴에 내리꽂았다. 그때까지도 고함과 기도와 욕설, 겁에 질린 말들의 비명과 램지의 암캐들이 으르렁대는 소리가 서까래를 흔들었다. 강철 정강이 월튼이 창으로 바닥을 열 번 넘게 두드리고 나서야 연회장 안이 루스 볼턴의 목소리가 들릴 만큼 조용해졌다.

"다들 피를 원한다는 건 알겠군." 드레드포트의 영주가 말했다. 로드리학사가 팔에 까마귀를 앉히고 옆에 서 있었다. 까마귀의 검은 깃털이 횃불빛을 받아 석탄 기름처럼 반짝였다. '젖었군.' 테온은 깨달았다. '그리고 영주님 손에 양피지가 들려 있어. 저것도 젖었을 거야. 어두운 날개에 어두운 소식.' "검을 서로에게 휘두르기보다는 스타니스 공에게 써볼 수 있을 텐데." 볼턴 공이 양피지를 폈다. "스타니스의 군대는 여기서 사흘 거리도 떨어지지 않은 곳에서 눈에 갇혀 굶주리고 있고, 난 기다리는 데 지쳤소. 호스틴 경, 기사와 중장병을 성문 앞에 모으시오. 그렇게 전투를 치르고 싶다면, 경이 첫 공격을 맡으시오. 와이먼 공, 화이트하버 병사들을 동문에 모으시오. 역시 출격하도록 하지요."

호스틴 프레이의 검은 거의 자루까지 붉게 물들었다. 뺨에 튄 핏자국이 주근깨 같았다. 그는 검을 내리고 말했다. "분부대로 하지요. 하지만 스타니스 바라테온의 머리통을 가져다준 후에는 저 기름 덩어리 영주를 마저 썰어버릴 겁니다."

메드릭 학사가 와이먼 공 옆에서 애써 지혈하는 동안, 화이트하버 기사 네 명이 주위를 에워싸고 서 있었다. "우선 우리를 뚫고 가야 할 거요, 경." 그중 제일 나이가 많은 냉혹한 얼굴의 기사가 말했다. 그의 피투성이 전포에는 보라색 바탕에 은색 인어 셋이 수놓여 있었다.

"기꺼이 그러지. 한 번에 하나씩이든 한꺼번에든 상관없어."

"그만." 램지 공이 피 묻은 창을 휘두르며 포효했다. "한 번만 더 위협이 오가면 내가 직접 전부 내장을 꺼내주겠어. 내 아버님이 말씀하셨지! 분노는 참칭자 스타니스를 위해 아껴둬."

루스 볼턴이 고개를 끄덕여 찬성을 표했다. "저 말대로요. 스타니스를 끝내고 나면 서로 싸울 시간은 충분할 거요." 그는 고개를 돌려 색이 없는 차가운 눈으로 연회장 안을 훑다가 테온 곁에 있는 가수 아벨을 찾아냈다. "가수. 와서 뭔가 마음을 달래줄 노래를 불러라."

아벨이 허리를 굽혔다. "영주님 분부에 따르지요." 그는 류트를 손에 들고 어슬렁어슬렁 연단으로 걸어가더니, 시체 한두 구를 무감각하게 뛰어넘어 연단에 다리를 꼬고 앉았다. 아벨이 테온 그레이조이는 잘 모르는 슬프고 부드러운 노래를 시작하자 호스틴 경, 아에니스 경, 그리고 그들의 동료 프레이들이 몸을 돌려 말을 끌고 나갔다.

로완이 테온의 팔을 잡았다. "목욕. 지금이어야 해."

그는 로완의 손을 뿌리쳤다. "낮에? 눈에 띌 거야."

"눈이 가려줄 거야. 귀가 먹었어? 볼턴이 병력을 내보내잖아. 군사들이 도착하기 전에 우리가 먼저 스타니스에게 가야 해."

"하지만…… 아벨은……."

"아벨은 알아서 할 수 있어." 다람쥐가 중얼거렸다.

'이건 미친 짓이야. 가망 없고, 멍청하고, 망했어.' 테온은 남은 에일을 찌꺼기까지 마시고 마지못해 일어섰다. "자매들을 찾아와. 부인의 욕조를 채우려면 물이 꽤 필요하거든."

다람쥐는 언제나 그랬듯 발소리도 없이 빠져나갔다. 로완은 테온과 함께 연회장 밖으로 걸어 나갔다. 신의 숲에서 테온을 발견한 후, 그 자매들 중 한 명은 언제나 테온을 따라다니며 시야에서 놓치지 않았다. 그들은 그를 믿지 않았다. '믿을 이유가 있겠어? 난 이전에 구린내였고 다시 구린내가 될 수도 있는데. 구린내, 구린내, 지린내와 운이 맞는 구린내.'

밖에서는 아직도 눈이 내렸다. 종자들이 만들어둔 눈사람들은 3미터 키에 끔찍하게 모양이 일그러진 무시무시한 거인이 되어 있었다. 테온과 로완이 신의 숲으로 가는 내내 양옆에 하얀 벽이 서 있었다. 아성과 탑과 연회장 사이를 오가는 길은 몇 시간씩 눈을 파내어 만든 얼음 참호의 미로가 되어 있었다. 이 얼어붙은 미궁에선 길을 잃기 쉬웠으나, 테온 그레이조이는 굽이굽이 다 알았다.

신의 숲마저도 하얗게 변해갔다. 심장 나무 아래 웅덩이에는 얇게 얼음이 깔렸고, 하얀 줄기에 새겨진 얼굴에는 작은 고드름 콧수염이 맺혔다. 이 시간에는 옛 신들을 독차지할 가망이 없었다. 로완은 테온을 끌고 나무 앞에서 기도하는 북부인들에게서 멀리, 막사 벽 근처의 외진 곳으로 갔다. 썩은 계란 냄새를 풍기는 따뜻한 진흙 웅덩이 옆이었는데, 테온은 그 진흙마저도 가장자리에 얼음이 붙었음을 알아보았다. "겨울이 오고 있다……."

로완은 엄혹한 눈으로 그를 보았다. "너에겐 에다드 공의 말을 입에 담을 권리가 없어. 넌 아니야. 절대로. 네가 한 짓을 생각하면—"

"너희도 어린애를 죽였어."

"그건 우리가 아니었어. 말했잖아."

"말은 바람과 같지." '이자들이 나보다 나을 건 없어. 우린 똑같은 족속이야.' "다른 사람들은 죽였으면서, 왜 걔는 아니야? 노란 딕은—"

"그놈은 너만큼이나 악취가 지독했어. 돼지나 다름없었지."

"그리고 작은 왈더는 새끼 돼지였어. 그 녀석을 죽여서 프레이와 맨덜리가 싸우게 만든 건 절묘했는데—"

"우리가 아니야." 로완은 그의 목을 잡고 막사 벽에 밀어붙이더니, 코앞에 얼굴을 들이밀었다. "한 번만 더 그 소리 하면 네 거짓말하는 혓바닥을 뽑아버리겠어, 친족 살해자."

그는 망가진 잇새로 웃었다. "못 그럴걸. 위병들 앞을 지나가려면 내 혓바닥이 필요해. 내 거짓말이 필요하지."

로완은 그의 얼굴에 침을 뱉었다. 그런 다음 그를 놓아주고, 그를 만진 것만으로도 더러워졌다는 듯이 장갑 낀 손을 다리에 문질렀다.

테온은 로완을 자극해선 안 된다는 걸 알았다. 이 여자는 스키너나 춤춰봐 데이먼 못지않게 위험했다. 하지만 그는 춥고 피곤했으며 머리가 쾅쾅 울렸고, 며칠이나 자지 못했다. "내가 끔찍한 짓들을 하긴 했지……. 내 사람들을 배신했고, 변절했고, 날 믿은 사람들의 죽음을 지시했고……. 그렇지만 친족 살해자는 아니야."

"스타크의 자식들은 네 형제였던 적이 없지, 그래. 알아."

그건 사실이었지만, 테온의 말뜻은 그게 아니었다. '걔들은 내 핏줄이 아니지만, 그렇다 해도 난 절대 개들을 해치지 않았어. 우리가 죽인 두 아이는 방앗간집 아들이었어.' 태온은 그들의 어머니에 대해 생각하고 싶지 않았다. 방앗간집 마누라를 몇 년이나 알았고, 그 여자와 자기도 했었다. '크고 묵직한 젖가슴에 넓고 검은 젖꼭지, 달콤한 입, 명랑한 웃음소리. 내가 다시는 맛보지 못할 즐거움.'

하지만 로완에게 그런 소리를 해봐야 소용없었다. 태온이 로완의 부인을 믿지 않듯, 로완도 그의 말을 믿지 않을 것이다. "내 손에 피가 묻긴 했지만, 형제들의 피는 아니었어." 그는 지친 기분으로 말했다. "그리고 난 벌을 받았어."

"충분히는 아니지." 로완이 등을 돌렸다.

'어리석은 여자.' 태온이 망가진 인간일지는 몰라도 아직 단검을 가지고 있었다. 단검을 뽑아서 로완의 어깨뼈 사이에 꽂는 건 간단한 일일 터였다. 이가 빠졌든 부러졌든 간에, 그 정도는 아직 할 수 있었다. 심지어 그건 친절을 베푸는 격일 수도 있었다. 로완과 그 자매들이 램지에게 잡혔을 때 당할 일에 비하면 빠르고 깔끔한 죽음일 테니.

구린내라면 그렇게 할 수 있었다. 아니, 그렇게 했을 것이다. 램지 공을 기쁘게 해줄지 모른다는 희망마저 안고서. 이 창녀들이 램지의 신부를 훔치려 드는데, 구린내가 그걸 용납할 순 없었다. 그러나 옛 신들이 그를 알았다. 그를 태온이라고 불렀다. '강철인, 난 강철인이야. 발론 그레이조이의 아들이고 파이크의 정당한 후계자야.' 짧게 잘린 손가락들이 근질거리고 경련했지만, 그래도 그는 단검을 뽑지 않았다.

다람쥐가 돌아왔을 때는 다른 네 명이 함께였다. 앙상한 회색 머리의 머틀, 긴 검은 머리를 땋아 내린 마녀 눈 윌로, 허리가 굵고 가슴이 엄청나게 큰 프레냐, 칼을 가지고 다니는 홀리까지. 다들 하녀처럼 칙칙하고 거친 회색 옷을 입었고, 그 위에 하얀 토끼털 안감을 댄 갈색 모직 망토를 걸쳤다.

'장검이 없군.' 테온은 보았다. '도끼도, 망치도, 작은 칼 말고는 아무 무기도 없어.' 홀리는 망토를 은제 잠금쇠로 죄었고, 프레냐는 엉덩이부터 가슴까지 허리에 밧줄을 칭칭 감았다. 그래서 원래보다 더 육중해 보였다.

머틀은 로완이 입을 하녀복도 가져왔다. "마당에 바보들이 우글거려." 머틀이 경고했다. "말을 타고 나갈 작정이야."

"무릎 꿇는 놈들이란." 윌로가 경멸을 담아 코웃음 쳤다. "대단하신 영주가 말씀하시면 복종해야 하지."

"다 죽을 거야." 홀리가 기쁘게 재잘거렸다.

"그자들도 죽고 우리도 죽겠지." 테온이 말했다. "위병들은 통과한다 쳐도, 아리아 아가씨를 어떻게 데리고 나올 거야?"

홀리가 미소 지었다. "여자 여섯이 들어갔다가, 여섯이 나오는 거지. 누가 하녀들을 눈여겨보겠어? 우린 스타크 여자애를 다람쥐처럼 입힐 거야."

테온은 다람쥐를 흘긋 보았다. '몸집이 거의 같군. 통할지도.' "그러면 다람쥐는 어떻게 나오고?"

다람쥐가 직접 대답했다. "창문으로 나와서 곧바로 신의 숲으로 내려가지. 난 열두 살 때부터 오빠를 따라서 너희 장벽 남쪽으로 약탈을 왔어. 다람쥐란 이름도 거기서 얻었지. 오빠가 나보고 나무 타는 다람쥐 같다고 했거든. 그때부터 장벽을 여섯 번은 타 넘었어. 돌탑쯤이야 타고 내려갈 수 있어."

"만족했어, 변절자?" 로완이 물었다. "이제 가자."

윈터펠의 동굴 같은 주방은 건물 하나를 통째로 차지했고, 불이 날 경우에 대비해서 주요 아성과 회당에서 멀찍이 떨어져 있었다. 주방 안은 시시각각 냄새가 달라졌다. 구운 고기, 순무와 양파, 갓 구운 빵 등 계속 다른 냄새를 풍겼다. 루스 볼턴은 주방 문 앞에 위병들을 세워놓았다. 먹일 입이 너무 많다 보니 음식 한 조각도 귀했다. 요리사들과 급사들도 늘 감시받았다. 그 위병들은 구린내를 알았다. 구린내가 아리아 부인의 목욕에 쓸 뜨거운 물을 가지러 오면 놀리기를 좋아했다. 하지만 아무도 그 이상 하지는 못했다. 구린내는 램지 공의 애완동물로 유명했으니까.

"냄새 왕자께서 뜨거운 물을 가지러 오셨네." 테온과 하녀들이 나타나자 위병 하나가 말하고는 문을 밀어 열어줬다. "빨리 들어가. 저 달콤하고 따뜻한 공기가 다 빠져나오기 전에."

안으로 들어간 테온은 지나가는 급사의 팔을 잡고 명령했다. "부인께 가져갈 뜨거운 물을 다오. 여섯 동이 가득. 그리고 제대로 뜨거워야 해. 램지 공은 부인이 깨끗한 분홍빛이 되길 원해서."

"예, 나리." 소년이 말했다. "바로 준비하겠습니다."

그 '바로'는 테온의 마음에 차지 않게 오래 걸렸다. 커다란 주전자 중엔 깨끗한 게 없어서 급사가 북북 문질러 닦은 다음에 물을 채워야 했다. 그 다음엔 물이 부글부글 끓기까지 영원한 시간이 걸리는 것 같았고, 여섯 개의 나무 동이에 채울 때는 영원의 두 배가 걸리는 것 같았다. 아벨의 여자들은 내내 두건에 얼굴을 감춘 채 기다렸다. '다 잘못하고 있어.' 진짜 하녀들은 언제나 급사들을 놀리고, 요리사들과 시시덕거리고, 이 요리를 맛보고 저 요리를 먹어보기 마련이었다. 로완과 그 자매들은 주목을 끌기 싫었겠지만, 뚱하니 침묵을 지키고 있으니 오히려 위병들이 이상한 눈으로 보았다. "메이지와 제즈와 다른 여자들은 어디 있어?" 하나가 테온에게 물었다. "늘 오던 애들 말이야."

"아리아 부인이 마음에 안 들어하셨어." 그는 거짓말을 했다. "지난번엔 욕조에 넣기 전에 물이 식었거든."

뜨거운 물에서 수증기가 구름처럼 피어오르며 떨어지는 눈송이를 녹였다. 행렬은 얼음벽을 파서 만든 미로를 되짚어갔다. 걸음을 옮길 때마다 출렁거리며 물이 식었다. 통로마다 군부대로 막혀 있었다. 모직 전포와 모피 망토를 걸친 무장한 기사들, 어깨에 창을 걸머진 중장병들, 시위 풀린 장궁과 화살통을 진 궁수들, 자유기수들, 군마를 끄는 마부들까지. 프레이 병사들은 두 개의 탑을, 화이트하버 병사들은 인어와 삼지창을 달았다. 그들은 눈보라 속에서 어깨를 스치며 반대 방향으로 향했고, 지나가면서 조심스럽게 서로를 보았지만 그렇다고 장검을 뽑지는 않았다. 여기에서는 아니었다. '숲속으로 나가면 다를지 모르지.'

주성 문은 노련한 드레드포트 위병 여섯 명이 지키고 있었다. "또 그놈의 목욕이야?" 수증기가 피어오르는 물동이를 본 하사관이 말했다. 그는 추위 때문에 두 손을 겨드랑이에 끼고 있었다. "어젯밤에도 목욕하더니. 침대에만 있는 여자가 얼마나 지저분해진다고?"

'그 침대를 램지와 같이 쓰면 생각보다 지저분해지지.' 테온은 결혼식 밤을, 그리고 그와 제인이 해야 했던 일들을 떠올리며 생각했다. "램지 공의 명령이야."

"그럼 물이 얼기 전에 들어가." 하사관이 말했다. 위병 두 명이 양쪽 문을 밀어 열었다.

입구 통로도 바깥 못지않게 추웠다. 홀리가 발을 굴러 장화에 묻은 눈을 털고 망토 두건을 젖혔다. "더 어려울 줄 알았는데." 입김이 허공에 얼어붙었다.

"위층 나리의 침실 앞에 위병이 더 있어." 테온이 경고했다. "램지의 부하들이야." 여기서 감히 그들을 서자의 자식들이라고 부를 수는 없었다. 누가 듣고 있을지 몰랐다. "고개 숙이고 두건을 눌러써."

"저 말대로 해, 홀리." 로완이 말했다. "네 얼굴을 아는 사람이 있을 거야. 그런 말썽은 필요 없어."

테온이 앞장서서 계단을 올랐다. '이 계단을 이전에도 천 번은 올랐지.' 어렸을 때는 뛰어 올라갔다가 한 번에 세 계단씩 건너뛰며 내려오곤 했다.

한번은 그러다가 내 할멈을 들이받아 바닥에 쓰러뜨렸다. 윈터펠에서 그렇게 호되게 매를 맞은 적은 그때가 처음이었지만, 그것도 파이크에 있던 시절 형들에게 맞았을 때에 비하면 부드럽기까지 했다. 테온과 롭은 이 계단에서 목검을 휘두르며 영웅들의 전투를 많이도 재현했었다. 좋은 훈련이었다. 의지 굳은 적수를 상대로 나선계단을 올라가려는 싸움이 얼마나 힘든지 알려줬으니. 로드릭 경은 위에서 싸우면 뛰어난 한 명이 백 명을 막을 수 있다고 말하곤 했다.

하지만 그건 오래전 일이었다. 이젠 모두 죽었다. 조리도, 늙은 로드릭 경도, 에다드 공도, 하윈과 헐렌도, 케인과 데스몬드와 뚱보 톰도, 기사가 되기를 꿈꾸던 알린도, 테온에게 그의 첫 번째 진검을 만들어줬던 미켄도. 심지어 내 할멈도 죽었으리라.

그리고 롭. 테온에게 발론 그레이조이의 아들 그 누구보다도 형제 같았던 롭. '피의 결혼식에서 살해당했지. 프레이에게 도살당했어. 내가 그곳에 같이 있었어야 했는데. 난 어디 있었지? 난 롭과 같이 죽었어야 해.'

테온이 너무 갑자기 멈춰 서는 바람에 윌로가 그의 등을 들이받을 뻔했다. 램지의 침실 문 앞이었다. 그리고 문 앞을 지키는 건 '서자의 자식들' 두 명, 시큼한 알린과 툴툴이였다.

'옛 신들이 우리의 안녕을 빌어주시나.' 램지 공은 툴툴이에겐 혀가 없고 시큼한 알린에겐 머리가 없다고 말하길 즐겼다. 하나는 무자비했고 다른 하나는 심술궂었으나, 둘 다 거의 평생을 드레드포트에서 받들기만 하고 살았고 시키는 대로만 했다.

"아리아 부인께서 쓰실 뜨거운 물을 가져왔습니다." 테온이 말했다.

"너부터 좀 씻어라, 구린내." 시큼한 알린이 말했다. "말 오줌 냄새가 나는구먼." 툴툴이가 툴툴거리며 맞장구를 쳤다. 아니면 그 툴툴거리는 소리가 웃음이었는지도 모르겠다. 어쨌든 알린은 침실 문을 열었고, 테온은 여자들을 손짓해 들였다.

방 안에는 아침이 찾아오지 않았다. 어둠이 모든 것을 덮고 있었다. 벽난로에서 죽어가는 잉걸불 속엔 마지막 남은 장작이 힘없이 타고, 구깃구깃한 빈 침대 옆 탁자에는 촛불 하나만 깜박였다. '사라졌어.' 테온은 생각했다. '절망해서 창밖으로 몸을 던진 거야.' 하지만 이곳 창문은 폭풍 때문에 덧창을 내려놓은 데다, 불어온 눈과 서리가 얼어붙어 움직이지도 않았다. "걘 어딨어?" 홀리가 물었다. 홀리의 자매들이 커다란 둥근 나무 욕조에 물동이를 비웠다. 프레냐가 문을 닫아 등졌다. "어디 있어?" 홀리가 다시 물었다. 바깥에선 나팔 소리가 울렸다. '트럼펫이야. 프레이의 전투 소집이야.' 테온은 사라진 손가락들이 근질거리는 것을 느낄 수 있었다.

그때 그녀가 보였다. 침실 제일 어두운 구석에, 늑대 가죽 더미를 뒤집어쓰고 공처럼 몸을 만 채 바닥에 웅크리고 있었다. 덜덜 떨지만 않았어도 아예 발견하지 못했을지 몰랐다. 모피로 몸을 가리고 숨어 있었던 것이다. '우리에게서? 아니면 남편이 왔다고 생각했나?' 램지가 올지 모른다는 생각만 해도 비명을 지르고 싶었다. "부인." 테온은 차마 그녀를 아리아라 부를 수 없었고 그렇다고 감히 제인이라 부를 수도 없었다. "숨을 필요 없어요. 친구들이에요."

모피가 움직였다. 눈이 하나 나왔다. 눈물에 젖어 반짝이는 눈동자. '색이 어두워, 너무 어두워. 갈색 눈이라니.' "테온?"

"아리아 아가씨." 로완이 다가갔다. "같이 가야 해요. 그것도 빨리. 오빠에게 데려다주러 왔어요."

"오빠?" 늑대 가죽 밑에서 소녀의 얼굴이 나타났다. "나…… 난 형제가 없는데."

'자기가 누군지 잊었군. 자기 이름을 잊었어.' 테온이 말했다. "지금은 그렇지만, 예전엔 형제들이 있었죠. 세 명이나요. 롭과 브랜과 리콘."

"죽었잖아요. 이젠 없어요."

"이복형제 있잖아." 로완이 말했다. "까마귀 공."

"존 스노우?"

"거기 데려다줄게요. 하지만 바로 움직여야 해."

제인이 늑대 가죽을 턱까지 끌어 올렸다. "아니야. 이건 속임수야. 그 사람이야. 내…… 내 남편, 내 사랑하는 남편, 그이가 보낸 거지. 내가 그 사람을 사랑하는지 확인하는 시험에 불과해. 난 남편을 사랑해. 사랑해. 세상 무엇보다 더 사랑해." 눈물이 뺨을 타고 흘렀다. "그렇게 전해. 그이에게 전해. 그이가 원하는 대로 한다고……. 뭘 원하든…… 그이와 함께든 아니면…… 아니면 개와 하든……. 제발…… 내 발을 자를 필요는 없어. 도망치려고 하지 않을 거야. 절대로. 난 그이에게 아들들을 낳아줄 거야. 맹세해. 맹세해……."

로완이 조용히 휘파람을 불었다. "신들이여 그놈을 저주하소서."

"난 착한 여자야." 제인이 흐느꼈다. "훈련도 받았어."

윌로가 험상궂은 얼굴을 했다. "누가 울음 좀 멈춰봐. 바깥 병사는 벙어리 귀머거리가 아니라고. 들을 거야."

"저 여자 일으켜, 변절자." 홀리가 칼을 꺼내 쥐었다. "네가 일으키지 않으면 내가 할 거야. 가야 해. 저년을 일으켜 세우고 조금이라도 용기를 불어넣어봐."

"그랬다가 비명을 지르면?" 로완이 말했다.

'우린 다 죽었어.' 테온이 생각했다. '내가 어리석은 짓이라고 했는데, 아무도 듣지 않았지.' 아벨이 모두를 파멸시켰다. 가수란 하나같이 반쯤 미쳤다. 노래 속 영웅은 언제나 괴물의 성에서 처녀를 구했지만, 실제 인생은 노래가 아니고, 제인도 아리아 스타크가 아니었다. '눈 색깔이 틀렸어. 그리고 여기엔 창녀들만 있을 뿐, 영웅은 없어.' 그렇다 해도 테온은 그 옆에 무릎을 꿇고 모피를 끌어 내린 후, 그녀의 뺨을 가만히 잡고 말했다. "나 알지. 나 테온이야. 기억하지. 나도 널 알아. 네 이름을 알아."

"내 이름?" 소녀는 고개를 저었다. "내 이름은…… 그건……."

테온은 그 입술에 손가락을 갖다 댔다. "그건 나중에 이야기할 수 있어. 이제 조용히 해야 해. 우리와 같이 가. 나와 같이 가는 거야. 여기에서 데리고 나갈 거야. 그 남자에게서 멀리."

제인이 눈을 크게 뜨며 속삭였다. "제발. 오, 제발."

테온은 제인의 손을 잡았다. 소녀를 일으키려니 손가락 잘린 데가 따끔거렸다. 늑대 가죽이 떨어졌다. 그 속은 벌거벗은 채였는데, 작고 하얀 가슴에 잇자국이 가득했다. 여자 하나가 숨을 들이켜는 소리가 들렸다. 로완이 테온의 손에 옷 꾸러미를 밀어 넣었다. "옷 입혀. 바깥은 춥다." 다람쥐가 속옷까지 벗더니 뭔가 따뜻한 옷을 찾아서 삼나무 조각 궤짝을 뒤졌다. 결국 그녀는 램지 공의 퀼트 더블릿과 적당히 닳은 바지를 골랐다. 바지 자락이 폭풍을 만난 돛처럼 다리 주위로 펄럭거렸다.

테온은 로완의 도움을 받아서 제인 풀에게 다람쥐의 옷을 입혔다. '신들이 자비로우시고, 병사들이 눈이 멀었다면 통과할 수도 있겠지.' "이제 우린 밖으로 나가서 계단을 내려갈 거야." 테온은 소녀에게 말했다. "고개를 푹 숙이고 두건을 눌러써. 홀리만 따라가. 뛰지 말고, 소리도 치지 말고, 말도 하지 말고, 아무도 쳐다보지 마."

"가까이 있어요." 제인이 말했다. "날 버리지 말아요."

"바로 옆에 있을 거야." 테온이 약속하는 사이에도 다람쥐는 아리아 부인의 침대에 기어들어 담요를 덮었다.

프레나가 침실 문을 열었다.

"잘 닦아드렸냐, 구린내?" 그들이 나오자 시큼한 알린이 물었다. 툴툴이는 지나가는 윌로의 가슴을 한번 움켜잡았다. 그 선택이 행운이었다. 제인을 건드렸다면 그녀는 비명을 질렀을 것이다. 그랬다면 홀리가 소매 속에 감춰둔 칼로 툴툴이의 목을 그었을 테고. 윌로는 그냥 몸을 비틀어 빠져나갔다.

잠시 태온은 들뜬 기분마저 느꼈다. '쳐다보지도 않았어. 알아보지도 못했어. 우리가 제인을 데리고 바로 옆을 걸었는데!'

그러나 계단에 내려서자 두려움이 돌아왔다. 스키너나 춤춰봐 데이먼, 아니면 강철 정강이 월튼과 마주치면 어쩌지? 램지와 마주치면? '신들이시여, 제발 램지만은 아니게 해주세요. 램지만은.' 제인을 침실 밖으로 빼낸들 무슨 소용인가? 그들은 여전히 성 안에 있었고, 성문은 모두 닫혀서 빗장이 질려 있었으며 성곽에는 파수병이 가득했다. 주성 밖에 있는 병사들이 그들을 막을 가능성도 높았다. 홀리의 칼도 장검과 창을 갖추고 사슬 갑옷을 입은 병사 여섯을 상대로는 별 쓸모가 없으리라.

그러나 그 바깥 위병들은 차가운 바람과 불어오는 눈에 등을 돌리고 문가에 웅송그리고 있었다. 하사관마저도 그들을 쓱 보고 말았다. 태온은 그와 그의 부하들에게 찌르는 듯한 동정심을 느꼈다. 램지는 신부가 사라진 것을 알면 그들 모두의 살가죽을 벗길 테고, 툴툴이와 시큼한 알린에게 무슨 짓을 할지는 생각조차 할 수 없었다.

로완이 문에서 10미터도 가기 전에 빈 동이를 버렸고, 다른 여자들도 버렸다. 주성은 이미 시야에서 벗어났다. 마당은 새하얀 황야였고, 눈 폭풍 속에서 이상하게 메아리치는 반쯤 알 듯 말 듯 한 소리가 가득했다. 사방에서 얼음벽이 무릎까지 왔다가, 허리까지 올라왔다가, 머리 위로 올라갔다. 그들은 윈터펠 거성의 심장부에 있었건만, 성은 흔적조차 볼 수 없었다. 장벽 너머 만 리는 떨어진 '겨울뿐인 땅'에서 길을 잃은 것만 같았다. "추워." 제인 풀이 태온 옆에서 비틀거리며 울먹였다.

'그리고 곧 더 추워질 거야.' 성벽 밖에서는 얼음 이빨을 갖춘 겨울이 기다리고 있었다. '거기까지 간다면 말이지만.' "이쪽이야." 그는 세 개의 통로가 교차하는 갈림길에 이르자 말했다.

"프레냐, 홀리, 같이 가." 로완이 말했다. "우린 아벨과 같이 따라갈게. 우릴 기다리지 마." 그녀는 그 말과 함께 휙 돌아서 눈 속으로, 대연회장 쪽으로 뛰어들었다. 윌로와 머틀이 바람에 망토를 펄럭이며 서둘러 뒤따랐다.

'갈수록 태산이군.' 테온 그레이조이는 생각했다. 아벨의 여자 여섯이 다 있어도 탈출이 힘들어 보였는데, 둘뿐이라니 불가능했다. 하지만 제인을 침실에 돌려놓고 아무 일도 없었던 척 하기엔 너무 멀리 왔다. 테온은 제인의 팔을 잡고 성곽 문으로 가는 통로를 걸었다. '거긴 성문이라고 할 수 없어.' 그는 스스로를 일깨웠다. '위병들이 우릴 통과시킨다 해도, 외벽을 나가는 문이 없어.' 다른 밤에는 위병들이 테온을 통과시켜줬지만, 그때는 테온이 늘 혼자였다. 하녀 셋을 거느리고는 그리 쉽게 지나갈 수 없을 테고, 위병들이 제인의 두건 속을 보고 램지의 신부라고 알아보기라도 하면…….

통로가 왼쪽으로 방향을 틀었다. 그러자 그들 앞에, 쏟아지는 눈의 베일 뒤로, 위병 두 명을 양옆에 거느린 성곽 문이 입을 벌렸다. 모직물에 모피에 가죽 갑옷까지 걸친 위병들이 곰처럼 커 보였다. 들고 있는 창은 길이가 2.5미터에 가까웠다. "거기 누구야?" 한 명이 외쳤다. 테온이 아는 목소리는 아니었다. 얼굴도 휘감은 스카프에 거의 가려져 있었다. 눈만 겨우 보였다. "구린내, 너냐?"

'네.' 그렇게 말할 뻔했지만, 대신 그는 대답했다. "테온 그레이조이다. 내…… 내가 여자들을 좀 데려왔어."

"가엾게도 몸이 얼어붙겠네." 홀리가 말했다. "자, 내가 몸을 데워줄게요." 홀리가 위병의 창끝을 쓱 피해 얼굴로 손을 올리더니, 반쯤 얼어붙은 스카프를 끌어 내리고 입에다 입맞춤을 했다. 그리고 입술이 만나는 순간 홀리의 칼이 그의 귀 바로 밑을 그었다. 테온은 남자가 눈을 크게 뜨는 모습을 보았다. 물러서는 홀리의 입술에 피가 묻어 있었고, 쓰러지는 남자의 입에서도 피가 뚝뚝 떨어졌다.

두 번째 위병은 프레냐가 그의 창대를 쥘 때까지도 혼란에 빠져 멍하니 보고만 있었다. 그들은 잠시 용을 쓰며 창을 당기다가, 여자가 창을 빼앗아 창대로 남자의 관자놀이를 세게 치면서 끝이 났다. 위병이 비틀거리며 뒤로 물러서자 프레냐는 창을 휙 돌려서 끙 소리를 내며 그의 배에 꽂아 넣었다.

제인 풀이 높고 날카로운 비명을 질렀다.

"아, 망할." 홀리가 말했다. "무릎 꿇는 놈들 다 부르겠네, 정말로. 뛰어!"

테온은 한 손으로 제인의 입을 막고, 반대쪽 손으로 허리를 안은 채 죽은 위병과 죽어가는 위병 옆을 지나 문을 통과하고 얼어붙은 해자 너머로 끌고 갔다. 어쩌면 아직까지도 옛 신들이 그들을 살피고 있었을까. 윈터펠 수비군이 바깥 성곽까지 더 빨리 오갈 수 있게 도개교가 내려와 있었다. 뒤에서 경보음과 내달리는 발소리가 들리더니, 내벽 위에서 트럼펫 소리가 울렸다.

프레냐는 도개교 위에 멈춰서 몸을 돌렸다. "계속 가. 무릎 꿇는 놈들은 여기서 내가 막을게." 커다란 두 손에 아직 피 묻은 창이 잡혀 있었다.

계단 앞에 도착했을 때 테온은 비틀거리고 있었다. 그는 제인을 어깨에 걸머지고 계단을 오르기 시작했다. 그때쯤에는 제인도 몸부림치기를 멈춘 데다, 워낙 작았다…… 하지만 계단은 부드러운 가루눈 아래 얼음으로 미끄러웠고, 테온은 반쯤 올라가다가 발이 미끄러져 한쪽 무릎을 세게 찧었다. 너무 아파서 제인을 놓칠 뻔한 데다가, 잠깐이지만 여기까지가 끝인가 두려웠다. 하지만 홀리가 그를 다시 일으켜 세웠고, 두 사람이 힘을 합쳐 겨우 제인을 성곽 위까지 끌고 갈 수 있었다.

테온은 성곽 요철에 기대어 숨을 몰아쉬면서 아래 눈밭에서 프레냐가 위병 여섯과 싸우는 소리를 들을 수 있었다. "어느 쪽이야?" 그는 홀리에게 외쳤다. "이제 어디로 가지? 어떻게 나가지?"

홀리의 얼굴에 떠올랐던 격분이 공포로 변했다. "아, 빌어먹을. 밧줄." 홀리는 미친 사람처럼 웃었다. "밧줄을 프레냐가 갖고 있어." 그러더니 그녀는 끙 소리를 내며 배를 움켜쥐었다. 배에 노궁 화살이 꽂혀 있었다. 화살을 감아쥐는 손가락 사이로 피가 배어났다. "내벽에 무릎 꿇는 놈들이⋯⋯." 홀리가 헐떡거리는데 두 번째 화살이 가슴 중앙에 꽂혔다. 홀리는 가까운 성곽에 손을 뻗다가 떨어졌다. 홀리가 건드린 눈이 같이 떨어져 텅 소리를 내며 홀리를 묻었다.

왼쪽에서 고함이 울렸다. 제인 풀은 홀리를 덮은 눈 담요가 흰색에서 붉은색으로 변하는 모습을 내려다보고 있었다. 테온은 내벽 위에 선 노궁수가 다시 준비 중일 것을 알았다. 오른쪽으로 달리려 했지만, 그쪽에서도 병사들이 오고 있었다. 손에 장검을 든 채 그들에게 달려왔다. 북쪽 멀리서 전투 나팔 소리가 들렸다. '스타니스.' 그는 미친 사람처럼 생각했다. '스타니스가 우리의 유일한 희망이야. 거기까지 갈 수만 있다면.' 바람이 울부짖고 있었고, 테온과 제인은 갇혔다.

노궁이 핑 소리를 냈다. 화살 한 대가 테온에게서 30센티쯤 사이를 두고 지나가더니, 제일 가까운 요철에 쌓여 얼어붙은 눈을 깨뜨렸다. 아벨, 로완, 다람쥐, 그 외 누구도 보이지 않았다. 테온과 제인뿐이었다. '산 채로 잡는다면 우릴 램지에게 데려갈 거야.'

테온은 제인의 허리를 잡고, 뛰어내렸다.

대너리스

하늘은 구름 한 점 없이 무자비한 파란색이었다. '곧 벽돌이 햇빛에 구워지겠군.' 대니는 생각했다. '아래 모래밭에 선 전사들은 샌들 바닥을 뚫고 올라오는 열기를 느낄 테고.'

지키가 대니의 어깨에서 비단 로브를 내리고 이리가 목욕탕에 들어가게 도왔다. 떠오르는 태양 빛이 물 위에 반짝이는데, 감나무 그림자만 그 빛을 막아줬다. "투기장을 열어야 한다 해도, 전하께서 꼭 직접 가셔야 하나요?" 미산데이가 여왕의 머리를 감겨주며 물었다.

"미린 절반이 날 보러 올 거란다, 다정한 아이야."

"전하." 미산데이가 말했다. "송구스럽지만 그들은 남자들이 피 흘리고 죽는 모습을 보려고 갈 거예요."

'틀린 말은 아니지.' 여왕은 알고 있었다. '그래도 차이는 없어.'

곧 대니는 더할 나위 없이 깨끗해져서, 조용히 물을 튀기며 일어섰다. 물이 다리를 타고 흐르고 가슴에 이슬처럼 맺혔다. 태양이 하늘을 오르고 있었고, 곧 그녀의 백성들이 모여들 것이다. 차라리 하루 종일 향기로운 목욕탕에 몸을 담그고 은쟁반에 담은 차가운 과일을 먹으며 붉은 문이 달린 집을 꿈꾸고 싶었지만, 여왕의 몸은 자신이 아니라 백성들의 것이었다.

지키가 부드러운 수건을 가져와서 몸을 두드려 말렸다. "칼리시, 오늘은 어떤 토카를 입으시겠어요?" 이리가 물었다.

"노란 비단으로." 토끼들의 여왕이 토끼 귀 없이 나설 수야 없었다. 노란 비단 토카는 가볍고 시원했으며, 투기장 안은 지글지글 타들어갈 터였다. '붉은 모래가 곧 죽을 사람들의 발바닥을 태우겠구나.' "그리고 그 위에 긴 붉은 베일을 하련다." 베일은 불어오는 모래가 입에 들어가지 않게 막아줄 것이다. '그리고 붉은색은 피가 튀어도 감춰주지.'

지키가 대니의 머리를 빗기고 이리가 손톱을 칠해주면서 그날의 시합에 대해 행복하게 재잘거렸다. 미산데이가 다시 나타났다. "전하. 부군께서 옷을 다 입으시면 함께 가자고 하십니다. 그리고 쿠엔틴 공자가 도르네 남자들과 같이 왔어요. 괜찮으시다면 잠시만 대화를 청합니다."

'오늘은 괜찮을 게 별로 없어.' "다른 날에 하자."

대피라미드 아래에서는 바리스탄 경이 화려한 개방형 가마와 함께 그들을 기다렸고, 놋쇠 짐승단이 주위를 에워싸고 있었다. '할아버지 경.' 대니는 생각했다. 노령인데도 대니가 준 갑옷을 입은 모습이 키 크고 잘생겼다. "오늘은 거세병들의 호위를 받으시면 더 기쁠 텐데 말입니다, 전하." 노기사는 히즈다르가 사촌에게 인사를 하러 가는 사이에 말했다. "이 놋쇠 짐승단 절반은 경험 없는 해방 노예입니다." '그리고 나머지 절반은 충성심이 의심스러운 미린인이지요.' 그는 나머지 속내를 말하지 않았다. 그는 미린인 모두를 불신했다. 민머리들까지도.

"그리고 우리가 시험하지 않는 한 경험 없는 채 남아 있겠지."

"가면은 많은 것을 가릴 수 있습니다, 전하. 저 올빼미 가면 속의 남자가 어제와 그제 전하를 지킨 올빼미일까요? 우리가 어떻게 알겠습니까?"

"내가 놋쇠 짐승단을 믿지 않는다면 어찌 미린인들이 믿겠는가? 저 가면들 속엔 훌륭하고 용감한 남자들이 있네." 대니는 그를 보고 미소 지었다. "경은 너무 안달복달해. 경을 내 옆에 둘 텐데, 무슨 다른 보호가 필요할까?"

"저는 늙은 남자 하나에 불과합니다, 전하."

"힘센 벨와스도 내 곁에 있을 거야."

"알겠습니다." 바리스탄 경이 목소리를 낮췄다. "전하. 분부대로 그 메리스란 여자를 풀어줬습니다. 가기 전에 전하와 이야기하게 해달라고 부탁하더군요. 제가 대신 만났습니다. 그 여자가 주장하길, 누더기 왕자는 애초부터 바람결단을 전하에게 데려오려고 했답니다. 비밀리에 전하와 협상하라고 자기를 보낸 것인데, 자기가 접근하기 전에 도르네인들이 정체를 드러내고 배신했다고요."

'배신에 또 배신이군.' 여왕은 싫증이 났다. '끝이 없는 걸까?' "경은 그 말을 얼마나 믿지?"

"별로 믿지 않습니다, 전하. 그러나 그 여자의 말은 그랬습니다."

"필요하다면 우리 편으로 넘어오겠다?"

"그럴 거랍니다. 다만 대가가 있습니다."

"지불하게." 미린에는 금이 아니라 철이 필요했다.

"누더기 왕자는 돈 이상을 원할 겁니다, 전하. 메리스 말로는 그자가 펜토스를 원한답니다."

"펜토스?" 대니는 눈을 가늘게 떴다. "내가 어떻게 펜토스를 준단 말인가? 세상 반대편에 있는데."

"메리스는 누더기 왕자가 기다릴 거라고 했습니다. 우리가 웨스테로스로 진군할 때까지 기다리겠다고요."

'내가 영영 웨스테로스로 가지 않으면?' "펜토스는 펜토스인들의 것이야. 그리고 마지스터 일리리오가 펜토스에 있지. 칼 드로고와 나의 결혼을 주선하고 내게 드래곤알들을 준 사람이자, 경과 벨와스와 그롤리오를 보낸 사람. 난 일리리오에게 빚진 게 많네. 어느 용병에게 일리리오의 도시를 주는 식으로 그 빚을 갚지는 않겠어. 안 돼."

바리스탄 경이 고개를 끄덕였다. "현명한 판단이십니다."

"이렇게 상서로운 날을 본 적 있나요, 내 사랑?" 대니가 다시 다가가자 히즈다르 조 로라크가 말했다. 그는 대니가 옥좌 두 개를 나란히 세운 가마에 올라가게 도왔다.

"당신에게는 상서로울지 모르지요. 해가 지기 전에 죽어야 할 사람들에게는 덜 상서롭겠고."

"인간은 모두 죽기 마련이에요." 히즈다르가 말했다. "하지만 모두가 귓가에 울리는 도시 전체의 환호를 받으며 영광스럽게 죽을 수 있는 건 아니지요." 그는 문 앞에 선 병사들에게 한 손을 들어 올렸다. "열어라."

대니의 피라미드 앞에 있는 광장에는 수많은 색깔의 벽돌과 열기에 일어난 아지랑이 파도가 깔렸다. 사방에 사람들이 바글거렸다. 가마나 남여를 탄 사람도 있고, 당나귀를 탄 사람도 있었으나, 많은 수는 걸었다. 십중팔구는 서쪽으로, 널찍한 벽돌 도로를 따라 다즈낙 투기장으로 향했다. 피라미드에서 나오는 가마를 보자 제일 가까이 있던 이들부터 환호성을 올려 광장 전체에 번졌다. '이상하기도 하지.' 여왕은 생각했다. '내가 163명의 대단한 주인들을 말뚝에 꿰어 죽인 그 광장에서 나에게 환호하는구나.'

큰북이 왕가의 행렬에 앞장서서 길을 틔웠다. 북이 울릴 때마다 반짝이는 구리 원반으로 만든 셔츠를 입은 민머리 의전관이 군중에게 물러나라고 외쳤다. 쿵. "물렀거라!" 쿵. "여왕님!" 쿵. "국왕님!" 쿵. "행차시다!" 쿵. 북 뒤로 놋쇠 짐승단이 4열 종대로 행진했다. 곤봉을 든 단원도 있었고, 장대를 쥔 단원도 있었다. 모두가 주름치마를 입고 가죽 샌들을 신었으며, 미린의 다채로운 벽돌 색을 반영하여 여러 색 사각형을 기워 만든 망토를 둘렀다. 그들의 가면이 햇빛을 받아 반짝였다. 멧돼지와 황소, 매와 왜가리, 사자와 호랑이와 곰, 혀가 갈라진 뱀과 무시무시한 바실리스크까지.

말을 좋아하지 않는 힘센 벨와스는 징 박힌 조끼를 입고 흉터투성이 갈색 배를 흔들며 앞장서서 걸었다. 이리와 지키는 아고와 라카로와 함께 말을 타고 따라왔고, 이어서 레즈낙이 차양을 씌워 햇빛을 가린 화려한 남여를 타고 왔다. 바리스탄 셀미 경은 햇빛에 갑옷을 반짝이며 말을 타고 대니 옆을 지켰다. 그의 어깨에서는 새하얗게 표백한 긴 망토가 휘날렸고 왼쪽 팔에는 커다란 하얀 방패가 들려 있었다. 좀 더 뒤로 가면 도르네 공자 쿠엔틴 마르텔이 두 동행과 함께 따라왔다.

대열은 긴 벽돌길을 천천히 기듯이 움직였다. 쿵. "물렀거라!" 쿵. "우리의 국왕 부부께서." 쿵. "행차하신다."

대니는 뒤에서 시녀들이 누가 마지막 시합에서 이길지를 두고 옥신각신하는 소리를 들을 수 있었다. 지키는 사람이라기보다는 황소처럼 보이는 데다 코에 청동 고리까지 낀 거한 고호르의 편에 섰다. 이리는 뼈 부수는 벨라쿼의 도리깨가 거인의 파멸을 보여주리라 주장했다. '내 시녀들은 도트락인이야. 모든 칼라사르는 죽음과 함께 달리지.' 그녀는 스스로에게 말했다. 칼 드로고와 결혼하던 날, 그녀의 결혼식 피로연에서는 아라크가 번득였고 사람들이 죽어가는 가운데 다른 이들은 술을 마시고 교합했다. 기마전사들 사이에서는 삶과 죽음이 나란히 달렸고, 솟구치는 피 보라는 결혼에 대한 축복으로 여겨졌다. 그녀의 새로운 결혼은 곧 피에 젖을 테니, 그 얼마나 축복된 일이겠는가.

둥, 둥, 둥, 둥, 둥, 둥. 북소리가 갑자기 초조하고 성난 듯, 전보다 빠르게 울렸다. 대열이 팔 가문의 분홍색과 흰색 피라미드와 나칸의 녹색과 검은색 피라미드 사이에서 갑자기 멈추자 바리스탄 경이 검을 뽑았다.

대니가 고개를 돌렸다. "왜 멈춘 거지?"

히즈다르가 일어섰다. "길이 막혔군요."

앞쪽에 가마가 하나 뒤집혀 있었다. 가마꾼 하나가 열사병으로 벽돌 위에 쓰러진 탓이었다. "저 남자를 도와주거라." 대니가 명했다. "밟히기 전에 길옆으로 옮겨 먹을 것과 물을 줘. 2주는 굶은 몰골이로구나."

바리스탄 경이 불편한 듯 왼쪽 오른쪽을 보았다. 테라스마다 서늘하고 인정 없는 눈으로 아래를 내려다보는 기스카인들의 얼굴을 볼 수 있었다. "전하, 이렇게 멈추다니 마음에 들지 않습니다. 함정일지도 모릅니다. 하피의 아들들이 —"

"……그들은 누그러졌어요." 히즈다르 조 로라크가 단언했다. "왜 그들이 나를 배우자이자 국왕으로 받아들인 나의 여왕에게 해를 끼치겠소? 이제 내 사랑스러운 여왕의 명대로 저자를 도우라." 그는 대니의 손을 잡고 미소 지었다.

놋쇠 짐승단이 명을 수행했다. 대니는 그들이 처리하는 모습을 지켜보았다. "저 가마꾼들은 내가 오기 전에 노예였지요. 내가 해방시켰어요. 그랬다고 가마가 전보다 가볍지는 않군요."

"맞는 말입니다." 히즈다르가 말했다. "하지만 저자들은 이제 그 무게를 지는 대가를 받지요. 당신이 오기 전이었다면, 저기 쓰러진 남자 옆에 감독관이 서서 채찍질로 등가죽을 벗겼을 거예요. 그런데 지금은 도움을 받고 있지요."

사실이었다. 멧돼지 가면을 쓴 놋쇠 짐승단 한 명이 가마꾼에게 물주머니를 내밀었다. "작은 승리에 감사해야 하겠지요." 여왕은 말했다.

"한 걸음, 또 한 걸음 내딛다 보면 곧 뛰고 있을 겁니다. 우리가 함께 새로운 미린을 만들 거예요." 앞길이 겨우 뚫렸다. "계속 갈까요?"

대니로서야 고개를 끄덕일 수밖에 없지 않겠는가? '한 걸음, 또 한 걸음, 하지만 내가 어디로 가고 있는 걸까?'

다즈낙 투기장 정문 앞에는 필사의 싸움을 벌이며 맞붙은 거대한 청동 전사 둘이 서 있었다. 하나는 방패를 휘두르고, 또 하나는 도끼를 휘둘렀다. 서로를 죽이는 두 전사를 묘사한 조각상이 그 무기와 몸으로 아치를 그렸다.

'죽음의 예술이군.' 대니는 생각했다.

투기장이라면 테라스에서 여러 차례 보았었다. 작은 투기장들이 얽은 자국처럼 미린의 얼굴 여기저기에 흩어져 있었고, 더 큰 투기장은 붉은 진물이 흐르는 상처 같았다. 그러나 이 투기장에 비할 곳은 없었다. 힘센 벨와스와 바리스탄 경이 양옆을 지키는 가운데 대니와 대니의 남편은 청동 전사 아래를 지나, 거대한 원형의 벽돌 경기장 위에 들어섰다. 움푹 파인 경기장 가장자리를 층마다 다른 색깔의 장의자들이 층층이 에워싸고 있었다.

히즈다르 조 로라크가 대니의 손을 잡고 검은색, 자주색, 파란색, 초록색, 흰색, 노란색, 오렌지색, 붉은색을 지나 아래쪽 모래와 같은 새빨간 색의 벽돌이 있는 곳으로 내려갔다. 주위에서는 판매원들이 개고기 소시지, 구운 양파, 꼬치에 꿴 강아지 태아를 팔고 있었지만 대니에겐 그런 게 필요 없었다. 히즈다르는 그들의 칸막이석에 차가운 와인과 달콤한 물 여러 병에, 무화과, 대추야자, 멜론, 석류, 호두, 고추, 그리고 꿀에 절인 메뚜기도 큰 그릇으로 챙겨놨다. 힘센 벨와스가 "메뚜기!"라고 소리치더니 그릇을 붙잡고 한 줌씩 와작거리기 시작했다.

"아주 맛있답니다." 히즈다르가 말했다. "당신도 먹어봐야 해요, 내 사랑. 향신료에 굴린 다음에 꿀에 절여서, 달면서도 맵지요."

"그래서 벨와스가 땀을 흘리는 거군요." 대니가 말했다. "난 무화과와 대추야자면 족하겠어요."

경기장 맞은편에는 색색의 하늘하늘한 로브를 입은 은총자들이 유일하게 초록색을 입은 엄숙한 갈라자 갈라레를 둘러싸고 앉아 있었다. 미린의 대단한 주인들은 붉은색과 오렌지색 장의자를 차지했다. 여자들은 베일을 썼고, 남자들은 머리카락을 빗고 옻칠을 해서 뿔과 손과 못 모양을 만들었다. 히즈다르의 친척인 유서 깊은 로라크 집안 사람들은 자주색과 남색과 연보라색 토카를 좋아하는 모양이었고, 반면 팔 가문은 분홍색과 흰색이 많이 보였다. 융카이에서 온 사절들은 모두 노란 옷을 입고 국왕 옆의 칸막이석을 채웠으며, 모두가 노예와 하인을 거느렸다. 신분이 비교적 낮은 미린인들은 학살극 현장에서 좀 더 먼 위층에 북적거렸다. 제일 높고 동시에 모래밭에서 제일 먼 검은색과 자주색 장의자들에는 해방 노예와 그 밖의 평민들이 잔뜩이었다. 대너리스는 용병들도 거기에 자리를 잡았고, 용병대장들 역시 일반 병사들 사이에 앉은 것을 알아보았다. 갈색 벤의 풍상에 닳은 얼굴, 핏빛 수염의 새빨간 구레나룻과 길게 땋은 머리가 언뜻 보였다.

대니의 남편이 일어서서 두 손을 들어 올렸다. "대단한 주인들이여! 여왕께서 그대들에 대한 사랑, 백성들에 대한 사랑을 보여주기 위해 이날 오셨소이다. 여왕의 은총과 허락에 따라, 지금부터 여러분에게 죽음의 예술을 선사하겠소. 미린이여! 대너리스 여왕에게 그대들의 사랑을 들려줄지어다!"

만 명의 목청이 감사 인사를 부르짖었다. 이어서 2만 명이, 아니 모두가 소리쳤다. 그들은 그녀의 이름을 외치지 않았다. 그들에게는 발음하기가 어려운 이름이었다. "어머니!" 그들은 대신 소리쳤다. 기스의 고어로는 '미사!'였다. 그들은 발을 구르고 배를 두드리며 경기장이 다 흔들리는 느낌이 들도록 외쳤다. "미사, 미사, 미사." 대니는 그 소리의 파도에 잠겼다. '나는 너희 어머니가 아니야.' 마주 외칠 수도 있었다. '나는 너희 노예들의 어머니, 너희가 꿀에 절인 메뚜기를 게걸스레 먹는 동안 이 모래밭에서 죽어간 모든 아이들의 어머니야.' 등 뒤에서 레즈낙이 몸을 기울이고 귓가에 속삭였다. "폐하, 저들이 얼마나 폐하를 사랑하는지 들어보십시오!"

'아니. 죽음의 예술을 사랑하는 거지.' 대니는 환호가 가라앉기 시작하자 겨우 자리에 앉았다. 칸막이석은 그늘을 드리웠으나, 머리가 쿵쿵 울렸다. "지키." 대니는 시녀를 불렀다. "달콤한 물을 다오. 목이 심하게 마르구나."

"오늘 첫 살해의 영광은 크라즈가 누릴 겁니다." 히즈다르가 말했다. "크라즈보다 더 뛰어난 투사는 없었어요."

"힘센 벨와스가 더 잘했다." 힘센 벨와스가 주장했다.

크라즈는 미천한 출신의 미린인으로, 키가 크고 뻣뻣한 빗자루 같은 검붉은 머리카락이 머리통 중앙에서 아래로 흘러내렸다. 적수는 여름 군도에서 온 흑단 같은 피부의 창병이었는데, 창을 찔러 한동안은 크라즈를 막았으나 일단 크라즈가 소검을 들고 창 안쪽으로 미끄러져 들어간 이후에는 도살만 남아 있었다. 도살이 끝나자 크라즈는 적수의 심장을 도려내어 시뻘건 피를 뚝뚝 떨구며 머리 위로 들어 올리더니 한 입 베어 물었다.

"크라즈는 용감한 남자들의 심장을 먹으면 더 강해진다고 믿지요." 히즈다르가 말했다. 지키가 맞는 말이라고 중얼거렸다. 대니도 언젠가 태어나지 않은 아들에게 힘을 주기 위해 준마의 심장을 먹은 적이 있었지만…… 마기가 자궁 속에 든 라에고를 살해했을 때, 그 심장은 그 아이를 구하지 못했다. '너는 세 번의 배신을 알리라. 마기가 첫 번째, 조라가 두 번째, 갈색 벤 플럼이 세 번째였어.' 그럼 배신은 다 끝난 걸까?

"아." 히즈다르가 기꺼워하며 말했다. "이제 얼룩 고양이가 나오는군요. 저 움직임을 보세요, 여왕. 두 발로 움직이는 시랍니다."

히즈다르가 그 걸어 다니는 시에게 찾아준 적수는 고호르만큼 키가 크고 벨와스만큼 옆으로 넓었지만, 속도가 느렸다. 얼룩 고양이가 그 남자의 다리 힘줄을 잘랐을 때, 둘은 대니의 자리로부터 2미터도 떨어지지 않은 데서 싸우고 있었다. 남자가 비틀거리다가 무릎을 꿇자, 얼룩 고양이가 그 등에 한 발을 올리고 한 손으로 머리를 잡더니 귀에서 귀까지 칼을 그었다. 붉은 모래가 그의 피를 마셨고, 바람이 그의 마지막 말이었다. 관중들은 잘한다고 소리를 질렀다.

"나쁜 싸움, 좋은 죽음이다." 힘센 벨와스가 말했다. "힘센 벨와스는 상대가 비명 지를 때가 싫다." 그는 그새 꿀에 절인 메뚜기를 다 먹어치우고는 트림을 하더니 와인을 마셨다.

창백한 콰스인, 검은 여름 군도인, 구릿빛 피부의 도트락인, 파란 수염의 티로시인, 어린양족, 조고스 나이 사람, 부루퉁한 브라보스인, 소토리오스 정글에서 온 얼룩 피부의 작은 남자들…… 그들은 세상 끝과 끝에서 다즈낙 투기장으로 죽으러 왔다. "저 친구는 장래가 밝아요, 내 사랑." 히즈다르는 긴 금발을 바람에 휘날리는 어느 리스 청년을 두고 말했지만…… 그의 적수가 그 머리채를 잡아당겨 균형을 잃은 그의 배를 땄다. 죽고 나니 칼을 손에 쥐고 있을 때보다 더 어려 보였다. "어린애군요." 대니가 말했다. "소년에 불과했어요."

"열여섯이었어요." 히즈다르가 우겼다. "어른으로서 자유로이 황금과 영광에 목숨을 걸기로 선택한 겁니다. 나의 다정한 여왕이 지혜로이 선포한 대로, 오늘 다즈낙에서는 어떤 아이도 죽지 않습니다."

'또 하나의 작은 승리로구나. 아마 내 백성을 선하게 만들진 못하겠지만, 조금 덜 악하게 만들어보기라도 해야겠지.' 대네리스는 여자들 간의 시합도 금했지만, 흑발의 바르세나는 여느 남자와 마찬가지로 자기에게도 위험을 감수할 권리가 있다고 항의했다. 여왕은 또 불구와 난쟁이와 노파가 고기 칼과 횃불과 망치를 들고 서로 싸우는 우스꽝스러운 싸움인 바보극도 금하고 싶었는데(싸우는 이들이 서툴면 서툴수록 더 웃긴 바보극으로 여겨졌다), 히즈다르는 여왕이 함께 웃어야 백성들이 그녀를 더 사랑하리라 말했고, 그런 재밋거리가 없으면 불구와 난쟁이와 노파는 굶어 죽을 것이라 항변했다. 그래서 대니는 물러섰다.

범죄자에게 투기장형을 선고하는 것은 관습이었고, 그것만은 대니도 재개해도 좋다고 동의했지만 특정한 범죄만이었다. "살인범과 강간범은 싸우게 해도 좋고, 노예제를 고집하는 이들도 모두 가능하지만, 도둑이나 채무자는 안 돼요."

짐승들도 여전히 허용되었다. 대니는 코끼리 한 마리가 붉은 늑대 여섯 마리 무리를 순식간에 해치우는 모습을 지켜보았다. 다음에는 황소와 곰이 피투성이 전투를 벌여 둘 다 처참한 꼴로 죽었다. "고기는 낭비하지 않을 겁니다." 히즈다르가 말했다. "푸주한들이 저 사체로 굶주린 이들에게 건강에 좋은 스튜를 만들어줄 거예요. '운명의 문' 앞에 나타나는 사람은 누구나 한 그릇 받을 수 있습니다."

"좋은 법이군요." '너희는 그런 좋은 법이 너무나 적어.' "이 전통은 유지하도록 해야겠어요."

짐승들의 싸움 이후에는 전투를 흉내낸 싸움이 이어졌는데, 두 발로 선 여섯 명 대 말에 탄 여섯 명이었고 전자는 방패와 장검으로, 후자는 도트락의 아라크로 무장했다. 가짜 기사들은 쇠사슬 갑옷을 입은 반면, 가짜 도트락인들은 갑옷이 없었다. 처음에는 기마전사들이 우위를 점한 듯, 둘을 말로 짓밟고 세 번째 적수의 귀를 잘랐으나, 그 후에 살아남은 기사들이 말을 공격하기 시작했고 기마전사들은 하나씩 말에서 떨어져 참살당했다. 지키는 엄청나게 메스꺼워했다. "저건 진짜 칼라사르가 아니었어요."

"저 사체들도 당신이 말한 몸에 좋은 스튜가 될 운명은 아니었으면 좋겠군요." 대니는 죽은 자들이 실려 나가자 말했다.

"말은 요리해야지요." 히즈다르가 말했다. "인간은 아니고."

"말고기와 양파 먹으면 강해진다." 벨와스가 말했다.

이어서 그날 첫 번째 바보극이 시작됐는데, 히즈다르가 시합에 초청한 융카이 귀족 중 하나가 내놓은 극으로, 난쟁이 둘이 벌이는 마상 창시합이었다. 하나는 개를, 다른 하나는 돼지를 탔다. 나무 갑옷에는 새로 색을 칠해서 한쪽에는 찬탈자 로버트 바라테온의 수사슴을 그려 넣었고, 반대쪽에는 라니스터 가문의 황금 사자를 그렸다. 대니를 위해서 한 게 분명했다. 그들의 익살에 곧 벨와스는 콧김을 뿜으며 웃어댔지만, 대니는 억지로 희미하게 웃을 뿐이었다. 붉은 옷의 난쟁이가 안장에서 떨어져서 돼지를 쫓아 모래밭을 달리기 시작하고, 개에 올라탄 난쟁이가 그 뒤를 쫓으며 나무칼로 상대의 엉덩이를 때리자 대니는 말했다. "유쾌하고 우습긴 하지만……."

"인내심을 가져요, 내 사랑." 히즈다르가 말했다. "곧 사자들을 풀 겁니다."

대너리스는 놀란 눈으로 그를 보았다. "사자?"

"세 마리지요. 저 난쟁이들은 예상 못 할 겁니다."

대니는 얼굴을 찌푸렸다. "저 난쟁이들은 나무칼에 나무 갑옷이에요. 저들이 어떻게 사자와 싸우기를 기대하는 거죠?"

"형편없이 싸우겠지요. 우리를 놀랠 수도 있고요. 그보다는 비명을 지르며 도망쳐 다니고 경기장에서 기어 나오려 하겠지만. 그래서 이게 바보극이 되는 거예요."

대니는 즐겁지 않았다. "내가 금하겠어요."

"다정한 여왕님. 여왕님의 백성들을 실망시키고 싶진 않을 텐데요."

"당신은 나에게 투사들이 자기 뜻에 따라 황금과 명예에 목숨을 건 성인들일 거라고 맹세했어요. 이 난쟁이들은 나무칼로 사자와 싸우기로 동의하지 않았어요. 멈춰요. 당장."

왕의 입가가 굳었다. 잠시 동안이지만 대니는 그 차분한 눈에 스치는 노기를 보았다고 생각했다. "분부대로 하지요." 히즈다르가 투기장 관리인을 손짓해 불렀다. "사자는 취소한다." 그는 관리인이 채찍을 들고 총총히 달려오자 말했다.

"모두 다요, 폐하? 그러면 무슨 재미가 있습니까?"

"여왕께서 말씀하셨다. 난쟁이들은 해를 입지 않도록 한다."

"관중들이 좋아하지 않을 겁니다."

"그러면 바르세나를 들여. 그러면 진정되겠지."

"폐하께서 제일 잘 아시겠지요." 투기장 관리인이 채찍을 탁 휘두르고는 명령을 외쳤다. 난쟁이들이 돼지와 개와 함께 쫓겨나는 와중에 관객들이 야유하며 그들에게 돌과 썩은 과일을 던졌다.

흑발의 바르세나가 허리에 두른 천과 샌들 외에는 벌거벗은 채 모래밭으로 성큼성큼 걸어 나오자 함성이 일었다. 30대의 키 크고 가무잡잡한 이 여자는 움직임이 표범처럼 야성적으로 우아했다. "바르세나는 사랑을 많이 받지요." 솟아오른 함성이 경기장을 채우자 히즈다르가 말했다. "내 이제까지 바르세나보다 더 용감한 여자를 본 적이 없어요."

힘센 벨와스가 말했다. "여자들과 싸우는 건 별로 안 용감해. 힘센 벨와스와 싸우는 건 용감하지."

"오늘은 멧돼지와 싸울 겁니다." 히즈다르가 말했다.

'그래. 아무리 두둑한 돈을 제시해도 저 여자와 맞설 여자는 찾지 못했기 때문이지.' 대니는 생각했다. "그리고 나무칼은 아니로군요."

문제의 멧돼지는 거대한 짐승이었고, 엄니 길이가 남자 팔뚝만 한 데다 작은 눈에 격분이 들끓었다. 대니는 로버트 바라테온을 죽인 멧돼지도 저렇게 사납게 생겼을까 생각했다. '끔찍한 짐승에 끔찍한 죽음이야.' 잠시 동안이지만 찬탈자가 안됐다고 여겨질 정도였다.

"바르세나는 아주 빨라요." 레즈낙이 말했다. "바르세나는 저 멧돼지와 춤을 추다가, 가까이 지나갈 때 벨 겁니다, 폐하. 멧돼지는 피범벅이 되어 쓰러질 거예요."

시작은 그 말대로였다. 멧돼지가 돌진하고, 바르세나가 햇빛에 칼날을 은색으로 번득이며 몸을 빙글 돌려 피했다. "창이 필요해요." 바르세나가 멧돼지의 두 번째 돌진을 타 넘어 피하자 바리스탄 경이 말했다. "저건 멧돼지와 싸우는 방법이 아닙니다." 다리오가 늘 부르던 별명대로, 누군가의 까다로운 할아버지 같은 목소리였다.

바르세나의 칼날은 붉게 물들었으나, 멧돼지는 곧 멈춰 섰다. '저놈은 황소보다 영리해. 다시는 돌진하지 않을 거야.' 대니가 깨달았고, 바르세나도 같은 깨달음에 이르렀다. 그녀는 고함을 지르고, 칼을 손에서 손으로 던져 옮기면서 멧돼지 근처로 다가갔다. 멧돼지가 물러서자 그녀는 욕을 하며 멧돼지 코를 베어 도발하려 했고…… 그렇게 되었다. 이번에는 바르세나가 한 박자 늦게 뛰었고, 멧돼지 엄니가 그녀의 왼쪽 다리를 무릎부터 사타구니까지 찢었다.

3만 관중의 목에서 신음이 흘러나왔다. 찢어진 다리를 움켜잡은 바르세나는 칼을 떨구고 뛰어 달아나려 했지만, 두 걸음도 가기 전에 멧돼지가 다시 덮쳤다. 대니는 고개를 돌렸다. "그만하면 충분히 용감했느냐?" 그녀는 모래밭에 비명이 울려 퍼지는 가운데 힘센 벨와스에게 물었다.

"돼지와 싸우는 건 용감하지만, 저렇게 크게 비명 지르는 건 용감하지 않아. 힘센 벨와스 귀가 아프다." 내시는 오래된 하얀 흉터가 이리저리 남은 커다란 배를 문질렀다. "힘센 벨와스 배도 아파진다."

멧돼지가 바르세나의 배에 코를 묻고 내장을 헤집기 시작했다. 여왕은 그 냄새를 참을 수가 없었다. 더위와 파리 떼, 관중의 고함 소리…… '숨을 쉴 수가 없어.' 대니는 베일을 들어 올려 날려 보냈다. 토카도 풀었다. 휘감긴 비단 자락을 풀자 진주가 부딪쳐 잘그락거렸다.

"칼리시?" 이리가 물었다. "뭘 하시는 건가요?"

"내 토끼 귀를 벗는다." 멧돼지용 창을 쥔 남자 십여 명이 멧돼지를 시체에서 떼어내어 우리 안으로 몰아넣으려 모래밭으로 달려 나갔다. 투기장 관리인도 긴 가시 채찍을 손에 쥐고 함께 가 있었다. 관리인이 채찍을 멧돼지에게 휘두르는 사이, 여왕은 일어섰다. "바리스탄 경, 내가 안전하게 내 정원으로 돌아가도록 호위해주겠나?"

히즈다르는 어리둥절한 얼굴이었다. "아직 남았는데요. 바보극에 노파 여섯이 나오고, 그리고 시합도 셋 더 남았어요. 벨라쿼와 고호르도!"

"벨라쿼가 이길 거예요." 이리가 선언했다. "잘 알려진 사실이죠."

"알려진 사실이 아니야." 지키가 말했다. "벨라쿼는 죽을 거야."

"이쪽이 죽거나, 저쪽이 죽겠지." 대니가 말했다. "그리고 살아남은 자도 다른 날에 죽을 거야. 이건 실수였어."

"힘센 벨와스 메뚜기 너무 많이 먹었다." 벨와스의 넓적한 갈색 얼굴에 기묘한 표정이 떠올랐다. "힘센 벨와스 우유가 필요하다."

히즈다르는 호위 내시를 무시했다. "폐하, 미린의 백성들이 우리의 결합을 축하하러 왔습니다. 당신에게 환호하는 소리를 들었지요? 그 사랑을 내던져버리지 말아요."

"저들은 내가 아니라 내 토끼 귀에 환호했지. 날 이 도살장에서 데리고 나가요, 남편." 그녀는 멧돼지가 씩씩대는 소리, 창병들이 외치는 소리, 투기장 관리인의 채찍 소리를 들을 수 있었다.

"사랑스러운 분, 안 됩니다. 잠시만 더 머물러요. 바보극과 마지막 시합을 위해서요. 눈을 감아도 아무도 보지 않을 거예요. 다들 벨라쿼와 고호르만 보고 있을 테니까요. 지금은 때가—"

그 얼굴에 그림자가 지나갔다.

소란과 고함이 다 잦아들었다. 만 개의 목소리가 조용해졌다. 모두의 눈이 하늘로 향했다. 따뜻한 바람이 대니의 뺨을 스치고, 심장 소리를 덮는 날갯짓 소리가 들렸다. 창병 둘이 숨을 곳을 찾아 달렸다. 투기장 관리인은 선 자리에 얼어붙었다. 멧돼지는 다시 바르세나에게 코를 박았다. 힘센 벨와스가 신음하며 비틀비틀 일어서다가 쓰러져 무릎을 꿇었다.

모두의 머리 위에 드래곤이 나타나 태양을 어둡게 가렸다. 비늘은 검고, 눈과 뿔과 등뼈 막은 피처럼 붉었다. 언제나 그녀의 세 드래곤 중에서 가장 컸던 드로곤은 야생에서 더 커졌다. 새까만 날개를 펴자 끝에서 끝까지 6미터에 달했다. 드로곤이 모래밭 위를 다시 스치며 날개를 한 번 펄럭이자, 그 소리가 천둥 같았다. 멧돼지가 쿵쿵대며 고개를 드는가 싶더니…… 붉은빛이 섞인 검은 화염이 멧돼지를 집어삼켰다. 대니는 10미터 거리에서도 그 열기를 느꼈다. 멧돼지가 죽어가며 내지르는 비명은 거의 인간의 비명 같았다. 드로곤이 사체에 내려앉더니 연기가 오르는 살덩이에 발톱을 박았다. 먹기 시작한 드로곤은 바르세나와 멧돼지를 구별하지 않았다.

"아, 신들이시여." 레즈낙이 신음했다. "바르세나를 먹고 있어!" 시종장이 입을 틀어막았다. 힘센 벨와스는 시끄럽게 토하고 있었다. 히즈다르 조 로라크의 길고 창백한 얼굴에 기묘한 표정이 스쳤다. 공포와 갈망, 황홀경이 뒤섞인 표정이었다. 대니는 팔 가문이 토카를 움켜쥐고 서두르다가 술을 밟고 넘어져가며 줄줄이 계단을 오르는 모습을 보았다. 다른 이들도 뒤따랐다. 서로를 밀쳐가며 뛰는 사람들도 있었다. 그보다 많은 수는 자리에 남았다.

한 남자가 영웅이 되려 했다.

멧돼지를 우리에 다시 몰아넣으려고 나갔던 창병 중 하나였다. 취했는지도 모르고, 미쳤는지도 모른다. 흑발의 바르세나를 멀리서 사랑했는지도, 하지아라는 소녀에 대한 소문을 들었는지도 모른다. 그저 음유시인들이 자기에 대한 노래를 불러주길 원한 평범한 남자일지도 모른다. 그는 멧돼지 창을 두 손에 쥐고 앞으로 달려갔다. 그의 발아래에서 붉은 모래가 먼지를 일으키고, 경기장 좌석들에선 함성이 터져 나왔다. 드로곤이 이빨에서 피를 뚝뚝 떨구며 고개를 들었다. 영웅은 그 등에 뛰어올라 쇠창촉을 드래곤의 비늘 가득한 긴 목 아래쪽에 꽂았다.

대니와 드로곤이 한 몸처럼 비명을 질렀다.

영웅은 창에 몸을 기대고, 자기 몸무게를 실어서 창촉을 더 깊이 비틀어 박았다. 드로곤이 고통스러운 쇳소리를 내며 등을 구부렸다. 꼬리가 옆을 때렸다. 대니는 드로곤이 긴 뱀 같은 목을 트는 모습을 지켜보고, 검은 날개를 펼치는 모습을 보았다. '드래곤슬레이어'는 미끄러져 모래밭에 굴러 떨어졌다. 그가 일어서려 애쓰는 사이에 드래곤의 이빨이 그의 팔뚝을 세게 물었다. "안 돼." 그 남자가 외칠 수 있는 말은 그게 다였다. 드로곤은 그의 팔을 어깨에서 뜯어내어 개가 쥐 소굴에 쥐 한 마리를 내팽개치듯 옆으로 던져버렸다.

"죽여라!" 히즈다르 조 로라크가 다른 창병들에게 외쳤다. "저 짐승을 죽여!"

바리스탄 경이 대니를 꽉 붙들었다. "보지 마십시오, 전하."

"놔줘!" 대니는 몸을 비틀어 벗어났다. 난간을 타 넘는데, 세상이 느려지는 것 같았다. 경기장에 내려서면서 샌들 한 짝을 잃어버렸다. 달리면서 발가락 사이로 들어오는 뜨겁고 거친 모래를 느낄 수 있었다. 바리스탄 경이 뒤에서 불렀다. 힘센 벨와스는 여전히 토를 했다. 대니는 더 빨리 달렸다.

창병들도 달렸다. 몇 명은 손에 창을 쥐고 드래곤에게 달려들었고, 몇 명은 무기를 버리고 반대쪽으로 달아났다. 영웅은 뜯겨 나간 어깨에서 새빨간 피를 쏟으며 모래밭에서 경련했다. 그의 창은 드로곤의 등에 꽂힌 채, 날개를 칠 때마다 흔들거렸다. 그 상처에서 연기가 피어올랐다. 다른 창들이 다가오자 드래곤은 불을 뱉어 두 남자를 검은 화염에 담갔다. 양옆으로 휘두르던 꼬리는 뒤에서 살금살금 다가오던 투기장 관리인을 때려 두 동강

냈다. 또 다른 공격자가 눈을 찌르려다가 드래곤의 턱에 물려 배가 찢겼다. 미린인들은 비명을 지르고, 욕하고, 울부짖었다. 대니는 누군가가 뒤따라 달려오는 소리를 들을 수 있었다. "드로곤." 그녀가 외쳤다. "드로곤."

드로곤이 고개를 돌렸다. 잇새에서 연기가 올랐다. 바닥에 뚝뚝 떨어지는 피에서도 연기가 피어올랐다. 드로곤이 다시 날갯짓을 해서 새빨간 모래로 숨 막히는 폭풍을 일으켰다. 대니는 기침을 하며 그 뜨거운 붉은 구름 속으로 비틀비틀 들어갔다. 드로곤이 물려고 했다.

"아니야". 대니는 그 말밖에 하지 못했다. '아니야. 나는 아니야. 날 모르겠니?' 검은 이빨이 대니의 얼굴 바로 앞에서 딱 소리를 냈다. '내 머리를 물어뜯으려 했어.' 대니의 눈에 모래가 들어갔다. 그녀는 투기장 관리인의 시체에 걸려서 엉덩방아를 찧었다.

드로곤이 포효했다. 그 소리가 경기장을 가득 채웠다. 용광로 같은 바람이 대니를 집어삼켰다. 드래곤의 비늘 덮인 긴 목이 그녀를 향해 뻗어왔다. 드로곤이 입을 벌리자, 대니는 검은 이빨 사이에 낀 부러진 뼈와 새까맣게 탄 살점을 볼 수 있었다. 두 눈은 이글거렸다. '난 지옥을 들여다보고 있지만, 외면하지 않겠어.' 대니는 무슨 일이든 이렇게 확신한 적이 없었다. '내가 달아나면 드로곤이 날 불태우고 먹어치울 거야.' 웨스테로스에서는 성사들이 일곱 지옥과 일곱 천국을 이야기했지만, 칠왕국과 그들의 신은 멀리 떨어져 있었다. 대니는 여기에서 죽는다면 도트락 말의 신이 풀밭을 가르고 달려와 그녀를 별빛 칼라사르로 데려갈지, 그래서 대니의 태양이자 별과 함께 밤의 땅을 달리게 될지 궁금했다. 아니면 기스의 성난 신들이 하피들을 보내어 대니의 영혼을 끌고 가서 고문할까? 드로곤이 대니의 얼굴 바로 앞에서 포효했다. 피부에 물집이 잡힐 정도로 뜨거운 입김이었다. 대니는 오른쪽 저편에서 바리스탄 셀미가 외치는 소리를 들었다. "나다! 날 공격해라. 여기다. 나야!"

대니는 타들어가는 붉은 구덩이 같은 드로곤의 눈 속에서 자신의 거울
상을 보았다. 얼마나 작아 보이는지, 얼마나 힘없고 약하고 겁먹은 모습인
지. '드로곤에게 내 두려움을 보여줄 순 없어.' 대니는 모래밭을 허우적거리
며 투기장 관리인의 시체를 밀어내다가 그의 채찍 손잡이에 손이 스쳤다.
그 채찍을 만지자 용감해지는 기분이 들었다. 채찍 가죽이 따뜻하게 살아
있었다. 드로곤이 다시 포효했다. 그 소리가 어찌나 큰지, 채찍을 떨어뜨릴
뻔했다. 드로곤의 이빨이 다시 대니를 향했다.

대니는 그를 때렸다. "안 돼." 대니는 자기 안에 있는 온 힘을 다 발휘해
서 채찍을 휘두르고, 소리를 질렀다. 드래곤이 머리를 피했다. "안 돼." 대니
는 다시 소리쳤다. "안 돼!" 채찍의 가시가 드래곤의 주둥이를 긁었다. 드
로곤이 일어서자 그의 날개 그림자가 대니를 덮었다. 대니는 팔이 아프도
록 비늘 덮인 배에 채찍을 휘둘렀다. 드로곤의 긴 뱀 같은 목이 활처럼 휘
어졌다. 그는 시시시시식 소리를 내며 대니에게 검은 화염을 뱉었다. 대니
는 몸을 숙여 화염을 피하고 채찍을 휘두르며 외쳤다. "안 돼, 안 돼, 안 돼.
숙여!" 이에 대응하는 드로곤의 포효에는 두려움과 분노, 고통이 가득했다.
드로곤이 날개를 한 번, 두 번 치고……

……접었다. 드래곤은 마지막으로 한 번 더 시익거리고는 배를 깔고 엎
드렸다. 창이 꿰뚫은 상처에서 검은 피가 흘러내렸고, 검게 그을린 모래에
떨어지자 연기가 피어올랐다. '이 아이는 육신을 입은 불이야.' 대니는 생각
했다. '그리고 나도 그래.'

대너리스 타르가르옌은 드래곤의 등으로 뛰어올라 창을 잡아 뽑았다. 반
쯤 녹은 창촉이 붉게 달아올라 빛나고 있었다. 대니는 창을 옆으로 던져버
렸다. 드로곤이 아래에서 몸을 비틀었다. 힘을 모으느라 근육이 물결쳤다.
허공에 모래가 자욱했다. 대니는 볼 수도 없고, 숨을 쉴 수도, 생각을 할 수
도 없었다. 검은 날개가 천둥 같은 소리를 내더니, 갑자기 새빨간 모래가 저

아래로 멀어졌다.

대니는 현기증에 눈을 감았다. 다시 뜨자 눈물과 먼지로 흐린 두 눈에 발아래 미린이 보였다. 눈물이 계단들에 차오르고 길거리에 떨어졌다.

채찍이 아직 손에 들려 있었다. 대니는 드로곤의 목을 채찍으로 가볍게 치며 외쳤다. "더 높이!" 반대쪽 손은 드로곤의 비늘을 움켜쥐며, 손가락으로 잡을 곳을 찾았다. 드로곤의 넓은 검은 날개가 허공을 때렸다. 대니는 두 허벅지 아래, 뜨거운 드로곤의 몸을 느낄 수 있었다. 심장이 터질 것만 같았다. '그래.' 대니는 생각했다. '그래, 지금, 지금이야. 그래. 그래. 날 데려가. 날 데려가. 날아!'

존

거인의 재앙 토르문드. 키가 크진 않았지만 신들은 그에게 넓은 가슴과 엄청난 배를 선사했다. 만스 레이더는 폐활량이 크다고 '나팔수 토르문드'라고 불렀고, 이자가 웃음소리로 산꼭대기에 쌓인 눈을 무너뜨릴 수 있다고 하곤 했다. 격분했을 때 토르문드가 내지르는 고함은 존에게 매머드의 울음소리를 연상시켰다.

그날 토르문드는 자주, 크게 고함을 쳤다. 노호하고, 소리 지르고, 물병이 넘어져 물이 쏟아질 정도로 세게 테이블을 때렸다. 꿀술이 담긴 뿔잔을 멀리 두는 법이 없었기에, 위협을 내뱉을 때 튀는 침방울은 꿀이 섞여 달았다. 그는 존 스노우를 비겁자, 거짓말쟁이, 변절자라고 불렀고 시커먼 심장의 무릎 꿇는 놈, 강도, 시체 쪼아 먹는 까마귀라고 욕했으며 자유민의 엉덩이를 쑤시고 싶어 한다고 비난했다. 두 번인가는 마시던 뿔잔을 존의 머리에 내던지기도 했지만, 술은 다 비운 후였다. 토르문드는 좋은 꿀술을 낭비하는 사람이 아니었다. 존은 다 감내했다. 한 번도 언성을 높이거나 위협에 위협으로 대꾸하지 않았지만, 양보하기로 마음먹은 것 이상은 양보하지 않았다.

마침내, 천막 바깥에 오후 그림자가 길어지자 거인의 재앙이자 허풍쟁이, 나팔수, 얼음 깨는 사나이, 천둥 주먹 토르문드이자 곰들의 남편, 러디 홀의 꿀술 왕, 신들에게 말하는 자, 만군의 아버지 토르문드는 손을 내밀었다. "그럼 됐군. 신들께서 날 용서하시길. 절대 날 용서하지 않을 어미가 백 명은 있을 테니 말이야."

존은 그 손을 마주 잡았다. 서약의 말이 머릿속에 울려 퍼졌다. '나는 어둠 속의 검이요, 장벽 위의 감시자로다. 나는 추위에 맞서 타는 불이요, 새벽을 가져오는 빛, 잠자는 이들을 깨우는 나팔이자, 인간의 나라를 지키는 방패로다.' 그리고 존을 위한 새로운 후렴이 붙었다. '나는 문을 열어 적이 행군해 들어오게 만든 지킴이로다.' 과연 옳은 일을 하고 있는 것인지 알 수만 있다면 무엇이든 내놓으리라. 그러나 돌아가기엔 너무 멀리 왔다. "성사됐습니다." 그는 말했다.

토르문드의 손아귀는 뼈를 으스러뜨릴 것 같았다. 그것만은 변하지 않았다. 수염도 거의 그대로였지만, 무성한 흰머리 아래 얼굴은 눈에 띄게 여위었고, 불그레한 두 뺨에는 깊은 주름이 생겨 있었다. "만스는 기회가 있을 때 네놈을 죽였어야 했어." 그는 존의 손을 곤죽으로 만들어놓으려고 힘을 쓰며 말했다. "죽이라도 먹겠다고 황금에 애들까지……. 잔인한 대가로군. 내가 알던 그 상냥한 녀석에게 무슨 일이 생긴 거냐?"

'대원들이 총사령관으로 뽑았지.' "공평한 거래를 하면 양쪽 다 만족하지 못하는 법이라고 하더군요. 사흘이면 될까요?"

"내가 그때까지 산다면 그래. 이 조건을 들으면 내 사람들 몇몇은 나한테 침을 뱉을 거다." 토르문드가 존의 손을 놓았다. "내가 아는 대로라면 너희 까마귀들도 투덜대겠지. 내가 왜 모르겠냐. 너희 검은 녀석들을 헤아릴 수도 없이 많이 죽였는데."

"장벽 남쪽으로 오면 그 말은 그렇게 큰 소리로 하지 않는 게 좋을 것 같군요."

"하!" 토르문드가 웃음을 터뜨렸다. 그것도 변하지 않았다. 그는 여전히 쉽게, 자주 웃었다. "현명한 말일세. 너희 까마귀들이 날 쪼아 죽이면 곤란하지." 그는 존의 등을 두드렸다. "내 사람들이 다 안전하게 너희 장벽 안에 들어가고 나면 고기와 꿀술을 나누자. 그때까진……" 야인은 왼팔에서 팔찌를 하나 벗어 존에게 던지더니, 오른팔에 찬 똑같은 팔찌도 벗어 던졌다. "첫 번째 대금이다. 내 아버지가 물려줬고 할아버지가 물려준 팔찌야. 이제 네놈 거다, 이 시커먼 도둑놈 잡종아."

팔찌는 단단하고 무거운 오래된 금이었고, 최초인의 고대 룬 문자가 새겨져 있었다. 거인의 재앙 토르문드는 존이 알고 지내는 내내 그 팔찌를 찼다. 수염 못지않게 그 몸의 일부 같았다. "브라보스인들이 황금만 보고 이걸 다 녹일 겁니다. 안타깝네요. 이건 간직하는 게 좋을지도 몰라요."

"아니야. 천둥 주먹 토르문드가 자유민들은 보물을 다 포기하게 해놓고 자기 보물은 쥐고 있었다는 소릴 들을 순 없지." 그는 히죽 웃었다. "하지만 내 남근에 낀 반지는 간직할 거다. 그 작은 팔찌보다야 훨씬 크거든. 너한텐 목걸이쯤 될 거다."

존은 웃을 수밖에 없었다. "당신은 변하질 않는군요."

"아, 나도 변한다." 얼굴에 걸렸던 웃음이 여름 눈처럼 녹아 없어졌다. "난 러디홀에 있던 그 남자가 아니야. 너무 많은 죽음과 그보다 더 나쁜 것들을 봤다. 내 아들들은……" 슬픔이 토르문드의 얼굴을 일그러뜨렸다. "도르문드는 장벽 전투에서 죽었는데, 아직 반은 애였어. 너희 왕의 기사 하나가 그 아이를 베었어. 온몸을 회색 강철로 감싸고 방패에 나방을 그려 넣은 개자식이. 나도 그 공격을 봤지만, 내 아들은 내가 도착하기 전에 죽었다. 그리고 토르윈드는…… 토르윈드를 데려간 건 추위였어. 그 녀석은 언제나 골골했지. 어느 날 밤에 그냥 죽어버렸다. 최악인 건, 그놈이 새파란 눈에 창백한 얼굴로 일어나기 전까진 우리도 죽은 줄 몰랐다는 거야. 그런 모습을 내 눈으로 봐야 했어. 힘들었다, 존." 토르문드의 눈에 눈물이 반짝였다. "사실 대단한 남자는 아니었지만 한때는 내 어린 아들이었고, 난 그 녀석을 사랑했어."

존이 그의 어깨에 손을 올렸다. "정말 미안해요."

"왜? 그건 네가 한 짓이 아니야. 그래, 네 손에도 나와 마찬가지로 피가 묻었지. 하지만 내 아들 피는 아니야." 토르문드는 고개를 저었다. "나에겐 아직 튼튼한 두 아들이 있어."

"딸은요……?"

"문다 말이지." 그 이름과 함께 토르문드의 미소도 돌아왔다. "장창 릭을 남편 삼았지 뭐냐. 내가 보기에 그놈은 머리보다 아랫도리로 움직이지만, 문다에겐 잘해준다. 혹시라도 내 딸을 다치게 했다간 남근을 잡아 뽑아서 그걸로 피투성이가 되게 때려주겠다고 했지." 그는 존을 다시 철썩 때렸다. "넌 돌아가야지. 더 붙잡고 있다간 우리가 널 잡아먹었다고 생각하겠다."

"그럼 새벽에 봐요. 사흘 후에. 남자애들 먼저입니다."

"그 소리를 열 번은 들었다, 까마귀야. 누가 들으면 우리 사이에 믿음이 없다고 생각하겠어." 그는 침을 뱉었다. "그래, 남자애들 먼저. 매머드들은 멀리 돌아서 와야 하고. 넌 이스트워치가 놀라지 않게 확실히 해둬라. 난 싸움도 없고, 너희 망할 문에 달려드는 일도 없게 하마. 우린 한 줄로 걸어가는 오리 새끼들처럼 착하고 질서 잡혀 있을 거다. 그리고 내가 그 어미 오리다. 하!" 토르문드가 존을 데리고 천막을 나섰다.

바깥은 구름 없이 화창한 날이었다. 2주 동안이나 보이지 않던 태양이 하늘에 돌아왔고, 남쪽에서는 장벽이 청백색으로 반짝였다. 존이 캐슬블랙의 나이 많은 남자들에게 들은 말이 있었다. '장벽은 미친 왕 아에리스보다 더 기복이 심해.' 또 이런 말도 했다. '장벽이 여자보다 더 기분이 널을 뛰어.' 구름 낀 날이면 장벽은 하얀 바위 같았다. 달이 없는 밤이면 석탄처럼 새까맸다. 눈보라가 치면 눈을 깎아 만든 벽 같았다. 그러나 오늘 같은 날이면 얼음 외에 다른 것으로 착각할 수가 없었다. 이런 날이 며칠 가면 장벽은 성사의 수정처럼 눈부시게 빛나고, 모든 틈과 금이 햇빛을 받아 선명해졌으며, 투명한 물결 속에서 얼어붙은 무지개가 춤을 추다 사그라들었다. 이런 날은 장벽이 아름다웠다.

토르문드의 맏아들이 말들 근처에 서서 레더스와 대화를 나누고 있었다. 자유민들 사이에서는 키다리 토레그라고 불리는 자였다. 레더스보다는 3센티나 클까 말까했지만, 제 아버지보다는 30센티나 컸다. 별명이 망아지인 몰스타운의 건장한 소년, 하레스는 두 사람에게서 등을 돌리고 불 가까이 몸을 웅크리고 있었다. 존은 이 교섭에 하레스와 레더스밖에 데려오지 않았다. 더 데려오면 두려워하는 것으로 보였을 테고, 어차피 토르문드가 피를 볼 작정이었다면 스무 명을 데려온다 해도 둘보다 나을 게 없었다. 고스트만으로 보호책은 충분했다. 그의 다이어울프는 설령 미소로 적개심을 숨긴다 해도 냄새로 적을 알았다.

그런데 고스트가 없었다. 존은 검은 장갑 한 짝을 벗고 손가락 두 개를 입가에 가져가 휘파람을 불었다. "고스트! 이리 와."

위에서 갑자기 날갯짓 소리가 들렸다. 모르몬트의 까마귀가 늙은 참나무 가지에서 날아 내려와 존의 안장에 앉았다. "옥수수." 까마귀가 우짖었다. "옥수수, 옥수수, 옥수수."

"너도 따라온 거냐?" 존은 새를 쫓으려 손을 뻗었다가 깃털만 쓰다듬고 말았다. 까마귀가 갸우뚱하며 그를 쳐다보았다. "스노우." 까마귀는 다 안다는 듯 고개를 끄덕이며 중얼거렸다. 다음 순간 나무 두 그루 사이에서 고스트가 나타났고, 그 옆에 발이 있었다.

'마치 한 쌍 같군.' 발은 온통 하얀 옷차림으로, 하얀 모직 바지를 하얗게 표백한 높은 가죽 장화에 밀어 넣었고, 하얀 곰 가죽 망토를 얼굴 모양으로 조각한 영목으로 어깨에 고정했으며, 하얀 튜닉에는 뼈 단추를 달았다. 입김도 하얬다……. 그러나 눈은 파랗고, 길게 땋아 늘인 머리는 어두운 꿀색이었으며, 두 뺨은 추위에 발갛게 달아올랐다. 존 스노우가 그렇게 아름다운 광경을 본 게 얼마만인지 몰랐다.

"내 늑대를 훔치려고 했어요?" 그는 발에게 물었다.

"왜 아니겠어요? 여자들에게 다이어울프가 하나씩 있다면 남자들도 더 다정해질 테죠. 까마귀들이라 해도요."

"하!" 거인의 재앙 토르문드가 웃어젖혔다. "이 여자와는 말싸움을 하지 마, 스노우 나리. 너나 나 같은 족속에겐 너무 영리한 여자거든. 토레그가 정신 차리고 먼저 채 가기 전에 재빨리 훔치는 게 최고다."

액셀 플로렌트가 발에 대해 뭐라고 했던가? '성적인 매력도 넘친다 들었고, 보기에도 나쁘지 않다던데. 엉덩이도 크고, 가슴도 커서 아이 낳기 딱 좋다고.' 다 사실이긴 했지만, 이 야인 여자는 그보다 훨씬 뛰어났다. 그녀는 경비대의 노련한 순찰자들이 실패한 곳에서 토르문드를 찾아냄으로써 그것을 증명했다. '발이 야인 공주는 아닐지 몰라도, 어떤 영주에게든 모자람 없는 아내가 될 거야.'

그러나 그 다리는 오래전에 불타버렸고, 존이 직접 횃불을 던졌다. "토레그가 나서도 좋겠지요." 그는 말했다. "난 서약을 했습니다."

"발은 신경 안 쓸걸. 안 그래?"

발이 허리춤에 찬 긴 뼈칼을 두드렸다. "까마귀 사령관이야 엄두가 난다면 언제든 내 침대에 몰래 들어와도 환영이지. 일단 거세당하고 나면 서약도 훨씬 지키기 쉬워질걸요."

"하!" 토르문드가 다시 콧김을 뿜었다. "들었냐, 토레그? 이 여자는 멀리 피해라. 난 이미 딸이 하나 있으니, 하나 더는 필요 없다." 야인 족장은 고개를 절레절레 저으며 몸을 숙여 천막 안으로 돌아갔다.

존이 고스트의 귀 뒤를 긁어주는 사이, 토레그가 발의 말을 데려왔다. 발은 아직도 장벽을 떠나던 날 멀리가 내어준 회색 조랑말을, 한쪽 눈이 먼 덥수룩하고 덜 자란 말을 탔다. 발은 말 머리를 장벽 쪽으로 돌리면서 물었다. "작은 괴물은 어때요?"

"당신이 떠났을 때보다 두 배는 크고, 세 배는 시끄럽습니다. 젖을 찾을 때면 울음소리를 이스트워치에서도 들을 수 있을걸요." 존도 말에 올랐다.

발이 옆에 붙어 섰다. "그래서…… 난 약속대로 당신에게 토르문드를 데려왔어요. 이젠 뭐죠? 난 예전 감방으로 돌아가나요?"

"당신 예전 감옥은 찼어요. 셀리스 왕비가 왕의 탑을 다 차지했어요. 하딘의 탑 기억나요?"

"곧 무너질 것 같은 탑요?"

"백 년 동안 그런 모습이었어요. 그 탑 맨 위층을 준비해뒀습니다. 왕의 탑에 있을 때보다 공간은 더 넓을 테지만, 편하기는 덜 편할지 몰라요. 아무도 거길 하딘의 궁전이라 부른 적은 없죠."

"나야 언제나 편안함보다는 자유를 택하겠어요."

"성 안의 자유는 주겠지만, 안타깝게도 포로로는 남아 있어줘야겠습니다. 하지만 원치 않는 방문자들로 난처할 일은 없을 거라 약속하죠. 하딘의 탑은 왕비의 병사들이 아니라 내 병사들이 지켜요. 그리고 입구 홀에서는 운운이 잡니다."

"거인 보호자라? 댈라도 그런 자랑은 못 했겠네요."

토르문드의 야인들이 그들이 지나가는 모습을 지켜보았다. 천막 안에서도, 잎이 진 나무 아래 기대어 지은 움막에서도 내다보았다. 존이 보기에 싸울 만한 나이의 남자보다 여자가 세 배는 많았고 아이들도 그만큼 많았다. 다들 뺨이 푹 꺼지고 멍한 눈을 한 여윈 아이들이었다. 만스 레이더가 자유민들을 이끌고 장벽으로 내려왔을 때 따라온 사람들은 양과 염소와 돼지 떼를 엄청나게 몰고 왔지만, 이제 눈에 보이는 짐승이라곤 매머드들 뿐이었다. 거인들이 사납지 않았다면 그 매머드들도 도살당했을 게 뻔했다. 매머드의 뼈에는 고기가 많이 붙어 있으니 말이다.

존은 질병의 징후도 보았다. 그게 말도 못 하게 불안했다. 토르문드의 무리가 굶주리고 병들었다면, 두더지 엄마를 따라 하드홈으로 간 수천 명은 어떻게 됐을까? '코터 파이크가 어서 도착해야 할 거야. 바람만 따라준다면 지금쯤 자유민들을 최대한 많이 태우고 이스트워치로 돌아가고 있을지도 몰라.'

"토르문드와는 어떻게 됐어요?" 발이 물었다.

"1년 후에 물어봐요. 아직 힘든 부분이 기다리고 있어요. 내 쪽 사람들에게 내가 요리한 식사를 먹으라고 설득하는 부분이죠. 안타깝게도 그 맛을 좋아할 사람이 하나도 없지 싶군요."

"내가 돕게 해줘요."

"이미 도와줬어요. 토르문드를 데려왔잖아요."

"그 이상을 할 수 있어요."

'왜 아니겠어? 다들 발이 공주라고도 믿는데.' 존은 생각했다. 발은 그 역할에 맞아 보였고, 말 등에서 태어난 사람처럼 말을 탔다. '전사 공주야. 탑 안에 앉아서 머리를 빗으며 기사가 구하러 오기를 기다리는 그런 가냘픈 공주가 아니라.' 그게 그의 판단이었다. "왕비에게 이 협의에 대해 알려야 해요. 무릎을 굽힐 마음을 먹을 수 있다면, 같이 만나러 가도 환영입니다." 입도 열기 전에 왕비 전하의 기분을 상하게 할 순 없었다.

"무릎 꿇을 때 웃어도 돼요?"

"안 됩니다. 이건 게임이 아니에요. 내 사람들과 당신네 사람들 사이에는 원한의 강이 흘러요. 깊고 오래된 피의 강이죠. 스타니스 바라테온은 야인들을 왕국에 받아들일 극소수의 사람 중 하나예요. 내가 한 일에 대해 그의 왕비의 지지가 필요해요."

발의 장난스러운 미소가 사그라들었다. "약속하죠, 스노우 공. 당신의 왕비에게는 제대로 된 야인 공주로 처신할게요."

'내 왕비는 아니에요.' 그렇게 말할 수도 있었다. '솔직히 말하면, 그 여자가 빨리 떠나면 떠날수록 좋아. 그리고 신들이 자비로우시다면 멜리산드레도 데려가겠지.' 그들은 남은 길을 조용히 말을 몰았고, 고스트가 느긋하게 뒤따라왔다. 모르몬트의 까마귀는 문 앞까지 따라오다가 그들이 말에서 내리는 사이 하늘로 날아올랐다. '망아지'가 얼음 터널 안을 밝힐 불붙은 나무를 들고 앞장섰다.

존과 일행이 장벽 남쪽으로 나왔을 때는 문 앞에 검은 형제 몇몇이 모여서 기다리고 있었다. 왕의 숲의 울머도 있었는데, 이 나이 든 궁수가 나머지를 대변하여 앞으로 나섰다. "사령관님만 괜찮으시다면, 이 녀석들이 궁금해합니다. 평화입니까, 사령관님? 아니면 피와 철입니까?"

"평화입니다." 존 스노우가 대답했다. "앞으로 사흘 후, 거인의 재앙 토르문드가 사람들을 이끌고 장벽을 통과할 겁니다. 적이 아니라 친구로서요. 형제로서 우리 사이에 들어올 사람도 있을 수 있습니다. 우리가 환영해야지요. 이제 맡은 일로 돌아가세요." 존은 말고삐를 새틴에게 넘겼다. "셀리스 왕비를 뵈어야겠다." 즉시 만나러 가지 않는다면 모욕으로 받아들일 사람이었다. "그 후에는 편지를 여러 통 써야 해. 양피지와 펜, 그리고 학사의 검은 잉크통을 내 거처에 가져와. 그리고 마시, 야윅, 셀라다르 성사, 클라이다스를 불러라." 셀라다르는 반쯤 취해 있을 테고, 클라이다스는 진짜 학사를 대신하기엔 부족했지만, 그에겐 그들밖에 없었다. '샘이 돌아올 때까지는.' "북부인들도 부른다. 플린트와 노리. 레더스, 자네도 와야 해."

"홉이 양파 파이를 굽고 있어요." 새틴이 말했다. "그분들 모두에게 사령관님과 저녁 식사를 함께 하자고 청할까요?"

존은 생각해보았다. "아니야. 해 질 녘에 장벽 위에서 만나자고 해라." 그는 발을 돌아보았다. "아가씨. 부디 함께 가시지요."

"까마귀 명이시라면 포로는 복종해야죠." 장난스러운 말투였다. "만나기만 하면 다 자란 남자들도 다리가 풀린다니, 당신네 왕비는 분명 아주 사납겠어요. 모직물과 모피 대신 사슬 갑옷을 입어야 할까요? 이건 댈라가 준 옷이라서, 피투성이로 만들고 싶진 않은데요."

"말로 피를 낸다면야 걱정해야 할지 모르지요. 아가씨 옷은 안전할 겁니다."

그들은 지저분한 눈 더미 사이에 새로 파놓은 길을 따라 왕의 탑으로 향했다. "당신네 왕비님이 굉장한 검은 수염을 길렀다고 들었는데요."

존은 웃지 말아야 한다는 걸 알면서도 웃어버렸다. "코 밑에만요. 아주 살짝. 털 개수를 헤아릴 수 있을 정도죠."

"실망스럽기도 해라."

새로운 거점의 주인이고 싶다더니, 셀리스 바라테온은 편안한 캐슬블랙을 버리고 어두운 나이트포트로 갈 마음이 급하지 않은 모양이었다. 물론 왕비는 위병들을 밖에 세워두었다. 네 명은 문 앞에, 두 명은 밖에 있는 계단 위에, 또 두 명은 건물 안 화로 옆에 서 있었다. 이들을 지휘하는 사람은 왕의 산의 파트렉 경으로, 하얀색과 파란색과 은색으로 이루어진 기사복을 갖춰 입었고 망토에는 오각별이 흩뿌려져 있었다. 발이 나타나자 기사는 한쪽 무릎을 꿇고 그녀의 장갑에 입을 맞췄다. "들은 바보다 더 아름다우시군요, 공주님. 왕비께서 공주님의 아름다움에 대해 많이 말씀하셨습니다."

"절 본 적도 없는데 이상하기도 하네요." 발이 파트렉 경의 머리를 토닥였다. "이제 일어나세요, 무릎 꿇는 기사님. 일어나요, 일어나." 개에게 말하는 것 같은 목소리였다.

존은 웃음을 터뜨리지 않기 위해 최선을 다해야 했다. 그는 돌 같은 얼굴로 기사에게 왕비 알현을 청한다고 말했다. 파트렉 경은 중장병 한 명을 계단 위로 보내어 전하게 방문자를 만나보실지 물어보게 했다. "하지만 늑대는 여기 있어야 하오." 파트렉 경이 주장했다.

존도 예상한 바였다. 셀리스 왕비는 다이어울프를 보면 운 웨그 운 다르운을 볼 때처럼 불안해했다. "고스트, 여기 있어."

왕비는 불가에서 바느질을 했고, 왕비의 광대는 자기만 들을 수 있는 음악에 맞춰 춤을 추며 사슴뿔에 달린 종을 울려댔다. "까마귀다, 까마귀다." 패치페이스는 존을 보자 외쳤다. "바닷속에선 까마귀들이 눈처럼 하얗지, 나는 알아, 나는 안다네, 오 오 오." 시린 왕녀는 창가 자리에 몸을 말고, 두건을 써서 얼굴을 망친 회색비늘 대부분을 가린 상태였다.

멜리산드레는 보이지 않았다. 존에게는 고마운 일이었다. 늦든 빠르든 붉은 여사제를 마주하기는 해야겠지만, 왕비가 없는 자리였음 싶었다. "전하." 그는 한쪽 무릎을 꿇었다. 발도 비슷하게 했다.

셀리스 왕비가 바느질감을 옆으로 치웠다. "일어나도 좋소."

"외람되오나, 발 아가씨를 소개해도 될지요? 발의 언니인 델라는—"

"밤마다 우리가 잠 못 들게 빽빽대는 아기의 어미였지. 나도 누군지 알아요, 스노우 공." 왕비는 코웃음을 쳤다. "내 남편인 국왕보다 먼저 돌아와서 다행이지, 안 그랬다면 공에게 상황이 나쁘게 돌아갔을지 모릅니다. 아주 나빠졌겠지요."

"당신이 야인 공주예요?" 시린이 발에게 물었다.

"그렇게 부르는 사람도 있지요." 발이 말했다. "언니가 장벽 너머 왕 만스 레이더의 아내였거든요. 아들을 낳아주고 죽었지요."

"나도 공주예요." 시린이 말했다. "하지만 난 자매가 없어요. 예전에는 사

존이 하나 있었는데, 걔는 배를 타고 떠나버렸어요. 서자에 불과하긴 했지만, 난 걔가 좋았어요."

"정말이지, 시린." 왕비가 말했다. "총사령관이 로버트의 서자에 대해 들으려고 오진 않았을 게다. 패치페이스, 착한 광대답게 왕녀를 방으로 데려다다오."

광대는 모자에 달린 종을 울리며 노래했다. "떠나자, 떠나자. 나와 같이 바닷속으로, 멀리, 멀리 떠나자." 그는 어린 왕녀의 한쪽 손을 잡고 깡충대며 방에서 데리고 나갔다.

존이 말했다. "전하, 자유민들의 지도자가 제 조건에 동의했습니다."

셀리스 왕비는 아주 약간 고개를 끄덕였다. "이 야만인들에게 피난처를 주는 게 내 남편의 바람이었네. 왕의 평화와 왕의 법을 지키기만 한다면, 우리의 왕국에 들어오는 것을 환영하네." 그녀는 입술을 오므렸다. "거인이 더 있다고 들었는데."

발이 대답했다. "거의 200명쯤 됩니다, 전하. 그리고 매머드가 80마리 이상이에요."

왕비가 몸서리를 쳤다. "끔찍한 것들." 존은 왕비가 매머드를 두고 하는 말인지, 거인을 두고 하는 말인지 알 수 없었다. "하지만 그런 짐승들이 전투에서 내 남편에게 유용할 순 있겠지."

"그럴 겁니다, 전하." 존이 말했다. "하지만 매머드는 너무 커서 저희 문을 통과하지 못합니다."

"그 문을 넓힐 순 없소?"

"그건…… 현명하지 못할 것 같습니다."

셀리스는 코웃음을 쳤다. "사령관이 그렇다면 그런 거겠지. 그런 건 잘 알 테니까. 이 야인들은 어디에 정착시킬 작정이오? 분명 몰스타운은 이들이 다 들어갈 만큼 크지 않고……. 그런데 수가 얼마나 되지요?"

"4000명입니다, 전하. 이들이 방치된 성들에 수비군을 분배하고, 장벽을 더 잘 지킬 수 있게 도와줄 겁니다."

"그 성들은 폐허라고 알고 있었는데. 황량하고 춥고 음산한 곳들로, 돌더미에 가깝다고. 이스트워치에서는 쥐와 거미에 대한 말도 들었다오."

'지금쯤이면 추위가 거미를 다 죽였을 겁니다.' 존은 생각했다. '그리고 쥐는 겨울이 오면 유용한 고기가 될 수 있지요.' "다 사실입니다, 전하……. 그러나 폐허라 해도 어느 정도 피난처는 됩니다. 그리고 이들과 다른자들 사이에 장벽이 버텨 서 있겠지요."

"이 모든 것을 주의 깊게 생각했다는 걸 알겠군요, 스노우 공. 스타니스 왕께서 전투에서 승리하여 돌아오시면 흡족해하실 게 분명하오."

'돌아오기나 한다면 말이지.'

왕비는 말을 이었다. "물론, 야인들은 먼저 스타니스가 자기들의 왕이며 를로르 님이 자기들의 신이라 인정해야 하겠지만."

'자, 이제 외나무다리 위에 마주 섰구나.' "전하, 용서하십시오. 그건 저희가 합의한 조건에 없습니다."

왕비의 얼굴이 굳었다. "심각한 부주의로군." 목소리에 담겼던 희미한 온기의 흔적마저 싹 사라졌다.

"자유민은 무릎을 꿇지 않아요." 발이 말했다.

"그렇다면 무릎을 꿇려야겠군." 왕비가 선언했다.

"전하, 그랬다간 저흰 기회가 오자마자 다시 일어설 겁니다." 발이 경고했다. "그것도 칼을 들고 일어나겠죠."

왕비의 입술에 힘이 들어가고, 턱이 작게 떨렸다. "무례하다. 야인이니 어쩔 수 없겠지. 우리가 그대에게 예의를 가르칠 수 있는 남편을 찾아줘야겠어." 왕비는 고개를 돌려 존을 노려보았다. "난 찬성 못 하오, 총사령관. 내 남편도 찬성하지 않을 게요. 우리 둘 다 잘 알다시피 사령관이 문을 여는 것을 막을 수야 없지만, 왕께서 전투에서 돌아오시면 책임을 져야 하리라 장담하지. 다시 생각해보는 게 좋겠소."

"전하." 존은 다시 무릎을 꿇었다. 이번에는 발이 따라하지 않았다. "제 조치에 불쾌하셨다면 죄송합니다. 저는 최선이라 생각하는 일을 했습니다. 이제 나가봐도 되겠습니까?"

"그러시오. 당장."

밖으로 나가서 왕비의 병사들이 듣지 못할 만큼 멀어지자 발이 분노를 표출했다. "수염에 대해 거짓말했군요. 턱에 난 털이 내 다리 사이보다 더 많잖아요. 게다가 그 딸은…… 그 얼굴은……."

"회색비늘병이에요."

"우린 회색죽음이라 불러요."

"아이 때에는 치명적이지 않을 수도 있어요."

"장벽 북쪽에선 다 죽어요. 독미나리가 확실한 치료법이지만, 베개나 칼도 잘 듣죠. 내가 저런 불쌍한 아이를 낳았다면 오래전에 자비를 선물했을 거예요."

이건 존이 처음 보는 발의 모습이었다. "시린 왕녀는 왕비의 유일한 자식이에요."

"둘 다 안됐네요. 저 아이는 깨끗하지 않아요."

"스타니스가 전쟁에서 이긴다면, 시린이 철왕좌의 후계자가 될 거예요."

"그럼 당신네 칠왕국이 안됐네요."

"학사들 말이 회색비늘병은—"

"학사들이야 믿고 싶은 대로 믿으라고 해요. 진실을 알고 싶다면 숲 마녀에게 물어봐요. 회색 죽음은 잠들어 있다가, 다시 깨어나요. 저 아이는 깨끗하지 않아요!"

"착한 아이 같은데요. 혹시 모르는—"

"난 알아요. 당신은 아무것도 몰라요, 존 스노우." 발이 그의 팔을 잡았다. "괴물을 저기서 꺼내고 싶어요. 괴물과 괴물의 유모들 다요. 죽은 여자애와 같은 탑에 둘 순 없어요."

존은 발의 손을 뿌리쳤다. "그 아인 죽지 않았어요."

"죽었어요. 걔 엄마는 그걸 못 알아보는 거야. 당신도 못 보는 것 같네. 그래도 죽음이 거기 있어요." 발은 존에게서 멀어지다가 멈춰 서서 돌아보았다. "난 거인의 재앙 토르문드를 데려왔어요. 나에게 내 괴물을 데려와요."

"할 수만 있다면 그러지요."

"해요. 당신은 나에게 빚을 졌어요, 존 스노우."

존은 발이 걸어가는 모습을 지켜보았다. '발이 틀렸어. 잘못 생각한 게 분명해. 회색비늘병은 발의 주장만큼 치명적이지 않아. 아이들한테는 안 그래.'

고스트가 또 사라졌다. 해가 서쪽에 낮게 걸렸다. '지금 향신료를 넣은 뜨거운 와인 한 잔 마시면 딱 좋겠군. 두 잔이면 더 좋겠고.' 그러나 그건 기다려야 했다. 마주해야 할 적들이 있었다. 최악의 적, 즉 형제들이었다.

레더스가 권양기 옆에서 기다리고 있었다. 두 사람이 같이 올라갔다. 높이 올라갈수록 바람이 거세졌다. 15미터를 올라가자, 무거운 쇠우리가 돌풍이 불 때마다 흔들리기 시작했다. 가끔은 장벽을 긁어서 작은 수정 같은 얼음 비가 햇빛 속에 반짝이며 쏟아지기도 했다. 그들은 캐슬블랙에서 제일 높은 탑보다 높이 올라갔다. 120미터를 오르자 바람에 이빨이 돋아, 존의 검은 망토를 물어뜯었다. 망토가 쇠창살을 요란하게 때렸다. 200미터 위로 올라오자 바람이 그의 몸을 베었다. '장벽은 내 것이야.' 존은 권양기 담당자들이 쇠우리를 고정시키는 동안 스스로를 일깨웠다. '적어도 앞으로 이틀은.'

존은 얼음 위로 훌쩍 뛰어내려 권양기 담당자들에게 고맙다고 인사하고, 파수를 선 창병들에게 고개를 끄덕였다. 모직 두건을 깊숙이 눌러써서 눈 말고는 얼굴이 보이지 않았지만, 그는 등으로 흘러내리는 엉킨 밧줄 같은 기름진 검은 머리로 타이를 알아보고 허리춤의 칼집에 쑤셔 넣은 소시지로 오언을 알아보았다. 어차피 선 자세만 보고도 알았을 것이다. '훌륭한 영주라면 자신의 사람들을 다 알아야 해.' 언젠가, 윈터펠에서 아버지가 존과 롭에게 말한 적이 있었다.

존은 장벽 가장자리로 걸어가서 만스 레이더의 군대가 죽어간 전장을 내려다보았다. 만스는 지금 어디 있을까 궁금했다. '만스가 널 찾기는 했니, 동생아? 아니면 넌 그냥 그놈이 나에게서 풀려나려고 써먹은 책략이었니?'

아리아를 본 지가 너무 오래되었다. 지금은 어떤 모습일까? 아리아를 알아볼 순 있을까? '발밑의 아리아. 얼굴이 늘 지저분했지.' 아직도 존이 미켄에게 부탁해서 만들어 준 작은 검을 가지고 있을까? '뾰족한 끝으로 찌를 것.' 그렇게 말해줬었다. 램지 스노우에 대해 들은 말이 절반만 사실이라 해도 그게 결혼식 날 밤에 써먹어야 할 지혜일 터였다. '그 아이를 집으로 데려와요, 만스. 난 멜리산드레에게서 당신 아들을 구했고, 당신네 자유민 4000명을 구하기 직전입니다. 어린 여자애 하나 정도는 구해줘야 해요.'

북쪽, 귀신 들린 숲에서는 오후 그림자가 나무 사이로 번져갔다. 서쪽 하늘은 불타는 붉은빛이었지만, 동쪽에서는 첫 별들이 나오고 있었다. 존 스노우는 오른손을 쥐었다 펴면서 자신이 잃은 모든 것을 떠올렸다. '샘, 이 다정하고 뚱뚱한 바보야, 넌 날 총사령관으로 만들었을 때 잔인한 장난을 친 거야. 총사령관에겐 친구가 없어.'

"스노우 공?" 레더스가 말했다. "쇠우리가 올라옵니다."

"들었다." 존은 장벽 가장자리에서 물러났다.

제일 먼저 올라온 것은 모피와 철을 두른 플린트와 노리 부족장이었다. 노리는 여윈 몸에 주름진 얼굴이었지만 음흉한 눈에 원기 왕성한 모습이 늙은 여우 같았다. 토르겐 플린트는 키가 노리의 머리 중간 정도에 그쳤지만 몸무게가 두 배는 나갔는데, 햄 덩어리처럼 큰 손은 관절이 붉고 울퉁불퉁했으며 검은 가시나무 지팡이에 몸을 무겁게 기대고 절뚝이며 얼음 위를 걸었다. 그다음에는 곰 가죽에 휘감긴 보웬 마시가 왔다. 그다음에 오델 야윅이, 그다음에는 반쯤 취한 셀라다르 성사가 왔다.

"같이 걸읍시다." 존은 그들에게 말했다. 그들은 자갈 조각을 흩뿌린 장벽 길을 따라, 저무는 해를 향해 서쪽으로 걸었다. 몸을 녹이는 오두막에서 50미터 정도 멀어졌을 때, 존은 말했다. "왜 여러분을 불렀는지 아실 겁니다. 앞으로 사흘 후 새벽에 문이 열리고, 토르문드와 그의 사람들이 장벽을 통과할 겁니다. 준비해야 할 게 많아요."

존의 선언에 침묵만 돌아왔다. 그러다가 오델 야윅이 말했다. "총사령관님, 그건 수천 명의 —"

"뼛속까지 지치고, 굶주리고, 집에서 멀리 와버린 말라빠진 야인들입니다." 존은 야인들의 화톳불이 보이는 곳을 가리켰다. "저기 있어요. 토르문드의 말대로라면 4000명입니다."

"불을 봐서는 3000명 같군요." 보웬 마시는 수치를 재고 수를 헤아리면서 평생을 살았다. "숲 마녀와 함께 하드홈에 있다고 들은 숫자의 두 배가 넘습니다. 그리고 데니스 경이 섀도타워 너머 산맥에 있는 큰 야영지에 대해 썼는데……."

존은 부정하지 않았다. "토르문드의 말에 따르면 울보는 해골 다리를 다시 칠 거라는군요."

늙은 석류가 자기 흉터를 만졌다. 지난번에 울보가 대곡지를 건너오려 했을 때 해골 다리를 방어하다가 입은 상처였다. "설마 총사령관께서 그…… 그 악마 놈까지 통과시키실 작정은 아니겠지요?"

"달갑진 않지요." 존은 울보가 남겨두었던 머리통들, 눈이 있던 자리의 피투성이 구멍들을 잊지 않았다. '블랙잭 불워, 털북숭이 할, 회색 깃털 가스. 그 사람들의 복수를 할 순 없지만, 그 이름들을 잊진 않을 거야.' "하지만 그래요, 그놈도 통과시킬 겁니다. 이자는 지나갈 수 있고, 저자는 안 된다는 식으로 자유민들을 선택할 수가 없어요. 평화란 모두의 평화를 의미합니다."

노리가 덤벼들 듯 침을 뱉었다. "차라리 늑대와 시체 먹는 까마귀와도 평화를 맺으시지."

"내 지하감옥 안은 평화로운데." 늙은 플린트가 으르렁거렸다. "울보를 나에게 주시게."

"울보가 죽인 순찰자가 몇입니까?" 오델 야윅이 물었다. "그놈이 강간하거나 죽이거나 잡아간 여자가 몇입니까?"

"내 가족 중에만 셋이네." 늙은 플린트가 말했다. "그리고 데려가지 않는 여자들은 눈을 멀게 하지."

"검은 옷을 입으면, 이전의 범죄는 용서받습니다." 존이 모두에게 상기시켰다. "자유민들이 우리와 같이 싸우길 원한다면, 우리 죄와 마찬가지로 그자들의 지난 죄도 사면해야 합니다."

"울보는 서약하지 않을 겁니다." 야윅이 주장했다. "검은 망토를 입지도 않을 거예요. 다른 약탈자들도 그놈은 안 믿어요."

"믿지 않아도 이용은 할 수 있습니다." '그렇지 않다면 당신들을 다 어떻게 쓰겠어?' "우리에겐 울보도, 울보 같은 다른 자들도 필요해요. 야인보다 저 밖을 더 잘 아는 사람이 누가 있겠습니까? 우리의 적들을, 이제껏 그것들과 싸워온 남자보다 더 잘 아는 사람이 누가 있겠습니까?"

"울보가 아는 거라곤 강간과 살인뿐입니다." 야윅이 말했다.

"일단 장벽을 지나고 나면, 야인들의 수가 우리의 세 배가 될 겁니다." 보웬 마시가 말했다. "토르문드의 무리만으로도 그래요. 거기에 울보의 무리와 하드홈을 더하면, 하룻밤 사이에 밤의 경비대를 끝낼 병력이 됩니다."

"숫자만으로 전쟁에 이길 순 없어요. 아직 못 보셨지요. 절반은 선 채로 죽은 상탭니다."

"이런 말씀 괜찮을지 모르겠지만, 전 놈들이 바닥에 누워 죽는 게 더 좋습니다." 야윅이 말했다.

"괜찮지 않아요." 존의 목소리는 망토를 펄럭이는 바람만큼이나 차가웠다. "그쪽 진영엔 아이들이 수백, 수천은 있습니다. 여자들도 있고."

"창 마누라들이죠."

"일부는 그렇지요. 어머니와 할머니, 과부와 처녀도 있어요……. 그 여자들도 다 죽으라고 저주하겠습니까?"

"형제끼리는 싸우지 말아야지요." 셀라다르 성사가 말했다. "무릎 꿇고 노파 신께 지혜로운 길을 비춰달라 기도하십시다."

"스노우 공." 노리가 말했다. "공의 야인들을 어디에 둘 작정이신가? 내 땅은 아니었으면 좋겠군."

"그러게나 말일세." 늙은 플린트가 말했다. "그놈들을 선물의 땅에 두는 건 어리석지만 알아서 할 짓인데, 거기서 어정거리며 나오게 하진 마시게. 그랬다간 내가 그놈들 머리통을 돌려보낼 테니. 겨울이 가까운데, 먹일 입을 더 두고 싶진 않군."

"야인들은 장벽에 남을 겁니다." 존은 그들에게 장담했다. "대부분은 방치된 경비대 성채 한 군데에 넣을 겁니다." 경비대는 이제 아이스마크, 롱배로, 세이블홀, 그레이가드, 딥레이크에 수비군을 두었는데, 모두 형편없이 사람이 부족했지만 아직도 열 개 성이 텅 빈 채 버려져 있었다. "아내와 자식을 둔 남자들, 열 살 이하의 고아들, 나이 많은 여자들, 남편을 잃은 어머니들, 싸울 생각 없는 여자들까지는요. 창 마누라들은 롱배로에 자매들과 같이 있게 보내고, 홀몸인 남자들은 다시 연 다른 요새들로 보냅니다. 검은 옷을 입는 자들은 여기에 남거나, 이스트워치나 섀도타워에 배치하지요. 토르문드는 여기에 가까이 두어 오큰실드를 거점으로 삼게 할 겁니다."

보웬 마시가 한숨을 내쉬었다. "그자들이 칼을 들어 우리를 죽이지 않는다면, 입으로 죽이겠군요. 정말이지, 사령관님께선 토르문드와 그 수천 명을 어떻게 먹이자고 하실 겁니까?"

존이 예상했던 질문이었다. "이스트워치를 통해서요. 필요한 만큼 배로 식량을 실어 올 겁니다. 리버랜드와 스톰랜드와 아린 협곡, 도르네와 리치, 필요하다면 협해 건너 자유도시들에서도요."

"그리고 감히 여쭙자면 그 식량값은…… 어떻게 지불하지요?"

'브라보스 강철은행의 돈으로요.' 존은 그렇게 대답할 수도 있었지만, 대신 이렇게 말했다. "자유민들에게 모피와 털가죽은 가져도 좋다고 했습니다. 겨울이 오면 방한용으로 필요할 테니까요. 다른 재산은 다 내놓아야 합니다. 금과 은, 호박, 보석, 조각품, 뭐든 가치 있는 건 다요. 그걸 배에 실어 협해 건너 자유도시에서 팔 겁니다."

"야인들의 재산을 다 합쳐봐야……." 노리가 말했다. "보리 한 포대나 두 포대쯤 사려나."

"총사령관님, 왜 야인들에게 무기도 포기하라고 하지 않으십니까?" 클라이다스가 물었다.

레더스가 웃음을 터뜨렸다. "자유민들이 옆에 서서 공통의 적과 싸우길 원한다면서요. 무기도 없이 어떻게 싸웁니까? 시귀들에게 눈덩이라도 던지라고요? 아니면 막대기를 쥐여주고 때리라고 할 겁니까?"

'대부분 야인들의 무기는 막대기보다 나을 게 없지.' 존은 생각했다. 나무 곤봉, 돌도끼, 큰 망치, 불에 달궈 뾰족하게 만든 나무창, 뼈와 돌과 드래곤 유리로 만든 칼, 고리버들 방패, 뼈 갑옷, 삶은 가죽 방호구. 텐족은 청동을 만들었고, 울보 같은 약탈자들은 훔친 무기와 시체에서 약탈한 철검을 들었지만…… 그것들조차 아주 오래됐고, 몇 년이나 험하게 써서 우그러지고 녹슨 경우가 많았다.

"거인의 재앙 토르문드는 절대 자기 사람들의 무장을 해제하지 않을 겁니다." 존이 말했다. "토르문드는 울보가 아니지만, 비겁자도 아니에요. 그런 걸 요구했다면 피를 봐야 했을 겁니다."

노리가 수염을 만지작거렸다. "스노우 공, 공의 야인들을 그 황폐한 요새들에 배치할 수야 있겠지만, 어떻게 계속 거기 머물게 할 건가? 그자들이 더 아름답고 따뜻한 땅으로 남하하지 않게 막을 수단이 뭐가 있지?"

"우리 땅으로 말이야." 늙은 플린트가 말했다.

"토르문드는 제게 맹세했습니다. 봄이 올 때까지 우리와 함께 복무할 겁니다. 울보와 다른 대장들도 같은 맹세를 하지 않으면 들어오게 해주지 않을 겁니다."

늙은 플린트는 고개를 저었다. "놈들은 우릴 배신할 거야."

"울보의 말은 무가치해요." 오델 야윅이 말했다.

"이들은 신을 모르는 야만인들입니다." 셀라다르 성사가 말했다. "남쪽에서도 야인들의 배신은 유명하지요."

레더스가 팔짱을 꼈다. "저 아래 전투. 그때 난 반대쪽에 있었어요, 기억합니까? 이제 난 같은 검은 옷을 입고 당신네 애들에게 살인 훈련을 하지요. 날 변절자라고 할 사람도 있을 겁니다. 그럴지도 모르지요……. 하지만 내가 당신네 까마귀들보다 더 야만족은 아니에요. 우리에게도 신들이 있습니다. 윈터펠에서 간직한 신들과 같은 신들이요."

"장벽이 세워지기도 전부터 섬겼던 북부의 신들이지요." 존이 말했다. "토르문드도 그 신들에게 맹세했습니다. 토르문드는 맹세를 지킬 겁니다. 만스 레이더와 마찬가지로 나는 토르문드도 알아요. 기억할지 모르겠지만, 나도 한동안 그자들과 같이 움직였습니다."

"잊지 않았습니다." 집사장이 말했다.

'그래. 잊었을 거라 생각하지 않았어.'

보웬 마시가 말을 이었다. "만스 레이더도 맹세를 했지요. 왕관을 쓰지 않고, 아내를 두지 않고, 아들을 낳지 않겠다고 맹세했어요. 그러다가 변절하고 그 모든 걸 다 했고, 무시무시한 군대를 이끌고 왕국을 치러 왔습니다. 장벽 너머에서 기다리는 건 그 군대의 잔당입니다."

"무너진 잔당입니다."

"부러진 검은 다시 벼릴 수 있습니다. 부러진 검으로도 죽일 수 있습니다."

"자유민은 법도 영주도 없지만, 자기 아이들은 사랑합니다." 존이 말했다. "그건 인정하겠지요?"

"우리가 신경 쓰는 건 아이들이 아닙니다. 아들들이 아니라, 아버지들이 무서운 거죠."

"나도 그렇습니다. 그래서 인질을 받겠다고 고집했지요." '난 당신들 생각처럼 아무나 믿는 바보가 아니야……. 당신들이 뭐라고 믿든 야인이나 다름없지도 않고.' "여덟 살에서 열여섯 살 사이의 사내아이 백 명입니다. 각 부족장과 부대장의 아들 하나씩에, 나머지는 추첨으로 뽑아서요. 그 아이들은 시동과 종자로 우리를 위해 일하고, 우리 대원들이 잡무에서 벗어나게 해줄 겁니다. 언젠가 검은 옷을 입겠다고 선택할 아이들도 있을지 모르지요. 더 이상한 일들도 일어났으니. 나머지는 그 아버지들의 충성을 위해 인질로 남을 겁니다."

북부인들이 서로를 쳐다보았다. "인질이라." 노리가 중얼거렸다. "토르문드가 그걸 동의했다고?"

'그러지 않으면 자기 사람들이 죽는 걸 봐야 했으니까.' 존 스노우는 말했다. "핏값이라고 부르더군요. 그래도 지불은 할 겁니다."

"그래, 왜 안 되겠나?" 늙은 플린트가 지팡이로 얼음을 두드렸다. "윈터펠이 우리 아들들을 요구할 때 우린 언제나 그걸 대자라고 불렀지만, 그래봤자 그건 인질이었지."

노리가 말했다. "그 아버지들이 겨울 왕을 불쾌하게 만들 때는 인질이 됐지. 그런 아이들은 머리가 없어져서 집에 돌아왔어. 그러니 말해보게……. 자네의 그 야인 친구들이 배반한다면, 필요한 일을 해치울 뱃심이 있나?"

'자노스 슬린트에게 물어보시죠.' "거인의 재앙 토르문드는 절 시험하지 않는 게 좋다는 걸 압니다. 제가 노리 공의 눈에는 풋내기로 보일지 모르지만, 그래도 전 에다드 스타크의 아들입니다."

그러나 그 조건조차도 집사장은 진정시키지 못했다. "그 아이들이 종자로 일할 거라고요. 설마하니 사령관께서 그 아이들에게 무기 훈련을 시키시진 않겠죠?"

존의 분노가 폭발했다. "왜, 레이스 속옷을 뜨는 방법을 가르칠까요? 당연히 무기 훈련을 받아야죠. 버터를 젓고, 장작을 패고, 마구간을 치우고, 요강을 비우고, 심부름을 할 겁니다……. 그리고 그런 일을 하는 사이사이에 창과 검과 활 다루는 훈련도 받을 겁니다."

보웬 마시의 얼굴이 새빨개졌다. "사령관께서 제 무례함을 용서하십시오. 하지만 더 부드럽게 말할 방법이 없습니다. 사령관님의 제안은 반역이나 다름없습니다. 8000년 동안 밤의 경비대원들은 장벽 위에 서서 야인들과 싸웠습니다. 이제 사령관님은 야인들을 통과시키고, 우리 성에서 재우고 먹이고 입히고, 싸우는 방법까지 가르치려 하십니다. 스노우 공, 제가 상기시켜드려야 합니까? 사령관은 맹세를 했어요."

"내가 무슨 맹세를 했는지는 나도 압니다." 존은 서약을 읊었다. "나는 어둠 속의 검이요, 장벽 위의 감시자로다. 나는 추위에 맞서 타는 불이요, 새벽을 가져오는 빛, 잠자는 이들을 깨우는 나팔이자, 인간의 나라를 지키는 방패로다. 집사장이 서약을 했을 때도 내용이 같았습니까?"

"그랬습니다. 사령관이 아시는 대로입니다."

"제가 잊은 부분이 없는 건 확실합니까? 왕과 왕의 법에 대해서나, 우리가 왕의 땅을 모두 지켜야 한다거나, 버려진 성을 다 붙들고 있어야 한다는 내용이 있나요?" 존은 답을 기다렸다. 답은 돌아오지 않았다. "나는 인간의 나라를 지키는 방패로다. 서약은 그렇습니다. 그러니 말씀해보세요……. 저 야인들이 인간이 아니라면 뭡니까?"

보웬 마시는 입을 벌렸지만, 아무 말도 나오지 않았다. 그의 목이 붉어졌다.

존 스노우는 몸을 돌렸다. 마지막 햇빛이 스러지기 시작했다. 그는 장벽에 간 금이 붉은색에서 회색으로 다시 검은색으로 변하는 모습을, 불의 강줄기에서 검은 얼음 강이 되는 모습을 지켜보았다. 저 아래에서는 멜리산드레 사제가 밤불을 지피고 영창을 부르고 있을 것이다. '빛의 군주시여, 우리를 지켜주소서. 밤은 어둡고 공포가 가득하니.'

"겨울이 오고 있습니다." 존은 마침내 어색한 정적을 깨고 말했다. "그리고 겨울과 함께 백귀들이 옵니다. 우린 장벽에서 그것들을 막아야 합니다. 장벽은 그것들을 막기 위해 세워졌어요……. 하지만 장벽에는 사람을 배치해야 합니다. 이 논의는 끝입니다. 문을 열기 전에 해야 할 일이 많아요. 토르문드와 그의 사람들을 먹이고 입히고 재워야 합니다. 병들어 돌봐야 할 사람들도 있습니다. 그 일은 클라이다스, 당신에게 떨어질 겁니다. 최대한 많이 구해내세요."

클라이다스가 흐릿한 분홍색 눈을 깜박였다. "최선을 다하지, 존. 아니, 사령관님."

"모든 수레와 마차로 자유민들을 새로운 집으로 실어 나를 준비를 해야 합니다. 오델, 그 일을 맡으세요."

오델 야윅은 얼굴을 찌푸렸다. "알겠습니다, 사령관님."

"보웬 공은 통행료를 걷으세요. 금과 은, 호박, 목걸이와 팔찌. 다 분류하고, 세고, 이스트워치에 안전하게 도착하게 하세요."

"예, 사령관님." 보웬 마시가 말했다.

그리고 존은 생각했다. '멜리산드레가 말했지. 얼음, 그리고 어둠 속의 단검. 단단하게 얼어붙은 붉은 피와 강철.' 그는 오른손을 구부렸다. 바람이 일고 있었다.

세르세이

매일 밤 더 추워지는 것 같았다.

감방에는 벽난로도 화로도 없었다. 하나뿐인 창문은 너무 높아서 밖을 내다볼 수 없었고, 몸이 빠져나가기에는 너무 작았지만, 한기를 들일 만큼은 컸다. 세르세이는 옷을 돌려달라고 요구하며 처음 받은 원피스를 찢어 버렸지만, 그래봤자 벌거벗은 채 벌벌 떨게 됐을 뿐이었다. 두 번째 원피스를 가져왔을 때 그녀는 그 옷을 뒤집어쓰고 목이 졸리는 기분으로 고맙다는 말을 내뱉었다.

그 창문으로는 소리도 들어왔다. 세르세이가 도시 안에서 일어나는 일을 알 방법은 그것뿐이었다. 식사를 가져오는 여자 성사들은 아무 말도 해주지 않았다.

싫은 상황이었다. 제이미가 오고 있을 텐데, 이래서야 언제 도착할지 어떻게 알겠는가? 세르세이는 제이미가 군대를 놔두고 앞서 달려올 만큼 어리석지 않기만을 빌었다. 대성소를 에워싼 남루한 '가난한 동료' 무리를 처리하려면 그의 군대가 다 필요할 것이다. 그녀는 자신의 쌍둥이 소식을 자주 물었지만, 간수들은 아무 대답도 해주지 않았다. 로라스 경에 대해서도 물었다. 꽃의 기사에 대해 그녀가 받은 마지막 보고는 그가 드래곤스톤을 빼앗다가 입은 상처로 죽어간다는 것이었다. '죽으라고 해. 그것도 빨리 죽으라고.' 세르세이는 생각했다. 로라스가 죽으면 킹스가드에 빈자리가 생길 테고, 그게 그녀의 구원이 될지도 몰랐다. 그러나 성사들은 제이미만이 아니라 로라스 티렐에 대해서도 입을 굳게 다물었다.

콰이번 공이 마지막이자 유일한 방문객이었다. 세르세이의 세계에는 네 사람만 있었다. 그녀 자신과 신실하고 굽힐 줄 모르는 세 간수뿐이었다. 우넬라 성사는 뼈대가 크고 남자 같았으며, 손에는 굳은살이 박였고 못생긴 얼굴이 험상궂었다. 모엘 성사는 뻣뻣한 백발에 언제나 의심에 가득 차서 작고 심술궂은 눈을 찌푸리고 있었는데, 주름진 얼굴에 박힌 눈이 마치 도끼날처럼 날카로웠다. 스콜레라 성사는 올리브빛 피부에 허리가 굵고 키가 작았으며 젖가슴이 컸고, 상하기 직전의 우유 같은 시큼한 냄새가 났다. 그들은 그녀에게 먹을 것과 물을 갖다주고, 요강을 비웠으며, 며칠에 한 번씩 그녀의 원피스를 가져가서 빨았는데, 그러면 돌아올 때까지 벌거벗은 채 담요를 뒤집어쓰고 있어야 했다. 가끔 스콜레라는 《칠각별》이나 《성스러운 기도서》를 읽어줬지만, 그 외에는 아무도 그녀와 말을 나누거나 질문에 대답하지 않았다.

셋 다 싫고 혐오스러웠다. 그녀를 배신한 남자들 못지않게 싫고 혐오스러웠다.

거짓 친구들, 배신 잘하는 하인들, 사그라들지 않는 사랑을 고백했던 남자들, 심지어는 같은 핏줄까지…… 그들 모두가 제일 필요할 때 그녀를 버렸다. 오스니 케틀블랙, 그 약해빠진 남자는 채찍질에 무너져서 무덤까지 가져갔어야 할 비밀을 대장 참새의 귀에 다 불었다. 그놈의 형제들, 그녀가 출세시켜준 그 길거리 쓰레기들은 그저 앉아만 있었다. 그녀의 제독, 오레인 워터스는 그녀가 지어준 드로몬드선들을 끌고 바다로 달아났다. 오턴 메리웨더는 이 끔찍한 시대에 그녀의 유일한 진짜 친구였던 타에나를 데리고 롱테이블로 내뺐다. 하리스 스위프트와 파이셀 대학사는 그녀가 잡혀 있게 내버려두고 그녀를 음모에 빠뜨린 남자들에게 왕국을 갖다 바쳤다. 왕을 지키겠다고 맹세한 메린 트랜트와 보로스 블런트는 종적도 보이지 않았다. 심지어 한때 그녀를 사랑한다고 했던 사촌 란셀은 그녀를 고발하고 나섰다. 그녀의 숙부는 왕의 수관으로 만들어주려고 했는데도 그녀의 통치를 돕지 않겠다고 거절했다.

그리고 제이미는……

아니, 그것만은 믿을 수 없었다. 믿지 않을 것이다. 제이미는 그녀의 곤경을 알자마자 이리로 달려올 것이다. "바로 와줘." 그렇게 편지에 썼다. "도와줘. 구해줘. 그 어느 때보다 지금 네가 필요해. 사랑해. 사랑해. 사랑해. 바로 와." 콰이번은 그녀의 편지가 군대와 함께 강역에 가 있는 그녀의 쌍둥이에게 도착하도록 하겠다고 맹세했다. 그러나 콰이번은 아직까지 돌아오지 않았다. 그녀가 아는 한, 콰이번은 죽어서 성문 위에 머리통이 꽂혔을 수도 있었다. 아니면 레드킵 지하에 있는 검은 감옥 어딘가에 갇혀서 그녀의 편지는 보내지도 못했을지 몰랐다. 콰이번에 대해서 백 번은 물어봤지만 간수들은 그에 대해 말하지 않으려 했다. 확실한 건 제이미가 오지 않았다는 것뿐이었다.

'아직 안 왔지만, 곧 올 거야. 그리고 제이미가 오기만 하면 대장 참새와 그놈의 암캐들은 다른 노래를 부르게 될 거야.'

무력한 기분이 싫었다.

위협도 해보았지만, 간수들은 무표정한 얼굴과 꽉 닫힌 귀로 그 위협들을 받아냈다. 명령도 해보았지만, 그 명령을 무시했다. 어머니의 자비를 빌어보고 여자들만의 자연스러운 공감에도 호소해보았지만, 세 쪼그라든 성사들은 서약할 때 여성성도 갖다 버린 모양이었다. 매력도 시험해보고, 새롭게 솟아오르는 격분을 점잖게 누그러뜨리고 부드럽게 말을 걸어보기도 했다. 그들은 흔들리지 않았다. 보상을 주겠다고도 해보고, 관대하게 처벌하겠다고, 명예와 황금과 궁정의 자리를 주겠다고도 약속했다. 그들은 그녀의 약속을 위협과 마찬가지로 대했다.

그리고 그녀는 기도했다. 아, 얼마나 기도했는지 모른다. 그들이 원하는 게 기도였기에 그녀는 그들에게 기도하는 모습을 보였고, 캐스털리록이 아니라 평범한 길거리 여자처럼 무릎을 꿇고 기도했다. 안심하게 해달라고, 구해달라고, 제이미가 오게 해달라고 기도했다. 큰 소리로 신들에게 결백한 자신을 지켜달라고 청했고, 속으로는 고발자들이 갑작스럽고 고통스러운 죽음을 맞기를 기도했다. 무릎이 까져 피가 나도록 기도하고, 혀가 무겁게 굳어서 숨이 막힐 때까지 기도했다. 감옥에 있으니 어렸을 때 배운 기도문이 다 기억났고, 필요에 따라 새로운 기도문도 만들어서 어머니와 처녀에게, 아버지와 전사에게, 노파와 대장장이에게 기도했다. 심지어 이방인에게도 기도했다. '폭풍 속에선 어떤 신이라도 좋아.' 일곱 신은 지상의 종복들과 마찬가지로 귀가 먹었다. 세르세이는 신들에게 속에 있는 말을 모조리 쏟아냈고, 눈물만 빼고는 뭐든 다 줬다. '눈물만은 절대 못 얻을 거야.' 그녀는 스스로에게 다짐했다.

약해진 기분이 싫었다.

신들이 그녀에게 제이미나 그 으스대던 머저리 로버트에게 준 것 같은 힘을 줬다면, 직접 빠져나갈 수 있었을 것이다. '아, 그리고 장검과 그걸 휘두를 기술도.' 그녀는 전사의 심장을 가졌으나, 신들은 눈먼 적개심으로 그녀에게 연약한 여자의 몸을 내렸다. 처음에는 싸우려 했으나, 성사들은 그녀를 압도했다. 성사들이 너무 많았고, 보기보다 힘도 셌다. 하나같이 추하고 늙은 여자들이었으나 기도하고 청소하고 막대기로 수련생들을 때리면서 나무뿌리처럼 억세졌다.

그리고 그들은 그녀가 쉬게 놓아두지 않았다. 밤이고 낮이고, 세르세이가 눈을 감고 잘라치면 간수 하나가 나타나서 그녀를 깨우고 죄를 고백하라고 요구했다. 그녀는 간통, 간음, 반역으로 고발됐고 오스니 케틀블랙이 그녀의 명령으로 전 최고성사를 죽였다고 고백하는 바람에 살인죄까지 더해졌다. "저는 살인과 간음죄에 대한 고백을 듣기 위해 여기 있습니다." 우넬라 성사는 세르세이를 흔들어 깨우면서 그렇게 을러대곤 했다. 모엘 성사는 그녀가 잠을 못 이루는 건 죄악 때문이라고 하곤 했다. "오직 결백한 사람만이 평안한 잠을 누리는 법입니다. 죄를 고백하면 갓난아기처럼 자게 될 거예요."

깨다 자다 다시 깨면서 매일 밤이 그녀를 괴롭히는 간수들의 거친 손길에 조각났고, 매일 밤이 전날 밤보다 더 춥고 가혹했다. 부엉이의 시간, 늑대의 시간, 나이팅게일의 시간, 월출과 월몰, 황혼과 여명이 주정뱅이처럼 비틀거리며 지나갔다. 시간이 어떻게 됐지? 며칠이었지? 여기가 어디지? 이게 꿈인가, 아니면 생시인가? 그들이 허락하는 얼마 안 되는 잠의 조각들이 면도날처럼 그녀의 정신을 베어냈다. 날이 갈수록 지치고 열에 들떠 멍청해졌다. 이 감방에, 바엘로르 대성소의 일곱 탑 중 한 곳의 높은 방에 얼마나 갇혀 있었는지도 감각이 사라졌다. '난 여기에서 늙어 죽을 거야.' 그녀는 절망해서 생각했다.

그런 일은 용납할 수 없었다. 아들에게 그녀가 필요했다. 왕국에 그녀가 필요했다. 어떤 위험을 감수하더라도 풀려나야 했다. 그녀의 세계는 가로세로 2미터가 안 되는 사각형의 공간과 요강 하나, 여기저기 뭉친 요 하나, 희망만큼이나 얄팍하고 피부를 근지럽게 하는 갈색 모직 담요로 쪼그라들었지만 그래도 여전히 세르세이는 타이윈 공의 후계자이자 캐스털리록의 딸이었다.

수면 부족에 녹초가 되고, 매일 밤 탑의 감옥에 스며드는 추위에 벌벌 떨고, 열에 들떴다가 굶주리기를 반복하던 세르세이는 마침내 고백해야만 한다는 것을 알았다.

그날 밤, 세르세이를 흔들어 깨우러 온 우넬라 성사는 왕대비가 무릎을 꿇고 기다리는 모습을 보았다. "죄를 지었습니다." 세르세이가 말했다. 혀가 잘 돌아가지 않았고, 입술이 갈라지고 터졌다. "너무나 심각한 죄를 지었습니다. 이제는 알겠습니다. 어떻게 이렇게 오랫동안 이토록 눈이 멀어 있었을까요? 노파께서 등불을 높이 들고 제게 찾아오셨고, 그 성스러운 빛에 제가 걸어야 할 길을 보았습니다. 다시 깨끗해지고 싶습니다. 사면을 원할 뿐입니다. 제발, 성사님, 부탁이니 제가 저지른 범죄와 간음을 고백할 수 있게 최고성사님께 데려다주세요."

"말씀드리겠습니다, 전하." 우넬라 성사가 말했다. "성하께서 대단히 기뻐하실 겁니다. 우리의 불멸하는 영혼은 오직 고백과 진정한 뉘우침으로만 구할 수 있지요."

그리고 그 긴 밤 나머지 시간 동안 그들은 세르세이가 자게 해줬다. 축복받은 잠을 몇 시간이고 몇 시간이고 누렸다. 이번만은 부엉이와 늑대와 나이팅게일의 시간이 지나는 줄 모르고 특별한 일도 없이 흐르는 동안, 세르세이는 제이미가 그녀의 남편이고 그들의 아들이 아직 살아 있는 길고 달콤한 꿈을 꿨다.

아침이 오자, 세르세이는 거의 스스로를 되찾은 기분이었다. 간수들이 데리러 왔을 때 그녀는 다시 그들에게 신실한 헛소리를 늘어놓고, 저지른 죄를 고백하고 자신이 한 모든 일을 용서받고 싶은 마음이 얼마나 확고한지 말했다.

"그 말을 들으니 기쁘군요." 모엘 성사가 말했다.

"영혼에 얹힌 엄청난 짐이 덜어질 겁니다." 스콜레라 성사가 말했다. "그 후에는 훨씬 기분이 나아질 거예요, 전하."

'전하.' 그 단순한 말에 가슴이 설렜다. 이렇게 오래 잡혀 있는 동안, 간수들은 그 간단한 예의조차 잘 차리지 않았다.

"성하께서 기다리십니다." 우넬라 성사가 말했다.

세르세이는 겸허하고 순종적인 태도로 고개를 숙였다. "우선 목욕할 수 있을까요? 성하를 뵐 상태가 아닌데요."

"성하께서 허락하시면 나중에 씻으실 수 있습니다." 우넬라 성사가 말했다. "지금 걱정하셔야 하는 건 불멸하는 영혼의 정결함이지, 육신의 허영이 아니에요."

세 여자 성사가 그녀를 이끌고 탑 계단을 내려갔다. 달아날까 걱정이라도 하는 듯, 우넬라 성사가 앞서고 모엘 성사와 스콜레라 성사는 세르세이 뒤에 섰다. "방문객이 찾아온 지 정말 오래됐어요." 세르세이는 내려가면서 조용히 중얼거렸다. "국왕께선 안녕하십니까? 그저 자식을 걱정하는 어미로서 묻는 겁니다."

"전하께선 건강하시고, 낮이고 밤이고 보호받고 계십니다." 스콜레라 성사가 말했다. "왕비님이 언제나 함께 계십니다."

'왕비는 나야!' 그녀는 그 말을 삼키고, 미소 지으며 말했다. "그걸 알게 되니 좋군요. 토멘은 마저리를 정말 사랑하지요. 전 그 아이에 대한 끔찍한 말들을 하나도 믿지 않았답니다." 마저리 티렐이 어떻게든 수를 써서 간음과 간통, 반역 혐의에서 벗어난 걸까? "재판이 있었나요?"

"곧 열립니다." 스콜레라 성사가 말했다. "하지만 왕비님 오빠가—"

"쉿." 우넬라 성사가 고개를 돌려 어깨 너머로 스콜레라를 노려보았다. "너무 많이 떠드는군요, 어리석은 노파. 그런 문제를 입에 올리는 건 우리 본분이 아니에요."

스콜레라가 고개를 숙였다. "용서하십시오."

그들은 나머지 계단을 말없이 내려갔다.

대장 참새는 개인 성소에서 그녀를 맞이했다. 일곱 면으로 이루어진 수수한 방으로, 돌벽마다 최고성사 본인만큼이나 못마땅하고 심술궂은 표정을 한 일곱 신의 얼굴이 투박하게 조각되어 있었다. 세르세이가 들어갔을 때, 그는 대충 잘라 만든 탁자 앞에 앉아서 뭔가를 쓰고 있었다. 최고성사는 마지막으로 봤던 날, 그러니까 그녀를 잡아 가둔 날과 다름없었다. 여전히 주름지고 날카로운 이목구비에 냉담하며 반쯤 굶주린 얼굴, 의심이 가득한 눈을 지닌 앙상한 흰머리의 남자였다. 그는 전임자가 걸치던 호화로운 로브 대신 발목까지 오는, 염색도 하지 않은 모직물로 모양 없이 만든 튜닉을 입었다. "전하." 그는 인사 대신 말했다. "고백을 하고 싶으시다고요."

세르세이는 무릎을 꿇었다. "그렇습니다, 성하. 제가 자고 있을 때 노파께서 등잔을 높이 들고 찾아오셔서ㅡ"

"그렇겠지요. 우넬라 성사는 남아서 전하의 말을 기록하세요. 스콜레라, 모엘, 두 분은 나가도 좋습니다." 그는 두 손끝을 마주 댔다. 세르세이가 아버지에게서 천 번은 본 자세였다.

우넬라 성사가 세르세이 뒤에 있는 의자에 앉더니 양피지를 펼치고 학사의 잉크에 깃펜을 적셨다. 세르세이는 찌르는 듯한 두려움을 느꼈다. "제가 고백하고 나면 혹시ㅡ"

"전하께선 저지른 죄에 따른 처우를 받을 것입니다."

'이 남자는 굽힐 줄 몰라.' 그녀는 다시 한번 깨달았다. 그리고 잠시 마음을 가라앉혔다. "그렇다면 어머니께서 자비를 베푸시길. 제가 혼인 관계 밖의 남자들과 잤습니다. 고백합니다."

"누굽니까?" 최고성사의 눈이 그녀에게 고정되었다.

세르세이는 등 뒤에서 우넬라가 글을 쓰는 소리를 들을 수 있었다. 깃펜에서 희미하고 조용하게 긁는 소리가 났다. "제 사촌인 란셀 라니스터입니다. 그리고 오스니 케틀블랙도요." 둘 다 그녀와 잤다고 고백했으니, 부인해봐야 소용없었다. "오스니의 형제들도. 둘 다입니다." 오스프리드와 오스먼드가 무슨 말을 할지 알 길이 없었다. 그러니 너무 적게 고백하는 것보다 많이 고백하는 게 더 안전했다. "제 죄에 변명이 되진 않겠으나, 저는 외롭고 두려웠습니다, 성하. 신들께서 로버트 왕을, 제 사랑이자 보호자를 제게서 빼앗아 가셨습니다. 저는 홀로 책략가들과 거짓 친구들, 제 아이들의 죽음을 모의하는 배신자들에게 둘러싸여 있었습니다. 저는 누굴 믿어야 할지 몰랐고, 그래서…… 케틀블랙 형제를 제게 묶어두기 위해 제게 유일한 수단을 이용했습니다."

"전하의 여성기를 말하는 겁니까?"

"제 몸 말입니다." 그녀는 몸을 떨며 한 손으로 얼굴을 눌렀다. 손을 내렸을 때는 두 눈이 눈물에 젖어 있었다. "네. 처녀께서 저를 용서하시길. 하지만 제 아이들을 위해서였고, 왕국을 위해서였습니다. 저는 어떤 쾌락도 누리지 않았습니다. 케틀블랙은…… 그 형제는 무정하고 잔인해서 저를 거칠게 다뤘습니다만, 제가 달리 어찌했겠습니까? 토멘 주위에는 제가 믿을 수 있는 남자들이 필요했습니다."

"국왕 전하께선 킹스가드의 보호를 받으셨습니다."

"킹스가드는 토멘의 형 조프리가 결혼식 피로연에서 살해당할 때 쓸모도 없이 서 있기만 했습니다. 전 아들 하나가 죽는 모습을 지켜봤고, 또 하나를 잃는 건 견딜 수가 없었습니다. 제가 죄를 지었습니다. 제가 음탕한 간음죄를 저질렀습니다. 그렇지만 토멘을 위해 한 짓입니다. 용서하세요, 성하. 하지만 제 아이들을 안전하게 지키기 위해서라면 전 킹스랜딩의 모든 남자에게라도 다리를 벌릴 겁니다."

"용서는 오직 신들만이 하시는 겁니다. 전하의 사촌이자, 남편의 종자였던 란셀 경은 어떻습니까? 그 경우도 충성심을 사기 위해 잠자리에 끌어들인 건가요?"

"란셀은." 세르세이는 머뭇거리며 스스로를 타일렀다. '조심해. 란셀은 이 자에게 모든 것을 말했을 거야.' "란셀은 절 사랑했어요. 반쯤은 어린애였지만, 란셀이 저나 제 아들에게 헌신한다는 점은 의심한 적이 없습니다."

"그런데도 란셀을 타락시켰군요."

"전 외로웠습니다." 그녀는 흐느낌을 삼켰다. "전 남편을 잃고, 아들을 잃고, 아버지를 잃었습니다. 저는 섭정대비였지만, 대비라고 해도 여전히 여자이며, 여자는 쉽게 유혹당하는 약한 그릇입니다……. 성하께서도 그게 사실임을 아시지요. 성스러운 여자 성사들조차도 죄를 모르지 않습니다. 저는 란셀에게서 위안을 찾았어요. 란셀은 친절하고 다정했고, 제겐 누군가가 필요했습니다. 잘못이었다는 건 알지만, 달리 아무도 없었어요……. 여자는 사랑을 받아야 합니다. 여자는 옆에 남자가 있어야 해요. 여자는…… 여자는……." 그녀는 걷잡을 수 없이 흐느끼기 시작했다.

최고성사는 그녀를 위로하려 하지 않았다. 그대로 앉아 엄한 눈을 고정한 채, 저 위 대성소에 있을 일곱 신의 조각상처럼 꼼짝 않고 그녀가 우는 것을 지켜보았다. 긴 시간이 지나고 마침내 그녀의 눈물도 다 말랐다. 그때쯤에는 울어서 눈이 벌겋게 부었고, 기절할 것 같은 기분이었다.

그러나 대장 참새는 멈추지 않았다. "이것들은 평범한 죄입니다. 과부들의 부정함은 잘 알려진 바이고, 여자들은 모두 마음속으로는 음탕하며 간사한 애교와 아름다움을 이용하여 남자들에게 제 의지를 행사하고자 합니다. 로버트 국왕 전하께서 아직 살아 계신 동안에 결혼 침대에서 벗어난 게 아닌 한, 여기에 반역은 없습니다."

"절대 아닙니다." 그녀는 몸을 떨며 속삭였다. "절대 그런 적 없습니다. 맹세합니다."

그는 신경 쓰지 않고 말했다. "전하에 대한 고발이 더 있습니다. 단순한 간음보다 더 중대한 범죄들이지요. 전하께선 오스니 케틀블랙이 전하의 연인이었다 고백하셨는데, 오스니 경은 전하의 명으로 제 전임자를 질식시켰다고 주장하고 있습니다. 뿐만 아니라, 역시 전하의 명으로 거짓 증인이 되어 마저리 왕비와 그 사촌들의 간음과 간통, 반역을 증언했노라고도 주장합니다."

"아닙니다." 세르세이가 말했다. "사실이 아니에요. 전 마저리를 딸처럼 사랑합니다. 그리고 다른 문제는…… 제가 최고성사님에 대해 불평한 건 인정합니다. 그분은 티리온의 심복이었고, 열등하고 부패하여 우리의 성스러운 종단에 묻은 얼룩과 같았습니다. 성하께서도 잘 아시지요. 오스니가 그분이 죽으면 제가 기뻐할 거라 생각했을 수는 있습니다. 그렇다면 제게도 일부 책임은 있겠습니다만…… 살인을 지시하다뇨? 아닙니다. 그것만은 결백합니다. 성소에 데려다주시면 제가 아버지의 심판석 앞에 서서 진실을 맹세하겠습니다."

"때가 오면 그리하지요." 최고성사가 말했다. "또한 전하는 남편인 우리 사랑받은 왕 로버트 1세의 살인을 모의했다는 혐의도 받고 있습니다."

'란셀이구나.' 세르세이는 생각했다. "로버트는 멧돼지에게 죽었습니다. 이젠 제가 변신자라고도 하던가요? 와르그라고요? 혹시 제 첫 자식이자 사랑하는 아들 조프리 왕도 제가 죽였답니까?"

"아니요. 남편만입니다. 부인하십니까?"

"부인합니다. 부인합니다. 신과 인간 앞에서 부인합니다."

그는 고개를 끄덕였다. "마지막이자 최악의 죄로, 전하의 아이들이 로버트 왕의 핏줄이 아니라 간통이자 근친상간으로 태어난 사생아들이라고 주장하는 이들이 있습니다."

"스타니스가 그러죠." 세르세이는 바로 대답했다. "거짓말, 거짓말, 명백한 거짓말입니다. 스타니스는 철왕좌를 차지하고 싶지만, 형의 자식들이 가로막으니 형의 자식들이 아니라고 주장해야 하는 겁니다. 그 더러운 편지는…… 그 편지엔 한 조각 진실도 없습니다. 부인합니다."

최고성사는 두 손으로 탁자를 짚고 일어섰다. "좋습니다. 스타니스 공은 진실한 일곱으로부터 등을 돌려 붉은 악마를 섬기니, 그런 거짓 신앙은 이 칠왕국에 설 자리가 없습니다."

기운이 나는 말이었다. 세르세이는 고개를 끄덕였다.

"그렇다 해도……" 최고성사가 말을 이었다. "이것들은 엄청난 고발이며, 왕국은 진실을 알아야 합니다. 전하께서 진실을 말씀하셨다면, 분명 재판이 전하의 결백을 증명할 것입니다."

'그래도 재판이라니.' "제가 고백했는데ー"

"몇몇 죄는 고백하셨지요. 다른 죄는 부인하셨습니다. 재판이 진실과 거짓을 가려낼 것입니다. 제가 일곱 신께 전하가 고백하신 죄를 용서하시라 청하고, 전하께서 다른 고발에 대해서 결백하다 밝혀지기를 기도하겠습니다."

세르세이가 천천히 무릎을 펴고 일어섰다. "성하의 지혜에 고개 숙입니다. 하지만 혹시 어머니의 자비를 딱 한 방울만 빌 수 있다면…… 제가 아들을 본 지가 너무 오래되었습니다. 제발……."

노인의 두 눈은 부싯돌 조각 같았다. "사악함을 모두 씻어내시기 전까지 전하를 국왕 가까이에 가게 할 수 없습니다. 그러나 올바른 상태로 돌아가는 길의 첫걸음은 디디셨으니, 그에 비추어 다른 방문객은 허락하겠습니다. 하루에 한 명만입니다."

세르세이는 다시 눈물을 흘렸다. 이번에는 진짜 눈물이었다. "정말 친절하십니다. 감사드립니다."

"어머니는 자비로우시니, 감사드려야 할 대상은 그분이십니다."

모엘과 스콜레라가 그녀를 탑의 감방으로 데리고 돌아가기 위해 기다리고 있었다. 우넬라가 바싹 따라왔다. "그동안 저희 모두 전하를 위해 기도

했습니다." 모엘 성사가 올라가면서 말했다. "그래요." 스콜레라 성사도 맞장구쳤다. "이제는 아주 많이 가벼워진 기분이실 겁니다. 결혼식 아침의 처녀처럼 깨끗하고 순수해지셨을 거예요."

'결혼식 아침에 난 제이미와 뒹굴었어.' 그녀는 기억을 떠올렸다. "정말 그래요. 곪아가던 종기를 도려내어 드디어 나을 수 있게 된 것처럼, 다시 태어난 기분이네요. 날아갈 것만 같아요." 그러면서 스콜레라 성사의 얼굴을 팔꿈치로 찍어 나선계단을 굴러떨어지는 꼴을 보면 얼마나 속이 시원할까 상상했다. 신들이 자비로우시다면, 이 주름진 늙은 년이 우넬라 성사와 부딪쳐서 같이 떨어질지도 몰랐다.

"다시 미소 지으시는 모습을 보니 좋군요." 스콜레라가 말했다.

"성하께서 제가 방문객을 받을 수 있다고 하셨나요?"

"그러셨습니다." 우넬라 성사가 말했다. "전하께서 누구를 보고 싶으신지 말씀하시면, 저희가 말을 전하겠습니다."

'제이미. 내겐 제이미가 필요해.' 그러나 그녀의 쌍둥이가 도시 안에 있다면 왜 만나러 오지 않았겠는가? 바엘로르 대성소의 벽 바깥에서 무슨 일이 벌어지고 있는지 좀 더 알기 전까지는 제이미를 찾지 않는 게 현명할지 몰랐다. "숙부님. 제 아버지의 동생인 케반 라니스터 경이 도시 안에 있나요?"

"계십니다." 우넬라 성사가 말했다. "섭정공께서는 레드킵에 거처를 정하셨습니다. 즉시 전언을 보내겠습니다."

"고맙습니다." 세르세이는 말하면서 생각했다. '섭정공이라 이거지?' 놀란 척도 할 수 없었다.

겸손하고 뉘우치는 모습에는 영혼의 죄를 씻어내는 이상의 이득이 있었다. 그날 밤 세르세이는 두 층 아래의 더 큰 감방으로 옮겨졌고, 실제로 바깥을 내다볼 수 있는 창문도 하나 있었고 침대에는 따뜻하고 부드러운 담요가 깔려 있었다. 그리고 저녁 식사 시간이 되자, 퀴퀴한 빵과 귀리죽 대신 구운 닭, 부순 호두를 뿌린 아삭아삭한 채소 한 그릇, 버터에 푹 빠뜨려 이긴 순무를 대접받았다. 그날 밤 여기에 잡힌 후 처음으로 배불리 침대에 기어들었고, 캄캄한 밤 내내 방해 없이 잘 수 있었다.

다음 날 아침, 해가 뜨자 숙부가 찾아왔다.

세르세이가 아직 아침을 먹고 있는데 문이 열리더니 케반 라니스터 경이 들어왔다. "나가보시게." 그는 간수들에게 말했다. 우넬라 성사가 스콜레라와 모엘을 데리고 나가서 문을 닫았다. 왕대비는 일어섰다.

케반 경은 마지막으로 만났을 때보다 늙어 보였다. 그는 어깨가 딱 벌어지고 허리가 굵은 거한으로, 각진 턱선을 따라 금빛 수염을 짧게 깎았고 짧은 금빛 머리카락은 이마에서 한참 뒤로 물러나 있었다. 진홍색으로 물들인 무거운 모직 망토는 사자 머리 모양으로 만든 황금 브로치로 한쪽 어깨에 고정했다.

"와주셔서 고맙습니다." 왕대비가 말했다.

숙부는 얼굴을 찌푸렸다. "앉아라. 네게 말해줘야 하는 것들이 있다."

앉고 싶지 않았다. "아직 제게 화가 나 있군요. 목소리로 알겠어요. 용서하세요, 숙부님. 숙부님에게 와인을 뿌린 건 잘못이었지만—"

"내가 와인 정도에 연연할 것 같으냐? 란셀은 내 아들이다, 세르세이. 네 사촌 동생이야. 내가 너에게 화가 났다면 그게 이유다. 넌 그 녀석을 돌봐주고, 이끌어주고, 좋은 집안의 적당한 여자를 찾아줬어야 했어. 그런데 네가—"

"알아요. 알아." '나는 별로 원하지 않았지만 란셀이 날 원했지. 분명히 아직도 원할걸.' "전 혼자였고, 약했어요. 제발요. 숙부님. 아, 숙부님. 숙부님 얼굴을 보니 정말 좋네요. 다정하고도 다정한 숙부님의 얼굴을요. 저도 제가 못된 짓을 한 건 알지만, 숙부님이 절 미워하시는 건 견딜 수 없어요."

그녀는 케반을 끌어안고 뺨에 입을 맞췄다. "용서하세요. 용서하세요."

케반 경은 심장이 몇 번 뛸 동안 그 포옹을 감내만 하다가 결국에는 두 팔을 들어 세르세이를 마주 안았다. 짧고 어색한 포옹이었다. "됐다." 목소리는 여전히 단호하고 차가웠다. "넌 용서받았다. 이제 앉아라. 힘든 소식을 몇 가지 가져왔다, 세르세이."

그 말에 겁이 났다. "토멘에게 무슨 일이 생겼나요? 제발, 안 돼요. 아들 걱정을 얼마나 했는데요. 아무도 제게 아무 말도 해주질 않아요. 제발 토멘은 무사하다고 말해주세요."

"전하는 무사하시다. 너에 대해 자주 물으시지." 케반 경은 멀찍이서 세르세이의 어깨에 두 손을 얹었다.

"그럼 제이미인가요? 제이미예요?"

"아니야. 제이미는 아직 강역 어딘가에 있다."

"어딘가에요?" 마음에 들지 않는 표현이었다.

"레이븐트리를 점령하고 블랙우드 공의 항복을 받아냈는데, 리버런으로 돌아가는 길에 수행단을 떠나 어느 여자와 같이 가버렸단다."

"여자요?" 세르세이는 이해가 가지 않아서 숙부를 멍하니 보았다. "무슨 여자요? 왜요? 어디로 갔대요?"

"아무도 모른다. 그 후에 받은 소식이 없어. 그 여자는 저녁 별의 딸, 브리엔느 아가씨였을지도 모르겠다."

'그 여자.' 세르세이는 남자 갑옷을 입은 크고 흉측하고 어물거리는 그 물건을, 타스의 처녀를 기억했다. '제이미가 그런 물건 때문에 날 버렸을 리가 없어. 내 까마귀가 가닿지 못한 거야. 그게 아니면 왔을 거야.'

"남부 전역에 용병들이 상륙했다는 소식이 있다." 케반 경이 말하고 있었다. "타스, 징검돌 군도, 래스곶…… 스타니스가 어디에서 용병단을 고용할 돈을 찾아냈는지 정말 알고 싶구나. 내겐 그자들을 처리할 힘이 없다. 여기

엔 없어. 메이스 티렐은 그럴 힘이 있지만, 자기 딸 문제가 해결되기 전까지
는 움직이기를 거부하고 있다."

'처형 집행인이라면 마저리를 빨리 해결해줄 텐데.' 세르세이는 스타니스
나 그의 용병들에 대해 개의치 않았다. '스타니스와 티렐 둘 다 다른자들이
잡아가라지. 서로 죽이라고 해. 왕국은 더 나아질 거야.' "제발, 숙부님. 여기
에서 절 데리고 나가주세요."

"어떻게 말이냐? 무력으로?" 케반 경은 창가로 걸어가서 찌푸린 얼굴로
밖을 보았다. "그러려면 이 성스러운 곳을 도살장으로 만들어야 할 게다.
그리고 내겐 병사가 없어. 우리 군대 대부분은 네 형제와 같이 리버런에 갔
다. 새 군대를 일으킬 시간은 없었고." 그는 몸을 돌려 세르세이를 마주했
다. "성하와 이야기를 해봤다. 네가 저지른 죄를 속죄하기 전까지는 풀어주
지 않을 거야."

"전 고백을 했어요."

"난 속죄라고 했다. 도시 앞에서. 걸어서 —"

"아뇨." 세르세이는 숙부가 무슨 말을 하려는지 알았고, 듣고 싶지 않았
다. "절대 안 돼요. 혹시 다시 대화하시거든 그렇게 전하세요. 전 왕대비지,
길거리 창녀가 아니에요."

"네겐 아무 해도 미치지 않을 거다. 아무도 널 건드리지 —"

"싫어요." 그녀는 더 날카롭게 말했다. "차라리 죽겠어요."

케반 경은 꿈쩍도 하지 않았다. "그게 소원이라면 곧 이루어질지도 모르
겠구나. 성하께선 네가 국왕 시해, 신 시해, 근친상간, 반역죄로 재판받게
하겠다는 마음이 굳건하다."

"신 시해요?" 그녀는 웃음을 터뜨릴 뻔했다. "제가 언제 신을 죽였죠?"

"최고성사는 여기 지상에서 일곱을 대변하지. 최고성사를 공격하는 것
은 신들을 공격하는 것과 같아." 숙부는 세르세이가 항의하기 전에 한 손

을 들어 올렸다. "그런 소리 해봐야 소용없다. 여기서는 소용없어. 재판에서 다 말할 시간이 있을 거다." 그는 감방 안을 훑어보았다. 얼굴 표정이 많은 것을 말했다.

'누군가 듣고 있구나.' 여기에서도, 바로 지금도, 그녀는 감히 마음대로 말하지 못했다. 그녀는 심호흡을 했다. "누가 절 재판하죠?"

"종단." 숙부가 말했다. "네가 결투 재판을 주장하지 않는 한 그렇다. 그 경우에는 킹스가드 기사 하나가 네 대전사가 되어야 하지. 결과가 어떻든 네 통치는 끝났다. 토멘이 나이가 찰 때까지는 내가 섭정으로 일하겠다. 메이스 티렐이 왕의 수관으로 지명됐다. 파이셀 대학사와 하리스 스위프트 경은 이전처럼 계속 일할 테지만, 팍스터 레드와인이 이제 제독이고 랜딜 탈리가 사법대신직을 맡았다."

'둘 다 티렐 봉신이잖아.' 왕국 경영 전체가 그녀의 적들에게, 마저리 왕비의 일가친척에게 넘어가고 있었다. "마저리도 고발을 받았어요. 마저리와 마저리의 사촌들요. 참새들이 어째서 그 애는 풀어주고 전 안 풀어주죠?"

"랜딜 탈리가 고집했다. 이 폭풍이 닥쳤을 때 탈리가 제일 먼저 킹스랜딩에 도착한 데다가, 군대도 끌고 왔어. 티렐 여자들도 여전히 재판은 받아야 하지만, 성하께서도 그 아이들에 대한 주장은 근거가 약하다는 걸 인정하시지. 왕비의 연인이라고 지목된 남자들은 불구가 된 가수만 빼고 모두가 혐의를 부인하거나 인정을 철회했고, 그 가수는 반쯤 미친 것 같다. 그러니 최고성사는 여자들을 랜딜 탈리에게 넘겨줬고, 랜딜 공은 때가 오면 반드시 재판에 출석시키겠다고 신들에게 맹세했어."

"마저리를 고발한 자들은요?" 세르세이는 물었다. "누가 잡아두고 있죠?"

"오스니 케틀블랙과 푸른 음유시인은 여기, 성소 지하에 있다. 레드와인 쌍둥이는 무죄 선고를 받았고, 하프쟁이 해미시는 죽었어. 나머지는 레드 킵 지하감옥에서 네 사람인 콰이번이 책임지고 있다."

'콰이번.' 세르세이는 생각했다. 그녀가 잡을 지푸라기가 하나는 남아 있다니 다행이었다. 콰이번 공이 그들을 데리고 있다면, 그는 놀라운 일을 할 수 있었다. '끔찍한 일도. 콰이번은 끔찍한 일도 할 수 있어.'

"소식이 더 있다. 더 나쁜 소식이야. 이제 앉겠니?"

"앉으라고요?" 세르세이는 고개를 저었다. 무엇이 더 나쁠 수 있겠는가? 어린 왕비와 그 사촌들이 새처럼 자유롭게 날아가버렸는데 세르세이는 반역 재판을 받아야 했다. "말해주세요. 무슨 일이죠?"

"미르셀라 일이다. 도르네에서 심각한 소식을 받았다."

"티리온이군요." 세르세이는 바로 말했다. 티리온이 그녀의 딸을 도르네에 보냈기에, 세르세이는 그 아이를 집으로 데려오라고 발론 스완 경을 파견했었다. 도르네인은 다 뱀이고, 마르텔이 그중 최악이었다. 붉은 독사는 심지어 꼬마 악마를 지키려고까지 했고, 승리 직전까지 갔다. 승리했다면 티리온은 조프리 살해의 책임에서 벗어났을 것이다. "그놈이에요. 그놈이 내내 도르네에 있다가 내 딸을 잡은 거야."

케반 경은 그녀를 보며 다시 얼굴을 찌푸렸다. "미르셀라는 제럴드 데인이라는 도르네 기사에게 공격을 받았다. 살아 있지만, 다쳤어. 얼굴이 베였고…… 미안하구나…… 한쪽 귀를 잃었다."

"한쪽 귀를." 세르세이는 경악한 채 숙부를 쳐다보았다. '아직 어린아이인데, 내 소중한 왕녀가. 정말 예쁘기도 했는데.' "그놈이 미르셀라의 귀를 베었다고요. 그런데 도란 대공과 도르네 기사들은, 그놈들은 어디 있었죠? 어린 여자애 하나도 못 지키고? 아리스 오크하트는 어디 있었어요?"

"미르셀라를 지키다가 죽었다. 데인이 몸을 쪼갰다는구나."

세르세이는 아침의 검이 데인이라는 이름이었음을 기억해냈지만, 그는 오래전에 죽었다. 제럴드 경이란 자는 누구고, 왜 그녀의 딸을 해치고 싶어 했을까? 말이 되질 않았다. 오직…… "티리온은 블랙워터 전투에서 코를 절반이나 잃었죠. 미르셀라의 얼굴을 긋고, 귀 하나를 자르고…… 그 꼬마 악마의 지저분한 손자국이 사방에 묻어 있어요."

"도란 대공이 네 동생에 대한 말은 하지 않았다. 그리고 발론 스완이 쓰기를 미르셀라가 다 제럴드 데인 탓이라고 했단다. 별명이 다크스타라지."

세르세이는 쓰디쓴 웃음을 터뜨렸다. "뭐라고 부르건 간에 그놈은 제 동생의 꼭두각시예요. 티리온은 도르네에 친구들을 뒀어요. 꼬마 악마 놈이 내내 계획한 거야. 미르셀라를 트리스탄 공자와 약혼시킨 게 티리온이었어요. 이제 이유를 알겠네요."

"그림자만 있으면 티리온을 보는구나."

"그놈은 그림자 같은 족속이니까요. 그놈이 조프리를 죽였어요. 아버지를 죽였어요. 그놈이 거기서 멈출 것 같으세요? 전 꼬마 악마가 아직 킹스랜딩에 숨어서 토멘을 해치려고 할까 걱정했는데, 분명히 미르셀라를 먼저 죽이려고 도르네로 간 거예요." 세르세이는 감방 안을 분주히 걸었다. "제가 토멘과 같이 있어야 해요. 킹스가드 기사들이란, 흉갑에 달린 젖꼭지만큼이나 쓸모가 없어요." 그녀는 몸을 돌려 숙부를 보았다. "아리스 경이 살해당했다고 하셨죠."

"그래, 그 다크스타라는 놈 짓이다."

"죽었단 말이죠. 죽었다, 확실해요?"

"우리가 들은 바로는 그래."

"그렇다면 킹스가드에 공석이 생기네요. 즉시 채워야죠. 토멘은 보호받아야 해요."

"탈리 공이 네 오라비가 고려할 만한 괜찮은 기사들의 목록을 추리고 있다만, 제이미가 다시 나타날 때까지는……."

"국왕은 하얀 망토를 수여할 수 있어요. 토멘은 착한 아이예요. 토멘에게 누굴 지명할지 말하면 그대로 지명할 거예요."

"그래서 누굴 지명하게 하려고?"

아직 준비된 답은 없었다. '내 대전사에겐 새로운 얼굴만이 아니라 새로운 이름도 필요하겠구나.' "콰이번이 알 거예요. 이 문제에서는 콰이번을 믿으세요. 숙부님, 숙부님과 제가 의견 차이는 있었지만 우리가 나눈 피를 생각해서, 제 아버지에게 품으셨던 애정을, 토멘을, 그리고 토멘의 다친 누이를 생각해서 제 부탁대로 해주세요. 저 대신 콰이번 공에게 가주세요. 콰이번에게 하얀 망토를 가져가시고, 때가 왔다고 하세요."

퀸스가드

"당신은 여왕님 사람이었지요." 레즈낙 모 레즈낙이 말했다. "국왕께서는 조정을 여실 때 자기 사람들을 주위에 두고 싶어 하세요."

'난 여전히 여왕님 사람이야. 오늘도, 내일도, 언제까지나, 내가 죽거나 그분이 마지막 숨을 내쉬는 날까지.' 바리스탄 셀미는 대너리스 타르가르엔이 죽었다고 믿기를 거부했다.

어쩌면 그래서 밀려나는지도 몰랐다. '히즈다르가 하나씩, 하나씩 우리를 다 제거하는구나.' 힘센 벨와스는 신전에서 사경을 헤매며 푸른 은총자들의 보살핌을 받고 있었으나…… 셀미는 은총자들이 오히려 그 꿀에 절인 메뚜기가 시작한 일을 마무리하고 있는 게 아닐까 의심했다. 민머리 스카하즈는 지휘권을 박탈당했다. 거세병단은 막사로 물러났다. 조고, 다리오 나하리스, 그롤리오 제독, 거세병 '영웅'은 융카이 진영에 인질로 남아 있었다. 아고와 라카로와 나머지 여왕의 칼라사르는 사라진 여왕을 찾기 위해 강 건너로 파견되었다. 심지어 미산데이마저 재배치를 받았다. 왕은 어린아이를 의전관으로 쓰는 게 적절치 않다 여겼고, 심지어 한때 나스 노예였으니 더했다. '그리고 이제 나로군.'

예전 같으면 이 해고를 명예의 오점으로 받아들였을지 모른다. 그러나 그건 웨스테로스에서였다. 미린이라는 독사 굴에서, 명예는 광대 옷처럼 우스꽝스러워 보였다. 그리고 이 불신은 상호적인 것이었다. 히즈다르 조 로라크가 여왕의 배우자일지는 모르지만, 결코 그의 왕은 아니었다. "전하께서 내가 궁정에서 물러나기를 바라신다면……."

"폐하라고 해야지요." 시종장이 표현을 바로잡았다. "아니, 아니, 아니에요. 오해하시는군요. 폐하께선 융카이에서 대표단을 받아 융카이군 퇴각을 논하실 겁니다. 그 대표단이…… 에…… 드래곤의 분노에 목숨을 잃은 이들에 대한 보상을 요구할지도 몰라요. 민감한 상황입니다. 폐하께서는 그자들이 미린인 전사들에게 보호받으며 옥좌에 앉아 있는 미린인 왕을 보는 편이 더 나을 거라 생각하십니다. 경도 그 점은 이해할 수 있겠지요."

'난 네 생각보다 더 많은 걸 이해한다.' "전하께서 호위 책임자로 누구를 고르셨는지 알 수 있겠소?"

레즈낙 모 레즈낙은 비열한 미소를 지었다. "폐하를 아주 사랑하는, 무시무시한 전사들이지요. 거인 고호르. 크라즈. 얼룩 고양이. 뼈 부수는 벨라쿼. 다 영웅들입니다."

'전부 투기장 싸움꾼들이군.' 바리스탄 경은 놀라지 않았다. 히즈다르 조 로라크는 새 옥좌에 불편하게 앉아 있었다. 미린이 마지막으로 왕을 두었던 게 천 년 전이었고, 오래된 혈통 중에서도 자신이 히즈다르보다 나은 선택이었을 거라 생각하는 자들이 있었다. 도시 밖에는 융카이가 용병과 동맹군을 거느리고 앉았고, 안에는 하피의 아들들이 있었다.

그리고 왕을 보호하는 병력은 갈수록 줄어들었다. 히즈다르는 회색 벌레에게 실수를 해서 거세병단을 잃었다. 히즈다르가 놋쇠 짐승단에게 그랬듯 거세병단도 자기 사촌의 지휘하에 두려 하자, 회색 벌레는 왕에게 자신들은 자유인이며 오직 어머니의 명령만 받는다고 통고했다. 그런가 하면 놋쇠 짐승단은 절반이 해방 노예였고, 나머지는 아직까지 스카하즈 모 칸다크에게 진짜 충성을 바칠 가능성이 있는 민머리들이었다. 투기장 전사들이 바다 같은 적을 상대로 히즈다르 왕이 의지할 수 있는 유일한 지지대였다.

"그들이 전하를 모든 위협으로부터 지켜내길 바라오." 바리스탄 경의 말투에 진심은 조금도 드러나지 않았다. 진심을 숨기는 방법 정도는 오래전 킹스랜딩에서 익혔다.

"폐하라니까요." 레즈낙 모 레즈낙이 강조했다. "경의 다른 의무는 그대로입니다. 이번 평화 협정이 실패하면, 폐하께선 여전히 경이 우리 도시의 적들을 상대로 군대를 지휘하길 바랄 겁니다."

'히즈다르에게 적어도 그 정도 분별은 있지.' 뼈 부수는 벨라쿼와 거인 고호르가 히즈다르의 방패 역할은 할 수 있을지 몰라도, 둘 중 하나가 군대를 이끌고 전투에 나간다고 생각하면 노기사도 웃어버릴 만큼 우스꽝스러웠다. "나야 전하의 분부에 따르지요."

"전하가 아니에요." 시종장이 투덜거렸다. "그건 웨스테로스식이고. 폐하, 아니면 빛나는 분, 눈부신 분이라고 하세요."

'번쩍이는 허영 덩어리가 더 어울리겠는데.' "알겠소."

레즈낙이 입술을 핥았다. "그럼 됐군요." 이번에는 레즈낙의 알랑거리는 미소가 가봐도 좋다고 알렸다. 바리스탄 경은 시종장의 지독한 향수 냄새를 멀리할 수 있게 된 데 고마워하며 자리를 떴다. '남자라면 땀 냄새가 나야지. 꽃향기가 아니라.'

미린의 대피라미드는 기단부터 꼭대기까지 240미터였다. 시종장의 거처는 2층에 있었다. 여왕의 거처와 바리스탄의 거처는 꼭대기를 차지했다. '내 나이에는 긴 계단이지.' 바리스탄 경은 계단을 오르며 생각했다. 그가 여왕의 업무로 하루에 대여섯 번 그 계단을 오르내렸다는 사실은 무릎과 등의 통증이 증언해줄 수 있었다. '내가 더는 이 계단을 마주할 수 없는 날이 올 거야. 그리고 그날은 달갑지 않을 만큼 빨리 오겠지.' 그날이 오기 전에, 최소한 그를 대신하여 여왕 곁에 설 수 있도록 청년 몇 명쯤은 준비시켜야 했다. '그럴 만해지면 내가 직접 기사로 서임하고, 각각 말과 황금 박차를 줘야지.'

여왕의 거처는 고요하고 잠잠했다. 히즈다르는 여기 거주하기보다는 육중한 벽돌벽으로 사방이 둘러싸인 대피라미드 심장부 깊숙한 곳에 자기만의 공간을 따로 두고 싶어 했다. 메자라, 미클라즈, 퀘자, 그 외 여왕의 어린 술잔 담당들 —실제로는 인질이었으나, 셀미도 여왕도 그 아이들을 너무 좋아하게 된 나머지 인질로 생각하기가 힘들었다— 은 왕을 따라갔고, 이리와 지키는 다른 도트락인들과 같이 떠났다. 오직 미산데이만 남아서, 버림받은 작은 유령처럼 피라미드 정점에 있는 여왕의 거처를 서성였다.

바리스탄 경은 테라스로 걸어 나갔다. 미린 위 하늘은 시체처럼 허옇게 흐리고, 지평선에서 지평선까지 구름에 뒤덮여 무겁게 내려앉아 있었다. 태양은 구름 벽 뒤에 감춰졌다. 아침에 보이지 않게 떴듯이 보이지 않게 질 것이었다. 밤이 오면 바람 한 점 없이 땀이 나고 숨 막히고 끈적거리는 밤이리라. 사흘이나 비가 올 분위기였으나 정작 오지는 않았다. '비가 오면 위로가 될 텐데. 비가 오면 도시를 깨끗하게 씻어줄지 모르는데.'

여기에서는 작은 피라미드 네 개와 도시 서쪽 성벽, 노예상만을 따라 자리 잡은 융카이인들의 진영까지 볼 수 있었다. 융카이 진영에서 짙고 기름진 연기 기둥이 괴물 뱀처럼 구불구불 하늘로 올라갔다. '융카이인들이 죽은 이들을 태우고 있군.' 그는 깨달았다. '하얀 암말이 저들의 포위 진영을 달리고 있어.' 여왕이 아무리 애를 썼어도 질병은 성벽 안팎에 번져나갔다. 미린의 시장은 다 닫혔고, 길거리는 텅 비었다. 히즈다르 왕은 투기장을 여전히 열도록 했지만, 관중은 듬성듬성했다. 미린인들이 은총의 신전까지 피하기 시작했다는 보고가 있었다.

'노예상들은 그것도 대너리스 탓으로 돌릴 방법을 찾아낼 테지.' 바리스탄 경은 씁쓸하게 생각했다. 그자들이 속삭이는 소리를 들을 수 있을 것만 같았다. 대단한 주인들, 하피의 아들들, 융카이인들, 모두가 서로에게 그의 여왕이 죽었다고 수군대고 있었다. 도시 절반이 그렇게 믿었지만, 아직 그 말을 큰 소리로 꺼낼 용기는 없었다. '하지만 머지않았지.'

바리스탄 경은 무척 지치고, 무척 늙은 기분이었다. '그 세월이 다 어디로 갔을까?' 최근 들어서는 잔잔한 못에서 물을 떠 마시려 무릎을 꿇을 때마다 물속에서 낯선 사람의 얼굴이 그를 올려다보았다. 그의 하늘색 눈 주위에 처음 잔주름이 나타난 건 언제였을까? 그의 머리가 햇빛 같은 색깔에서 눈 색깔로 변한 지는 얼마나 된 걸까? '오래전이야, 노인장. 그것도 수십 년 전.'

그러나 킹스랜딩에서 마상 창시합에 참가한 후 기사가 된 그날이 엊그제 같았다. 아직도 아에곤 왕의 검이 처녀의 입맞춤처럼 가볍게 어깨에 와 닿던 감촉을 떠올릴 수 있었다. 서약을 하는데 말이 목에 걸려 잘 나오지 않았다. 그날 밤 연회에서 그는 도르네식으로 드래곤 고추를 곁들여 요리한 멧돼지 갈비를 먹었는데, 어찌나 매운지 입이 타는 것 같았다. 47년이 지났는데도 아직 그 맛은 기억에 생생하건만, 정작 칠왕국이 다 걸려 있다 해도 열흘 전에 먹은 저녁 식사는 무엇인지 생각해낼 수가 없었다. '삶은 개고기였을 가능성이 높겠지. 아니면 그보다 나을 게 없는 다른 고약한 요리였을 거야.'

셀미는 여기까지 그를 끌고 온 기묘한 운명이 새삼 놀라웠다. 그는 웨스테로스의 기사, 스톰랜드와 도르네 변경 지역 출신의 남자였다. 그가 있을 곳은 이 찌는 듯한 노예상만이 아니라 칠왕국이었다. '난 대너리스를 집으로 데려가려고 왔어.' 그러나 그는 대너리스를 잃었다. 대너리스의 아버지와 오빠를 잃었듯이. '심지어 로버트도 잃었지. 난 로버트도 지키지 못했어.'

히즈다르가 생각보다 현명한지도 몰랐다. '10년 전이었다면 난 대너리스가 뭘 하려고 했는지 감지했을 거야. 10년 전이었다면 대너리스를 막을 만큼 빠르기도 했겠지.' 그러나 그는 대너리스가 경기장에 뛰어드는 동안 멍하니 서서 이름만 부르다가, 부질없이 그 뒤를 따라 새빨간 모래밭을 달렸다. '난 늙고 느려졌어.' 다리오 나하리스가 할아버지 경이라고 놀릴 만했다. '그날 다리오가 여왕님 곁에 있었다면 더 빨리 움직였을까?' 셀미는 그 질문의 답을 안다고 생각했지만, 그 답이 마음에 들지는 않았다.

어젯밤에도 꿈에서 그 장면을 반복했다. 벨와스는 무릎을 꿇고 담즙과 피를 토하고, 히즈다르는 드래곤을 죽이라고 부추기고, 남녀 모두 공포에 질려 달아나는 와중에 비명과 고함을 지르면서 서로를 짓밟고 앞다투어 계단을 올랐다. 그리고 대너리스는……

'머리카락이 불타고 있었지. 손에는 채찍을 들고 소리를 질렀는데, 다음 순간에는 드래곤의 등에 앉아 날아갔어.' 드로곤이 날개를 치면서 일으킨 모래에 바리스탄 경은 눈이 따가웠지만, 눈물에 가려서도 그 짐승이 거대한 검은 날개로 정문에 선 청동 전사들의 어깨를 때리며 투기장에서 날아오르는 모습은 보았다.

나머지는 나중에야 알았다. 그 문밖에는 사람들이 빽빽하게 모여 있었다. 드래곤의 냄새에 미쳐버린 말들이 공포에 질려 뒷발로 일어서서 쇠발굽을 휘둘렀다. 음식 가판대와 가마가 다 뒤집히고, 사람들이 넘어지고 짓밟혔다. 창이 던져지고, 노궁 화살이 날았다. 몇 대는 적중했다. 드래곤은 소녀를 등에 매단 채 상처에서 연기를 피우며 허공에서 격하게 몸을 비틀더니, 불을 내뿜었다.

그 후 놋쇠 짐승단이 시체들을 수습하는 데 그날 낮으로도 부족해서 밤이 거의 다 갔다. 마지막 집계로는 사망자가 214명이었고 화상을 입거나 부상을 당한 사람은 그 세 배였다. 그때쯤 드로곤은 도시에서 사라졌는데,

마지막으로 목격되었을 때는 스카하자단강 높이서 북쪽으로 날고 있었다. 대너리스 타르가르옌에 대해서는 아무 흔적도 찾을 수 없었다. 떨어지는 것을 보았다고 맹세하는 이들도 있었고, 드래곤이 잡아먹으려고 데려갔다고 주장하는 사람들도 있었다. '틀렸어.'

바리스탄 경은 드래곤에 대해서는 모든 아이들이 듣는 이야기 이상으로 알지 못했지만, 타르가르옌에 대해서는 알았다. 대너리스는 그 드래곤을 타고 있었다. 과거 아에곤이 발레리온을 탔듯이.

"집으로 날아가고 계실지도 몰라." 그는 큰 소리로 혼잣말을 했다.

"아뇨." 등 뒤에서 작은 목소리가 중얼거렸다. "그러실 리가 없어요, 경. 저희들을 두고 집으로 가실 리가 없어요."

바리스탄 경은 돌아보았다. "미산데이. 얘야. 얼마 동안 거기 서 있었니?"

"오래되진 않았어요. 기사님을 방해했다면 죄송합니다." 미산데이는 머뭇거렸다. "스카하즈 모 칸다크가 말씀 나누고 싶어 합니다."

"민머리가? 민머리와 이야기를 했다고?" 무모했다. 무모했다. 스카하즈와 왕 사이의 적개심은 뿌리 깊었고, 미산데이도 그걸 알 정도로 영리했다. 스카하즈는 여왕의 결혼에 대해 공공연히 반대했고, 그건 히즈다르가 잊을 일이 아니었다. "여기 있나? 피라미드 안에?"

"그러고 싶을 때는요. 왔다 갔다 하세요."

'그래. 그렇겠지.' "스카하즈가 나와 이야기하고 싶어 한다고 누가 그러더냐?"

"놋쇠 짐승이요. 올빼미 가면이었어요."

'네게 말을 걸었을 때는 올빼미 가면을 쓰고 있었겠지. 지금은 자칼일 수도, 호랑이일 수도, 나무늘보일 수도 있어.' 바리스탄 경은 처음부터 그 가면들이 싫었고 지금은 더 싫었다. 정직한 남자들은 굳이 얼굴을 가릴 필요가 없다. 그리고 민머리는……

'무슨 생각을 하는 거지?' 히즈다르가 놋쇠 짐승단의 지휘권을 자기 사촌인 마르가즈 조 로라크에게 준 이후, 스카하즈를 스카하자단강 500리 안에 있는 나룻배와 저인망어선, 관개수로를 책임지는 '강의 관리자'로 지명했지만, 민머리는 히즈다르가 "유서 깊고 명예로운 직책"이라고 부르는 그 자리를 거부하고 소박한 칸다크 피라미드로 물러나는 쪽을 택했다. '보호해줄 여왕님이 없으니 여기 오려면 큰 위험을 감수해야 해.' 그리고 만일 바리스탄 경이 민머리와 대화하는 장면을 누가 보기라도 한다면, 그 역시 의심을 살 것이다.

마음에 들지 않았다. 속임수와 속삭임, 거짓말, 어둠 속에서 세우는 계략, 그가 거미와 리틀핑거와 그 족속들과 함께 멀리 두고 왔기를 바란 모든 것의 냄새가 났다. 바리스탄 셀미는 책을 좋아하는 남자가 아니었지만, 전임자들의 행적이 기록된 '하얀 책'은 자주 뒤적이곤 했었다. 하얀 기사 중에는 영웅도, 심약한 자도, 악한도, 비겁자도 있었다. 대부분은 그냥 남자였다. 대부분의 남자들보다 빠르고 힘이 세고 검과 방패를 더 잘 다루긴 했지만, 그래도 여전히 자존심과 야심과 욕정, 사랑, 분노, 질투, 돈에 대한 탐욕, 권력에 대한 갈망, 그 외 모자란 인간을 괴롭히는 그 모든 결점들에 시달렸다. 가장 뛰어난 이들은 결점을 극복하고 의무를 수행하여 검을 손에 쥐고 죽었다. 최악은……

'최악은 왕좌의 게임을 한 자들이었지.' "그 올빼미를 다시 찾을 수 있겠나?" 그는 미산데이에게 물었다.

"해볼 순 있습니다."

"내가…… 우리 친구와…… 어두워진 후에, 마구간 옆에서 이야기하겠다고 전해라." 피라미드 정문은 해가 지면 닫아 걸었다. 그 시간이면 마구간이 조용할 것이다. "같은 올빼미인지 확인하고." 엉뚱한 놋쇠 짐승이 이 말을 들어서는 곤란했다.

"이해합니다." 미산데이는 가려는 것처럼 몸을 돌렸다가, 멈칫하더니 말했다. "융카이가 도시 전체를 전갈석궁으로 에워싸고, 드로곤이 돌아오면 하늘에 쇠살을 쏘려 한답니다."

바리스탄 경도 들은 이야기였다. "하늘에 뜬 드래곤을 죽이기란 간단한 일이 아니다. 웨스테로스에서는 많은 이들이 아에곤과 그 누이들을 떨어뜨리려 했지. 아무도 성공하지 못했어."

미산데이는 고개를 끄덕였다. 그것만으로는 안심했는지 잘 알 수 없었다. "그분을 찾을 수 있을까요? 초원은 너무 넓고, 드래곤들은 하늘에 흔적을 남기지 않는데요."

"아고와 라카로는 전하의 피 중의 피다……. 그리고 도트락의 바다를 도트락인보다 잘 아는 사람이 누가 있겠느냐?" 그는 미산데이의 어깨를 잡았다. "찾을 수만 있다면 찾을 거다." '아직 살아 있다면.' 초원을 누비는 다른 칼들이, 수만 전사들의 칼라사르를 거느린 기마군주들이 있었다. 그러나 이 소녀가 그 말을 들을 필요는 없었다. "네가 그분을 사랑한다는 걸 안다. 맹세코 내가 그분을 안전하게 지키겠다."

그 말은 소녀에게 위안을 준 것 같았다. '하지만 말은 바람일 뿐.' 바리스탄 경은 생각했다. '같이 있지도 않으면서 내가 여왕님을 어떻게 지킬 수 있을까?'

바리스탄 셀미는 왕을 여럿 알았다. 그는 평민들에게 사랑받았던 '뜻밖의 왕 아에곤'의 어수선한 통치기에 태어났고, 그 손에 기사 서임을 받았다. 아에곤의 아들 재해리스는 그가 스물세 살이었을 때 하얀 망토를 내렸다. 아홉 닢 왕들의 전쟁 중에 그가 괴물 마엘리스를 죽이고 나서였다. 그는 재해리스의 아들 아에리스를 광기가 집어삼키는 동안에도 그 망토를 입고 철왕좌 곁에 서 있었다. '서서 보고 들으면서 아무것도 하지 않았지.'

아니다. 그건 공정한 말이 아니다. 그는 의무를 다했다. 어떤 밤이면 바리스탄 경은 자신이 의무를 너무 잘 이행하지 않았더라면 어땠을까 생각했다. 그는 신과 인간이 보는 앞에서 서약을 했고, 명예를 지키자면 그 맹세를 어길 수가 없었다……. 그러나 아에리스 왕의 통치기 후반에는 맹세를 지키기가 점점 더 힘들어졌다. 그는 돌이키기가 괴로운 것들을 보았고, 자기 손에 얼마나 많은 피가 묻었나 생각할 때도 한두 번이 아니었다. 그가 더스큰데일에 들어가서 다클린 공의 지하감옥에 있던 아에리스를 구해내지만 않았어도, 왕은 타이윈 라니스터가 더스큰데일을 휩쓸었을 때 그곳에서 죽었을지 모른다. 그 후에는 라에가르 왕자가 철왕좌에 올랐을 테고, 아마 왕국을 치유했을 것이다. 더스큰데일은 바리스탄 셀미의 최고 공적이었으나, 그 기억을 떠올리면 입안이 썼다.

하지만 밤마다 그를 괴롭히는 건 실패의 기억들이었다. '재해리스, 아에리스, 로버트. 죽어버린 세 왕. 그중 어느 누구보다 좋은 왕이 되었을 라에가르. 엘리아 공녀와 아이들. 갓난아기였던 아에곤, 새끼 고양이를 좋아하던 라에니스.' 그들 모두가 죽었는데 정작 그들을 지키겠다고 맹세한 그는 아직 살아 있었다. 그리고 이제 그의 눈부시게 빛나는 어린 여왕, 대너리스는……. '죽지 않았어. 죽었다고는 믿지 않겠어.'

오후가 되자 바리스탄 경은 계속되는 의심으로부터 짧은 휴식을 얻었다. 그는 오후에 피라미드 3층의 훈련장에서 소년들과 훈련했다. 그들에게 검과 방패, 말과 기마창 다루는 기술을…… 그리고 기사를 투기장 전사보다 나은 존재로 만들어주는 규칙인 기사도를 가르쳤다. 바리스탄이 죽고 나면 대너리스에겐 자기 또래의 호위기사들이 필요할 터였고, 바리스탄 경은 적합한 호위기사들을 만들기로 결심했다.

그가 가르치는 소년들은 여덟 살에서 스무 살까지 다양했다. 60명 이상을 데리고 시작했지만, 대다수에게 너무 엄한 훈련이었다. 지금은 절반도 남지 않았지만, 그래도 상당히 장래성 있는 아이가 몇 있었다. '지켜야 할

왕이 없으니 이젠 이 녀석들을 훈련시킬 시간이 더 생기겠군.' 그는 둘씩 짝을 지어 날이 무딘 검과 촉을 둥글게 한 창으로 대련하는 훈련생들을 돌아보다가 깨달았다. '용감한 녀석들이야. 천출이긴 하지만 훌륭한 기사가 될 놈들이 있고, 다들 여왕님을 사랑하지. 여왕님이 아니었다면 다들 투기장에서 죽었을 테니까. 히즈다르 왕에게는 투기장 전사들이 있지만, 대너리스에겐 기사들이 있을 거야.'

"방패를 내리지 말아라." 그는 외쳤다. "공격을 보여다오. 지금 다 같이. 낮게, 높게, 낮게, 낮게, 높게, 낮게……."

바리스탄 셀미는 그날 밤 간단한 저녁 식사를 여왕의 테라스로 들고 나가서 해가 저무는 가운데 먹었다. 자줏빛 황혼 사이로 거대한 계단 피라미드들에 하나씩 불이 피어나고, 미린의 다채로운 벽돌들이 회색이 되었다가 검은색으로 변하는 광경을 지켜보았다. 아래 길거리와 골목에 어둠이 모여 웅덩이와 강을 이루었다. 어스름 속에서 도시는 고요해 보였고, 아름답기까지 했다. '평화가 아니라 역병 탓이야.' 노기사는 마지막 한 모금의 와인을 마시며 생각했다.

눈에 띄고 싶지 않았기에, 그는 저녁 식사를 마치고 나서 정복을 벗고 퀸스가드의 하얀 망토를 누구나 입을 법한 두건 달린 갈색 여행자 망토로 갈아입었다. 장검과 단검은 챙겼다. '함정일 수도 있어.' 그는 히즈다르를 그다지 믿지 않았고, 레즈낙 모 레즈낙은 더 믿지 않았다. 그 향기 나는 시종장이 가담했을 수도 있었다. 그를 비밀스러운 만남에 꾀어내어, 그와 스카하즈 둘 다 쓸어내고 국왕에 대한 음모죄를 씌우려는지도 몰랐다. '민머리가 반역을 입에 담는다면 나도 그자를 체포할 수밖에 없어. 아무리 마음에 안 들어도 히즈다르는 여왕님의 배우자야. 난 스카하즈가 아니라 히즈다르를 보호해야 해.'

아니, 정말 그런가?

킹스가드의 첫 번째 의무는 왕을 위협이나 해악으로부터 지키는 것이었다. 하얀 기사들은 왕의 명령에 복종하고, 왕의 비밀을 지키고, 왕에게 조언이 필요할 때는 조언을 하고, 그렇지 않을 때는 침묵을 지키며, 왕의 뜻을 받들고 왕의 이름과 명예를 지키겠노라 맹세했다. 엄밀히 말해서, 킹스가드의 보호를 다른 사람에게 확장하느냐 마느냐는 순전히 왕의 선택에 달렸다. 설령 왕의 핏줄이라 해도 그랬다. 어떤 왕들은 킹스가드가 자신의 아내와 자식, 형제자매, 이모, 고모, 숙부, 백부에 사촌부터 팔촌까지에다 심지어는 연인과 정부, 사생아까지 섬기고 지키도록 하는 게 옳고 적절하다고 생각했다. 하지만 또 어떤 왕들은 그런 일에는 가신기사와 중장병을 쓰고, 일곱 기사는 오직 자신의 곁에만 두며 한시도 멀리 두지 않기도 했다.

'여왕님께서 내게 히즈다르를 지키라고 명하셨다면, 복종할 수밖에 없었겠지.' 그러나 대너리스 타르가르옌은 스스로를 지킬 퀸스가드조차 정식으로 임명하지 않았고, 배우자에 대해서는 어떤 명령도 내린 바 없었다. '이런 문제에서 결정을 해줄 단장님이 있었을 땐 세상이 좀 더 단순했는데.' 셀미는 추억을 돌이켰다. '이젠 내가 단장이고, 어느 길이 옳은지 가려내기가 힘들군.'

겨우 계단을 다 내려가고 나니, 피라미드의 육중한 벽돌벽 안, 횃불이 밝혀진 복도에 거의 혼자나 다름없었다. 거대한 출입구는 예상대로 닫아서 빗장을 질러놓았다. 놋쇠 짐승들이 문밖에 넷, 문안에 넷 서 있었다. 노기사가 마주친 것도 그 넷이었다. 멧돼지, 곰, 들쥐, 만티코어 가면을 쓴 덩치 큰 남자들이었다.

"다 조용합니다, 경." 곰이 말했다.

"계속 그렇게 지키게." 바리스탄 경이 밤에 여기저기 걸어 다니며 피라미드가 안전한지 확인한다는 건 이미 알려진 사실이었다.

피라미드 안으로 더 깊이 들어가자, 다시 네 명의 놋쇠 짐승이 비세리온과 라에갈이 사슬에 묶여 있는 구덩이 밖의 철문을 지켰다. 그들의 놋쇠 가면에 횃불 빛이 어른거렸다. 원숭이, 숫양, 늑대, 악어였다.

"먹이는 먹었나?" 바리스탄 경이 물었다.

"예." 원숭이가 대답했다. "각각 양 한 마리씩 줬습니다."

'그걸로 얼마나 갈까?' 드래곤들은 성장하면서 식욕도 강해졌다.

민머리를 찾아야 할 때였다. 바리스탄 경은 코끼리들과 여왕의 은빛 암말을 지나 마구간 뒤쪽으로 향했다. 지나가는데 당나귀 한 마리가 히힝거렸고, 말 몇 마리는 그의 등불 빛을 보고 움직였다. 그 외에는 어둡고 조용했다.

그러다가 빈칸에서 그림자가 하나 떨어져 나오더니, 검은색 주름치마에 정강이받이를 차고 근육 모양이 잡힌 흉갑을 입은 놋쇠 짐승으로 변했다. "고양이?" 바리스탄 셀미는 두건 아래 놋쇠 가면을 보고 말했다. 민머리는 놋쇠 짐승단을 지휘하면서 오만하고 무시무시한 뱀 머리 가면을 즐겨 썼다.

"고양이는 어디든 가지." 스카하즈 모 칸다크의 익숙한 목소리가 대꾸했다. "아무도 고양이를 쳐다보지 않아."

"히즈다르가 자네가 여기 있는 걸 안다면……."

"누가 말하려고? 마르가즈가? 마르가즈는 내가 알리고 싶어 하는 것만 알아. 놋쇠 짐승들은 여전히 내 병사들이야. 잊지 마시오." 민머리의 목소리는 가면 때문에 분명치 않았지만, 셀미는 그래도 그 목소리에 깃든 분노를 들을 수 있었다. "독을 탄 자를 잡았어."

"누구?"

"히즈다르의 당과 제조인. 그자의 이름은 들어봤자 아무 의미도 없을 거요. 그놈은 꼭두각시에 불과하니. 하피의 아들들이 그놈의 딸을 잡아가서는, 여왕이 죽으면 안전하게 돌려보내주겠다고 맹세했지. 벨와스와 드래곤이 대너리스를 구한 거야. 아무도 그 딸애는 구해주지 않았어. 한밤중에 아홉 조각이 되어 아비에게 돌아갔지. 살아온 햇수에 맞춰서."

"왜지?" 의심이 그를 갉아먹었다. "하피의 아들들은 살인을 멈췄네. 히즈다르의 평화는—"

"그건 가짜야. 처음에는 아니었지. 융카이는 우리 여왕님을, 여왕님의 거세병을, 여왕님의 드래곤들을 두려워했어. 이 땅은 예전에도 드래곤을 겪은 적이 있으니까. 유르카즈 조 윤자크는 역사를 읽어봐서 알았지. 히즈다르도 마찬가지고. 그러니 왜 평화 협정을 맺지 않겠나? 대너리스가 뭘 원하는지 알 수 있었는데. 대너리스는 평화를 지나치게 원했지. 아스타포로 진군했어야 하는 건데." 스카하즈가 다가왔다. "그건 예전 얘기야. 투기장에서 모든 게 바뀌어버렸어. 대너리스는 사라졌고, 유르카즈는 죽었어. 늙은 사자 하나가 있던 자리에 자칼 떼가 남았어. 핏빛 수염……. 그놈은 평화를 좋아하지 않아. 그리고 또 있어. 더 나쁜 놈들이 있지. 볼란티스가 함대를 보냈어."

"볼란티스가." 셸미의 오른손이 따끔거렸다. '우린 융카이와 평화 협정을 맺었지. 볼란티스와는 아니야.' "확실한 건가?"

"확실해. 현명한 주인들도 알지. 그놈들 친구들도 알고. 하피, 레즈낙, 히즈다르. 그 왕이란 놈은 볼란티스가 도착하면 성문을 열 거야. 대너리스가 해방시킨 노예들은 모두 다시 노예가 될 거고. 노예였던 적이 없는 사람들도 쇠사슬에 매일 테지. 당신은 투기장에서 생을 마감할지도 몰라. 크라즈가 당신 심장을 먹겠지."

머리가 쿵쿵 울렸다. "대너리스에게 알려야 해."

"찾기부터 하시오." 스카하즈가 바리스탄의 팔을 잡았다. 손가락이 쇠로 만든 것 같았다. "우린 여왕님을 기다릴 수가 없어. 내가 자유 형제, 어머니의 병사, 충실한 방패단과 이야기를 해봤어. 그들은 로라크 가문을 믿지 않아. 우린 융카이를 박살 내야 해. 그러려면 거세병단이 필요해. 회색 벌레도 당신 말은 듣겠지. 말해봐요."

"뭘 위해서?" '이자는 반역을 말하고 있어. 음모를.'

"살기 위해서." 놋쇠로 만든 고양이 가면 속, 민머리의 두 눈은 검은 웅덩이 같았다. "볼란티스가 도착하기 전에 공격해야 해. 포위를 풀고, 노예상 귀족들을 죽이고, 용병들을 돌려세워야 해. 융카이는 공격을 예상 못 하고 있어. 난 융카이 진영에도 첩자들을 뒀지. 질병이 돌고, 갈수록 심해지고 있어. 규율은 엉망이 되었고, 귀족들은 전보다 더 자주 술을 마시고, 연회에서 탐식하고, 서로에게 미린이 쓰러지고 나면 나눌 재산을 이야기하며 누가 우선권을 갖느냐를 두고 싸운다는군. 핏빛 수염와 누더기 왕자는 서로를 혐오해. 아무도 싸움은 예상하지 않아. 지금은. 히즈다르의 평화가 우리를 잠재웠다고 믿고 있지."

"평화 협정에 서명을 한 건 대너리스야." 바리스탄 경이 말했다. "전하의 허락 없이 우리가 그걸 깰 순 없어."

"만약 죽었다면?" 스카하즈가 물었다. "그때는 어쩔 거요, 경? 난 여왕님이 여왕님의 도시를 지키길 원하실 거라 말하겠어. 여왕님의 아이들을 지켜야지."

여왕의 아이들은 해방 노예들이었다. '미사, 여왕님을 미사라고 부르지. 그분이 사슬을 끊어준 이들은 모두 다 어머니라고 불러.' 민머리의 말이 틀리지 않았다. 대너리스는 자식들을 보호하고 싶어 하리라. "히즈다르는 어떻게 하고? 히즈다르는 아직 여왕님의 배우자일세. 남편이고, 왕이지."

"여왕을 독살하려던 자야."

'그런가?' "증거는 어디 있나?"

"그놈이 쓰고 있는 왕관이면 증거로 충분하지. 앉아 있는 옥좌도. 눈을 뜨시오, 노인장. 그놈이 대너리스에게 필요로 했던 것, 대너리스에게 원했던 건 그게 다야. 일단 그걸 얻어냈는데, 왜 통치권을 나누겠어?"

'정말 왜 그러겠는가?' 투기장 안은 정말 뜨거웠다. 그는 아직도 새빨간 모래밭 위에 일렁이던 아지랑이를 보고, 사람들의 즐거움을 위해 죽어간 사람들이 쏟아낸 피 냄새를 맡을 수 있었다. 그리고 아직도 히즈다르가 여왕에게 꿀에 절인 메뚜기를 먹어보라고 종용하던 목소리를 들을 수 있었다. '아주 맛있다면서…… 달고 맵다고…… 그러면서도 정작 본인은 건드리지도 않았지…….' 셀미는 관자놀이를 문질렀다. '난 히즈다르 조 로라크에게 어떤 맹세도 하지 않았어. 그리고 설령 맹세한 바가 있다 해도 히즈다르는 날 밀어냈어. 조프리가 그랬듯이.' "이건……. 그 당과 제조인, 그자를 내가 직접 심문하고 싶네. 혼자서."

"그런 식으로 하시겠다?" 민머리는 가슴 앞에 팔짱을 꼈다. "그럼 그렇게하지. 좋을 대로 심문해서."

"만약…… 만약 그자의 말이 나를 납득시킨다면…… 만약 내가 이, 이 일에 합류한다면…… 히즈다르 조 로라크에게는 아무 해도 끼치지 않겠다는 약속을 받아둬야겠네. 적어도…… 히즈다르가 관여했다는 것을 증명할수 있을 때까지는. 아니, 증명할 수 없는 한은."

"왜 히즈다르에게 그렇게 신경 쓰는 거요, 노인장? 그자가 하피가 아니라면, 하피의 첫째 아들은 될 텐데."

"내가 확실히 아는 건 히즈다르가 여왕님의 배우자라는 것뿐일세. 그 점을 약속하지 않는다면, 맹세코 내가 자네 반대편에 서겠어."

스카하즈는 잔혹한 미소를 지었다. "그렇다면 약속하지. 유죄가 증명될때까지는 히즈다르를 해치지 않겠어. 하지만 증거가 나오면, 내 손으로 직접 죽이겠어. 그놈의 내장을 끄집어내어 그놈에게 보여주고 나서야 죽음을허락하고 싶군."

'아니.' 노기사는 생각했다. '만약 히즈다르가 나의 여왕님의 죽음을 공모했다면, 내가 직접 처리하겠어. 하지만 그 죽음은 빠르고 깔끔할 거야.' 웨스테로스의 신들은 멀리 있었으나, 바리스탄 셀미 경은 그래도 잠시 생각을 멈추고 소리 없는 기도를 올리며 노파에게 지혜를 비춰달라 빌었다. 그는 스스로에게 되뇌었다. '아이들을 위해. 도시를 위해. 나의 여왕님을 위해.'

"내가 회색 벌레와 이야기해보지." 그는 말했다.

강철 구혼자

'비탄'호는 해 뜰 무렵, 아침의 연분홍빛 하늘에 강렬하게 대비되는 검은 돛을 올리고 홀로 나타났다.

'쉰네 척째.' 빅타리온은 부하들이 깨우자 언짢은 기분으로 생각했다. '그 런데 홀로 나타나다니.' 그는 말없이 폭풍 신의 악의를 저주했다. 분노가 배 속에 든 검은 돌처럼 날뛰었다. '내 배들은 어디 있지?'

그는 방패 군도에서 아흔세 척의 배와 함께 출항했다. 과거 강철 함대를 이루던 백 척 중 아흔세 척, 어느 한 영주가 아니라 해석좌 그 자체에 속해 있으며 강철 군도 곳곳의 남자들이 선장을 맡고 선원으로 들어온 배들이 었다. 초록 땅의 거대한 전쟁용 드로몬드선보다는 작지만, 평범한 장선의 세 배 크기에 선체가 깊었고 무자비한 충각을 달아 해전에서라면 왕의 함 대와도 마주할 만했다.

그들은 모래톱과 소용돌이가 가득한 황량하고 메마른 도르네 해안을 따라 오래 항해한 끝에 징검돌 군도에서 곡식과 고기와 민물을 채웠다. 그 곳에서 '강철 승리'호는 뚱뚱한 상선을 하나 포획했는데, 염장 대구와 고래 기름, 식초에 절인 청어를 싣고 걸타운과 더스큰데일, 킹스랜딩을 거쳐 올드타운으로 가던 대형 상선 '고귀한 숙녀'호였다. 저장고에 추가하기에 반가운 식량이었다. 레드와인 해협과 도르네 해안에서 다섯 척을 더 포획했기에—외돛 범선 세 척, 갈레아스선 한 척, 갤리선 한 척이었다—함선의 수는 아흔아홉 척으로 늘어났다.

아흔아홉 척의 배가 당당한 함대 셋으로 나뉘어 징검돌 군도를 떠나면서 삼나무섬 남쪽 끝에서 다시 합류하라는 지시를 받았었다. 지금까지 세상 반대편에 도착한 배는 마흔다섯 척이었다. 빅타리온의 배 스물두 척은 세 척, 네 척, 때로는 한 척씩 띄엄띄엄 들어왔다. 절름발이 랄프의 배가 열네 척 들어왔고, 붉은 랄프 스톤하우스와 함께 항해한 배들은 아홉 척밖에 오지 못했다. 붉은 랄프 본인도 실종됐다. 여기에 함대가 바다 위에서 새로 포획한 배 아홉 척을 더해서 총 쉰네 척……. 그러나 포획한 배들은 외돛 범선과 어선, 상인과 노예상의 배였지 군선이 아니었다. 전투에 나선다면 강철 함대에서 잃어버린 배들을 대체하기엔 형편없을 터였다.

사흘 전에는 '처녀의 재앙'호가 나타났다. 그 전날에는 남쪽에서 세 척이 함께 나타났는데, 그가 포획한 '고귀한 숙녀'호가 '까마귀 먹이'와 '강철 입맞춤'과 함께 주춤주춤 항해해 왔다. 그러나 그 전날, 전전날에는 아무 배도 없었고 그 전에는 '머리 없는 제인'과 '공포'가 나타났고, 그 전에는 또 이틀 동안 텅 빈 바다에 구름 한 점 없는 하늘이었다. 그 전에는 절름발이 랄프가 소함대의 남은 배들을 끌고 나타났었다. 퀠론 공, 하얀 과부, 애통, 역경, 레비아탄, 강철 숙녀, 수확자의 바람, 전투 망치호에 여섯 척이 더 따라왔는데, 그중 두 척은 폭풍에 망가져서 끌려왔다.

"폭풍이 불었소." 절름발이 랄프는 겨우 빅타리온에게 기어 와서 중얼거렸다. "큰 폭풍 세 번에, 그사이엔 더러운 바람이 불었소. 재와 황 냄새가 나는 발리리아의 붉은 바람, 그리고 우리를 황폐한 해변으로 몰고 간 검은 바람. 이 항해는 초장부터 저주받았어요. 까마귀 눈이 함대장님을 두려워하는 게 아니고서야 왜 이렇게 멀리 보냈겠소? 우리가 돌아갈 수 없길 바라는 거요."

빅타리온도 볼란티스를 떠난 다음 날 첫 번째 폭풍을 만났을 때 같은 생각을 했었다. 그는 곱씹었다. '신들은 친족 살해자를 미워해. 그렇지만 않았다면 까마귀 눈 유론은 내 손에 열두 번도 더 죽었을걸.' 사방에서 파도가 몰아치고 발아래 갑판이 출렁대는 가운데, 그는 '다곤의 연회'와 '붉은 조수'가 서로 거세게 부딪쳐 조각조각 터져 나가는 꼴을 보았다. '내 형이 한 짓이야.' 그는 생각했다. 빅타리온은 직접 맡은 함대 3분의 1 중에서 그 둘을 제일 먼저 잃었고 그걸로 끝이 아니었다.

그래서 그는 절름발이의 얼굴을 두 대 때리고 말했다. "한 대는 네가 잃어버린 배들 때문이고, 또 한 대는 네가 저주 얘길 해서다. 한 번만 더 그런 소리를 하면 네놈의 혓바닥을 돛대에 못 박아주마. 까마귀 눈이 벙어리를 만들 수 있다면 나도 할 수 있지." 왼손의 찌릿한 통증 때문에 말이 더 가혹하게 나왔지만, 진심이기도 했다. "배가 더 올 거다. 일단 폭풍은 멈췄다. 함대를 갖추게 될 거야."

돛대 높이 있던 원숭이 한 마리가 울부짖었다. 마치 빅타리온의 좌절을 맛볼 수 있다는 듯한 비웃음이었다. '지저분하고 시끄러운 짐승 같으니.' 선원을 올려 보낼 수도 있었지만, 원숭이들은 술래잡기를 좋아하는 것 같았고 선원들보다 더 잽쌌다. 원숭이의 울음소리가 귓가에 쟁쟁하게 울렸고, 손도 더 쑤시는 것 같았다.

"쉿넷." 그는 그르렁거렸다. 그렇게 긴 항해를 하고 나서 강철 함대를 온전히 보존하기란 과한 희망이었지만…… 그래도 익사한 신이 그에게 일흔 척, 어쩌면 여든 척까지도 허락해줄 수 있었을 것이다. '젖은 머리나 다른 사제를 같이 태웠다면 그랬겠지.' 빅타리온은 출항 전에 희생물을 바쳤고, 징검돌 군도에서 함대를 셋으로 나누면서 또 희생물을 바쳤지만, 기도문을 잘못 말했는지도 몰랐다. '그게 아니면 여기선 익사한 신도 아무 힘이 없거나.' 그는 점점 더 너무 멀리 항해해 왔다는, 신들조차 기묘한 낯선 바다에 들어왔다는 두려움에 사로잡혔다……. 그러나 그런 의혹은 오직 발설할 혀가 없는 어스름 여인에게만 털어놓았다.

'비탄'호가 나타났을 때, 빅타리온은 짝귀 울프를 불렀다. "들쥐와 이야기 좀 해야겠다. 절름발이 랄프, 냉혈한 톰, 검은 양치기에게 전언을 보내. 사냥조를 다 불러들이고, 해안 숙영지는 해가 뜨면 해체한다. 과일을 모을 수 있는 만큼 모아 싣고, 돼지들을 배에 태워라. 필요하면 잡을 수 있겠지. 상어호는 여기 남아서 뒤늦게 오는 배가 있으면 우리가 어디로 갔는지 알린다." 상어호는 수리하는 데에만 그 정도 시간이 걸릴 터였다. 폭풍 때문에 뼈대밖에 남지 않았다. 함대가 쇤세 척으로 줄어들겠지만, 어쩔 수 없었다. "함대는 내일, 저녁 조수를 타고 출발한다."

"명령대로 합죠." 울프가 말했다. "하지만 하루 더 기다리면 배가 한 척 더 올 수도 있습니다, 함대장."

"그래. 그리고 열흘 기다리면 열 척이 올 수도, 하나도 안 올 수도 있지. 돛이 보이나 기다리는 데 이미 너무 시간을 낭비했다. 더 작은 함대로 이긴다면 승리가 그만큼 더 달콤할 거야." '그리고 난 볼란티스 놈들보다 먼저 드래곤 여왕에게 도착해야 해.'

볼란티스에서 그는 보급 식량을 싣는 갤리선들을 보았다. 도시 전체가 술에 취한 것 같았다. 선원과 병사와 땜장이가 귀족과 뚱보 상인과 함께 길거리에서 춤추는 모습이 보였고, 여관과 싸구려 술집마다 새로운 삼두에게 축배를 들었다. 모두가 일단 드래곤 여왕이 죽고 나면 볼란티스에 흘러들 황금과 보석과 노예 이야기뿐이었다. 빅타리온 그레이조이는 그런 보고를 하루 받는 정도로 충분했다. 치욕적이지만 금으로 값을 치르고 식량과 물을 실은 후 배들을 다시 출항시켰다.

폭풍은 빅타리온의 함대에 그러했듯, 볼란티스 함대도 흩어놓고 지연시킬 것이다. 행운이 미소 짓는다면 많은 군선이 가라앉거나 표류할 수도 있었다. 그래도 전부는 아닐 것이다. 어떤 신도 그렇게 자비롭지는 않았고, 지금까지 살아남은 갤리선들이라면 발리리아를 빙 돌아 항해할 수 있을 터였다. '그놈들이 북쪽으로 미린과 융카이를 향해 밀고 올라올 거야. 노예병사들이 우글거리는 거대한 전투용 드로몬드선들이. 폭풍 신이 놈들을 살려줬다면, 지금쯤은 슬픔의 만에 있을 수도 있어. 300척, 어쩌면 500척까지도.' 그들의 동맹군은 이미 미린으로 떠난 지 오래였다. 융카이와 아스타포, 신기스와 쾌스와 톨로스와 또 폭풍 신만이 알 곳의 병사들, 심지어는 미린 함락 전에 도망쳤던 미린의 군선들까지 있었다. 그 모두를 상대로 빅타리온에겐 쉰네 척뿐이었다. 아니, 상어호를 빼면 쉰세 척.

까마귀 눈은 세상을 가로질러 항해하며 쾌스부터 톨트리스타운까지 약탈하고, 미친 자들이나 가는 부정한 항구들까지 들렀었다. 까마귀 눈 유론은 연기 바다를 항해하는 만용까지 부리고 살아남아 자랑했다. '그것도 고작 한 척으로 그랬어. 그놈이 신들을 비웃을 수 있다면, 나도 할 수 있다.'

"예, 함대장." 짝귀 울프가 말했다. 그는 이발사 누트의 반도 못 미치는 남자였지만, 누트는 까마귀 눈이 훔쳤으니 별수 없었다. 누트를 오큰실드의 영주로 승격시키면서 까마귀 눈은 빅타리온의 제일가는 심복을 자기 사람으로 만들어버렸다. "여전히 미린으로 갑니까?"

"달리 어딜 가겠나? 드래곤 여왕이 미린에서 날 기다린다." '형의 말을 믿을 수 있다면 세상에서 제일 아름다운 여자라지. 머리카락은 은금빛, 눈동자는 자수정빛이라고.'

이번만은 유론이 사실대로 말했다고 생각하면 지나친 희망일까? '어쩌면.' 실제로는 마맛자국투성이에 젖가슴이 무릎까지 늘어지는 칠칠치 못한 여자이고 그 '드래곤'들이란 소토리오스 늪지대에서 온 문신도마뱀에 지나지 않을 가능성이 높지만. '하지만 유론이 주장하는 그대로의 여자라면…….' 그들은 징검돌 군도의 해적들, 볼란티스의 뚱보 상인들에게서 대너리스 타르가르옌의 아름다움에 대해 들었다. 사실일 수도 있었다. 그리고 유론은 빅타리온에게 그 여자를 선물하려 하지 않았다. 자기가 직접 취하려 했다. '하인처럼 그 여자를 데려오라고 날 보냈지. 내가 직접 취한다면 얼마나 울부짖을까.' 선원들이 뭐라든 상관없었다. 전리품도 없이 서쪽으로 돌아가기엔 너무 멀리 항해해 왔고 너무 많은 것을 잃었다.

강철 함대장은 성한 손을 꽉 쥐었다. "내 명령이 수행되는지 살펴봐. 그리고 어느 구석에 숨었는지 학사 놈을 찾아서 내 선실로 보내라."

"예." 울프가 절뚝거리며 걸어갔다.

빅타리온 그레이조이는 뱃머리 쪽으로 몸을 돌리고 함대를 훑어보았다. 장선들이 바다를 메웠는데, 돛을 말고 노는 접어 넣고 닻을 내렸거나 하얀 모래사장에 올라가 있었다. '삼나무섬이라.' 그놈의 삼나무는 어디 있단 말인가? 보아하니 400년 전에 물속에 가라앉은 모양이었다. 빅타리온은 사냥해 신선한 고기를 얻으려고 열 차례도 넘게 바닷가에 올라갔는데, 삼나무 한 그루를 보지 못했다.

유론이 웨스테로스에서 붙여준 계집애 같은 학사는 이 섬이 과거에 '일백 전투의 섬'이라고 불렸다고 주장했지만, 그 전투에서 싸운 남자들은 몇 세기 전에 먼지가 되어 사라졌다. '이젠 원숭이섬이라고 불러야 마땅해.' 원숭이만이 아니라 돼지도 있었는데, 강철인들이 이제까지 본 야생 돼지 중에 제일 크고 제일 시커먼 것들과 덤불 속에서 꽥꽥대는 새끼 돼지들이 잔뜩이었고, 대담하게도 사람을 무서워하지 않았다. '하지만 이제 두려움을 배우고 있지.' 강철 함대의 식료품 저장고에는 훈제 햄과 염장 돼지고기, 베이컨이 가득해졌다.

그러나 원숭이들은…… 원숭이들은 역병이었다. 빅타리온은 부하들에게 그 악마 같은 짐승들을 배에 태우지 말라고 해두었건만, 그런데도 함대 절반에 원숭이가 우글거렸다. 심지어 그의 강철 승리호마저 그랬다. 지금도 돛 지지대를 옮겨 다니고 배에서 배로 건너뛰는 원숭이들을 볼 수 있었다. '내 손에 노궁만 있었어도.'

빅타리온은 이 바다도, 구름 한 점 없이 끝없이 펼쳐진 하늘도, 이글거리 며 그들의 머리를 때리고 맨발을 굽고도 남을 만큼 뜨겁게 갑판을 달구는 태양도 마음에 들지 않았다. 느닷없이 나타나는 것만 같은 폭풍도 마음에 들지 않았다. 파이크 주위 바다에도 폭풍은 자주 일었지만, 최소한 폭풍이 오는 냄새는 맡을 수 있었다. 이 남부 폭풍은 여자들 못지않게 변덕스러웠 다. 물 색깔마저 이상했다. 해안 가까운 곳은 일렁이는 청록색이었고, 멀리 나오면 검은색으로 보일 만큼 짙은 파란색으로 변했다. 빅타리온은 고향의 회녹색 바닷물과 하얀 포말, 솟아오르는 파도가 그리웠다.

삼나무섬도 마음에 들지 않았다. 사냥은 잘될지 몰라도 숲이 지나치게 초록색인데다 지나치게 조용했고, 뒤틀린 나무들과 그의 부하들이 한 번 도 보지 못한 기묘하고 화려한 꽃들이 가득했다. 게다가 함대가 닻을 내린 지점에서 5리 북쪽, 물에 가라앉은 벨로스의 무너진 궁전과 부서진 조각상 들 사이에는 뭔가 공포스러운 것이 도사리고 있었다. 지난번에 빅타리온이 뭍에서 하룻밤을 보냈을 때는 꿈자리가 어둡고 뒤숭숭했고, 깨어났을 때 는 입안에 피가 가득했다. 학사는 빅타리온이 자다가 혀를 씹었다고 했지 만, 그는 그것을 익사한 신이 보낸 신호라고, 여기에 너무 오래 머물다가는 제 피에 질식해 죽으리라는 경고라고 받아들였다.

파멸이 발리리아를 찾은 날, 물의 벽이 100미터를 솟아올랐다가 이 섬 위로 떨어지며 수만, 수십 만의 남자와 여자와 아이를 수장시켰다. 바다에 나가 있던 어부 몇 명과 섬에서 제일 높은 언덕 위 튼튼한 성에 배치되어 있던 벨로스 창병 한 줌을 제외하고는 이야기를 전할 사람도 남지 않았다했다. 그 창병들은 발아래 펼쳐진 산과 계곡이 다 거친 바다로 변하는 모습을 보았다. 삼나무 궁전과 분홍색 대리석으로 이름났던 아름다운 벨로스는 한순간에 사라져버렸다. 섬 북쪽 끝에서는 노예상 항구인 고자이의 유서 깊은 벽돌벽과 계단 피라미드들이 같은 운명을 겪었다.

'익사한 사람이 그리 많았다니, 거긴 익사한 신이 강하겠군.' 빅타리온은 셋으로 나눈 함대가 다시 모일 곳으로 그 섬을 골랐을 때 그렇게 생각했다. 하지만 그는 사제가 아니었다. 그가 거꾸로 해석한 거라면 어쩌나? 익사한 신이 격노해서 그 섬을 파괴했는지도 모른다. 아에론이라면 알았을지 모르지만, 젖은 머리는 강철 군도에 남아서 까마귀 눈과 그의 통치에 반대하는 설교를 하고 다니는 중이었다. '신실하지 않은 자는 해석좌에 앉을 수없다.' 그래봤자 왕과 같은 선장들은 킹스무트에서 유론의 이름을 외쳤고, 빅타리온과 다른 신실한 남자들을 제치고 유론을 뽑았다.

아침 태양이 바닷물에 반사되어 눈이 부실 만큼 밝게 물결쳤다. 빅타리온은 머리가 쿵쿵 울리기 시작했지만, 그게 태양 때문인지, 손 때문인지, 마음을 어지럽히는 의심 때문인지 알 수 없었다. 그는 공기가 서늘하고 어두운 선실로 내려갔다. 어스름 여인은 말하지 않아도 그가 뭘 원하는지 알았다. 빅타리온이 의자에 늘어지자 그녀는 수반에서 부드러운 젖은 천을 꺼내어 그의 이마에 올렸다. "좋아." 그는 말했다. "좋아. 이제 손."

어스름 여인은 대답하지 않았다. 유론이 빅타리온에게 주기 전에 혀를 잘랐기 때문이다. 빅타리온은 까마귀 눈도 그 여자와 잤다는 점을 의심하지 않았다. 그의 형은 그런 식이었다. '유론의 선물엔 독이 들어 있어.' 함대장은 어스름 여인이 배에 오른 날 스스로를 일깨웠었다. '유론이 남긴 건 원하지 않아.' 그때는 그 여자를 목 그어 바다에 던져서, 익사한 신에게 바치는 피의 희생물로 삼으려 했었다. 그런데 어쩌다 보니 그러질 못했다.

그 후로 그들은 먼 길을 왔다. 빅타리온은 어스름 여인에게 말을 할 수 있었다. 어스름 여인은 결코 말대꾸하려 하지 않았다. "비탄호가 마지막이야." 그는 여자가 장갑을 벗기는 동안 말했다. "나머지는 실종됐거나 침몰했거나 늦었어." 그는 여자가 왼손에 감긴 지저분한 붕대 밑에 칼끝을 밀어넣자 얼굴을 찡그렸다. "내가 함대를 쪼개지 말았어야 했다는 작자들이 있을 거야. 멍청이들. 우리에겐 아흔아홉 척이 있었어……. 세상 반대쪽 끝까지 몰고 가기엔 너무 큰 짐승이었다고. 다 같이 있었다면 빠른 배들이 느린 배들에게 발목 잡혔을 거야. 그리고 그렇게 많은 입을 먹일 식량을 어디서 찾아? 어떤 항구도 그렇게 많은 군선을 들이고 싶어 하진 않아. 어차피 폭풍이 우릴 흩어놨을 거고. 여름해에 쫙 흩어진 낙엽 꼴이었겠지."

그 대신 그는 대함대를 세 개로 쪼개어 각각 다른 항로로 노예상만까지 보냈다. 제일 빠른 배들은 붉은 랄프 스톤하우스에게 주어, 해적선들의 항로로 소토리오스 북쪽 해안을 따라 항해하게 했다. 그 무덥고 불타는 듯한 해안에서 썩어가는 죽은 도시들은 피하는 게 낫다는 걸 모르는 뱃사람이 없었지만, 도망친 노예들과 노예상, 사기꾼, 창녀, 사냥꾼, 얼룩덜룩한 사람들과 그보다 더한 자들이 우글거리는 바실리스크 제도의 진흙과 피로 이루어진 마을들에는 언제나 철로 값을 치르기를 두려워하지 않는 자들에게 내어줄 식량이 있었다.

더 크고, 무겁고, 느린 배들은 리스로 보내어 방패 군도에서 잡은 포로들, 그러니까 휴엣 공의 마을과 다른 섬들에서 데려온 여자들과 아이들을 죽느니 항복하기로 결정한 남자들과 함께 팔아치우게 했다. 빅타리온은 그런 약한 남자들에게 경멸밖에 품지 않았다. 그렇다 해도 그 거래는 쓴맛을 남겼다. 남자를 노비로 삼거나, 여자를 소금 아내로 삼는 것은 정당하고 적절한 일이었으나 그렇다고 사람이 돈으로 사고파는 염소나 닭은 아니었다. 그는 기꺼이 그 판매를 절름발이 랄프에게 맡겼고, 랄프는 번 돈으로 큰 배들에 동쪽으로 향하는 길고 느린 중간 항로를 위한 식량을 채웠다.

빅타리온이 맡은 배들은 분쟁 지역 해안을 따라가다가 볼란티스에서 식량과 와인과 민물을 싣고 남쪽으로 발리리아를 돌아 가기로 했다. 그게 동쪽으로 가는 제일 흔한 길이었고, 오가는 배도 제일 많아서 빼앗을 만한 전리품도, 폭풍이 왔을 때 피신하고 수리하고 필요하다면 저장고를 새로 채울 작은 섬들도 많았다.

"쉰네 척은 너무 적어." 그는 어스름 여인에게 말했다. "하지만 더는 못 기다려. 유일한 길이야." 그는 어스름 여인이 붕대를 떼어내면서 딱지를 같이 뜯자 끙 소리를 냈다. 드러난 살은 검에 베인 자리가 초록색과 검은색이 되어 있었다. "유일하게 해낼 길은 예전 라니스포트에서 했던 것처럼 모르는 사이에 노예상들을 급습하는 거야. 바다에서 덮쳐서 분쇄한 후에, 그 여자를 태워서 볼란티스 놈들이 도착하기 전에 집으로 달려가는 거지." 빅타리온은 겁쟁이가 아니었지만, 그렇다고 바보도 아니었다. 쉰네 척으로 300척을 상대할 순 없었다. "그 여자는 내 아내가 되고, 넌 그 여자 시녀가 되는 거야." 혀가 없는 시녀라면 비밀을 흘릴 염려가 없었다.

더 말할 수도 있었겠지만, 그때 도착한 학사가 쥐새끼처럼 소심하게 선실 문을 두드렸다. "들어와." 빅타리온은 외쳤다. "그리고 빗장 질러라. 왜 왔는지 알겠지."

"함대장님." 학사는 회색 로브와 작은 갈색 콧수염 때문에 생기기도 쥐새끼 같았다. '저런 수염을 기르면 더 남자다워 보일 줄 아나?' 이름은 커윈이었다. 아주 젊어서, 스물두 살이나 됐을까 말까 했다. "손을 봐도 되겠습니까?"

'멍청한 질문이군.' 학사들에겐 나름의 쓸모가 있었지만, 빅타리온은 이 커윈이란 놈에게 경멸밖에 느끼지 못했다. 매끈한 분홍색 뺨, 보드라운 두 손, 갈색 곱슬머리의 커윈은 대부분의 여자애들보다 더 여자애 같았다. 처음 강철 승리호에 탔을 때는 건방진 웃음도 짓고 있었는데, 징검돌 군도에 머물던 어느 밤에 건드려선 안 될 상대에게 웃음을 짓는 바람에 버튼 험블에게 맞아서 이가 네 개 빠졌다. 얼마 안 가 커윈은 함대장에게 기어 와서 선원 넷이 그를 선창으로 끌고 가서 여자처럼 범했다고 불평했다. "그런 일을 끝낼 방법은 여기 있다." 빅타리온은 둘 사이에 놓인 탁자에 단검을 던지며 말했었다. 커윈은 그 칼을 받아 갔지만, 그저 거절하기도 두려워서였던 듯, 한 번도 쓰지는 않았다.

"내 손 여기 있다." 빅타리온이 말했다. "얼마든지 봐라."

커윈 학사는 상처를 더 잘 들여다보기 위해 한쪽 무릎을 꿇었다. 개처럼 킁킁대며 냄새도 맡았다. "고름을 다시 짜야겠습니다. 색깔이……. 함대장님, 상처가 낫질 않습니다. 함대장님 손을 잘라야 할지도 모릅니다."

전에도 나눈 대화였다. "내 손을 자르면 네놈을 죽일 거다. 먼저 난간에 묶어놓고 선원들에게 네놈 엉덩이를 선물로 돌리고 나서. 치료나 잘해봐."

"아프실 겁니다."

"늘 그렇지." '인생이 고통이다, 이 멍청아. 익사한 신의 물속 궁전 말고는 즐거움은 어디에도 없어.' "째라."

남자로 생각하기엔 너무 말랑말랑하고 분홍색인 어린 학사는 단검 날을 함대장의 손바닥에 갖다 대고 그었다. 터져 나온 고름은 상한 우유처럼 걸쭉하고 누렜다. 어스름 여인이 그 냄새에 미간을 찌푸렸고, 학사는 구역질했으며, 빅타리온마저도 속이 울렁거렸다. "더 깊이 잘라. 다 빼내. 피가 나도록."

커윈 학사가 단검을 더 눌렀다. 이번에는 아팠지만, 고름만이 아니라 피도 솟아났다. 어찌나 색이 짙은지, 등불 빛에 시커메 보이는 피였다.

피는 좋았다. 빅타리온은 끙 소리로 치료를 허락했다. 그는 학사가 식초에 삶은 부드러운 천으로 상처 주위를 닦고 고름을 짜내고 처리하는 내내 꿈쩍도 하지 않고 앉아 있었다. 다 끝냈을 때쯤에는 수반에 담아두었던 깨끗한 물이 더껑이 앉은 수프 꼴이 되어 있었다. 그 꼴만 봐도 속이 메슥거릴 지경이었다. "그 오물 가지고 나가라." 빅타리온은 어스름 여인 쪽으로 고갯짓을 했다. "붕대는 저 여자가 감을 수 있어."

어린 학사가 달아난 후에도 악취는 남았다. 최근에는 악취에서 벗어날 수가 없었다. 학사는 신선한 공기와 햇빛이 있는 갑판 위에서 상처를 처치하는 게 더 좋다고 했지만, 빅타리온이 용납하지 않았다. 이건 선원들에게 보일 게 아니었다. 그들은 세상 반대편에, 강철 함대장이 녹슬어가는 모습을 보이기엔 너무 멀리 와 있었다.

왼손이 아직도 쑤셨다. 둔중한 통증이긴 해도 끈질겼다. 주먹을 꽉 쥐면 통증은 칼로 팔을 찌른 것처럼 날카로워졌다. '그냥 칼이 아니라 장검이야. 유령의 손에 잡힌 장검.' 그놈의 이름은 세리였다. 기사였고, 사우스실드의 후계자였다. '내가 그놈을 죽였는데, 무덤 저편에서 날 찌르고 있어. 내가 보낸 어딘지 모를 지옥의 뜨거운 심장부에서 내 손에 칼을 찔러 넣고 비틀고 있어.'

빅타리온은 그 싸움을 어제 일처럼 기억했다. 방패는 산산조각이 나서 팔에 쓸모없이 늘어져 있었기에, 세리의 장검이 번쩍이며 내려왔을 때 그는 손을 뻗어 검날을 잡았다. 그 애송이는 보기보다 강했다. 검날이 함대장이 손에 끼고 있던 가재갑과 그 속에 꼈던 장갑까지 살짝 가르고 손바닥을 베었다. '이쯤이야 새끼 고양이가 할퀸 자국이지.' 빅타리온은 나중에 스스로에게 그렇게 말했다. 상처를 씻어내고, 끓인 식초를 붓고, 붕대를 감은 뒤에는 통증은 사그라들 테고 손은 때가 되면 나으리라 믿으며 별생각 없이 지냈다.

그러나 상처는 계속 곪았고, 빅타리온은 세리의 장검에 독이 있었나 생각하는 지경에 이르렀다. 그렇지 않고서야 상처가 왜 낫질 않는단 말인가? 생각하면 화가 났다. 진정한 사나이라면 독으로 상대를 죽이지 않는다. 모트카일린의 늪에 사는 악마들은 그의 부하들에게 독화살을 쏘았지만, 그건 늪의 타락한 짐승들에게 어울리는 일이었다. 세리는 귀족으로 태어난 기사였다. 독은 비겁자와 여자, 도르네인이나 쓰는 무기였다.

"세리가 아니라면 누구지?" 그는 어스름 여인에게 물었다. "그 쥐새끼 같은 학사 놈이 하는 짓일 수도 있을까? 학사들은 주문이며 다른 속임수들을 알지. 내가 손을 자르게 해줬으면 하고 그런 수단을 써서 날 중독시키는지도 몰라." 생각하면 할수록 그럴싸했다. "그 한심한 놈을 나에게 준 건 까마귀 눈이야." 유론은 그린실드에서, 원래는 체스터 공을 섬기며 까마귀들을 돌보고 체스터 공의 자식들을 가르치거나, 아니면 아이들을 돌보고 까마귀들을 가르치던 커윈을 사로잡았다. 유론의 벙어리 하나가 마침 편리하게도 목에 걸린 사슬 목걸이를 잡고 학사를 질질 끌고 와서 강철 승리호에 태웠을 때 이 쥐새끼가 얼마나 찍찍댔던가. "이게 그놈의 복수라면, 사람 잘못 고른 거야. 까마귀들로 장난치지 못하게 그놈을 데려가야 한다고 주장한 건 유론이었어." 유론은 커윈이 항해 소식을 날려 보낼 수 있게 까마귀를 새장 세 개에 채워 줬지만, 새를 날리는 건 빅타리온이 금지했다. '까마귀 눈이야 안달을 내며 궁금해하라지.'

어스름 여인이 새 리넨 천으로 손바닥을 여섯 번 감았을 때, 롱워터 파이크가 선실 문을 쾅쾅 두드리며 비탄호의 선장이 포로를 하나 데리고 승선했다고 알렸다. "마법사를 데려왔답니다, 함대장. 바다에서 건져 올렸대요."

"마법사?" 익사한 신이 이런 세상 반대편까지 그에게 선물을 보내셨을까? 아에론이라면 알았을 것이다. 아에론은 바닷속에 있는 익사한 신의 장대한 물속 궁전을 보고 다시 살아난 사제였다. 빅타리온은 누구나 그래야 하듯 그의 신을 두려워했지만, 믿기는 강철을 믿었다. 그는 찌푸린 얼굴로 다친 손을 쥐었다 펴고는 장갑을 끼고 일어섰다. "그 마법사를 보여다오."

갑판 위에서 비탄호의 선장이 기다리고 있었다. 몸집이 작고, 못생긴 데다 털투성이인 그는 스파르 가문 태생이었다. 부하들은 그를 '들쥐'라 불렀다. "함대장." 그는 빅타리온이 나타나자 말했다. "이쪽은 모쿼로입니다. 익사한 신께서 우리에게 보내신 선물이죠."

그 마법사란 괴물 같은 남자로, 키는 빅타리온만큼 컸고 몸집은 두 배에 배가 바윗돌 같았으며, 얼굴 주위에 엉킨 새하얀 머리털은 사자 갈기 같았다. 피부는 새카맸다. 백조선을 타는 여름 군도인들 같은 갈색도 아니고, 도트락 기마전사들 같은 적갈색도 아니었으며, 어스름 여인의 피부 빛처럼 석탄과 흙이 섞인 빛깔도 아니라 새까맸다. 석탄보다 더 검고, 흑옥보다 더 검고, 까마귀 날개보다 더 검었다. '탔군.' 빅타리온은 생각했다. '살이 새까맣고 바삭하게 타서 연기를 올리며 뼈에서 떨어져 나갈 때까지 불에 구워진 남자처럼 탔어.' 그 남자를 새까맣게 만들어놓은 불은 아직도 두 뺨과 이마에서 춤을 추었고, 두 눈이 얼어붙은 화염 가면 사이로 밖을 내다보는 형상이었다. '노예 문신이로군.' 함대장은 생각했다. '악의 표야.'

"부러진 돛대에 매달려 있는 걸 찾았습니다." 들쥐가 말했다. "배가 가라앉고 열흘을 바다에서 떠돌았답니다."

"열흘을 물속에 있었다면 죽었거나, 소금물을 마셔서 미쳤을 텐데." 소금물은 성스러웠다. 젖은 머리 아에론과 다른 사제들이라면 소금물로 사람들을 축복하기도 하고, 신앙심을 고취하기 위해 가끔 한두 모금 삼키기도 하겠지만, 평범한 인간은 며칠씩 깊은 바다의 물을 마시면서 살아남을 수가 없었다. "네놈이 마법사라고 주장한다고?" 빅타리온은 포로에게 물었다.

"아니오, 함대장." 검은 남자는 공용어로 대답했다. 목소리가 어찌나 장중한지, 바다 밑바닥에서 올라오는 소리 같았다. "나는 빛의 군주 를로르의 보잘것없는 노예일 뿐이오."

'를로르. 그렇다면 붉은 사제로군.' 빅타리온은 외국 도시들에서 소위

성스러운 불을 돌보는 붉은 사제들을 본 적이 있었다. 화려한 비단과 벨벳, 양털로 만든 붉은 로브를 걸친 사제들. 이자는 굵은 두 다리에 빛바래고 소금물에 전 누더기를, 상반신에 너덜너덜 찢긴 옷을 걸쳤을 뿐이지만…… 그 누더기를 더 자세히 들여다보니 예전에는 붉은색이었을 것도 같았다. "분홍 사제로군." 빅타리온이 말했다.

"악마 사제." 짝귀 울프가 침을 뱉었다.

"로브에 불이 붙어서 끄려고 뱃전에서 뛰어내렸는지도 모르지." 롱워터 파이크의 말에 다들 웃음을 터뜨렸다. 심지어 원숭이들도 즐거워했다. 원숭이들이 머리 위에서 서로 깩깩대더니, 한 마리가 제 똥을 한 줌 집어 던져 갑판에 튀겼다.

빅타리온 그레이조이는 웃음소리를 불신했다. 그 소리를 들으면 언제나 이해하지 못하는 농담의 대상이 된 듯 불편한 기분이 들었다. 까마귀 눈 유론은 어렸을 때 빅타리온을 자주 놀렸다. 젖은 머리가 되기 전에는 아에론도 그랬다. 그들은 칭찬인 척 조롱할 때도 많았고, 때로는 빅타리온이 조롱당하고 있다는 걸 깨닫지 못한 적도 있었다. 나중에 웃음소리를 듣고서야 알았고, 그러고 나면 분노가 찾아왔다. 목구멍 안쪽에서 부글부글 끓는 분노의 맛에 질식할 것만 같았다. 지금 원숭이들에 대해 느끼는 기분도 그랬다. 놈들의 장난에 선원들은 크게 웃고 소리 지르고 휘파람을 불었지만, 함대장의 얼굴에는 웃음 한 점 떠오르는 법이 없었다.

"우리에게 저주를 불러오기 전에 익사한 신께 내려보내죠." 버튼 험블이 부추겼다.

"배가 가라앉았는데 혼자 잔해에 매달려 있었다니." 짝귀 울프가 말했다. "선원들은 어디 있대? 저놈이 악마들을 불러내어 먹어치운 건가? 그 배는 어떻게 된 거야?"

"폭풍이었소." 모쿼로가 가슴팍에 팔짱을 꼈다. 주위를 둘러싼 남자들 모두가 죽음을 외치는데도 겁먹지 않은 것 같았다. 원숭이들조차도 이 마법사는 좋아하지 않는 듯했다. 꽥꽥거리면서 머리 위 밧줄에서 밧줄로 뛰어다녔다.

빅타리온은 망설였다. '이놈은 바다에서 나왔어. 우리가 찾아내게 하려던 게 아니고서야. 익사한 신께서 이놈을 왜 밀어 올리셨겠어?' 형 유론은 애완 마법사들을 두고 있었다. 어쩌면 익사한 신이 빅타리온도 마법사를 하나 두라고 하는지도 몰랐다. "왜 이놈이 마법사라는 거냐?" 그는 들쥐에게 물었다. "내 눈엔 남루한 붉은 사제밖에 안 보이는데."

"저도 함대장님과 같은 생각이었는데…… 이놈이 이것저것 알아요. 아무도 말해줬을 리가 없는데 우리가 노예상만으로 간다는 것도 알고, 함대장님이 여기, 이 섬 끝에 있을 것도 알았어요." 작달막한 남자가 머뭇거렸다. "함대장, 이놈이…… 이놈이 자기를 데려가지 않으면 함대장이 죽을 거랬어요."

"내가 죽을 거라고?" 빅타리온이 코웃음을 쳤다. '이놈 목을 그어서 바다에 던져버려.' 그렇게 말하기 직전이었는데, 욱신거리던 다친 손의 통증이 팔꿈치까지 찌르고 올라왔고, 그 아픔이 어찌나 심한지 하려던 말이 목구멍에서 담즙으로 변해버릴 정도였다. 그는 비틀거리다가 난간을 잡고 겨우 쓰러지기를 피했다.

"저 마법사가 함대장을 저주했어." 누군가의 목소리가 말했다.

다른 남자들이 이어받아 외쳤다. "저놈 목을 그어라! 우리에게 악마들을 불러오기 전에 죽여버려!" 롱워터 파이크가 제일 먼저 비수를 뽑았다. "안돼!" 빅타리온이 외쳤다. "물러서! 모두 다. 파이크, 칼 집어넣어라. 들쥐, 넌 배로 돌아가. 험블, 마법사 데리고 내 선실로 와라. 나머지는 하던 일 해." 잠깐이지만 다들 그의 명령에 복종할지 확신이 없었다. 그들은 투덜거리며 서 있었고, 반 정도는 칼을 쥐고 결단의 순간을 기다리는 듯 서로를 쳐다보았다. 원숭이 똥이 사방에 쏟아졌다. 철퍽, 철퍽, 철퍽. 그래도 빅타리온이 마법사의 팔을 잡고 문 쪽으로 끌고 가기 전까지는 아무도 움직이지 않았다.

빅타리온이 함대장 선실 문을 열자, 어스름 여인이 고요히 미소 짓는 얼굴로 그에게 돌아서더니…… 옆에 선 붉은 사제를 보자 입술이 말려 올라가고 이를 드러내며 뱀처럼 쉭 소리를 내어 분노를 표출했다. 빅타리온은 손등으로 여자를 쳐서 갑판에 쓰러뜨렸다. "조용히 해라, 여자. 우리 둘에게 와인." 그는 검은 남자를 돌아보았다. "들쥐 말이 사실이냐? 네가 내 죽음을 봤다고?"

"그것도 보고, 다른 것도 더 봤소."

"어디에서? 언제? 내가 전투에서 죽나?" 그는 멀쩡한 손을 폈다 쥐었다. "나에게 거짓말을 하면 멜론처럼 네놈 머리통을 쪼개어 원숭이들에게 뇌를 먹일 테다."

"함대장의 죽음은 지금 우리와 같이 있소. 손을 주시오."

"내 손. 내 손에 대해 뭘 알지?"

"밤불 속에서 당신을 보았소, 빅타리온 그레이조이. 당신은 거대한 도끼에서 피를 뚝뚝 떨어뜨리며 격하고 험악한 불길을 뚫고 걷지만, 당신의 손목과 목과 발목을 잡은 촉수들, 당신을 춤추게 만드는 검은 끈들은 보지 못하지."

"춤?" 빅타리온은 발끈했다. "네놈의 밤불이 거짓말을 했군. 난 춤을 추는 남자가 아니고, 누구의 꼭두각시도 아니야." 그는 장갑을 벗고 다친 손을 사제의 얼굴 앞에 내밀었다. "옛다. 이걸 원한 건가?" 새로 감은 리넨 천이 벌써 피와 고름에 물들어 있었다. "나에게 이 상처를 입힌 남자는 방패에 장미가 그려져 있었지. 난 그 가시에 손을 긁혔고."

"아무리 작게 긁힌 상처라도 치명적일 수 있소. 허락한다면 내가 치료하겠소, 함대장. 칼이 하나 필요하오. 은이면 제일 좋겠지만, 철이라도 될 거요. 청동도 괜찮고. 불은 피워야 하오. 아플 거요. 한 번도 겪지 못한 끔찍한 아픔일 거요. 하지만 치료가 끝나면 당신은 손을 되찾을 것이오."

'마법사 나부랭이들은 다 똑같아. 쥐새끼도 아플 거라고 경고했지.' "난 강철이다, 사제. 통증 따윈 웃어넘기지. 네 요구대로 해주지…… 하지만 실패해서 내 손이 낫지 않으면, 내가 직접 네놈의 목을 그어 바다에 던지겠다."

모쿼로는 검은 눈을 반짝이며 허리를 굽혔다. "그러시오."

강철 함대장은 그날 모습을 다시 보이지 않았지만, 몇 시간이 흐른 후 강철 승리호의 선원들은 함대장실에서 새어 나오는 거친 웃음소리를 들었다고 전했다. 낮고 어둡고 미친 듯한 웃음소리였고, 롱워터 파이크와 짝귀 울프가 선실 문을 열려고 해보니 빗장이 질러 있었다. 나중에는 노래가 들렸는데, 학사가 고급 발리리아어라고 한 언어로 부르는 이상하고 높게 우는 듯한 노래였다. 그 노래가 울려 퍼지자 원숭이들은 새된 소리를 지르며 배를 떠나 물속으로 뛰어들었다.

해 질 녘이 되어 바다가 잉크처럼 새까맣게 변하고 부풀어 오른 태양이 하늘을 짙은 핏빛으로 물들이자 빅타리온이 갑판 위로 돌아왔다. 그는 상반신을 벗고 있었고, 왼팔은 팔꿈치까지 피투성이였다. 선원들이 수군대고 눈짓을 나누며 모여들자, 그는 새까맣게 탄 손을 들어 올렸다. 학사를 가리키는 손가락에서 시커먼 연기가 피어올랐다. "저놈. 저놈 목을 그어 바다에 던지면, 바람이 미린까지 내내 우리를 위해 불 거다." 모쿼로가 불 속에서 본 바였다. 모쿼로는 그 여자가 결혼하는 모습도 봤다지만, 무슨 상관이란 말인가? 빅타리온 그레이조이가 과부로 만든 여자가 없었던 것도 아닌데.

티리온

치료사는 중얼중얼 인사치레를 하며 천막에 들어왔다가, 악취를 한 번 맡고 예잔 조 카가즈를 한 번 보더니 종지부를 찍었다. "하얀 암말이네." 그는 스위츠에게 말했다.

'놀랍기도 해라.' 티리온은 생각했다. '누가 짐작할 수 있었겠어? 코가 달린 누구나와 반쪽 코인 나 빼고?' 예잔은 열이 펄펄 끓는 채, 자기가 싸지른 오물 웅덩이에서 발작적으로 뒹굴고 있었다. 그가 싼 똥은 피가 섞인 갈색 진창이 되었고⋯⋯ 누런 엉덩이를 깨끗하게 닦는 일은 욜로와 페니에게 떨어졌다. 그들의 주인은 도움을 받아도 자기 몸을 들어 올리지 못했다. 한쪽으로 돌아눕는 데에도 안간힘을 써야 했다.

"내 기술은 여기에 쓸모가 없겠어." 치료사가 선언했다. "고귀한 예잔의 목숨은 신들의 손에 달렸네. 할 수 있다면 계속 몸을 식혀주게. 그게 도움이 된다는 사람도 있더라고. 물도 가져다줘." 하얀 암말에 걸린 사람들은 늘 갈증에 시달리며, 설사를 싸는 사이사이 몇 갤런의 물을 들이켰다. "깨끗하고 신선한 물로, 마시고 싶어 하는 만큼."

"강물은 안 되겠네요." 스위츠가 말했다.

"절대 안 되지." 치료사는 그 말만 남기고 달아났다.

'우리도 달아나야 해.' 티리온은 생각했다. 그는 황금 목걸이를 차고, 한 걸음 걸을 때마다 경쾌한 종소리를 울리는 노예였다. '예잔의 특별한 보물 중 하나지. 사형 선고와 다를 바 없는 명예야.' 예잔 조 카가즈는 귀염둥이들을 가까이 두기를 좋아했기에, 예잔이 병들자 수발하는 일도 욜로와 페니와 스위츠와 다른 보물들에게 떨어졌다.

'불쌍한 늙은 예잔.' 이 지방 덩어리 귀족은 주인으로서 그리 나쁘지 않았다. 스위츠 말대로였다. 티리온은 밤마다 벌어지는 연회에서 술을 따르며 곧 예잔이 융카이 귀족 중에서 미린과의 평화를 지지하는 자들의 선봉에 서 있음을 알게 되었다. 다른 귀족 대부분은 볼란티스 군대가 도착하기를 기다리며 시간을 벌고 있을 뿐이었다. 몇 명은 즉시 도시를 공격하고 싶어 했는데, 기다렸다간 볼란티스인들이 그들의 영광과 제일 좋은 약탈품을 빼앗아 갈까 봐 그랬다. 예잔은 그쪽에 끼지 않았다. 용병 핏빛 수염의 제안처럼 미린의 인질들을 투석기에 실어 돌려보내는 데에도 찬성하지 않았다.

하지만 이틀이면 많은 게 바뀔 수 있다. 이틀 전만 해도 보모는 정정하고 건강했다. 이틀 전만 해도 예잔은 하얀 암말의 유령 발굽 소리를 듣지 못했었다. 이틀 전만 해도 볼란티스의 함대는 이틀 더 먼 곳에 있었다. 그리고 지금은······.

"예잔이 죽을까요?" 페니가 '제발 아니라고 해줘' 하는 목소리로 물었다.

"우리 모두 죽게 돼 있지."

"이질로 죽겠느냐는 말이에요."

스위츠가 간절한 눈으로 그들 둘을 보았다. "예잔이 죽으면 안 돼." 양성구유자는 거대한 주인의 이마를 쓰다듬으며 땀에 젖은 머리카락을 걷어냈다. 융카이 귀족이 신음하더니, 다리를 따라 또 갈색 물이 쏟아졌다. 침대가 얼룩지고 악취를 풍겼지만, 그 거대한 몸을 옮길 방법이 없었다.

"죽을 때 노예들을 해방시켜주는 주인들도 있는데." 페니가 말했다.

스위츠가 킥킥거렸다. 음산한 소리였다. "제일 아끼는 노예들만이지. 세상의 괴로움에서 해방시켜주는 거야. 사랑하는 주인님을 따라 무덤까지 들어가서 내생에도 모시라고."

'스위츠는 알겠지. 저자가 제일 먼저 목이 따일 거야.'

염소 소년이 입을 열었다. "은빛 여왕은—"

"여왕은 죽었어." 스위츠가 주장했다. "잊어버려! 드래곤이 강 건너로 데려갔어. 여왕은 거기 도트락의 바다에 빠져 죽었을 거야."

"풀에는 못 빠져 죽어." 염소 소년이 말했다.

"우리가 해방된다면, 여왕님을 찾을 수 있어요." 페니가 말했다. "아니, 찾아 나설 수는 있어요."

'넌 개를 타고 난 돼지를 타고, 드래곤을 쫓아 도트락의 바다를 달리는 거지.' 티리온은 웃음을 참으려 흉터를 긁었다. "그 드래곤이라면 이미 구운 돼지를 좋아한다는 점을 분명히 드러냈잖아. 구운 난쟁이는 두 배로 맛있을 테고."

"그냥 소원해본 거예요." 페니가 아쉬운 듯 말했다. "배를 타고 떠날 수도 있어요. 이젠 전쟁이 끝났으니 배가 다시 다니죠."

'그런가?' 티리온은 의심스러웠다. 양피지에 서명은 됐을지 몰라도, 전쟁이 양피지 위의 싸움은 아니었다.

"콰스로 항해할 수 있을 거예요." 페니가 말을 이었다. "오빠가 언제나 그랬는데, 거긴 길을 보석으로 깔았대요. 거기 도시 벽은 세상의 대단한 경이 중 하나예요. 콰스에서 공연하면 금화 은화가 비처럼 쏟아질 거예요. 두고 봐요."

티리온은 페니에게 상기시켰다. "저기 만에 뜬 배 중 몇 척은 콰스 거야.

로마스 롱스트라이더가 콰스 벽을 봤는데, 난 그 사람이 쓴 책으로 만족해. 동쪽으로 이 정도 왔으면 됐어."

스위츠가 젖은 천으로 예잔의 열에 들뜬 얼굴을 닦았다. "예잔은 꼭 살아야 해. 아니면 우리 모두 같이 죽어. 하얀 암말도 태우는 사람을 다 데려가진 않아. 주인님은 회복할 거야."

뻔한 거짓말이었다. 예잔이 하루라도 더 살면 놀라운 일이었다. 티리온이 보기에 이 지방 덩어리 귀족은 소토리오스에서 걸린 끔찍한 병으로 이미 죽어가고 있었다. 지금 증상은 끝을 앞당길 뿐이었다. '사실 자비나 다름없지.' 하지만 티리온이 갈망할 법한 자비는 아니었다. "치료사가 신선한 물이 필요하댔지. 우리가 구해 올게."

"착하구나." 스위츠는 멍한 목소리였다. 목이 잘릴 거라는 두려움 때문만은 아니었다. 예잔의 보물 중에서 유일하게 스위츠만이 정말로 그 거대한 주인을 좋아하는 것 같았다.

"페니, 같이 가자." 티리온은 천막 문을 젖히고 페니를 재촉해서 뜨거운 미린의 아침으로 걸어 나갔다. 공기가 찌는 듯 후덥지근했지만, 그래도 예잔의 호화로운 천막 안을 꽉 채운 땀과 똥과 병 냄새에서 한숨 돌리니 반가웠다.

"물이 주인게 도움이 될 거예요." 페니가 말했다. "치료사가 그랬으니까, 꼭 그럴 거예요. 달고 시원한 물이요."

"달고 시원한 물이 보모는 돕지 못했어." '가엾은 늙은 보모.' 예잔의 병사들은 어젯밤 해 질 녘에 보모를 시체 마차에 던져 넣었다. 하얀 암말의 또 다른 희생자였다. 사람이 시시각각 죽어 나가면 아무도 한 명 더 죽었다고 신경을 크게 쓰지 않는 데다, 보모 같은 혐오의 대상이면 더 그랬다. 보모가 경련하기 시작하자 예잔의 다른 노예들은 아무도 이 감독관 근처에 가지 않으려 했기에, 그의 몸을 따뜻하게 해주고 마실 것을 주는 건 티리온 몫이 됐다. '물을 탄 와인과 레몬수, 버섯을 조금 넣은 뜨끈한 개 꼬리 수프. 쭉 마셔, 보모. 네 엉덩이에서 나간 똥물을 대체할 수분이 필요해.' 보모가 한 마지막 말은 "아니야"였다. 보모가 들은 마지막 말은 "라니스터 는 언제나 빚을 갚아"였다.

티리온은 그 사실을 페니에게 숨겼지만, 주인에 대해서는 상황이 어떻게 돌아갈지 페니도 알아야 했다. "예잔이 살아서 해가 뜨는 걸 본다면 내가 놀라서 기절하겠다."

페니가 그의 팔을 움켜잡았다. "우린 어떻게 될까요?"

"상속인이 있잖아. 조카들." 조카 네 명이 노예 병사들을 지휘하겠다고 융카이에서 예잔과 함께 왔다. 하나는 돌격대로 나온 타르가르엔 용병에 게 죽었다. 나머지 셋이 노란 고래의 노예들을 나눠 가질 것이다. 세 조카 중에 예잔처럼 불구와 괴물, 기형을 좋아하는 사람이 있을지는 알 수 없었 다. "그중 하나가 우리를 물려받을 수 있어. 아니면 다시 경매대에 올라가게 될 수도 있지."

"안 돼." 페니의 눈이 커졌다. "그건 안 돼요. 제발."

"나도 그런 전망이 달갑진 않아."

몇 미터 떨어진 데서 예잔의 노예 병사 여섯이 바닥에 쪼그리고 앉아 뼈 를 던져 게임을 하며 와인 부대를 돌리고 있었다. 한 명은 스카(Scar, 흉터) 라고 불리는 하사관이었는데, 돌덩이처럼 매끈한 머리통에 황소 같은 어깨 를 지닌 성질 사나운 남자였다. '딱 황소만큼만 똑똑하고.' 티리온은 생각 했다.

티리온은 뒤뚱뒤뚱 그쪽으로 걸어가서 외쳤다. "스카. 고귀한 예잔께 시 원하고 깨끗한 물이 필요해. 두 사람 데려가서 들고 올 수 있는 한 많은 물 동이를 가지고 돌아와. 빨리 해."

병사들이 게임을 멈췄다. 스카가 이맛살을 찌푸리며 일어섰다. "뭐라고 했냐, 난쟁이? 네가 뭐라도 되는 줄 알아?"

"내가 누군지 알잖아. 욜로야. 우리 주인님의 보물이지. 이제 시키는 대로 해."

병사들이 웃음을 터뜨렸다. "어서 가, 스카." 한 명이 놀려댔다. "얼른 해야지. 예잔의 원숭이가 명하시는데."

"넌 병사들에게 이래라저래라 할 수 없어." 스카가 말했다.

"병사들이라니?" 티리온은 어리둥절한 척했다. "내 눈엔 노예들만 보이는데. 너희도 목에 나와 똑같은 목걸이를 찼잖아."

그는 스카가 손등으로 후려치는 바람에 입술에서 피를 흘리며 바닥에 쓰러졌다. "예잔의 목걸이다. 네놈 게 아니라."

티리온은 터진 입술의 피를 손등으로 닦아냈다. 일어나려고 했더니 한쪽 다리가 풀려서, 비틀거리다가 다시 무릎을 꿇고 말았다. 페니의 부축을 받아서야 겨우 일어날 수 있었다. "스위츠가 주인님에게 물이 필요하다고 했어." 그는 최선을 다해 징징거렸다.

"스위츠는 저 꼴리는 대로 뒹굴라고 해. 애초에 혼자 다 할 수 있는 몸 아냐. 우린 그 괴물에게도 명령 같은 거 안 받아."

'그렇겠지.' 티리온은 생각했다. 노예 사이에도 귀족과 농노가 있다는 사실을 그는 빨리 배웠다. 양성구유의 스위츠는 오랫동안 주인의 특별한 애완동물로 총애받으며 제멋대로 굴었고, 고귀한 예잔의 다른 노예들은 그 점 때문에 스위츠를 미워했다.

병사들은 주인과 감독관에게 명령을 받는 데 익숙했다. 그러나 보모는 죽었고 예잔은 너무 아파서 후계자도 지명하지 못했다. 세 조카로 말하자면, 이 용감한 자유인들은 하얀 암말의 발굽 소리가 들리자마자 어딘가 다른 곳에 급한 일이 있다는 걸 기억해냈다.

"무, 물." 티리온이 몸을 굽실거리며 말했다. "치료사가 강물은 안 된댔어.

깨끗하고 시원한 우물물이어야 해."

스카가 그르렁거렸다. "너희가 해. 빨리 떠 와."

"우리가?" 티리온은 페니와 어찌할 바를 모르는 눈빛을 주고받았다. "물은 무거워. 우린 너희처럼 힘이 세지가 않다고. 그러면…… 그러면 노새 수레를 가져가도 될까?"

"두 다리로 해."

"그랬다간 열 번은 오가야 할 텐데."

"백 번 왔다 갔다 하든가. 알 게 뭐야."

"겨우 우리 둘이서…… 우린 주인님에게 필요한 물을 다 떠 올 수가 없어."

"너희 곰을 데려가." 스카가 제안했다. "물 떠 오기야말로 그놈에게 딱이네."

티리온은 물러섰다. "말씀대로 합죠, 대장."

스카가 히죽 웃었다. '아, 대장이라는 말을 좋아하는군.' "모고, 열쇠 챙겨. 난쟁이, 동이 채워서 바로 돌아와라. 탈출하려는 노예들이 어떻게 되는지 알지."

"동이 가져와." 티리온은 페니에게 말하고, 우리에 갇힌 조라 모르몬트 경을 데리러 모고를 따라갔다.

기사는 예속된 생활에 잘 적응하지 못했다. 곰 역할을 맡아서 아름다운 처녀를 지고 가라고 했더니 뚱하니 비협조적으로 굴었고, 마지못해 그들의 연극에 참여해서는 활력 없이 발을 질질 끌고 다녔다. 탈출을 시도하지도 않았고 폭력을 행사하지도 않았지만, 명령을 내리면 무시하거나 욕설을 중얼거릴 때가 많았다. 보모는 어느 하나 달가워하지 않았고, 모르몬트를 쇠 우리에 가두고 노예상만에 해가 저물 때마다 때림으로써 그 감정을 분명하게 드러냈다. 기사는 두들겨 맞는 것도 조용히 감내했다. 들리는 소리라 곧 모르몬트를 때리는 노예들이 중얼대는 욕설과 곤봉이 이미 멍 들고 엉망이 된 살을 내리치는 턱, 턱 소리뿐이었다.

'저 남자는 껍데기뿐이야.' 티리온은 처음 그 덩치 큰 기사가 두들겨 맞는 모습을 보았을 때 생각했다. '내가 입 다물고 자리나가 데려가게 뒀어야 했어. 그 편이 지금보다는 친절한 운명이었을 거야.'

모르몬트는 양쪽 눈에 다 시커멓게 멍이 들고, 등에는 피딱지가 앉은 몰골로 등을 굽히고 실눈을 뜬 채 비좁은 우리에서 나왔다. 얼굴이 어찌나 심하게 멍 들고 부어올랐는지 사람처럼 보이지 않을 지경이었다. 허리에 두른 지저분한 노란 걸레짝 말고는 입은 것도 없었다. "저것들을 도와서 물을 날라 와." 모고가 말했다.

조라 경은 뚱한 눈으로 쳐다보기만 했다. '어떤 사람은 노예로 사느니 자유인으로 죽는 게 낫다고 여기겠지.' 다행히도 티리온 자신은 그런 심적 고통을 겪지 않았지만, 모르몬트가 모고를 살해한다면 다른 노예들이 그들을 구별하지 않을지 몰랐다. "가자." 그는 기사가 뭔가 용감하고 멍청한 짓을 저지르기 전에 말했다. 그리고 뒤뚱뒤뚱 걸어가면서 모르몬트가 따라오기를 빌었다.

이번만은 신들이 자비를 베푸셨다. 모르몬트가 따라왔다.

페니는 동이 두 개, 티리온도 두 개, 그리고 조라 경 몫으로는 한 손에 두 개씩 네 개였다. 제일 가까운 우물은 '마귀할멈' 투석기 남서쪽에 있었으므로 그들은 걸음걸음 목걸이에 달린 종을 명랑하게 울리며 그쪽으로 출발했다. 아무도 그들에게 관심을 두지 않았다. 그들은 주인을 위해 물을 길으러 가는 노예들에 불과했다. 노예 목걸이에도 좋은 점은 있었고, 예잔 조카가즈의 이름이 박힌 금도금 목걸이는 더 그랬다. 짤랑거리는 종소리는 귀가 있는 사람 누구에게나 그들의 가치를 알렸다. 노예는 오직 그 주인만큼만 중요한 법이었고, 예잔은 노란 도시에서 제일 부유한 남자였으며, 비록 거대한 노란 벌레처럼 보이고 오줌 냄새를 풍기긴 해도 이 전쟁에 노예 병사 600명을 데려왔다. 그의 이름이 박힌 목걸이는 숙영지 안 어디든 갈 수 있는 통행증이었다.

'예잔이 죽을 때까지는 말이지.'

'철컹이 나리들'이 제일 가까운 들판에서 노예 병사들을 훈련시키고 있었다. 그들이 장창을 들고 모래밭을 발맞추어 행진하여 진형을 만들자, 그들을 하나로 묶는 쇠사슬이 듣기 싫은 쇳소리를 냈다. 또 다른 곳에서는 노예들 여러 무리가 망고넬 투석기와 전갈석궁 아래에 돌과 모래로 경사로를 쌓아, 검은 드래곤이 돌아왔을 때 숙영지를 더 방어하기 좋게 하늘 쪽으로 각도를 바꾸고 있었다. 그들이 무거운 공성무기들을 기울이느라 애쓰며 땀 흘리고 욕하는 모습을 보자 티리온은 미소가 나왔다. 노궁도 많이 보였다. 둘 중 하나는 허리춤에 가득 찬 화살통을 달고 노궁을 잡고 있었다.

혹시 누군가 티리온에게 물어봤다면, 괜한 수고 하지 말라고 해줄 수 있었을 것이다. 전갈석궁으로 쏘는 긴 쇠살이 눈을 정확히 맞히지 않는 한, 여왕의 애완동물이 그런 장난감에 격추될 가능성은 없었다. '드래곤을 죽이기가 그렇게 쉬울 리가 있나. 저런 걸로 간지럽혔다간 화만 돋울걸.'

드래곤의 가장 약한 부분이 눈이었다. 눈, 그리고 눈 뒤쪽에 자리 잡은 뇌. 몇몇 옛날이야기와 달리 하복부는 약점이 아니었다. 배 쪽의 비늘도 등이나 옆구리 비늘과 똑같이 튼튼했다. 목구멍 안도 소용없었다. 그건 미친 짓이었다. 드래곤슬레이어가 되고 싶어 하는 여기 군인들은 창을 찔러 불을 끄려는 것이나 다름없었다. 바스 성사는 《괴이한 역사》에서 이렇게 썼다. "드래곤의 입은 죽음을 내보내는 곳이지만, 죽음이 들어가는 곳은 아니다."

더 걸어가자 신기스에서 온 두 개 군단이 방패벽을 만들어 맞서는 동안, 말 털 깃이 달린 철제 반투구를 쓴 하사관들이 이해하기 힘든 그들만의 언어로 명령을 외쳐대고 있었다. 그냥 보기에는 기스카인들이 융카이 노예병사들보다 막강해 보였지만, 티리온은 그것도 의심스러웠다. 신기스 군단이 거세병단과 똑같이 무장하고 조직되었을지는 몰라도…… 거세병들은 다른 삶을 모르는 반면, 기스카인들은 3년 복무하는 자유 시민들이었다.

우물 앞에 줄이 400미터는 늘어서 있었다.

미린에서 하루 거리에는 우물이 몇 개 없었기에, 기다리는 줄은 언제나 길었다. 융카이군 대부분은 스카하자단강에서 마실 물을 길었는데, 치료사가 경고하기 이전에도 티리온은 매우 잘못된 생각이라는 것을 알았다. 영리한 사람들은 그나마 변소 상류에서만 떴지만, 그래봤자 도시보다는 하류였다.

도시에서 하루 거리에 괜찮은 우물이 남아 있다는 사실 자체가 대너리스 타르가르옌이 아직도 포위전에 대해 무지하다는 증거였다. '우물은 다 독을 풀었어야지. 그랬다면 모든 융카이인이 강에서 물을 떠다 마실 텐데. 그럼 포위전이 얼마나 가겠냐고.' 티리온의 아버지라면 그렇게 했을 것이 분명했다.

줄이 줄어들고 앞으로 발을 끌고 이동할 때마다 목걸이에 달린 종이 짤랑짤랑 울렸다. '참 행복한 소리야. 들을 때마다 손가락으로 누군가의 눈알을 파내고 싶어져.' 지금쯤 그리프와 오리와 반쪽 학사 할돈은 어린 왕자와 같이 웨스테로스에 도착했으리라. '나도 그쪽에 같이 있어야 했는데……. 아니, 난 창녀를 품어야만 했어. 친족 살해로도 부족해서, 여자와 술로 내 패망을 마무리해야만 했지. 그래서 이제 난 작은 금종이 내가 간다는 걸 알리는 노예용 목걸이를 달고 세상 반대편에 와 있어. 춤만 제대로 춘다면 종소리로 〈카스타미어에 내리는 비〉를 연주할 수도 있겠어.'

우물 주변만큼 최신 소식과 소문을 듣기 좋은 곳은 없었다. "난 내가 뭘 봤는지 알아." 티리온과 페니가 발을 끌고 앞으로 움직이는데 녹슨 쇠목걸이를 단 늙은 노예 하나가 말했다. "난 드래곤이 사람 팔다리를 뜯어내고, 사람을 반으로 찢고, 재와 뼈만 남도록 불태우는 걸 봤어. 사람들이 투기장에서 빠져나가려고 달리기 시작했지만, 난 볼거리를 찾아간 몸이라, 기스의 모든 신들에게 맹세코 대단한 볼거리를 봤다네. 나야 높이 자주색 자리에 있었으니까, 드래곤이 나까지 괴롭힐 것 같진 않았거든."

"여왕님이 그 드래곤 등에 올라타고 날아갔어." 키 큰 갈색 여자가 주장했다.

"그러려고는 했지." 노인이 말했다. "하지만 매달려 있진 못했어. 노궁 화살이 드래곤에게 상처를 입혔는데, 여왕님도 그 아름다운 분홍색 젖무덤 사이 한가운데에 한 발 맞았다고 들었네. 그래서 떨어졌지. 여왕님은 도랑에 떨어져서, 마차 바퀴에 깔려 죽었어. 여왕님이 죽는 걸 본 남자를 아는 여자애를 내가 알아."

여기에서는 침묵하는 편이 지혜로웠지만, 티리온은 참지 못하고 말했다. "시신은 발견되지 않았어."

노인이 얼굴을 찌푸렸다. "네놈이 뭘 안다고 그래?"

"쟤들도 거기 있었어." 갈색 여자가 말했다. "걔네들이야. 여왕님을 위해 마상시합을 했던 그 난쟁이들."

노인은 티리온과 페니를 처음 본다는 듯 눈을 가늘게 뜨고 내려다보았다. "돼지를 타던 녀석들이구나."

'우리의 악명이 이렇게 널리 퍼졌군.' 티리온은 정중하게 절하는 시늉을 하며, 둘 다 돼지가 아니라 하나는 개라는 사실을 지적하고 싶은 마음을 참았다. "내가 타는 돼지는 사실 내 누이인데 말이지. 코가 같은데 몰라보시려나? 마법사가 내 누이한테 주문을 걸었는데, 아주 진하게 입을 맞춰주면 아름다운 여자로 변신할 거요. 안타까운 건, 정작 내 누이를 알게 되면 다시 입을 맞춰서 돼지로 돌려놓고 싶어질 거란 사실이지."

사방에서 웃음소리가 일었다. 심지어 그 노인마저도 웃었다. "그러면 봤겠네요." 뒷줄에 서 있던 붉은 머리 소년이 말했다. "여왕을 봤겠어요. 진짜 소문대로 아름다워요?"

'토카를 휘감은 은빛 머리의 날씬한 소녀를 봤지.' 그렇게 말할 수도 있었다. '얼굴은 베일에 가려져 있었고, 제대로 볼 만큼 가까이 가진 못했어. 난 돼지를 타고 있었거든.' 대너리스 타르가르옌은 칸막이석에서 기스카인 남편 옆에 앉아 있었지만, 티리온은 그 뒤에 선 흰색과 금색 갑옷 차림의 기사에게 눈길이 갔다. 이목구비가 가려져도 티리온은 어디에서든 바리스탄 셀미를 알아볼 수 있었다. '적어도 그 부분은 일리리오 말이 맞았어.' 그렇게 생각한 기억이 났다. '하지만 셀미가 날 알아볼까? 그리고 알아본다면 어떻게 할까?'

그 자리에서 정체를 드러낼 뻔했지만, 왠지 그러지 못했다. 조심성이었는지, 겁먹어서였는지, 본능이었는지, 뭐라고 불러도 좋다. 그는 대담한 바리스탄이 적개심 없이 그를 맞이하는 모습을 상상할 수 없었다. 바리스탄 셀미는 소중한 킹스가드에 제이미가 들어가는 것도 찬성하지 않았다. 그 노기사는 반란이 일어나기 전에는 제이미가 너무 어리고 경험이 없다 여겼고, 반란 후에는 킹슬레이어는 하얀 망토가 아니라 검은 망토로 바꿔 입어야 한다고 공공연히 말하고 다녔다. 그런데 티리온의 죄는 더 지독했다. 제이미는 미친 남자를 죽였다. 티리온은 자기 아버지의, 바리스탄 경이 몇 년간 알았고 섬기기도 했던 남자의 아랫배에 화살을 박아 넣었다. 그래도 부딪쳐보았을지 모르지만, 그때 페니가 그의 방패를 때리는 바람에 기회의 순간은 날아갔고, 다시는 돌아오지 않았다.

"여왕님이 우리가 시합하는 걸 보긴 했어요." 페니가 줄에 선 다른 노예들에게 말하고 있었다. "그렇지만 우리가 여왕님을 본 건 그때뿐이에요."

"드래곤은 분명히 봤겠군." 노인이 말했다.

'그랬다면 좋았겠지.' 신들은 티리온에게 그 정도 호의도 베풀지 않았다. 대너리스 타르가르옌이 날아올랐을 때는, 혹시 주인에게 돌아가다가 탈출하려 들까 봐 보모가 그들의 발목에 족쇄를 채우고 있었다. 감독관이 그들을 투기장에 데려다주고 떠나기만 했어도, 아니면 드래곤이 하늘에서 내려왔을 때 다른 노예상들과 같이 달아나기만 했어도 두 난쟁이는 자유의 몸이 됐을지 몰랐다. '아니면 작은 종을 딸랑거리며 달아나는 도망자가 됐겠지.'

"드래곤이 있었나?" 티리온은 어깨를 으쓱였다. "내가 아는 거라곤, 죽은 여왕님은 발견되지 않았다는 것뿐이야."

노인은 넘어가지 않았다. "시체야 수백 구를 찾았지. 다 투기장 안으로 끌고 가서 태워버렸는데 그중 절반은 이미 바삭바삭 구워져 있었어. 불타고 피투성이로 짓이겨져서 못 알아봤을지도 몰라. 알아보고도 너희 노예들을 조용히 시키려고 다른 말을 하기로 했을 수도 있고."

"우리만 노예야?" 갈색 여자가 말했다. "댁도 목걸이를 차고 있는데."

"가즈도르의 목걸이지." 노인이 큰소리를 쳤다. "태어났을 때부터 아는 사이야. 난 가즈도르의 형제나 다름없어. 너희 같은 노예들, 아스타포와 융카이의 쓰레기들은 해방되고 싶다고 징징대지만, 난 내 거시기를 빨아준대도 드래곤 여왕에게 내 목걸이를 넘겨주지 않을 거야. 남자에겐 올바른 주인이 있는 게 낫지."

티리온은 노인과 언쟁하지 않았다. 예속의 가장 무서운 점은, 정말 쉽게 그 상태에 익숙해진다는 점이었다. 대부분 노예들의 삶은 캐스털리록에서 보던 하인들의 삶과 그리 다르지 않았다. 물론, 일부 노예주와 감독관이 잔인하고 무자비한 건 사실이었지만, 그건 웨스테로스의 귀족과 집사와 관리인도 마찬가지였다. 융카이인 대부분은 노예들이 맡은 일을 하고 말썽을 일으키지 않는 한 자기 재산을 친절하게 대했다……. 그리고 녹슨 쇠목걸이를 차고 자기 주인인 '떨리는 뺨 각하'에게 열렬한 충성을 바치는 이 노인이 그리 특이한 경우도 아니었다.

"관대한 가즈도르?" 티리온은 상냥하게 말했다. "우리 예잔 주인님이 그분의 재치에 대해 자주 말씀하셨지." 예잔이 실제로 한 말은 '내 왼쪽 엉덩이만 해도 가즈도르와 그놈 형제들을 다 합친 것보다 더 재치 있겠다' 정도였다. 티리온은 실제 언사는 생략하는 게 신중하겠다고 생각했다.

티리온과 페니는 정오가 지나간 후에야 우물에 이르렀고, 앞에서는 앙상한 외다리 노예가 물을 긷고 있었다. 그는 의심스럽다는 듯 가늘게 뜬 눈으로 그들을 보았다. "보모는 언제나 예잔의 물을 가지러 올 때면 병사 넷에 노새 수레를 끌고 왔는데." 그는 우물 속에 다시 들통을 떨어뜨렸다. 작게 첨벙 소리가 났다. 외다리 노예는 들통이 가득 차기를 기다렸다가 위로 끌어 올리기 시작했다. 햇빛에 타서 살갗이 벗겨진 두 팔은 앙상하긴 해도 근육질이었다.

"노새는 죽었어." 티리온이 말했다. "보모도 죽었어. 가엾게도. 그리고 이젠 예잔도 하얀 암말에 올라탔고, 병사들도 여섯 명이 똥을 쌌어. 두 동이를 채워줄 수 있을까?"

"그러든지." 잡담은 그게 끝이었다. '하얀 암말의 발굽 소리가 들리시나?' 병사들에 대한 거짓말 덕분에 외다리 노인은 더 빨리 움직였다.

난쟁이 둘은 찰랑찰랑하는 달콤한 물동이를 두 개씩 들고, 조라 경은 한 손에 두 개씩 든 채로 다시 출발했다. 낮이 더워지고, 공기는 젖은 모직물처럼 질척해졌으며, 물동이는 한 걸음 걸을 때마다 무거워지는 것 같았다. '짧은 다리로 가기엔 먼 길이야.' 걸을 때마다 물동이에서 넘친 물이 다리에 튀었고, 목걸이에 달린 종은 행군 음악을 연주했다. '아버지, 이렇게 될 줄 알았다면 아버지를 살려둘 걸 그랬어요.' 동쪽으로 800미터쯤 떨어진 곳에서는 천막에 불이 붙어 시커먼 연기가 피어오르고 있었다. '어젯밤 죽은 사람들을 태우고 있군.' 티리온은 오른쪽으로 고갯짓하며 말했다. "이쪽이야."

페니가 어리둥절한 표정을 지었다. "우리가 온 길이 아닌데요."

"저 연기를 마시긴 싫잖아. 해로운 체액이 가득하다고." 거짓말은 아니었다. '완전히 거짓말은 아니지.'

페니는 곧 물동이 무게 때문에 씨근거렸다. "쉬어야겠어요."

"그래." 티리온은 멈추게 된 데 고마워하며 땅바닥에 물동이를 내려놓았다. 다리에 심하게 쥐가 났기에, 그는 적당한 바위에 앉아서 허벅지를 문질렀다.

"내가 해줄 수 있어요." 페니가 제안했다.

"어디가 뭉쳤는지는 내가 알아." 그는 페니를 좋아하게 됐지만, 그래도 페니의 손이 닿으면 마음이 불편했다. 그는 조라 경을 돌아보았다. "몇 번만 더 얻어맞으면 나보다 더 못나지겠어, 모르몬트. 말해봐, 투지가 남아 있기는 해?"

덩치 큰 기사는 멍 든 두 눈을 들어서 벌레 보듯 그를 쳐다보았다. "네 목을 꺾을 정도는 있다, 꼬마 악마."

"좋아." 티리온은 물동이를 집었다. "그렇다면 이쪽이야."

페니가 이맛살을 찌푸렸다. "아뇨. 왼쪽인데요." 손가락질도 했다. "마귀할멈이 저기 서 있잖아요."

"그리고 저건 '사악한 자매'지." 티리온은 반대 방향으로 고갯짓했다. "날 믿어. 내가 가자는 길이 빨라." 티리온은 종소리를 울리며 출발했다. 페니가 따라올 것을 알았기에.

가끔 그는 예쁘고 귀여운 꿈을 꾸는 페니가 부러웠다. 페니를 보면 결혼했다가 잃어버린 아이, 산사 스타크가 생각났다. 페니는 이제까지 끔찍한 일들을 당했으면서도 어째선지 사람을 잘 믿었다. '그보단 잘 알아야 하는

데. 산사보다 나이도 많고, 난쟁이잖아. 그런데 기형 박물관의 노예가 아니라 보기 아름다운 귀족처럼, 자기가 원래 무엇인지 잊은 것처럼 굴어.' 밤이면 티리온은 종종 페니가 기도하는 소리를 들었다. '입만 아픈 짓이지. 기도를 듣는 신들이 있다면, 그 신들은 재미 삼아 우리를 고문하는 괴물들이야. 그렇지 않고서야 세상을 이렇게 예속과 피와 고통만 가득하게 만들겠어?' 가끔은 페니를 한 대 때리고, 잡아 흔들고, 소리를 질러서 어떻게든 꿈에서 깨게 만들고 싶었다. '아무도 우릴 구해주지 않아.' 그렇게 소리치고 싶었다. '최악은 아직 오지도 않았어.' 그러나 어째선지 그런 말을 할 수가 없었다. 그 못생긴 얼굴을 세게 때려서 눈가리개를 떨어뜨리는 대신, 페니의 어깨를 꽉 잡아주거나 안아주곤 했다. '손 닿는 순간순간 다 거짓말이야. 가짜 돈을 어찌나 많이 줬는지 자기가 부자인 줄 알겠어.'

그는 심지어 다즈낙 투기장의 진실마저 페니에게 숨겼다.

'사자들. 놈들은 우리에게 사자들을 풀려고 했어.' 그랬다면 얼마나 절묘한 아이러니였을까. 어쩌면 갈기갈기 찢기기 전에 잠시 쓴웃음을 터뜨릴 시간이 있었을지도 몰랐다.

아무도 그들을 위해 계획된 결말을 이야기해주지는 않았다. 많은 말이 필요 없었다. 다즈낙 투기장의 벽돌 아래, 관객석 밑에 숨겨진 세상에서, 투기장 전사들과 살았든 죽었든 그 전사들을 돌보는 사람들이 머무는 어두운 영역에서—요리사가 전사들을 먹이고, 무기상이 그들을 무장시키고, 이발사 겸 의사들이 피를 내고 털을 밀고 상처를 싸매고, 싸움 전후로 창녀들이 봉사하고, 시체 담당들이 진 사람을 쇠사슬과 쇠갈고리로 모래밭에서 끌고 나오는 데에서—그걸 추측하기란 어렵지 않은 일이었다.

티리온에게 처음 단서를 준 건 보모의 얼굴이었다. 마상시합 후에 티리온과 페니는 전사들이 시합 전후에 모이는 횃불 밝힌 큰 방으로 돌아갔다. 어떤 이들은 앉아서 무기를 갈고 있었고, 어떤 이들은 온갖 묘한 신들에게 제물을 바치거나, 죽으러 나가기 전에 신경이 무뎌지도록 양귀비즙을 마시고 있었다. 이미 싸워 이긴 자들은 한쪽 구석에서 주사위 놀이를 하며, 막 죽음을 마주 보았다가 살아남은 이들만 가능한 웃음을 터뜨렸다.

보모는 으득이를 끌고 들어오는 페니를 보고는 투기장 사람에게 내기에 진 값으로 은화 몇 닢을 지불했다. 그의 눈에 혼란스러운 빛은 아주 잠깐 스쳐 갔을 뿐이었지만, 티리온이 그 의미를 알아차리기엔 충분했다. '보모는 우리가 돌아올 거라 생각하지 않았어.' 그는 다른 사람들의 얼굴을 둘러보았다. '아무도 우리가 돌아오리라 생각하지 않았어. 우린 밖에서 죽기로 되어 있었던 거야.' 동물 조련사가 투기장 관리인에게 큰 소리로 불평하는 소리를 들었을 때 마지막 조각이 맞춰졌다. "사자들이 굶주렸어. 먹은 지 이틀이나 됐다고. 먹이지 말라는 소리를 듣고 굶겼는데 이러면 여왕님이 고깃값을 내야지."

"다음에 조정을 열거든 가서 말해." 투기장 관리인이 마주 쏘아붙였다.

지금까지도 페니는 모르고 있었다. 투기장에 대해 이야기할 때 페니가 제일 걱정하는 건 웃지 않은 사람들이었다. '사자들이 풀려났다면 오줌을 쌀 때까지 웃었을 거야.' 티리온은 그렇게 말해버릴 뻔했지만, 대신 페니의 어깨만 꽉 잡았다.

페니가 갑자기 멈춰 섰다. "잘못된 방향으로 가고 있어요."

"아니야." 티리온은 물동이를 내려놓았다. 물동이 손잡이 때문에 손가락에 홈이 깊이 파였다. "우리가 가려는 건 저기, 저 천막들이야."

"둘째 아들들?" 조라 경의 얼굴에 기묘한 미소가 번졌다. "저기서 도움을 구할 생각이라면, 넌 갈색 벤 플럼을 모르는 거다."

"아, 알아. 플럼과 난 시바스 다섯 판을 뒀거든. 갈색 벤은 약삭빠르고, 집요하고, 머리도 나쁘지 않지…… 조심성이 많지. 적이 위험을 감수하게 두고 자기는 물러나 앉아서 선택지를 열어두고, 상황이 명확해지면 전투에 반응하길 좋아해."

"전투? 무슨 전투요?" 페니가 티리온에게서 물러섰다. "우린 돌아가야 해요. 주인님에게 깨끗한 물이 필요하다고요. 너무 오래 걸리면 채찍질을 당할 거예요. 그리고 이쁜 돼지와 으득이가 거기 있어요."

"걔네는 스위츠가 돌봐줄 거야." 티리온은 거짓말을 했다. 그보다는 스카와 그의 친구들이 햄과 베이컨과 맛있는 개고기 스튜로 잔치를 벌일 가능성이 더 높겠지만, 페니가 그런 말을 들을 필요는 없었다. "보모는 죽었고 예잔은 죽어가. 어두워지기 전엔 아무도 우릴 찾을 생각을 하지 않을 거야. 지금보다 더 좋은 기회는 절대 없어."

"아니에요. 놈들이 도망치려는 노예를 잡으면 어떻게 하는지 알잖아요. 알죠. 제발요. 우리가 여길 떠나게 두지 않을 거예요."

"우린 숙영지를 떠나지 않았어." 티리온은 물동이를 집어 들었다. 그리고 돌아보지 않고 잽싸게 걸어갔다. 모르몬트가 옆으로 따라붙었다. 잠시 후에는 페니가 서둘러 뒤따라오는 소리가 들렸다. 모래 비탈 아래에 둥글게 모인 누더기 천막들을 향해서.

말들을 매어둔 줄에 가까이 가자 처음 나타난 병사는 적갈색 수염으로 보아 티로시인이 분명한 여윈 창병이었다. "뭐야? 그 동이엔 뭐가 들었나?"

"물입니다요." 티리온이 대답했다. "마음에 드실까 모르겠네요."

"맥주라면 더 좋았겠다만." 창끝이 티리온의 등을 살짝 찔렀다. 두 번째 병사가 등 뒤에 나타난 것이다. 티리온은 그의 목소리에서 킹스랜딩의 억양을 읽을 수 있었다. '플리바텀 출신의 쓰레기로군.' "길을 잃었나, 난쟁이?" 병사가 물었다.

"이 용병단에 들어가려고 하는데요."

페니가 놓친 물동이 하나가 엎어졌다. 얼른 다시 세웠지만, 물이 절반은 쏟아진 후였다.

"우리 용병단에 바보는 이미 충분해. 뭐하러 셋이나 더 얻고 싶겠나?" 티로시 병사가 창끝으로 티리온의 목걸이를 툭 건드려 작은 금종을 울렸다. "내 눈에 보이는 건 도망 노예인데. 도망 노예만 셋이로군. 누구 목걸이지?"

"노란 고래 거야." 그들의 목소리에 이끌려 나타난 세 번째 병사가 말했다. 깡말라서 턱수염이 까슬하게 올라왔는데, 치아가 초엽에 빨갛게 물든 물건이었다. '하사관이군.' 티리온은 다른 두 명이 대하는 태도를 보고 알았다. 오른손이 있어야 할 자리에 갈고리가 붙어 있었다. '저놈이 브론의 좀 더 비열한 그림자가 아니라면 내가 성왕 바엘로르다.' "벤이 사려던 난쟁이들이다." 그 하사관은 실눈을 뜨고 창병들에게 말했다. "하지만 저 큰 놈은……. 저놈도 데려가는 게 좋겠다. 셋 다."

티로시인이 창으로 손짓을 대신했다. 티리온은 따라갔다. 다른 용병, 볼에 솜털이 나고 머리카락은 지저분한 밀짚 색깔인, 소년을 겨우 벗어났다 싶은 놈이 페니를 들어 올려 옆구리에 꼈다. "우와, 내 쪽은 젖가슴이 있어." 그는 낄낄거리며 말했다. 그리고 페니의 튜닉에 한 손을 넣어 확인하려 했다.

"그냥 데려와." 하사관이 딱 잘라 말했다.

청년은 페니를 한쪽 어깨에 걸머졌다. 티리온은 짧은 다리가 허락하는 한 잽싸게 앞서 걸었다. 어디로 가는지는 알고 있었다. 불구덩이 반대편에 위치한 큰 천막으로, 색칠한 돛천이 오랫동안 태양과 비에 금이 가고 색이 바래 있었다. 용병 몇 명이 고개를 돌려 그들이 지나가는 모습을 보았고, 종군 매춘부 한 명이 키득거렸지만, 아무도 방해하지는 않았다.

천막 안으로 들어가자 접이의자 몇 개에 가대 탁자 하나, 장창과 미늘창을 두는 받침대 하나, 서로 안 어울리는 대여섯 가지 색깔로 이루어진 올 풀린 카펫에 덮인 바닥, 그리고 장교 세 명이 있었다. 하나는 호리호리하고 우아한 몸에 뾰족한 수염을 기르고, 자객용 칼을 차고, 사선이 들어간 분홍색 더블릿을 입었다. 하나는 통통하고 머리가 벗어졌으며, 손가락에 잉크 얼룩이 졌고 한 손에는 깃펜을 쥐고 있었다.

세 번째가 티리온이 찾던 남자였다. 그는 허리를 굽혀 절했다. "대장."

"숨어 들어오던 걸 잡았습니다." 청년이 페니를 카펫 위에 던졌다.

"도망 노예들입니다." 티로시인이 말했다. "물동이를 들고요."

"물동이?" 갈색 벤 플럼이 되물었다. 아무도 설명하려 하지 않자 그는 말했다. "다들 위치로 돌아가라. 그리고 이 일은 아무에게도, 한마디도 하지 마." 세 병사가 나가자 그는 티리온에게 미소를 던졌다. "시바스 한 게임 더 하러 온 건가, 욜로?"

"원한다면야 그러죠. 대장을 이기는 건 즐거운 일이니까. 두 번 변절했다고 들었는데요, 플럼. 내 마음에 쏙 드네요."

갈색 벤은 결코 눈까지 웃지 않았다. 그는 말하는 뱀을 살펴보는 사람처럼 티리온을 찬찬히 보았다. "왜 여기 온 건가?"

"당신 꿈을 실현시켜주려고. 경매에서 우리를 사려고 했잖아요. 그다음엔 시바스로 따려고 했고. 코가 멀쩡했던 시절에도 내가 그런 정열을 일으킬 만큼 잘생긴 남자는 아니었는데 말입니다……. 내 진정한 가치를 아는 사람이라면 또 모르지만. 자, 여기 내가 왔으니, 얼마든지 차지하시죠. 이제 친구가 되어 대장장이를 불러다가 우리 목에서 목걸이를 좀 벗겨주시고요. 움직일 때마다 딸랑거리는 게 지긋지긋하군요."

"너희 고귀한 주인과 말썽을 일으키고 싶진 않은데."

"예잔에겐 사라진 노예 셋보다 훨씬 급한 걱정거리가 있답니다. 하얀 암말을 탔거든요. 그리고 왜 우릴 여기에서 찾으려고 하겠습니까? 당신에겐 코를 들이미는 사람은 누구든 의욕을 꺾을 만한 병력이 있어요. 큰 걸 얻기엔 사소한 위험부담이죠."

사선이 들어간 분홍색 더블릿을 입은 건방진 젊은이가 쯧 하는 소리를 냈다. "저놈들이 우리 사이에 병을 가지고 왔네요. 우리 천막 안에요." 그는 벤 플럼에게 몸을 돌렸다. "저놈 머리를 베어버릴까요, 대장? 나머지는 변소 구덩이에 던지면 돼죠." 그는 칼자루에 보석이 박힌 가느다란 자객용 장검을 뽑아 들었다.

"내 머리통은 조심하라고." 티리온이 말했다. "내 피가 튀는 걸 바라진 않겠지. 피가 병을 옮기잖아. 그리고 우리 옷은 다 삶거나 태우고 싶을 거야."

"옷은 네놈이 입은 채로 태울 생각이었다, 욜로."

"그건 내 이름이 아니야. 하지만 그건 알고 있겠지. 처음 날 본 순간부터 알았지."

"그럴 수도 있고."

"나도 대장을 알아." 티리온이 말했다. "고향에 있는 플럼(자두)보다 덜 자주색이고 더 갈색이지만, 그 이름이 거짓말이 아닌 한 당신은 태생이 아니라면 혈통으로 서부인이지. 플럼 가문은 캐스털리록에 충성을 맹세했고, 우연찮게도 내가 그 역사를 좀 알거든. 당신의 가계도가 협해를 건넌 씨앗에서 뻗어 나온 건 분명하겠지. 비세리스 플럼의 차남이나 막내쯤 아닐까. 여왕의 드래곤들이 당신을 좋아하지 않던가?"

용병은 그 말에 재미있어하는 것 같았다. "누가 그런 말을 해주던가?"

"아무도 안 했어. 사람들이 드래곤에 대해 듣는 이야기 대부분은 바보들에게 주는 먹이야. 말하는 드래곤이니, 금과 보석을 모으는 드래곤이니, 다리가 넷 달리고 코끼리처럼 배가 큰 드래곤이니, 스핑크스와 수수께끼를 주고받는 드래곤이니…… 다 헛소리지. 하지만 오래된 책엔 진실도 담겨 있거든. 난 여왕의 드래곤들이 당신을 좋아했다는 걸 알 뿐만 아니라, 그 이유도 알아."

"내 어머니 말로는 아버지에게 드래곤의 피가 한 방울 섞여 있다더군."

"두 방울이겠지. 아니면 남근이 2미터 가까웠거나. 그 이야기 알아? 난 알지. 자, 당신은 영리한 플럼이니까, 내 머리통에 영주 자리를 얻을 가치가 있다는 걸 알 거야……. 세상 반대편에 있는 웨스테로스에서라면 말이야. 거기 도착할 때쯤이면 뼈와 구더기만 남아 있겠지. 내 사랑스러운 누이는 그 머리통이 내 거라는 걸 부인하고 약속한 보상을 주지 않을 거야. 여왕과 왕비들이 어떤지 알지. 대부분 변덕스러운 여자들인데, 세르세이가 그 중 최악이거든."

갈색 벤이 수염을 긁었다. "그렇다면 산 채로 몸부림치는 자네를 배달할 수도 있지. 아니면 자네 머리통을 단지에 넣어서 절이거나."

"아니면 나와 한패가 되거나. 그게 제일 현명한 수야." 티리온은 히죽 웃었다. "난 둘째 아들로 태어났지. 이 용병단이 내 운명이야."

"둘째 아들들에 광대들을 둘 자리는 없다." 분홍색 옷을 입은 자객이 냉소적으로 말했다. "우리에게 필요한 건 전사들이야."

"전사도 하나 데려왔어." 티리온이 엄지손가락으로 모르몬트를 가리켰다.

"저놈?" 자객은 웃음을 터뜨렸다. "못생긴 놈이긴 한데, 흉터만으로 둘째 아들이 되진 못해."

티리온은 짝짝이 눈동자를 굴렸다. "플럼 공, 이 두 친구는 누구지? 분홍색 친구가 거슬리는걸."

자객은 입을 비죽거린 반면, 깃펜을 쥔 남자는 그 모욕에 쿡쿡거리고 웃었다. 그러나 둘의 이름을 댄 사람은 조라 모르몬트였다. "잉크통은 용병단 경리감이다. 저 공작새는 자칭 교활한 카스포리오라지만, 꼴값 카스포리오가 더 어울리지. 지저분한 놈이야."

모르몬트의 얼굴은 엉망진창이라 알아볼 수 없을지 몰라도, 목소리는 그대로였다. 카스포리오는 깜짝 놀란 얼굴로 쳐다보았고, 플럼의 눈가 주름은 즐거운 듯 더 깊어졌다. "조라 모르몬트? 자넨가? 허둥지둥 도망쳤을 때보다 덜 거만한 모습이군. 아직 경이라고 불러야 할까?"

조라 경의 부어오른 입술이 일그러지더니 기괴한 미소를 그렸다. "나에게 장검을 준다면 좋을 대로 불러도 돼, 벤."

카스포리오가 뒷걸음질 쳤다. "당신은…… 여왕이 내보냈는데……."

"돌아왔지. 바보라고 부르게나."

'사랑에 빠진 바보지.' 티리온은 헛기침을 했다. "옛날이야기는 나중에 할 수 있겠지……. 내가 왜 내 머리통이 어깨 위에 붙어 있는 편이 당신에게 더 쓸모 있는지 설명을 다 한 후에 말이야. 플럼 공, 대장은 내가 친구들에게 무척 관대하다는 걸 알게 될 거야. 의심스러우면 브론에게 물어봐. 돌프의 아들 샤가에게 물어봐. 티멧의 아들 티멧에게 물어봐."

"그게 누구요?" 잉크통이라고 불린 남자가 물었다.

"나에게 검을 바치겠다고 맹세하고 그 대가로 크게 융성한 훌륭한 남자들이라네." 그는 어깨를 으쓱였다. "아, 좋아. '훌륭하다'는 부분은 거짓말이었어. 다들 피에 굶주린 잡종들이었지. 자네들과 비슷하게."

"그럴지도 모르지." 갈색 벤이 말했다. "아니면 대충 지어낸 이름일지도 모르고. 샤가라고 했나? 그건 여자 이름인가?"

"여자라고 해도 될 만큼 가슴이 크긴 해. 다음에 만나면 바지 속을 보고 확인하도록 하지. 저기 차려놓은 게 시바스 판인가? 가지고 와서 한 게임 두지. 하지만 우선 와인을 한잔했으면 좋겠어. 목이 바스러질 정도로 마른데, 해야 할 말이 아주 많거든."

그날 밤 꿈에는 숲에서 울부짖으며, 전투 나팔과 북 소리에 맞춰 진군하는 야인들이 나왔다. 궁 쿵 궁 쿵 궁 쿵, 천 개의 심장이 한 박자로 뛰는 듯한 소리였다. 창을 쥔 야인, 활을 쥔 야인, 도끼를 쥔 야인이 있었다. 조랑말 크기의 개들이 끄는 뼈다귀 전차를 탄 야인들도 있었다. 키가 12미터는 되는 데다 참나무만 한 망치를 든 거인들이 그 사이를 걸었다.

"위치 지켜." 존 스노우는 외쳤다. "놈들을 저지해." 그는 장벽 위에 혼자서 있었다. "불." 그는 외쳤다. "놈들에게 불을 먹여라." 하지만 그 지시를 들을 사람이 아무도 없었다.

'다 가버렸어. 나를 버리고 가버렸어.'

쉭 하고 위로 솟아오르는 불화살들이 혓바닥 같은 불꼬리를 끌었다. 허수아비 형제들이 검은 망토에 불이 붙어 쓰러졌다. "스노우." 적들이 거미처럼 얼음을 타고 올라오는 가운데 독수리 한 마리가 외쳤다. 존은 검은 얼음 갑옷을 입고 있었으나, 손에 움켜쥔 칼은 빨갛게 불탔다. 그는 죽은 자들이 장벽 위에 올라오면 다시 죽으라고 아래로 떨어뜨렸다. 노인을 하나 베고, 수염도 없는 소년, 거인을, 치아를 뾰족하게 간 말라깽이를, 풍성한 붉은 머리 여자를 베었다. 그리고 너무 늦게 이그리트를 알아보았다. 이그리트는 나타났을 때처럼 순식간에 사라졌다.

세상이 붉은 안개가 되어 흩어졌다. 존은 찌르고 베고 잘랐다. 도날 노이를 썰고 귀머거리 딕 폴라드의 내장을 쏟아냈다. 반쪽 손 쿼린이 비틀거리며 무릎을 꿇고는, 목에서 쏟아지는 피를 막으려 헛되이 애를 썼다. "나는 윈터펠의 주인이야." 존이 소리를 질렀다. 이제 존 앞에 선 것은 녹아내리는 눈에 머리가 젖은 롭이었다. 긴 발톱이 롭의 머리를 날려버렸다. 이어서 울퉁불퉁한 손 하나가 존의 어깨를 거칠게 잡았다. 그는 휙 돌아섰고……

……가슴을 쪼는 까마귀 때문에 깨어났다. "스노우." 까마귀가 우짖었다. 존은 녀석을 때려서 쫓았다. 까마귀는 기분 나쁘다는 듯 깍깍대더니 침대 기둥으로 날아올라서 해 뜨기 전의 어둠 속에서 불길한 눈초리로 그를 내려다보았다.

밤이 끝났다. 늑대의 시간이었다. 곧 해가 뜰 테고, 야인 4000명이 장벽 안으로 쏟아져 들어올 것이다. '미친 짓이지.' 존 스노우는 화상 입었던 손으로 머리를 쓸면서 다시 한번 내가 뭘 하고 있는 걸까 생각했다. 일단 문이 열리면, 돌이킬 방법이 없었다. '토르문드와 협상하는 건 늙은 곰이었어야 해. 제레미 라이커 아니면 반쪽 손 쿼린, 아니면 데니스 말리스터, 누구든 노련한 사람이었어야 해. 숙부님이었어야 해.' 그러나 그런 불안을 느끼기엔 너무 늦었다. 모든 선택에는 나름의 위험이 따르고, 결과가 따른다. 그는 이 게임을 끝까지 해나갈 것이다.

존이 어둠 속에서 일어나서 옷을 입는 동안, 모르몬트의 까마귀는 방 안 여기저기를 날며 중얼거렸다. "옥수수." 이렇게도 말하고, "왕"이라고도 하더니, "스노우, 존 스노우, 존 스노우"라고 했다. 이상한 일이었다. 존이 기억하는 한, 그 새는 이제까지 그의 전체 이름을 말한 적이 없었다.

그는 지하실에서 고위급들과 같이 아침을 먹었다. 구운 빵, 구운 계란, 피 소시지, 보리죽으로 이루어진 식사에 멀건 노란색 맥주를 마셨다. 그들은 식사하면서 준비 상황을 다시 점검했다. "다 준비됐습니다." 보웬 마시가 장담했다. "야인들이 합의 조건을 지킨다면, 모든 게 사령관님 지시대로 될 겁니다."

'그리고 조건을 지키지 않는다면, 피와 학살이 되겠지.' 존은 말했다. "기억하세요. 토르문드의 사람들은 굶주림과 추위와 두려움에 시달린 상태입니다. 우리 중 일부가 저들을 미워하는 만큼이나, 저들 중에도 우리를 미워하는 이들이 있어요. 저들이나 우리나, 살얼음 위에서 춤추고 있는 겁니다. 얼음에 금이 가면 모두가 빠져 죽어요. 오늘 피를 봐야 한다면, 먼저 공격한 게 우리 쪽은 아니어야 할 겁니다. 그랬다간 옛 신들과 새로운 신들에게 맹세코 내가 그 병사의 머리를 날려버릴 테니까."

그들은 알겠다고 대답하거나 고개를 끄덕이거나 "분부대로 하죠", "그렇게 될 겁니다", "예, 사령관님" 등의 중얼거림으로 대답했다. 그리고 하나씩 일어나서 검대를 차고 따뜻한 검은 망토를 걸치고 추위 속으로 걸어 나갔다.

식탁에 마지막까지 남은 사람은 밤사이에 마차 여섯 대와 함께 롱배로(Long Barrow, 긴 무덤)에서 찾아온 구슬픈 에드 톨렛이었다. 이제 검은 형제들은 그 요새를 '창녀의 무덤'이라고 불렀다. 에드는 마차 여섯 대에 최대한 창 마누라를 많이 실어, 자매들에게 데려가려고 왔다.

존은 에드가 빵 조각으로 반숙 노른자를 닦는 모습을 바라보았다. 에드의 시무룩한 얼굴을 다시 보니 이상하게 마음이 편해졌다. "재건은 어떻게 되어가요?" 그는 예전 개인 집사에게 물었다.

"10년은 더 걸릴 겁니다." 톨렛이 평소대로 음울하게 대꾸했다. "저희가 들어갔을 땐 쥐가 들끓고 있었어요. 창 마누라들이 그 더러운 놈들을 죽였죠. 이젠 거기에 창 마누라가 들끓어요. 차라리 쥐가 돌아오는 게 낫겠다 싶은 날도 있습니다."

"강철 에멧 밑에서 일하는 건 어때요?" 존이 물었다.

"에멧 밑에 있는 건 주로 검은 마리스예요, 사령관님. 저는 주로 노새들을 돌보죠. 네틀스는 제가 노새들과 같은 핏줄이라고 주장하네요. 그야 똑같이 길고 우울한 얼굴인 건 사실이지만, 전 노새들처럼 고집스럽지 않아요. 어쨌든 제 명예를 걸고, 그놈들 어미는 전혀 모릅니다요." 그는 계란을 다 먹고 한숨을 내쉬었다. "맛있는 반숙 계란 참 좋죠. 사령관님만 괜찮으시다면, 야인들이 우리 닭을 다 먹어치우게는 하지 마십쇼."

마당으로 나가보니, 동쪽 하늘이 막 밝아지기 시작한 참이었다. 구름 한 점 보이지 않았다. "오늘은 날이 좋을 모양이군요." 존이 말했다. "화창하고 따뜻하고 햇살 좋은 날이 되겠어요."

"장벽이 울겠군요. 겨울이 거의 닥쳤는데 말이죠. 부자연스러워요, 사령관님. 제게 물으신다면, 나쁜 징조예요."

존은 미소 지었다. "눈이 온다면요?"

"더 나쁜 징조죠."

"에드는 어떤 날씨면 좋겠어요?"

"실내에 틀어박히게 만드는 날씨요." 구슬픈 에드가 말했다. "괜찮으시다면, 전 노새들에게 돌아가봐야겠습니다. 제가 없으면 보고 싶어 하거든요. 창 마누라들은 안 그럴 테지만 말입니다."

그들은 그 자리에서 헤어졌다. 에드 톨렛은 마차들이 기다리는 동쪽 길로, 존 스노우는 캐슬블랙 마구간으로 향했다. 새틴이 그의 말에 안장을 얹고 굴레를 씌우고 기다리고 있었다. 학사의 잉크처럼 까만 갈기를 반짝이는 다혈질의 회색 군마였다. 존이 순찰을 나갈 때 고를 만한 말은 아니었지만, 오늘 아침에는 위풍당당한 모습을 보이는 게 중요했고, 그러기에는 이 준마가 완벽한 선택이었다.

수행원들도 기다리고 있었다. 존은 호위로 주변을 둘러싸는 것을 좋아하지 않았지만, 오늘은 훌륭한 대원 몇 명을 곁에 두는 게 분별력 있게 여겨졌다. 고리 갑옷에 철제 반투구, 검은 망토를 갖추고 손에는 장창을 들고 허리띠에는 장검과 단검을 찬 모습들이 엄숙해 보였다. 이 호위 임무에는 존도 풋내기와 노인을 다 제외하고, 최고의 여덟 명을 골랐다. 타이와 멀리, 왼손잡이 루, 큰 리들, 로리, 벼룩 풀크, 초록 창 가렛. 그리고 자유민들에게 장벽 아래 전투에서 만스를 위해 싸웠던 남자도 밤의 경비대에서 명예로운 자리를 차지할 수 있다는 점을 보여주기 위해, 캐슬블랙의 새로운 훈련대장인 레더스도 포함시켰다.

전원이 문 앞에 모였을 때쯤에는 동쪽 하늘에 짙은 붉은빛이 보였다. '별들이 꺼져가는군.' 존은 생각했다. 다음에 별들이 다시 나타날 때는, 영원히 바뀌어버린 세상을 내려다보며 빛날 것이다. 왕비의 병사 몇 명이 멜리산드레가 피운 밤불이 남긴 깜부기불 곁에서 지켜보고 있었다. 왕의 탑을 흘긋 보자, 창문 안에 붉은색이 언뜻 스쳤다. 셀리스 왕비는 흔적도 보이지 않았다.

때가 됐다. "문을 열어라." 존 스노우는 조용히 말했다.

"문을 열어라!" 큰 리들이 포효했다. 천둥 같은 목소리였다.

200미터 위에서 파수병들이 그 소리를 듣고 전투 나팔을 입에 물었다. 나팔 소리가 장벽에 메아리쳐 세상 저편으로 퍼져나갔다. 부우우우우우우우우우우우우. 한 번의 긴 나팔 소리. 천 년이 넘도록 그 소리는 순찰자들이 돌아온다는 의미로 쓰였다. 오늘 그 소리는 다른 의미를 담았다. 오늘은 자유민들을 새로운 집으로 불러들이는 소리였다.

긴 터널 양쪽 끝에서 문이 열리고 쇠창살에 걸린 자물쇠가 풀렸다. 새벽빛이 머리 위 얼음에 분홍색, 금색, 자주색으로 아른거렸다. 구슬픈 에드

말이 틀리지 않았다. 장벽은 곧 눈물을 흘릴 것이다. '부디 장벽만 울게 하소서.'

새틴이 앞장서서 철제 등잔을 들고 터널 속 어둠을 밝히며 얼음 아래를 지나갔다. 존은 말을 끌고 뒤따랐다. 그다음에 그의 호위병들이 왔다. 그다음에 보웬 마시와 각각 맡은 일이 있는 집사들 20명이 왔다. 위에서는 왕의 숲의 울머가 장벽을 책임지고 있었다. 캐슬블랙 최고의 궁수 40명이 울머와 함께 서서 아래에 무슨 말썽이라도 생기면 화살비로 반응할 태세를 갖추고 있었다.

장벽 북쪽에서는 거인의 재앙 토르문드가 그의 몸무게를 지탱하기엔 너무 허약해 보이는 작은 조랑말에 올라 기다리고 있었다. 옆에는 그의 남은 아들 둘, 키다리 토레그와 드린이 60명의 전사들과 함께 있었다.

"하!" 토르문드가 외쳤다. "호위를 데려왔다 이거지? 거기 신뢰가 어디 있나, 까마귀?"

"병사는 그쪽이 더 많은데요."

"그렇지. 내 옆으로 와라. 내 사람들이 널 봤으면 좋겠거든. 나한텐 총사령관을 본 적도 없는 수천 명이 있어. 어렸을 때 말을 잘 듣지 않으면 너희 순찰자들에게 잡아먹힐 거란 소리를 들으며 큰 남자들이지. 그놈들이 너를, 낡은 검은 망토를 두른 우울한 얼굴의 젊은이를 똑똑히 볼 필요가 있어. 밤의 경비대는 두려워할 게 없다는 점을 배울 필요가 있어."

'영영 배우지 못한다면 더 좋을 가르침이군.' 존은 화상 입은 손에서 장갑을 벗고, 두 손가락을 입에 대고 휘파람을 불었다. 고스트가 문에서 뛰어나왔다. 토르문드의 말이 어찌나 심하게 뒷걸음질 치는지, 토르문드가 안장에서 떨어질 뻔했다. "두려워할 게 없다시더니?" 존이 말했다. "고스트, 앉아."

"넌 속이 시커먼 개자식이야, 까마귀 공." 나팔수 토르문드가 나팔을 입가에 가져갔다. 그 소리가 천둥처럼 얼음벽에 메아리치더니, 첫 번째 자유민 무리가 문을 향해 움직이기 시작했다.

존은 해 뜰 녘부터 해 질 녘까지 야인들이 지나가는 모습을 지켜보았다.

인질이 먼저였다. 여덟 살에서 열여섯 살 사이의 남자애 백 명이었다. "네놈이 원한 핏값이다, 까마귀 공." 토르문드가 외쳤다. "불쌍한 어미들의 울음소리가 밤에 네 꿈자리까지 따라가진 않았으면 좋겠군." 어떤 아이들은 어머니나 아버지 손에 이끌려 문으로 향했고, 나이 많은 형제가 데려간 아이들도 있었다. 그보다 많은 수는 혼자 걸어갔다. 열네 살, 열다섯 살이면 거의 남자였고, 여자 치맛자락에 매달린 모습을 보이고 싶어 하지 않았다.

집사 두 명이 지나가는 남자아이들을 헤아리며, 긴 양가죽 두루마리에 이름을 하나씩 적었다. 집사 하나는 그 아이들의 통행료에 해당하는 귀중품을 모아 그 내역을 적었다. 그 아이들은 이전에 아무도 와본 적 없는 곳에 와서, 몇천 년 동안이나 친척들과 친구들의 적이었던 조직에서 근무할 참이었지만, 존은 눈물도 보지 못했고 어머니들의 울부짖음도 듣지 못했다. '이들은 겨울의 백성이야.' 그는 스스로를 일깨웠다. '눈물은 나오자마자 뺨에서 얼어붙지.' 인질들은 어두운 터널 안으로 들어갈 차례가 왔을 때 단 한 명도 주저하거나 도망치려 들지 않았다.

아이들은 거의 다 말랐고, 몇 명은 여윈 정도를 넘어서 가냘픈 다리에 팔은 나뭇가지 같았다. 존이 예상한 대로였다. 그 외에는 생김새도 몸집도 머리 색도 다양했다. 키가 큰 아이, 키가 작은 아이, 갈색 머리, 검은 머리, 꿀 같은 금발, 딸기색 금발, 이그리트처럼 불의 입맞춤을 받은 빨간 머리. 흉터가 있는 아이들도 보였고, 다리를 저는 아이들, 얼굴에 얽은 자국이 있는 아이들도 보였다. 나이가 많은 축인 아이들은 뺨에 솜털이 돋았거나 가느다란 콧수염이 있는 경우가 많았지만, 토르문드 못지않게 무성한 수염을 기른 녀석도 하나 있었다. 질 좋고 부드러운 모피 옷을 입은 아이들, 가죽 방호구와 갑옷 자투리를 걸친 아이들도 있었고 그보다 많은 수는 모직 옷과 바다표범 가죽을 걸쳤으며, 소수는 누더기 차림이었다. 벌거벗은 아이도 하나 있었다. 상당수가 무기를 들었다. 나무창, 돌망치, 뼈나 돌이나 드래곤 유리로 만든 칼, 가시 곤봉, 그물, 심지어 여기저기 녹이 심하게 슨 낡은 검도 보였다. 뿔발족의 아이들은 맨발로 눈밭을 즐겁게 헤치며 걸었다. 다른 아이들은 장화에 곰 발을 씌우고 눈 더미 위를 걸었는데, 절대 빠지지 않았다. 여섯 명은 말을 타고 왔고, 두 명은 노새를 탔다. 형제 둘은 염소와 같이 나타났다. 제일 덩치가 큰 인질은 키가 거의 2미터였지만 얼굴은 아기 같았다. 제일 작은 아이는 아홉 살이라고 주장했지만 여섯 살도 안 되어 보였다.

유명한 남자들의 아들은 특별히 몇 마디 더 적혔다. 지나갈 때 토르문드가 직접 알려줬다. "저기 저 녀석은 방패 분쇄기 소렌의 아들이야." 그는 키가 큰 소년을 두고 말했다. "저기 빨간 머리, 저 녀석은 왕의 피 게릭의 아들이지. 붉은 수염 레이먼의 핏줄이라나 뭐라나. 사실은 붉은 수염의 남동생의 핏줄이라네." 어느 두 소년은 쌍둥이라고 해도 될 만큼 닮았는데, 토르문드는 그 둘이 1년 차이로 태어난 사촌이라고 주장했다. "하나는 사냥꾼 하알의 아들이고, 다른 놈은 미남 하알의 아들이야. 둘 다 같은 여자가 낳았지. 아비들은 서로를 미워해. 내가 너라면 하나는 이스트워치로, 하나는 섀도타워로 보내겠어."

그 외에 나온 이름으로는 방랑자 하우드, 브로그, 바다표범잡이 데빈, 나무 귀 카일렉, 하얀 가면 모나, 큰 바다코끼리…….

"큰 바다코끼리? 정말로?"

"얼어붙은 해안에선 이상한 이름을 붙이거든."

인질 셋은 반쪽 손 쿼린이 죽였던 악명 높은 약탈자, 까마귀 살해자 알핀의 아들들이었다. 적어도 토르문드 주장으로는 그랬다. "형제 사이처럼 보이지 않는데요." 존이 말했다.

"이복형제야. 서로 어머니가 다르지. 알핀의 거시기는 네놈 거보다도 작았지만, 그걸 어디다 넣을지는 꺼릴 줄을 몰랐거든. 마을마다 아들을 하나씩 뒀지."

토르문드는 유난히 약해 보이는 쥐 같은 얼굴의 소년에 대해 말했다. "저 녀석이 여섯 몸 바라미르의 새끼야. 바라미르 기억하지, 까마귀 공?"

기억했다. "변신자요."

"그래, 맞아. 게다가 못돼먹은 약골이기도 했지. 지금은 죽었을 거야. 전투 이후로 아무도 못 봤어."

두 명은 남자애로 가장한 여자애였다. 존은 그들을 보자 로리와 큰 리들을 보내어 데려오게 했다. 하나는 온순하게 따라왔지만, 또 하나는 발길질을 하고 물어뜯으려 들었다. '이건 나쁘게 끝날 수도 있겠어.' "이 둘도 아버지가 유명합니까?"

"하! 저 깡마른 녀석들? 아닐걸. 추첨으로 뽑혔을 거야."

"여자애들이군요."

"그런가?" 토르문드는 안장에 앉은 채 눈을 가늘게 뜨고 보더니 말했다. "나하고 까마귀 공이 너희 둘 중에 누구 거시기가 더 큰가를 두고 내기를 했다. 그 바지 내리고 보여다오."

여자애 하나는 얼굴이 새빨개졌다. 또 하나는 반항적으로 노려보았다. "내버려둬요, 거인의 악취 토르문드. 우릴 보내줘."

"하! 네가 이겼다, 까마귀. 둘 다 거시기가 없군. 그래도 저 작은 애는 배짱이 있는데. 창 마누라가 되겠군." 그는 부하들을 불렀다. "까마귀 공이 속옷 적시기 전에 재들에게 뭔가 여자애다운 옷을 찾아줘라."

"저 둘의 자리를 대신할 남자애가 둘 필요해요."

"어째서?" 토르문드는 수염을 긁었다. "내가 보기엔 인질은 인질이구먼.

네가 찬 그 크고 날카로운 검이 남자애 목이나 여자애 목이나 쉽게 자를 수 있잖냐. 아버지라면 딸들도 사랑하는 법이지. 음, 대부분의 아버지는."

'내가 걱정하는 건 아버지들이 아니야.' "만스가 〈용감한 대니 플린트〉라는 노래를 한 적 있습니까?"

"내 기억엔 없는데. 그게 누구냐?"

"소년 행색을 하고 검은 옷을 입은 소녀였죠. 슬프고 아름다운 노래예요. 대니에게 일어난 일은 그렇지 않고." 그 노래의 어떤 변형판에서는 대니의 유령이 아직도 나이트포트를 걷고 있었다. "여자애들은 롱배로 보낼 겁니다." 그곳에 남자라곤 강철 에멧과 구슬픈 에드뿐이었고, 둘 다 존이 믿는 남자였다. 형제들 모두에 대해 그렇게 말할 수는 없었다.

토르문드도 이해했다. "지저분한 새야, 너희 까마귀들은." 그는 침을 뱉었다. "그럼 남자애를 둘 더 보내지. 받게 될 거야."

인질 99명이 발을 끌며 그들 앞을 지나 장벽 아래로 들어갔을 때, 거인의 재앙 토르문드가 마지막 인질을 내밀었다. "내 아들 드린이다. 이 녀석을 잘 돌봐주지 않으면 네놈의 시커먼 간을 꺼내서 요리해 먹을 줄 알아, 까마귀."

존은 그 아이를 자세히 살폈다. '브랜 또래군. 아니, 테온이 죽지 않았다면 이쯤 됐겠지.' 그러나 드린에겐 브랜 같은 사랑스러움이 전혀 없었다. 다리는 짧고, 팔은 굵고, 몸은 육중한 데다 커다란 얼굴은 붉었다. 밤색 머리카락까지 딱 제 아버지를 줄여놓은 모습이었다. "내 시동으로 일하게 하지요." 존은 토르문드에게 약속했다.

"들었냐, 드린? 분수를 잊지 않게 조심해라." 이어서 토르문드는 존에게 말했다. "가끔 흠씬 때려줄 필요가 있어. 그렇지만 조심해. 이놈은 깨물거든." 그는 다시 손을 뻗어 나팔을 들어 올리고는, 또 한 번 길게 불었다.

이번에 앞으로 나온 것은 전사들이었다. 아까 백 명은 많은 것도 아니었다. '500명은 되겠군.' 존 스노우는 나무 아래에서 나오는 전사들을 보고 그렇게 판단했다. '천 명까지도 되겠어.' 말을 탄 전사는 열에 하나 정도였지만, 무장은 모두 다 했다. 등에는 생가죽이나 삶은 가죽을 덮은 둥그런 고리버들 방패를 짊어졌는데, 뱀과 거미, 잘린 머리통, 피 묻은 망치, 깨진 두개골, 악마 등의 그림을 그려 넣었다. 몇 명은 훔친 갑옷, 즉 죽은 순찰자의 시체에서 벗겨낸 우그러진 갑옷 쪼가리들을 걸쳤다. 래틀셔츠처럼 뼈다귀로 갑옷을 만들어 입은 전사들도 있었다. 모두가 모피와 가죽옷을 입었다.

긴 머리가 흘러내리는 창 마누라들도 있었다. 존은 그들을 보며 이그리트를 떠올리지 않을 수 없었다. 머리카락에 내려앉은 불의 광채, 작은 동굴 안에서 그를 위해 옷을 벗었을 때 짓던 표정, 이그리트의 목소리. "넌 아무것도 몰라, 존 스노우." 그렇게 말한 게 백 번은 됐을 것이다.

'그때나 지금이나 사실이지.' "여자들을 먼저 보낼 수도 있었을 텐데요." 그는 토르문드에게 말했다. "어머니들과 처녀들을."

야인은 빈틈없는 눈빛으로 그를 보았다. "그래, 그럴 수도 있었지. 그랬다가 너희 까마귀들이 문을 닫기로 할 수도 있잖아. 저쪽에 전사가 좀 가 있으면, 문이 계속 열려 있을 거 아냐?" 그는 씩 웃었다. "내가 네놈의 망할 말을 샀다, 존 스노우. 벌써 샀다고 그 말의 이빨을 셀 수 없는 건 아니야. 그렇다고 나나 내 사람들이 널 믿지 않는다고 생각하진 말아라. 너희가 우리를 믿는 만큼 우리도 너희를 믿으니까." 그는 코웃음을 쳤다. "전사들을 원하지 않았던가? 자, 여기 대령했다. 하나하나가 너희 검은 까마귀 여섯 명 가치는 하지."

존은 미소 지을 수밖에 없었다. "저들이 무기를 우리의 공통된 적에게만 겨눈다면야, 만족이지요."

"내가 약속하지 않았던가? 거인의 재앙 토르문드의 약속이다. 쇠처럼 튼튼한 약속이지." 그는 몸을 돌리고 침을 뱉었다.

전사들의 물결 사이에는 존이 인질로 받은 아이들의 아버지가 많았다. 몇 명은 칼자루를 만지작거리고 차갑게 죽은 눈으로 그를 노려보며 지나 갔다. 또 몇 명은 오랫동안 못 만난 친척을 보듯 미소 지었지만, 그런 미소 는 노려보는 눈길보다 더 존 스노우를 당황시켰다. 무릎을 꿇는 자는 아무 도 없었지만, 많은 수가 그에게 맹세를 했다. "토르문드가 맹세한 바를 나 도 맹세한다." 말수 적은 검은 머리의 브로그가 선언했다. 방패 분쇄기 소 렌은 고개를 까딱하고 으르렁대며 말했다. "소렌의 도끼는 네 것이다, 존 스 노우. 그런 게 필요하다면 말이지만." 붉은 수염의 '왕의 피' 게릭은 딸 셋을 데려왔다. "얘들은 좋은 아내가 될 것이고, 남편에게 왕의 피를 이은 튼튼 한 아들들을 낳아줄 거다." 그는 큰소리를 쳤다. "아버지와 마찬가지로 얘 들도 장벽 너머의 왕이었던 붉은 수염 레이먼의 피를 이었거든."

존은 자유민 사이에서는 혈통이 별 의미가 없다는 걸 알았다. 이그리트 가 가르쳐준 바였다. 게릭의 딸들은 이그리트와 똑같이 불꽃 같은 붉은 머 리였지만, 이그리트의 머리가 곱슬곱슬하게 엉켜 있었다면 이들의 머리카 락은 길고 곧았다. '불의 입맞춤을 받은 머리.' 존은 그 여자들의 아버지에 게 말했다. "아름다운 세 공주로군요. 왕비님에게 소개해드리지요." 그는 셀 리스 바라테온이 발보다 이 셋을 더 마음에 들어하겠다고 생각했다. 이 셋 이 더 어리고, 훨씬 겁먹기도 했으니까. '아버지는 바보 같지만, 딸들은 보 기만 해도 사랑스럽군.'

방랑자 하우드는 존이 이제까지 본 검 중에 가장 흠집이 많은 철검이 긴 해도 자기 검에 대고 맹세했다. 바다표범잡이 데빈은 바다표범 가죽으 로 만든 모자를 내밀었고, 사냥꾼 하알은 곰 발톱 목걸이를 내밀었다. 전 사 마녀인 모나는 영목으로 만든 가면을 잠시 벗고 존의 장갑 낀 손에 입 을 맞추며 그의 남자든 여자든 원하는 쪽이 되겠다고 맹세했다. 그렇게 계 속 이어졌다.

전사들은 지나가면서 보물을 벗어서 집사들이 문 앞에 놓아둔 수레들에 던져 넣었다. 호박 펜던트, 금목걸이, 보석 박힌 단검, 보석 박힌 은브로치, 팔찌, 반지, 흑금 잔과 긴 황금 술잔, 전투 나팔과 뿔잔, 비취로 만든 빗, 담수 진주로 만든 목걸이…… 모두 내놓았고, 보웬 마시가 기록했다. 어떤 남자는 대단한 귀족을 위해 만들어진 게 분명한 은미늘 셔츠를 내놓았다. 또 어떤 남자는 칼자루에 사파이어가 세 개 박힌 부러진 검을 포기했다.

그보다 더 이상한 것들도 있었다. 진짜 매머드 털로 만든 장난감 매머드, 상아로 만든 남근, 유니콘 머리로 만들어 뿔까지 완벽하게 갖춘 투구. 자유도시들에서 그런 물건으로 식량을 얼마나 살 수 있을지 존 스노우는 짐작도 가지 않았다.

말을 탄 전사들이 지나가고 나자 얼어붙은 해안 사람들이었다. 존은 커다란 뼈 전차 십여 대가 래틀셔츠처럼 덜그럭거리며 지나가는 모습을 하나씩 지켜보았다. 절반은 원래대로 바퀴를 굴렸고, 나머지 절반은 바퀴를 긴 나무판으로 바꿔서 바퀴 전차들이 빠지는 눈 위를 매끄럽게 지쳤다.

전차를 끄는 개들은 다이어울프만 한 덩치의 무시무시한 짐승이었다. 여자들은 바다표범 가죽을 입었고, 품에 아기를 안은 여자도 있었다. 좀 더 큰 아이들은 어머니 뒤를 따라 걷다가 손에 움켜쥔 돌만큼이나 검고 딱딱한 눈으로 존을 올려다보았다. 어떤 남자들은 모자에 사슴뿔을 붙였고, 어떤 남자들은 바다코끼리 엄니를 붙였다. 존은 곧 그 두 부류가 서로를 좋아하지 않는다는 것을 알아차렸다. 여윈 순록 몇 마리가 맨 뒤에 따라왔고, 거대한 개들이 낙오자들 뒤에서 컹컹댔다.

"저 무리를 조심해라, 존 스노우." 토르문드가 경고했다. "야만적인 족속이야. 남자들도 나쁘지만, 여자들은 더 나쁘지." 그는 안장에 걸어놓은 가죽 부대를 집어 존에게 내밀었다. "자. 이걸 마시면 저놈들이 좀 덜 무서워 보일지 몰라. 밤에 몸도 덥혀줄 거고. 아니, 그냥 네가 가져라. 쭉 마셔."

가죽 부대 안에는 눈물이 찔끔 나고 가슴속에 불줄기가 굽이칠 정도로 독한 꿀술이 들어 있었다. 존은 쭉 마셨다. "당신은 좋은 남자예요, 거인의 아기 토르문드. 야인치고는."

"대부분보다는 나을지 모르지. 몇몇보단 못할 거고."

태양이 눈부신 파란 하늘을 가로지르는 동안 야인들은 오고 또 왔다. 정오가 되기 직전, 우차 한 대가 터널 안 구부러지는 곳에 걸리는 바람에 흐름이 멈췄다. 존 스노우가 직접 살펴보러 갔다. 우차는 꽉 긴 상태였다. 우차 뒤에 있던 남자들은 수레를 쪼개고 황소를 도축해버리겠다고 위협하고, 우차를 몰던 남자와 그 친척은 그랬다간 죽여버리겠다고 하고 있었다. 존은 토르문드와 그 아들 토레그의 도움을 받아 야인들끼리 피를 보는 사태를 막을 수 있었지만, 길이 다시 뚫리기까지 거의 한 시간이 걸렸다.

"문이 더 커야겠어." 토르문드는 구름이 몇 조각 불어온 하늘을 험상궂은 표정으로 올려다보며 존에게 불평했다. "이래서야 너무 느리잖나. 갈대로 우유강을 빨아 먹는 꼴이야. 하. 나에게 조라문의 나팔만 있었어도. 내가 그걸 제대로 불면 무너진 돌 더미를 헤치고 넘어가게 될 텐데 말이지."

"조라문의 나팔은 멜리산드레가 불태웠습니다."

"그랬나?" 토르문드는 허벅지를 때리며 야유했다. "그 크고 멋진 나팔을 태웠단 말이지. 빌어먹을 죄악이야, 그건. 천 년은 묵은 거였다고. 거인의 무덤에서 찾아냈는데 아무도 그렇게 큰 나팔을 본 적이 없었어. 만스도 그래서 너한테 그게 조라문의 나팔이라고 했을 거야. 너희 까마귀들이 만스에게 저주받을 장벽을 불어서 무너뜨릴 힘이 있다고 생각했으면 했던 거지. 하지만 그렇게 파헤쳤어도 사실 진짜 조라문의 나팔은 못 찾았어. 그걸 찾았다면 너희 칠왕국에 사는 무릎 꿇는 놈들은 여름 내내 와인을 차게 먹을 수 있을 만큼 얼음 덩어리를 얻었을 거야."

존은 얼굴을 찌푸리며 안장에서 몸을 돌렸다. '그리고 조라문은 겨울 나팔을 불어, 땅에서 거인들을 깨웠네.' 오래된 금테를 두른 데다 고대 룬 문자가 새겨져 있던 그 거대한 나팔이……. 만스 레이더가 거짓말을 했던 걸까, 지금 토르문드가 거짓말을 하는 걸까? '만스의 나팔이 속임수에 불과했다면, 진짜 나팔은 어디 있지?'

오후가 되자 해는 사라지고, 잿빛에 바람이 심한 날씨로 변했다. "눈이 올 하늘이군." 토르문드가 음울하게 말했다.

다른 이들도 낮게 깔린 하얀 구름에서 같은 징조를 보았다. 그게 조급증에 박차를 가한 모양이었다. 다들 신경이 날카로워지기 시작했다. 한 남자는 몇 시간씩 줄을 서 있던 다른 사람들 앞으로 새치기하려다가 찔렸다. 토레그가 찌른 사람의 손에서 칼을 빼앗고 둘 다 끌고 나와서 처음부터 다시 시작하도록 야인 숙영지로 돌려보냈다.

"토르문드." 존은 아이들을 가득 태운 수레를 끌고 문으로 향하는 노파 네 명을 지켜보다가 말했다. "우리의 적에 대해 말해봐요. 다른자들에 대해 알 건 다 알아야겠어요."

토르문드는 입가를 문질렀다. "여기선 안 돼." 그는 중얼거렸다. "장벽 이쪽에선 안 돼." 그는 하얀 망토를 뒤집어쓴 나무들 쪽을 불편한 듯 흘끔거렸다. "그놈들은 절대 멀리 있지 않아. 낮에는 나오지 않지. 태양이 빛나는 동안에는. 하지만 그렇다고 떠났다고 생각하지 마. 그림자는 절대 멀어지지 않아. 보지 못할 순 있어도, 언제나 네 발뒤꿈치에 붙어 있다고."

"남쪽으로 오는 길에 놈들이 애를 먹였나요?"

"놈들이 대거 나타난 적은 절대 없었지만, 그래도 늘 주위에 있으면서 가장자리를 갉아먹었지. 별동대는 생각하기도 싫을 만큼 많이 잃었고, 뒤처지거나 대열에서 떨어졌다간 목숨을 잃었어. 밤마다 진영을 불로 빙 둘렀지. 놈들은 불을 별로 좋아하지 않아. 틀림없어. 하지만 눈이 오면…… 눈이나 진눈깨비, 얼음비가 오면 마른 장작을 찾거나 불쏘시개에 불을 붙이기가 더럽게 힘들고, 추위가…… 어떤 밤에는 불이 그냥 오그라들어서 꺼지는 것 같았어. 그런 밤이면, 아침에 꼭 죽은 놈들이 나와. 죽은 놈들이 널 먼저 찾지 않으면 말이야. 토르윈드, 내 아들이 죽은…… 그날 밤은……." 토르문드는 고개를 돌리고 말았다.

"알아요." 존 스노우가 말했다.

토르문드가 다시 그를 봤다. "넌 아무것도 몰라. 그래, 네가 죽은 놈을 죽였다는 얘긴 들었다. 만스는 백 놈은 죽였어. 죽은 자들과는 싸울 수 있지만, 그것들의 주인이 오면, 하얀 안개가 일어나면…… 안개와 어떻게 싸운단 말이냐, 까마귀야? 이빨이 달린 그림자…… 배 속에 칼을 삼킨 것처럼, 숨 쉬기 아플 정도로 차가운 공기……. 너는 몰라, 너는 알 수가 없어……. 추위를 칼로 물리칠 수 있을까?"

'두고 봐야지.' 존은 샘이 말해준 내용들, 오래된 책에서 샘이 찾아낸 내용들을 떠올리며 생각했다. 긴 발톱은 옛 발리리아의 불로 버린 검이었다. 드래곤 화염에 벼린 주문을 건 검이었다. '샘은 그걸 드래곤 강철이라고 불렀어. 평범한 철보다 강하고, 가볍고, 견고하고, 날카로운…….' 하지만 책 속에 적힌 것만으로는 모른다. 진짜 시험은 전투에서 해봐야 했다.

"그 말이 맞아요." 존은 말했다. "전 모릅니다. 그리고 신들이 자비로우시다면 영영 모르겠죠."

"신들이 그렇게 자비로울 땐 별로 없어, 존 스노우." 토르문드는 고갯짓으로 하늘을 가리켰다. "구름이 몰려온다. 벌써 어두워지고, 추워지고 있어. 네 장벽도 이젠 울지 않는군. 봐라." 그는 몸을 돌려 아들인 토레그를 불렀다. "숙영지로 말을 달려가서 재촉해라. 아픈 사람과 약한 사람, 게으름뱅이와 겁쟁이 다 빌어먹을 발을 움직이게 해. 필요하다면 그 망할 천막들에 불이라도 붙여. 밤이 오면 문을 닫아야 한다. 그때까지 장벽을 통과하지 못한 자는 나보다 다른 자들에게 먼저 잡히길 빌어야 할 거다. 알아들었냐?"

"알았어요." 토레그가 말 옆구리를 차고 대열 저편으로 달려갔다.

야인들은 계속 왔다. 토르문드 말대로 하늘이 어두워졌다. 구름이 지평선 끝부터 끝까지 다 뒤덮었고, 따뜻한 기운이 달아났다. 문 앞에서 남자와 염소와 황소가 엎치락뒤치락 밀고 밀리는 일이 잦아졌다. '참을성이 없어서만은 아니야.' 존은 깨달았다. '두려운 거야. 전사들, 창 마누라들, 약탈자들이 저 숲을 무서워해. 나무 사이에서 움직이는 그림자들을. 밤이 내리기 전에 그 그림자들과 자기들 사이에 장벽을 두고 싶은 거야.'

눈송이 하나가 춤추듯 날아내렸다. 그리고 또 하나가. '춤을 추자, 존 스노우.' 그는 생각했다. '넌 곧 나와 춤을 추게 될 거야.'

야인들은 계속, 계속, 계속 왔다. 좀 더 빠르게, 서둘러 과거의 전장을 가로지르는 사람들이 있는가 하면 늙거나 어리거나 약한 이들은 거의 움직이지 못했다. 오늘 아침에만 해도 예전에 내린 눈이 두껍게 깔려서 햇빛에 하얀 얼음층이 반짝였다. 지금 그 땅은 갈색과 검은색이었고 진창이 되었다. 자유민들이 지나가면서 땅을 진흙과 거름 더미로 만들어놓았다. 나무 바퀴와 말발굽, 뼈와 뿔과 상아로 만든 활주판, 돼지 발, 무거운 장화, 암소와 황소의 갈라진 발, 뿔발족의 시커먼 맨발 모두가 흔적을 남겼다. 진흙탕은 대열의 흐름을 더 늦췄다. "더 큰 문이 필요하다니까." 토르문드가 다시 투덜거렸다.

늦은 오후쯤에는 눈이 꾸준히 내리고 있었지만, 야인들의 강은 개울 정도로 줄어들었다. 야인들이 진을 쳤던 숲에서 연기 기둥이 올랐다. "토레그다." 토르문드가 설명했다. "죽은 자들을 태우는 거야. 언제나 잠들었다가 깨지 않는 사람이 있지. 천막 안에서 몸을 말고 얼어붙은 채로 발견돼. 토레그는 어떻게 해야 하는지 알아."

토레그가 숲에서 나왔을 때는 흐름이 개울물이 졸졸 흐르는 수준까지 이르렀다. 창과 검으로 무장한 말 탄 전사 십여 명이 같이 왔다. "내 후위대야." 토르문드가 이가 빠진 자리를 보이며 히죽 웃었다. "너희 까마귀들에 겐 순찰자가 있지. 우리도 그래. 혹시나 다 빠져나오기 전에 공격받을까 봐 숙영지에 남겨놨었지."

"제일 뛰어난 병사들이겠군요."

"아니면 최악의 놈들일 수도 있지. 다들 까마귀 하나씩은 죽였거든."

말 탄 전사들 사이에 남자 하나가 걷고 있었는데, 그 뒤로 거대한 짐승 이 따라왔다. '멧돼지로군.' 존은 보았다. '괴물 같은 멧돼지야.' 고스트의 두 배는 되는 몸집에, 거친 검은 털이 빽빽했고 엄니는 남자 팔만큼 길었다. 존은 그렇게 크거나 그렇게 흉한 멧돼지를 본 적이 없었다. 그 옆에 선 남 자도 아름답지 않긴 마찬가지였다. 몸집이 크고, 눈썹이 진하고, 납작코에, 미간이 좁은 작고 까만 눈, 수염 자국이 시커멓게 보이는 각진 턱.

"보로크다." 토르문드가 고개를 돌리고 침을 뱉었다.

"변신자군요." 질문이 아니었다. 어째선지 알 수 있었다.

고스트가 고개를 돌렸다. 이제까지는 내리는 눈이 그 멧돼지의 냄새를 가렸지만, 지금은 고스트가 냄새를 맡았다. 하얀 늑대는 존 앞으로 걸어 나와 이를 드러내고 조용히 으르렁거렸다.

"안 돼!" 존은 날카롭게 외쳤다. "고스트, 앉아. 가만히. 가만히 있어!"

"멧돼지와 늑대라." 토르문드가 말했다. "오늘 밤엔 네 짐승을 가둬두는 게 좋겠어. 보로크도 돼지를 가둬두게끔 하마." 그는 어두워져가는 하늘을 흘긋 보았다. "저 녀석들이 마지막이다. 아슬아슬했군. 오늘은 밤새도록 눈 이 올 거야. 느껴져. 이제 저 얼음 덩어리 반대편이 어떻게 돌아가는지 내 가 볼 때가 됐네."

"먼저 가요." 존이 말했다. "내가 마지막으로 얼음을 통과할 겁니다. 연회 에서 만나지요."

"연회? 하! 그거 듣기 좋은 말이로군." 토르문드는 조랑말을 장벽 쪽으로 돌리고 궁둥이를 찰싹 때렸다. 토레그와 기수들이 뒤따르다가, 문 앞에서 내려 말을 끌고 통과했다. 보웬 마시는 집사들이 마지막 수레를 끌고 터널에 들어가는 모습까지 지켜보고 돌아갔다. 이제 존 스노우와 그의 호위들만 남았다.

변신자가 10미터쯤 앞에서 걸음을 멈췄다. 그의 괴물은 쿵쿵거리며 앞발로 진흙을 헤쳤다. 가루눈이 돼지의 솟아오른 검은 등판을 덮었다. 돼지가 쿵 소리를 내더니 머리를 숙였고, 잠깐이지만 존은 돼지가 돌격하려 한다고 생각했다. 양쪽에서 호위병들이 창을 내렸다.

"형제여." 보로크가 말했다.

"들어가는 게 좋겠소. 곧 문을 닫을 거요."

"그러시오." 보로크가 말했다. "단단히, 꽉 닫으시오. 놈들이 오고 있소, 까마귀." 그는 존이 이제까지 본 적 없는 흉한 미소를 짓고 장벽 문으로 향했다. 멧돼지가 뒤따라 걸었다. 떨어지는 눈송이가 그 뒤에서 흔적을 덮었다.

"그럼 끝났군요." 그들이 사라지자 로리가 말했다.

'아니.' 존 스노우는 생각했다. '이제 겨우 시작이야.'

보웬 마시는 장벽 남쪽에서, 숫자가 가득 적힌 석판을 들고 기다리고 있었다. "오늘 3119명의 야인이 문을 통과했습니다." 집사장이 말했다. "인질 60명은 밥을 먹인 후에 이스트워치와 섀도타워로 보냈습니다. 에드 톨렛은 마차 여섯 대에 여자들을 싣고 롱배로로 돌아갔습니다. 나머지는 우리에게 남았습니다."

"오래는 아닙니다." 존이 장담했다. "토르문드는 하루 이틀 안에 자기 사람들을 이끌고 오큰실드로 갈 거예요. 나머지도 우리가 어디로 갈지 분류하는 대로 출발할 것이고."

"말씀대롭니다, 스노우 공." 말투가 딱딱했다. 듣기만 해도 보웬 마시가 직접 배정한다면 어디로 보낼지 알 수 있었다.

존이 돌아온 곳은 그날 아침에 떠났던 성과 완전히 달랐다. 존이 알고 지낸 동안 캐슬블랙은 언제나 침묵과 그림자의 성이었고, 한때는 열 배의 인원을 수용했던 요새의 폐허에 검은 옷을 입은 빈약한 무리가 유령처럼 돌아다니는 곳이었다. 그게 다 바뀌었다. 존 스노우가 한 번도 불 밝힌 모습을 보지 못했던 창문마다 지금은 빛이 새어 나왔다. 마당에서는 귀에 선 목소리들이 울려 퍼졌고, 오랫동안 까마귀들의 검은 장화밖에 몰랐던 빙판길을 자유민들이 오갔다. 오래된 '플린트 막사' 바깥에서는 눈싸움을 벌이는 남자 십여 명과 마주치기도 했다. '놀고 있다니.' 존은 놀라서 생각했다. '다 큰 어른들이, 브랜과 아리아가 예전에 그랬고, 그 전에는 롭과 내가 그랬듯이 눈덩이를 던지면서 아이들처럼 놀고 있어.'

그러나 도날 노이의 옛 무기고는 여전히 어둡고 조용했으며, 차갑게 식은 대장간 뒤 존의 거처는 더 어두웠다. 존이 망토를 벗자마자 다넬이 문 안으로 머리를 들이밀더니 클라이다스가 편지를 가져왔다고 말했다.

"들여보내." 존은 화로에 남은 잔불로 가는 초에 불을 붙이고, 그 초로 다시 양초 세 개를 불붙였다.

클라이다스가 부드러운 한 손에 양피지를 움켜쥔 채 눈을 껌벅이며 들어왔다. "실례합니다, 총사령관님. 지치셨을 줄 알지만, 이 편지는 바로 보고 싶어 하실 것 같았습니다."

"잘하셨어요." 존은 편지를 읽었다.

하드홈에서, 배 여섯 척 있음. 거친 바다. 검은 새호는 선원 모두와 함께 실종, 리스 배 두 척은 스카네에서 좌초, 발톱호는 물이 샘. 여기 상황은 아주 나쁨. 야인들이 자기네 시체를 먹고 있음. 숲에 죽은 것들이 있음. 브라보스 선장들은 배에 여자와 아이만 태울 것임. 마녀는 우리를 노예상이라고 부름.

'폭풍 까마귀'호를 장악하려는 시도를 물리침, 선원 여섯과 야인 다수 사망. 까마귀는 여덟 마리 남았음. 물속에 죽은 것들. 바다는 폭풍에 시달리고 있으니 육로로 지원 요청. 발톱호에서, 하문 학사 작성.

코터 파이크가 그 밑에 성난 서명을 남겼다.

"심각한 소식입니까?" 클라이다스가 물었다.

"아주 심각하네요." '숲에 죽은 것들. 물속에 죽은 것들. 열한 척이 출항해서 남은 배는 여섯 척.' 존 스노우는 찌푸린 얼굴로 양피지를 말면서 생각했다. '밤이 오고 이제 나의 전쟁이 시작되는구나.'

버려진 기사

"미린의 왕, 기스의 자손, 옛 제국의 팔두(八頭), 스카하자단의 주인, 드래 곤의 배우자이자 하피의 혈통이신 고귀한 이름 히즈다르 조 로라크 14세 폐하 앞에 무릎을 꿇으라." 의전관이 외쳤다. 그 목소리가 대리석 바닥에 메아리치고 기둥 사이에 울려 퍼졌다.

바리스탄 셀미 경은 망토 주름 아래 손을 넣어 칼집에 든 장검을 슬쩍 느슨하게 했다. 왕의 호위가 아니고서야, 왕이 있는 곳에서 무기를 소지하는 것은 허락되지 않았다. 면직되긴 했어도 그는 아직 무기가 허용되는 인원에 들어가는 모양이었다. 어쨌든 아무도 그의 장검을 빼앗으려 들지는 않았다.

대너리스 타르가르옌은 반질반질한 흑단으로 만든 매끄럽고 단순한 장의자에, 바리스탄 경이 편안하게 만들어주려고 찾아낸 쿠션을 쌓아놓은 그 의자에 앉아 조정을 열기를 좋아했었다. 히즈다르 왕은 장의자 대신 나무로 만들어 금을 입힌 웅장한 왕좌 두 개를 가져다 놓았고, 높은 등받이에는 드래곤 모양을 조각했다. 왕은 머리에 금관을 쓰고, 하얀 손에는 보석 박힌 홀을 들고 오른쪽 왕좌에 앉았다. 두 번째 왕좌는 비어 있었다.

'으리으리한 왕좌라.' 바리스탄 경은 생각했다. '어떤 드래곤 의자도, 아무리 정교하게 조각한대도 진짜 드래곤을 대신할 순 없어.'

쌍둥이 왕좌 오른쪽에는 흉터 가득한 사나운 얼굴에 덩치가 거대한 거인 고호르가 섰다. 왼쪽에는 한쪽 어깨에 표범 가죽을 걸친 얼룩 고양이가 섰다. 그 뒤에는 뼈 부수는 벨라쿼와 차가운 눈의 크라즈가 섰다. '다들 노련한 살인자들이지만, 투기장에서 나팔과 북 소리가 알려주는 적을 마주하는 상황과, 공격하기 전에 숨어 있는 살인자부터 찾아내야 하는 상황은 전혀 다른 법이지.'

아직 새 하루가 시작된 지 얼마 안 됐건만, 밤새 싸우기라도 한 것처럼 뼛속까지 피곤했다. 바리스탄 경은 나이가 들수록 잠이 덜 필요한 것 같았다. 종자 시절에는 하룻밤에 열 시간을 자고도 훈련장에 비틀비틀 걸어 나가면서 하품을 하곤 했다. 예순세 살에는 하룻밤에 다섯 시간 자면 충분하고도 남았다. 어젯밤에는 거의 한숨도 자지 못했다. 그의 침실은 여왕의 거처에 붙은 작은 방으로, 원래는 노예 처소였다. 세간은 침대 하나, 요강 하나, 옷장 하나였고 앉고 싶으면 앉을 의자도 하나 있었다. 침대 협탁에는 양초 하나와 작은 '전사' 신 조각을 하나 두었다. 신실하다고 할 순 없었지만 그 조각상이 이 기묘하고 낯선 도시에 혼자 있다는 기분을 덜어주었고, 캄캄한 밤에 그가 찾은 대상도 그 신상이었다. 그는 기도했다. '저를 갉아먹는 의심으로부터 저를 지켜주시고, 옳은 일을 할 힘을 주소서.' 그러나 기도도, 여명도 그에게 확신을 주지는 못했다.

알현실은 노기사가 이전에 본 적 없을 만큼 붐볐지만, 바리스탄 셀미가 제일 주목한 것은 그곳에 없는 얼굴들이었다. 미산데이, 벨와스, 회색 벌레, 아고와 조고와 라카로, 이리와 지키, 다리오 나하리스. 민머리가 있던 자리에는 근육 잡힌 흉갑에 사자 가면을 쓰고, 가죽 주름치마 아래 육중한 두 다리가 보이는 뚱뚱한 남자가 서 있었다. 왕의 사촌이며 놋쇠 짐승단의 새

지휘관인 마르가즈 조 로라크였다. 셸미는 이미 그 남자에게 경멸을 느꼈다. 킹스랜딩에서 알던 부류였다. 윗사람에게 알랑거리고 아랫사람에게는 가혹하게 굴고, 자화자찬하는 만큼이나 뵈는 게 없으며 오만함이 지나친 부류.

'스카하즈도 여기 있을 수도 있어.' 셸미는 깨달았다. '그 못생긴 얼굴을 가면에 숨기고 있겠지.' 기둥 사이사이 마흔 명의 놋쇠 짐승들이 서서, 횃불 빛에 반질반질한 놋쇠 가면을 반짝이고 있었다. 그중 누구든 민머리일 수 있었다.

나지막하게 수런거리는 백 개의 목소리들이 알현실 안의 기둥과 대리석 바닥에 메아리쳤다. 합해지니 화가 난 듯한 험악한 소리가 됐다. 셸미는 그 소리에 말벌들이 한꺼번에 날아오르기 직전에 말벌집에서 나는 소리가 떠올랐다. 그리고 모여든 군중의 얼굴에서 분노와 비탄, 의심과 두려움을 보았다.

왕의 새로운 의전관이 시작을 알리자마자 보기 흉한 상황이 벌어졌다. 한 여자가 다즈낙 투기장에서 죽은 형제에 대해 울부짖기 시작했고, 또 한 여자는 가마가 부서졌다고 외쳤다. 뚱뚱한 남자 하나는 붕대를 찢고 화상 입은 팔을 모두에게 보였는데, 아직 아물지 않은 살에서 피가 배어 나오고 있었다. 그리고 파란색과 금색의 토카를 입은 남자가 '영웅 하가즈'에 대해 말하기 시작하자, 그 뒤에 서 있던 해방 노예가 그를 밀어 넘어뜨렸다. 그들을 떼어내어 끌고 나가는 데 놋쇠 짐승 여섯 명이 필요했다. '여우, 매, 바다 표범, 메뚜기, 사자, 두꺼비로군.' 셸미는 가면을 쓴 남자들이 그 가면들에 의미를 둘까 궁금했다. 같은 남자가 매일 같은 가면을 쓸까, 아니면 매일 아침 새로운 얼굴을 고를까?

"조용히!" 레즈낙 모 레즈낙이 애원하고 있었다. "제발 좀! 순서대로 하면 내가 대답을……."

"사실입니까?" 해방 노예 여성이 외쳤다. "우리 어머니께서 죽었어요?"

"아니, 아니, 아니야." 레즈낙이 빽 소리를 질렀다. "대너리스 여왕님께선 때가 되면 위풍당당하게 미린으로 돌아오실 것이다. 그때까지는 히즈다르 폐하께서—"

"그자는 내 왕이 아니야." 어느 해방 노예가 소리쳤다.

사람들이 서로를 밀치기 시작했다. "여왕님은 죽지 않았다." 시종장이 선언했다. "전하를 찾아서 사랑하는 부군과 충성스러운 신하들에게 모시고 돌아오도록 스카하자단강 건너편으로 혈맹기수들을 파견했다. 혈맹기수마다 직접 고른 기수 열 명씩 거느렸고, 빠르게 멀리까지 갈 수 있도록 각각 발 빠른 말 세 마리씩 데려갔다. 대너리스 여왕님을 찾을 것이다."

양단 로브를 걸친 키 큰 기스카인이 다음으로 발언했는데, 목소리가 차가우면서도 낭랑했다. 히즈다르 왕은 굳은 얼굴로 걱정스럽지만 침착한 표정을 지으려고 최선을 다하면서 드래곤 왕좌에서 꿈틀거렸다. 다시 한번 그의 시종장이 답했다.

바리스탄 경은 레즈낙의 번지르르한 말들을 흘려들었다. 킹스가드로 보낸 세월 덕분에 들으면서도 듣지 않는 기술을 익혔는데, 말하는 사람이 말은 정말 바람일 뿐이라는 점을 증명할 때 특히 유용한 기술이었다. 알현실 뒤쪽에 도르네 공자와 그의 두 동행이 보였다. '오지 말았어야 해. 마르텔은 자기가 처한 위험을 모르고 있어. 이 궁정에서 마르텔의 친구는 대너리스 뿐이었는데, 이젠 대너리스도 없지.' 그는 그들이 지금 나오는 이야기를 얼마나 이해할까 궁금했다. 바리스탄 본인도 노예상들이 쓰는 잡종 기스카어를 늘 알아듣지는 못했고, 빠르게 말하면 더 그랬다.

쿠엔틴 공자는 그래도 열심히 귀를 기울였다. '딱 제 아버지의 아들이군.' 키가 작고 다부진 체격에 평범한 얼굴의 쿠엔틴은 온건하고, 분별력 있고, 성실하니 괜찮은 청년 같았으나…… 젊은 여자의 가슴을 빨리 뛰게 하는 부류는 아니었다. 그리고 대너리스 타르가르옌은 어쨌든 간에 순진한 척할 때 스스로도 주장하듯이, 어렸다. 모든 훌륭한 여왕이 그렇듯 대너리스도 백성들을 우선시했지만—그러지만 않았어도 히즈다르 조 로라크와 결혼하지 않았을 것이다— 대너리스 내면의 소녀는 아직도 시와 열정과 웃음을 갈망했다. '대너리스는 불을 원하는데, 도르네는 진흙을 보냈어.'

진흙으로는 열을 식힐 습포제를 만들 수 있다. 진흙에는 씨앗을 뿌려 아이들을 먹일 작물을 키울 수 있다. 불이 사람을 집어삼키기만 할 때 진흙은 영양을 공급할 수 있다. 그러나 바보와 어린아이와 젊은 여자는 언제나 불을 선택하리라.

공자 뒤에 선 게리스 드링크워터 경은 이론우드에게 무슨 말인가를 소곤대고 있었다. 게리스 경은 자신이 섬기는 공자와 정반대였다. 키가 크고 늘씬하며 잘생겼고, 검사다운 우아함과 신하다운 기지를 갖췄다. 바리스탄은 수많은 도르네 처녀들이 그 햇빛이 내려앉은 머리카락을 손가락으로 쓸고 그 놀리는 듯한 미소를 짓는 입술에 입을 맞췄을 것을 의심하지 않았다. '이쪽이 공자였다면 일이 달라질 수도 있었는데.' 그런 생각을 막을 수가 없었으나…… 드링크워터는 바리스탄의 구미에는 조금 지나치게 쾌활했다. '못 믿을 물건이야.' 노기사는 생각했다. 그런 남자들을 전에도 알았다.

무슨 말을 속삭이는지는 몰라도 재미있는 말인지, 덩치 큰 대머리 친구가 갑자기 웃음을 터뜨렸다. 히즈다르 왕이 도르네인들 쪽으로 고개를 돌릴 만큼 소리가 컸다. 히즈다르 조 로라크는 도르네 공자를 보고 얼굴을 찡그렸다.

바리스탄 경은 그 표정이 마음에 들지 않았다. 그리고 왕이 사촌인 마르가즈를 손짓해 부르고, 가까이 기울인 귓가에 뭔가 속삭이자 더욱 마음에 들지 않았다.

'난 도르네에 어떤 맹세도 하지 않았어.' 바리스탄 경은 스스로에게 말했다. 그러나 르윈 마르텔은 아직 킹스가드 사이의 유대감이 깊었던 시절에 그의 결의형제였다. '트라이던트에서 르윈 공자를 돕진 못했지만, 지금 그 종손자를 도울 수는 있겠지.' 쿠엔틴 마르텔은 독사 굴에서 춤추고 있었는데, 심지어 독사를 알아보지도 못했다. 대너리스가 신과 인간의 눈앞에서 다른 남자와 결혼한 후에도 그자가 계속 남아 있다는 건 남편을 자극할 일이었고, 이제는 히즈다르의 분노로부터 지켜줄 여왕마저 없었다. '그렇지만……'

그 생각은 그의 얼굴을 후려치듯 찾아왔다. 쿠엔틴은 도르네 궁정에서 자랐다. 계략과 독은 그에게 낯선 것들이 아니었다. 르윈 공자만 그의 핏줄이 아니었다. '붉은 독사의 핏줄이기도 하지.' 대너리스가 다른 남자를 배우자로 맞이했지만, 히즈다르가 죽는다면 다시 결혼할 수 있는 몸이 된다. '민머리가 틀렸을 수도 있을까? 그 메뚜기가 대너리스를 노린 거라고 누가 장담할 수 있지? 왕의 관람석이었어. 내내 히즈다르가 희생자가 될 예정이었다면?' 히즈다르의 죽음은 깨지기 쉬운 평화를 박살 냈을 것이다. 하피의 아들들이 살인 행각을 재개하고, 융카이인들은 전쟁을 재개했을 것이다. 그러면 대너리스에게는 쿠엔틴과 그의 결혼 협약이 가장 나은 선택지가 되었으리라.

바리스탄 경은 아직 그런 의심과 씨름하다가 알현실 뒤쪽의 가파른 돌계단을 오르는 무거운 장화 소리를 들었다. 융카이인들이 왔다. 현명한 주인 세 명이 노란 도시에서 온 행렬을 이끌었으며, 각각 따로 무장한 신하들을 거느렸다. 노예상 하나는 금술이 달린 밤색 비단 토카를, 하나는 청록색과 오렌지색 줄무늬 토카를, 세 번째는 흑옥과 비취와 자개로 에로틱한 장면들을 새겨 넣은 화려한 흉갑을 입었다. 용병대장 핏빛 수염이 육중한 어깨 한쪽에 가죽 자루를 메고, 환희에 찬 살인자의 표정을 지으며 따라왔다.

'누더기 왕자는 없군.' 셀미는 그 점에 주목했다. '갈색 벤 플럼도 없어.' 그는 서늘한 눈으로 핏빛 수염을 보았다. '나에게 네놈과 춤을 출 이유만 준다면, 누가 마지막에 웃을지 보게 되련만.'

레즈낙 모 레즈낙이 꼼지락꼼지락 앞으로 나섰다. "현명한 주인들이여, 찾아와줘서 영광입니다. 빛나는 히즈다르 폐하께서 융카이에서 온 친구들을 환영합니다. 우리가 이해하기로—"

"이거나 이해하시지." 핏빛 수염이 자루에서 잘린 머리통을 꺼내어 시종장에게 던졌다.

레즈낙이 공포에 질려 끽 소리를 내며 옆으로 뛰었다. 머리는 레즈낙 옆을 튀면서 지나쳤고 자주색 대리석 바닥에 핏자국을 남기며 굴러가서 히즈다르 왕의 드래곤 왕좌 발치에 부딪쳤다. 알현실 전체에 퍼져 있던 놋쇠 짐승들이 창을 겨눴다. 거인 고호르가 달려 나와 왕좌 앞에 섰고, 얼룩 고양이와 크라즈는 그 양옆에 서서 벽을 만들었다.

핏빛 수염이 소리 내어 웃었다. "죽은 놈이야. 물지 않을걸."

시종장은 조심스럽게, 아주 조심스럽게 다가가서 머리카락을 잡고 신중하게 머리통을 들어 올렸다. "그롤리오 제독."

바리스탄 경은 왕좌 쪽을 흘긋 보았다. 그동안 섬긴 왕이 많다 보니, 그들이라면 이 도발에 어떻게 반응했을지 상상해볼 수밖에 없었다. 아에리스라면 두려움에 움찔거리다가 철왕좌의 가시에 몸이 베이고는, 검사들에게 저 융카이 놈들을 조각조각 베어버리라고 소리 질렀으리라. 로버트라면 핏빛 수염의 모욕에 보답하기 위해 망치를 가져오라 외쳤을 것이다. 많은 이들이 심약하다 여겼던 재해리스라 해도 핏빛 수염과 융카이 노예상들을 체포하라 명했을 것이다.

히즈다르는 얼어붙어 꼼짝도 못 하고 앉아 있었다. 레즈낙이 왕의 발치에 있던 새틴 쿠션에 머리통을 올려놓고 혐오감에 입매를 일그러뜨린 채 종종걸음으로 물러났다. 바리스탄 경은 몇 미터 떨어진 곳에서도 시종장의 향수가 풍기는 짙은 꽃 냄새를 맡을 수 있었다.

죽은 남자가 책망하는 눈으로 그들을 노려보았다. 수염에 묻은 피는 갈색으로 말라붙었지만, 목에서는 아직도 붉은 피가 새어 나왔다. 보아하니 머리통을 칼질 한 번으로 목과 분리한 게 아니었다. 알현실 뒤쪽에서는 청원자들이 슬금슬금 빠져나가기 시작했다. 놋쇠 짐승 하나가 놋쇠로 만든 매 가면을 벗고 아침 식사를 게워내기 시작했다.

바리스탄 셀미는 잘린 머리통들에 익숙했다. 그러나 이건……. 그는 이 늙은 뱃사람과 함께 펜토스에서 콰스까지, 그리고 다시 아스타포까지 세상 절반을 가로질렀다. '그롤리오는 좋은 남자였어. 이런 결말을 맞을 사람이 아니야. 그저 집에 가고 싶어 했을 뿐인데.' 기사는 긴장한 채, 기다렸다.

"이건." 히즈다르 왕이 마침내 말했다. "이건…… 짐은 불쾌하도다, 이게…… 이게 무슨 의미인지…… 이게…….'

밤색 토카를 입은 노예상이 양피지 하나를 내밀었다. "주인들의 평의회로부터 이 서한을 전하는 영광을 내가 맡았소이다." 그는 두루마리를 폈다. "이렇게 적혀 있소. '일곱 명이 평화 협정에 서명하고 다즈낙 투기장에서 벌어진 축하 경기를 보러 미린에 들어갔다. 그들의 안전을 보장하기 위해, 일곱 인질이 우리에게 맡겨졌다. 노란 도시는 미린의 손님으로 가 있는 동안 무참하게 죽고 만 고귀한 아들 유르카즈 조 윤자크를 위해 애통해하노라. 피는 피로 갚아야 한다.'"

그롤리오는 펜토스에 아내가 있었다. 자식들도, 손주들도 있었다. '그 모든 인질 중에 왜 하필 그롤리오란 말인가?' 조고, 영웅, 그리고 다리오 나하리스는 모두 전사들을 지휘했지만 그롤리오는 함대 없는 제독이었다. '제비를 뽑은 건가, 아니면 그롤리오가 우리에게 제일 가치가 없으니 보복을 불러일으킬 가능성도 제일 적다고 생각한 건가?' 노기사는 자문했지만…… 질문하기는 쉬워도 답하기는 어려웠다. '나에겐 그런 매듭을 푸는 기술이 없어.'

"전하." 바리스탄 경은 외쳤다. "전하께서 기억을 돌이키신다면, 고귀한 유르카즈는 우연한 사태로 죽었습니다. 드래곤에게서 도망치려다가 계단에서 굴러 넘어진 후 자기 노예들과 동행자들의 발에 짓밟혔지요. 그게 아니라면 공포에 심장이 멈췄을 겁니다. 나이가 많았으니까요."

"누가 왕의 허락도 없이 발언하는가?" 줄무늬 토카를 입은, 턱이 뾰족하고 입에 비해 이가 너무 큰 자그마한 융카이 귀족이 물었다. 그를 보니 토끼가 생각났다. "융카이 귀족들이 호위병들의 잡담에 귀를 기울여야 하나?" 그는 토카 술에 줄줄이 달린 진주알을 흔들었다.

히즈다르 조 로라크는 머리통에서 눈을 뗄 수가 없는 모양이었다. 그는 레즈낙이 귓가에 무슨 말을 속삭이고 나서야 정신을 차렸다. "유르카즈 조 윤자크는 그대들의 최고사령관이었지. 지금은 누가 융카이를 대변하나?"

"우리 모두요." 토끼가 대답했다. "주인들의 평의회요."

히즈다르 왕은 마음을 다잡았다. "그렇다면 그대들 모두가 평화 협정 위반에 책임이 있군."

흉갑을 입은 융카이인이 대답했다. "평화 협정은 위반되지 않았소. 피는 피로 갚고, 목숨은 목숨으로 갚을 뿐. 우리 사이의 신뢰를 보여주기 위해 인질 세 명을 돌려주겠소." 그 뒤에 서 있던 병사들이 갈라졌다. 미린인 세 명이 재촉을 받아 토카를 쥐고 앞으로 나섰다. 여자 둘에 남자 하나였다.

"누이여." 히즈다르 조 로라크가 뻣뻣하게 말했다. "사촌들." 그는 피 흘리는 머리통을 향해 손짓했다. "저걸 보이지 않는 곳으로 치워라."

"제독은 바닷사람이었습니다." 바리스탄 경이 왕에게 상기시켰다. "폐하께서 혹시 제독을 바다에 묻을 수 있도록, 융카이인들에게 몸을 돌려달라고 요청해주실 수 있을지요?"

토끼 이빨의 귀족이 한 손을 내저었다. "빛나는 분께서 원하신다면야 그리하지요. 존중의 표시로 말이오."

레즈낙 모 레즈낙이 시끄럽게 헛기침을 했다. "무례하게 굴 마음은 없습니다만, 제가 알기로 대너리스 여왕 폐하께서는 여러분에게 어…… 일곱 인질을 내어주셨습니다. 나머지 세 명은……."

"나머지는 우리 손님으로 남아 있을 거요." 흉갑을 입은 융카이 귀족이 선언했다. "드래곤들을 죽일 때까지."

알현실에 정적이 내려앉았다. 그러더니 중얼거리고 투덜대는 소리, 숨죽인 욕설, 속삭이는 기도가 쏟아졌다. 벌집에서 윙윙대는 말벌 떼였다. "드래곤은……." 히즈다르 왕이 말했다.

"괴물들이지요. 다즈낙 투기장에서 모두가 보았듯이 말이오. 드래곤들이 살아 있는 한 진정한 평화는 불가능하오."

레즈낙이 대답했다. "대너리스 여왕 폐하는 드래곤들의 어머니십니다. 오직 그분만이—"

핏빛 수염이 코웃음을 쳤다. "그 여자는 죽었어. 불타서 먹혀버렸지. 부서진 두개골 사이로 잡초가 자랄걸."

그 말에 노호가 일었다. 몇몇이 고함치고 욕하기 시작했다. 또 몇몇은 발을 구르며 휘파람을 불어 찬성했다. 놋쇠 짐승들이 창대 끝으로 바닥을 쾅쾅 두드리고 나서야 알현실 안이 다시 조용해졌다.

바리스탄 경은 핏빛 수염을 예의 주시했다. '저놈은 도시를 약탈하러 왔고, 히즈다르의 평화는 저놈에게 예정된 전리품을 빼앗아. 유혈 사태를 일으키기 위해 해야 하는 일은 뭐든 할 거야.'

히즈다르 조 로라크가 드래곤 왕좌에서 천천히 일어섰다. "내 조언자들과 의논해야겠소. 오늘 조정은 그만 닫겠소."

"모두 미린의 왕, 기스의 자손, 옛 제국의 팔두, 스카하자단의 주인, 드래 곤의 배우자이자 하피의 혈통이신 고귀한 이름 히즈다르 조 로라크 14세 폐하 앞에 무릎을 꿇으라." 의전관이 외쳤다. 놋쇠 짐승들은 기둥 사이에서 빠져나와 대열을 갖추더니, 천천히 보조를 맞추어 전진하며 청원자들을 알현실에서 몰아냈다.

도르네인들은 다른 참석자들처럼 멀리 갈 필요가 없었다. 쿠엔틴 마르텔 은 그 지위와 계급에 걸맞게 대피라미드 안, 두 층 아래에 거처를 배정받았 다. 변소와 벽을 두른 테라스가 딸린 특별실이었다. 마르텔과 그 동행들이 인파가 줄어들 때까지 기다리고 나서야 겨우 계단 쪽으로 움직인 것도 그 래서였을 것이다.

바리스탄 경은 생각에 잠겨서 그들을 지켜보았다. '대너리스라면 뭘 원 했을까?' 그는 스스로에게 물었다. 그리고 답을 안다고 생각했다. 노기사는 긴 하얀 망토를 휘날리며 성큼성큼 알현실을 걸었다. 그리고 도르네인들이 계단을 다 내려가기 전에 따라잡았다. "너희 아버지의 조정은 여기의 반만 큼도 박진감이 없었는데 말이야." 드링크워터의 농담이 들렸다.

"쿠엔틴 공자." 바리스탄 경이 외쳤다. "한마디 나눌 수 있을까요?"

쿠엔틴 마르텔이 돌아보았다. "바리스탄 경. 물론입니다. 제 거처는 한 층 아래에 있습니다."

'아니야.' "쿠엔틴 공자에게 조언을 할 처지는 아닙니다만…… 제가 공자 라면, 거처로 돌아가지 않겠습니다. 공자와 친구분들은 계단을 쭉 내려가 서 떠나셔야 합니다."

쿠엔틴 공자가 그를 응시했다. "피라미드를 떠나라고요?"

"도시를 떠나세요. 도르네로 돌아가세요."

도르네인들이 눈빛을 주고받았다. "저희의 갑옷과 무기가 거처에 있습니 다." 게리스 드링크워터가 말했다. "돈도 대부분 두고 왔고요."

"검은 다른 검을 쓰셔도 되겠지요." 바리스탄 경은 말했다. "도르네까지 돌아가실 여비는 제가 드릴 수 있습니다. 쿠엔틴 공자, 왕이 오늘 공자를 주목했습니다. 얼굴을 찌푸렸어요."

게리스 드링크워터가 웃었다. "우리가 히즈다르 조 로라크를 두려워해야 합니까? 방금 보셨지요. 융카이인들 앞에서 벌벌 떨더군요. 놈들이 머리통을 보냈는데, 아무것도 안 했어요."

쿠엔틴 마르텔이 고개를 끄덕여 동의했다. "왕자나 공자라면 행동하기 전에 생각을 하는 게 좋지요. 이 왕은…… 제가 어떻게 생각해야 할지 모르겠습니다. 여왕님께서도 저분을 조심하라 경고하신 건 사실이지만……."

"경고하셨다고요?" 바리스탄은 얼굴을 찌푸렸다. "왜 아직 여기 있습니까?"

쿠엔틴 공자는 얼굴을 붉혔다. "결혼 협약이 —"

"그 협약은 죽은 사람 둘이 맺었고, 여왕이나 공자에 대해서는 한마디도 없어요. 공자의 누이와 여왕님의 오라버니를 결혼시키자는 약속이었지요. 그분도 이미 죽었고, 아무 효력도 없습니다. 공자가 나타나기 전까지 여왕님은 그런 협약이 있었는지도 몰랐어요. 아버님이 비밀을 잘 지키는 분이십니다, 쿠엔틴 공자. 지나치게 잘 지킨 것 같군요. 여왕님이 콰스에서 이 협정에 대해 아셨다면 노예상만으로 방향을 돌리지 않았을 테지만, 공자가 너무 늦게 왔습니다. 상처에 소금을 뿌리고 싶진 않지만, 여왕님께는 새 남편과 옛 애인이 있고, 둘 다 공자보다는 좋아하시는 것 같습니다."

공자의 검은 눈에 분노가 넘실거렸다. "저 기스카 귀족은 칠왕국의 여왕에게 걸맞은 배우자가 아닙니다."

"그걸 판단하는 건 공자가 아닙니다." 바리스탄 경은 이미 너무 많은 말을 한 게 아닌가 싶어 멈칫했다. '아니야. 나머지도 말해.' "다즈낙 투기장에서 그날, 왕실 관람석에 준비된 음식 중에 독이 든 요리가 있었어요. 힘센 벨와스가 다 먹어버린 건 순전히 우연이었습니다. 푸른 은총자들 말로는 벨와스의 몸집과 무시무시한 힘 덕분에 살았다지만, 그것도 아슬아슬했습니다. 여전히 죽을 수도 있습니다."

쿠엔틴 공자의 얼굴에 충격이 뚜렷하게 드러났다. "독이라니…… 대너리스에게요?"

"대너리스, 아니면 히즈다르를 노렸겠지요. 둘 다일 수도 있고. 하지만 그 관람석은 히즈다르의 자리였습니다. 직접 모든 것을 안배했지요. 그 독이 히즈다르 짓이라면…… 흠, 그렇다면 희생양이 필요할 겁니다. 먼 나라에서 와서, 이 궁정에 친구도 없는 경쟁자보다 나은 희생양이 있을까요? 여왕이 퇴짜 놓은 구혼자보다 나은 희생양이?"

쿠엔틴 마르텔이 창백해졌다. "저요? 전 절대로…… 제가 그 일에 무슨 역할이라도 했다고 생각하시는 건……."

'저건 사실이거나, 아니면 숙달된 배우겠군.' "다른 이들은 그렇게 생각할 수도 있습니다." 바리스탄 경은 말했다. "붉은 독사가 공자의 숙부지요. 게다가 공자에겐 히즈다르 왕이 죽기를 원할 이유도 있어요."

"그거야 다른 사람도 그렇죠." 게리스 드링크워터가 말했다. "나하리스도 있잖습니까. 여왕님의……."

"……애인 말이지요." 바리스탄 경은 도르네 기사가 여왕의 명예를 더럽히는 말을 내놓기 전에 말했다. "도르네에서 그렇게 부르지 않습니까?" 그는 답을 기다리지 않았다. "르윈 공자는 내 결의형제였습니다. 그 시절 킹스가드 사이에는 비밀이 별로 없었지요. 르윈 공자가 연인을 두었던 것을 압니다. 거기에 어떤 부끄러움도 느끼지 않았고."

"그건 그렇지만……." 쿠엔틴이 붉어진 얼굴로 말했다.

"다리오가 그러려고만 한다면 순식간에 히즈다르를 죽일 겁니다." 바리스탄 경은 말을 이었다. "하지만 독으로는 아니에요. 절대로. 그리고 다리오는 어차피 그 자리에 없었습니다. 히즈다르도 그 메뚜기를 다리오 탓으로 돌릴 수 있다면 기뻐하겠지만…… 왕에게는 아직 폭풍 까마귀단이 필요할 테고, 대장의 죽음에 가담했다가는 그들을 잃게 될 겁니다. 아닙니다, 공자. 전하에게 독살자가 필요하다면, 공자를 찾을 겁니다." 안전하게 할 수 있는 말은 다 했다. 며칠만 더 있으면, 신들이 그들에게 미소 짓는다면 히즈다르 조 로라크가 미린을 통치하지 않게 되겠지만…… 쿠엔틴 공자를 다가올 피 보라에 끌어들여서 좋을 게 없었다. "꼭 미린에 남아야겠다면 궁정에서 멀리 떨어져서, 히즈다르가 공자를 잊기를 바라십시오." 바리스탄 경은 말을 맺었다. "하지만 볼란티스로 가는 배를 타는 게 더 현명할 겁니다, 공자. 어떤 길을 택하든, 무탈하기를 빕니다."

계단을 세 개도 다 밟기 전에 쿠엔틴 마르텔이 외쳤다. "사람들은 경을 대담한 바리스탄이라 부릅니다."

"그런 사람도 있지요." 바리스탄이 그 별명을 얻은 것은 열 살 때, 갓 종자가 된 주제에 허영심과 자만심과 어리석음이 가득하여 이미 실력을 증명한 기사와 마상시합을 할 수 있다고 생각했던 어린 날의 일이었다. 그래서 그는 돈다리온 공의 무기고에서 군마와 갑옷을 빌려 수수께끼 기사로 블랙헤이븐 마상시합장에 들어갔다. '의전관마저 웃음을 터뜨렸다. 팔이 너무 가늘어서, 기마창을 겨누려고 들 때마다 창끝이 땅바닥을 긁는 것도 겨우 막았으니.' 돈다리온 공은 그를 말에서 끌어 내려 때려줄 권리가 있었지만, '날아가버린 드래곤' 덩컨 왕자가 맞지 않는 갑옷을 입고 갈팡질팡하는 소년을 동정하여 도전을 받아들여줬다. 한 번으로 충분했다. 그 후에 덩컨 왕자는 그를 부축해 일으키고 투구를 벗기더니 군중을 향해 선언했다. "어린애로군. 대담한 소년이야." '53년 전이지. 그때 블랙헤이븐에 있었던 사람 중에 몇 명이나 아직 살아 있을까?'

"제가 대너리스 없이 도르네에 돌아가면 사람들이 제게 어떤 별명을 붙일 거라 생각하십니까?" 쿠엔틴 공자가 물었다. "조심스러운 쿠엔틴? 겁쟁이 쿠엔틴? 새가슴 쿠엔틴?"

'너무 늦게 온 공자.' 노기사는 생각했지만······ 킹스가드의 기사로서 다른 건 몰라도 입단속하는 방법은 배웠다. "현명한 쿠엔틴이라고 하겠지요." 그는 의견을 내놓았고, 정말로 그가 현명하기를 빌었다.

퇴짜 맞은 구혼자

게리스 드링크워터 경이 피라미드로 돌아와서, 미린의 조금 격이 떨어지는 지하실에서 노란 와인을 마시며 맨손과 뾰족하게 간 치아로 서로를 죽여대는 벌거벗은 노예들을 구경하던 콩줄기와 책벌레와 늙은 뼈다귀 빌을 찾아냈다고 보고했을 때는 거의 유령의 시간이 다 되어 있었다.

"콩줄기가 칼을 뽑으면서 탈영병들의 배 속엔 누런 점액이 가득한지 내기를 걸어보자고 하더군." 게리스 경이 보고했다. "그래서 내가 드래곤 금화를 하나 던져주면서 노란 금이면 되겠냐고 물었지. 금화를 씹어보더니 뭘 사고 싶냐대. 내가 대답했더니 칼을 다시 넣고 취했거나 미쳤냐고 묻더라."

"그자가 말만 잘 전한다면 어떻게 생각하든 상관없어." 쿠엔틴이 말했다.

"그 정도는 할 거야. 네가 원하는 만남도 이뤄질 거야. 걸레짝 왕자가 이쁜이 메리스를 시켜서 네 간을 꺼내 양파와 같이 볶게 할지도 모르지만. 우린 바리스탄의 충고를 들어야 해. 대담한 바리스탄이 도망치라고 한다면, 현명한 남자는 장화 끈을 묶는 거야. 아직 항구가 열려 있을 때 볼란티스로 가는 배를 찾아야 해."

그 말만 듣고도 아치발드 경은 뺨이 초록색이 되었다. "배는 이제 못 타.

차라리 볼란티스까지 깨금발로 뛰어간다."

'볼란티스, 그다음엔 리스, 그다음엔 집. 빈손으로 온 길을 돌아가다니. 용감한 남자 세 명은 뭘 위해 죽었지?' 쿠엔틴은 생각했다.

그린블러드강을 다시 보고, 선스피어와 물의 정원을 다시 찾고 노예상만의 뜨겁고 축축하고 더러운 공기 대신 이론우드의 시원하고 달콤한 산 공기를 마시면 좋기야 할 것이다. 쿠엔틴은 아버지가 질책을 입에 담지는 않을 것을 알았다. 그래도 그 눈에 실망의 빛은 보일 터였다. 누이는 경멸할 테고, 사촌인 모래뱀들은 칼처럼 날카로운 미소로 조롱할 테고, 이론우드 공은, 그의 두 번째 아버지이자 그를 안전하게 지키라고 아들을 딸려 보냈던 그분은…….

"두 사람을 여기 붙들어두진 않을게." 쿠엔틴은 친구들에게 말했다. "아버지는 너희가 아니라 나에게 이 임무를 맡기셨어. 원한다면 집으로 가. 어떤 방법으로든, 좋은 방법을 택해서. 난 여기 남는다."

덩치 큰 기사는 어깨를 으쓱였다. "그럼 드렁크와 나도 남아."

다음 날 밤, 덴조 단이 쿠엔틴 공자의 처소 문 앞에 나타나서 조건을 말했다. "내일, 향신료 시장 옆에서 만나실 거다. 자주색 연꽃 문양이 있는 문을 찾아. 두 번 두드리고 자유를 외쳐."

"그러지." 쿠엔틴이 말했다. "아치와 게리스가 같이 갈 거야. 그쪽도 두 놈은 데려와도 돼. 더는 안 되고."

"공자님이 원하신다면야." 그냥 듣기에는 정중한 말이었으나, 전사이자 시인인 덴조의 말투에는 악의가 서려 있었고 눈에는 조롱의 빛이 번뜩였다. "해 질 녘에 와라. 그리고 미행당하지 마."

도르네인들은 엉뚱한 길로 가거나, 자주색 연꽃을 찾는 데 어려움을 겪을까 봐 해가 지기 한 시간 전에 대피라미드를 떠났다. 쿠엔틴과 게리스는 검대를 찼다. 아치는 넓은 등에 전투 망치를 걸머졌다.

"이 멍청한 짓을 그만두기에 아직 안 늦었어." 게리스는 냄새 고약한 골목길을 따라 오래된 향신료 시장으로 향하면서 말했다. 오줌 냄새가 진동했고, 저 앞에서 시체 수레의 쇠테 두른 바퀴가 덜그럭거리는 소리가 들려왔다. "늙은 뼈다귀 빌은 이쁜이 메리스가 사람을 한 달 동안 천천히 죽일 수 있다고 하곤 했지. 우린 그자들에게 거짓말을 했어, 쿠엔틴. 여기 오려고 놈들을 이용했고, 그다음엔 폭풍 까마귀로 넘어갔어."

"그건 지시받은 대로였어."

"하지만 누더기는 우리한테 진짜로 넘어가라고 한 게 아니었지." 아치가 끼어들었다. "누더기의 다른 부하들, 오슨 경과 딕 스트로, 헝거포드, 숲의 윌, 그 녀석들은 우리 덕분에 아직도 지하감옥에 갇혀 있어. 늙은 걸레짝이 그걸 좋아할 리가 없잖아."

"그래." 쿠엔틴 공자는 말했다. "하지만 금은 좋아하지."

게리스가 웃었다. "우리에게 금이 없어 안타깝네. 넌 이 평화를 믿나, 쿠엔틴? 난 안 믿어. 도시 절반은 드래곤슬레이어를 영웅이라고 부르고, 나머지 절반은 그 작자 이름만 나와도 피를 토해."

"하주였지." 아치가 말했다.

쿠엔틴은 얼굴을 찌푸렸다. "그 사람 이름은 하가즈였어."

"히즈다르든 홈줌이든 하그나그든 뭔 상관이야? 난 다 하주라고 부를래. 그놈은 드래곤슬레이어가 아니었어. 그놈이 한 짓이라곤 엉덩이가 시커메지고 바삭바삭 구워진 것뿐이야."

"용감했어.' 나라면 창만 들고 그 괴물을 마주할 용기가 있었을까?'"

"용감하게 죽었다는 뜻이겠지."

"비명을 지르며 죽었지." 아치가 말했다.

게리스는 쿠엔틴의 어깨에 한 손을 얹었다. "여왕님이 돌아온다 해도, 여전히 결혼한 몸이야."

"내가 하주 왕에게 내 망치 맛을 살짝 보여주면 아니지." 아치가 말했다.

"히즈다르야." 쿠엔틴이 말했다. "히즈다르 왕이라고."

"내 망치의 입맞춤 한 번이면 그놈 이름이 뭐든 아무도 신경 안 쓸걸." 아치가 말했다.

'이 녀석들은 몰라.' 그의 친구들은 지금 그의 진정한 목적이 무엇인지 이해하지 못했다. '길은 여왕에게 이어지는 게 아니라, 여왕을 통해서 이어지는 거야. 대너리스 자체가 상이 아니라, 상을 탈 수단이야.' "대너리스는 드래곤에겐 머리가 셋 달렸다고 했어. '내가 결혼했다고 꼭 공자의 희망이 끝난 건 아니오. 왜 여기 왔는지 알아요. 불과 피를 위해서지.' 그렇게 말했어. 내 몸엔 타르가르옌의 피가 흘러. 너희도 알지. 내 혈통은—"

"혈통 같은 소리 하네." 게리스가 말했다. "드래곤들은 네 피 맛이라면 몰라도 핏줄엔 관심도 없을걸. 역사 강의로 드래곤을 길들일 순 없어. 그놈들은 학사가 아니라 괴물이야. 쿠엔틴, 정말로 이러고 싶은 거야?"

"이렇게 해야만 해. 도르네를 위해서. 아버지를 위해서. 클레투스와 윌과 케드리 학사를 위해서."

"그 사람들은 죽었어." 게리스가 말했다. "신경 쓰지 않을 거야."

"다 죽었지." 쿠엔틴은 동의했다. "뭘 위해서? 날 여기로 데려오려고, 그래서 내가 드래곤 여왕과 결혼할 수 있게 해주려다가 죽었지. 클레투스는 대단한 모험이라고 했어. 악마가 들끓는 길과 폭풍 치는 바다, 그리고 마지막에는 세상에서 가장 아름다운 여자라니, 우리 손주들에게 들려줄 이야깃거리라고 했지. 하지만 클레투스는 결코 자식을 두지 못할 거야. 전에 좋아했던 그 선술집 여자에게 사생아라도 남겨놨다면 몰라도. 윌은 영영 결혼식을 치르지 못할 거야. 그 친구들의 죽음에 어떤 의미라도 있어야 해."

게리스가 벽돌벽에 기대어 쓰러진 시체를 가리켰다. 반짝이는 초록색 파리 떼가 구름처럼 앉아 있었다. "저 죽음엔 의미가 있었나?"

쿠엔틴은 메스꺼워하며 시체를 보았다. "저 사람은 이질로 죽었어. 멀리 떨어져." 하얀 암말은 성벽 안에도 있었다. 길거리가 텅 빈 것도 당연했다. "거세병들이 시체 수레를 보낼 거야."

"물론 그렇겠지. 하지만 내 질문은 그게 아니야. 의미를 지니는 건 죽음이 아니라 삶이야. 나도 윌과 클레투스를 사랑했지만, 이런다고 죽은 사람들이 돌아오진 않아. 이건 실수야, 쿠엔틴. 용병들을 믿을 순 없어."

"용병도 다른 남자들과 비슷해. 황금과 영광과 권력을 원하지. 내가 믿는 건 그것뿐이야." '그것과 내 운명을 믿지. 난 도르네의 공자이고, 내 핏줄엔 드래곤의 피가 흘러.'

그들이 라즈다르의 거대한 노란색과 초록색 피라미드 그림자 속 움막집들 사이에 웅크린, 낮은 벽돌집의 풍상에 닳은 나무 문에 그려진 자주색 연꽃을 찾아냈을 때쯤에는 도시 벽 너머로 해가 진 후였다. 쿠엔틴은 지시대로 두 번 문을 두드렸다. 문 너머에서 퉁명스러운 목소리가 답했다. 옛 기스카어와 고급 발리리아어가 마구잡이로 섞인 노예상만 특유의 잡종 언어로, 뭔가 알아들을 수 없는 말을 내뱉었다. 공자는 같은 언어로 대답했다. "자유."

문이 열렸다. 조심하는 뜻에서 게리스가 먼저 들어가고, 쿠엔틴이 바싹 붙어서 따라가고 아치가 맨 뒤에 섰다. 안은 푸르스름한 연기가 자욱했는데, 그 달콤한 향기도 아래에 깔린 지린내와 시큼한 와인, 썩은 고기 냄새를 완전히 가리지는 못했다. 밖에서 생각한 것보다 훨씬 공간이 넓어서, 오른쪽 왼쪽에 붙은 움막집까지 이어졌다. 길에서는 십여 채로 보였던 것이 사실은 하나의 긴 집이었다.

이 시간에는 절반도 차 있지 않았다. 손님 몇 명이 도르네인들을 지루함, 아니면 적개심, 아니면 호기심 어린 표정으로 보았다. 나머지는 방 반대쪽 끝에 있는 구덩이를 둘러쌌는데, 그 구덩이에서는 벌거벗은 남자 둘이 칼로 서로를 그어대고 구경꾼들이 그들에게 환호하고 있었다.

쿠엔틴의 눈에는 만나러 온 사람들이 보이지 않았다. 그러다가 이제껏 보지 못했던 문이 하나 열리고, 늙은 여자가 하나 나타났다. 자그마한 황금 해골들을 술에 단 검붉은 토카 차림의 쭈그렁 노파였다. 피부는 말 젖처럼 희고, 머리카락은 두피가 다 비칠 정도로 가늘었다. "도르네." 노파가 말했다. "나, 자리나. 자주색 연꽃. 이리 내려가면, 만난다." 노파는 문을 잡고 들어가라고 손짓했다.

문안에는 가파른 나선형의 나무 계단이 있었다. 이번에는 아치가 앞장서고 게리스가 후위에 서서 공자를 가운데에 끼웠다. '지하실 아래라.' 내려가는 길은 길었고, 미끄러지지 않도록 길을 더듬어야 할 정도로 어두웠다. 거의 다 내려가자 아치발드 경은 단검을 뽑아 들었다.

나와보니 위에 있는 술집의 세 배는 큰 벽돌 방이었다. 벽을 따라 거대한 나무통이 눈 닿는 곳 어디까지나 늘어서 있었다. 문 바로 안쪽 갈고리에 붉은 등이 하나 걸렸고, 탁자를 대신하는 뒤집힌 술통 위에 시커멓게 번들거리는 초가 하나 있었다. 불빛이라곤 그것뿐이었다.

시체 살해자 카고가 허리춤에 검은 아라크를 매단 채 와인 통들 옆을 서성였다. 이쁜이 메리스는 두 개의 회색 돌멩이처럼 차갑게 죽은 눈으로 노궁을 들고 서 있었다. 도르네인들이 들어가자 덴조 단이 문에 빗장을 지르더니, 팔짱을 끼고 문 앞에 버텨 섰다.

'하나가 많은데.' 쿠엔틴은 생각했다.

누더기 왕자는 와인 잔을 쥐고 탁자 앞에 앉아 있었다. 노란 촛불 빛을 받으니 은회색 머리카락이 거의 금발처럼 보이는가 하면, 눈 아래 늘어진 살이 도드라져 안낭처럼 커 보이기도 했다. 여행자용 갈색 모직 망토를 걸쳤는데, 그 안에 은빛 사슬 갑옷이 번득였다. 배신의 전조일까, 아니면 단순한 신중함일까? '늙은 용병은 곧 조심스러운 용병이지.' 쿠엔틴은 탁자로

다가갔다. "평소의 망토를 벗으니 달라 보이시는군요."

"내 누더기 옷 말인가?" 펜토스인은 어깨를 으쓱였다. "초라한 물건이지만…… 그 누더기가 내 적에게 두려움을 불어넣고, 전장에서는 바람에 휘날리는 내 누더기를 보는 게 내 부하들에게 어떤 깃발보다 더 큰 격려가 되지. 그리고 눈에 띄지 않게 움직이고 싶으면, 그걸 벗기만 해도 평범하고 수수해지네." 그는 맞은편 장의자를 가리켰다. "앉게. 자네가 왕자에 준하는 신분이라면서. 진작 알았다면 좋았을 것을. 한잔 마시겠나? 자리나는 요리도 내놓지. 빵은 퀴퀴하고 스튜는 말로 형용할 수가 없어. 기름과 소금에 고기 한두 조각 뜬 물건이지. 자리나는 그게 개고기라는데, 내 생각엔 쥐 같아. 그렇지만 먹고 죽진 않을 거야. 조심해야 할 때는 음식이 먹음직스러울 때뿐이라네. 독살자들은 반드시 제일 맛있어 보이는 요리를 고르거든."

"세 놈을 데려왔군요." 게리스 경이 날 선 목소리로 지적했다. "각자 두 놈씩이라고 합의했을 텐데요."

"메리스는 놈이 아니잖아. 사내 두 놈에 메리스 하나. 사랑스러운 메리스, 셔츠 풀어서 보여주게."

"그럴 필요는 없습니다." 쿠엔틴이 말했다. 들은 말이 사실이라면 이쁜이 메리스의 셔츠 속에는 그녀의 젖가슴을 잘라낸 남자들이 남긴 흉터밖에 없었다. "그래요, 메리스는 여자죠. 그래도 조건을 비트시긴 했습니다."

"누덕누덕한 데다 비틀리기까지 했다니, 내가 참 악당이지. 3 대 2는 대단한 우위가 아니라는 점을 인정해야겠지만, 그래도 의미는 있지. 이 세상에서는 신들이 어떤 선물을 보내주든 움켜쥐는 방법을 배워야 한다네. 그게 내가 값을 치르고 배운 교훈이야. 내 신뢰의 표시로 그 교훈을 제공하지." 그는 다시 의자를 가리켰다. "앉게. 그리고 하러 온 말을 해. 다 듣기 전까지는 죽이지 않는다고 약속하지. 왕자 대 공자로서 그 정도는 해주겠어.

쿠엔틴이라고?"

"마르텔 가문의 쿠엔틴입니다."

"개구리가 더 잘 어울리는걸. 거짓말쟁이와 탈영병과는 술을 마시지 않네만, 자네는 내게 궁금증을 일으켰네."

쿠엔틴은 앉았다. '한마디만 잘못하면 순식간에 피바다로 변할 수 있어.' "저희의 기만에 대해서는 양해 부탁드립니다. 노예상만으로 향하는 배라곤 여러분을 전쟁으로 실어 나르기 위해 고용된 배들뿐이었어요."

누더기 왕자는 어깨를 으쓱했다. "변절자에게도 사연은 다 있지. 나에게 검을 바치겠다 맹세하고, 내 돈을 받아놓고 도망친 놈들이 처음은 아니야. 다들 이유는 있었지. '막내아들이 아파요' 아니면 '아내가 바람이 났습니다' 아니면 '다른 놈들이 거시기를 빨게 시켰다' 등등. 마지막 놈은 참 매력적인 녀석이긴 했는데, 그렇다고 탈영을 봐주진 않았어. 또 한 놈은 우리 음식이 너무 형편없어서 속이 아프기 전에 도망쳐야 했다고 하길래, 그놈 발을 잘라 구워서 먹였지. 그다음엔 우리 숙영지 요리사로 삼았고. 우리 식사는 눈에 띄게 발전했고, 그놈은 계약이 끝난 후에 재계약을 했다네. 하지만 자네는…… 자네들의 그 거짓말하는 헛바닥 덕분에 내 최고의 부하 몇 명이 여왕의 지하감옥에 갇혔는데, 자네는 요리도 잘 못 할 것 같군."

"전 도르네의 공자입니다." 쿠엔틴이 말했다. "제 아버지와 제 백성들에게 지킬 의무가 있어요. 비밀 결혼 협약이 있었습니다."

"나도 들었네. 그리고 은빛 여왕이 그 양피지 조각을 보고는 자네 품에 뛰어들었지, 응?"

"아니." 이쁜이 메리스가 말했다.

"아니야? 아, 그랬지 참. 자네 신부는 드래곤을 타고 날아가버렸지. 흠, 그 여자가 돌아오거든 우리도 꼭 결혼식에 초대해주게. 용병대원들이야 자네의 기쁨에 축배를 들며 좋아할 테고, 난 웨스테로스 결혼식을 정말 좋아하거든. 잠자리 부분이 특히 좋지. 다만…… 아, 그렇지……." 그는 덴조 단을 돌아보았다. "덴조, 그러고 보니 자네가 드래곤 여왕은 웬 기스카 사람과 결혼했다고 했던 것 같은데."

"미린 귀족이죠. 부유한."

누더기 왕자는 다시 쿠엔틴을 돌아보았다. "설마 그럴까? 아니겠지. 자네 결혼 협약은 어쩌고?"

"그 여잔 쟬 보고 비웃던데요." 이쁜이 메리스가 말했다.

'대너리스는 절대 비웃지 않았어.' 미린의 나머지 사람들은 그를 로버트 왕이 킹스랜딩에 머물게 해준 여름 군도의 망명자 같은 재밋거리로 보았을지 몰라도, 여왕은 언제나 그에게 친절하게 말했다. "우리가 너무 늦게 왔지요." 쿠엔틴은 말했다.

"더 빨리 탈영했어야 했는데 안됐군." 누더기 왕자가 와인을 마셨다. "그래서…… 개구리 왕자에게 결혼은 없고, 그래서 나한테 뛰어온 건가? 용감한 세 도르네 청년들이 계약을 지키기로 한 거야?"

"아뇨."

"거 애가 타는군."

"유르카즈 조 윤자크가 죽었지요."

"케케묵은 소식이야. 내 눈으로 죽는 걸 봤네. 그 불쌍한 작자는 드래곤을 보더니 달아나다가 넘어졌지. 그 후엔 그 작자의 제일 친한 친구 천 명이 밟고 지나갔어. 노란 도시가 눈물에 젖은 것도 당연해. 그래서, 그 작자를 추억하며 건배하자고 온 건가?"

"아뇨. 융카이인들이 새 사령관을 뽑았습니까?"

"주인들의 평의회가 의견 일치를 보질 못했다네. 예잔 조 카가즈를 지지하는 세력이 제일 컸는데, 이젠 그놈도 죽었어. 현명한 주인들은 돌아가면서 최고사령관을 맡고 있지. 오늘 우리 사령관은 자네 친구들이 '주정뱅이 정복자'라고 불렀던 작자야. 내일이면 '떨리는 뺨 각하'가 될 거고."

"토끼예요." 메리스가 말했다. "떨리는 뺨은 어제였고."

"정정하겠네, 귀염둥이. 우리 융카이 친구들은 친절하게시리 우리에게 순번표를 제공했다네. 좀 더 부지런히 그 표를 참고해야겠군."

"당신을 고용한 건 유르카즈 조 윤자크였지요."

"유르카즈가 도시를 대표해서 계약서에 서명했지. 그래."

"미린과 융카이는 평화 협정을 맺었어요. 포위는 풀릴 것이고, 군대는 해산되겠죠. 전투도, 살육도, 도시 약탈도 없을 겁니다."

"인생이란 실망으로 가득하지."

"융카이인들이 용병대 네 곳에 얼마나 오랫동안 봉급을 주고 싶어 할까요?"

누더기 왕자는 와인을 한 모금 마시고 말했다. "성가신 질문이군. 하지만 이게 용병들이 사는 방식이야. 전쟁이 하나 끝나면, 다른 전쟁이 시작되지. 다행히 언제나 어딘가에서는 누군가가 누군가와 싸우거든. 여기일 수도 있지. 우리가 여기 앉아서 술을 마시는 사이에도 핏빛 수염은 히즈다르 왕에게 머리통을 하나 더 선사하자고 융카이 친구들을 부추기고 있네. 해방 노예와 노예상은 서로의 목을 노리며 칼을 갈고, 하피의 아들들은 피라미드 안에서 계략을 꾸미고, 하얀 암말은 노예나 귀족이나 할 것 없이 짓밟고, 노란 도시에서 온 우리 친구들은 바다만 바라보고, 초원 어딘가에서는 드래곤이 대너리스 타르가르옌의 부드러운 살을 뜯고 있겠지. 오늘 밤 미린은 누가 지배하지? 내일은 누가 지배할까?" 펜토스 용병은 어깨를 으쓱였다. "한 가지는 확실히 알지. 누군가에겐 우리의 칼이 필요할 거야."

"제게 그 칼이 필요합니다. 도르네가 고용하겠습니다."

누더기 왕자는 이쁜이 메리스를 흘긋 보았다. "이 개구리 녀석, 뻔뻔함은 부족하지 않군. 내가 상기시켜줘야 하나? 친애하는 공자님, 우리가 서명한 마지막 계약서는 공자님의 예쁜 분홍색 엉덩이를 닦는 데 쓰셨지요."

"융카이인들이 지불하는 돈의 두 배를 드리죠."

"그리고 계약서에 서명하자마자 금화로 지불하고?"

"볼란티스에 도착하면 일부 지급하고, 나머지는 선스피어에 돌아가면 드리겠습니다. 출항할 때는 금화를 가져왔지만, 용병단에 합류하면 숨기기 어려울 터라 은행에 맡겨놨어요. 서류를 보여드릴 수 있습니다."

"아. 서류라. 하지만 우린 두 배를 받을 거야."

"선불로 두 배." 이쁜이 메리스가 말했다.

"나머지는 도르네에서 받게 될 겁니다." 쿠엔틴은 고집했다. "제 아버지는 명예로운 분입니다. 제가 인장을 찍은 합의라면 그 조건을 지키실 겁니다. 제가 맹세하죠."

누더기 왕자는 와인을 다 마시고 잔을 뒤집어 둘 사이에 내려놓았다. "그래서. 내가 이해했는지 보세. 이미 거짓말하고 서약을 깼던 놈이 우리와 계약하고 싶어 하는데, 돈은 후불로 약속한다. 그런데 무슨 일에 고용하지? 궁금하군. 우리 바람결단이 융카이를 박살 내고 노란 도시를 약탈해야 하나? 들판에서 도트락 칼라사르를 이겨야 하나? 자네를 아버지가 계신 집까지 호위해야 하나? 아니면 흥분해서 안달이 난 대너리스 여왕을 침대까지 배달하면 만족하려나? 솔직히 말해봐, 개구리 왕자. 나와 내 용병대를 무슨 일에 고용하려는 거지?"

"드래곤을 훔치게 도와줘야겠습니다."

시체 살해자 카고가 쿡쿡거리고 웃었다. 이쁜이 메리스는 입술을 끌어 올려 반쯤 미소를 지었다. 덴조 단은 휘파람을 불었다.

누더기 왕자는 걸상에 등을 기대기만 했다. "드래곤은 두 배 가격으로는 안 돼, 공자님. 아무리 개구리라도 그 정도는 알아야지. 드래곤은 귀중하다네. 그리고 약속으로만 대가를 치르려면 최소한 더 많이 약속하는 감각은 있어야 해."

"세 배를 원한다면—"

"내가 원하는 건, 펜토스라네." 누더기 왕자가 말했다.

되살아난 그리핀

그는 궁수들을 제일 먼저 보냈다.

검은 발라크가 궁병 천 명을 지휘했다. 젊은 날의 존 코닝턴은 대부분의 기사들과 마찬가지로 궁병을 경멸했지만, 망명하여 지내며 현명해졌다. 방식은 달라도 화살은 장검 못지않게 치명적이었기에, 그는 집 없는 해리 스트릭랜드에게 긴 항해를 대비해 발라크가 지휘하는 궁병 천 명을 백 명의 부대 열 개로 쪼개어 각기 다른 배에 태울 것을 주장했다.

그 배들 중에 여섯 척은 무사히 래스곶 해안에 승객들을 내려놓을 때까지 함께했고(다른 네 척도 늦기는 하지만 결국엔 나타날 거라고 볼란티스인들이 장담했으나, 그리프는 그 배들이 실종되었거나 다른 곳에 상륙했을 가능성이 높다고 생각했다), 그래서 용병단엔 궁병 600명이 남았다. 이 일에는 200명이면 충분했다. "놈들은 까마귀를 날려 보내려 할 걸세. 학사의 탑을 감시해. 여기." 그는 검은 발라크에게 말하면서 숙영지 진흙 위에 자기가 그려놓은 지도를 가리켰다. "성을 떠나는 까마귀는 족족 다 떨어뜨리게."

"그리하죠." 여름 군도인 발라크가 대답했다.

발라크의 병사 중 3분의 1은 노궁을 썼고, 3분의 1은 동쪽 나라들에서 쓰는 뿔과 힘줄로 만든 쌍봉활을 썼다. 그보다 더 뛰어난 것은 웨스테로스 혈통의 궁수들이 쓰는 주목으로 만든 커다란 장궁이었고, 가장 뛰어난 활은 검은 발라크 본인과 50명의 여름 군도인들이 아끼는 거대한 황금심장목 활이었다. 황금심장목을 넘어설 수 있는 것은 드래곤 뼈로 만든 활밖에 없었다. 어떤 활을 들고 다니든 발라크의 부하들은 모두 눈이 날카롭고, 백 번에 달하는 전투와 급습과 소접전에서 가치를 증명한 숙련병이었다. 이들은 그리핀스루스트에서도 다시 그 가치를 증명했다.

그 성은 래스곶 해안에 솟아올랐는데, 삼면이 십브레이커만의 굽이치는 바닷물에 에워싸인 우뚝 솟은 검붉은 돌덩이 위에 있었다. 유일한 접근로는 문루가 방어했고, 그 뒤에는 코닝턴 가문에서 '그리핀의 목'이라고 부르는 길고 황량한 능선이 자리했다. 공격자들이 그 능선에 서면 성문 양옆의 둥근 탑에서 수비군이 날리는 창과 돌과 화살에 노출되기에, 그 목을 노리다가 피투성이가 될 수 있었다. 겨우 성문 앞에 도착하더라도, 안에 든 병사들이 머리 위에 끓는 기름을 부을 수 있었다. 그리프는 백 명, 어쩌면 더 많이 잃을 각오를 했다.

그들은 넷밖에 잃지 않았다.

숲이 문루 너머 들판까지 잠식하도록 내버려둔 상태라, 프랭클린 플라워스가 덤불로 몸을 가리고 부하들을 이끌어 문에서 20미터 앞까지 접근한 후, 숙영지에서 만든 충차를 가지고 숲에서 튀어 나갈 수 있었다. 나무와 나무가 부딪치는 소리에 두 남자가 흉벽으로 나왔다. 눈을 비벼 졸음에서 깨어나기도 전에 검은 발라크의 궁수들이 둘 다 쏘아 맞혔다. 문은 닫혀 있었지만 빗장은 질러두지 않은 상태였다. 충차로 한 번 더 박자 문이 밀렸고, 프랭클린 경의 부하들은 성 안에서 경고의 전투 나팔 소리가 울리기도 전에 그리핀의 목까지 절반은 올라갔다.

성 외벽으로 갈고리들이 날아가는 사이에 첫 번째 까마귀가 날아올랐고, 두 번째 까마귀가 몇 분 후에 떴다. 둘 다 100미터도 가기 전에 화살에 맞아 떨어졌다. 안에 있던 위병 하나가 성문에 도달한 첫 번째 병사들에게 기름 들통을 던졌지만, 기름을 끓일 시간이 없었던 탓에 기름보다 오히려 들통이 입힌 피해가 더 컸다. 곧 흉벽 여기저기에서 칼 부딪치는 소리가 울려 퍼졌다. 황금 용병단 병사들이 흉벽 요철을 기어올라 성벽 길을 질주하며 코닝턴 가문의 오랜 전투 함성인 "그리핀! 그리핀!"을 외쳐댔으니, 수비군은 더욱 혼란스러웠을 것이다.

순식간에 끝났다. 그리프는 하얀 군마를 타고 집 없는 해리 스트릭랜드와 나란히 그리핀의 목을 올라갔다. 성에 접근하면서 학사의 탑에서 날갯짓하는 세 번째 까마귀를 보았지만, 곧 검은 발라크가 직접 쏜 화살에 맞아 떨어졌다. "편지는 더 없겠군." 그는 마당에 들어서서 프랭클린 플라워스에게 말했다. 학사의 탑에서 다음으로 날아내린 것은 학사였다. 두 팔을 퍼덕이는 모습에 자기가 새라도 된다고 착각했나 싶었다.

그것으로 저항은 끝이었다. 남아 있던 위병들은 무기를 버렸다. 그렇게 순식간에 그리핀스루스트는 다시 그의 성이 되었고, 존 코닝턴은 다시 영주가 되었다.

"프랭클린 경." 그는 말했다. "아성과 주방을 뒤져서 찾을 수 있는 사람은 다 끌어내게. 말로, 학사의 탑과 무기고를 맡아서 똑같이 하게. 브렌델 경, 마구간과 성소와 막사를. 다들 마당으로 끌고 나오고, 죽겠다고 고집하지 않는 한 죽이지 말게. 우린 스톰랜드를 차지하고 싶은데, 살육을 벌여서는 그러지 못해. 어머니의 제단 아래도 꼭 살펴보게나. 거기에 비밀 도피처로 내려가는 숨겨진 계단이 있거든. 그리고 북서쪽 탑 밑에 바다로 쭉 이어지는 계단이 하나 더 숨겨져 있지. 아무도 탈출해선 안 돼."

"탈출 못 합니다, 영주님." 프랭클린 플라워스가 장담했다.

코닝턴은 모두가 달려가는 모습을 지켜본 후에 반쪽 학사를 손짓해 불렀다. "할돈, 까마귀 방을 맡게. 오늘 밤에 내보낼 편지가 있어."

"우리가 쓸 까마귀가 좀 남아 있어야 할 텐데요."

집 없는 해리조차도 그들의 빠른 승리에 감명받았다. "이렇게 쉬울 거라곤 생각 못 했는데." 용병단 총대장은 그리프와 함께 대연회장으로 들어가, 코닝턴 가문 50세대가 앉아서 통치했던 조각을 새기고 금을 입힌 의자 '그리핀좌'를 보며 말했다.

"점점 힘들어질 거야. 지금까지는 기습이 통했지. 검은 발라크가 이 왕국에 사는 까마귀를 다 떨어뜨린다 해도 영영 그럴 순 없어."

스트릭랜드는 벽에 걸린 빛바랜 태피스트리들, 붉은색과 하얀색 유리로 만든 마름모꼴 유리판이 무수히 들어간 아치형의 창문들, 장창과 장검과 전투 망치를 두는 무기 보관대를 찬찬히 살폈다. "오라고 해. 여긴 식량 보급만 잘하면 스무 배의 적을 막을 수 있어. 그리고 바다로 오가는 길이 있다고 했지?"

"아래에. 바위 밑에 숨겨진 동굴이 있는데, 썰물이 빠져야만 드러나지." 하지만 코닝턴은 '적이 오게 할' 생각이 없었다. 그리핀스루스트는 튼튼하지만 작은 성이었고, 여기 앉아 있는 한 그들도 작아 보일 터였다. 근처에 다른 성이, 훨씬 더 크고 막강한 성이 있었다. '그 성을 빼앗으면 왕국이 흔들릴 거야.' "실례해야겠네, 총대장. 내 아버님이 성소 밑에 묻혀 있는데, 아버지에게 기도를 드린 지가 정말 오래됐거든."

"물론입니다, 영주님."

그러나 그 자리에서 헤어진 존 코닝턴은 성소로 가지 않았다. 대신 그의 발걸음은 그리핀스루스트에서 제일 높은 동쪽 탑 지붕으로 향했다. 계단을 오르면서 그는 과거에 이 탑을 오르던 순간들을 떠올렸다. 아버지와 함께 백 번은 이 계단을 올랐고, 아버지는 지붕에 서서 숲과 바위산과 바다를 내려다보며 보이는 것 모두가 코닝턴 가문에 속한다는 사실을 확인하길 즐겼다. 그리고 한 번은(겨우 한 번!) 라에가르 타르가르옌과 함께였다. 라에가르 왕자는 도르네에서 돌아가는 길이었는데, 호위대와 함께 이곳에 2주를 머물렀다. '그때 라에가르는 정말 어렸고, 나도 젊었지. 둘 다 소년이었어.' 환영 연회에서 왕자는 은현을 맨 하프를 가져와서 연주했다. '사랑과 파멸에 대한 노래였지.' 존 코닝턴은 기억했다. '그리고 라에가르가 하프를 내려놓았을 땐 연회장에 있던 여자들 모두가 울고 있었어.' 물론 남자들은 울지 않았다. 특히 땅만 사랑했던 그의 아버지는 어림없었다. 아몬드 코닝턴 공은 저녁 내내 모리겐 공과의 분쟁에서 왕자를 자기 편에 끌어들이려 애썼다.

탑 지붕으로 나가는 문이 어찌나 빽빽한지, 몇 년 동안 아무도 열지 않은 게 분명했다. 어깨로 밀어서 열어야 했다. 하지만 존 코닝턴이 높은 흉벽 위로 걸어 나갔을 때 펼쳐진 풍경은 기억 속과 똑같이 황홀했다. 바람에 깎인 돌과 삐죽삐죽한 바위기둥을 거느린 바위산, 가만 있지 못하는 짐승처럼 으르렁거리며 성 아래를 물어뜯는 바다, 끝없이 펼쳐진 하늘과 구름, 가을빛을 띤 숲까지. "자네 아버님의 땅은 아름답군." 라에가르 왕자는 지금 존이 선 바로 그 자리에 서서 말했었다. 그리고 소년이었던 존은 대답했다. "언젠가는 다 내 것이 될 거야." '아버에서 장벽까지 왕국 전체를 이어받을 왕자에게 그런 게 대단한 인상이라도 남길 수 있다는 듯이 그랬지.'

그리핀스루스트는 결국 그의 것이 되긴 했지만, 고작 몇 년만이었다. 존 코닝턴은 그의 아버지와 아버지의 아버지가 그랬듯, 여기에서 서쪽과 북쪽과 남쪽으로 펼쳐진 드넓은 땅을 지배했다. 그러나 그의 아버지나 아버지의 아버지는 영지를 잃은 적이 없었고, 그는 잃었다. '난 너무 높이 올라갔고, 너무 깊이 사랑받았고, 너무 많이 도전했어. 난 별을 잡으려 들었고, 손을 너무 멀리 뻗다가 떨어졌지.'

종울림 전투 이후, 아에리스 타르가르옌이 광기의 발작 속에서 고마움은 잊고 의심만 남아 그에게서 수관직을 빼앗은 후 추방했을 때도, 영지와 영주 자리는 코닝턴 가문에 남아서 그의 사촌인 로날드 경에게 넘어갔다. 존이 라에가르 왕자를 수행하기 위해 킹스랜딩에 가면서 수호성주로 삼았던 남자였다. 그리핀의 파멸은 전쟁이 끝난 후 로버트 바라테온이 완성했다. 사촌 로날드는 성과 머리를 보존할 수 있었으나 영주 지위를 잃어 그리핀스루스트의 기사에 불과해졌고, 영지의 10분의 9는 빼앗겨서 로버트를 지지했던 이웃 영주들이 나누어 가졌다.

로날드 코닝턴은 몇 년 전에 죽었다. 현재 그리핀스루스트의 기사, 그러니까 로날드의 아들 로넷은 전쟁에 차출되어 강역에 갔다고 했다. 잘된 일이었다. 존 코닝턴은 사람들은 설령 도둑질로 얻었다 해도 자기 것이라고 생각하는 것들을 지키려 싸운다는 것을 경험으로 알았다. 친족을 죽이면서 귀환을 축하하고 싶지는 않았다. 붉은 로넷의 아버지가 영주였던 사촌의 몰락에서 재빨리 이득을 본 건 사실이지만, 당시 로넷은 어린아이였다. 존 코닝턴은 죽은 로날드도 그다지 미워하지 않았다. 잘못은 자신에게 있었다.

그의 오만함 탓에, 스토니셉트에서 모든 것을 잃었다.

로버트 바라테온은 그 마을 어딘가에, 부상을 입은 채 혼자 숨어 있었다. 존 코닝턴은 그것을 알았고, 또한 로버트의 머리를 창끝에 꿰면 그 자리에서 바로 반란이 끝난다는 것도 알았다. 그는 젊고 자부심이 넘쳤다. 어찌 그러지 않았겠는가? 아에리스 왕이 그를 수관으로 임명하고 군대를 내어주었고, 그는 그런 신뢰를, 라에가르의 사랑을 받을 자격이 있음을 증명하고자 했다. 반란 영주를 직접 베어 칠왕국의 역사에 이름을 새기려고 했다.

그래서 그는 스토니셉트를 급습하여 마을을 봉쇄하고, 수색을 시작했다. 그의 기사들이 집집마다 돌아다니며 문을 다 부수고 지하실마다 들여다보았다. 심지어 병사들이 하수구까지 기어 다니게 했건만, 그런데도 어떻게인가 로버트는 그의 손을 빠져나갔다. 마을 사람들이 로버트를 숨겨줬다. 그들이 로버트를 비밀 은신처에서 다른 비밀 은신처로 옮겨주며, 언제나 왕의 병사들을 한 발짝 앞질렀다. 마을 전체가 배신자들의 소굴이었다. 급기야 그들은 어느 매춘굴에 찬탈자를 숨겨줬다. 여자들의 치맛자락 뒤에 숨다니, 그게 무슨 왕이란 말인가? 그러나 수색이 지지부진한 사이에 에다드 스타크와 호스터 툴리가 반란군을 데리고 마을로 쳐들어왔다. 종이 울리고 전투가 뒤따랐으며, 로버트는 검을 손에 들고 매춘굴에서 튀어나왔고, 존 코닝턴은 그 마을 이름의 유래인 오래된 성소 계단에서 그 손에 죽을 뻔했다.

그 후 몇 년 동안, 존 코닝턴은 자기 탓이 아니라고, 할 수 있는 일은 다 했다고 스스로를 타일렀다. 그의 병사들은 모든 움막집과 굴을 다 뒤졌고, 그는 사면과 보상을 제안했으며, 인질을 잡아다가 까마귀 장에 넣어 매달고 로버트가 나타나기 전까지는 먹을 것도 마실 것도 주지 않겠다고 했었다. 다 소용없었다. "타이윈 라니스터가 직접 왔어도 그 이상은 못 했어." 그는 추방된 첫 해의 어느 날 밤에 블랙하트에게 그렇게 주장했다.

"자넨 거기서 틀린 거야." 마일스 토인은 그렇게 대꾸했다. "타이윈 공이었다면 굳이 수색을 하지도 않았을걸. 그냥 마을과 그 안에 사는 생명을 다 태워버렸겠지. 성인 남자든 애든, 젖먹이 아기든, 고귀한 기사든 성스러운 성사든, 돼지든 창녀든, 쥐새끼든 반란군이든 가리지 않고 다 태웠을 거야. 불이 꺼지고 잿더미만 남으면 그제야 병사들을 보내어 로버트 바라테온의 뼈를 찾았겠지. 나중에, 스타크와 툴리가 군대를 끌고 나타났을 때는 둘 다에게 사면을 제안했을 테고, 그랬다면 둘 다 그 제안을 받아들이고 꼬리를 말고 집으로 돌아갔겠지."

'틀리지 않은 말이었어.' 존 코닝턴은 선조들의 흉벽에 기대어 생각했다. '난 일대일 전투로 로버트를 죽이는 영광을 누리고 싶었고, 도살자라고 불리고 싶지 않았지. 그래서 로버트는 내 손에서 빠져나가 트라이던트에서 라에가르를 죽였어.' "아버지는 실망시켰지만, 아들은 실망시키지 않겠어." 그는 중얼거렸다.

코닝턴이 아래로 내려갔을 때는 병사들이 수비군과 살아남은 평민들을 모두 마당에 모아둔 후였다. 로넷 경이 제이미 라니스터와 함께 북쪽 어딘가에 가 있기는 했지만, 그리핀스루스트에 그리핀이 없지는 않았다. 포로들 사이에는 로넷의 남동생 레이먼드와 여동생 알린, 그리고 로날드 스톰이라는 사나운 붉은 머리 서자가 있었다. 모두 붉은 로넷이 돌아와서 아버지가 훔쳤던 성을 되찾으려 한다면 유용한 인질이 될 터였다. 코닝턴은 그들을 서쪽 탑에 가두고 위병을 붙이라고 지시했다. 여자애는 그 말에 울음을 터뜨렸고, 서자 소년은 바로 옆에 있던 창병을 깨물려고 했다. "그만해라, 둘 다." 그는 날카롭게 말했다. "붉은 로넷이 완전히 바보처럼 굴지만 않으면 너희 둘 다 다칠 일 없다."

포로 중에 존 코닝턴이 영주였던 시절에도 일했던 사람은 몇 명 없었다. 반백이 다 된 데다 애꾸가 된 하사관 하나, 세탁부 두어 명, 로버트 반란 당시 말구종이었던 마부 하나, 그사이 엄청나게 뚱뚱해진 요리사, 그리고 성 무기제조인 정도였다. 그리프는 항해하면서 오랜만에 수염을 길렀고, 화염 여기저기에 잿가루가 묻어나는 느낌이긴 하지만 놀랍게도 거의 새빨간 수염이 자랐다. 그의 가문을 상징하는, 서로 엇갈려 싸우는 두 마리 그리핀을 수놓은 붉은색과 흰색의 긴 튜닉을 입은 그는 과거 라에가르 왕자의 친구이자 동반자였던 젊은 영주의 나이 들고 엄격해진 모습 그 자체였지만…… 그래도 그리핀스루스트 사람들은 낯선 눈으로 그를 바라보았다.

"나를 아는 사람도 있을 거다." 그는 말했다. "나머지는 앞으로 알게 되겠지. 나는 추방되었다가 돌아온 너희의 정당한 영주다. 내 적들은 너희에게 내가 죽었다고 했을 것이다. 보다시피 그 이야기는 거짓이야. 내 혈족을 섬겼듯 충실히 나를 섬긴다면, 누구에게든 해가 가지 않을 것이다."

그는 그들을 하나씩 불러내어 이름을 묻고, 무릎을 꿇고 충성을 맹세하도록 했다. 신속하게 진행됐다. 수비군 병사들은, 사실 공격에서 살아남은 수는 늙은 하사관 하나와 소년 셋뿐이었는데, 그의 발치에 검을 내려놓았다. 아무도 주저하지 않았다. 아무도 죽지 않았다.

그날 밤 대연회장에서 승리자들은 구운 고기와 갓 잡은 생선으로 잔치를 벌이고, 성 지하실에서 꺼낸 맛 좋은 레드와인을 마셨다. 존 코닝턴은 그리핀좌에 앉아서 연회를 주재하고, 상석에 집 없는 해리 스트릭랜드와 검은 발라크, 프랭클린 플라워스, 그리고 포로로 잡은 그리핀 세 명을 앉혔다. 세 아이는 그의 혈통이니 알아두어야겠다고 느꼈으나, 서자 소년이 "우리 아버지가 당신을 죽일 거야"라고 말하자, 그는 이만하면 충분히 알았다고 생각하고 감옥으로 돌려보내라고 지시한 후 스스로도 연회에서 물러났다.

반쪽 학사 할돈은 연회에 참석하지 않았다. 존 코닝턴은 학사의 탑에서, 사방에 지도를 펼쳐놓고 양피지 더미 위에 몸을 숙인 할돈을 찾아냈다. "나머지 용병단이 어디에 있을지 알아내려는 중인가?" 코닝턴이 물었다.

"그럴 수만 있다면 좋겠지요."

볼론 테리스에서 1만 군사가 무기와 말, 코끼리를 모두 싣고 출항했다. 머나먼 웨스테로스에, 원래 상륙지로 정해둔 비 숲 가장자리의 황량한 해안가에 나타난 인원은 절반도 되지 않았다. 존 코닝턴이 잘 아는 땅, 과거 그의 영지였던 곳에.

불과 몇 년 전이었다면 감히 래스곶에 상륙을 시도하지 않았을 것이다. 스톰랜드 영주들은 바라테온 가문과 로버트 왕에게 무섭도록 충성스러웠다. 그러나 로버트도, 렌리도 죽고 나니 모든 게 달라졌다. 스타니스는 멀리가 있지 않다 해도 충성심을 불러일으키기엔 너무나 엄혹하고 차가운 남자였고, 스톰랜드엔 라니스터 가문을 사랑할 이유가 거의 없었다. 그리고 존 코닝턴도 여기에 친구들이 없지 않았다. '나이 많은 영주들 중에는 나를 기억하는 사람이 있을 테고, 그 아들들은 이야기를 들었겠지. 그리고 모두가 라에가르를, 그리고 차가운 돌벽에 머리가 깨어져 죽은 라에가르의 어린 아들을 알 거야.'

다행히도 목적지에 제일 처음 도착한 배 중에 코닝턴이 탄 배도 있었다. 그 후에는 숙영지를 세우고, 뭍에 오르는 병사들을 모아서, 지역 영주들이 위험을 어렴풋이라도 감지하기 전에 빨리 움직이는 문제일 뿐이었다. 그리고 황금 용병단은 그 패기를 입증했다. 급히 긁어 모은 가신기사와 징집군이었다면 필연적으로 행군을 지연시켰을 혼돈이 여기에는 흔적도 없었다. 이들은 비터스틸의 후계자들이었고, 규율이 곧 어머니의 젖과 같았다.

"내일 이 시간쯤이면 우린 성을 세 개 점령했을 거야." 그는 말했다. 그리핀스루스트를 점령한 병력은 가용 전력의 4분의 1이었다. 트리스탄 리버스 경이 모리겐 가문의 거점인 크로스네스트를, 라스웰 피크가 와일드 가문의 요새 '레인하우스'를 치러 동시에 출발했고 둘 다 병력이 비슷했다. 나머지 군사는 숙영지에 남아, 용병단의 볼란티스인 경리감 고리스 에도리엔의 지휘하에 상륙지와 왕자를 지켰다. 그쪽은 숫자가 계속 불어나리라 기대하고 있기도 했다. 띄엄띄엄 새로운 배가 들어왔다. "아직 말이 너무 적어."

"코끼리도 없지요." 반쪽 학사가 상기시켰다. 코끼리를 실은 대형 범선은 아직 한 척도 나타나지 않았다. 마지막으로 본 것은 폭풍이 함대 절반을 흩어놓기 전, 리스에서였다. "말이야 웨스테로스에서도 찾을 수 있지요. 코끼리는—"

"코끼리는 중요하지 않아." 그 거대한 짐승들이 격전에서 쓸모가 있기야 하겠지만, 들판에서 적병들과 마주하기까지는 아직 시간이 있었다. "그 양 피지들이 뭔가 쓸 만한 걸 알려주던가?"

"아, 많은 정보가 있습니다." 할돈이 희미한 웃음을 지었다. "라니스터는 적을 쉽게 만들지만 친구를 지키진 못하는 모양입니다. 여기에서 읽은 바로 판단하기에, 라니스터와 티렐의 동맹은 너덜너덜해지고 있습니다. 세르세이 왕대비와 마저리 왕비는 어린 왕을 두고서 마치 닭 뼈를 두고 싸우는 두 마리 암캐처럼 싸워대고 있고, 둘 다 반역과 방탕죄로 고발당한 상탭니다. 메이스 티렐은 킹스랜딩으로 돌아가서 딸을 구하려고 스톰스엔드 포위를 포기하고, 스타니스의 부하들을 성 안에 가둬둘 정도의 병력만 뒤에 남겼습니다."

코닝턴은 자리에 앉았다. "더 말해보게."

"라니스터는 북부는 볼턴에게, 강역은 프레이에게 의지하고 있는데 둘다 배신 잘하고 잔인하기로 오랜 명성을 떨친 가문입니다. 스타니스 바라테온 공은 공공연히 반란군으로 남아 있고, 강철 군도의 강철인들도 따로왕을 세웠습니다. 아무도 협곡에 대해서는 말하지 않는 걸 보니, 아린 가문은 이 상황에 아무 역할도 하지 않은 모양입니다."

"그리고 도르네는?" 협곡은 멀리 떨어져 있었고, 도르네는 가까웠다.

"도란 대공의 둘째 아들과 미르셀라 바라테온이 약혼을 했으니 도르네인들이 라니스터 가문과 한패가 됐다는 뜻이겠지만, 도르네는 뼈의 길과 대공의 고갯길에 군대를 하나씩 배치하고 기다리고만 있습니다……."

"기다린다." 그는 얼굴을 찌푸렸다. "무엇을?" 대너리스와 대너리스의 드래곤이 없으니, 도르네가 희망의 중심이었다. "선스피어에 편지를 써라. 도란 마르텔은 누이의 아들이 아직 살아 있고, 아버지의 왕좌를 찾으러 집에왔다는 사실을 알아 마땅해."

"분부대로 하겠습니다." 반쪽 학사는 다른 양피지를 흘긋 보았다. "상륙하기 이보다 더 좋은 때는 없었을 겁니다. 사방에 잠재적인 친구와 동맹군이 있어요."

"하지만 드래곤이 없지." 존 코닝턴이 말했다. "그러니 그 동맹군들을 끌어들이려면, 뭔가 제시할 것이 필요해."

"황금과 영지는 전통적인 유인책입니다."

"우리에게 그게 있다면 그렇겠지. 영지에 대한 약속, 황금에 대한 약속으로 만족할 사람도 있겠지만, 스트릭랜드와 그 부하들이 제일 좋은 땅과 성을 우선적으로 차지할 기대를 하고 있을 거야. 선조들이 달아나서 망명했을 때 빼앗긴 것들이기도 하고. 그러니 안 돼."

"영주님께는 제시할 포상이 하나 있습니다." 반쪽 학사 할돈이 지적했다. "아에곤 왕자의 손을 잡을 기회죠. 결혼 동맹으로 대가문을 우리 기치 아래 끌어들이는 겁니다."

'우리의 총명한 왕자를 위한 신부라.' 존 코닝턴은 라에가르 왕자의 결혼을 너무나 잘 기억하고 있었다. '엘리아는 어울리는 신부가 아니었어. 처음부터 병약했고, 아이를 낳으면서 더 허약해졌지.' 라에니스 왕녀를 낳은 후 엘리아는 반년을 침대에 누워 지냈고, 아에곤 왕자를 낳으면서는 거의 죽을 뻔했다. 그 후에 학사들은 라에가르 왕자에게 엘리아가 아이를 더 갖지 못한다고 말했다.

"대너리스 타르가르옌이 언젠가는 돌아올 수도 있어." 코닝턴은 반쪽 학사에게 말했다. "아에곤은 대너리스와 결혼할 수 있는 몸이어야 해."

"영주님께서 제일 잘 아시겠지요." 할돈이 말했다. "그렇다면 잠재적인 친구들에게 그보다 못한 포상을 제시할 수 있겠습니다."

"무슨 말을 하려는 건가?"

"영주님요. 영주님은 결혼하지 않으셨습니다. 아직 강건한 데다, 방금 지위를 빼앗은 친척 아이들 셋 말고는 후계자도 없고, 튼튼하고 훌륭한 성과 넓고 비옥한 영지를 거느린 유서 깊은 가문의 후예로 그 성과 영지를 복구할 뿐만 아니라 이기고 나면 왕이 고마워하며 영지를 더 늘려줄 게 분명한 대영주시죠. 전사로서 이름난 분인 데다가, 아에곤 왕의 수관으로서 그분의 목소리를 대변하고 사실상 왕국을 통치하시게 될 겁니다. 야심 있는 많은 영주들이 그런 남자를 딸과 결혼시키고 싶어 열심일 겁니다. 어쩌면 도르네 대공까지도요."

존 코닝턴은 대답 대신 오랫동안 차가운 눈으로 할돈을 노려보았다. 반쪽 학사는 가끔 그 난쟁이 못지않게 짜증을 불러일으켰다. "아니라고 생각하네." '죽음이 내 팔을 타고 올라오고 있어. 어떤 남자도 알아선 안 되고, 아내도 마찬가지야.' 그는 다시 일어섰다. "도란 대공에게 보낼 편지를 준비하게."

"분부대로 하겠습니다."

존 코닝턴은 그날 밤 영주의 침실에서, 과거 그의 아버지의 것이었던 침대에 누워, 붉은색과 흰색 벨벳으로 만든 먼지투성이 차양 아래에서 잤다. 그리고 새벽에 빗소리와 새로운 영주님이 아침을 어떻게 드실지 알고 싶어 안절부절못하던 하인이 소심하게 문을 두드리는 소리에 깨어났다. "삶은 계란, 구운 빵, 콩으로 하지. 와인도 한 병 가져와라. 지하실에 있는 제일 나쁜 와인으로."

"제…… 제일 나쁜 와인요, 나리?"

"말한 대로다."

하인이 먹을 것과 와인을 가져오자 그는 문에 빗장을 지르고, 와인을 그릇에 다 붓고 손을 적셨다. 레모어가 그 난쟁이가 회색비늘병에 걸렸을지 모른다며 해준 처방은 식초에 적시기와 식초 목욕이었지만, 매일 아침 식초를 한 병씩 달라고 하면 다 탄로 날 터였다. 와인은 어차피 내올 것이었으나, 훌륭한 빈티지 와인을 낭비하는 건 아까웠다. 이제는 손톱 네 개가

다 까맸지만, 아직 엄지는 멀쩡했다. 가운뎃손가락은 회색이 두 번째 관절까지 번져 있었다. '잘라버려야 해.' 그는 생각했다. '하지만 없어진 손가락을 어떻게 설명하지?' 회색비늘병을 알릴 수는 없었다. 이상하긴 하지만, 벗을 구하기 위해 기꺼이 전투에 임하고 죽음을 감수했던 남자들도 같은 벗이 회색비늘병에 걸렸다는 사실을 알게 되면 순식간에 돌아서곤 했다. '그 저주받을 난쟁이가 빠져 죽게 놔뒀어야 하는 건데.'

나중에, 옷을 입고 다시 장갑을 낀 코닝턴은 성을 점검하는 한편, 집 없는 해리 스트릭랜드와 부대장들에게 군사 회의에 함께하자는 전언을 보냈다. 아홉 명이 개인방에 모였다. 코닝턴과 스트릭랜드, 반쪽 학사 할돈, 검은 발라크, 프랭클린 플라워스 경, 말로 제인, 브렌델 번 경, 딕 콜, 그리고 라이몬드 피즈까지. 반쪽 학사가 좋은 소식을 가져왔다. "마크 맨드레이크가 숙영지에 소식을 보냈습니다. 볼란티스인들이 상륙시킨 곳이 알고 보니 에스터몬트였다는데, 500명 가까운 병사와 함께였답니다. 그린스톤을 점령했습니다."

에스터몬트는 래스곶에서 조금 떨어진 섬으로, 원래 목표는 아니었다. "그 망할 볼란티스 놈들이 우릴 떨궈내고 싶어서 땅 조각만 보이면 아무 데나 내려놓고 있어." 프랭클린 플라워스가 말했다. "저주받을 징검돌 군도 절반에 우리 젊은이들을 흩어놓았다는 데 내기라도 걸지."

"내 코끼리들도 같이 말이지." 해리 스트릭랜드가 구슬픈 투로 말했다. 집 없는 해리는 코끼리들을 보고 싶어 했다.

"맨드레이크에겐 궁수가 없었는데." 라이몬드 피즈가 말했다. "그린스톤이 함락되기 전에 까마귀를 날렸는지 알 수 있나?"

"까마귀는 보냈을 것 같군." 존 코닝턴이 말했다. "하지만 어떤 편지를 달고 갔을까? 기껏해야 바다에서 온 약탈자들에 대한 혼란스러운 설명이겠지." 그는 볼론 테리스에서 출항하기 전부터 부대장들에게 첫 공격 중에는 어떤 깃발도 드러내지 말라고 지시해두었다. 아에곤 왕자의 삼두룡도, 코닝턴의 그리핀도, 용병단의 두개골이나 금빛 군기 어느 것도 쓰지 말라고. 라니스터가 스타니스 바라테온이나 징검돌 군도에서 온 해적들, 숲에서 나온 무법자들, 그 외 누구든 의심하게 내버려둘 것이다. 킹스랜딩에 닿는 보고가 혼란스럽고 상충될수록 좋다. 철왕좌가 늦게 반응할수록, 병력을 모으고 동맹을 끌어들일 시간이 더 생긴다. "에스터몬트에는 배가 있을 거야. 섬이니까. 할돈, 맨드레이크에게 수비군을 남기고 나머지는 배에 태워 래스곳으로 오라고 보내. 혹시 있다면 귀족 포로들도 데려오고."

"분부대로 하겠습니다. 에스터몬트 가문은 두 왕 모두에게 혈연으로 이어졌지요. 좋은 인질이 될 겁니다."

"몸값도 두둑하겠군." 집 없는 해리가 기쁘게 말했다.

"아에곤 왕자도 불러올 때가 됐어." 존 코닝턴은 선언했다. "숙영지에 남아 있는 것보다 여기 그리핀스루스트의 성벽 안이 더 안전할 거야."

"내가 파발을 보내지." 프랭클린 플라워스가 말했다. "하지만 그 젊은이는 안전하게 남아 있는 걸 썩 좋아하지 않을걸. 일의 한복판에 있고 싶어해."

'그 나이 땐 우리 모두 그랬지.' 존 공은 기억을 되살리며 생각했다.

"왕자의 깃발을 올릴 때가 됐습니까?" 피즈가 물었다.

"아직 아니야. 킹스랜딩은 이게 원래 권리를 다시 찾으려고 용병들을 데리고 집에 돌아온 망명 군주에 불과하다고 생각하게 하자고. 그거야 오래되고 친숙한 이야기니까. 난 토멘 왕에게 편지를 써서 그렇게 말하고, 나를 사면하고 내 영지와 지위를 복구시켜달라고 청하기까지 할 거야. 그러면 그쪽도 한동안 생각을 하겠지. 그놈들이 머뭇거리는 사이, 우린 비밀리에 스톰랜드와 리치의 가능성 있는 친구들에게 말을 전할 거야. 도르네에도." 그게 가장 중요한 부분이었다. 소영주들이야 해를 입을까 두려워하거나 뭔가 얻을 것을 기대하고 합류할 수도 있겠지만, 라니스터 가문과 그 동맹자들에게 반대할 힘을 가진 건 도란 대공뿐이었다. "그 누구보다도 도란 마르텔을 얻어야 해."

"그건 힘들걸." 스트릭랜드가 말했다. "그 도르네인은 자기 그림자도 무서워해. 대담하다고는 못 하지."

'자네보다 더 할까.' "도란 대공이 조심스러운 남자인 건 사실이야. 우리가 이길 거라고 믿지 않는 한 합세하지 않겠지. 그러니 설득을 위해서라도 우리의 힘을 보여줘야 해."

"피크와 리버스가 성공한다면, 우린 래스곳 대부분을 통제하게 돼." 스트릭랜드가 의견을 말했다. "나흘 만에 성 네 개면 눈부신 시작이지만, 아직 병력이 반밖에 안 돼. 나머지 병사들을 기다려야 해. 말도 부족한 상황이고, 코끼리도 없어. 기다리자고. 힘을 모으고, 소영주들을 끌어들이고, 리소노 마르가 첩자들을 보내어 우리 적들에게서 알아낼 수 있는 정보를 캐도록 하세."

코닝턴은 통통한 총대장을 서늘한 눈으로 보았다. '이 남자는 블랙하트가 아니고, 비터스틸도, 마엘리스도 아니야. 물집을 또 터트리느니 일곱 지옥이 다 얼어붙을 때까지 기다리고도 남을 작자야.' "기다리려고 세상 절반을 건너온 게 아니야. 제일 좋은 기회는 킹스랜딩이 우리의 정체를 알기 전에 빠르고 강하게 공격하는 데 있네. 난 스톰스엔드를 빼앗을 생각이야. 거의 난공불락의 요새인 데다, 스타니스 바라테온이 남쪽에 남겨둔 유일한 발판이지. 일단 점령하고 나면 필요할 경우에 후퇴할 수 있는 안전한 요새가 되어줄 테고, 여기에서 이기면 우리 힘을 증명할 수 있네."

황금 용병단의 부대장들이 눈짓을 교환했다. 브렌델 번이 반대했다. "스톰스엔드를 아직까지 스타니스에게 충성하는 남자들이 지키고 있다면, 우린 라니스터가 아니라 스타니스에게서 성을 빼앗는 겁니다. 라니스터를 상대로 스타니스와 제휴하는 게 어떻습니까?"

"스타니스는 로버트의 동생이고, 타르가르옌 가문을 끌어내린 패거리에 속해." 존 코닝턴이 상기시켰다. "게다가 스타니스는 아직 지휘하는 얼마 안 되는 병력과 함께 만 리 떨어진 곳에 가 있네. 우리 사이엔 왕국 전체가 놓여 있지. 스타니스에게 가닿는 데에만 반년은 걸릴 테고, 그자가 우리에게 제공할 것도 별로 없어."

"스톰스엔드가 그렇게 난공불락이라면, 어떻게 빼앗으시려고요?" 말로가 물었다.

"속임수로."

집 없는 해리 스트릭랜드는 찬성하지 않았다. "우린 기다려야 해."

"기다릴 거야." 존 코닝턴은 일어섰다. "열흘간. 더는 안 돼. 준비하는 데 그 정도는 걸릴 걸세. 열하루째 아침에는 스톰스엔드로 달려간다."

왕자는 나흘 후, 일백 기병대의 선두에 서서, 세 마리 코끼리를 거느리고 도착했다. 레모어도 다시 한번 하얀 성사 로브를 입고 동행했다. 그들에 앞서서 롤리 덕필드 경이 새하얀 망토를 휘날리며 달렸다.

코닝턴은 '오리'가 말에서 내리는 모습을 보며 생각했다. '견실하고 거짓 없는 사내지만, 킹스가드감은 아니야.' 그는 킹스가드의 명예는 충성 맹세로 그들의 대의를 더 빛내줄 수 있는 더 유명한 전사들이나, 앞으로 찾아올 싸움에서 지지를 얻을 필요가 있는 대영주의 계승권 약한 아들들을 위해 남겨두는 것이 좋다는 점을 지적하며 덕필드에게 그 망토를 주지 말라고 왕자를 설득하려 했었지만, 소년은 꿈쩍도 하지 않았다. "오리는 필요하다면 날 위해 죽을 거야. 그리고 내가 킹스가드에게 요구하는 바는 그게 다야. 킹슬레이어는 엄청난 명성을 지닌 전사였고, 대영주의 아들이기도 했지."

'그나마 다른 여섯 자리는 남겨두게끔 설득하는 데 성공했기에 망정이지, 안 그랬으면 오리 뒤로 이놈이나 저놈이나 그만저만한 오리 새끼 여섯 마리가 따라다닐 뻔했지.' 그는 명령했다. "전하를 내 개인방으로 모시고 오게. 즉시."

그러나 아에곤 타르가르엔 왕자는 '젊은 그리프'처럼 고분고분하지 않았다. 왕자가 마침내 오리를 옆에 거느리고 개인방에 나타나기까지 거의 한 시간이 걸렸다. "코닝턴 공, 공의 성이 마음에 들어."

"자네 아버님의 땅은 아름답군.' 그분은 그렇게 말했지. 은빛 머리가 바람에 휘날리고, 눈동자는 짙은 자줏빛이었어. 이 소년보다 더 짙은.' "저도 그렇습니다, 전하. 앉으시지요. 롤리 경, 당분간은 경이 필요 없겠네."

"아니야. 오리를 가까이 두고 싶어." 왕자가 자리에 앉았다. "우린 스트릭랜드와 플라워스와 이야기를 나눴어. 공이 계획하고 있는 스톰스엔드 공격에 대해 말해주더군."

존 코닝턴은 분노를 드러내지 않았다. "그리고 집 없는 해리가 공격을 늦추자고 설득하려 하던가요?"

"사실 그랬지." 왕자는 대답했다. "하지만 난 늦추지 않을 거야. 해리는 노처녀 같지 않아? 공의 생각이 옳아. 그 공격을 진행했으면 좋겠어…… 다만 한 가지만 바꾸지. 내가 이끌겠어."

희생 제물

왕비의 병사들은 마을 풀밭에 장작더미를 쌓았다.

'아니면 마을 눈밭인가?' 병사들이 도끼와 삽과 곡괭이로 얼어붙은 땅을 파헤쳐 구멍을 파기 위해 치워놓은 곳을 제외하면 눈이 무릎까지 쌓여 있었다. 아직도 서쪽에서 몰아치는 바람이 얼어붙은 호수면에 눈을 계속 날려댔다.

"이걸 보고 싶지 않을걸." 알리산 모르몬트가 말했다.

"싫지만, 볼 거야." 아샤 그레이조이는 흉한 장면도 보지 못하는 응석받이 처녀가 아니라 크라켄의 딸이었다.

전날과 마찬가지로, 또 그 전날과 마찬가지로 어둡고 춥고 배고픈 날이었다. 그들은 얼음 위에서, 얼어붙은 두 호수 중에서 더 작은 쪽에 만든 한 쌍의 구멍 옆에서, 손가락이 없는 장갑을 껴 불편하게 낚싯줄을 움켜쥔 채 그날 대부분의 시간을 보냈다. 얼마 전까지만 해도 그들은 한두 마리를 낚을 수 있었고, 얼음낚시에 더 익숙한 늑대 숲 남자들은 네다섯 마리를 낚아 올렸다. 오늘 아샤가 들고 돌아온 건 뼛속까지 스민 추위뿐이었다. 알리산도 나을 게 없었다. 둘 다 물고기 한 마리도 잡지 못한 지 사흘째였다.

암곰은 다시 설득했다. "난 이걸 볼 필요가 없어."

'왕비의 병사들이 태우고 싶어 하는 건 네가 아니야.' "그럼 가. 도망치지 않겠다고 약속하지. 도망쳐봐야 내가 어디로 가겠어? 윈터펠로?" 아샤는 소리 내어 웃었다. "사흘만 달려가면 된다던데."

왕비의 병사 여섯이, 다른 왕비의 병사 여섯이 파놓은 구멍에 거대한 소나무 기둥을 밀어 넣으려 애쓰고 있었다. 아샤는 그게 뭘 위한 나무인지 묻지 않고도 알았다. '말뚝이군.' 곧 밤이 찾아올 테고, 붉은 신을 먹여야 했다. '피와 불의 공양.' 왕비의 병사들은 그렇게 불렀다. 그걸 바치면 빛의 군주께서 불타는 눈을 우리에게 돌려, 이 저주받고 저주받은 눈을 녹여주실 거라고.

"이 공포와 어둠의 장소에서도 빛의 군주께선 우리를 지켜주신다." 고드리 파링 경은 말뚝을 구멍에 박아 넣는 광경을 지켜보러 모여든 남자들에게 말했다.

"당신네 남부 신이 눈과 무슨 상관이야?" 아토스 플린트가 물었다. 검은 수염에 얼음이 달라붙어 있었다. "우릴 찾아온 건 옛 신들의 분노야. 우리가 달래야 할 것도 그분들이고."

"그래." 큰 들통 윌이 말했다. "붉은 랄루는 여기서 아무 의미도 없어. 옛 신들의 화만 돋울 뿐이야. 옛 신들이 섬에서 우릴 지켜보고 있다고."

이 농촌 마을은 호수 둘 사이에 서 있었고, 더 큰 쪽 호수에서는 물에 빠진 거인의 얼어붙은 주먹처럼 얼음을 뚫고 솟아오른 작은 섬들이 점점이 보였다. 그런 섬 하나에 울통불퉁하고 오래된 영목 한 그루가 자랐는데, 줄기도 가지도 주위 눈밭과 같이 희었다. 아샤는 여드레 전에 알리산 모르몬트와 같이 걸어가서 그 영목의 가느다란 붉은 눈과 피 흘리는 입을 자세히 보았다. '피가 아니라 수액일 뿐이야.' 아샤는 그렇게 생각했었다. '영목 안에서 흘러나오는 붉은 수액이야.' 하지만 아샤의 눈은 그 생각을 믿을 수 없었다. 사람은 보이는 대로 믿기 마련이고, 그들이 본 건 얼어붙은 피였다.

"너희 북부 놈들이 이 눈을 불러온 거야." 콜리스 페니가 주장했다. "너희와 너희 악마 나무들 짓이야. 를로르께서 우리를 구하실 거다."

"를로르는 우릴 파멸시킬걸." 아토스 플린트가 말했다.

'양쪽 신 다 염병해라.' 아샤 그레이조이는 생각했다.

거인 살해자 고드리 경이 말뚝을 살펴보고, 하나를 밀어서 단단히 꽂혔는지 확인했다. "좋아. 좋아. 이만하면 되겠어. 클레이턴 경, 제물을 데려와."

클레이턴 서그스 경은 고드리의 튼튼한 오른팔이었다. '아니면 말라비틀어진 팔이라고 해야 하나?' 아샤는 클레이턴 경이 싫었다. 고드리 파링은 붉은 신에게 맹렬히 헌신하는 것처럼 보이는 반면, 서그스는 단순히 잔인한 자였다. 이전에도 그자가 밤불 앞에서 입을 벌리고 열광적인 눈으로 불을 보는 모습을 여러 차례 보았다. '저놈이 사랑하는 건 신이 아니라 불길이야.' 그게 아샤의 결론이었다. 저스틴 경에게 서그스는 늘 그랬냐고 묻자, 저스틴은 얼굴을 찡그렸다. "드래곤스톤에서는 심문관들과 도박하고 죄수들을 심문하는 일을 돕곤 했지요. 특히 그 죄수가 젊은 여자일 때요."

아샤는 놀라지 않았다. 서그스가 그녀를 불태울 때 특별한 즐거움을 맛보리라는 점도 의심하지 않았다. '폭풍이 가라앉지 않는다면.'

그들은 열아흐레째 윈터펠에서 사흘 거리에 있었다. '딥우드모트에서 윈터펠까지 600킬로미터. 까마귀가 날아도 500킬로미터.' 하지만 그들은 까마귀가 아니었고, 폭풍은 가라앉을 줄을 몰랐다. 아샤는 매일 아침 태양을 볼지 모른다는 희망을 안고 깨어났다가 또 눈이 내리는 하루를 맞이했다. 눈 폭풍이 움막집들을 다 지저분한 눈 더미에 묻었고, 눈 더미는 곧 회당마저 삼켜버릴 만큼 깊어졌다.

그리고 먹을 것이라곤 쓰러져가는 말들과, 호수에서 잡은 물고기(갈수록 줄어들었다), 이 춥고 죽은 숲에서 식량 징발대원들이 찾아낼 수 있는 보잘것없는 음식물밖에 없었다. 왕의 기사들과 귀족들이 말고기 중에 제일 좋은 부분을 차지했기에, 일반 병사들에게는 남는 게 적었다. 죽은 사람을 먹기 시작한 것도 당연했다.

피즈버리 병사 네 명이 죽은 펠 공의 시체를 해체하여, 팔뚝 한쪽을 꼬챙이에 꿰어 구우면서 허벅지와 엉덩이 살을 잘라내다가 발견됐다는 말을 암곰에게 들었을 때는 아샤도 다른 사람들과 같이 끔찍해했지만, 놀란 척은 하지 못했다. 아마 이 우울한 행군 중에 사람 고기 맛을 본 병사가 그 넷이 처음은 아닐 터였다. 처음 발각됐을 뿐이지.

왕의 명령에 따라, 피즈버리 병사 넷은 목숨으로 그 잔치의 대가를 치르게 됐고…… 왕비의 병사들은 그들을 불태워 폭풍을 끝내자고 주장했다. 아샤 그레이조이는 그들의 붉은 신을 믿지 않았지만, 그래도 그 말대로 되기를 기도했다. 그렇게 해도 폭풍이 그치지 않으면 장작더미가 또 쌓일 테고, 클레이턴 서그스 경이 간절히 바라는 바를 이룰지도 몰랐다.

클레이턴 경이 몰고 나왔을 때, 사람 고기를 먹은 네 명은 벌거벗은 채 가죽끈으로 두 손이 등 뒤에 묶인 모습이었다. 제일 어린 병사는 비틀비틀 눈밭을 걸으며 울었다. 다른 두 명은 이미 죽은 사람처럼 땅바닥만 보면서 걸었다. 아샤는 모두가 얼마나 평범해 보이는지에 놀라며 깨달았다. '괴물들이 아니야. 인간일 뿐이야.'

넷 중에 제일 나이가 많은 병사는 하사관이었다. 그 남자만은 반항적이어서, 창끝에 몰려 가면서도 왕비의 병사들에게 독을 뱉었다. "다 뒈져라. 너희 붉은 신도 염병이나 하고." 그는 말했다. "내 말 들리냐, 파랑? 거인 살해자라고? 난 네놈의 그 저주받은 사촌이 죽었을 때 웃었다, 고드리. 그놈도 먹었어야 했는데. 놈들이 구워버렸을 때 정말 좋은 냄새가 났는데 말이야. 분명히 그놈은 맛도 좋고 야들야들했을 거야. 육즙도 있고." 날아간 창대가 그를 무릎 꿇렸지만, 입을 다물게 하지는 못했다. 일어선 남자는 한입 가득 피와 부러진 이를 뱉고 계속 떠들었다. "거시기가 제일 좋은 부위거든. 꼬챙이에 꿰어 바삭하게 구우면 말이야. 통통한 작은 소시지 같아요." 그는 쇠사슬이 몸을 감는데도 열변을 토했다. "콜리스 페니, 이리 좀 와봐. 무슨 놈의 이름이 페니냐? 네 어미는 페니만 주면 해주나 보지? 그리고 너, 서그스, 이 피에 환장한 잡종 새끼 너는ㅡ"

클레이턴 서그스 경은 한마디도 하지 않고 빠르게 하사관의 목을 한 번 그어서 피로 가슴팍을 적셨다.

울던 병사는 더 심하게 울면서 몸을 떨었다. 어찌나 말랐는지, 아샤가 갈비뼈를 하나하나 셀 수 있을 정도였다. "안 돼요." 그는 빌었다. "제발요. 죽었잖아요. 죽은 몸이었고 우린 배가 고팠어요. 제발⋯⋯."

"하사관이 영리했네." 아샤는 알리산 모르몬트에게 말했다. "서그스를 자극해서 자길 죽이게 만든 거야." 그녀의 차례가 온다면, 같은 술수가 두 번 통할까 궁금했다.

희생자 네 명은 말뚝 하나에 두 명씩, 등을 맞대고 묶었다. 산 사람 셋과 죽은 사람 하나를 그렇게 묶어두고, 빛의 군주의 신도들이 쪼갠 통나무 더미와 부러진 나뭇가지들을 그들 발밑에 밀어 넣고 등불용 기름을 부었다. 재빠르게 움직여야 했다. 쭉 그랬듯이 눈이 무섭게 퍼붓고 있었고, 나무는 곧 젖어버릴 터였다.

"왕은 어디 계신가?" 콜리스 페니 경이 물었다.

나흘 전, 왕의 종자 하나가 추위와 굶주림에 쓰러졌다. 고드리 경의 친척인 브라이엔 파링이라는 소년이었다. 스타니스 바라테온은 소년의 몸뚱이가 불길에 휩싸이는 동안 음울한 얼굴로 장례용 장작더미 옆에 서 있었다. 그 후에 왕은 감시탑으로 물러났고, 나오지 않았다⋯⋯. 가끔 탑 지붕에서 밤이고 낮이고 타오르는 봉화를 등지고 선 윤곽만 비쳤다. '붉은 신에게 말씀 중이신 거야.' 어떤 이들은 말했다. '멜리산드레 님을 부르시는 거야.' 또 어떤 이들은 주장했다. 어느 쪽이든, 아샤 그레이조이가 보기에 왕은 갈피를 잃고 도움을 필요로 했다.

"캔티, 전하를 찾아가서 다 준비됐다고 말씀드려라." 고드리 경이 제일 가까이 있던 중장병에게 말했다.

"왕은 여기 계시네." 리차드 호프의 목소리였다.

리차드 경은 판금과 사슬 갑옷 위에, 재와 뼈의 들판 위에 떠오른 해골 나방 세 마리를 수놓은 퀼트 더블릿을 입었다. 스타니스 왕이 그 옆을 걸었다. 그들 뒤로 아놀프 카스타크가 검은 가시나무 지팡이에 기대어 두 사람의 속도를 따라잡으려 힘겹게 발을 끌었다. 아놀프 공은 여드레 전에 나타났다. 그는 아들 하나, 손자 셋, 창병 400명, 궁수 40명, 기마 창병 십여 명에 학사 하나와 까마귀 우리 하나와 함께 왔다……. 그러나 식량은 자기 군사를 먹일 만큼밖에 없었다.

아샤는 아놀프 카스타크가 진짜 영주가 아니며, 진짜 영주가 라니스터의 포로로 있는 한 카홀드의 수호성주일 뿐이라는 사실을 알게 되었다. 여위고 등이 굽고 비뚤어져서 오른쪽 어깨보다 왼쪽 어깨가 15센티는 높았으며, 뼈만 앙상한 목에 회색 눈은 사시였고 치아는 누렜다. 새하얀 머리카락 몇 올이 대머리는 아니라고 주장했다. 갈래 수염은 흰색과 회색이 반반이었는데, 언제나 지저분했다. 아샤는 그자의 웃는 얼굴이 뭔가 불쾌하다고 생각했다. 그래도 들리는 말이 사실이라면 윈터펠을 빼앗을 경우 그곳을 차지할 자는 카스타크였다. 먼 과거 언젠가 카스타크 가문은 스타크 가문에서 갈라져 나왔고, 아놀프 공이 에다드 스타크의 봉신 중에서 제일 먼저 스타니스를 지지하고 나섰기 때문이었다.

야사가 아는 한, 카스타크의 신들은 북부의 옛 신들로, 월과 노리와 플린트와 다른 산악 부족들이 믿는 신들과 같았다. 아샤는 아놀프 공이 화형식을 보러 온 게 붉은 신의 힘을 목격하게끔 왕이 요청한 바일까 궁금했다.

스타니스를 보고 말뚝에 묶인 남자 두 명이 자비를 빌었다. 왕은 이를 악물고 조용히 듣더니 고드리 파링에게 말했다. "시작해도 좋다."

거인 살해자 고드리 파링이 두 팔을 들어 올렸다. "빛의 군주시여, 저희 기도를 들어주소서."

"빛의 군주시여, 저희를 지켜주소서." 왕비의 병사들이 응창했다. "밤은 어둡고 공포가 가득하니."

고드리 경은 어두워져가는 하늘로 고개를 들어 올렸다. "저희를 따뜻하게 해주시는 태양에 감사드리며, 그 태양을 돌려주시기를 빕니다. 오 신이시여, 태양이 당신의 적에게 가는 저희 앞길을 밝히게 하소서." 눈송이가 그의 얼굴에 떨어져 녹았다. "밤이면 저희를 굽어보는 별들에 감사드리며, 별을 가린 베일을 찢어내어 다시 한번 저희가 별을 찬미할 수 있게 해주시길 기도합니다."

"빛의 군주시여, 우리를 보호하소서." 왕비의 병사들이 기도했다. "그리고 이 잔인한 어둠을 막아주소서."

콜리스 페니 경이 두 손으로 횃불을 움켜쥐고 나섰다. 그는 횃불을 머리 위로 빙 돌리며 불길을 더 세게 일으켰다. 죄수 하나가 흐느끼기 시작했다.

"를로르시여." 고드리 경이 노래했다. "저희가 사악한 남자 넷을 바칩니다. 기쁘고 진실한 마음으로 당신의 정화의 불에 이들을 바치니, 이들의 영혼에 깃든 어둠이 불타 없어지게 하소서. 더러운 몸을 새까맣게 태우고, 이들의 영혼이 자유롭고 순수한 상태로 몸에서 풀려나 빛으로 올라가게 하소서. 오 신이시여, 이들의 피를 받으시고 당신의 종들을 묶어놓은 얼음 사슬을 녹이소서. 이들의 고통을 들으시고, 저희의 검에 당신의 적들의 피를 흘릴 힘을 주소서. 이 희생 제물을 받으시고, 저희에게 윈터펠로 가는 길을 보여주시어 불신자들을 무찌르게 하소서."

"빛의 군주시여, 이 희생 제물을 받으소서." 백 명의 목소리가 메아리쳤다. 콜리스 경이 횃불로 첫 번째 화형대에 불을 붙이고, 두 번째 장작더미 속에 쑤셔 넣었다. 가느다란 연기가 몇 줄기 피어오르기 시작했다. 죄수들이 기침하기 시작했다. 불길이 처녀처럼 수줍게 고개를 내밀더니, 춤을 추며 나무에서 사람 다리로 건너뛰었다. 순식간에 말뚝 양쪽이 다 불길에 휩싸였다.

"죽은 사람이었어요." 흐느끼던 소년은 불길이 다리를 핥자 비명을 질렀다. "죽은 채로 찾았다고요……. 제발…… 배가 고팠어요……." 불길이 사타구니에 이르렀다. 성기 주위의 털이 타기 시작하자 애걸하던 목소리가 뜻 없는 길고 날카로운 비명으로 변했다.

아샤 그레이조이는 목 안쪽에서 쓴맛을 느낄 수 있었다. 강철 군도에서 아샤는 사제들이 노비들의 목을 긋고 바다에 시신을 던져서 익사한 신을 기리는 모습을 여러 차례 보았었다. 그것도 잔인한 의식이었지만, 이게 더 나빴다.

'눈을 감아.' 아샤는 스스로에게 말했다. '귀를 닫아. 돌아서. 이걸 볼 필요 없어.' 왕비의 병사들은 붉은 를로르에 대한 찬가를 부르고 있었지만, 째지는 비명 때문에 가사가 들리지 않았다. 불길의 열기가 얼굴을 때리는데도 몸이 벌벌 떨렸다. 공기 중에 연기와 살 타는 냄새가 짙어졌고, 몸뚱이 하나는 붉게 달아오른 사슬로 말뚝에 묶인 채 아직도 움찔거렸다.

시간이 지나고 비명이 멈췄다.

스타니스 왕은 말없이 그 자리를 벗어나, 혼자 있을 감시탑으로 돌아갔다. '봉화 앞으로 돌아가는구나. 불 속에서 답을 찾으려고.' 아샤는 깨달았다. 아놀프 카스타크는 발을 끌며 그 뒤를 따르려 했지만, 리차드 호프 경이 팔을 잡고 회당 쪽으로 방향을 틀었다. 구경꾼들은 각자의 불과 보잘것없는 저녁 식사를 누리기 위해 흩어지기 시작했다.

클레이턴 서그스가 아샤 옆으로 다가왔다. "강철 잡년도 즐겁게 구경하셨나?" 입김에서 에일과 양파 냄새가 났다. '돼지 같은 눈깔이야.' 아샤는 생각했다. 서그스의 방패와 전포에는 날개 달린 돼지가 들어갔으니, 어울리는 눈이었다. 서그스는 코에 박힌 검은 피지를 다 헤아릴 수 있을 만큼 가까이 얼굴을 들이밀고 말했다. "네년이 말뚝에서 몸부림칠 땐 구경꾼이 더 많이 모일 거다."

틀린 말도 아니었다. 늑대들은 아샤를 좋아하지 않았다. 그녀는 강철인이었고 강철인들이 저지른 범죄에, 모트카일린과 딥우드모트와 토르헨스퀘어에, 스토니쇼어에서 약탈해온 수백 년 세월에, 테온이 윈터펠에서 한 짓에 책임을 져야 했다.

"손 떼시지, 경." 서그스가 말을 걸 때마다 도끼 생각이 간절해졌다. 아샤는 강철 군도의 어떤 남자보다 더 손가락 춤에 능숙했고, 온전한 손가락 열 개로 그 사실을 증명했다. '이놈과 손가락 춤을 출 수만 있다면.' 어떤 남자들의 얼굴에 수염이 절실히 필요하다면, 클레이턴 경의 얼굴은 눈 사이에 도끼를 박아달라 부르짖었다. 하지만 여기에서 아샤는 도끼를 들지 못했기에, 기껏해야 그놈을 떼어내려 하는 게 다였다. 그러자 클레이턴 경은 아샤를 더 단단히 붙잡았고, 장갑 낀 손가락이 강철 발톱처럼 팔을 파고들었다.

"놔달라잖아." 알리산 모르몬트가 말했다. "그 말 듣는 게 좋겠어, 경. 아샤 아가씨는 화형용이 아니야."

"화형될 거야." 서그스가 주장했다. "이 악마 숭배자를 우리 사이에 너무 오래 뒀어." 그래도 그는 아샤의 팔을 놓아주었다. 암곰을 굳이 자극할 사람은 없었다.

바로 그때 저스틴 매시가 나타났다. "왕께선 전리품으로 얻은 포로에게 다른 계획을 갖고 계시다네." 그는 느긋한 미소를 지으며 말했다. 추위 때문에 볼이 발갰다.

"왕이? 아니면 네가?" 서그스가 코웃음 치며 비웃었다. "얼마든지 꾀를 써봐, 매시. 그래도 저 여자와 저 여자에게 흐르는 왕의 피는 불타게 될 거야. 붉은 여인은 왕의 피엔 힘이 있다고 말하곤 했지. 우리 신을 기쁘게 할 힘이."

"를로르께선 우리가 방금 보낸 넷으로 만족하실 거야."

"미천한 놈 넷이야. 가난뱅이의 공양물이지. 저런 쓰레기로는 절대 눈을 멈추지 못해. 이 여자는 될지 몰라."

암곰이 말했다. "이 여자를 태우고도 눈이 내리면, 그때는 어쩌게? 다음엔 누굴 태우려고? 나인가?"

아샤도 더는 입을 다물고 있지 못했다. "클레이턴 경은 어때? 를로르도 자기 신도를 좋아할지 몰라. 불길이 거시기를 핥는데도 찬송을 부르는 신실한 남자 좋잖아."

저스틴 매시 경이 웃음을 터뜨렸다. 클레이턴 서그스는 그렇게 재미있어하지 않았다. "실컷 웃어라, 매시. 눈이 계속 내리면, 그때는 누가 웃나 보자." 그는 말뚝에 묶여 죽은 남자들을 흘긋 보고 미소 짓더니 고드리 경과 다른 왕비의 병사들이 있는 곳으로 갔다.

"나의 대전사." 아샤는 저스틴 매시에게 말했다. 동기가 뭐였든 간에, 그 정도 칭송은 받을 자격이 있었다. "구해줘서 고마워요, 경."

"그래가지곤 왕비의 병사들 사이에서 친구를 얻지 못할 텐데." 암곰이 말했다. "붉은 를로르에 대한 믿음을 잃은 건가?"

"그 이상의 믿음을 잃었지." 매시는 허공에 하얀 안개 같은 입김을 내뿜으며 말했다. "하지만 아직도 저녁 식사는 믿어. 같이 하시겠습니까, 아가씨들?"

알리산 모르몬트는 고개를 저었다. "식욕이 없어."

"나도 그래. 하지만 말고기를 조금이라도 씹어 삼켜야지, 안 그랬다간 곧 후회할지 몰라. 딥우드모트에서 행군을 시작할 땐 말이 800필이었는데, 어젯밤 남은 숫자는 64필이었어."

놀랍지도 않았다. 매시의 말을 포함해서 덩치 큰 군마는 거의 다 쓰러졌다. 승용마도 대부분 사라졌다. 심지어 북부인들의 조랑말마저도 사료 부족으로 휘청거렸다. 하지만 말이 왜 필요할까? 스타니스는 이제 어디로도 행군하지 않았다. 태양과 달과 별이 사라진 지 너무 오래라, 아샤는 가끔 그게 다 꿈이었나 생각할 지경이었다. "난 먹을게."

알리산이 고개를 저었다. "난 됐어."

"그럼 아샤 아가씨는 내가 돌보지." 저스틴 매시 경이 말했다. "도망치게 하지 않겠다고 맹세해."

암곰은 농담조로 흘려들으며 마지못해 허락했다. 그들은 그 자리에서 헤어졌다. 알리산은 자기 천막으로, 아샤와 저스틴 매시는 회당으로. 멀지는 않았지만, 눈이 높이 쌓였고 돌풍이 심했으며 아샤의 발은 얼음 덩어리였다. 걸을 때마다 발목이 찔리는 듯 아팠다.

작고 초라하긴 해도 그 회당이 마을에서 제일 큰 건물이었기에, 스타니스가 호숫가의 돌 감시탑에 자리를 잡은 동안 영주들과 부대장들은 그곳을 차지했다. 위병 두 명이 장창에 몸을 기대고 문 양쪽을 지켰다. 저스틴 매시를 보자 한 명이 기름 먹인 가죽 문을 들어 올렸고, 저스틴 경은 아샤를 안내해 축복받은 온기가 있는 곳으로 들어갔다.

안에는 양쪽으로 장의자와 가대 탁자가 줄지어 있었는데 50명이 들어갈 만한 공간에 두 배는 되는 숫자가 비집고 들어간 상태였다. 흙바닥 중앙에 불 피울 도랑을 파놓고, 천장에는 연기 구멍을 줄줄이 냈다. 늑대들은 그 도랑 한쪽에 앉고, 기사와 남부 귀족은 반대쪽에 앉아 있었다.

아샤는 남부인들이 참담한 꼴이라고 생각했다. 초췌하고 뺨이 움푹 들어간 데다, 몇 명은 창백하니 아픈 얼굴이었고 또 몇 명은 바람에 쓸려 벌겠다. 대조적으로 북부인들은 정정하고 건강해 보였고, 덤불처럼 덥수룩한 수염을 기른 덩치 크고 혈색 좋은 남자들이 모피와 철을 입고 있었다. 똑같이 춥고 굶주렸을지 모르지만 조랑말과 곰 발 덕분에 그들은 행군하기가 좀 나았다.

아샤는 모피 장갑을 벗고, 손가락을 구부려보며 얼굴을 찌푸렸다. 반쯤 언 발이 온기에 녹기 시작하자 통증이 다리를 타고 올랐다. 농민들이 달아나면서 이탄만큼은 넉넉하게 두고 갔기에, 이탄이 타는 짙은 흙 냄새와 연기가 자욱했다. 아샤는 망토에서 눈을 털어낸 후 문 안쪽 못에 걸었다.

저스틴 경이 장의자에 앉을 자리를 찾아내고 두 사람 몫의 식사를 가져왔다. 에일과 바깥은 까맣게 타고 안은 붉은 말고기 덩이였다. 아샤는 에일을 한 모금 마시고 말고기에 달려들었다. 지난번보다 양이 작았지만, 고기 냄새를 맡자 배 속이 요동쳤다. "고마워요, 경." 그녀는 피와 기름을 턱에 흘리며 말했다.

"저스틴이라고 불러요. 부디." 저스틴 매시는 고기를 조각조각 잘라서 단검으로 찍었다.

식탁 저편에서는 윌 폭스글러브가 주위 사람들에게 스타니스가 사흘 후에 윈터펠로 행군을 재개할 거라고 말하고 있었다. 왕의 말들을 돌보는 마부에게 들었다면서 말이다. "전하께서 불 속에서 승리를 보셨다네." 폭스글러브가 말했다. "귀족의 성에서나 농민의 오두막에서나 천 년을 노래할 그런 승리를."

저스틴 매시가 말고기에서 고개를 들었다. "어젯밤 추위 사상자가 80명에 달했어." 그는 잇새로 연골을 빼내어 가까이 있던 개에게 던졌다. "행군하다간 수백 명씩 죽을걸."

"여기 있다간 수천 명씩 죽어." 험프리 클리프턴 경이 말했다. "계속 가지 않으면 죽는다고."

"난 계속 가다가 죽는다고 봐. 그리고 윈터펠에 도착하면, 그때는 뭐? 어떻게 점령할 건데? 우리 군사 절반은 너무 약해서 발을 앞으로 옮기기도 힘들어. 그 병사들더러 벽을 타고 오르라고 할 건가? 공성탑을 짓게 할 건가?"

"날씨가 풀릴 때까지 여기 있어야 해." 이름과는 전혀 어울리지 않는 성정의 수척한 노기사 오르문드 와일드 경이 말했다. 아샤는 중장병들 사이에서 다음에 죽을 대단한 기사나 영주는 누구일까 내기가 오간다는 소문을 들었다. 오르문드 경이 우승 후보였다. '그리고 나에게는 돈이 얼마나 걸렸을까?' 아샤는 생각했다. '아직 내기할 시간이 있을지도 몰라.' 와일드는 계속해서 주장했다. "여기엔 피난처라도 있지 않나. 호수에 물고기도 있고."

"물고기는 너무 적고, 어부는 너무 많소." 피즈버리 공이 음울하게 말했다. 그에겐 음울해할 이유가 있었다. 고드리 경이 방금 불태운 자들은 그의 병사들이었고, 바로 이 회당에서도 피즈버리가 분명 부하들이 하는 짓을 알았고 어쩌면 잔치에 함께했을지 모른다고 말하는 사람들이 있었다.

"틀린 말은 아냐." 딥우드모트에서 온 척후병, 네드 우즈가 투덜거렸다. 그는 코 없는 네드라고 불렸다. 두 겨울 전에 동상으로 코끝을 잃은 탓이었다. 우즈는 살아 있는 사람 그 누구보다 늑대 숲을 잘 알았다. 그가 말을 하면 왕의 제일 오만한 영주들이라 해도 귀 기울여야 했다. "난 저 호수들을 알아. 수백 명이 시체에 꾄 구더기처럼 호수에 달려들었지. 빠져 죽은 사람이 더 나오지 않은 게 놀라울 정도로 얼음에 구멍을 많이 뚫었고. 섬에 나가보면 쥐가 파먹은 치즈처럼 보이는 자리도 있을 정도야." 그는 고개를 저었다. "호수는 끝났어. 물고기를 다 잡아버렸어."

"그러니 더더욱 행군해야지." 험프리 클리프턴이 주장했다. "죽음이 우리 운명이라면, 손에 검이라도 쥐고 죽자고."

어젯밤에도, 그 전날 밤에도 똑같은 언쟁이 오갔다. '계속 가다가 죽는 다, 여기 있다가 죽는다, 후퇴하다가 죽는다.'

"죽고 싶으면 마음껏 죽어, 험프리." 저스틴 매시가 말했다. "난 살아서 봄을 다시 보는 게 좋아."

"그걸 겁쟁이라고 할 자도 있을 걸세." 피즈버리 공이 대꾸했다.

"식인보다야 겁쟁이가 낫지."

피즈버리의 얼굴이 울컥 치솟은 노기로 뒤틀렸다. "경은—"

"죽음은 전쟁의 일부야, 저스틴." 리차드 호프 경이 녹아내리는 눈에 검은 머리를 적신 채 문안에 서 있었다. "우리와 같이 행군하는 이들은 볼턴과 그놈의 서자에게서 빼앗을 전리품을 함께 나누고, 그보다 더 큰 불멸의 영광을 누릴 걸세. 행군하지 못할 만큼 약한 자들은 알아서 버텨야겠지. 하지만 윈터펠을 점령하고 나면 음식을 보내주겠다 약속하지."

"윈터펠을 차지하진 못할 거요!"

"차지하고 말고." 아놀프 카스타크가 아들 아토르와 손자 셋과 같이 앉은 상석에서 낄낄거리는 소리가 들렸다. 아놀프 공이 일어나는 모습은 먹이를 놓고 일어나는 독수리 같았다. 검버섯 핀 한 손이 아들의 어깨를 잡아 몸을 지탱했다. "네드를 위해, 네드의 딸을 위해 점령할 거야. 그래, 그리고 너무나 잔인하게 도살당한 젊은 늑대를 위해서도. 필요하다면 나와 내병사들이 길을 안내하겠네. 국왕 전하께도 그렇게 말씀드렸지. 행군합시다, 그렇게 말했어. 행군하면 달이 바뀌기 전에 우리 모두가 프레이와 볼턴의 피로 목욕을 하게 될 거야."

남자들이 발을 구르고, 주먹으로 탁자를 두드리기 시작했다. 아샤는 그들 대부분이 북부인임을 알아차렸다. 불구덩이 건너편의 남부 귀족들은 장의자에 말없이 앉아 있었다.

저스틴 매시는 함성이 잦아들 때까지 기다렸다가 말했다. "그 용기는 감탄스럽습니다만, 용기가 윈터펠 성벽에 틈을 내주진 않습니다, 카스타크 공. 성을 어떻게 빼앗으시려고요? 기도로? 눈덩이로?"

아놀프 공의 손자 하나가 대답했다. "나무를 베어 충차를 만들어서 문을 부술 거요."

"그러다 죽겠지."

또 다른 손자가 말했다. "사다리를 만들어서 성벽을 오를 거요."

"그러다 죽겠지."

아놀프 공의 작은아들인 아토르 카스타크가 발언했다. "공성탑을 올릴 거요."

"그러다 죽고, 죽고, 죽겠지." 저스틴 매시 경은 눈을 굴렸다. "신들이여 맙소사, 카스타크는 다 미친 겁니까?"

"신들?" 리차드 호프가 말했다. "잊었나보군, 저스틴. 여기엔 신이 하나뿐이야. 여기에서 악마들에 대해 말하지 말게. 지금 우릴 구할 수 있는 건 빛의 군주뿐이야. 동의하지 않나?" 그는 강조하듯 칼자루에 손을 얹으면서도, 시선은 저스틴 매시의 얼굴을 떠나지 않았다.

그 눈빛에 저스틴 경도 주눅이 들었다. "빛의 군주뿐이지, 그래. 내 신앙도 리차드 당신 못지않게 깊소. 알잖소."

"내 의문은 자네의 신앙이 아니라 용기야, 저스틴. 자넨 딥우드모트에서 달려 나온 이후 매 걸음걸음마다 패배에 대해 떠들어댔어. 대체 누구 편인지 궁금해지는군."

매시의 목에 붉은 기운이 번졌다. "여기 남아서 그런 모욕을 당하진 않겠소." 그는 벽에 걸린 젖은 망토를 찢어지는 소리가 들릴 정도로 거세게 잡아채더니, 호프 옆을 지나쳐서 문밖으로 나갔다. 찬바람이 불어 들어와서 불구덩이에 쌓인 재를 일으키고 불길을 조금 더 밝게 키웠다.

'저렇게 빨리 무너지다니.' 아샤는 생각했다. '내 대전사는 흐물흐물한 기사로군.' 그렇다 해도 저스틴을 빼면 왕비의 병사들이 아샤를 태우려고 할 때 반대해줄 사람이 몇 없었다. 그래서 아샤는 일어서서 망토를 걸치고 저스틴을 따라 눈보라 속으로 나갔다.

그리고 10미터도 가지 않아서 길을 잃었다. 아샤는 감시탑 위에서 타는 봉화를, 허공에 뜬 희미한 오렌지색 불빛을 볼 수 있었다. 그 외에는 마을이 다 사라졌다. 그녀는 눈과 침묵뿐인 새하얀 세계에 혼자 남아서, 허벅지까지 오는 눈밭을 헤치고 걸었다. "저스틴?" 외쳐봤지만 대답이 없었다. 왼쪽 어딘가에서 말이 우는 소리가 들렸다. '겁에 질린 소리야. 저 녀석도 자기가 내일 저녁 식사가 될 걸 아나 보지.' 아샤는 망토를 더 단단히 둘렀다.

아샤는 어쩌다 보니 비틀비틀 마을 풀밭으로 다시 걸어갔다. 소나무 말뚝은 새까맣게 타고 그을렸지만, 재가 되지는 않고 서 있었다. 죽은 자들의 몸을 두른 사슬은 이제 다 식었지만, 여전히 시체들을 강철의 포옹으로 묶어두고 있었다. 까마귀 한 마리가 시체 하나에 앉아서 새까매진 두개골에 붙은 불탄 살점을 뜯었다. 불어온 눈이 장작더미 아래 재를 덮고 죽은 남자의 발목까지 쌓였다. '옛 신들이 묻어주려 하시는군.' 아샤는 생각했다. '이건 옛 신들이 벌인 일이 아닌데도.'

"오래오래 잘 봐둬라, 이년아." 클레이턴 서그스의 굵은 목소리가 등 뒤에서 울렸다. "너도 구워지면 똑같이 예뻐 보일 거다. 오징어도 비명을 지를 수 있나?"

'내 선조들의 신이여, 파도 아래 물속 궁전에서 제 기도를 들으실 수 있다면, 작은 투척 도끼 하나만 보내주세요.' 익사한 신은 답이 없었다. 원래 답하는 일이 드물었다. 신들이란 그게 문제였다. "저스틴 경 봤어?"

"그 젠체하는 바보? 그놈한테 뭘 원하지, 갈보? 쑤셔주길 원하는 거라면 매시보단 내가 더 남자다운데."

'또 갈보야?' 서그스 같은 남자들이 여자에게 가치를 두는 건 성기밖에 없으면서, 정작 여자를 비하할 때는 또 그런 면만 들먹이는 게 이상했다. 그리고 서그스는 중간 리들보다 더 나빴다. '리들이 그 말을 할 때는 비꼴 뜻은 없었지.' "너희 왕은 강간범을 거세할텐데." 그녀가 상기시켰다.

클레이턴 경이 키득거렸다. "왕은 불만 들여다보다가 반쯤 눈이 멀었어. 그리고 무서워할 것 없다, 갈보 년아. 널 강간하진 않을 거야. 그러고 나면 널 죽여야 할 텐데, 그보다는 화형당하는 꼴을 보는 게 좋아."

'말이 또 우네.' "저 소리 들려?"

"무슨 소리?"

"말이야. 아니, 한 마리도 아니고 말 여러 마리야." 아샤는 귀를 기울이며 고개를 돌렸다. 눈은 소리를 이상하게 반향시켰다. 어느 방향에서 들리는 소리인지 알기가 힘들었다.

"이건 무슨 오징어 놀이야? 난 안 들—" 서그스가 얼굴을 찡그렸다. "빌어먹을. 기수들이다." 그는 모피와 가죽 장갑 때문에 잘 움직이지 않는 손으로 검대를 더듬다가 겨우 장검을 칼집에서 빼내는 데 성공했다.

그때쯤에는 문제의 기수들이 도착해 있었다.

그들은 망령들의 부대처럼 폭풍을 뚫고 나타났다. 작은 말들에 큰 남자들이 탔는데, 거대한 모피를 걸쳐서 더 커 보였다. 허리춤에 찬 검이 칼집 안에서 흔들리며 잔잔한 강철의 노래를 울렸다. 아샤는 한 남자의 안장에 매인 전투 도끼, 또 한 남자의 등에 매인 전투 망치를 보았다. 그들은 방패도 들고 있었지만, 눈과 얼음이 죄 가려서 문장을 알아볼 수 없었다. 모직옷과 모피와 가죽 방호구를 겹겹이 입었건만 아샤는 그 자리에 벌거벗고 서 있는 기분이 들었다. '나팔. 숙영지에 신호를 보낼 나팔이 필요해.'

"뛰어라, 이 멍청한 잡년아." 클레이턴 경이 외쳤다. "달려가서 왕에게 경고해. 볼턴 공이 왔다고." 서그스가 잔인할지는 몰라도 용기가 부족하지는 않았다. 그는 장검을 들고 눈밭을 헤치고 걸어가더니, 기수들과 왕의 탑 사이에 섰다. 그의 등 뒤에서 일렁이는 봉홧불이 낯선 신의 오렌지색 눈동자 같았다. "거기 누구냐? 멈춰! 멈춰라!"

앞장선 기수가 고삐를 당겼다. 그 뒤에 오는 사람들이 스무 명은 되는 것 같았다. 아샤에겐 수를 셀 시간이 없었다. 폭풍 속에서 수백 명이 바싹 따라올 수도 있었다. 루스 볼턴의 전군이 어둠과 눈보라에 몸을 숨기고 달려올 수도 있었다. 하지만 이들은……

'척후라기엔 너무 많고, 선봉대라기엔 너무 적어.' 그리고 두 명은 온통 검은 옷이었다. '밤의 경비대야.' 그녀는 불현듯 깨닫고 외쳤다. "누구냐?"

"친구들이지." 반쯤 친숙한 목소리가 대꾸했다. "윈터펠 앞에 있을 줄 알았더니, 까마귀 밥 엄버 혼자서 북 치고 나팔 불고 있더라. 널 찾는 데 시간이 좀 걸렸어." 문제의 기수가 안장에서 훌쩍 뛰어내리더니 두건을 젖히고 절을 했다. 수염이 엄청나게 덥수룩한 데다 얼음까지 붙어 있어서, 아샤도 잠시 동안은 알아보지 못했다. 그러다가 얼굴이 보였다. "트리스?"

"아가씨." 트리스티퍼 보틀리가 한쪽 무릎을 꿇었다. "처녀도 여기 있어. 로곤, 불길한 혓바닥, 손가락, 루크…… 여섯 명이야. 말을 탈 만한 사람은 다 왔어. 크롬은 부상 때문에 죽었고."

"이게 뭐지?" 클레이턴 서그스 경이 물었다. "넌 저 여자 부하냐? 어떻게 딥우드의 지하감옥에서 풀려났지?"

트리스가 일어나서 무릎에 묻은 눈을 털었다. "시벨 글로버가 우리의 자유에 대한 대가로 두둑한 몸값을 제시받았고, 왕의 이름으로 받아들이기로 했지."

"무슨 몸값? 누가 바다 쓰레기들에게 두둑한 돈을 낸다고?"

"제가 냈습니다, 경." 말한 사람이 조랑말을 타고 나섰다. 키가 아주 크고, 아주 말랐고, 발이 땅에 끌리지 않는 게 놀라울 정도로 다리가 긴 남자였다. "제겐 안전하게 왕을 만나러 가기 위해 강력한 호위가 필요했고, 시벨 부인은 군입을 몇이라도 줄여야 했거든요." 키 큰 남자의 이목구비는 스카프가 가렸지만, 머리에는 아샤가 티로시에 갔을 때나 본 괴상망측한 모자가 얹혀 있었다. 부드러운 천으로 만든 챙 없는 탑 같은 모자로, 원뿔 세 개를 차곡차곡 쌓은 듯한 모양새였다. "스타니스 왕을 여기에서 찾을 수 있다고 들었습니다. 즉시 그분과 이야기해야 해요. 아주 급합니다."

"그러는 댁은 누군데?"

키 큰 남자가 우아하게 조랑말에서 내리더니, 괴상한 모자를 벗고 절을 했다. "외람되오나 이 몸은 브라보스 강철은행의 보잘것없는 종인 타이코 네스토리스라고 합니다."

브라보스 은행가라니, 밤에 말을 타고 찾아올 수 있는 온갖 이상한 것들 중에서도 아샤 그레이조이가 제일 상상 못 한 손님이었다. 너무나 황당했다. 웃을 수밖에 없었다. "스타니스 왕은 저 감시탑을 거처로 삼았어요. 분명 클레이턴 경이 기꺼이 안내해드릴 겁니다."

"그거 정말 친절하시군요. 시간이 생명입니다." 은행가는 명민한 검은 눈으로 그녀를 살폈다. "제가 잘못 본 게 아니라면, 당신이 그레이조이 가문의 아샤 아가씨로군요."

"그레이조이 가문의 아샤, 맞아요. 내가 아가씨인지 여부는 의견이 갈리지만."

브라보스인이 미소 지었다. "선물을 가져왔습니다." 그가 뒤에 선 남자들에게 손짓했다. "저희는 윈터펠에서 왕을 찾을 줄 알았습니다만. 안타깝게도 이 눈보라가 성을 집어삼켰더군요. 성벽 아래에서는 모스 엄버가 풋내기 병사들 한 부대와 같이 왕이 오기를 기다리고 있었습니다. 그 사람이 이들을 저희에게 넘겼어요."

'여자애와 노인이잖아.' 아샤는 두 사람이 눈밭에 팽개쳐지자 생각했다. 소녀는 모피를 두르고도 심하게 몸을 떨었다. 그렇게 겁에 질리지만 않았어도 예뻤을지 모르지만, 코끝이 동상으로 시커메져 있었다. 노인은……
아무도 그 노인을 보기 좋다고 생각하지 않을 터였다. 허수아비라도 그보
다는 살이 붙어 있었다. 얼굴은 머리뼈에 가죽만 씌운 꼴이었고, 새하얀 머
리카락은 지저분했다. 그리고 악취가 났다. 그 모습을 보기만 해도 혐오감
이 치솟았다.

　노인이 눈을 들었다. "누나. 안녕. 이번엔 알아봤어."

　아샤의 심장이 잠시 멈췄다. "테온?"

　노인의 입술이 움직여 웃음 비슷한 것을 그렸다. 이가 반은 없어졌고, 남
은 반도 부러지고 쪼개진 상태였다. "테온." 그는 자기 이름을 거듭 말했다.
"내 이름은 테온이지. 사람은 자기 이름을 알아야 해."

빅타리온

강철 함대가 먹잇감을 덮쳤을 때 바다는 검고 달은 은빛이었다.

그들은 삼나무섬과 아스타포 내륙 지역의 들쭉날쭉한 산악 지대 사이 좁은 바다에서 그 배를 발견했다. 검은 사제 모쿼로가 말한 그대로였다. "기스카 배다." 롱워터 파이크가 망루에서 아래로 외쳤다. 빅타리온 그레이조이는 선수루에서 그 배의 돛이 커지는 모습을 지켜보았다. 곧 노가 오르내리는 모습도 알아볼 수 있었고, 달빛을 받아 바다에 생긴 흉터처럼 하얗게 부서지는 긴 항적도 볼 수 있었다.

'진짜 군선은 아니야.' 빅타리온은 깨달았다. '무역용 갤리선인데, 큰 배지.' 괜찮은 전리품이 될 터였다. 그는 선장들에게 추격하라는 신호를 보냈다. 그 배에 올라타서 빼앗을 것이다.

갤리선 선장도 그때쯤에는 위험을 알아차렸다. 그는 서쪽으로 항로를 틀어 삼나무섬으로 향했는데, 아마도 어딘가에 감춰진 동굴로 피신하거나 추격자들을 섬 북동쪽 해안에 있는 들쭉날쭉한 암초들로 끌어들일 생각이었을 것이다. 그러나 그의 갤리선은 짐이 무거웠고, 강철인들은 바람을 타고 있었다. 비탄호와 강철 승리호가 먹잇감의 항로를 차단했고, 재빠른 새매(Sparrowhawk)호와 민첩한 손가락 춤꾼호가 뒤쪽으로 돌아갔다. 선장은 그래도 깃발을 내리지 않았다. 애통호가 먹잇감 옆에 붙어서 좌현을 긁고 노를 다 쪼개놓았을 때쯤에는 두 척 다 유령이 출몰하는 고자이 폐허에 가까워진 나머지, 새벽빛이 그 도시의 부서진 피라미드들을 비추는 가운데 떠들어대는 원숭이들의 소리를 들을 수 있을 정도였다.

갤리선 선장이 사슬에 묶여 빅타리온 앞에 끌려왔을 때 말하기를, 그들의 전리품은 '기스의 새벽'호라고 했다. 신기스에서 출발해서 미린에서 교역을 한 후 융카이를 거쳐 신기스로 돌아가는 중이었다. 선장은 으르렁대고 식식대는 소리가 가득한 기스카어만 할 줄 알았지 제대로 된 언어를 못했는데, 빅타리온 그레이조이가 평생 들은 언어 중에 제일 듣기 싫은 언어였다. 모쿼로가 선장의 말을 웨스테로스 공용어로 옮겼다. 선장은 미린 전쟁에 이겼다고 주장했다. 드래곤 여왕은 죽었고, 지금은 히즈다크라는 기스카 혈통이 도시를 지배한다고 했다.

빅타리온은 거짓말한 죄로 그의 혀를 뽑게 했다. 대너리스 타르가르옌이 죽지 않았다는 점은 모쿼로가 확언했다. 그의 붉은 신 클로르가 성스러운 불 속에 떠오른 여왕의 얼굴을 보여줬다고 했다. 함대장은 거짓말을 참아줄 수 없었기에, 선장의 손과 발을 묶어 익사한 신에게 바치는 희생 제물로 바다에 던지게 했다. "네 붉은 신도 자기 몫을 받겠지만, 바다는 익사한 신이 지배하신다." 그는 모쿼로에게 그렇게 약속했다.

"세상에 를로르와 이름을 말해서는 안 되는 다른자 외에 다른 신은 없습니다." 마법사 사제는 새까만 색이지만 옷깃과 소매 끝과 옷단에 금색 실이 살짝씩 보이는 옷을 입었다. 강철 승리호에는 붉은 옷이 없었고, 그렇다고 모쿼로가 바다에서 들쥐에게 발견됐을 때 입고 있었던 소금물에 전 누더기를 입고 돌아다니는 것도 적당하지 않았기에, 빅타리온은 톰 타이드우드에게 뭐든 손에 닿는 재료로 새 로브를 지으라고 명령하고 자기 튜닉도 몇 벌 내놓았다. 그레이조이 가문의 문장은 검은색 바탕에 금빛 크라켄이고, 깃발과 돛에도 같은 문장이 담겼으므로 검은색과 금색 옷이 마련됐다. 붉은 사제들이 입는 새빨간 색의 로브는 강철인들에게 낯설었으니, 빅타리온은 모쿼로가 그레이조이의 색을 입으면 부하들이 더 쉽게 받아들일지 모른다고 기대했다.

헛된 바람이었다. 머리끝부터 발끝까지 검은색을 차려입고, 얼굴에 가면을 쓴 듯 붉은색과 오렌지색 화염 문신을 새긴 사제는 전보다 더 불길해 보였다. 선원들은 모쿼로가 갑판을 걸으면 피했고, 혹시 그림자라도 닿으면 침을 뱉었다. 심지어 붉은 사제를 바다에서 건져 올린 장본인인 들쥐마저도 빅타리온에게 그자를 익사한 신에게 바치라고 종용했다.

하지만 모쿼로는 강철인이 모르는 이 낯선 해변을 알았고, 드래곤종(種)의 비밀도 알았다. '까마귀 눈도 마법사들을 두는데, 왜 나는 안 돼?' 그의 검은 마법사는 유론의 세 마법사를 합친 것보다 더 강력했다. 그 셋을 한 솥에 넣고 삶아서 하나로 만든다 해도 그랬다. 젖은 머리는 못마땅해할 테지만, 아에론과 그놈의 신앙심은 멀리 떨어져 있었다.

그래서 빅타리온은 불탄 손을 꽉 쥐어 강력한 주먹을 만들며 말했다. "기스의 새벽은 강철 함대에 어울리는 이름이 아니다. 마법사, 너를 위해 새로 '붉은 신의 분노'라고 이름하겠다."

그의 마법사가 고개를 숙였다. "함대장님 뜻대로." 그리고 강철 함대는 다시 쉰네 척으로 불어났다.

다음 날은 갑작스럽게 폭우가 쏟아졌다. 역시 모쿼로가 예보한 대로였다. 비가 이동하고 나자 배 세 척이 안 보였다. 빅타리온으로서는 그 배들이 가라앉았는지, 좌초했는지, 항로를 이탈해 쓸려 갔는지 알 방법이 없었다. 그는 선원들에게 말했다. "다들 우리가 어디로 가는지 안다. 아직 물에 떠 있다면 다시 만날 거다." 강철 함대장에겐 꾸물거리는 배를 기다릴 시간이 없었다. 그의 신부가 적에게 에워싸인 지금은 그랬다. '세상에서 가장 아름다운 여인에게 내 도끼가 급하게 필요해.'

게다가 모쿼로도 그 세 척은 잃은 게 아니라고 장담했다. 마법사 사제는 매일 밤 강철 승리호의 선수루에 불을 피우고 불길 주위를 돌면서 기도문을 읊었다. 불빛에 검은 피부가 반질반질한 마노처럼 반짝였고, 빅타리온은 가끔 사제의 얼굴에 새겨진 문신도 춤을 추며 이리저리 구부러지고 뒤틀리며 서로 섞여 들어, 사제가 고개를 돌릴 때마다 색깔을 바꾼다고 맹세라도 할 수 있었다.

"검은 사제가 우리에게 악마를 불러들이고 있어." 노잡이 하나가 그런 말을 했다. 빅타리온은 그 일을 보고받고 노잡이가 어깨부터 엉덩이까지 피투성이가 되도록 채찍질을 받게 했다. 모쿼로가 "함대장의 잃어버린 양들은 야로스라는 섬 근처에서 양 떼에게 돌아올 겁니다"라고 하자 함대장은 말했다. "그러길 기도해라, 사제. 안 그러면 다음에 채찍 맛을 보는 건 네가 될지도 모른다."

강철 함대가 아스타포 북서쪽 바다에서 두 번째 전리품을 획득했을 때, 바다는 청록색이었고 태양은 텅 빈 파란 하늘에서 이글거리고 있었다.

이번에 잡은 배는 '비둘기'호라는 미르 범선이었는데, 카펫과 달콤한 녹색 와인, 미르 레이스를 싣고 신기스를 거쳐 융카이로 가는 길이었다. 선장은 멀리 있는 것들을 가까이 보게 만드는 '미르의 눈'을 가지고 있었다. 몇 개의 놋쇠 원통을 연결하여 유리 렌즈 두 개를 붙인 물건인데, 영리하게도 원통들이 다른 원통 속에 미끄러져 들어가게 만들어서 다 넣으면 비수보다 길지 않았다. 빅타리온은 그 보물을 직접 차지했고, 범선에는 '때까치'라는 이름을 새로 붙였다. 또한 승조원들의 몸값을 받아내기로 결정했다. 그들은 노예도 노예상도 아니고 자유 미르인과 숙련된 선원들이었다. 그런 남자들은 값어치가 꽤 나갔다. 미르에서 출항한 비둘기호는 미린이나 대너리스에 대한 새로운 소식이 없었고, 로인강 유역에서 움직이는 도트락 기마전사들과 행군 중인 황금 용병단, 그 외에 빅타리온이 이미 아는 소식들만 알았다.

"뭐가 보이나?" 함대장은 그날 밤, 검은 사제 모쿼로가 밤불 앞에 서 있을 때 물었다. "내일은 뭐가 우릴 기다리지? 비가 또 오나?" 비 냄새가 나는 것 같았다.

"회색 하늘과 거센 바람입니다." 모쿼로가 말했다. "비는 아닙니다. 뒤에서 호랑이들이 옵니다. 앞에서는 함대장님의 드래곤이 기다립니다."

'내 드래곤이라.' 빅타리온은 그 말이 마음에 들었다. "내가 모르는 걸 말해봐, 사제."

"함대장이 명하시면 저야 복종하지요." 모쿼로가 말했다. 이제 승조원들은 그를 '검은 화염'이라 불렀는데, 모쿼로라는 이름을 발음하지 못하는 말더듬이 스테파가 붙인 별명이었다. 어떤 이름으로 부르든, 사제에겐 힘이 있었다. 그는 빅타리온에게 말했다. "여기 해안선은 서쪽에서 동쪽으로 이어집니다. 해안선이 북쪽으로 방향을 바꿀 때, 토끼를 두 마리 더 잡으실 겁니다. 빠르고, 다리가 많이 달렸군요."

그리고 그렇게 되었다. 이번에 마주친 사냥감은 길고 늘씬하고 빠른 갤리선 한 쌍이었다. 절름발이 랄프가 제일 먼저 발견했지만, 그 두 척이 곧 역경호와 헛된 희망호를 따돌렸기에, 빅타리온은 강철 날개와 새매, 그리고 크라켄의 입맞춤을 보내어 멈춰 세우도록 했다. 그 세 척보다 더 빠른 배는 없었다. 추격전은 거의 하루 종일 이어졌지만, 결국에는 두 갤리선 모두 강철인들이 올라타서 짧지만 무자비한 싸움 끝에 탈취했다. 빅타리온은 그 배들이 빈 채로 항해하고 있었고, 신기스에서 보급품과 무기를 실어 미린 앞에 진을 친 기스 군단들에게 가져가려 했다는 사실을 알았다……. 그리고 이미 죽은 병사들을 대체할 새로운 병사들도 실어 나를 예정이었다. "전투로 병사들이 죽었나?" 빅타리온이 물었다. 갤리선 승조원들은 아니라고, 적리병으로 죽었다고 했다. 그들은 그 병을 하얀 암말이라 불렀다. 그리고 기스의 새벽호 선장과 마찬가지로 이 갤리선 선장들도 대너리스 타르가르옌이 죽었다는 거짓말을 되풀이했다.

"어느 지옥에서든 그 여자를 찾거든 나 대신 입을 맞춰줘라." 빅타리온은 그렇게 말하고 도끼를 가져오게 하여 그 자리에서 두 선장의 목을 잘랐다. 그 후에는 사슬로 노에 묶여 있던 노예들만 빼고 승조원도 다 죽였다. 노예들의 사슬은 직접 끊어주었고, 이제부터는 자유의 몸이며 강철 함대를 위해 노를 젓는 특권을 누릴 것이라 일렀다. 강철 군도의 모든 소년이 자라면서 꿈꾸는 명예였다. "드래곤 여왕은 노예들을 해방시키지. 나도 그렇다." 그는 그렇게 선언했다.

갤리선 두 척은 이름을 '유령'과 '사령(Shade)'으로 붙였다. "그 배들이 돌아가서 윰카이 놈들을 괴롭히길 바라는 뜻이지." 그는 그날 밤에 쾌락을 누리고 나서 어스름 여인에게 말했다. 이제 그들은 가까웠고, 매일 더 가까워졌다. "우린 벼락처럼 그놈들을 덮칠 거야." 그는 어스름 여인의 가슴을 꽉 쥐며 말했다. 아에론도 익사한 신이 말을 걸었을 때 이런 기분이었을까 궁금했다. 바다 깊은 곳에서 솟아오르는 신의 음성을 들을 수 있을 것만 같았다. 파도가 말하는 것 같았다. '너는 나를 잘 섬길 것이다, 나의 함대장아. 내가 너를 만든 것은 이걸 위해서였다.'

하지만 그는 모쾨로의 불의 신, 그 붉은 신도 부양하고자 했다. 사제가 치료해준 팔은 팔꿈치부터 손가락 끝까지 잔금이 가서 보기 끔찍했다. 가끔 빅타리온이 주먹을 쥐면 피부가 갈라지며 연기가 피어오르기도 했지만, 팔 자체는 그 어느 때보다 더 튼튼했다. "지금은 두 신이 나와 함께 계신다." 그는 어스름 여인에게 말했다. "어떤 적도 두 신을 상대로 버틸 순 없지." 그런 다음 그는 여인을 굴려 눕히고 다시 한번 취했다.

야로스의 절벽이 좌현 뱃머리 쪽에 나타났을 때, 빅타리온은 모쿼로가 약속한 대로 잃어버렸던 배 세 척이 그곳에서 기다리고 있음을 알았다. 그는 상으로 사제에게 금목걸이를 하나 선사했다.

이제 선택해야 했다. 위험을 감수하고 해협을 가로지를 것인가, 아니면 강철 함대를 이끌고 섬을 돌아서 갈 것인가? 미의 섬에서 있었던 일이 아직도 강철 함대장의 마음에 사무쳤다. 스타니스 바라테온은 강철 함대가 섬과 대륙 사이 수로에 갇혀 있을 때 북쪽과 남쪽에서 함대를 급습했고, 빅타리온에게 가장 통렬한 패배를 안겼었다. 그러나 야로스섬을 돌아서 가면 귀중한 며칠이 날아갈 것이다. 융카이가 이렇게 가까우니 해협에는 배가 많겠지만, 미린에 더 가까이 가기 전에는 융카이 군선과 마주칠 것 같지 않았다.

'까마귀 눈이라면 어떻게 했을까?' 그는 한동안 생각하다가 선장들에게 신호를 보냈다. "해협을 항해한다."

야로스가 배꼬리 저편으로 작아지기 전에 세 척 더 탈취했다. 뚱뚱한 갈레아스선 한 척이 들쥐와 비탄호에 잡혔고, 무역용 갤리선 한 척은 솔개호의 맨프리드 멀린에게 잡혔다. 둘 다 선창에 와인과 비단과 향신료, 희귀한 목재와 더 희귀한 향료 같은 교역품이 가득했지만, 진짜 좋은 건 배 자체였다. 같은 날 늦게, '일곱 해골'과 '노비의 재앙'호가 고기잡이용 두 돛 범선을 한 척 잡았다. 작고 느리고 더러워서 올라탈 가치도 별로 없는 배였다. 빅타리온은 어부들을 잡는 데 강철 함선이 두 척이나 필요했다는 소식이 마음에 들지 않았다. 그러나 그 어부들의 입으로 검은 드래곤이 돌아왔다는 소식을 들을 수 있었다. "은빛 여왕은 떠났소." 범선의 선장이 말했다. "드래곤을 타고 도트락의 바다로 날아가버렸지."

"그 도트락의 바다라는 건 어디냐?" 그는 물었다. "강철 함대를 이끌고 그 바다를 건너서 어디 있든 여왕을 찾아내겠다."

어부는 큰 소리로 웃었다. "그거 볼 만하겠군. 도트락의 바다는 물이 아니라 풀 바다요, 멍청이."

그 말은 하지 말았어야 했다. 빅타리온은 불탄 손으로 그의 목을 잡고 몸 전체를 허공에 들어 올렸다. 그대로 돛대에 세게 밀어붙이고, 융카이 어부의 얼굴이 시커메질 때까지 손에 힘을 줬다. 손가락이 살을 파고들고, 어부는 발길질하고 몸부림치며 함대장의 손아귀에서 벗어나려고 헛되이 애를 썼다. "어떤 놈도 빅타리온 그레이조이를 멍청이라고 부르고 살아서 자랑하진 못해." 빅타리온이 손을 풀자, 축 늘어진 몸뚱이가 갑판에 떨어졌다. 롱워터 파이크와 톰 타이드우드가 그 시체를 난간 너머로 던졌다. 익사한 신에게 바치는 또 다른 제물이었다.

"함대장의 익사한 신은 악마입니다." 검은 사제 모쿼로가 그 후에 말했다. "결코 이름을 말해서는 안 되는 어둠의 신 '다른자'의 노비에 불과해요."

"조심해라, 사제." 빅타리온은 경고했다. "이 배에는 그런 불경한 말을 했다고 네놈의 혀를 뽑아버릴 신실한 남자들이 타고 있다. 너희 붉은 신은 자기 몫을 받을 거다. 내가 맹세하지. 내 약속은 강철이다. 내 부하 누구에게든 물어봐라."

검은 사제가 고개를 숙였다. "그럴 필요 없습니다. 빛의 군주께서 제게 함대장님의 가치를 알려주셨습니다. 매일 밤 불 속에서 함대장님을 기다리는 영광을 봅니다."

빅타리온 그레이조이는 그 말이 대단히 흡족했다고, 그날 밤 어스름 여인에게 말했다. "내 형 발론은 위대한 남자였지만, 나는 형이 못 했던 일을 할 것이다. 강철 군도는 다시 자유로워지고, 옛 방식으로 돌아갈 거야. 다곤이라 해도 그렇게는 못 할 거다." 다곤 그레이조이가 해석좌에 앉았던 시절은 거의 백 년 전이었지만, 강철인들은 아직도 다곤의 약탈과 전투에 대해 이야기했다. 다곤 시절에는 유약한 왕이 철왕좌에 앉아서 진물 나는 눈으로 사생아들과 망명자들이 반란을 꾸미는 협해 너머만 쳐다보았다. 그래서 다곤 공은 일몰해를 자기 것으로 만들기 위해 파이크를 떠났다. "다곤은 소굴에 든 사자 수염을 잡아당기고, 다이어울프의 꼬리를 묶었지만, 그런 다곤이라 해도 드래곤을 패배시키진 못했다. 하지만 난 드래곤 여왕을 내 것으로 만들 거야. 드래곤 여왕은 나와 한 침대를 쓰고 힘센 아들을 많이 낳을 것이다."

그날 밤 강철 함대의 배는 60척에 달했다.

야로스 북쪽에서는 낯선 돛이 더 흔해졌다. 그들은 융카이에 아주 가까이 와 있었고, 노란 도시와 미린 사이 해안선에는 오가는 상인과 보급선이 우글거렸기에, 빅타리온은 강철 함대를 끌고 더 깊은 바다로, 육지가 보이지 않는 곳까지 나갔다. 그래도 다른 선박과 계속 마주쳤다. "아무도 도망쳐서 우리의 적에게 경고하지 못하게 해라." 강철 함대장은 그렇게 명령했고, 아무도 도망치지 못했다.

바다는 녹색이고 하늘은 회색이었던 아침, 비탄과 전사 계집, 그리고 빅타리온의 강철 승리호가 융카이 북쪽 바다에서 그 노란 도시에서 출항한 노예상 갤리선을 잡았다. 선창에는 리스의 윤락가에 갈 향기로운 소년 20명과 소녀 80명이 실려 있었다. 그 배의 승조원들은 고향에 그토록 가까운 곳에서 위험을 만날 줄 몰랐고, 강철인들은 손쉽게 배를 점령했다. '적극적인 처녀'라는 이름의 배였다.

빅타리온은 노예상들을 베어버리고, 부하들을 아래로 보내어 노잡이들의 사슬을 끊었다. "이제 너희는 날 위해 노를 젓는다. 열심히 저으면 잘살게 될 거다." 여자애들은 선장들에게 나눴다. "리스인들은 너희를 창녀로 만들었을 텐데, 우리가 구했다. 이제는 많은 남자 대신 한 남자만 섬기면 된다. 선장을 즐겁게 해주면 소금 아내가 될 수도 있다. 명예로운 지위지." 향기로운 소년들은 사슬에 말아서 바다에 던졌다. 그들은 부자연스러운 존재였고, 그들의 존재를 배에서 씻어내자 더 나은 냄새가 났다.

빅타리온 본인은 제일 훌륭한 여자애 일곱을 차지했다. 하나는 적금색 머리카락에, 젖가슴에 주근깨가 있었다. 하나는 온몸의 털을 밀었다. 하나는 갈색 머리에 갈색 눈으로, 생쥐처럼 수줍어했다. 하나는 이제까지 본 적 없을 정도로 가슴이 컸다. 다섯 번째는 자그마했는데, 까만 머리카락이 곧았고 피부는 금빛이었으며 눈은 호박색이었다. 여섯 번째는 우유처럼 희고, 젖꼭지와 음순에 금고리를 꼈으며 일곱 번째는 오징어 먹물처럼 까맸다. 융카이 노예상들은 그들에게 일곱 가지 탄식의 방법을 훈련시켰지만, 빅타리온이 그들을 원한 이유는 그게 아니었다. 미린에 도착해서 여왕을 차지하기 전까지는 어스름 여인만으로도 욕구를 충족시키기에 충분했다. 어떤 남자도 태양이 기다리는데 촛불을 원하지는 않는 법이니.

갤리선 이름은 '노예상의 비명'이라고 새로 지었다. 그 배를 더하니 강철 함대는 61척이 되었다. "배를 한 척 잡을 때마다 우리는 더 강해진다." 빅타리온은 강철인들에게 말했다. "하지만 여기에서부터는 힘들어질 거다. 내일이나 모레쯤은 군선과 마주칠 가능성이 있다. 우린 미린의 앞바다에 들어가고 있고, 적의 함대가 우리를 기다린다. 노예 도시 세 곳 모두의 배와 톨로스와 엘리리아와 신기스의 배, 콰스의 배까지 만나게 될 거다." 말하는 이 순간에도 슬픔의 만을 통과하고 있을 볼란티스의 녹색 갤리선들 이야기는 일부러 뺐다. "이 노예상들은 약해빠졌어. 우리 앞에서 놈들이 어떻게 달아나는지 보고, 칼로 벨 때 어떻게 낑낑대는지 들었다. 너희들 하나하나가 그놈들 스무 명 몫은 한다. 우린 강철로 만들어졌으니까. 다시 노예상의 돛을 보면 그 점을 기억해라. 어떤 자비도 베풀지 말고 자비를 기대하지도 말아라. 우리에게 자비가 왜 필요하겠나? 우린 강철인이고, 두 신이 우리를 굽어살핀다. 우린 놈들의 배를 붙잡고, 놈들의 희망을 박살 내고, 놈들의 바다를 피로 물들일 거다."

그의 말에 함성이 일었다. 함대장은 엄숙한 얼굴로 고개를 끄덕여 답하고 직접 차지한 일곱 소녀를 갑판 위로 데려오라고 명했다. '적극적인 처녀'에서 찾은 제일 아름다운 일곱 여자였다. 그들은 그가 뺨에 입을 맞추고, 그들을 기다리는 명예에 대해 말해도 그의 말을 이해하지 못했다. 이어서 그는 그들을 이전에 빼앗았던 어선에 태우고, 배를 풀어준 후 불을 붙였다.

"이 순수하고 아름다운 선물로 두 신 모두를 기린다." 그는 강철 함대 군선들이 노를 저어 불타는 어선 옆을 지나는 동안 그렇게 선언했다. "이 소녀들이 인간의 욕정에 더럽혀지지 않은 채 빛 속에서 다시 태어나게 하거나, 익사한 신의 물속 궁전으로 내려가서 바다가 마를 때까지 잔치를 벌이고 춤추며 웃게 하라."

연기가 오르는 어선을 바다가 삼키기 전, 끝이 가까워지자 사랑스러운 일곱 소녀의 울부짖음이 환희의 노래로 변한 것 같았다. 빅타리온 그레이조이는 그렇게 느꼈다. 이어서 큰 바람이 일었고, 바람이 그들의 돛을 부풀려 북쪽으로, 동쪽으로, 다시 북쪽으로 배를 밀었다. 미린으로, 그리고 다채로운 벽돌로 만든 피라미드들을 향해서. '노래의 날개를 타고 너에게 날아간다, 대너리스.' 강철 함대장은 생각했다.

그날 밤, 그는 까마귀 눈이 위대한 발리리아의 연기 오르는 폐허에서 발견한 드래곤 나팔을 처음으로 꺼냈다. 비비 꼬인 물건이었다. 끝에서 끝까지 길이가 거의 2미터였고, 검은색으로 반짝이는 몸체에 붉은 금과 검은 발리리아 강철 테를 둘렀다. '유론의 지옥 나팔.' 빅타리온은 나팔을 손으로 쓸었다. 어스름 여인의 허벅지처럼 따뜻하고 매끄러웠고, 일그러진 자기 모습이 비쳐 보일 만큼 반짝거렸다. 나팔을 두른 겹겹의 테에는 기묘한 주문이 새겨져 있었다. "발리리아 상형문자로군요." 모쿼로는 그렇게 말했다.

빅타리온도 그 정도는 알았다. "뭐라고 쓰여 있나?"

"많은 내용입니다." 검은 사제는 금테 하나를 가리켰다. "여기에 나팔의 이름이 있습니다. '나는 드래곤의 굴레다.' 이렇게 쓰여 있군요. 이 나팔 소리를 들으신 적 있습니까?"

"한 번." 올드윅에서 열린 킹스무트 때, 형의 잡종 자식 하나가 이 지옥 나팔을 불었다. 머리를 박박 깎고 근육질의 굵은 팔에 금과 흑옥과 비취 팔찌를 여러 개 꼈으며, 가슴에는 크게 매 문신을 새긴 거대한 몸집의 괴물이었다. "이 나팔 소리는…… 어쩐지 타는 것 같았다. 내 뼈에 불이 붙고, 살이 안에서부터 타는 것 같았어. 저 글자들이 시뻘게졌다가 하얗게 달아올라서 쳐다보기도 괴로워졌지. 소리가 영영 끝나지 않을 듯했다. 아주 긴 비명 같았어. 천 개의 비명이 하나로 녹아든 것 같았다."

"그리고 나팔을 분 남자는 어떻게 됐습니까?"

"죽었다. 나중에 보니 입술에 물집이 잡혀 있었지. 매도 피를 흘리고 있었고." 함대장은 가슴팍을 두드렸다. "바로 여기에, 매 문신이 있었거든. 모든 깃털에서 피가 떨어졌다. 그 남자 몸 안이 다 타버렸다는 말을 들었지만, 그냥 도는 이야기였을지도 몰라."

"진짜였을 겁니다." 모쿼로는 지옥 나팔을 돌리며 두 번째 금테에 새겨진 기묘한 글자를 살폈다. "여기 적혀 있습니다. '유한한 인간은 나를 불고 살지 못하리.'"

빅타리온은 씁쓸하게 형제의 배신을 생각했다. '유론의 선물엔 언제나 독이 있지.' "까마귀 눈은 이 나팔을 불면 드래곤을 내 의지에 종속시킬 수 있다고 장담했다. 하지만 그 대가가 죽음이라면, 무슨 소용이 있지?"

"형님은 나팔을 직접 불지 않았지요. 함대장님도 그래야 합니다." 모쿼로는 강철 테를 가리켰다. "여기요. '불에는 피, 피에는 불.' 누가 지옥 나팔을 부는지는 중요하지 않습니다. 드래곤들은 나팔의 주인에게 올 겁니다. 함대장님이 나팔을 자기 것으로 만들어야 합니다. 피로요."

흉측한 어린 소녀

그날 밤 신전 지하에는 다면신의 종복 열한 명이 모였다. 한 번에 그렇게 많은 수가 모인 모습을 보기는 처음이었다. 정문으로 온 사람은 '귀족'과 '뚱뚱한 친구'뿐이었다. 나머지는 터널과 숨겨진 통로를 통해 비밀스럽게 찾아왔다. 다들 흑백의 로브를 입었고, 자리에 앉으면서 두건을 젖혀 그날 선택한 얼굴을 드러냈다. 그들이 앉은 높은 의자는 지상의 신전 문과 마찬가지로 흑단과 영목을 깎아서 만들었다. 흑단 의자 등받이엔 영목 얼굴이 있었고, 영목 의자 등받이엔 흑단으로 깎은 얼굴이 달렸다.

다른 보조사제 하나가 검붉은 와인이 담긴 병을 들고 방 저편에 서 있었다. 소녀는 물병을 들었다. 종복들이 뭔가를 마시고 싶을 때, 눈을 들거나 손가락 하나만 구부리면 두 사람 중 한 사람이 가서 잔을 채웠다. 하지만 대체로 그들은 서서 절대 오지 않는 신호를 기다리기만 했다. '난 돌을 깎아 만들었어.' 소녀는 스스로를 일깨웠다. '난 '영웅들의 수로'에 서 있는 바다군주들과 같은 조각상이야.' 물병은 무거웠지만, 소녀의 두 팔은 튼튼했다.

사제들은 브라보스어를 썼지만, 한번은 몇 분 동안 세 명이 열정적으로 고급 발리리아어로 말하기도 했다. 소녀는 그 말을 대부분 알아들었지만, 사제들은 조용히 말했고 언제나 들을 수 있는 건 아니었다. "난 이 남자를 압니다." 역병으로 죽은 희생자의 얼굴을 한 사제가 말하는 소리가 들렸다. "난 이 남자를 압니다." 소녀가 물을 따라주는 동안, 뚱뚱한 친구도 그 말을 되풀이했다. 그러나 '잘생긴 남자'는 다른 말을 했다. "내가 이 남자에게 선물을 주지요. 나는 이 남자를 모릅니다." 나중에는 '사팔뜨기'가 누군가 다른 사람에 대해 같은 말을 했다.

사제들은 세 시간 동안 와인을 마시며 의논하다가 떠났……. 친절한 남자와 부랑아, 그리고 역병 환자의 가면을 쓴 사람만 남았다. 그 남자의 뺨에는 진물이 흐르는 종기가 가득했고, 머리카락은 다 빠진 상태였다. 한쪽 콧구멍에서 피가 흘렀고 양쪽 눈가에 딱지가 앉았다. "우리 형제가 너와 말을 나누려 한다, 애야." 친절한 남자가 말했다. "원한다면 앉아라." 소녀는 흑단 얼굴이 달린 영목 의자에 앉았다. 피종기 같은 것은 무섭지 않았다. 소녀는 가짜 얼굴을 무서워하기엔 흑백의 집에 너무 오래 있었다.

"너는 누구냐?" 둘만 남자 역병 얼굴이 물었다.

"아무도 아니에요."

"그렇지 않다. 너는 입술을 깨물고 거짓말을 못 하는 아이, 스타크 가문의 아리아다."

"예전엔 그랬죠. 지금은 아니에요."

"왜 여기 있느냐, 거짓말쟁이야?"

"섬기기 위해서. 배우기 위해서. 얼굴을 바꾸기 위해서요."

"먼저 마음을 바꿔라. 다면신의 선물은 어린아이 장난감이 아니다. 너는 네 목적을 위해, 네 기쁨을 위해 살해할 것이다. 부인하느냐?"

소녀는 입술을 깨물었다. "난—"

그는 소녀를 때렸다.

뺨이 얼얼하게 아팠지만, 자초한 일이라는 것을 알았다. "고맙습니다." 이렇게 따귀를 맞다 보면 입술을 씹지 않게 될 것이다. 밤 늑대가 아니라, 아리아가 한 짓이었다. "부인합니다."

"거짓말. 네 눈에서 진실을 볼 수 있다. 넌 늑대의 눈을 지녔고 피를 좋아한다."

'그레고르 경.' 소녀는 생각할 수밖에 없었다. '던센, 친절한 라프, 일린 경, 메린 경, 세르세이 왕대비.' 말한다면 거짓말을 해야 했고, 그러면 그 남자가 알 것이다. 소녀는 침묵했다.

"네가 고양이였다고 하더구나. 생선 냄새를 풍기면서 골목골목 돌아다니며 돈을 받고 새조개와 홍합을 팔았다지. 너처럼 하찮은 존재에게 잘 어울리는 하찮은 생활이다. 청하기만 하면 그 생활로 돌아갈 수 있다. 수레를 밀면서 새조개를 판다고 외치며 만족해라. 네 심장은 우리 중 하나가 되기엔 너무 말랑말랑해."

'날 보내버리려고 해.' "나에겐 심장이 없어요. 그 자리에 뚫린 구멍뿐이야. 난 많은 사람을 죽였어요. 내가 죽이고 싶다면 당신도 죽일 수 있어."

"그러면 달콤할까?"

소녀는 올바른 답변을 알지 못했다. "아마도요."

"그렇다면 너는 여기 속하지 않는다. 이 집에서는 죽음에 달콤함이 없다. 우리는 전사도 아니고, 병사도 아니고, 자만심 가득해서 우쭐대는 자객도 아니다. 우리는 어떤 귀족을 섬기기 위해서나, 우리 지갑을 불리기 위해서나, 우리의 허영심을 채우려 죽이지 않는다. 스스로를 만족시키려고 선물을 주는 법도 없다. 우리가 죽일 상대를 고르지도 않는다. 우리는 오직 다면신의 종복일 뿐이다."

"발라 도하에리스." '모든 사람은 섬겨야 한다.'

"너는 그 말을 알지만, 섬기기에는 너무 자긍심이 강하다. 종복은 겸허하고 순종적이어야 한다."

"전 순종해요. 누구보다 더 겸허해질 수 있어요."

남자는 그 말에 쿡쿡 웃었다. "분명 너라면 겸손의 여신이 되겠지. 하지만 그 대가를 치를 수 있느냐?"

"무슨 대가요?"

"대가는 너다. 대가는 네가 가진 모든 것과 네가 가지고자 하는 모든 것이다. 우리는 네 눈을 빼앗았다가 돌려줬다. 다음에는 네 귀를 빼앗을 테고, 너는 정적 속을 걸을 거다. 우리에게 다리를 내어주고 기어 다닐 거다. 너는 누구의 딸도, 누구의 아내도, 누구의 어머니도 되지 않을 거다. 네 이름은 거짓이 되고, 네가 쓰는 얼굴은 네 얼굴이 아닐 것이다."

소녀는 입술을 또 깨물 뻔했지만, 정신 차리고 멈췄다. '내 얼굴은 어두운 웅덩이야. 모든 것을 숨기고, 아무것도 드러내지 않아.' 소녀는 이제까지 썼던 모든 이름들을 생각했다. 아리, 족제비, 비둘기 고기, 수로의 고양이. 그리고 말상 아리아라고 불렸던 윈터펠의 멍청한 소녀를 생각했다. 이름은 중요하지 않았다. "대가를 치를 수 있어요. 나에게 얼굴을 줘요."

"얼굴은 얻어내야 한다."

"방법을 말해줘요."

"어떤 남자에게, 어떤 선물을 주거라. 할 수 있겠느냐?"

"무슨 남자요?"

"네가 아는 사람은 아니다."

"난 모르는 사람이 많아요."

"그 남자도 그중 하나다. 낯선 사람이지. 네가 사랑하는 사람도 아니고, 미워하는 사람도 아니고, 알았던 사람도 아니다. 그 남자를 죽이겠느냐?"

"네."

"그렇다면 내일 너는 다시 수로의 고양이가 될 거다. 그 얼굴을 쓰고 주시하며 순종하거라. 그러면 우린 네가 정말로 다면신을 섬길 자격이 있는지 알게 되겠지."

그래서 다음 날 소녀는 수로에 있는 집에, 브루스코와 그 딸들에게 돌아갔다. 브루스코는 소녀를 보자 눈을 크게 떴고, 브리아는 헉 소리를 냈다. "발라 모르굴리스." 캣이 인사 대신 말했다. "발라 도하에리스." 브루스코가 대답했다.

그 후에는 떠났던 적도 없는 것만 같았다.

그날 아침 소녀는 수레를 밀고 자줏빛 항만에 면한 자갈길을 걸으면서, 나중에 죽여야 할 남자를 처음 보았다. 50살은 훌쩍 넘은 노인이었다. '너무 오래 살았어.' 소녀는 스스로를 설득하려 했다. '우리 아버지는 그렇게밖에 못 살았는데, 저 노인은 왜 저렇게 오래 살아야 해?' 하지만 수로의 고양이에게는 아버지가 없었기에, 그 생각은 혼자만 간직했다.

"새조개에 홍합, 대합 있어요." 캣은 그 노인이 지나갈 때 외쳤다. "굴과 새우와 통통한 초록 홍합 있어요." 심지어 그자에게 미소도 보였다. 때로는 미소만으로도 사람들이 멈춰 서서 조개를 샀다. 노인은 마주 웃지 않았다. 험상궂게 소녀를 노려보고 물웅덩이를 철벅이며 지나갔다. 웅덩이에서 튄 물이 소녀의 발을 적셨다.

'예의가 없구나.' 소녀는 노인이 가는 모습을 보며 생각했다. '얼굴은 인정 없고 고약해.' 노인의 코는 가늘고 날카로웠고, 입술은 얇았으며, 눈은 작고 사이가 좁았다. 머리는 회색이 되어가고 있었지만, 턱 끝에 기른 작은 뾰족 수염은 아직 검었다. 캣은 분명히 염색이라고 생각하고, 그런데 왜 머리카락은 염색하지 않았을지 궁금해했다. 어깨 한쪽이 반대쪽보다 높아서 자세가 비뚤어져 있었다.

"나쁜 남자예요." 소녀는 그날 저녁 흑백의 집으로 돌아가서 알렸다. "입술은 잔인하고, 눈은 심술궂고, 악당 같은 수염을 길렀어요."

친절한 남자는 쿡쿡 웃었다. "누구나 그렇듯 빛도 어둠도 있는 남자다. 너는 그 남자를 판결할 위치가 아니야."

소녀는 그 말에 멈칫했다. "신들이 판결했나요?"

"아마 어떤 신들은 했겠지. 인간을 판결하지 않는다면 신들이 무엇을 위해 존재하겠느냐? 하지만 다면신께서는 인간의 영혼을 저울질하지 않는다. 그분의 선물을 최악의 인간에게도, 최고의 인간에게도 주시지. 그렇지 않다면 선한 이들이 영원히 살 것이다."

캣은 다음 날 수레 뒤에서 지켜보며, 그 남자의 두 손이 최악이라고 생각했다. 길고 앙상한 손가락이 늘 움직여서 수염을 긁거나, 귀를 잡아당기거나, 탁자를 두드리거나, 씰룩거리거나, 씰룩거리거나, 씰룩거렸다. '하얀 거미 같은 두 손이야.' 그 손을 지켜보면 볼수록 더 싫어졌다.

"그자는 손을 너무 많이 움직여요." 소녀는 신전에 가서 말했다. "두려움이 가득한 게 분명해요. 선물이 그 남자에게 평화를 가져다줄 거예요."

"선물은 모든 인간에게 평화를 가져다준다."

"제가 죽이면, 그 남자가 제 눈을 보고 고마워할 거예요."

"그런다면 너는 실패한 것일 게다. 그 남자가 너를 아예 모르는 게 최고다."

캣은 며칠 동안 지켜본 후 노인이 상인 부류라는 결론을 내렸다. 바다와 관계가 있는 상업일 텐데, 배에는 발을 들이는 모습도 보지 못했다. 노인은 자줏빛 항만 근처 수프 가게에 앉아서 시간을 보냈으며, 양파 수프 한 컵이 팔꿈치 옆에서 식어가는 가운데 서류와 밀랍을 뒤적이며 줄줄이 찾아오는 선장과 선주, 다른 상인에게 새된 말투로 말했다. 그중 누구도 노인을 썩 좋아하는 것 같지 않았다.

그러나 그들은 노인에게 돈을 가져왔다. 금화와 은화, 브라보스의 네모난 쇠주화가 두둑하게 든 가죽 지갑들을 가져왔다. 노인은 그 돈을 주의 깊게 세고, 주화를 분류하여 종류별로 깔끔하게 쌓아 올렸다. 주화를 눈으로 살피는 일은 없고, 대신 아직 치아가 다 온전한 왼쪽 입가로 깨물어보았다. 가끔은 주화를 탁자 위에서 돌리고는 빙빙 돌다가 멈출 때 나는 소리에 귀를 기울였다.

그리고 주화를 다 헤아리고 맛을 보고 나면, 양피지 조각에 뭔가 휘갈겨 쓰고, 인장을 찍어서 선장에게 줬다. 고개를 젓고 주화를 탁자 반대편으로 다시 밀어낼 때도 있었다. 그럴 때면 상대 남자는 시뻘건 얼굴로 화를 내거나, 창백해져서 겁먹은 표정을 지었다.

캣은 이해가 가지 않았다. "사람들은 노인에게 금화와 은화를 지불하는데, 노인은 글만 써줘요. 사람들이 멍청한 건가요?"

"몇몇은 그렇겠지. 대부분은 그저 조심스러운 거다. 몇 명은 그 노인을 속일 생각을 한다. 그러나 그자는 쉽게 속아 넘어가지 않지."

"하지만 대체 뭘 파는 건데요?"

"보험증을 써 주는 거다. 그자는 그 사람들의 배가 폭풍에 실종되거나, 해적들에게 잡히면 선박과 그 안에 든 내용물 전체의 가치를 지불해준다고 약속하지."

"내기 같은 건가요?"

"그런 셈이다. 모든 선장이 지기를 바라는 내기지."

"그래요. 하지만 선장들이 이긴다면……."

"그러면 자기들의 배를 잃고, 자기 목숨도 잃을 때가 많지. 바다는 위험하고, 가을에는 더더욱 위험하다. 수많은 선장이 폭풍을 만나 가라앉으면서 브라보스에 남긴 보험증에서 작은 위안을 얻는 것도 당연해. 남은 과부와 아이들이 곤궁하지 않을 것을 아는 셈이니까." 슬픈 미소가 그의 입에 내려앉았다. "그러나 그런 보험증을 쓰는 것과 그대로 이행하는 건 다른 문제다."

캣은 이해했다. '분명 그중 하나가 그 남자를 미워하는 거야. 그중 하나가 흑백의 집에 와서 신에게 그자를 데려가라고 기도한 거야.' 누구였을지 궁금했지만, 친절한 남자는 말해주지 않았다. "그런 문제를 캐는 건 네가 할 일이 아니다. 네가 누구지?"

"아무도 아니에요."

"아무도 아닌 사람은 질문하지 않는다." 그는 소녀의 손을 잡았다. "이걸 못 하겠다면, 그렇다고 말만 하면 된다. 부끄러울 것 없다. 어떤 사람은 다면신을 섬기도록 태어났고, 어떤 사람은 아니지. 말만 하면 이 임무를 거두어주마."

"제가 할 거예요. 하겠다고 했잖아요. 할 거예요."

그렇지만 '어떻게?', 그게 더 힘든 부분이었다.

그 남자에겐 호위가 있었다. 키가 크고 마른 남자와 땅딸한 남자, 둘이었다. 아침에 집을 나설 때부터 밤에 돌아갈 때까지 어디든 함께 다녔고, 그 누구도 허락 없이 노인에게 다가가지 못하게 막았다. 한번은 주정뱅이 하나가 비틀거리다가 수프 가게에서 집으로 돌아가는 노인을 들이받을 뻔했는데, 키 큰 호위가 사이에 끼어들어서 주정뱅이를 홱 밀쳐 쓰러뜨렸다. 수프 가게에 가면 키 작은 호위가 늘 양파 수프를 먼저 맛보았다. 노인은 수프가 식을 때까지 기다려서 겨우 한 모금 마셨다. 먼저 먹은 호위가 부작용을 겪지 않는지 확인하기에 충분한 시간이었다.

소녀는 깨달았다. "그 남자는 겁먹었군요. 아니면 누군가가 자길 죽이고 싶어 한다는 걸 아는 거예요."

"그 남자는 모른다." 친절한 남자가 말했다. "하지만 의심은 하지."

"호위들은 그 남자가 오줌을 싸러 갈 때도 따라다녀요. 하지만 호위가 오줌을 싸러 갈 때 남자가 따라가진 않죠. 키 큰 호위가 더 빨라요. 그자가 오줌을 싸러 갈 때까지 기다렸다가 수프 가게에 들어가서 노인의 눈 사이를 찌를래요."

"그러면 다른 호위는?"

"그쪽은 느리고 멍청해요. 그 남자도 죽일 수 있어요."

"네가 앞을 가로막는 사람은 누구나 베어버리는 전장의 도살자냐?"

"아뇨."

"아니길 바란다. 너는 다면신의 종복이고, 다면신을 섬기는 우리는 오직 선택받고 섬찟한 사람에게만 다면신의 선물을 준다."

소녀는 이해했다. '그 남자를 죽여. 그 남자만 죽여.'

방법을 찾아내기까지 사흘을 더 지켜보아야 했고, 손가락 칼로 연습하는 데 또 하루가 걸렸다. 붉은 로고에게 방법을 배웠지만, 눈을 빼앗기기 전에도 지갑을 그어본 적이 없었다. 아직 요령을 알고 있는지 확인하고 싶었다. '매끄럽고 빠르게 해치워야 해. 더듬거리지 말고.' 소녀는 스스로를 타이르고, 작은 칼을 소매에서 빼내는 연습을 반복하고 반복하고 또 반복했다. 아직 방법을 기억하고 있다는 만족감이 들자, 칼날이 촛불 빛에 은청색으로 반짝일 때까지 숫돌에 갈았다. 다른 부분은 더 까다롭지만 부랑아가 도와줄 터였다. "내일 그 남자에게 선물을 줄 거예요." 소녀는 아침 식사를 하면서 선언했다.

"다면신께서 기뻐하실 것이다." 친절한 남자가 일어섰다. "수로의 고양이는 많은 사람에게 알려져 있다. 이 일을 하는 모습을 보인다면, 브루스코와 그 딸들에게 말썽이 일어날 수 있다. 네가 다른 얼굴을 쓸 때가 됐구나."

소녀는 웃지 않았지만, 내심 기뻐했다. 소녀는 캣을 한 번 잃었고, 애도했었다. 그 이름을 다시 잃고 싶지 않았다. "제가 어떻게 보이게 되나요?"

"흉측하게. 여자들은 너를 보면 고개를 돌릴 거다. 아이들은 빤히 보면서 손가락질을 하겠지. 힘센 남자들은 너를 동정하고, 눈물까지 흘릴지 모른다. 너를 보는 사람은 누구든 금세 잊지 못할 거다. 따라오거라."

친절한 남자는 갈고리에 걸린 철제 등잔을 내려 들고 앞장서서 고요한 검은 웅덩이와 줄줄이 늘어선 어둡고 조용한 신들을 지나, 신전 뒤쪽에 자리 잡은 계단으로 향했다. 계단을 내려가다 보니 부랑아가 뒤따라왔다. 아무도 입을 열지 않았다. 슬리퍼를 신은 발이 계단을 스치는 조용한 발소리뿐이었다. 열여덟 계단을 내려가자 천장이 둥근 방이 나왔고, 그곳에 다섯 손가락처럼 다섯 방향으로 뻗은 아치 통로가 있었다. 이 아래는 계단이 점점 좁고 가팔라졌지만, 소녀는 천 번이나 계단을 뛰어서 오르내렸기에 조금도 무섭지 않았다. 스물두 계단을 더 내려가자 지하 2층이 나왔다. 여기는 터널이 비좁고 비뚤배뚤해서, 거대한 바위 심장부를 꼬불꼬불 뚫고 가는 검은 벌레 구멍 같았다. 통로 하나는 무거운 철문에 막혀 있었다. 사제는 등잔을 갈고리에 걸고, 로브 안에 한 손을 넣어 화려한 열쇠를 꺼냈다.

소녀의 두 팔에 소름이 돋았다. '내실이야.' 그들은 3층까지, 사제들만 들어갈 수 있는 비밀스러운 공간으로 내려가고 있었다.

친절한 남자가 자물쇠에 넣고 돌리자 열쇠는 아주 조용하게 세 번을 찰칵거렸다. 문이 스르륵 열리는데, 기름 친 쇠돌쩌귀는 아무 소리도 내지 않았다. 문 너머에 바위를 깎아내어 만든 계단이 더 있었다. 사제는 등불을 다시 내려서 들고 앞장섰다. 소녀는 그 불빛을 따라가면서 내려가는 계단 수를 헤아렸다. '넷, 다섯, 여섯, 일곱.' 지팡이를 가져왔으면 좋았겠다는 생각이 들었다. '열, 열하나, 열둘.' 소녀는 신전과 지하실, 지하실과 지하 2층 사이에 계단이 몇 단인지 알았고 다락방으로 올라가는 비좁고 꼬불꼬불한 나선계단의 단 수, 지붕 문과 그 밖의 바람 부는 공간으로 올라가는 가파른 나무 사다리의 단 수도 진작에 세어두었다.

그러나 이 계단은 모르는 계단이었고, 그래서 위험했다. '스물하나, 스물둘, 스물셋.' 계단을 하나 밟을 때마다 조금 더 추워지는 것 같았다. 계단을 서른 개까지 세었을 때 소녀는 수로보다 더 낮은 곳까지 내려왔음을 알았다. 서른셋, 서른넷. 얼마나 깊이 내려가는 걸까?

소녀가 마흔넷까지 셌을 때 겨우 계단이 끝나고 다른 철문이 나왔다. 이 문은 잠겨 있지 않았다. 친절한 남자가 문을 밀어 열고 안으로 들어갔다. 소녀는 부랑아를 뒤에 달고 따라 들어갔다. 그들의 발소리가 어둠 속에 메아리쳤다. 친절한 남자가 등불을 들어 올리더니 등잔 가림막을 크게 열었다. 빛이 사방 벽을 물들였다.

천 개의 얼굴이 소녀를 내려다보고 있었다.

앞에도, 뒤에도, 위에도 아래에도, 보이는 곳 어디나, 고개를 돌리는 곳 어디나 벽에 얼굴이 걸려 있었다. 늙은 얼굴과 어린 얼굴, 하얀 얼굴과 검은 얼굴, 매끄러운 얼굴과 주름진 얼굴, 주근깨 돋은 얼굴과 흉터 진 얼굴, 잘생긴 얼굴과 못생긴 얼굴, 남자와 여자, 소년과 소녀, 아기도 있었고, 웃는 얼굴, 찌푸린 얼굴, 탐욕과 분노와 욕정이 가득한 얼굴, 대머리 얼굴, 털이 곤두선 얼굴도 있었다. '가면이야. 가면일 뿐이야.' 스스로를 타일렀지만, 그렇게 생각하면서도 아니라는 걸 알았다. 그건 피부였다.

"이것들이 무서우냐, 아이야?" 친절한 남자가 물었다. "네가 우리 곁을 떠나기에 아직 늦지 않았다. 이게 정말로 네가 원하는 거냐?"

아리아는 입술을 깨물었다. 스스로가 뭘 원하는지 알 수 없었다. '떠난다면 어디로 가지?' 시체라면 백 구도 넘게 씻기고 옷을 벗겨서, 죽은 것들은 무섭지 않았다. '그 시체들을 이리로 싣고 내려와서 얼굴을 잘라 벗겼어. 그래서 뭐?' 아리아는 밤 늑대였고, 피부 조각 따위는 무섭지 않았다. '기껏해야 가죽 두건 같은 거야. 날 해칠 수 없어.' "해요." 불쑥 말이 튀어나왔다.

그는 소녀를 이끌고 방 안을 가로지르며, 작은 통로로 갈라져나가는 터널들 옆을 지나쳤다. 등불 빛이 차례차례 터널 안을 비췄다. 터널 하나는 인간의 뼈가 벽을 이루고, 머리뼈로 만든 기둥이 지붕을 지탱했다. 다른 하나는 더 아래로 까마득히 내려가는 나선계단으로 이어졌다. '지하실이 얼마나 많은 걸까?' 소녀는 생각했다. '언제까지고 내려가기만 하는 걸까?'

"앉거라." 사제가 명했다. 소녀는 앉았다. "이제 눈을 감아라, 아이야." 소녀는 눈을 감았다. "아플 거다." 그는 경고했다. "하지만 고통은 힘의 대가다. 움직이지 말아라."

'돌처럼 가만히.' 소녀는 생각했고, 움직이지 않고 앉아 있었다. 칼날이 날카로워, 베는 것도 빨랐다. 금속이 살에 닿으면 차가워야 마땅했으나, 오히려 따뜻하게 느껴졌다. 소녀는 얼굴을 적시는 피, 이마와 뺨과 턱으로 물결치며 흘러내리는 붉은 커튼을 느낄 수 있었고 왜 사제가 눈을 감으라고 했는지 이해했다. 피가 입술에 닿자 소금과 구리 맛이 났다. 소녀는 피를 핥고 몸을 떨었다.

"얼굴을 가져와라." 친절한 남자가 말했다. 부랑아는 대답하지 않았지만, 돌바닥을 스치는 슬리퍼 소리가 들렸다. 친절한 남자는 소녀에게 "이걸 마셔라"라고 말하고 손에 잔을 하나 쥐어줬다. 소녀는 바로 그 내용물을 마셨다. 레몬을 깨물 때처럼 새콤했다. 천 년도 더 전에, 레몬 케이크를 사랑하는 여자애를 알았었는데. '아니야, 그건 내가 아니라 아리아였어.'

"배우들은 술수를 부려 얼굴을 바꾼다." 친절한 남자가 말했다. "그리고 마법사들은 마법으로 빛과 그림자와 욕망을 자아내어 눈을 속이는 환영을 만들어내지. 그런 기술들도 배우게 될 테지만, 여기에서 하는 건 더 깊이 들어간다. 현명한 이들은 술수를 꿰뚫어볼 수 있고, 마법은 날카로운 눈 앞에서 녹아버리지만, 네가 쓰게 될 얼굴은 타고난 얼굴처럼 진실되고 견고할 것이다. 눈은 계속 감고 있어라." 소녀는 남자의 손가락이 머리카락을 쓸어 넘기는 것을 느꼈다. "가만히 있어라. 느낌이 이상할 거다. 어지러울 수도 있지만, 움직여서는 안 된다."

그러더니 당기는 느낌이 들었고, 새 얼굴을 예전 얼굴 위에 씌우면서 작게 바스락거리는 소리가 났다. 이마에 붙은 가죽은 건조하고 뻣뻣했지만, 피에 젖자 부드러워지면서 탄력을 얻었다. 뺨이 따뜻해지며 달아올랐다. 가슴속에서 심장이 두근거리는 것이 느껴졌고, 한참 동안 숨을 가다듬을 수가 없었다. 두 손이 소녀의 목을 감싸고, 돌처럼 단단하게 목을 졸랐다. 손이 저절로 튀어 올라 공격자의 팔을 할퀴려 했지만, 그곳엔 아무도 없었다. 무시무시한 공포가 차오르고 소리가, 끔찍한 우두둑 소리가 나면서 눈이 멀 듯한 고통이 찾아왔다. 얼굴 하나가 눈앞에 떠 있었다. 뚱뚱하고, 수염을 기르고, 무자비한 얼굴이 격노에 입매를 일그러뜨리고 있었다. 사제의 목소리가 들렸다. "숨을 쉬어라, 아이야. 두려움을 뱉어내라. 그림자를 떨쳐내라. 그 남자는 죽었다. 그 소녀는 죽었다. 그 소녀의 고통은 사라졌다. 숨 쉬어라."

소녀는 깊고 떨리는 숨을 들이마시며, 그 말이 사실임을 알았다. 아무도 소녀를 목 조르지 않았고, 아무도 소녀를 때리지 않았다. 그래도 얼굴을 만져보는 손이 떨렸다. 손끝에 묻은 부스러진 마른 피가 등불 빛에 검게 비쳤다. 뺨을 만져보고, 눈을 더듬어보고, 턱선을 따라 그렸다. "얼굴이 아직 그대로인데요."

"그런가? 확실하냐?"

확실할까? 소녀는 아무 변화도 느끼지 못했지만, 어쩌면 느낄 수 있는 게 아닌지도 몰랐다. 소녀는 한 손으로 얼굴을 위에서부터 쓸어내렸다. 예전에 하렌홀에서 자켄 하가르가 그렇게 하는 모습을 보았었다. 그렇게 얼굴을 쓸자 얼굴이 다 물결치며 변했었다. 소녀가 똑같이 했으나, 아무 일도 일어나지 않았다. "똑같은 느낌이에요."

"네게는 그렇지." 사제가 말했다. "똑같아 보이지는 않는다."

"다른 사람들 눈에는 네 코와 턱이 망가져 보여." 부랑아가 말했다. "얼굴 한쪽은 광대뼈가 부서지면서 움푹 꺼졌고, 이도 절반은 빠졌어."

혀로 입안을 더듬어보았지만, 이가 빠진 구멍이나 부러진 이는 없었다. '마법이구나. 나에게 새 얼굴이 생겼어. 흉측하고 망가진 얼굴이.'

"한동안 악몽을 꿀지도 모른다." 친절한 남자가 경고했다. "그 소녀의 아버지가 너무 자주, 너무 심하게 때렸기 때문에 소녀는 우리에게 올 때까지 고통이나 두려움에서 벗어난 적이 없었다."

"그 남자를 죽였나요?"

"소녀는 아버지가 아니라 스스로를 위한 선물을 청했다."

'그놈을 죽였어야지.'

친절한 남자는 그 생각을 읽은 듯했다. "모든 사람에게 그러하듯 그 남자에게도 결국 죽음은 찾아왔다. 내일 한 남자에게도 죽음이 찾아가야 하겠지." 그는 등불을 들어 올렸다. "여기 일은 끝났다."

'일단은.' 다시 계단으로 돌아가는 길에, 벽에 걸린 가죽들의 빈 눈구멍이 소녀를 따라오는 것 같았다. 순간 그들이 입술을 움직이며, 너무 희미해서 들을 수 없는 목소리로 서로에게 어둡고 달콤한 비밀을 속삭이는 듯도 했다.

그날 밤은 쉽게 잠들지 못했다. 소녀는 담요를 휘감은 채 춥고 어두운 방에서 이리 뒤척, 저리 뒤척 했지만 어디로 고개를 돌려도 얼굴들이 보였다. '눈은 없지만 날 볼 수 있어.' 벽에 아버지의 얼굴이 보였다. 그 옆에는 어머니가 걸려 있었고, 그 아래에는 남자 형제 셋이 한 줄로 늘어섰다. '아니야. 그건 다른 여자애였어. 난 아무도 아니고, 나에게 형제는 흑백의 로브를 입은 사람들뿐이야.' 그러나 검은 옷의 가수도, 바늘로 찔러 죽인 마구간지기 소년도, 교차로 여관에서 죽인 여드름투성이 종자도, 하렌홀에서 빠져나오기 위해 목을 그은 위병도 거기 있었다. 티클러도 벽에 걸려 있었는데, 눈이 있어야 할 자리에 뚫린 검은 구멍에서 악의가 흘러넘쳤다. 그 모습을 보자 손에 단검을 쥐고 달려들어 등을 찌르고, 찌르고, 또 찔렀던 감촉이 되살아났다.

마침내 브라보스에 날이 밝았을 때, 날씨는 회색으로 어둡고 구름이 짙었다. 소녀는 안개를 기대했지만, 신들은 자주 그랬듯이 소녀의 기도를 무시했다. 공기는 차갑고 맑았고, 바람은 기분 나쁘게 살을 물어뜯었다. '죽기 좋은 날이네.' 소녀는 생각했고, 저도 모르게 기도문을 입에 담았다. '그레고르 경, 던센, 친절한 라프, 일린 경, 메린 경, 세르세이 왕대비.' 소녀는 소리 없이 이름을 읊었다. 흑백의 집에서는 누가 듣고 있을지 몰랐다.

지하실에는 신전 웅덩이에서 평화를 마시려고 흑백의 집을 찾아오는 사람들이 남긴 낡은 옷가지가 가득했다. 거지의 누더기부터 값비싼 비단과 벨벳까지 뭐든 찾을 수 있었다. '흉측한 소녀는 흉측한 옷을 입어야지.' 소녀는 그렇게 결정했기에, 가장자리가 너덜거리는 얼룩진 갈색 망토와 생선 냄새가 나는 지저분한 녹색 튜닉, 무거운 장화를 골랐다. 마지막으로 손가락 칼을 챙겼다.

급할 게 없었기에, 소녀는 자줏빛 항만까지 먼 길로 돌아가기로 했다. 소녀는 다리를 건너 신들의 섬으로 갔다. 수로의 고양이는 브루스코의 딸 탈리아가 월경혈을 흘려 침대에 누울 때마다 여기 신전들 사이에서 새조개와 홍합을 팔았었다. 오늘은 어쩌면 모든 잊힌 신들의 쓸쓸한 작은 사당들이 있는 '토끼 굴' 바깥에서 탈리아가 조개를 팔고 있지 않을까 했지만, 바보 같은 기대였다. 날이 너무 추웠고, 탈리아는 이렇게 일찍 깨지 않았다. 리스의 우는 여자에게 바쳐진 사당 밖 조각상은 흉측한 소녀가 지나갈 때 은빛 눈물을 흘리고 있었다. 겔레네이의 정원에는 높이가 30미터에 은박을 두드려 만든 잎사귀를 단 금도금 나무가 서 있었다. 조화의 신이 거하는 목조 전당에 끼운 색유리창은 횃불 빛을 받아 온갖 화려한 색깔의 나비 50종류를 보여줬다.

소녀는 언젠가 선원의 마누라가 데리고 돌아다니면서 도시의 낯선 신들에게 얽힌 이야기를 해주었던 일을 떠올렸다. "여긴 위대한 양치기의 집이야. 저기, 작은 탑이 세 개 달린 탑은 머리가 셋인 트리오스의 것이지. 첫번째 머리는 죽어가는 자들을 잡아먹고, 세 번째 머리에서는 다시 태어난 자들이 나와. 중간에 있는 머리는 뭘 하는지 모르겠네. 저쪽은 침묵의 신의 석조물이고, 저기는 무늬창조자의 미로에 들어가는 입구야. 무늬 사제들은 저 미로를 제대로 걷는 방법을 배운 사람들만이 지혜로 가는 길을 찾는다고 말하지. 그 너머, 수로 옆은 붉은 황소 아쿠안의 신전이야. 13일에 한 번씩 사제들이 새하얀 송아지의 목을 긋고, 그 피를 그릇에 담아 거지들에게 주지."

오늘은 열세 번째 날이 아닌 모양이었다. 붉은 황소의 계단은 비어 있었다. 형제 신인 세모시와 셀로소는 검은 수로를 사이에 두고 돌다리로 연결된 쌍둥이 신전에서 꿈을 꿨다. 소녀는 그 다리를 건너 부둣가로 내려가다가, 넝마주이 항만을 통과하여 '가라앉은 마을'의 반쯤 물에 잠긴 첨탑과 돔 옆을 지났다.

행복한 항구 옆을 지날 때 리스 선원 한 무리가 비틀비틀 걸어 나왔지만, 소녀는 창녀들을 보지도 못했다. '배'는 문을 닫고 황량한 모습이, 보나마나 극단원들이 아직 자고 있는 모양이었다. 그러나 조금 더 걸어가자, 이벤의 포경선 옆 선창에서 캣의 옛 친구 타가나로가 바다표범 왕 카소와 공을 주거니 받거니 던지고 있었고, 타가나로가 제일 최근에 들인 소매치기는 구경꾼들 사이에서 작업 중이었다. 소녀가 멈춰 서서 잠시 지켜보며 귀를 기울이자 타가나로는 흘긋 쳐다보고도 알아보지 못했지만, 카소는 짖는 소리를 내며 지느러미발을 맞부딪쳤다. '날 알아보는구나. 아니면 생선 냄새를 맡았거나.' 소녀는 생각하고 서둘러 걸었다.

소녀가 자줏빛 항만에 도착했을 때쯤, 노인은 수프 가게 안의 늘 앉던 자리에서 어느 배의 선장과 흥정하며 주화를 헤아리고 있었다. 키 크고 마른 호위가 그 모습을 내려다보았다. 땅딸한 쪽은 들어가는 사람은 누구든 잘 볼 수 있는 문 근처에 앉았다. 상관없었다. 소녀는 들어갈 생각이 없었다. 대신 세찬 바람이 보이지 않는 손가락으로 망토를 잡아채는 가운데, 20미터쯤 떨어진 장작더미에 올라앉았다.

이렇게 춥고 흐린 날에도 항만은 붐볐다. 창녀를 찾아 어슬렁대는 선원들, 선원을 찾아 어슬렁대는 창녀들이 보였다. 구겨진 옷차림의 자객 두 명이 서로에게 기대어, 취한 걸음으로 비틀비틀, 옆구리에 찬 칼을 덜그럭대며 부둣가를 지났다. 붉은 사제 하나가 새빨간 로브 자락을 바람에 펄럭이며 지나갔다.

소녀가 원하는 남자가 보인 것은 거의 정오가 다 되어서였다. 전에도 세 번이나 노인과 거래하는 모습을 본 적이 있는, 성공한 선주였다. 대머리에 크고 건장한 몸으로, 옷단에 모피를 댄 호화로운 갈색 벨벳으로 만든 묵직한 망토를 걸치고 은으로 달과 별을 만들어 장식한 갈색 가죽 허리띠를 찼다. 사고로 한쪽 다리가 굳어서, 지팡이를 짚고 천천히 걸었다.

흉측한 소녀는 그 남자면 괜찮겠다고 판단했다. 그래서 나무 더미에서 뛰어내려 그 뒤를 따라갔다. 열 걸음 정도 걸어간 소녀는 바로 뒤에 서서 손가락 칼을 준비했다. 남자의 지갑은 오른쪽 허리띠에 있었는데, 망토가 걸리적거렸다. 소녀의 칼이 번득이며 매끄럽고 빠르게 벨벳을 쭉 그었고, 남자는 낌새도 채지 못했다. 붉은 로고가 직접 보았어도 미소 지었을 것이다. 소녀는 망토 틈으로 손을 넣어 손가락 칼로 지갑을 긋고, 금화를 손에 가득 쥐었고……

덩치 큰 남자가 돌아섰다. "무슨―"

그 움직임 때문에 손을 빼던 소녀는 망토 자락에 팔이 엉켰다. 주화가 우수수 쏟아졌다. "도둑이야!" 덩치 큰 남자는 소녀를 때리려고 지팡이를 들어 올렸다. 소녀는 그의 다리를 걷어차고 물러서서, 쓰러진 남자에게서 달아나 아이를 데리고 있는 어머니 옆을 지나쳤다. 손가락 사이로 빠진 돈이 땅바닥에 튀었다. "도둑이야, 도둑"이라는 외침이 등 뒤에 울려 퍼졌다. 지나가던 배불뚝이 여관 주인 하나가 서툴게 소녀의 팔을 잡으려 했으나, 소녀는 휙 돌아서 벗어난 후, 웃어대는 창녀 옆을 지나쳐서 제일 가까운 골목길로 뛰어들었다.

수로의 고양이는 이 골목길들을 잘 알았고, 흉측한 소녀는 그 지식을 기억했다. 소녀는 왼쪽으로 뛰어가서 낮은 담을 뛰어넘고, 작은 수로를 건너 뛰어, 잠겨 있지 않은 문을 통해 지저분한 창고 안으로 미끄러져 들어갔다. 그 무렵에는 추격하는 소리가 다 사라졌지만, 확실히 하는 게 최선이었다. 소녀는 나무 상자 뒤에 몸을 웅크리고, 두 팔로 무릎을 안은 채 기다렸다. 거의 한 시간을 기다렸다가, 이제는 가도 안전하다는 판단을 내리고 건물 옆을 타고 올라서 지붕에서 지붕으로, 거의 영웅들의 수로까지 이동했다. 지금쯤 그 선주는 돈과 지팡이를 주워 모아 절뚝거리며 수프 가게로 갔을 것이다. 뜨거운 수프를 한 그릇 마시면서 노인에게 자기 지갑을 털려고 했던 흉측한 소녀에 대해 불평하고 있을지도 몰랐다.

친절한 남자는 흑백의 집 신전 웅덩이 옆에 앉아서 소녀를 기다리고 있었다. 흉측한 소녀는 그 옆에 앉아서 주화 하나를 웅덩이 가장자리에 놓았다. 금화였다. 한쪽 면에는 드래곤이, 다른 면에는 왕의 얼굴이 새겨진 금화.

"웨스테로스의 드래곤 금화로구나." 친절한 남자가 말했다. "어쩌다가 이걸 얻었느냐? 우리는 도둑이 아니다."

"훔친 게 아니에요. 금화를 하나 가져오고, 우리 금화 하나를 남겼죠."

친절한 남자는 이해했다. "그리고 그 사람은 그 금화와 다른 금화를 지갑에 같이 넣고, 어떤 남자에게 지불했겠구나. 곧 그 남자의 심장이 멈췄겠고. 그렇게 된 거냐? 정말 슬프구나." 사제는 금화를 집어 들어 웅덩이 안에 던졌다. "네게는 배울 게 아직 많지만, 가망이 없지는 않을지도 모르겠다."

그날 밤 그들은 소녀에게 아리아 스타크의 얼굴을 돌려줬다.

로브도 하나 가져다줬다. 보조사제가 입는 부드럽고 두꺼운 로브로, 한쪽은 검고 한쪽은 희었다. "여기 있을 때는 이 옷을 입어라." 사제가 말했다. "하지만 당장은 별로 필요가 없을 것이다. 내일은 이젬바로에 가서 첫 견습 생활을 시작한다. 아래 지하실에서 원하는 옷을 가져가거라. 도시 경비대는 자줏빛 항만에 자주 나타나는 흉측한 소녀를 찾을 테니, 얼굴도 새로 쓰는 게 좋겠지." 그는 소녀의 턱을 감싸 쥐고 이쪽저쪽으로 돌려보더니 고개를 끄덕였다. "이번에는 예쁜 얼굴로 하자. 네 얼굴만큼이나 예쁜 얼굴로. 네가 누구지, 아이야?"

"아무도 아닙니다." 소녀는 대답했다.

세르세이

수감 생활 마지막 날, 세르세이는 잠을 이루지 못했다. 눈을 감을 때마다 내일 일어날 일에 대한 예감과 망상이 머릿속을 가득 채웠다. 그녀는 스스로에게 말했다. '난 호위병들을 거느릴 거야. 병사들이 군중이 가까이 오지 못하게 할 거야. 아무도 날 건드리지 못해.' 대장 참새가 그 정도는 약속했다.

그래도 무서웠다. 미르셀라가 도르네로 떠난 날, 빵 때문에 폭동이 일어났던 그날도 행렬이 지나가는 모든 길에 황금 망토들이 서 있었지만, 폭도는 병사들의 대열을 뚫고 예전의 뚱뚱한 최고성사를 갈가리 찢었으며 롤리스 스토크워스를 50번이나 강간했다. 그 허옇고 무르고 멍청한 여자가 옷을 다 입은 채로도 짐승들을 자극할 수 있었다면, 그녀는 얼마나 더한 욕정을 일으키겠는가?

세르세이는 어렸을 때 캐스털리록 지하 우리에 갇혀 살았던 사자들처럼 초조하게 감옥 안을 서성였다. 그건 조부 시절의 유산이었다. 세르세이와 제이미는 사자 우리에 기어 들어가보라고 서로를 부추기곤 했는데, 한번은 세르세이가 용기를 끌어내어 쇠창살 사이로 손을 넣어서 거대한 황갈색 짐승을 하나 만지는 데 성공했었다. 그녀가 언제나 더 대담했다. 사자는 고개를 돌려 커다란 금빛 눈으로 그녀를 바라보더니 그녀의 손가락을 핥았다. 혓바닥이 사포처럼 거칠었지만, 그래도 그녀는 손을 빼지 않았다. 제이미가 어깨를 잡고 사자 우리에서 떼어내기 전까지는 손을 빼지 않았다.

"네 차례야." 그 후에 제이미에게 말했었다. "갈기를 잡아당겨봐." '제이미는 그러지 않았지. 제이미가 아니라 내가 검을 쥐었어야 해.'

그녀는 얇은 담요 하나만 걸치고 맨발로 벌벌 떨면서 걸어 다녔다. 다가올 내일을 생각하며 초조해했다. 저녁때쯤이면 다 끝났을 것이다. '조금만 걸으면 집에 있게 돼. 마에고르 성채 안의 내 거처에서, 토멘과 같이 있게 될 거야.' 숙부는 그게 그녀를 구할 유일한 방법이라고 했다. 그런데 정말일까? 최고성사를 믿을 수 없는 만큼, 숙부도 믿을 수 없었다. '아직 거부할 수 있어. 아직 난 결백하다고 주장하고 재판에 모든 것을 걸 수도 있어.'

그러나 마저리 티렐처럼 종단에 심판을 맡길 엄두는 나지 않았다. 어린 장미에게는 그게 통할지 몰라도, 세르세이는 이 새로운 최고성사 주위에 포진한 성사와 참새 사이에 친구가 별로 없었다. 유일한 희망은 결투 재판이었고, 그걸 위해서는 대전사를 두어야만 했다.

'제이미가 손을 잃지만 않았어도……'

소용없는 생각이었다. 제이미의 오른손은 없어졌고, 제이미도 브리엔느라는 여자와 함께 강역 어딘가에서 사라졌다. 다른 수호자를 찾지 않으면 오늘의 괴로움이 그녀의 생에서 제일 하찮은 고난이 될 상황이었다. 그녀의 적들은 반역죄로 그녀를 고발했다. 어떤 대가를 치르더라도 토멘 곁으로 가야 했다. '토멘은 날 사랑해. 어머니를 거부하진 않을 거야. 조프리는 고집 세고 예측불허였지만, 토멘은 착하고 귀여운 아이야. 착하고 귀여운 왕이야. 시키는 대로 할 거야.' 여기에 머무른다면 파멸이었고, 레드킵으로 돌아갈 유일한 방법은 걷는 것뿐이었다. 대장 참새는 요지부동이었고, 케반 경은 최고성사를 상대로 손가락 하나도 들어 올리지 않으려 했다.

"오늘 나에겐 아무 해도 미치지 않을 거야." 세르세이는 새벽 햇살이 창문을 어루만지자 말했다. "내 자존심만 괴로울 뿐이야." 그 말은 세르세이의 귀에도 공허하게 울렸다. '제이미가 올지도 몰라.' 세르세이는 금빛 갑옷을 떠오르는 햇살에 찬란하게 빛나며 아침 안개를 뚫고 달려오는 제이미의 모습을 그렸다. '제이미, 네가 날 사랑하긴 했다면……'

간수들이 데리러 왔을 때는 우넬라 성사, 모엘 성사, 스콜레라 성사가 행렬을 이끌고 있었다. 수련생 넷과 침묵의 자매 둘이 함께였다. 회색 로브를 입은 침묵의 자매들을 보자 왕대비는 갑작스러운 공포에 사로잡혔다. '왜 저들이 여기 있지? 내가 죽는 건가?' 침묵의 자매들은 죽은 자들을 돌보았다. "최고성사님이 나에겐 아무 해도 미치지 않을 거라 약속했는데요."

"그럴 겁니다." 우넬라 성사가 수련생들을 손짓해 불렀다. 그들은 잿물 비누와 따뜻한 물 그릇, 큰 가위 하나, 그리고 긴 면도칼 하나를 가져왔다. 칼을 보자 몸이 떨렸다. '내 몸의 털을 밀려는 거야. 포리지에 얹는 건포도처럼, 살짝 모욕을 더하는 거지.' 이들에게 그녀가 애원하는 소리를 듣는 즐거움을 줄 마음은 없었다. '나는 라니스터 가문의 세르세이, 캐스털리록의 사자, 이 칠왕국의 정당한 왕대비이자 타이윈 라니스터의 적녀야. 그리고 털은 다시 자라.' "시작하세요." 그녀는 말했다.

침묵의 자매 둘 중에 나이가 많은 쪽이 가위를 들었다. 숙련된 이발사일 게 분명했다. 침묵의 자매들이라는 조직은 살해당한 귀족을 친족에게 돌려보내기 전에 시신을 닦을 때가 많았고, 그 일에는 수염을 다듬고 머리카락을 자르는 일이 포함되었다. 그 여자는 세르세이의 머리부터 깎았다. 세르세이는 가위가 찰칵거리는 동안 석상처럼 가만히 앉아 있었다. 금빛 머리 타래가 바닥에 떨어졌다. 이 감방에 갇혀서는 머리를 제대로 손질할 수 없었지만, 감지도 못하고 헝클어진 머리카락이라도 햇빛이 닿자 반짝거렸다. '내 왕관.' 왕대비는 생각했다. '놈들은 다른 왕관도 빼앗아 가더니, 이 왕관까지 훔쳐 가는구나.' 발치에 머리 타래가 쌓이자, 수련생 하나가 머리에 비누칠을 했고 침묵의 자매가 면도칼로 나머지 머리카락을 밀었다.

세르세이는 그게 끝이길 바랐지만, 그렇지 않았다. "옷을 벗으세요, 전하." 우넬라 성사가 명령했다.

"여기에서?" 왕대비는 물었다. "왜죠?"

"털을 깎아야 합니다."

'털을 깎는다니. 양처럼 말인가.' 세르세이는 그런 생각을 하고는, 머리 위로 원피스를 잡아당겨 바닥에 벗어 던졌다. "원하는 대로 하세요."

그리고 다시 비누, 따뜻한 물, 면도칼이었다. 겨드랑이 털이 다음이었고, 다리 털이 그다음, 마지막은 샅을 덮은 가느다란 금빛 털이었다. 침묵의 자매가 면도칼을 들고 다리 사이로 기어들었을 때, 세르세이는 저도 모르게 제이미가 똑같이 무릎을 꿇고 허벅지 안쪽에 입을 맞추며 그녀를 흥분시키던 모든 순간들을 떠올렸다. 그의 입맞춤은 언제나 따뜻했다. 면도칼은 얼음처럼 차가웠다.

작업이 끝나자 그녀는 여자로서 더할 수 없을 만큼 벌거벗고 취약한 상태가 되었다. '몸을 가릴 털 하나 없구나.' 어둡고 씁쓸한 웃음소리가 비어져 나왔다.

"전하께선 이 일이 재미있으십니까?" 스콜레라 성사가 말했다.

"아닙니다, 성사님." 세르세이는 대답했다. '하지만 언젠가는 뜨거운 집게로 네 혀를 잡아 뽑을 것이고, 그건 웃길 거야.'

수련생 하나가 로브를 가져왔다. 가는 길에 마주치는 신도들이 벌거벗은 육체를 보지 않아도 되게끔, 탑 계단을 내려가서 성소를 통과하는 동안 몸을 가려줄 부드러운 하얀색 성사용 로브였다. '일곱이여 우리를 구하소서. 이토록 위선적이라니.' "샌들은 신어도 되나요?" 그녀는 물었다. "길거리는 더러운데요."

"전하의 죄만큼 더럽지는 않습니다." 모엘 성사가 대답했다. "최고성사 성하께서 전하를 신들이 만드신 모습 그대로 보이라 하셨습니다. 어머님의 자궁에서 나오실 때 발에 샌들을 신으셨습니까?"

"아닙니다, 성사님." 세르세이는 그렇게 말할 수밖에 없었다.

"그렇다면 답을 얻으셨군요."

종이 울리기 시작했다. 왕대비의 긴 수감 생활이 끝나는 순간이었다. 세르세이는 로브를 단단히 여미고, 그 따뜻함에 고마워하며 말했다. "갑시다." 도시 저편에서 아들이 기다리고 있었다. 빨리 출발할수록 빨리 아들을 보게 될 것이다.

거친 돌계단이 아래로 내려가는 세르세이 라니스터의 발바닥을 긁었다. 바엘로르 성소에 올 때는 가마에 탄 왕대비였다. 떠날 때는 머리를 다 밀고 맨발이었다. '하지만 떠나는 거야. 중요한 건 그것뿐이야.'

탑이 종을 울려, 그녀의 수치를 보라고 온 도시를 불러 모았다. 바엘로르 대성소는 새벽 예배에 온 신도들로 붐볐고, 신도들의 기도 소리가 머리 위 돔에 메아리쳤지만, 왕대비 행렬이 나타나자 갑자기 정적이 내려앉았고, 아버지가 살해당한 후에 누워 있던 자리를 지나 통로를 걷는 세르세이 뒤로 천 개의 눈동자가 따라갔다. 세르세이는 그들의 눈동자에 떠밀려 가며, 왼쪽도 오른쪽도 보지 않았다. 맨발이 차가운 대리석 바닥을 때렸다. 사람들의 눈길을 느낄 수 있었다. 제단 뒤에 선 일곱 신도 지켜보는 것 같았다.

등불 회당에서는 전사의 아들 십여 명이 기다리고 있었다. 그들의 등에는 무지개색 망토가 걸렸고, 대투구 위에 박힌 수정이 등불 빛을 받아 반짝거렸다. 은빛 판금 갑옷은 거울처럼 반질반질하게 닦아놓았지만, 세르세이는 그들 모두가 갑옷 아래에 고통스러운 털 셔츠를 입었음을 알았다. 연 모양의 방패에는 모두 같은 문장이 들어갔다. 어둠 속에서 빛나는 수정 검,

과거 평민들이 '검'이라고 부르던 이들의 상징이었다.

대장이 세르세이 앞에 무릎을 꿇었다. "전하께서 기억하실지 모르겠습니다. 저는 진실의 기사 테오단이고, 최고성사 성하께서 전하의 호위를 명하셨습니다. 제 형제들과 제가 전하가 안전하게 도시를 통과하게 해드리겠습니다."

세르세이의 시선이 그 뒤에 선 남자들의 얼굴을 훑었다. 거기에 있었다. 란셀이, 그녀의 사촌이자 케반 경의 아들, 한때는 그녀를 사랑한다고 고백하더니 이제는 신들을 더 사랑하기로 한 남자가. '내 혈육이자 내 배신자.' 어찌 란셀을 잊으랴. "일어나도 좋네, 테오단 경. 난 준비됐어."

기사는 일어서서 몸을 돌리더니 한 손을 올렸다. 부하 두 명이 우뚝 솟은 문 앞으로 걸어가서 밀어 열었고, 세르세이는 땅굴 속에서 올라온 두더지처럼 햇빛에 눈을 깜박이며 바깥 공기 속으로 걸어 나갔다.

돌풍이 불고 있어서, 로브 아랫부분이 펄럭거리며 다리를 때렸다. 아침 공기에는 킹스랜딩의 친숙한 악취가 진하게 풍겼다. 세르세이는 시큼한 와인 냄새, 빵 굽는 냄새, 썩은 생선과 밤새 나온 오물 냄새, 연기와 땀과 말 오줌 냄새를 들이마셨다. 어떤 꽃향기도 그렇게 달콤하지는 않았다. 세르세이가 로브 속에 몸을 움츠린 채 대리석 계단 위에서 걸음을 멈추자, 전사의 아들들이 주위에 정렬했다.

세르세이는 문득 에다드 스타크 공이 머리통을 잃은 바로 그날에도 자신이 이 자리에 서 있었다는 생각이 떠올랐다. '그렇게 될 게 아니었어. 조프리는 스타크의 목숨을 살려주고 장벽으로 보내기로 되어 있었어.' 스타크의 큰아들이 뒤이어 윈터펠의 영주가 되겠지만, 산사가 인질로 궁정에 머물 터였다. 바리스와 리틀핑거가 조건을 짜냈고, 네드 스타크는 딸의 텅 빈 작은 머리통을 구하기 위해 그 소중한 명예를 해치는 것도 감수하고 반역을 자백했다. '난 산사를 좋은 데 결혼시켰을 거야. 라니스터와 결혼시켰을 거야. 물론 조프리는 아니었겠지만, 란셀이나 그 동생 중 하나라면 어울렸을 거야.' 피터 베일리시가 산사와 결혼하겠다고 했던 기억이 났지만, 물론 그건 불가능했다. 리틀핑거는 너무 출신이 천했다. '조프리가 우리가 시키는 대로 하기만 했어도 윈터펠은 전쟁에 나서지 않았을 테고, 아버지는 로버트의 동생들을 처리했을 텐데.'

그러나 조프리는 스타크의 목을 베어버리라고 명령했고, 슬린트 공과 일린 페인 경은 서둘러 그 명에 복종했다. '바로 저기였어.' 세르세이는 그 자리를 보며 생각했다. 자노스 슬린트가 머리카락을 잡고 들어 올린 네드 스타크의 머리통에서 계단 위로 피가 쏟아졌고, 그 후에는 돌이킬 길이 없었다.

아득하기만 한 기억이었다. 조프리는 죽었고, 스타크의 아들들도 다 죽었다. 세르세이의 아버지마저 죽었다. 그리고 여기, 세르세이는 다시 대성소 계단 위에 서 있었고, 다만 이번에 군중이 쳐다보는 건 에다드 스타크가 아니라 그녀였다.

아래에 펼쳐진 드넓은 대리석 광장은 스타크가 죽은 날 못지않게 꽉 차 있었다. 보는 곳마다 눈동자가 보였다. 군중은 남자와 여자가 반반 같았다. 어깨에 아이를 태운 이들도 있었다. 거지와 도둑, 술집 주인과 상인, 무두장이와 말구종과 배우, 창녀 중에서도 가난한 창녀, 그런 온갖 쓰레기들이 왕대비가 창피당하는 모습을 보러 몰려 나왔다. 그 사이에 창과 도끼로 무장하고 우그러진 판금 갑옷과 녹슨 사슬 갑옷, 금 간 가죽 갑옷 조각들을 꿰어 입고 그 위에 하얀색으로 염색하여 종단을 뜻하는 칠각별을 수놓은 거친 전포를 걸친, 수염도 깎지 않은 지저분한 얼굴의 '가난한 동료들'이 섞여 있었다. 대장 참새의 누더기 군대였다.

마음 한구석에서는 아직도 제이미가 나타나서 이 굴욕에서 구해주기를 간절히 바랐지만, 그녀의 쌍둥이는 어디에도 보이지 않았다. 숙부도 나타나지 않았다. 놀랄 일도 아니었다. 케반 경은 지난번에 방문했을 때 자기 관점을 분명하게 밝혔다. 세르세이의 수치가 캐스털리록의 명예를 더럽혀서는 안 된다고. 오늘은 어떤 사자도 그녀와 같이 걷지 않을 것이다. 이 고난은 오직 세르세이만의 것이었다.

우넬라 성사가 오른쪽에, 모엘 성사가 왼쪽에, 스콜레라 성사가 뒤에 섰다. 세르세이가 멈칫거리거나 달아난다면 이 세 할망구가 그녀를 다시 끌고 들어갈 테고, 이번에는 두 번 다시 감방을 떠나지 못하게 할 것이다.

세르세이는 고개를 들었다. 광장 너머, 굶주린 눈동자와 벌린 입과 지저분한 얼굴의 바다 너머, 도시 저편 멀리 아에곤의 높은 언덕이 솟아올랐고, 레드킵의 탑과 홍벽이 떠오르는 햇빛을 받아 분홍색으로 물들었다. '그렇게 멀지 않아.' 성문 앞까지만 도달하면 최악의 고생은 끝난다. 다시 아들과 있게 될 것이다. 대전사도 얻을 것이다. 숙부가 약속한 바였다. '토멘이 날 기다리고 있어. 내 어린 왕이. 난 할 수 있어. 해야만 해.'

우넬라 성사가 앞으로 나서서 선언했다. "죄인을 여러분 앞에 세운다. 라니스터 가문의 세르세이, 왕대비이며 토멘 국왕 전하의 어머니, 로버트 국왕 전하의 과부로 심각한 거짓말과 간음의 죄를 저질렀도다."

모엘 성사가 왕대비 오른쪽으로 이동했다. "이 죄인은 죄를 고백하고 면죄와 용서를 빌었다. 최고성사 성하께서 모든 자존심과 거짓을 제쳐두고 도시의 선량한 시민들 앞에 신들이 만든 모습 그대로를 보임으로써 회개하라 명하셨도다."

스콜레라 성사가 말을 맺었다. "그러니 이제 이 죄인이 겸허한 마음으로 여러분 앞에 나와, 비밀과 은폐를 다 깎아내고 신들과 인간들의 눈앞에 벌거벗은 몸으로 속죄의 행진을 시작하노라."

세르세이는 할아버지가 죽었을 때 한 살이었다. 아버지가 권좌에 올라제일 먼저 한 일이 부친의 탐욕스럽고 천한 정부를 캐스털리록에서 쫓아내는 것이었다. 타이토스 공이 그 여자에게 퍼 준 비단과 벨벳 옷, 그 여자가 알아서 챙겼던 보석들을 다 빼앗고 온 서부가 그 여자의 정체를 볼 수 있도록 벌거벗은 채로 라니스포트 거리를 걸어서 통과하게 했다.

직접 구경하기에는 너무 어렸지만, 세르세이는 성장하면서 그 자리에 있었던 세탁부들과 위병들의 입으로 이야기를 들었다. 그들은 그 여자가 얼마나 울면서 애걸했는지, 옷을 벗으라는 명령을 받았을 때 얼마나 절박하게 옷 조각에 매달렸는지, 맨발에 맨몸으로 절뚝거리면서 거리를 걷는 동안 얼마나 헛되이 두 손으로 가슴과 사타구니를 가리려 했는지 이야기했다. 한 위병이 했던 말이 기억났다. "전에는 허영심도 강하고 거만한 게, 천한 출신인 것도 잊었나 싶게 오만했지요. 하지만 옷을 다 벗겨내고 보니 그냥 창녀에 불과했어요."

케반 경과 대장 참새가 세르세이에게 그런 모습을 기대했다면, 아주 잘못된 생각이었다. 그녀는 타이윈 공의 피를 이었다. '난 암사자야. 저놈들 앞에서 움츠러들지 않겠어.'

왕대비는 로브를 떨쳐냈다.

마치 시녀들 말고는 아무도 보지 않는 자기 거처에 돌아가서 목욕하려고 벗는 것처럼, 서두르지 않고 한 번의 매끄러운 동작으로 몸을 드러냈다. 찬바람이 피부에 닿자 그녀는 파르르 몸을 떨었다. 할아버지의 창녀처럼 두 손으로 몸을 가리려 들지 않는 데 온 힘을 다 기울여야 했다. 주먹을 꽉 쥐고, 손톱이 손바닥을 파고들었다. 사람들이 쳐다보고 있었다. 굶주린 눈동자 모두가 그녀를 보고 있었다. 하지만 그들이 보는 게 뭘까? '난 아름다워.' 그녀는 스스로를 일깨웠다. 제이미가 얼마나 많이 그 말을 했던가? 로버트조차도, 술에 취해 침대로 찾아와서는 상납받듯이 관계하던 로버트조차도 그것만은 인정했다.

'하지만 저들은 네드 스타크도 같은 눈으로 보았어.'

움직여야 했다. 벌거벗고, 털을 다 밀고, 맨발인 세르세이는 널찍한 대리석 계단을 천천히 내려갔다. 팔다리에 소름이 돋았다. 그녀는 왕족답게 턱을 치켜들었고, 앞에서는 호위들이 산개해서 걸었다. 가난한 동료들은 군중을 밀치고 길을 냈고, '검'들은 그녀의 양옆에 자리 잡았다. 우넬라 성사, 스콜레라 성사, 모엘 성사가 뒤따랐다. 그 뒤로 하얀 옷을 입은 여자 수련생들이 걸었다.

"창녀!" 누군가가 외쳤다. 여자 목소리였다. 여자들에 관해서는 언제나 다른 여자들이 제일 잔인했다.

세르세이는 그 여자를 무시했다. '더 나올 것이고, 더 나쁠 거야. 저것들 인생에는 더 나은 사람을 조롱하는 것보다 기쁜 일이 없어.' 그들을 침묵시킬 수 없으니, 못 들은 척해야 했다. 쳐다보지도 않을 생각이었다. 눈은 도시 저편에 있는 아에곤의 높은 언덕에만, 햇빛 속에 일렁이는 레드킵의 탑들에만 고정시킬 것이다. 숙부가 약속을 지킨다면, 거기까지만 가면 구원을 찾을 수 있었다. '숙부가 원한 일이야. 숙부와 대장 참새가. 그리고 분명히 어린 장미도 원했겠지. 내가 죄를 지었으니 속죄해야 한다고, 도시에 있는 모든 거지들이 보는 앞에서 수치의 행진을 해야 한다고. 이러면 내 긍지가 꺾일 거라고, 내가 끝장날 거라고 생각하겠지만 틀렸어.'

우넬라 성사와 모엘 성사는 그녀와 보조를 맞추었고, 스콜레라 성사는 잰걸음으로 쫓아오며 종을 울렸다. "수치로다." 늙은 성사가 외쳤다. "이 죄인의 수치로다, 수치로다, 수치로다." 오른쪽 어딘가에서 들려오는 목소리가 대조를 이루었다. 제빵사 조수 하나가 외치고 있었다. "고기 파이 3펜스요. 뜨거운 고기 파이 있어요." 발에 닿는 대리석이 차갑고 미끄러웠기에 세르세이는 미끄러질까 봐 조심스럽게 발을 디뎌야 했다. 걷다 보니 자애로운 표정으로 받침대 위에 조용히 우뚝 선 성왕 바엘로르의 조각상 옆이었다. 그 모습만 보면 바엘로르가 얼마나 어리석었는지 짐작도 가지 않으리라. 타르가르옌 왕조는 나쁜 왕들도, 좋은 왕들도 낳았지만 바엘로르만큼 사랑받은 왕은 없었다. 평민들과 신들을 똑같이 사랑했지만, 자기 누이들은 가둬두었던 그 신실하고 다정한 성사 왕. 그 조각상이 세르세이의 맨가슴을 보고 부서지지 않는 게 놀라웠다. 티리온은 바엘로르 왕이 자기 성기를 무서워했다고 말하곤 했다. 생각해보니 한번은 킹스랜딩에서 창녀를 다 내쫓은 적도 있었다. 역사에 이르기를, 바엘로르는 도시 문으로 끌려 나가는 창녀들을 위해 기도했지만 결코 쳐다보지는 않았다고 했다.

"탕녀!" 절규가 들렸다. 또 다른 여자였다. 군중 사이에서 뭔가가 날아왔다. 썩은 채소였다. 갈색 썩은 물이 흐르는 채소가 그녀의 머리 위를 날아서 가난한 동료 하나의 발치에 철퍽 떨어졌다. '난 두렵지 않아. 난 암사자야.' 그녀는 계속 걸었다. "뜨거운 파이요." 제빵사 조수가 외쳤다. "뜨거운 파이 사세요." 스콜레라 성사는 종을 울리며 노래했다. "수치로다, 수치로다, 이 죄인의 수치로다, 수치로다, 수치로다." 가난한 동료들이 앞서가며, 방패로 사람들을 밀어내어 좁은 길을 만들었다. 세르세이는 고개를 빳빳이 들고 먼 곳을 바라보며 그들을 따라 걸었다. 한 걸음 걸을 때마다 레드킵이 가까워졌다. 한 걸음 걸을 때마다 아들에게도, 구원에도 가까워졌다.

광장을 가로지르는 데 백 년은 걸린 것 같았지만, 마침내 발밑의 대리석이 자갈길로 바뀌고 주위에 상점과 마구간과 집이 다가왔으며, 그들은 비세니아 언덕을 내려가기 시작했다.

이제는 진전이 더 느려졌다. 길이 좁고 가팔라서, 군중이 빽빽하게 붙어섰다. 가난한 동료들이 사람들을 밀치며 길을 내려 했지만, 그들은 밀려나도 갈 곳이 없었고 뒤쪽에 있는 군중이 마주 밀어댔다. 세르세이는 계속 고개를 들고 걸으려다가 뭔가 미끄럽고 축축한 것을 밟아서 균형을 잃었다. 그대로 넘어질 뻔했지만, 우넬라 성사가 팔을 잡고 일으켜 세웠다. "전하께선 발 딛는 자리를 잘 보셔야지요."

세르세이는 그 손을 뿌리쳤다. "네, 성사님." 순한 목소리로 대답하긴 했지만, 사실은 침을 뱉고 싶을 만큼 화가 났다. 세르세이는 소름과 긍지만 입은 채 계속 걸었다. 레드킵을 찾으려 했지만, 이제는 양쪽에 높이 늘어선 나무 건물들이 시야를 가려 보이지 않았다. "수치로다, 수치로다." 스콜레라 성사가 종을 울리며 노래했다. 세르세이는 더 빨리 걸으려 했지만, 곧 앞서 가는 '별'들의 등에 가로막혀 다시 걸음을 늦춰야 했다. 바로 앞에서 웬 남자가 수레를 놓고 구운 고기 꼬치를 팔고 있었고, 행렬은 가난한 동료들이 그 남자를 치우는 동안 멈춰 섰다. 세르세이가 보기에는 그 고기가 아무래도 쥐 같았지만, 고기 냄새가 진동했고, 세르세이가 다시 걸을 수 있을 만큼 길이 치워졌을 무렵에는 주위를 둘러싼 남자들 절반이 꼬치를 손에 들고 고기를 뜯고 있었다. "좀 드시겠소, 전하?" 어떤 남자가 외쳤다. 덩치가 크고, 돼지 같은 눈에 배가 나온 건장한 남자였는데, 헝클어진 검은 수염을 보니 로버트가 생각났다. 세르세이가 혐오감에 고개를 돌리자 그자는 그녀에게 꼬챙이를 던졌다. 꼬챙이는 그녀의 다리를 때리고 길바닥을 굴렀고, 반쯤 구워진 고기가 허벅지에 기름과 피 얼룩을 남겼다.

광장에서보다 고함 소리가 더 큰 듯했는데, 군중이 더 바싹 다가와서였을 것이다. "창녀"와 "죄인"이 제일 흔했지만 "오라비와 붙어먹은 년"이나 "갈보", "배신자"도 날아왔고 가끔은 누군가가 스타니스나 마저리를 외치기도 했다. 발에 닿는 자갈은 지저분했고, 공간이 부족하다 보니 물웅덩이를 피해 걸을 수도 없었다. '발이 젖었다고 죽은 사람은 없어.' 세르세이는 스스로를 타일렀다. 그 웅덩이가 그냥 빗물이라고 믿고 싶었지만, 아무래도 말오줌 같았다.

집집의 창문과 발코니에서도 쓰레기가 쏟아졌다. 반쯤 썩은 과일, 통에 담긴 맥주, 땅바닥에 떨어지자 유황 냄새를 풍기며 터진 계란들. 그러다가 누군가가 가난한 동료들과 전사의 아들들 위로 죽은 고양이를 던졌다. 시체는 자갈길을 세게 때리고 터지면서 세르세이의 종아리에 내장과 구더기를 흩뿌렸다.

세르세이는 계속 걸었다. '난 눈도 귀도 멀었고, 저건 벌레들이야.' 스스로에게 그렇게 말했다. "수치로다, 수치로다." 성사는 노래했다. "밤 사세요, 뜨끈뜨끈하게 구운 밤요." 행상이 외쳤다. "갈보 여왕." 주정뱅이 하나가 위쪽 발코니에서 엄숙하게 외치더니 술잔을 들어 조롱의 건배를 바쳤다. "모두 왕실의 젖무덤을 찬양하라!" 세르세이는 생각했다. '말은 바람에 불과해. 말은 날 해칠 수 없어.'

그녀는 비세니아 언덕을 반쯤 내려갔을 때 처음으로 넘어졌다. 발이 똥거름인가 싶은 것을 밟고 미끄러졌다. 우넬라 성사가 잡아 일으켰을 때는 무릎이 긁혀 피가 났다. 군중 사이에 거친 웃음이 퍼졌고, 몇몇 남자들이 거기다 입을 맞춰 낫게 해주겠다고 외쳐댔다. 세르세이는 뒤를 돌아보았다. 언덕 위에 선 바엘로르 대성소의 거대한 돔과 일곱 개의 수정 탑을 볼 수 있었다. '정말 이것밖에 못 온 거야?' 더 나쁜 건, 백 배는 더 나쁜 건 레드킵이 보이지 않는다는 사실이었다. "어디…… 어디……?"

"전하." 호위대장이 옆으로 다가왔다. 세르세이는 그 남자의 이름이 생각나지 않았다. "계속 가셔야 합니다. 군중이 난폭해지고 있습니다."

'그래. 난폭해.' 그녀는 생각했다. "난 두렵지 않ㅡ"

"두려워하셔야 합니다." 그는 세르세이의 팔을 잡아당겼다. 그녀는 그의 도움을 받으며, 비틀비틀 한 걸음 디딜 때마다 얼굴을 찡그리면서 언덕을 내려갔다. 아래로, 계속 아래로. '내 옆에 있는 건 제이미여야 했어.' 제이미라면 금빛 장검을 뽑아 폭도를 베어 길을 만들고, 감히 그녀를 쳐다본 남자들 모두의 눈을 도려냈을 것이다.

포장돌이 깨지고 울퉁불퉁한 데다 미끄러웠고, 부드러운 발에는 거칠기도 했다. 발꿈치가 돌멩이인지, 깨진 도기 조각인지 뭔가 날카로운 것을 밟왔다. 세르세이는 고통에 비명을 질렀다. "샌들을 달라고 했는데." 그녀는 우넬라 성사에게 쏘아붙였다. "샌들 정도는 줄 수 있었잖아. 그 정도는 할 수 있었잖아." 기사가 흔한 하녀 대하듯 그녀의 팔을 다시 잡아당겼다. '내가 누구인지 잊은 건가?' 그녀는 웨스테로스의 왕대비였다. 거칠게 손댈 권리가 없었다.

언덕을 거의 다 내려가자 경사가 완만해지고 길이 넓어지기 시작했다. 세르세이는 다시 아에곤의 높은 언덕 위에서 아침 햇빛을 받아 붉게 빛나는 레드킵을 볼 수 있었다. '계속 걸어야 해.' 그녀는 테오단 경의 손을 뿌리쳤다. "경이 날 끌고 갈 필요는 없네." 그녀는 돌바닥에 피 발자국을 남기며 절뚝절뚝 걸었다.

그녀는 소름 돋은 몸으로 피를 흘리고 절뚝거리며 진흙과 똥을 밟고 걸었다. 사방에서 온갖 소리가 들려왔다. "내 마누라 젖가슴이 저것보다 예뻐." 어떤 남자가 외쳤다. 마부 하나는 가난한 동료들이 마차를 치우라고 하자 욕을 했다. "수치로다, 수치로다, 이 죄인의 수치로다." 성사들이 읊었다. "이것 좀 보셔." 어떤 창녀가 매춘굴 창문에서 치맛자락을 들어 올리며 아래에 있는 남자들에게 말했다. "여기 담은 남자가 저 여자 반도 안 돼." 종소리가 울리고, 울리고, 울렸다. "저게 왕대비일 리 없어요." 어떤 소년이 말했다. "우리 엄마처럼 축 늘어졌는걸." 세르세이는 스스로에게 말했다. '이게 나의 고행이야. 내가 아주 심한 죄를 지었고, 이게 내 속죄야. 곧 끝날 거야. 이 일을 뒤로 하고 잊을 수 있을 거야.'

아는 얼굴들이 보이기 시작했다. 구레나룻이 덥수룩한 대머리 남자 하나가 창문에서 아래를 내려다보며 아버지처럼 얼굴을 찌푸렸는데, 그 모습이 순간이지만 타이윈 공을 너무 닮은 나머지 세르세이가 비틀거릴 정도였다. 어린 소녀 하나가 분수 밑에 앉아서 물보라에 젖은 몸으로 올려다보는데 멜라라 헤더스푼의 비난하는 눈빛이었다. 네드 스타크도 보였고, 그 옆에 적갈색 머리의 어린 산사와, 산사의 늑대 같기도 한 털북숭이 회색 개가 보였다. 군중 사이를 비집고 다니는 아이들은 모두 티리온이 되어, 조프리가 죽었을 때처럼 그녀를 비웃었다. 그리고 조프리도 있었다. 그녀의 아들, 그녀의 첫 자식, 금빛 곱슬머리와 달콤한 미소를 지녔던 아름답고 반짝이던 아이. 참으로 사랑스러운 입술을 지녔던……

그때가 세르세이가 두 번째로 넘어진 순간이었다.

주위에서 일으켜 세웠을 때 세르세이는 낙엽처럼 떨고 있었다. "제발. 어머니여 자비를 베푸소서. 난 고백했어."

"맞습니다." 모엘 성사가 말했다. "이게 전하의 속죄입니다."

"그렇게 많이 남지 않았습니다." 우넬라 성사가 말하며 가리켰다. "보이세요? 저 언덕만 오르면 됩니다."

'언덕만 오르면 된다.' 사실이었다. 그들은 아에곤의 높은 언덕 아래에 있었고, 위에 레드킵이 보였다.

"창녀." 누군가가 외쳤다.

"오라비와 붙어먹는 년." 또 다른 목소리가 덧붙였다. "추악하기도 해라."

"이거 빨고 싶으신가, 전하?" 푸주한의 앞치마를 두른 남자 하나가 히죽이며 바지춤에서 성기를 꺼내어 내밀었다. 상관없었다. 이제 집에 거의 다 왔다.

세르세이는 올라가기 시작했다.

야유와 고함은 오히려 여기에서 더 잔인해졌다. 정해진 경로가 플리바텀을 통과하지 않았기에, 플리바텀 주민들이 이 구경거리를 보기 위해 아에곤의 높은 언덕 아래쪽에 빽빽하게 몰려든 탓이었다. 가난한 동료들의 방패와 창 뒤에서 곁눈질하는 얼굴들이 무시무시하고 일그러진 괴물들 같았다. 돼지들과 벌거벗은 아이들이 사방 발밑을 기어 다니고, 불구의 거지들과 소매치기들이 군중 사이에 바퀴벌레처럼 들끓었다. 치아를 다 갈아서 뾰족하게 만든 남자들, 목에 머리통만큼 큰 종양을 단 노파들, 가슴과 어깨에 거대한 줄무늬 뱀을 걸친 창녀, 뺨과 이마를 뒤덮은 종기에서 회색 고름이 흘러내리는 남자를 보았다. 그들은 언덕을 오르느라 가슴을 들썩이며 절뚝절뚝 지나가는 그녀를 보고 히죽이고 입술을 핥으며 야유했다. 음란한 제안을 던지는 사람도, 모욕적인 말을 외치는 사람도 있었다. '말은 바람일 뿐이야. 말은 날 해치지 못해. 난 아름다워. 웨스테로스에서 제일 아름다운 여자야. 제이미가 그랬어. 제이미는 나에게 절대 거짓말하지 않아. 로버트도, 로버트는 나를 사랑한 적이 없었는데도 내 아름다움을 보고 날 원했어.'

하지만 그녀는 아름답다는 기분이 들지 않았다. 늙고, 더럽고, 추하고, 낡은 기분이었다. 배에는 아이를 낳으면서 생긴 튼 자국이 있었고, 젖가슴은 어렸을 때처럼 단단하지 않았다. 가운을 입어서 조여주지 않으면 늘어졌다. '이런 짓을 하지 말았어야 했어. 난 저들의 왕대비인데, 이젠 저들이 나를 봤어. 나를 봤어. 나를 봤어. 절대로 날 보게 하지 말았어야 했어.' 가운을 입고 왕관을 쓴 그녀는 왕대비였다. 벌거벗고 피 흘리며 절뚝이는 그녀는 그냥 여자에 불과했다. 저들의 아내와 별로 다르지도 않고, 예쁘고 귀여운 처녀 딸보다는 어머니에 더 가까운 여자였다. '내가 무슨 짓을 한 거지?'

눈에 뭔가가, 따끔거리면서 시야를 가리는 뭔가가 있었다. 울 수는 없었다. 울지 않을 것이다. 버러지들에게 우는 모습을 보여선 안 된다. 세르세이는 손바닥 끝으로 눈을 문질렀다. 차가운 돌풍에 몸이 심하게 떨렸다.

그러다가 갑자기 그 노파가 나타났다. 축 늘어진 젖가슴과 사마귀 가득한 푸르딩딩한 피부의 노파가 군중 사이에 서서, 심술궂은 노란 눈에서 악의를 번쩍이며 나머지와 함께 조롱하고 있었다. 마녀가 쉬익 소리를 냈다. "너는 왕비가 될 거다…… 다른, 더 어리고 더 아름다운 여자가 와서 너를 꺾고 네가 소중하게 여기는 모든 것을 빼앗아가기 전까지는."

그 후에는 눈물을 막을 수가 없었다. 눈물이 산성 용액처럼 뺨을 태우며 흘러내렸다. 세르세이는 날카로운 비명을 지르고는 한 팔로 젖꼭지를 가리고, 반대쪽 손을 내려 사타구니를 감추고 가난한 동료들의 대열을 밀어내고, 몸을 구부리고 허둥지둥 게걸음으로 달리기 시작했다. 올라가다가 발을 헛디뎌 넘어졌다가, 일어나서 10미터쯤 달리고는 또 넘어졌다. 정신을 차렸을 때는 킹스랜딩의 평민들이 웃고 조롱하고 박수 치면서 비켜주는 길을 개처럼 네 발로 기어서 올라가고 있었다.

그러다가 갑자기 군중이 갈라지더니 녹아 없어지는 것 같았고, 앞에 성문이, 그리고 금도금한 반투구와 진홍색 망토 차림의 창병 대열이 나타났다. 세르세이는 숙부가 명령을 내리는 친숙하고 무뚝뚝한 쉰 목소리를 들었고, 보로스 블런트 경과 메린 트랜트 경이 하얀 갑옷과 눈처럼 흰 망토 차림으로 성큼성큼 다가오면서 양쪽에서 번득이는 하얀 빛을 보았다. "내 아들." 그녀는 울부짖었다. "내 아들 어디 있어? 토멘 어디 있냐고?"

"여기엔 없다. 어떤 아들도 어머니의 수치를 목격할 필요는 없지." 케반 경의 목소리는 모질었다. "몸을 가려줘라."

다음 순간 조슬린이 그녀에게 몸을 굽히고, 부드럽고 깨끗한 녹색 모직 담요를 둘러 그녀의 벗은 몸을 가렸다. 두 사람에게 해를 가리는 그림자 하나가 떨어졌다. 차가운 강철이 몸 아래로 미끄러져 들어오는 것 같더니, 갑옷을 두른 커다란 두 팔이 그녀를 땅 위로 들어 올렸다. 그녀가 아직 아기였던 조프리를 들어 올렸을 때처럼 쉽게 그녀를 허공으로 들어 올렸다. '거인이야.' 세르세이는 그자에게 안겨 성큼성큼 문루로 향하면서 어지러운 머리로 생각했다. 장벽 너머의 신도 없는 황야에서는 아직도 거인들을 찾을 수 있다고 듣기는 했다. '그건 지어낸 이야기에 불과해. 내가 꿈을 꾸는 건가?'

아니다. 세르세이의 구원자는 실재했다. 키가 2.5미터는 될 것 같고, 다리는 나무줄기처럼 굵었으며, 농마에 필적하는 가슴과 황소 못지않은 어깨였다. 도금 사슬 갑옷 위에 입은 판금 갑옷이 하얀 법랑을 입혀 처녀의 희망처럼 반짝거렸다. 얼굴은 대투구가 가렸다. 투구 위에서 종단의 무지개색을 띤 일곱 가지 비단 장식이 흘러내렸다. 펄럭이는 망토는 금색 칠각별 두 개로 어깨에 고정했다.

'하얀 망토야.'

케반 경은 약속한 거래를 이행했다. 토멘이, 그녀의 소중한 어린 아들이 그녀의 대전사를 킹스가드로 임명한 것이다.

세르세이는 콰이번이 어디에서 나타났는지 보지도 못했는데, 갑자기 콰이번이 옆에 나타나서 전사의 큰 보폭을 따라잡으려 허둥지둥 걷고 있었다. "전하. 돌아오시니 정말 좋군요. 제가 킹스가드에 들어온 최신 단원을 소개하는 영광을 누려도 되겠습니까? 이쪽은 로버트 스트롱 경입니다."

"로버트 경." 세르세이는 성문으로 들어가면서 속삭였다.

"외람되오나, 로버트 경은 성스러운 침묵의 서약을 했습니다." 콰이번이 말했다. "전하의 적이 모두 죽고 왕국에서 악을 물리치기 전까지는 말을 하지 않겠다고 맹세했지요."

'그래.' 세르세이 라니스터는 생각했다. '아아, 그래.'

티리온

쌓인 양피지 더미가 엄청난 높이였다. 티리온은 그걸 보고 한숨을 내쉬었다. "댁들은 형제 사이인 줄 알았는데. 이게 형제애인가? 믿음은 어디 있고? 같이 싸우고 피 흘린 남자들끼리만 아는 우정과 존중, 깊은 애정은?"

"언제나 함께하지." 갈색 벤 플럼이 말했다.

"명부에 서명하고 나면요." 잉크통이 깃펜을 갈면서 말했다.

교활한 카스포리오가 칼자루를 매만졌다. "당장 피부터 흘리고 싶다면야, 기꺼이 그렇게 해드리지."

"그런 제안을 해주다니 친절하기도 해라." 티리온이 말했다. "그럴 생각은 없어."

잉크통이 티리온 앞에 양피지를 쌓아놓고 깃펜을 내밀었다. "여기 잉크요. 이건 볼란티스에서 온 겁니다. 학사용의 검은 잉크만큼이나 오래가지요. 서명하고 제게 종이를 넘겨주기만 하면 됩니다. 나머지는 제가 하지요."

티리온은 비딱한 웃음을 흘렸다. "먼저 읽어볼 수 있을까?"

"원한다면 그러시죠. 대체로 다 같습니다. 맨 밑에 있는 것들만 다른데, 순서대로 하다 보면 나올 테니까요."

'아, 그럴 테지.' 대부분의 남자들은 용병단 합류에 돈이 들지 않았지만, 그는 대부분의 남자가 아니었다. 그는 깃펜을 잉크통에 담갔다 빼고, 첫 번째 양피지 위로 몸을 굽혔다가 멈칫하고 고개를 다시 들었다. "욜로와 휴고르 힐, 어느 쪽 서명이 더 좋겠소?"

갈색 벤의 눈가에 주름이 잡혔다. "예잔의 후계자들에게 돌아가거나 그냥 목이 떨어지는 게 좋겠나?"

티리온은 소리 내어 웃고 양피지에 '라니스터 가문의 티리온'이라고 서명했다. 그는 그 양피지를 잉크통에게 넘겨주면서 아래 쌓인 서류를 대충 넘겨보았다. "이게 그러니까…… 50장? 60장인가? 둘째 아들들이 500명은 있는 줄 알았는데."

"현재 513명입니다." 잉크통이 말했다. "당신이 서명하면 514명이 되겠지요."

"그러니까 열 명에 하나만 이 증서를 받는 건가? 공평해 보이지 않는걸. 자유 용병단에서는 모두가 평등하게 나누는 줄 알았는데." 그는 또 한 장에 서명했다.

갈색 벤이 쿡쿡 웃었다. "아, 모두가 나누기는 하지. 다 똑같이 나누는 건 아니고. 둘째 아들들도 가족과 다르지 않아서……."

"……가족이라면 다 침 흘리는 친척들이 있기 마련이지." 티리온은 또 한 장에 서명했다. 경리감 쪽으로 밀자 양피지가 바스락거렸다. "캐스털리록 지하에는 우리 아버지가 최악의 친척들을 가둬두는 감방이 있었어." 그는 펜을 잉크통에 적셨다. '라니스터 가문의 티리온'을 휘갈겨 쓰고, 이 증서를 소지한 자에게 드래곤 금화 100닢을 지불하겠다고 약속했다. '펜을 휘두를 때마다 조금 더 가난해지는군……. 아니, 애초에 거지가 아니었다면 가난해졌겠군.' 언젠가는 이 서명을 후회할지 몰랐다. '하지만 오늘은 아니야.' 그는 젖은 잉크를 불어 말리고 양피지를 경리감에게 밀어준 후, 그 아래 양피지에 서명했다. 그리고 다시. 다시. 다시. "이게 나에게 깊은 상처를 남겼다는 점을 알려줘야겠는데." 그는 서명하는 사이사이 말했다. "웨스테로스에서 라니스터의 약속은 금과 같다네."

잉크통이 어깨를 으쓱였다. "여긴 웨스테로스가 아닙니다. 협해 이쪽에서는 약속을 종이에 담지요." 그는 양피지가 한 장씩 넘어올 때마다 서명에 가느다란 모래를 뿌려서 잉크를 흡수하고 털어낸 후에, 증서를 옆에 놓았다. "바람에 써놓은 빚은…… 잊히는 경향이 있지요?"

"우리에겐 아니야." 티리온은 또 한 장 서명했다. 그리고 또 한 장. 이제는 일정한 리듬을 찾았다. "라니스터는 언제나 빚을 갚지."

벤 플럼이 클클거렸다. "그래. 그렇지만 용병의 말엔 가치가 없지."

'흠, 네 말은 그렇지.' 티리온은 생각했다. '그리고 그 점에 대해선 신들에게 고맙고.' "사실이야. 하지만 명부에 서명하기 전까지는 용병이 아니지."

"곧 하게 될 걸세." 갈색 벤이 말했다. "증서를 다 만든 후에."

"최대한 빨리 춤추고 있어." 웃고 싶었지만, 그랬다간 게임을 망칠 터였다. 플럼은 이 게임을 즐기고 있었고, 티리온에겐 그 즐거움을 망칠 생각이 없었다. '저놈이야 날 엎어놓고 엉덩이를 쑤시고 있다고 생각하게 놔두고, 난 양피지 금화로 계속 강철검을 살 거야.' 혹시 웨스테로스에 돌아가서 타고난 권리를 주장할 수 있게 된다면 캐스틸리록의 금을 다 가질 테니 약속을 지킬 수 있을 것이다. 돌아가지 못한다면야 뭐, 그때는 죽었을 거고 이 양피지 조각으로 새로 얻은 형제들이 엉덩이를 닦을 수 있겠지. 어쩌면 누군가는 이 양피지 조각을 들고 킹스랜딩에 나타나리라. 그의 사랑스러운 누이를 설득해서 약속을 이행받겠다는 희망을 품고서 말이다. '내가 골풀 사이에 숨은 바퀴벌레가 되어서 그 꼴을 볼 수 있었으면 좋겠네.'

양피지 더미를 반쯤 치우고 나자 적힌 글귀가 달라졌다. 금화 100닢짜리는 모두 하사관을 위한 증서였다. 그 아래부터는 갑자기 금액이 커졌다. 이제 티리온은 드래곤 금화 1000닢을 약속하고 있었다. 그는 고개를 내저으며 웃음을 터뜨리고는, 서명했다. 그리고 서명했다. 그리고 또. "그래서……" 그는 서명을 휘갈기며 말했다. "내가 용병단에서 맡을 임무는 뭘까?"

"보코코의 시중을 들기엔 너무 못생겼고, 화살받이론 괜찮을지도 모르겠군." 카스포리오가 말했다.

"생각보다 더 잘할걸." 티리온은 미끼를 물지 않고 말했다. "커다란 방패를 든 작은 병사는 궁수들을 미치게 만들지. 언젠가 자네보다 현명한 남자가 그렇게 말했어."

"자넨 잉크통과 일할 거야." 갈색 벤 플럼이 말했다.

"잉크통 밑에서 일하겠죠." 잉크통이 말했다. "장부를 적고, 돈을 세고, 계약서와 편지를 쓰고."

"기꺼이 하지. 난 책을 좋아해." 티리온이 말했다.

"네놈이 달리 뭘 하겠어?" 카스포리오가 코웃음을 쳤다. "네 꼴을 봐. 싸움에는 안 맞아."

"난 예전에 캐스틸리록의 하수 시설 전체를 책임진 적이 있어." 티리온이 온화하게 말했다. "몇 년 동안 막혔던 곳도 있었지만, 내가 곧 명랑하게 물이 빠지도록 만들었지." 그는 다시 펜에 잉크를 적셨다. 열두 장만 더 서명하면 끝이었다. "여기 종군 매춘부들을 감독할 수도 있겠네. 남자들이 막히게 둘 순 없잖아?"

갈색 벤은 이 농담을 좋아하지 않았다. "창녀들에게는 접근하지 마." 그는 경고했다. "대부분이 추잡한 데다, 떠들기를 좋아하지. 용병단에 합류한 탈출 노예가 자네가 처음은 아니지만, 그렇다고 자네의 존재를 큰 소리로 떠벌릴 필요는 없어. 눈에 띌 만한 곳을 활보하게 두진 않겠네. 최대한 실내에 머물고, 똥도 요강에 싸. 변소에는 보는 눈이 너무 많으니까. 그리고 내 허락 없이는 우리 숙영지 바깥으로 나가지 말게. 종자들 갑옷을 입히고 조라의 시중꾼인 척할 수도 있겠지만, 꿰뚫어보는 놈들이 있을 거야. 미린을 빼앗고 웨스테로스로 떠나면 얼마든지 금색과 진홍색 옷을 입고 으스댈 수 있네. 하지만 그때까지는……."

"……바위 밑에 납작 엎드려서 숨소리도 안 내고 살지요. 약속합니다." 그는 한 번 더 펜을 휘둘러 '라니스터 가문의 티리온'이라고 서명했다. 그게 마지막 양피지였다. 증서가 세 장 남았는데, 나머지와 내용이 달랐다. 둘은 고급 피지에 이름까지 적혀 있었다. 교활한 카스포리오에게 금화 1만 닢. 본명이 티베로 이스타리온인 잉크통에게도 같은 내용이었다. "티베로?" 티리온은 말했다. "마치 라니스터 같은 이름인걸. 혹시 오래전에 행방불명된 친척인가?"

"그럴지도 모르지요. 저도 언제나 빚을 갚습니다. 경리감은 마땅히 그래야지요. 서명."

그는 서명했다.

갈색 벤의 증서가 마지막이었다. 내용이 양가죽 두루마리에 적혀 있었다. '드래곤 금화 10만 닢, 비옥한 땅 50하이드, 성 하나, 그리고 영주 지위라. 이것 봐라. 플럼이란 놈은 싸게 먹히지 않는군.' 티리온은 흉터를 뜯으며 여기에서 분개한 척해야 할까 생각했다. 누군가를 털어먹을 때는 비명 한두 번은 기대하는 법이다. 저주하고 욕하면서 강도질이라고 외치고 한동안 서명하지 않겠다고 버티다가, 계속 항의하면서 마지못해 접고 들어갈 수도 있었다. 하지만 그는 연극이 지긋지긋했기에 얼굴을 찌푸리고 서명한 후, 그 두루마리를 갈색 벤에게 넘겼다. "과연 이야기로 전하는 만큼이나 거시기가 크구먼. 내가 아주 제대로 당했다고 생각해주시게, 플럼 공."

갈색 벤이 서명을 불어 말렸다. "기꺼이, 꼬마 악마. 그리고 이젠 자네를 우리 일원으로 받아들여야지. 잉크통, 명부 가져오게."

명부는 쇠경첩이 달린 가죽 장정본으로, 식탁으로 써도 될 만큼 컸다. 안에는 무거운 나무판들에 1세기 이상 거슬러 올라가는 날짜들과 이름들이 적혔다. "둘째 아들들은 제일 오래된 자유 용병단 중 하나지요." 잉크통이 나무판을 넘기며 말했다. "이게 네 번째 명부입니다. 우리와 일했던 모든 사람의 이름이 여기 적혀 있어요. 언제 입단했는지, 어디에서 싸웠는지, 얼마나 오래 복무했는지, 어떻게 죽었는지…… 다 담겨 있습니다. 여기에서 유명한 이름들도 볼 수 있을 겁니다. 칠왕국에서 온 이들도 있지요. 아에고르 리버스는 황금 용병단을 설립하러 떠나기 전에 1년간 우리와 일했습니다. 별명이 비터스틸이죠. 눈부신 왕자, 아에리온 타르가르옌도 둘째 아들이었어요. 그리고 떠도는 늑대, 로드릭 스타크도 있었지요. 아니, 그 잉크가 아닙니다. 여기, 이걸 써요." 잉크통은 새로운 통을 열어서 내려놓았다.

티리온은 고개를 갸웃했다. "붉은 잉크?"

"용병단의 전통입니다." 잉크통이 설명했다. "신병이 각자 자기 피로 이름을 적던 시절도 있었지만, 아무래도 피는 질 떨어지는 잉크라서요."

"라니스터는 전통을 사랑하지. 칼 좀 빌려줘."

잉크통은 한쪽 눈썹을 치켜올리고 어깨를 으쓱이더니, 칼집에서 단검을 뽑아 칼자루 쪽을 내밀었다. '아직도 아프군. 반쪽 학사, 정말 고마워.' 티리온은 엄지손가락을 찌르면서 생각했다. 그는 굵은 피 한 방울을 잉크통에 짜 넣고, 새 깃펜을 단검과 바꿔 들고, 조라 모르몬트의 훨씬 소박한 서명 바로 아래에 크고 대담한 필체로 '라니스터 가문의 티리온, 캐스털리록의 영주'라고 휘갈겨 썼다.

'이제 끝났군.' 티리온은 간이 의자에 등을 기댔다. "나에게 요구하는 건 이게 단가? 서약할 필요는 없고? 갓난아기를 죽인다거나? 부대장의 거시기를 뺀다거나?"

"빨고 싶으면 뭐든 빨아요." 잉크통이 명부를 돌리더니 가느다란 모래를 살짝 뿌렸다. "대부분에게는 서명으로 족합니다만, 새로운 전우를 실망시키고 싶지 않군요. 둘째 아들들에 들어온 걸 환영합니다, 티리온 공."

'티리온 공이라.' 그 어감이 마음에 들었다. 둘째 아들들이 황금 용병단처럼 눈부신 명성을 떨치지는 못할지라도, 몇 세기 동안 유명한 승리를 몇 번이나 거둔 전적이 있었다. "용병단에 복무하는 영주들이 또 있나?"

"영지 없는 영주들이지." 갈색 벤이 말했다. "꼬마 악마, 자네와 마찬가지야."

티리온은 의자에서 폴짝 뛰어내렸다. "내 이전 형제는 영 성에 차지 않았어. 새로운 형제들은 더 나았으면 좋겠군. 이제 내 무기와 갑옷은 어떻게 확보하지?"

"타고 다닐 돼지도 있었으면 좋겠나?" 카스포리오가 말했다.

"그것 참, 자네 마누라도 용병단 소속인 줄은 몰랐는걸." 티리온이 말했다. "부인을 내놓겠다고 해주다니 친절하네만, 난 말을 타는 편이 더 좋아."

자객은 얼굴이 시뻘게졌지만, 잉크통은 큰 소리로 웃었고 갈색 벤도 쿡쿡거리는 정도까지는 갔다. "잉크통, 이 친구를 마차로 안내해주게. 공용 무장에서 원하는 대로 고르게 해. 그 여자도. 투구를 씌우고 사슬 갑옷을 입히면 소년으로 착각하는 놈도 있겠지."

"티리온 공, 같이 가시죠." 잉크통이 천막 문을 젖혀주자 티리온이 뒤뚱뒤뚱 걸어 나갔다. "날치기가 마차로 안내하게 할게요. 당신 여자를 데리고 요리 천막에서 날치기와 만나시죠."

"내 여자가 아냐. 당신이 데려와야 할지도 모르겠군. 요새는 잠을 자지 않을 때면 날 노려보기만 하거든."

"더 세게 때리고 더 자주 박아줘야겠군요." 경리감이 충고했다. "데려오든, 내버려두든 마음대로 해요. 날치기는 상관 안 할 겁니다. 갑옷을 고르고 나면 날 찾아와요. 바로 장부 작성을 시작하죠."

"분부대로 합죠."

티리온이 찾아갔을 때 페니는 천막 구석에서, 얇은 짚자리 위에 더러운 침구 더미를 덮은 채 몸을 말고 자고 있었다. 장화 끝으로 툭 건드리자 페니가 돌아누워 눈을 깜박이더니 하품을 했다. "휴고르? 무슨 일이에요?"

"이젠 다시 이야기하는 거야?" 평소의 뚱한 침묵보다는 나았다. '다 버려진 개와 돼지 때문이지. 내가 우리 둘을 노예 신세에서 구했으니 좀 고마워해도 될 텐데 말이야.' "더 자다간 전쟁을 놓칠 거야."

"난 슬퍼요." 페니는 다시 하품을 했다. "그리고 피곤해요. 너무 피곤해."

'피곤한 거야, 아픈 거야?' 티리온은 그 옆에 무릎을 꿇었다. "얼굴이 창백해." 이마를 만져보았다. '이 안이 더운 거야, 아니면 열이 있는 거야?' 감히 그 질문을 큰 소리로 던지지는 못했다. 둘째 아들들처럼 거친 사나이들이라 해도 하얀 암말은 무서워했다. 페니가 아프다고 생각하면 한순간도 주저하지 않고 내쫓을 것이다. '증서가 있든 없든, 우릴 예잔의 후계자들에게 돌려보낼 수도 있어.' "내가 여기 명부에 서명을 했어. 옛날식으로, 피로 서명했지. 이제 난 둘째 아들이야."

페니는 졸린 눈을 비비며 일어나 앉았다. "나는요? 나도 서명할 수 있어요?"

"아닐 거야. 여자들을 받는 용병단도 있지만, 음…… 어쨌든 이자들은 둘째 딸들이 아니니까."

"우리." 페니가 말했다. "용병단원이 됐다면 이자들이 아니라 우리라고 해야죠. 이쁜 돼지 본 사람 있대요? 잉크통이 물어보겠다고 했는데. 아니면 으득이는요, 으득이에 대한 소식 있어요?"

'카스포리오의 말을 믿는다면 있지.' 플럼의 썩 교활하지 못한 부사령관 카스포리오는 융카이의 노예 사냥꾼 세 명이 숙영지를 어슬렁거리며 도망친 난쟁이 한 쌍에 대해 물어봤다고 주장했다. 카스포리오의 말에 따르면 그중 하나는 장창 끝에 개 머리를 꽂고 다녔다. 하지만 그런 소식을 전해서는 페니를 잠자리에서 끌어낼 수 없었다. "아직 아무 소식 없어." 그는 거짓말을 했다. "가자. 네가 입을 갑옷을 찾아야 해."

페니는 조심스러운 표정으로 물었다. "갑옷? 왜요?"

"내 예전 훈련대장이 해준 말인데, '절대 전투에 벌거벗고 나가지 말라'고 했지. 난 그 말을 믿어. 게다가 난 이제 칼을 팔아서 먹고사는 용병이 됐으니, 팔 칼이 있어야지." 페니는 여전히 움직일 기색이 없었다. 티리온은 페니의 손목을 잡고 끌어당겨 일으켜서 얼굴에 옷을 던졌다. "입어. 두건 달린 망토를 입고 고개를 숙이고 있어. 혹시 노예 사냥꾼들이 보면 우린 두 소년으로 보여야 해."

'날치기'라는 하사관은 망토를 걸치고 두건을 쓴 두 난쟁이가 도착했을 때 요리 천막 옆에서 초엽을 씹으며 기다리고 있었다. "둘이 우릴 위해 싸울 거라면서. 미린에서 오줌을 지리겠구먼. 어느 쪽이든, 사람 죽여본 적은 있어?"

"난 있지." 티리온이 말했다. "파리처럼 때려죽였지."

"뭘로?"

"도끼, 단검, 통렬한 말솜씨. 하지만 노궁을 들었을 때 제일 치명적이야."

날치기는 갈고리 끝으로 수염 자국을 긁었다. "노궁이라, 짜증 나는 물건이지. 그걸로 몇 명이나 죽였나?"

"아홉." 그의 아버지라면 아홉 명 몫은 될 것이다. 캐스털리록의 영주에, 서부의 관리자, 라니스포트의 방패, 왕의 수관, 남편이자 형이자 아버지이자 아버지이자 아버지.

"아홉이라." 날치기는 코웃음을 치고는 붉고 걸쭉한 침을 뱉었다. 티리온의 발치를 노린 모양이지만, 티리온의 무릎에 떨어졌다. "아홉"이라는 대답을 어떻게 생각하는지는 명백했다. 하사관의 손가락은 씹어대는 초엽 즙 때문에 얼룩덜룩 붉게 물들어 있었다. 그는 초엽을 두 장 입에 넣고 휘파람을 불었다. "켐! 이리 와봐라, 이 망할 오줌통아." 켐이 달려왔다. "여기 꼬마악마 두 분을 마차로 모시고 가서, 망치보고 이분들에게 무장을 맞춰주라고 해라."

"망치는 취해서 곯아떨어졌을 수도 있는데요." 켐이 일러줬다.

"얼굴에 오줌을 뿌려. 그러면 깨어날 거다." 날치기는 티리온과 페니를 돌아보았다. "여기에 망할 난쟁이를 들인 적은 없지만, 남자애들이라면 부족할 일이 없지. 이런저런 창녀의 아들놈들에, 모험을 해보겠답시고 집에서 뛰쳐나온 어린 멍청이들, 남색 시동들, 기사 종자들 등등. 그런 놈들 물건 중에 꼬마악마에게 맞을 만큼 작은 것도 있겠지. 아마 그놈들이 죽을 때 입고 있던 개똥 같은 거겠지만, 너희 둘처럼 험악한 등신들에겐 상관없겠지. 아홉이라고?" 그는 고개를 절레절레 저으며 걸어갔다.

둘째 아들들은 공용 무장을 숙영지 중앙쯤에 세워놓은 커다란 마차 여섯 대에 보관해두었다. 켐이 지팡이처럼 창을 휘두르며 앞장섰다. "어쩌다가 킹스랜딩 청년이 자유 용병단에 오게 된 건가?" 티리온이 물었다.

청년은 조심스럽게 눈을 가늘게 뜨고 그를 보았다. "누가 내가 킹스랜딩에서 왔다고 했어?"

"아무도." '입에서 나오는 말마다 폴리바텀의 악취가 풍겨.' "재치 있는 모습 때문에 알았지. 세상에 킹스랜딩 사람보다 영리한 사람은 없다잖아."

청년은 그 말에 놀란 것 같았다. "누가 그래?"

"다들." '내가.'

"언제부터?"

'내가 방금 지어낸 후부터.' "오랫동안." 그는 거짓말을 했다. "내 아버지는 늘 그렇게 말하곤 했어. 타이윈 공을 알았나, 켐?"

"수관 말이지. 말을 타고 언덕을 올라가는 모습을 한 번 봤어. 부하들이 빨간 망토를 두르고 투구에는 작은 사자를 얹고 있었지. 그 투구가 좋았는데." 켐의 입매에 힘이 들어갔다. "하지만 수관은 좋았던 적이 없어. 도시를 약탈했잖아. 그러고는 블랙워터에서 우릴 박살 냈고."

"거기 있었나?"

"스타니스 쪽에. 타이윈 공이 렌리의 유령과 같이 와서 우리 옆구리를 쳤지. 난 창을 떨어뜨리고 달아났지만, 배에 타려고 했더니 망할 놈의 기사가 그러는 거야. '네놈 창은 어디 있나? 우리에겐 겁쟁이를 태울 자리가 없다.' 그러더니 나와 수천 명을 버리고 내빼버렸어. 나중에 들으니까 댁네 아버지가 스타니스 쪽에서 싸운 놈들을 다 장벽에 보내버렸다길래, 협해를 건너서 둘째 아들들에 들어왔지."

"킹스랜딩이 그럽나?"

"조금은. 어떤 녀석이 보고 싶긴 해. 그…… 그 녀석은 내 친구였어. 그리고 내 형, 케넷도 보고 싶지만 형은 '배 다리'에서 죽었어."

"그날 좋은 사람이 너무 많이 죽었지." 티리온의 흉터가 심하게 근질거렸다. 그는 손톱으로 흉터를 잡아 뜯었다.

"음식도 그리워." 켐이 아쉬워하며 말했다.

"어머니 요리?"

"우리 어머니 요리는 쥐새끼도 안 먹을걸. 그렇지만 급식소가 하나 있었는데 말이야. 거기처럼 스튜를 끓이는 데가 없었어. 이것저것 잔뜩 넣어서 숟가락을 그릇에 세울 수 있을 정도로 걸쭉했지. 갈색 스튜 한 그릇 먹어 봤나, 반쪽이?"

"한두 번. 난 그걸 가수의 스튜라고 부르지."

"왜 그런데?"

"맛이 어찌나 좋은지 노래를 부르고 싶어져서."

켐은 그 말을 마음에 들어했다. "가수의 스튜라. 다음에 플리바텀에 돌아가면 그걸 달라고 하겠어. 반쪽이, 댁은 뭐가 그리운데?"

'제이미.' 티리온은 생각했다. '샤에. 티샤. 내 아내, 내 아내가 보고 싶어. 내가 잘 알지도 못했던 아내가.' 그는 대답했다. "와인, 창녀, 그리고 재산. 특히 재산이 그립군. 돈이 있으면 와인과 창녀를 살 수 있지." '칼도 살 수 있고, 그걸 휘두를 켐 너 같은 병사들도 살 수 있고.'

"캐스털리록은 요강도 순금이라는 게 사실이야?" 켐이 물었다.

"들리는 이야기를 다 믿으면 안 되지. 특히나 라니스터 가문에 대한 이야기는."

"라니스터는 다 배배 꼬인 뱀이라던데."

"뱀?" 티리온은 웃어버렸다. "우리 아버지가 무덤에서 미끄러져 나오겠네. 우린 사자야. 어쨌든 우리는 그렇게 말하길 좋아하지. 하지만 상관없어, 켐. 뱀을 밟든, 사자 꼬리를 밟든, 죽기는 똑같으니까."

그때쯤에는 무기고에 다다랐다. 그 전설적인 '망치'라는 대장장이는 알고 보니 왼팔이 오른팔의 두 배쯤 굵어 보이는 무시무시한 거한이었다. 켐이 말했다. "취해 있을 때가 더 많아. 갈색 벤은 그대로 내버려두지만, 언젠가는 우리도 진짜 무기제조인을 얻을 거야." 망치의 견습생은 뻣뻣한 붉은 머리 청년으로 이름이 '쇠못'이었다. '암, 그렇겠지.' 티리온은 생각했다. 대장간에 도착했을 때 망치는 켐이 예언한 대로 술에 취해 널부러져 있었지만, 쇠못은 두 난쟁이가 마차에 기어오르는 것을 반대하지 않았다. "대부분 쓰레기 같은 철이야." 그는 두 사람에게 경고했다. "하지만 쓸 수 있다면 뭐든 써도 좋아."

구부린 나무에 뻣뻣한 가죽을 씌워 만든 지붕 아래, 마차 바닥에는 낡은 무기와 갑옷이 높이 쌓여 있었다. 티리온은 한번 보고 캐스털리록 지하 라니스터 무기고에 반짝거리는 장검과 장창과 미늘창이 걸려 있던 걸 떠올리며 한숨을 내쉬었다. "이건 시간이 걸리겠는걸."

"찾을 수만 있다면, 괜찮은 강철도 있다." 깊고 낮은 목소리가 울렸다. "예쁜 건 없지만, 그래도 칼은 막아주겠지."

머리끝부터 발끝까지 짜깁기 갑옷을 입은 덩치 큰 기사가 마차 하나에서 내려왔다. 왼쪽 정강이받이는 오른쪽과 짝이 맞지 않았고, 목가리개에는 군데군데 녹이 슬었고, 완갑은 흑금으로 꽃을 새겨 넣어 화려하고 장식적이었다. 오른손에는 가재갑으로 만든 쇠장갑을 꼈고, 왼손에는 손가락 없는 녹슨 사슬 장갑을 꼈다. 근육을 새긴 흉갑 젖꼭지에는 쇠고리가 달려 있었다. 대투구에는 숫양의 뿔이 달렸는데, 한쪽이 부러졌다.

그 투구를 벗자 엉망이 된 조라 모르몬트의 얼굴이 드러났다.

'모든 면에서 용병처럼 보여. 우리가 예잔의 쇠우리에서 데리고 나온 반쯤 망가진 물건과는 전혀 다르군.' 티리온은 생각했다. 멍 자국은 이제 거의 희미해졌고, 얼굴의 부기도 대체로 가라앉아서 모르몬트는 이제 다시 인간처럼 보였다……. 그렇다고 그 자신처럼 보이지는 않았다. 노예상들이 위험하고 반항적인 노예라는 뜻에서 오른뺨에 지져놓은 악마의 가면 표지는 영영 사라지지 않을 것이다. 조라 경은 잘생겼던 적이 없었다. 그러나 그 낙인이 그의 얼굴을 무시무시하게 바꿔놓았다.

티리온은 씩 웃었다. "경보다 예뻐 보이기만 한다면 기쁘겠어." 그는 페니를 돌아보았다. "넌 저 마차를 맡아. 난 이쪽에서 시작할게."

"같이 찾으면 더 빠를 텐데요." 페니는 키득거리며 녹슨 철제 반투구를 집어 들어 머리에 썼다. "무서워 보여요?"

'머리에 냄비를 뒤집어쓴 여자 배우처럼 보여.' "그건 반투구야. 넌 대투구를 써야 해." 그는 대투구를 하나 찾아서 반투구와 바꿔 씌웠다.

"너무 커요." 페니의 목소리가 강철 투구 안에서 우렁우렁 울렸다. "앞도 안 보여." 페니는 투구를 벗어 던졌다. "반투구는 뭐가 문젠데요?"

"얼굴이 드러나잖아." 티리온은 페니의 코를 꼬집었다. "난 네 코를 보는 게 좋아. 그 코를 계속 간직했으면 좋겠어."

페니의 눈이 커졌다. "내 코가 좋아요?"

'아, 일곱이시여 맙소사.' 티리온은 돌아서서 낡은 갑옷 더미를 뒤지며 마차 안쪽으로 들어가기 시작했다.

"혹시 나한테 또 좋아하는 부분 있어요?" 페니가 물었다.

장난스럽게 말하려 했는지도 모른다. 그러나 오히려 슬프게 들렸다. "난 네 모든 면을 좋아해." 티리온은 이 화제로 더 말하지 않아도 되기를 바라며 말했다. "심지어 나보다 더 좋아하지."

"왜 우리에게 갑옷이 필요해요? 우린 배우일 뿐인데요. 싸우는 척만 하잖아요."

"넌 흉내를 아주 잘 내지." 티리온은 구멍이 숭숭 뚫려서 좀먹은 것처럼 보이는 무거운 사슬 셔츠를 살펴보며 말했다. '어떤 좀벌레가 사슬 갑옷을 먹을까?' "죽은 척하는 것도 전투에서 살아남는 한 가지 방법이야. 좋은 갑옷도 그렇고." '안타깝게도 여기엔 좋은 갑옷이 아주 귀한 것 같지만.' 그린 포크에서 그는 레퍼드 공의 마차에 실려 있던 짝짝이 갑옷 조각을 입고, 누가 구정물 통을 머리에 뒤집어썼나 싶은 가시 달린 들통 모양의 투구를 쓰고 싸웠었다. 여기 공용 무장이 더 형편없었다. 낡고 잘 맞지 않는 정도가 아니라 우그러지고, 갈라지고, 부서지기 쉬운 상태였다. '이건 말라붙은 피인가, 녹인가?' 킁킁대고 냄새를 맡아봤지만 그래도 확실히 알 수가 없었다.

"여기 노궁요." 페니가 보여줬다.

티리온은 그 노궁을 흘긋 보았다. "발로 잡아 감는 건 못 써. 내 다리가 그렇게 길지가 않아. 손으로만 감는 게 더 좋아." 하지만 솔직히 말하면 노궁을 쓰고 싶지 않았다. 다시 감는 데 너무 오래 걸렸다. 설령 변소 도랑 옆에 웅크리고 앉아서 적이 쪼그려 앉기를 기다린다 해도, 화살이 한 대보다 더 필요할 상황이 생기면 곤란했다.

대신 그는 가시 철퇴를 하나 집어서 휘둘러보고, 다시 내려놓았다. '너무 무거워.' 그는 전투 망치(너무 길었다), 쇠징 박힌 철퇴(역시 너무 무거웠다), 그리고 여섯 개쯤 되는 장검을 들어보고 나서 겨우 마음에 드는 비수를 하나 찾았다. 칼날이 삼각형 모양인 위험한 강철 조각이었다. "이건 괜찮겠군." 칼날에 약간 녹이 슬기는 했지만, 그래서 더 위험할 터였다. 그는 딱 맞는 나무와 가죽제 칼집을 찾아서 비수를 꽂았다.

"작은 남자에게 작은 검?" 페니가 농담을 던졌다.

"이건 비수라고 하고, 큰 사람이 쓰는 거야." 티리온은 페니에게 낡은 장검을 하나 보여줬다. "이게 검이야. 한번 들어봐."

페니는 장검을 들고 휘둘러보며 얼굴을 찌푸렸다. "너무 무거워요."

"강철이 나무보다 무겁지. 하지만 그걸로는 사람 목을 벨 수 있고, 공연할 때처럼 머리통이 멜론으로 변하지도 않을 거야." 그는 장검을 다시 받아들고 꼼꼼하게 살펴보았다. "싸구려 강철이군. 게다가 이가 빠졌어. 여기, 보여? 내가 한 말 취소할게. 사람 머리통을 날리려면 더 좋은 칼이 필요해."

"난 머리통을 자르고 싶지 않아요."

"그래야지. 벨 때는 무릎 아래를 노려. 종아리, 오금, 발목…… 발을 자르면 거인이라 해도 쓰러져. 일단 쓰러지고 나면 너보다 크지 않아."

페니는 울음을 터뜨릴 것 같은 얼굴이었다. "어젯밤에 오빠가 다시 살아난 꿈을 꿨어요. 우린 으득이와 이쁜 돼지를 타고 어떤 대단한 영주님 앞에서 마상시합을 했고, 사람들이 우리에게 장미를 던지고 있었어요. 정말 행복했는데……."

티리온은 페니의 뺨을 때렸다.

가벼운 타격이었다. 손목을 살짝 움직였을 뿐, 힘은 거의 싣지 않았다.

빰에 손자국조차 남지 않았다. 그래도 페니의 눈에는 눈물이 가득 고였다.

"꿈을 꾸고 싶거든 다시 가서 자." 그는 말했다. "자고 일어나도 우린 여전히 포위진 한가운데에 갇힌 도망 노예일 거야. 으득이는 죽었어. 아마 돼지도 죽었을 거야. 이제 갑옷을 찾아 입고, 끼는 부분이 있어도 신경 쓰지 마. 공연은 끝났어. 싸우든가, 숨든가, 똥을 싸든가 마음대로 해도 좋지만 뭘 하든 간에 갑옷은 입고 해."

페니는 티리온이 때린 빰을 만졌다. "도망치지 말았어야 했어요. 우린 용병이 아니에요. 어떤 종류의 병사도 아니라고요. 예잔과 있을 때는 그렇게 나쁘지 않았어요. 그렇잖아요. 보모가 가끔 잔인하긴 했지만 예잔은 잔인하지 않았어요. 우린 예잔이 제일 아끼는…… 아끼는……."

"노예였지. 우린 노예였어."

"노예였지만." 페니의 얼굴이 붉어졌다. "그렇지만 우린 특별한 노예였어요. 스위츠처럼요. 예잔의 보물이었어요."

'애완동물이었지.' 티리온은 생각했다. '그리고 어쩌나 사랑했는지, 사자에게 잡아먹히라고 투기장에 내보냈지.'

아주 틀린 말은 아니었다. 예잔의 노예들은 칠왕국의 수많은 소작농보다 더 잘 먹었고, 겨울이 왔을 때 굶어 죽을 가능성도 적었다. 그래, 노예는 재산이었다. 사고팔고, 채찍질하고 낙인 찍고, 주인의 육체적인 쾌락에 이용하기도 하고, 더 많은 노예를 낳게도 했다. 그런 의미에서는 개나 말보다 나을 게 없었다. 그러나 대부분의 귀족들은 개와 말도 잘 대했다. 자긍심이 있는 사람이라면 노예로 사느니 자유인으로 죽겠다고 외칠지 모르지만, 자긍심은 싼 것이다. 그런 사람은 드래곤 이빨만큼이나 희귀했다. 손도 마주쳐야 소리가 난다고, 그렇지 않았다면 세상에 이렇게 노예가 넘쳐나지도 않았을 것이다. 티리온은 생각했다. '노예가 되기를 선택하지 않은 노예는 없었어. 그게 예속이냐 죽음이냐의 선택이었을지는 몰라도, 언제나 선택지

는 있었지.'

티리온 라니스터 스스로도 예외가 아니었다. 말버릇 때문에 초반에 등에 채찍을 맞기는 했지만, 그는 곧 보모와 고귀한 예잔을 즐겁게 해주는 기술을 익혔다. 조라 모르몬트는 더 오래, 더 격하게 싸웠지만 결국에는 같은 자리에 도달했을 것이다.

'그리고 페니는……'

페니는 오빠인 그로트가 머리통을 잃은 그날부터 내내 새로운 주인을 찾고 있었다. '페니는 자기를 돌봐줄 누군가를, 어떻게 할지 말해줄 누군가를 원해.'

하지만 그렇게 말하는 건 너무 잔인한 짓이었다. 그래서 티리온은 말했다. "예잔의 특별한 노예들도 하얀 암말을 피하진 못했어. 다들 죽었어. 스위츠가 제일 먼저 죽었지." 그들의 거대한 주인은 그들이 탈출한 바로 그날 죽었다고, 갈색 벤 플럼이 말해줬다. 갈색 벤이나 카스포리오나 다른 용병 누구도 예잔의 기괴한 수집품들의 운명은 알지 못했지만…… 이쁜이 페니가 몽상을 그만두기 위해 거짓말이 필요하다면, 거짓말을 해줄 작정이었다. "다시 노예가 되고 싶다면, 이 전쟁이 끝나면 친절한 주인을 찾아줄게. 그리고 내가 집에 가기에 충분할 정도의 금화를 받고 팔게." 티리온은 페니에게 약속했다. "가는 곳마다 딸랑거리는 작은 종이 달린 예쁜 황금 목걸이를 채워줄 착한 융카이인을 찾아줄게. 하지만 우선은 앞으로 올 전쟁에서 살아남아야 해. 아무도 죽은 배우는 사지 않아."

"죽은 난쟁이도 마찬가지지." 조라 모르몬트가 말했다. "이 전투가 끝날 때쯤이면 우린 모두 벌레 밥이 되어 있을 가능성이 높다. 융카이는 이 전쟁에서 졌지만, 그걸 알아차리는 데 시간이 좀 걸릴 수도 있어. 미린에는 세상에서 제일 뛰어난 거세병단이 있다. 그리고 미린에는 드래곤이 있어. 여왕이 돌아온다면 드래곤이 세 마리지. 돌아올 거야. 반드시. 우리 편은

40명의 융카이 귀족으로 이루어져 있는데, 각자 훈련시키다 만 원숭이 떼거리를 거느리고 있어. 죽마를 탄 노예에 사슬을 찬 노예……. 장님과 몸이 안 움직이는 애들 부대도 있을지 모르지. 그놈들이라면 그러고도 남을걸."

"아, 알아." 티리온이 말했다. "둘째 아들들은 지는 쪽에 서 있지. 그러니 망토를 다시 한번 뒤집어야 해. 그것도 당장." 그는 씩 웃었다. "그 문제는 나에게 맡겨."

왕을 무너뜨리는 자

하얀 그림자와 검은 그림자, 두 공모자는 대피라미드 2층에 있는 조용한 무기고의 장창 걸이와 화살 다발들, 잊힌 전투의 전리품이 걸린 벽들 사이에서 만났다.

"오늘 밤이야." 스카하즈 모 칸다크가 말했다. 조각보 망토의 두건 아래 놋쇠로 만든 흡혈박쥐의 얼굴이 보였다. "내 부하들은 다 제자리에 있을 거야. 암호는 그롤리오."

"그롤리오." '그게 어울리겠지.' "그래. 그롤리오에게 일어난 일은…… 궁정에 있었나?"

"40명의 위병 가운데 한 명이었지. 다들 옥좌에 앉은 허수아비가 명령을 내려서 핏빛 수염과 나머지 놈들을 베어버릴 수 있기를 기다리고 있었어. 융카이 놈들이 감히 대너리스에게 인질의 머리통을 내밀 수 있었을 것 같나?"

'아니.' 바리스탄은 생각했다. "히즈다르는 당황한 얼굴이더군."

"속임수야. 그놈의 로라크 친척들은 무사히 돌아온 걸 봤잖아. 융카이 놈들은 광대극으로 우릴 가지고 노는데, 고귀한 히즈다르가 주연배우거든.

문제는 유르카즈 조 윤자크가 아니었어. 다른 노예상들은 기쁜 마음으로 그 늙은 바보를 짓밟았을 거야. 이건 히즈다르에게 드래곤을 죽일 구실을 주려고 계획된 거야."

바리스탄 경은 그 말을 곱씹었다. "히즈다르가 감히 그러겠나?"

"감히 여왕도 죽이려 했어. 여왕의 애완동물이야 못 할 게 뭐야? 우리가 행동하지 않는다면, 히즈다르는 잠시 주저하면서 저항했다는 증거만 남기고 현명한 주인들에게 폭풍 까마귀와 혈맹기수를 죽일 기회를 줄 거야. 그런 다음에 행동하겠지. 그자들은 볼란티스 함대가 도착하기 전에 드래곤들을 죽이고 싶어 해."

'그래, 그렇겠지.' 다 들어맞았다. 그렇다고 바리스탄 셀미의 마음이 더 나아지지는 않았다. "그런 일은 없을 걸세." 그의 여왕은 드래곤들의 어머니였다. 여왕의 자식들이 해를 입게 둘 수는 없었다. "늑대의 시간으로 하지. 온 세상이 잠든 캄캄한 밤에." 늑대의 시간이라는 말은 더스큰데일의 성벽 밖에 있었을 때 타이윈 라니스터에게서 처음 들었다. '나에게 아에리스를 데리고 나갈 시간을 하루 줬지. 내가 다음 날 새벽까지 왕을 데리고 나가지 못하면, 강철과 화염으로 마을을 쓸어버리겠다고 말했어. 내가 들어갔을 때도 늑대의 시간이었고, 나왔을 때도 늑대의 시간이었지.' "회색 벌레와 거세병들이 해가 뜨자마자 문을 닫을 거야."

"해가 뜨자마자 공격하는 게 더 나아." 스카하즈가 말했다. "성문을 박차고 나가서 포위선을 뚫고, 허둥지둥 잠자리에서 일어나는 융카이 놈들을 박살 내자고."

"안 돼." 전에도 언쟁했던 문제였다. "여왕 전하께서 직접 서명하고 인장을 찍은 평화 협정이 있네. 우리가 먼저 협정을 깨지는 않겠어. 일단 히즈다르를 잡고 나면, 대신 통치할 평의회를 구성해서 융카이에 우리 인질을 돌려주고 군대를 물리라고 요구할 걸세. 그 조건을 거부하면 그때 평화는 깨어졌다고 알리고, 전투를 하러 나가야지. 자네의 방식은 명예롭지가 않아."

"당신 방식은 멍청해." 민머리가 대꾸했다. "때가 무르익었어. 우리 해방 노예들은 준비가 됐어. 굶주렸지."

바리스탄 셀미도 그게 사실이라는 것은 알았다. 자유 형제단의 줄무늬 등 사이먼과 충실한 방패의 몰로노 요스 도브는 둘 다 전투를 갈망했고, 융카이인들의 피로 그동안 받은 모든 고통을 씻어내고 스스로를 증명하고 싶어 했다. 오직 어머니의 병사들을 지휘하는 마르셀렌만이 바리스탄 경과 같은 의심을 공유했다. "전에도 의논했지. 내 방식대로 하겠다고 동의했고."

"동의했지." 민머리는 투덜거렸다. "하지만 그건 그롤리오 일이 있기 전 얘기야. 그 머리통…… 노예상들에겐 명예가 없어."

"우리에겐 있네." 바리스탄 경이 말했다.

민머리는 기스카어로 뭐라고 중얼거리더니 말했다. "바라시는 대로 하지. 하지만 이 게임이 끝나기 전에 우린 노인장의 명예를 버리고 싶어질 거야. 히즈다르의 호위들은?"

"잘 때는 두 명을 곁에 두네. 한 명은 침실 문을 지키고, 한 명은 침실에 붙은 작은 방에 있지. 오늘 밤에는 크라즈와 강철 피부일 걸세."

"크라즈." 민머리가 그르렁거렸다. "그놈은 마음에 안 들어."

"피를 흘릴 필요는 없어. 히즈다르와 대화를 해보겠네. 우리에게 자기를 죽일 생각이 없다는 사실을 이해하면, 호위들에게 항복하라고 할지 모르지."

"아니면? 히즈다르를 놓쳐선 안 돼."

"달아나지는 못할 걸세." 바리스탄 셀미는 크라즈가 두렵지 않았고, 강철 피부는 더욱 그랬다. 기껏해야 투기장 싸움꾼들이었다. 히즈다르가 그러모은 전직 투기장 노예들은 기껏해야 평이한 병사밖에 되지 못했다. 속도와 힘과 흉포함은 갖췄고, 무기 다루는 기술도 조금은 있을지 모르지만 유혈

이 낭자한 시합이란 왕을 지키기에는 형편없는 훈련 방법이었다. 투기장에서는 나팔과 북 소리가 적의 등장을 알렸고, 싸움이 끝나고 나면 승자들은 위협이 지나갔고 다음 싸움이 있을 때까지 먹고 마시고 창녀를 품어도 된다는 사실을 알면서 상처를 싸매고 양귀비즙으로 고통을 다스릴 수 있었다. 그러나 킹스가드 기사에게는 결코 싸움의 끝이란 없었다. 위협은 사방에서, 느닷없이 찾아왔고 밤이든 낮이든 관계없었다. 나팔 소리가 적의 출현을 알리는 일도 없었다. 가신, 하인, 친구, 형제, 아들, 심지어는 아내까지도 망토 속에 칼을 숨기고 심장에는 살의를 감추고 있을 수 있었다. 한 시간을 싸우기 위해 킹스가드 기사는 1만 시간을 주시하고 기다리며 말없이 어둠 속에 서 있었다. 히즈다르 왕의 투기장 싸움꾼들은 이미 새 임무를 지겨워하며 안절부절못했고, 지겨워하는 자들은 해이해지고 반응이 느려지기 마련이었다.

"크라즈는 내가 처리하지." 바리스탄 경은 말했다. "내가 놋쇠 짐승단까지 처리할 필요가 없게만 하게."

"걱정 마셔. 마르가즈는 말썽을 피우기 전에 사슬에 묶어둘 거야. 말했잖아, 놋쇠 짐승단은 내 거야."

"융카이인들 사이에도 사람을 심어뒀다고?"

"첩자들과 염탐꾼들이지. 레즈낙은 더 많이 심어놨어."

'레즈낙은 믿을 수 없어. 지나치게 달콤한 향기를 풍기는데 느낌은 너무 고약해.' "누군가가 우리 인질들을 풀어줘야 하네. 우리 사람들을 돌려받지 못하면, 융카이 놈들이 우리를 상대로 이용할 거야."

스카하즈는 가면에 뚫린 콧구멍으로 콧방귀를 뀌었다. "구출을 말하기야 쉽고, 실제로 하기는 어렵지. 노예상들이 협박하든지 말든지."

"협박 이상을 실행한다면?"

"그놈들이 그렇게 그립겠나, 노인장? 내시와 야만족, 용병인데?"

'영웅, 조고, 다리오.' "조고는 여왕님의 혈맹기수요, 피 중의 피야. 붉은 황야를 함께 헤쳐 왔지. 영웅은 회색 벌레의 부지휘관이야. 그리고 다리오는……." '여왕은 다리오를 사랑해.' 그녀가 다리오를 쳐다볼 때 그 눈빛에서 사랑을 보았고, 그에 대해 말하는 목소리에서 사랑을 들었다. "……다리오는 성급하고 허영심 강하지만, 전하께 소중한 사람이야. 폭풍 까마귀들이 직접 하겠다고 결심하기 전에 구해내야 해. 할 수 있을 걸세. 난 예전에 더스큰데일에서, 반역 영주에게 포로로 잡혀 있던 우리 여왕님의 아버지를 안전하게 데리고 나온 적이 있네. 하지만……."

"……경이 융카이 놈들 사이에서 눈에 띄지 않을 수야 없지. 지금쯤은 다들 경의 얼굴을 알아."

'자네처럼 내 얼굴을 숨길 수도 있어.' 바리스탄은 생각했지만, 민머리의 말이 옳다는 것을 알고 있었다. 더스큰데일은 오래전 일이었다. 그런 영웅 행각을 벌이기엔 그도 너무 늙었다. "그렇다면 다른 방법을 찾아야지. 다른 구출대를. 융카이인들이 알고, 숙영지를 돌아다녀도 신경 쓰지 않을 만한 사람으로……."

"다리오는 댁을 할아버지 경이라고 부르지." 스카하즈가 상기시켰다. "그 놈이 날 뭐라고 부르는지는 말하지 않겠어. 경과 내가 인질이었다면, 그놈이 우릴 위해 위험을 감수했을까?"

'아니겠지.' 생각은 그랬지만, 말은 다르게 했다. "그랬을 수도 있네."

"다리오가 불타고 있는 우리에게 오줌을 눌 수는 있겠지. 그 정도가 아니면 그놈에게 도움은 꿈도 꾸지 마. 폭풍 까마귀는 제 주제를 아는 다른 대장을 뽑으라고 해. 여왕이 돌아오지 않는다면, 세상에 용병이 하나 줄어들 뿐이지. 누가 슬퍼하겠어?"

"그리고 여왕님이 돌아오면?"

"여왕님은 울고 머리를 쥐어뜯으며 융카이 놈들을 저주하겠지. 우리가 아니라. 우리 손에는 피가 묻지 않아. 경이 여왕을 위로할 수 있겠지. 옛날 이야기나 해주라고. 여왕이 좋아하니까. 가엾은 다리오, 여왕의 용감한 대장……. 여왕은 결코 그놈을 잊지 않겠지만…… 우리 모두에게는 그놈이 죽는 게 더 낫지 않나? 대너리스에게도 더 낫고."

'대너리스에게도 더 낫고, 웨스테로스에도 더 낫지.' 대너리스 타르가르옌은 다리오를 사랑했지만, 그건 여왕이 아니라 그 속에 남은 소녀였다. '라에가르 왕자는 리안나 아가씨를 사랑했고, 그래서 수천 명이 죽었지. 다에몬 블랙파이어는 이복누이 대너리스를 사랑했고, 그녀를 얻지 못하자 반란을 일으켰어. 비터스틸과 블러드레이븐은 둘 다 바다 별 시에라를 사랑해서 칠왕국이 피를 흘렸고. 날아가버린 드래곤 왕자는 올드스톤스의 제니를 너무나 사랑한 나머지 왕관을 버렸고, 그 값은 웨스테로스가 시체의 산으로 치렀지.' 아에곤 5세의 세 아들 모두 아버지가 원하는 바에 저항하여 사랑하는 사람과 결혼했다. 뜻밖의 군주가 된 아에곤 5세 본인도 왕비를 고를 때 마음을 따랐기에, 아들들이 원하는 대로 해줬다가 끈끈한 친구가 될 수도 있었던 이들을 격렬한 적으로 만들었다. 낮이 가면 밤이 오듯, 뒤따른 반역과 혼란은 마법과 불과 비탄 속에 서머홀에서 끝이 났다.

'다리오에 대한 사랑은 독이야. 그 메뚜기보다 늦게 듣는 독일지는 몰라도, 결국엔 똑같이 치명적인 독.' 바리스탄 경은 말했다. "그렇다 해도 아직 조고가 있네. 조고와 영웅이 있어. 둘 다 전하께는 소중한 사람들이야."

"우리에게도 인질은 있어." 민머리 스카하즈가 그의 기억을 일깨웠다. "노예상들이 우리 쪽을 하나 죽이면, 우리도 그놈들 쪽을 하나 죽이지."

바리스탄 경은 잠시 동안 누굴 말하는지 이해하지 못했다. 그러다가 깨달았다. "여왕님의 술잔 담당들 말인가?"

"인질이야." 스카하즈 모 칸다크는 고집스럽게 말했다. "그라자르와 쿼자는 녹색 은총자의 혈육이지. 메자라는 메레크, 케즈미아는 팔, 아자크는 가진. 바카즈는 히즈다르와 같은 로라크 핏줄이고. 다들 피라미드 주인의 아들딸이야. 자크, 쿼자르, 울레즈, 하즈카르, 다자크, 예리잔, 모두 대단한 주인들의 자식이야."

"죄 없는 여자애들, 귀여운 남자애들일세." 바리스탄 경은 그 아이들이 여왕의 시중을 드는 동안 모두를 알게 되었다. 영광을 꿈꾸는 그라자르, 수줍은 메자라, 게으른 미클라즈, 허영심 있고 예쁜 케즈미아, 크고 순한 눈에 천사 같은 목소리를 지닌 쾌자, 춤을 잘 추는 다자르 등등. "아이들이야."

"하피의 아이들이지. 피는 피로만 갚을 수 있어."

"그롤리오의 머리를 들고 온 융카이인들도 그렇게 말했지."

"틀린 말은 아니었어."

"난 허락하지 않겠네."

"건드리지도 못한다면, 인질이 무슨 쓸모가 있지?"

"다리오, 영웅, 조고 대신 아이들 셋을 주겠다고 할 수도 있겠지." 바리스탄 경은 거기까지는 허용했다. "전하께서—"

"……여기 안 계시지. 해야 할 일을 할 사람은 경과 나뿐이야. 내가 옳다는 걸 알 텐데."

"라에가르 왕자에겐 자식이 둘 있었네." 바리스탄 경은 말했다. "라에니스는 어린 소녀였고, 아에곤은 갓난아기였지. 타이윈 라니스터가 킹스랜딩을 점령했을 때, 그자의 부하들이 둘 다 죽였어. 피투성이 시신을 진홍색 망토에 싸서, 새로운 왕에게 바치는 선물로 내놓았지." '그리고 그걸 본 로버트가 뭐라고 했을까? 웃었을까?' 바리스탄 셀미는 트라이던트에서 심한 부상을 입었기에 타이윈 공의 선물을 보지 않을 수 있었지만, 궁금할 때가 많았다. '라에가르의 자식들의 피투성이 시신 앞에서 로버트가 웃는 모습을 봤다면, 이 세상 어떤 군대도 내가 그자를 죽이는 걸 막지 못했을 거야.'

"난 아이들을 살해하는 일을 참지 못해. 그걸 받아들이지 못한다면 내가 빠지겠네."

스카하즈가 쿡쿡거렸다. "고집 센 노인이구먼. 그 귀여운 남자애들은 자라서 하피의 아들들이 될 뿐이야. 지금 죽이나, 그때 죽이나."

"사람을 죽일 때는 언젠가 할지도 모르는 잘못이 아니라, 이미 저지른 잘못 때문에 죽이는 법일세."

민머리는 벽에 걸린 도끼를 하나 내려서 찬찬히 살피며 끙 소리를 냈다. "알겠수다. 히즈다르나 인질들을 해치지 않기로 하지. 그러면 만족하시나, 할아버지 경?"

'이 일의 어떤 면도 만족스럽지는 않을 거야.' "그러면 되겠네. 늑대의 시간이야. 기억하게."

"난 좀처럼 잊지 않는다오, 경." 박쥐의 놋쇠 가면에 달린 입은 움직이지 않았지만, 바리스탄 경은 그 가면 아래 떠오른 웃음을 알아볼 수 있었다. "칸다크는 오랫동안 이 밤을 기다렸어."

'바로 그게 걱정이야.' 히즈다르 왕이 결백하다면, 오늘 그들이 저지르는 짓은 반역이 된다. 하지만 어떻게 히즈다르가 결백할 수 있겠는가? 바리스탄은 히즈다르가 대너리스에게 독이 든 메뚜기를 먹어보라고 권하는 말을 들었고, 부하들에게 드래곤을 죽이라고 외치는 것도 들었다. '우리가 행동하지 않으면, 히즈다르가 드래곤들을 죽이고 여왕의 적들에게 성문을 열거야. 선택의 여지가 없어.' 그러나 아무리 뒤집어 생각하고 또 생각해보아도, 노기사는 이 일에서 명예를 찾을 수가 없었다.

그 긴 하루의 나머지 시간은 달팽이처럼 지나갔다.

그는 다른 곳에서 히즈다르 왕이 레즈낙 모 레즈낙, 마르가즈 조 로라크, 갈라자 갈라레와 다른 미린인 조언자들과 함께 융카이인들의 요구에 어떻게 응하면 좋을지 의논하고 있다는 사실을 알았다……. 바리스탄 셀미는 이제 그 협의회에 속하지 않았다. 왕을 지킬 필요도 없었다. 대신 그는 피라미드 꼭대기부터 바닥까지 돌면서 파수병들이 다 제자리를 지키고 있는지 확인했다. 그것만으로 오전이 거의 지나갔다. 오후에는 고아들과 시간을 보내며, 직접 검과 방패까지 집어 들고 나이 많은 소년들 몇에게 좀 더 엄한 가르침을 선사했다.

그중에는 대너리스 타르가르옌이 미린을 점령하고 사슬에서 풀어줬을 때, 투기장에 나갈 훈련을 받던 아이들도 있었다. 이들은 바리스탄 경이 맡기 전에도 장검과 장창, 전투 도끼에 익숙했다. 몇 명은 준비가 잘된 듯도 했다. '우선 바실리스크 제도에서 온 녀석. 툼코 로.' 학사의 잉크처럼 새까만 피부의 이 아이는 날래고 강해서, 바리스탄이 제이미 라니스터 이후에 본 가장 타고난 검사였다. '라라크, 채찍 녀석도 괜찮지.' 바리스탄 경은 라라크가 싸우는 방식이 마음에 들지는 않았지만, 기술은 의심하지 않았다. 라라크도 정식 기사의 무기인 장검과 기마창과 철퇴를 숙달하려면 몇 년 있어야겠지만, 지금도 채찍과 삼지창을 들면 치명적이었다. 노기사는 소년에게 채찍은 갑옷을 입은 적을 상대로 쓸모가 없을 거라고 경고했지만…… 라라크가 채찍을 적의 다리에 감아 당기는 모습을 보고 생각을 바꿨다. '아직 기사는 아니지만, 사나운 전사이긴 해.'

라라크와 툼코가 가장 뛰어났다. 그다음으로는 다른 아이들이 '붉은 양'이라고 부르는 라자르 소년이 있었는데, 아직은 흉포함만 앞설 뿐 기술이 부족했다. 아버지의 빚을 갚기 위해 노예가 된 기스카 천민 출신 삼형제도 마찬가지였다.

그렇게 여섯이었다. '스물일곱 중에 여섯.' 바리스탄 셀미는 조금 더 기대했을지 모르지만, 여섯이면 시작으로는 나쁘지 않았다. 다른 아이들은 대체로 더 어렸고, 검과 방패보다는 베틀과 쟁기와 요강에 더 익숙했지만 열심히 연습하고 빨리 배워나갔다. 종자로 몇 년만 더 가르치면 여왕에게 기사 여섯 명을 더 바칠 수도 있을 것이다. 절대 준비가 되지 않을 아이들로 말하자면, 글쎄, 소년이라고 모두 기삿감은 아닌 법이었다. '왕국에는 양초 장이와 여관 주인과 무기제조인도 필요하지.' 그건 웨스테로스만이 아니라 미린에서도 사실이었다.

바리스탄 경은 소년들의 훈련을 지켜보면서 툼코와 라라크를 당장 기사로 올리면 어떨까 생각했다. 어쩌면 붉은 양까지도. 기사로 임명하려면 기사가 있어야 하는데, 혹시 오늘 밤 일이 잘못되면 새벽이 왔을 때 그는 죽었거나 지하감옥에 있을지 몰랐다. 그리되면 누가 그의 종자들을 기사로 만들어주겠는가? 반면, 젊은 기사의 명성은 자기에게 기사직을 수여한 남자의 명예에 기반하기도 했다. 반역자가 기사의 박차를 선사했다는 점이 알려지면 그 소년들에게 좋을 게 없을 테고, 그들까지 지하감옥에 떨어질 수도 있었다. '이 녀석들은 더 나은 대접을 받아 마땅해.' 바리스탄 경은 결론을 내렸다. '오명을 입은 기사로 짧게 사느니 종자로 오래 사는 게 낫지.'

오후가 저녁으로 녹아들자, 그는 소년들에게 검과 방패를 내려놓으라고 이르고 한데 모았다. 그는 그들에게 기사가 된다는 게 어떤 의미인지 이야기했다. "진정한 기사를 만드는 건 장검이 아니라 기사도다. 명예를 모르는 기사는 한낱 살인자에 지나지 않아. 명예도 없이 사는 것보다는 명예롭게 죽는 게 낫다." 소년들이 이상한 눈으로 쳐다본다 싶었지만, 언젠가는 그들도 이해하리라.

그 후에 피라미드 정상으로 돌아간 바리스탄 경은 두루마리와 책을 쌓아놓고 읽고 있는 미산데이를 발견했다. "오늘 밤은 여기 있거라, 얘야." 그는 미산데이에게 말했다. "무슨 일이 일어나건, 뭘 보거나 듣건 간에 여왕님의 처소에서 벗어나지 말아라."

"알겠습니다." 소녀는 말했다. "혹시 제가—"

"묻지 않는 게 좋다." 바리스탄 경은 홀로 테라스 정원으로 걸어 나갔다.

'난 이 일에 어울리지 않아.' 그는 아래에 펼쳐진 도시를 보며 생각했다. 아래 길거리에 어둠이 내려앉는 사이 피라미드들은 깨어나서 등불과 횃불을 켜고 있었다. '음모와 책략, 속삭임, 거짓말, 비밀 속의 비밀······. 그런데 어쩌다 보니 내가 거기 가담했구나.'

지금쯤은 그런 일에 익숙해야 했는지도 몰랐다. 레드컵에도 비밀들이 있었다. '라에가르조차도 그랬지.' 드래곤스톤의 왕자는 바리스탄을 아서 데인처럼 믿지는 않았다. 하렌홀이 그 증명이었다. '거짓 봄의 해······.'

그 기억은 아직도 쓰라렸다. 노(老) 휀트 공은 동생인 킹스가드의 오스웰 휀트 경이 방문하고 얼마 지나지 않아서 마상시합을 열겠다고 선언했다. 바리스가 귓가에 속살거린 덕분에 아에리스 왕은 아들이 자신을 퇴위시키려는 음모를 꾸민다고 믿고, 휀트의 마상시합이 라에가르에게 대영주들을 최대한 많이 만날 기회를 주려는 계략이라고 생각했다. 아에리스는 더스큰데일 이후 레드컵 바깥으로 나간 적이 없었는데, 갑자기 라에가르 왕자와 함께 하렌홀로 가겠다고 선언했고, 거기서부터 모든 게 잘못됐다.

'내가 더 좋은 기사였다면······ 내가 수많은 기사를 떨어뜨렸듯이 그 마지막 시합에서 왕자를 낙마시켰다면, 사랑과 미의 여왕을 선택하는 것도 나였을 테고······.'

그때 라에가르는 윈터펠의 리안나 스타크를 선택했다. 바리스탄 셀미라면 다른 여자를 선택했을 것이다. 왕비는 그 자리에 없었으니 아니었다. 도르네의 엘리아도, 선하고 다정한 여자였지만 아니었다. 물론 엘리아가 선택받았다면 많은 전쟁과 고난을 피할 수 있었으리라. 바리스탄이었다면 엘리아의 말벗으로 궁정에 온 지 얼마 안 된 젊은 처녀를 골랐을 것이다······. 아샤라 데인에 비하면, 도르네 공녀도 부엌데기나 다름없었다.

이렇게 오랜 세월이 지난 후에도 바리스탄 경은 아직 아샤라의 미소와 웃음소리를 떠올릴 수 있었다. 눈만 감으면 어깨 위로 흘러내린 긴 검은 머리와 사람의 마음을 사로잡는 자줏빛 눈동자를 볼 수 있었다. '대너리스도 같은 눈동자를 지녔지.' 가끔 여왕이 그를 바라볼 때면, 아샤라의 딸을 보는 듯한 착각에 사로잡혔다…….

그러나 아샤라의 딸은 사산됐고, 바리스탄의 아름다운 숙녀는 잃어버린 아이에 대한 슬픔과, 어쩌면 하렌홀에서 그녀의 명예를 더럽힌 남자 때문에 곧 탑에서 몸을 던졌다. 그녀는 바리스탄 경이 자신을 사랑했다는 사실도 알지 못한 채 죽었다. '어떻게 알았겠나?' 그는 독신을 맹세한 킹스가드 기사였다. 그녀에게 그의 감정을 말해봤자 좋을 게 없었다. '침묵했어도 좋진 않았지. 내가 라에가르를 말에서 떨어뜨리고 사랑과 미의 여왕으로 아샤라에게 왕관을 씌웠다면, 그랬다면 스타크 대신 나를 보았을까?'

영영 알 수 없는 일이었다. 하지만 그 모든 실패 중에서도 아샤라만큼 바리스탄 셀미를 괴롭히는 이는 없었다.

하늘은 우중충하고, 공기는 뜨겁고 눅눅하고 답답했으며, 거기다 어쩐지 등이 따끔거렸다. '비가 오겠군. 폭풍이 오고 있어. 오늘 밤이 아니라면 내일이라도.' 바리스탄 경은 살아서 그 폭풍을 보게 될까 생각했다. '히즈다르에게도 '거미'가 있다면, 난 죽은 목숨이야.' 그렇게 된다면 살아온 대로 장검을 손에 쥐고 죽을 작정이었다.

마지막 햇살이 서쪽으로, 노예상만을 배회하는 배들의 돛 너머로 사라지자 바리스탄 경은 다시 안으로 들어가서 하인들을 불러 목욕할 물을 데우라고 일렀다. 더운 오후에 종자들과 대련했더니 땀에 절어 지저분해진 느낌이었다.

도착한 물은 미지근했지만, 셀미는 그 물이 다 식을 때까지 목욕통에 앉아서 피부를 벅벅 문질렀다. 전에 없이 깨끗해지자 일어나서 몸을 말리고, 하얀 옷을 입었다. 스타킹, 속옷, 비단 튜닉, 완충재를 넣은 조끼, 모두 새로 빨아서 표백해두었다. 그 위에 여왕이 존중의 뜻으로 선사한 갑옷을 입었다. 사슬 셔츠는 섬세하게 짜고 도금한 사슬들이 좋은 가죽처럼 유연했고, 법랑을 입힌 판금 갑옷은 얼음처럼 단단하고 새로 내린 눈처럼 눈부셨다. 한쪽에는 단검을, 반대쪽에는 장검을 찬 허리띠는 하얀 가죽으로 만들어서 금버클을 달았다. 마지막으로 긴 하얀 망토를 걸치고 어깨에 고정했다.

투구는 고리에 그대로 걸어두었다. 투구를 쓰면 좁은 눈구멍이 시야를 제한했는데, 앞으로 일어날 일은 잘 보아야 했다. 피라미드 홀은 밤이면 컴컴했고, 어느 쪽에서든 적이 나타날 수 있었다. 게다가 그 투구를 장식한 화려한 드래곤 날개는 보기에나 멋있지, 장검이나 도끼가 걸리기 너무 쉬웠다. 그는 일곱이 허락한다면 다음 마상시합에 나가게 될 때를 위해 투구는 남겨두기로 했다.

노기사는 그렇게 무장하고 여왕의 거처에 딸린 작은 방의 어둠 속에 앉아서 기다렸다. 어둠 속에서 눈앞에 그가 이전에 섬겼고 실망시켰던 모든 왕들의 얼굴이 떠다녔고, 킹스가드에서 나란히 복무했던 형제들의 얼굴도 보였다. 그 형제들 중 몇 명이나 지금 그가 하려는 일을 했을까 궁금했다. '분명히 몇 명은 했겠지. 하지만 다는 아니야. 몇 명은 주저 없이 민머리를 반역자로 여기고 공격했을 테지.' 피라미드 밖에서는 비가 내리기 시작했다. 바리스탄 경은 어둠 속에 앉아서 귀를 기울였다. '눈물 소리 같구나. 죽은 왕들이 우는 소리 같아.'

그리고 갈 때가 되었다.

미린의 대피라미드는 과거에 로마스 롱스트라이더가 방문했던 거대한 폐허, 기스의 대피라미드를 흉내 내어 지어졌다. 이제는 붉은 대리석 홀에 박쥐와 서미만 돌아다니는 옛 피라미드와 마찬가지로 미린 대피라미드도 33층을 자랑했는데, 그것이 기스 신들의 성스러운 숫자였다. 바리스탄 경은 하얀 망토를 펄럭이며 혼자서 그 먼 길을 내려가기 시작했다. 줄무늬가 보이는 대리석으로 만든 거대한 계단이 아니라 하인용 계단, 두꺼운 벽돌벽 안에 감춰진 더 좁고 가파르고 곧게 뻗은 계단으로 걸었다.

12층을 내려가자 그날 아침과 마찬가지로 흡혈박쥐 가면 속에 거친 이목구비를 가린 민머리가 기다리고 있었다. 놋쇠 짐승 여섯이 함께였다. 모두 똑같이 생긴 곤충 가면이었다.

'메뚜기로군.' 바리스탄은 뒤늦게 알아차렸다. "그롤리오."

"그롤리오." 메뚜기 하나가 대답했다.

"필요하다면 메뚜기가 더 있어." 스카하즈가 말했다.

"여섯이면 충분하겠지. 문 앞에 있는 병사들은?"

"내 사람들이야. 경에겐 아무 말썽도 없을 거야."

바리스탄 경은 민머리의 팔을 잡았다. "꼭 그래야 하는 게 아니라면 피를 흘리지 말게. 내일이 오면 우린 평의회를 구성해서 도시에 우리가 무슨 일을, 왜 했는지 말할 걸세."

"그 말대로 하지. 행운을 빌어, 노인장."

그들은 각각의 길로 갈라졌다. 놋쇠 짐승들은 계속 내려가는 바리스탄 경을 뒤따랐다.

왕의 거처는 피라미드 심장부, 16층과 17층에 파묻혀 있었다. 도착해보니, 피라미드 안으로 들어가는 문에 사슬이 걸려 있었고, 놋쇠 짐승 두 명이 보초를 서고 있었다. 조각보 망토의 두건 밑에 보이는 얼굴은 쥐와 황소였다.

"그롤리오." 바리스탄 경이 말했다.

"그롤리오." 황소가 대답했다. "오른쪽 세 번째 홀입니다." 쥐가 사슬을 풀었다. 바리스탄 경과 메뚜기들은 붉고 검은 벽돌로 만들어져 횃불을 밝힌, 좁은 하인용 복도로 들어갔다. 그들은 큰 걸음으로 바닥에 발소리를 울리며 홀 두 개를 지나서 오른쪽 세 번째 홀에 이르렀다.

왕의 거처로 들어가는 경목 조각문 밖에는 강철 피부가 서 있었다. 아직 1급이라고는 인정받지 못한, 젊은 투기장 전사였다. 뺨과 이마에 녹색과 검은색으로 정교한 문신이 새겨져 있었는데, 고대 발리리아의 마법사들이 쓰는 상징으로 그의 살과 피부를 강철처럼 단단하게 만들어주는 주문이었다. 비슷한 표지가 가슴과 팔도 덮었지만, 그 표지가 정말로 검이나 도끼를 막아주는지는 아직 아무도 보지 못했다.

강철 피부는 그 문신 없이도 강력해 보였다. 말랐지만 단단한 청년으로, 키가 바리스탄 경보다 15센티는 컸다. "거기 누구냐?" 강철 피부가 긴도끼를 옆으로 뉘어 앞을 막으며 외쳤다. 그랬다가 놋쇠 메뚜기들을 거느린 바리스탄 경을 보자 도끼를 다시 내렸다. "영감."

"괜찮으시다면, 왕에게 말씀드릴 게 있네."

"시간이 늦었는데."

"시간은 늦었지만, 급한 일이야."

"물어볼 순 있지." 강철 피부는 긴도끼 자루 끝으로 왕의 거처에 들어가는 문을 두드렸다. 눈구멍이 열리고, 어린아이의 눈이 나타났다. 어린아이 목소리가 문 너머에서 들려왔다. 강철 피부가 대답했다. 바리스탄 경은 무거운 빗장을 푸는 소리를 들었다. 문이 열렸다.

"경만이야." 강철 피부가 말했다. "짐승들은 여기서 기다려."

"그러지." 바리스탄 경은 메뚜기들에게 고개를 끄덕였다. 한 명이 마주 끄덕였다. 그는 혼자서 문안으로 들어섰다.

창문도 없이 어둡고, 사방이 2미터가 넘는 두께의 벽돌벽에 둘러싸여 있지만 왕이 거처로 삼은 안쪽 공간은 크고 호화로웠다. 검은 참나무로 만든 큰 들보들이 높은 천장을 지탱했다. 바닥에는 콰스에서 온 비단 카펫이 깔렸다. 벽에는 값을 매길 수 없는 태피스트리들이 걸렸는데, 오래되어 빛이 많이 바랬지만 옛 기스 제국의 영광을 그린 물건들이었다. 제일 큰 태피스트리에는 발리리아 패잔병들이 사슬에 묶인 채 멍에 문 밑을 지나는 모습이 담겼다. 왕의 침실로 이어지는 아치 입구 양옆은 백단을 깎아서 매끄럽게 사포질하고 기름을 발라 만든 한 쌍의 연인이 지켰다. 바리스탄 경은 그 조각상이 불쾌했지만, 분명 사람을 흥분시키려고 만든 물건이었다. '여기에서 빨리 나갈수록 더 좋겠군.'

불빛이라곤 철제 화로뿐이었다. 그 옆에 여왕의 술잔 담당인 드라카즈와 퀘자가 서 있었다. "미클라즈가 폐하를 깨우러 갔어요." 퀘자가 말했다. "와인 가져다드릴까요, 경?"

"아니다. 고맙구나."

"앉으세요." 드라카즈가 장의자를 가리켰다.

"서 있는 쪽이 좋다." 그는 아치 입구 너머 침실에서 흘러나오는 목소리를 들을 수 있었다. 목소리 하나는 히즈다르 왕이었다.

그러고도 몇 분이 흐른 후에야 고귀한 히즈다르 조 로라크 14세가 하품을 하고, 로브 앞섶을 묶으면서 나타났다. 로브는 초록색 새틴이었는데, 진주와 은사로 호화롭게 장식되어 있었다. 그 속은 벌거벗은 몸이었다. 잘된 일이었다. 벌거벗은 남자들은 자신이 취약하다고 느껴, 자살에 가까운 영웅 행각을 벌일 가능성이 적었다.

아치 입구 너머에 드리운 얇은 커튼 사이로 슬쩍 보인 여자도 벌거벗은 몸이었고, 하늘거리는 비단이 가슴과 엉덩이만 살짝 가리고 있었다.

"바리스탄 경." 히즈다르가 다시 하품을 했다. "지금이 무슨 시간이지? 우리 사랑스러운 여왕님 소식이라도 있나?"

"없습니다, 전하."

히즈다르는 한숨을 내쉬었다. "제발 '빛나는 분'이나 폐하라고 하게. 이 시간이라면 '졸린 분'이 더 맞겠지만." 그는 이동식 탁자로 가서 와인을 한 잔 따랐지만, 와인이 술병 바닥에 조금밖에 남아 있지 않았다. 찌증스러운 빛이 얼굴을 스쳤다. "미클라즈, 와인. 당장 가져와."

"예, 폐하."

"드라카즈를 데려가라. 아버 골드 한 병, 달콤한 레드와인도 한 병. 우리 노란 오줌은 말고. 그리고 다음번에 또 술병이 빈 걸 발견하면 네 예쁜 분홍색 엉덩이에 채찍질을 할지 몰라." 아이는 달려 나갔고, 왕은 바리스탄을 돌아보았다. "경이 대너리스를 찾아낸 꿈을 꿨어."

"꿈은 거짓말을 할 수 있습니다, 전하."

"폐하라고 하라니까. 이 시간에 무슨 일로 온 건가, 경? 도시에 무슨 문제라도 생겼나?"

"도시는 조용합니다."

"그래?" 히즈다르는 어리둥절한 얼굴이었다. "왜 찾아온 건가?"

"물어볼 게 있어서요. 폐하, 폐하가 하피입니까?"

히즈다르의 와인 잔이 손가락에서 미끄러져 카펫을 때리고 튀어올랐다가 굴렀다. "캄캄한 밤에 내 침실에 찾아와서 그걸 묻는다고? 미쳤나?" 왕은 그제야 바리스탄 경이 갑옷을 다 갖춰 입고 있다는 사실을 알아차렸다. "무슨…… 왜…… 어찌 감히……."

"그 독은 폐하가 한 일입니까?"

히즈다르 왕은 한 걸음 물러섰다. "메뚜기 말인가? 그건…… 그건 도르네인이었어. 쿠엔틴, 소위 공자라는 그놈. 의심스러우면 레즈낙에게 물어봐."

"증거가 있습니까? 레즈낙에게는 있습니까?"

"아니. 증거가 있었다면 그놈들을 체포했겠지. 어쨌든 체포해야 할지도 모르겠군. 마르가즈가 분명 그놈들에게 자백을 받아낼 거야. 그 도르네 놈들은 다 독살자들이야. 레즈낙이 그러는데 놈들은 뱀을 숭배한다더군."

"도르네인은 뱀을 먹습니다." 바리스탄 경이 말했다. "폐하의 투기장, 폐하의 관람석, 폐하의 자리였지요. 달콤한 와인과 푹신한 쿠션, 무화과와 멜론과 꿀에 절인 메뚜기. 다 폐하가 제공했습니다. 전하에게는 메뚜기를 맛보라고 하면서도 스스로는 한 입도 먹지 않았지요."

"나…… 난 매운 향신료가 안 맞아. 대너리스는 내 아내였어. 내 여왕이었지. 내가 왜 그 사람을 독살하고 싶어 했겠나?"

'계속 과거형으로 말하고 있군. 대너리스가 죽었다고 믿고 있어.' "그 질문에는 폐하만이 답할 수 있겠지요. 다른 여자를 그분의 자리에 올리고 싶었을 수도 있고." 바리스탄 경은 침실에서 소심하게 내다보고 있는 여자를 고갯짓으로 가리켰다. "저 여자라거나?"

왕은 거칠게 돌아보고 말했다. "저 여자? 저건 아무것도 아니야. 침실 노예지." 그는 두 손을 들어 올렸다. "잘못 말했군. 노예가 아니라 자유로운 여인이야. 쾌락을 주도록 훈련받았지. 왕이라 해도 욕구가 있고, 저 여자는…… 저 여자는 경이 상관할 바 아니야. 난 절대 대너리스를 해치지 않았네. 절대로."

"여왕님에게 메뚜기를 맛보라고 했지요. 들었습니다."

"좋아할지도 모른다고 생각했어." 히즈다르가 한 걸음 더 물러섰다. "맵고도 다니까."

"달고 맵고 독이 들어 있었지요. 제 두 귀로 폐하가 투기장에서 드로곤을 죽이라고 명하는 소리도 들었습니다. 부하들에게 외치셨지요."

히즈다르가 입술을 핥았다. "그 짐승이 바르세나의 몸을 먹었어. 드래곤은 인간을 먹어. 그놈은 사람을 죽이고, 태우고……."

"여왕님을 해치려던 자들을 태우고 있었지요. 하피의 아들들이었을 겁니다. 폐하의 친구들 말입니다."

"내 친구들이 아니야."

"그렇게 말하지만, 폐하가 살인을 그만두라고 하자 그자들은 그 말에 따랐지요. 폐하가 한패가 아니라면 왜 그랬겠습니까?"

히즈다르는 고개를 저었다. 이번에는 대답도 하지 않았다.

"사실대로 말해보세요." 바리스탄 경은 말했다. "그분을 조금이라도 사랑하기는 했습니까? 아니면 왕관만 욕망한 겁니까?"

"욕망? 감히 나보고 욕망을 말해?" 왕의 입매가 분노로 뒤틀렸다. "그래, 내가 왕관을 갈망하긴 했지……. 하지만 그 여자가 용병을 욕망한 데 비하면 별것도 아닌 욕망이었어. 여왕의 그 소중한 대장이 자길 제쳐났다고 독살하려고 했는지도 모르지. 만일 내가 그놈의 메뚜기를 같이 먹었다면 더 좋았겠고 말이야."

"다리오는 살인자지만 독살자는 아닙니다." 바리스탄 경은 왕에게 다가갔다. "당신이 하피입니까?" 이번에는 장검 손잡이에 손을 대고 있었다. "사실대로 말하면, 빠르고 깨끗한 죽음을 얻으리라 약속드리지요."

"지나치게 넘겨짚는군, 경." 히즈다르가 말했다. "질문들은 이제 됐어. 경도 됐고. 경을 해고하겠네. 즉시 미린을 떠나면 목숨은 살려주지."

"당신이 하피가 아니라면, 하피의 이름을 대십시오." 바리스탄 경이 장검을 뽑았다. 날카로운 칼날이 화로의 불빛을 받아 오렌지색 불의 선을 그렸다.

히즈다르가 무너졌다. "크라즈!" 그는 침실 안으로 허둥지둥 물러나며 빽 소리를 질렀다. "크라즈! 크라즈!"

왼쪽 어딘가에서 문 열리는 소리가 들렸다. 돌아본 순간, 크라즈가 태피스트리 뒤에서 나타났다. 아직 잠에 취해서 움직임이 느렸지만, 손에는 애용하는 무기가 들려 있었다. 도트락 아라크였다. 기다랗고 굽은 칼. 말 등에서 베고, 깊은 상처를 입히기 위해 만들어진 난도질용 칼이었다. '투기장이나 전장에서, 반쯤 헐벗은 적을 상대로는 치명적인 무기지.' 하지만 이 좁은 공간에서 아라크의 길이는 불리하게 작용할 테고, 바리스탄 셀미는 사슬과 판금 갑옷을 입고 있었다.

"나는 히즈다르에게 볼일이 있다." 기사가 말했다. "무기를 내려놓고 비켜서면, 너는 해를 입지 않아도 된다."

크라즈가 소리 내어 웃었다. "노인네. 네놈 심장을 먹어치우겠다." 두 남자는 키가 비슷했지만, 크라즈가 15킬로그램 가까이 더 나갔고 40년은 젊었다. 그는 하얀 피부에 죽은 눈을 지녔고 이마에서 목까지 이어지는 검붉은 머리카락이 볏같이 뻣뻣했다.

"그렇다면 덤벼라." 대담한 바리스탄이 말했다. 크라즈가 덤벼들었다.

바리스탄은 그날 중 처음으로 확신을 느꼈다. '난 이걸 위해 만들어졌어. 이 춤, 이 달콤한 강철의 노래, 손에 쥔 장검과 앞에 선 적을 위해서.'

투기장 싸움꾼은 무섭도록 빨랐다. 바리스탄 경이 이제까지 싸운 그 누구보다 더 빨랐다. 커다란 두 손에 잡힌 아라크는 휘파람 소리를 내는 그림자이자 강철 폭풍이 되어 동시에 세 방향에서 노기사를 노리는 것 같았다. 대부분의 공격은 머리를 겨누었다. 크라즈는 바보가 아니었다. 투구가 없으니, 바리스탄의 목 위가 제일 취약했다.

그는 차분하게 그 공격들을 막았다. 장검으로 계속 휘두르는 칼날을 받고 떨쳐냈다. 두 칼이 맞부딪쳐 울리고 또 울렸다. 바리스탄 경은 후퇴했다. 시야 가장자리로 눈을 휘둥그레 뜨고 지켜보는 술잔 담당들이 보였다. 크라즈는 욕을 하며 높이 베던 공격을 낮은 공격으로 바꾸고, 한 번은 노기사의 칼을 피하는 데 성공했지만, 그래봤자 하얀 강철 정강이받이만 긁었다. 바리스탄 경의 응답은 투기장 싸움꾼의 왼쪽 어깨를 긋고, 질 좋은 리넨을 가르고 그 속의 살까지 베었다. 노란 튜닉이 분홍색이 되더니 점점 붉어졌다.

"겁쟁이들이나 철갑을 입지." 크라즈가 원을 그리며 외쳤다. 투기장에서는 아무도 갑옷을 입지 않았다. 관객들이 원하는 건 피였다. 죽음, 잘려 나가는 팔다리, 고통스러운 비명, 진홍빛 모래의 노래였다.

바리스탄 경도 같이 원을 그렸다. "이 겁쟁이는 경을 죽일 거라네." 그 남자는 기사가 아니었으나, 그 용기를 보아 경이라고 부르는 정도의 예우는 해줘야 했다. 크라즈는 갑옷을 입은 상대와 싸우는 방법을 몰랐다. 바리스탄 경은 크라즈의 눈에서 의혹과 혼란, 그리고 두려움의 싹을 볼 수 있었다. 투기장 싸움꾼이 다시 달려들었는데, 이번에는 강철은 적을 베지 못해도 소리로는 벨 수 있다는 듯 소리를 질러댔다. 아라크가 낮게, 높게, 다시 낮게 날아왔다.

셀미는 머리로 향하는 공격을 막고, 나머지는 갑옷으로 받아내면서 투기장 싸움꾼의 뺨을 귀에서 입까지 찢은 후, 가슴에 시뻘건 자상을 내놓았다. 크라즈의 상처에서 피가 뿜어져 나왔다. 크라즈는 그럴수록 더 거칠어지는 것 같았다. 그는 빈손으로 화로를 잡아 뒤집어서 바리스탄의 발치에 뜨거운 석탄과 잔불을 흩어놓았다. 바리스탄 경은 홀쩍 뛰어서 피했다. 크라즈는 바리스탄의 팔을 겨눠 그었지만, 아라크는 단단한 법랑만 조금 깼을 뿐 강철에 막혀 멈췄다.

"투기장에서였다면 노인네는 팔이 떨어졌어."

"우린 투기장에 있는 게 아니라네."

"그 갑옷 벗어!"

"무기를 버리기에 아직 늦지 않았네. 항복하게."

"죽어." 크라즈가 뱉듯이 말했지만, 높이 들어 올린 아라크 끝이 벽걸이에 걸려버렸다. 바리스탄 경에게는 그 기회만으로 충분했다. 그는 투기장 싸움꾼의 배를 가르고, 벽걸이에서 떨어져 나온 아라크를 피한 다음, 기름투성이 장어 소굴처럼 내장을 쏟아내는 크라즈의 심장을 빠르게 찔러 끝을 냈다.

피와 내장이 왕의 비단 카펫을 더럽혔다. 바리스탄은 한 걸음 물러섰다. 손에 쥔 장검은 절반이 붉게 물들어 있었다. 여기저기, 석탄이 떨어진 자리에서 카펫이 연기를 피우기 시작했다. 가엾은 퀘자가 흐느껴 우는 소리를 들을 수 있었다. "두려워 말아라." 노기사는 말했다. "너에게는 해를 끼칠 생각이 없단다, 아이야. 나는 왕을 원할 뿐이야."

커튼에 검을 닦고 천천히 침실로 들어가보니 고귀한 히즈다르 조 로라크 14세가 태피스트리 뒤에 숨어서 흐느끼고 있었다. "살려줘." 그는 애걸했다. "죽고 싶지 않아."

"죽고 싶어 하는 자는 별로 없지요. 그래도 사람은 다 죽습니다." 바리스탄 경은 검을 검집에 넣고 히즈다르를 일으켜 세웠다. "갑시다. 감옥으로 데려다드리지요." 지금쯤은 놋쇠 짐승단이 강철 피부를 무장해제시켰을 것이다. "여왕님이 돌아오실 때까지 죄수로 갇혀 있게 될 겁니다. 폐하의 죄를 하나도 증명하지 못한다면, 아무 해도 입지 않을 겁니다. 기사로서 약속드리지요." 그는 왕의 팔을 잡고, 이상하게 취한 것처럼 붕 뜬 기분으로 침실에서 데리고 나갔다. '나는 예전에 킹스가드였어. 지금은 뭘까?'

미클라즈와 드라카즈가 히즈다르의 와인을 가지고 돌아와 있었다. 그들은 술병을 품에 안고 열린 문 앞에 서서 눈을 크게 뜨고 크라즈의 시체를 바라봤다. 퀘자는 울음을 그치지 못했지만, 이제는 제자네가 나타나서 퀘자를 달래고 있었다. 제자네는 어린 퀘자를 품에 안고 머리를 쓰다듬었다. 다른 술잔 담당 몇 명이 뒤에 서서 지켜봤다. 미클라즈가 말했다. "폐하, 고귀한 레즈낙 모 레즈낙이 전하는데 즈, 즉시 오시라고 합니다."

소년은 바리스탄 경이 그 자리에 없다는 듯이, 카펫에 쓰러져서 피로 천천히 비단을 붉게 물들이는 시체도 없다는 듯이 왕에게 말했다. '레즈낙의 충성심을 확인할 수 있을 때까지는 스카하즈가 잡아두기로 했는데. 뭔가 잘못됐나?' 바리스탄 경은 소년에게 물었다. "어디로 오라더냐? 시종장이 전하에게 어디로 오시라고 해?"

"바깥요." 미클라즈는 이제야 바리스탄을 본 것 같았다. "바깥요. 테, 테라스요. 보시라고요."

"뭘 보라는 거지?"

"드, 드, 드래곤들요. 드래곤들이 풀려났어요."

'일곱이여 우리 모두를 구하소서.' 노기사는 생각했다.

드래곤을 길들이려는 자

밤이 느릿한 검은 걸음으로 천천히 지나갔다. 박쥐의 시간이 장어의 시간으로 넘어가고, 장어의 시간이 유령의 시간으로 넘어갔다. 공자는 침대에 누워 천장을 바라보며 잠들지 않은 채 꿈을 꾸고, 기억하고, 상상하고, 불과 피에 대한 생각에 들끓는 마음으로 리넨 이불 속을 뒤척였다.

마침내 휴식을 포기한 쿠엔틴 마르텔은 개인방으로 가서 와인을 한 잔 따라 어둠 속에서 마셨다. 혀에 닿는 와인 맛이 달콤한 위안이 되었기에, 그는 촛불을 켜고 한 잔 더 따랐다. '와인이 잠드는 데 도움이 될 거야.' 스스로에게는 그렇게 말했지만, 거짓말임을 알고 있었다.

그는 오랫동안 촛불을 응시하다가, 잔을 내려놓고 불 위로 손바닥을 가져갔다. 불이 살에 닿을 때까지 손바닥을 내리려니 의지력을 다 끌어모아야 했고, 불이 닿자 아픈 비명을 지르며 손을 빼고 말았다.

"쿠엔틴, 너 미쳤어?"

'아니, 겁먹었을 뿐이야. 타 죽고 싶진 않아.' "게리스?"

"네가 돌아다니는 소리를 들었어."

"잠을 잘 수가 없어서."

"화상이 불면증 치료법이야? 따뜻한 우유를 마시고 자장가라도 듣는 게 좋을 텐데. 아니면 내가 은총의 신전으로 데려가서 여자를 하나 찾아줄 수도 있어."

"창녀 말이겠지."

"거기서는 은총자라고 불러. 색깔별로 다른데, 관계하는 건 빨간 은총자만이야." 게리스는 탁자 맞은편에 앉았다. "고향의 성사들도 그런 관습을 따르면 좋겠다. 늙은 여자 성사들은 늘 말린 자두처럼 보이는 거 알았어? 순결한 삶을 살면 그렇게 되는 거야."

쿠엔틴은 밤의 그림자가 나무 사이에 짙게 드리운 테라스를 내다보았다. 떨어지는 물소리가 희미하게 들려왔다. "빗소리인가? 네 창녀들은 가고 없겠네."

"다는 아니지. 쾌락의 정원에는 작고 아늑한 방들이 있고, 그 여자들은 매일 밤 남자가 선택할 때까지 거기에서 기다려. 선택을 못 받은 여자는 외롭고 무시당한 기분으로 해가 뜰 때까지 거기 있어야 해. 우리가 그 여자들을 위로해줄 수 있어."

"그 여자들이 날 위로해줄 수 있다는 소리겠지."

"그것도 그렇고."

"그건 내가 원하는 위로가 아니야."

"내 생각은 달라. 세상에 여자가 대너리스 타르가르옌뿐이냐. 너 동정으로 죽고 싶어?"

쿠엔틴은 죽고 싶지 않았다. '이론우드에 돌아가서 네 누이 둘 다와 입을 맞추고, 그위네스 이론우드와 결혼해서 꽃이 아름답게 피어나는 모습을 보고, 그위네스에게 아이를 두고 싶어. 마상시합에서 말을 달리고, 매사냥을 하고, 노보스에 계신 어머니를 찾아가고, 아버지가 보내주는 책을 읽고 싶어. 클레투스와 윌과 케드리 학사가 다시 살아나는 모습을 보고 싶어.'

"내가 창녀와 잤다는 소리를 들으면 대너리스가 기뻐할까?"

"그럴지도 모르지. 남자들은 숫처녀를 좋아하지만, 여자들은 침실에서 뭘 할지 아는 남자를 좋아해. 그것도 검술 비슷해서 연습을 해야 잘하게 된다고."

그 말은 아팠다. 쿠엔틴은 대너리스 타르가르옌 앞에 서서 손을 잡게 해 달라고 청했을 때만큼 어린 소년 같은 기분을 느낀 적이 없었다. 대너리스와 잔다는 생각을 하면 드래곤을 생각할 때만큼이나 무서웠다. 대너리스를 만족시키지 못한다면 어쩌나? 그는 방어적으로 말했다. "대너리스에겐 애인이 있어. 우리 아버지는 침실에서 여왕을 즐겁게 해주라고 날 보낸 게 아니야. 우리가 왜 여기에 왔는지 알잖아."

"넌 대너리스와 결혼하지 못해. 남편이 있잖아."

"대너리스는 히즈다르 조 로라크를 사랑하지 않아."

"사랑이 결혼과 무슨 상관이야? 공자라면 더 잘 알아야지. 네 아버지가 사랑으로 결혼했다고는 하지만, 그래서 얼마나 행복하셨는데?"

'별로 행복하지 못했지.' 도란 마르텔과 노보스인 아내는 결혼 생활 절반을 멀리 떨어져 지냈고, 나머지 절반은 다투면서 보냈다. 혹자의 말에 따르면 그 결혼이 그의 아버지가 저지른 유일하게 경솔한 짓이자 머리보다 심장을 따른 유일한 경우였고, 평생 그 결정을 후회했다. "위험이 다 파멸로 이어지는 건 아니야." 그는 고집했다. "이게 내 의무야. 내 운명이야." '넌 내 친구잖아, 게리스. 꼭 내 희망을 비웃어야겠어? 네가 내 두려움의 불에 기름을 붓지 않아도 충분히 의심하고 있다고.' "이게 내 원대한 모험이 될 거야."

"원대한 모험에선 사람이 죽어."

틀린 말은 아니었다. 옛날이야기 속에서도 그랬다. 영웅은 친구들과 함께 떠나서 위험을 마주하고, 승리하여 집으로 돌아온다. 다만 같이 떠난

벗 중에 몇 명은 영영 돌아오지 못한다. '하지만 영웅은 죽지 않아. 난 영웅이 되어야 해.' "내게 필요한 건 용기뿐이야. 넌 도르네가 날 실패작으로 기억하게 하고 싶어?"

"도르네는 우리 중 누구든 오래 기억하지 않을 거야."

쿠엔틴은 손바닥의 덴 자국을 빨았다. "아에곤과 그 누이들은 기억해. 드래곤은 쉽게 잊을 수가 없지. 도르네는 대너리스도 기억할 거야."

"죽었다면 그렇지도 않지."

"살아 있어." '살아 있어야만 해.' "사라졌지만, 내가 찾아낼 수 있어." '그리고 내가 찾아내면 대너리스도 그 용병을 보듯이 날 보겠지. 내가 그럴 자격이 있다는 걸 증명하면.'

"드래곤을 타고서?"

"난 여섯 살 때부터 말을 탔어."

"그리고 두어 번은 떨어졌지."

"그래도 그만두는 일 없이 안장에 다시 올라갔어."

"수백 미터 높이에서 땅으로 떨어진 적은 없어." 게리스가 지적했다. "그리고 말은 기수를 새까맣게 탄 뼈와 재로 만드는 일도 없지."

'나도 그 위험은 알아.' "더는 듣지 않겠어. 넌 가도 좋아. 배를 찾아서 집으로 가, 게리스." 공자는 일어나서 촛불을 불어 끄고, 땀에 젖은 리넨이 불이 덮인 침대에 다시 기어들었다. '드링크워터 쌍둥이 중 하나, 아니면 둘 다에게 입을 맞췄어야 했어. 그럴 수 있었을 때 입 맞췄어야 했어. 내가 어머니를 잊지 않았다는 걸 알 수 있게, 노보스에 가서 어머니와 어머니가 태어난 곳을 봤어야 했어.' 바깥에서 벽돌을 두드리는 빗소리를 들을 수 있었다.

늑대의 시간이 찾아왔을 때는 비가 꾸준히 내리면서, 내리는 빗발이 이룬 거세고 차가운 급류가 미린의 벽돌길들을 강줄기로 바꿔놓고 있었다.

세 도르네인은 해 뜨기 전의 추위 속에서 아침을 먹었다. 과일과 빵과 치즈로 이루어진 간단한 식사에, 염소젖을 마셨다. 게리스가 와인을 따르려하자, 쿠엔틴이 막았다. "와인은 안 돼. 마실 시간은 나중에 충분히 있을거야."

"희망 사항이지." 게리스가 말했다.

덩치 큰 기사가 테라스 쪽을 보았다. "비가 올 줄 알았어." 음울한 말투였다. "어젯밤에 뼈가 쑤시더라. 비가 오기 전엔 늘 쑤시거든. 드래곤들이 좋아하지 않을 거야. 불과 물은 섞이지 않는 게 정해진 사실이지. 요리불을 멋지게 피워서 불이 타오른다 싶을 때 비가 내리면, 나무가 젖고 불길도 죽는단 말이야."

게리스가 킬킬거렸다. "드래곤은 나무로 만든 게 아니야, 아치."

"나무 드래곤도 있어. 그 옛날 왕 아에곤 있지, 그 발정 난 왕, 그 왕이 우리 도르네를 정복하려고 나무 드래곤을 지었잖아. 그렇지만 나쁘게 끝났지."

'이 일도 그럴 수 있어.' 공자는 생각했다. 자격 없는 아에곤의 어리석은 짓과 실패가 걱정을 불러일으킨 건 아니지만, 쿠엔틴도 의혹과 불안이 가득했다. 친구들의 억지스러운 농담 때문에 머리만 더 아팠다. '친구들은 이해하지 못해. 이 녀석들은 도르네인일지 모르지만, 나는 도르네야. 세월이 지나서 내가 죽으면, 이게 사람들이 나에 대해 부를 노래가 될 거야.' 그는 벌떡 일어섰다. "때가 됐어."

친구들도 일어섰다. 아치발드 경은 남은 염소젖을 다 마시고 커다란 손등으로 윗입술에 묻은 우유 수염을 닦았다. "그럼 연극용 복장을 가져오지."

그는 두 번째 만났을 때 누더기 왕자에게 받은 꾸러미를 가지고 돌아왔다. 그 안에는 두건이 달리고 작은 사각형 천 조각을 무수히 꿰매어 만든 긴 망토 세 개, 곤봉 세 개, 소검 세 자루, 반짝이는 놋쇠 가면 세 개가 들어 있었다. 황소, 사자, 그리고 원숭이였다.

놋쇠 짐승이 되기 위해 필요한 모든 것이 다 있었다.

"암호를 물어볼 수도 있어." 누더기 왕자는 그 꾸러미를 건네면서 경고했었다. "암호는 '개'야."

"확실해요?" 게리스가 물어봤다.

"목숨을 걸어도 될 만큼 확실하지."

공자는 그 뜻을 오해하지 않았다. "내 목숨 말이군요."

"바로 그 목숨이지."

"암호는 어떻게 알아냈습니까?"

"우연히 놋쇠 짐승 몇 놈과 마주쳐서 메리스가 예쁘게 물어봤다네. 하지만 공자라면 그런 질문은 안 하는 게 낫다는 정도는 알아야지, 도르네인. 펜토스에는 이런 격언이 있어. 제빵사에게 절대 파이에 뭐가 들어가는지 묻지 말라. 그냥 먹어라."

'그냥 먹어라.' 쿠엔틴은 그 말에 지혜가 담겨 있겠거니 생각했다.

"내가 황소 할게." 아치가 선언했다.

쿠엔틴은 그에게 황소 가면을 건넸다. "사자는 내가 쓰겠어."

"그러면 나에겐 원숭이가 남는군." 게리스는 원숭이 가면을 얼굴에 눌렀다. "이런 걸 쓰고 숨은 어떻게 쉬는 거야?"

"그냥 써." 쿠엔틴은 농담할 기분이 아니었다.

그 꾸러미에는 채찍도 있었다. 오래된 가죽제에 놋쇠와 뼈로 손잡이를 단 위험한 물건으로, 황소 가죽이라도 벗길 만큼 튼튼했다. "그건 어디다 쓰게?" 아치가 물었다.

"대너리스는 그 검은 야수를 제압하는 데 채찍을 썼어." 쿠엔틴은 채찍을 말아서 허리춤에 찼다. "아치, 네 망치도 가져와. 필요할 수도 있어."

밤에 미린 대피라미드에 들어오는 것은 쉬운 일이 아니었다. 해 질 녘이면 모든 문을 닫아 빗장을 지르고, 해가 뜰 때까지 그대로 유지했다. 입구마다 위병들을 배치했고, 길거리를 내려다볼 수 있는 낮은 층의 테라스에도 위병들이 순찰을 돌았다. 예전에는 그 위병들이 거세병이었다. 지금은 놋쇠 짐승들이었다. 쿠엔틴은 그 점이 큰 차이를 낳으리라 희망했다.

해가 뜨면 당직이 바뀌지만, 세 도르네인이 하인들용 계단으로 내려갔을 때는 아직 동이 틀 때까지 반시간 정도 남아 있었다. 주위 벽은 50가지 색깔의 벽돌로 만들어졌지만, 게리스가 들고 있는 횃불 빛이 닿기 전에는 어둠에 잠겨 모두 회색으로 보였다. 그들은 한참을 내려가면서 아무도 만나지 못했다. 들리는 소리라고는 닳고 닳은 벽돌을 스치는 장화 소리뿐이었다.

피라미드 정문은 미린 중앙 광장에 면했지만, 도르네인들은 골목길로 통하는 옆문으로 향했다. 과거에 노예들이 주인의 일을 보러 다니고, 평민과 상인이 오가며 배달을 하는 데 쓰던 문이었다.

단단한 청동 문이었고, 무거운 쇠빗장을 질러놓았다. 그 앞에는 곤봉과 장창, 소검으로 무장한 놋쇠 짐승 두 명이 서 있었다. 횃불 빛이 반질반질한 놋쇠 가면에 어른거렸다. 쥐와 여우였다. 쿠엔틴은 아치에게 어둠 속에 물러나 있으라는 신호를 보내고, 게리스와 둘이 앞으로 나섰다.

"일찍 왔네." 여우가 말했다.

쿠엔틴은 어깨를 으쓱였다. "원한다면 우리야 다시 갈 수 있지. 우리 당직까지 서준다면 환영이야." 전혀 기스카인처럼 들리지 않는다는 건 알았다. 하지만 놋쇠 짐승단 절반은 해방 노예라서 온갖 언어를 모어로 구사했으니, 그의 억양이 주목을 끌지는 않았다.

"헛소리는." 쥐가 대꾸했다.

"오늘 암호를 말해." 여우가 말했다.

"개." 쿠엔틴이 대답했다.

두 놋쇠 짐승이 시선을 교환했다. 쿠엔틴은 심장이 느릿느릿 세 번 뛸 동안 뭔가 잘못된 게 아닌가, 이쁜이 메리스와 누더기 왕자가 암호를 잘못 알아낸 건가 하는 두려움에 사로잡혔다. 그러다가 여우가 툴툴거렸다. "그래, 개. 문은 너희 거야." 그들이 물러나자 쿠엔틴은 다시 숨을 쉴 수 있었다.

시간이 많지 않았다. 진짜 교대조가 곧 찾아올 것이었다. "아치." 쿠엔틴이 부르자 황소 가면에 횃불 빛을 빛내며 덩치 큰 기사가 나타났다. "빗장. 서둘러."

쇠빗장은 굵고 무거웠지만, 기름칠이 잘되어 있었다. 아치발드 경은 어려움 없이 빗장을 들어 올렸다. 아치가 빗장을 세우는 사이, 쿠엔틴은 문을 잡아당겨 열었고 게리스는 횃불을 휘두르며 문밖으로 나섰다. "지금 끌고 와. 빨리 해."

푸주한의 마차는 바깥 골목길에서 기다리고 있었다. 마부가 노새에게 채찍질을 하자 쇠테 두른 바퀴가 벽돌 위를 요란하게 덜컥거리며 움직였다. 마차 뒤에는 사분할한 황소 사체와 죽은 양 두 마리가 실려 있었다. 여섯 명이 걸어 들어왔다. 다섯 명은 놋쇠 짐승단의 가면과 망토를 썼지만, 이쁜이 메리스는 굳이 변장을 하지 않았다. "당신 주인은 어디 있어?" 그는 메리스에게 물었다.

"난 주인 같은 거 없어." 메리스가 대답했다. "네 동료 왕자님을 말하는 거라면, 50명을 거느리고 근처에 있지. 드래곤을 데리고 나오면, 약속대로 대장이 널 안전하게 배웅할 거야. 여기 지휘는 카고가 한다."

아치발드 경은 언짢은 눈으로 푸주한의 마차를 보고 있었다. "저 수레가 드래곤을 태울 만한 크기인가?"

"그럴 거야. 황소 두 마리가 들어가니까." 시체 살해자 카고는 놋쇠 짐승으로 가장해서 흉터투성이 얼굴을 코브라 가면에 숨겼지만, 눈에 익은 검은 아라크를 허리에 차고 있어 알아볼 수 있었다. "이놈들은 여왕의 괴물보다 작다고 들었어."

"구덩이 때문에 성장이 느려진 거야." 쿠엔틴이 읽은 책에 따르면 칠왕국에서도 같은 일이 일어났다. 킹스랜딩의 드래곤핏에서 나고 자란 드래곤들은 아에곤 왕의 괴물 '검은 공포'는 고사하고 바가르나 메락세스만 한 크기까지도 자라지 못했다. "쇠사슬은 충분히 가져왔나?"

"드래곤이 몇이나 되는데?" 이쁜이 메리스가 말했다. "고기 밑에 드래곤 열 마리는 묶을 만한 쇠사슬이 있어."

"아주 좋아." 쿠엔틴은 현기증이 났다. 아무것도 진짜 같지 않았다. 어떤 순간에는 게임처럼 느껴졌다가, 다음 순간에는 악몽 같았다. 반대편에 공포와 죽음이 기다린다는 걸 알면서도 멈추지 못하고 검은 문을 여는, 그런 악몽. 손바닥이 땀에 젖어 미끄러웠다. 그는 손을 다리에 문질러 닦고 말했다. "구덩이 밖에 위병이 더 있을 거야."

"알아." 게리스가 말했다.

"그놈들에게 대비해야 해."

"하고 있어." 아치가 말했다.

쿠엔틴은 배 속이 뒤틀리는 느낌이었다. 갑자기 화장실에 가고 싶어졌지만, 지금 꽁무니를 뺄 수는 없었다. "그럼, 이쪽으로." 이렇게 어린애가 된 기분이라니. 그래도 그들은 따라왔다. 게리스와 덩치, 메리스와 카고와 다른 바람결단 모두. 용병 두 명은 마차 안에 숨겨둔 노궁을 꺼내 들었다.

마구간 너머로는 대피라미드 1층이 미궁처럼 펼쳐졌지만, 쿠엔틴 마르텔은 여왕과 같이 여길 지났고 길을 기억하고 있었다. 그들은 거대한 벽돌 아치문 세 개를 통과하여 가파른 돌비탈을 따라 지하로 내려갔고, 지하감옥과 고문실과 깊은 석조 저수지 두 개를 지났다. 발소리가 벽에 허허롭게 메아리쳤고, 푸주한 수레가 덜그럭거리며 따라왔다. 덩치가 벽에 걸려 있던 횃불을 하나 내려 들고 앞장섰다.

마침내 앞에 묵직한 철문 한 쌍이 나타났다. 녹이 슬고 위압적인 모양새에, 고리 하나하나가 남자 팔뚝만큼 굵은 쇠사슬로 잠겨 있었다. 문의 크기와 두께만 보아도 쿠엔틴 마르텔은 이게 과연 현명한 짓일까 자문하게 되었다. 더 나쁜 건, 문 두 짝 모두 안에서 빠져나오려고 했던 무엇인가 때문에 심하게 우그러져 있다는 사실이었다. 그 두꺼운 철문이 세 군데나 금이 가고 갈라져 있었고, 왼쪽 문 위는 부분적으로 녹은 것 같았다.

놋쇠 짐승 네 명이 문을 지키고 있었다. 세 명은 장창을 들고, 하사관에 해당하는 한 명은 소검과 단검으로 무장했다. 그자의 가면은 바실리스크 머리 모양이고 나머지 셋의 가면은 곤충이었다.

'메뚜기잖아.' 쿠엔틴은 알아차리고 말했다. "개."

하사관이 긴장했다.

쿠엔틴 마르텔은 그것만으로도 뭔가 잘못되었음을 알 수 있었다. "해치워." 그가 꺽꺽대는 목소리로 말하는 그 순간 바실리스크의 손은 소검으로 향했다.

하사관은 빨랐다. 덩치는 더 빨랐다. 덩치는 횃불을 제일 가까이 있던 메뚜기에게 던지고, 등 뒤로 손을 뻗어 전투 망치를 뽑았다. 바실리스크의 칼이 가죽 칼집에서 빠져나오기가 무섭게 망치 머리의 뾰족한 부분으로 그자의 관자놀이를 때리고, 얇은 놋쇠 가면과 그 속의 살과 뼈를 다 으스러뜨렸다. 하사관은 비틀거리며 옆으로 반걸음 옮기다가 무릎이 꺾여, 온몸을 무시무시하게 떨면서 바닥에 엎어졌다.

쿠엔틴은 배 속이 요동치는 가운데 얼어붙어 바라보고만 있었다. 그의 칼은 아직 검집에 든 채였다. 검에 손을 뻗지도 않았다. 그의 눈은 앞에서 경련하며 죽어가는 하사관에게 붙박여 있었다. 떨어진 횃불이 바닥에서 나부끼면서 그림자들이 뛰어오르고 일그러지는 통에 죽은 남자의 경련을 과장해서 흉내 내는 것 같았다. 쿠엔틴은 게리스가 달려들어 밀치기 전까지는 메뚜기의 장창이 날아오는 것도 보지 못했다. 창끝은 그가 쓰고 있던 사자 가면의 뺨을 긁고 지나갔다. 어찌나 강렬한 공격이었는지 스치기만 했는데도 가면을 뜯어낼 뻔했다. '그대로 있었으면 내 목을 꿰뚫었을 거야.' 그는 멍하니 생각했다.

게리스는 메뚜기들이 주위를 둘러싸자 욕을 했다. 쿠엔틴은 달리는 발소리를 들었다. 다음 순간, 어둠 속에서 용병들이 뛰쳐나왔다. 위병 한 명이 그쪽을 잠시 보는 사이 게리스가 장창의 사정거리 안으로 들어갔다. 게리스가 놋쇠 가면 아래로 검을 찔러 가면 주인의 목을 꿰뚫는 사이에 두 번째 메뚜기는 가슴에 노궁 화살을 맞았다.

마지막 메뚜기는 창을 떨궜다. "항복. 항복한다."

"아니. 넌 죽는다." 카고가 아라크를 한 번 휘둘러 그자의 머리통을 날렸다. 발리리아 강철은 기름 덩어리를 베듯 살과 뼈와 연골을 갈랐다. "소리가 너무 컸어." 카고가 불평했다. "귀 있는 놈이면 다 들었을 거야."

"개였잖아." 쿠엔틴이 말했다. "오늘 암호는 개라고 했잖아. 왜 우릴 통과시켜주지 않은 거지? 우리가 듣기론……."

"너희 계획이 미친 짓이라는 말을 들은 건 잊었나?" 이쁜이 메리스가 말했다. "하러 온 일이나 해."

'드래곤.' 쿠엔틴 공자는 생각했다. '그래. 우린 드래곤을 찾으러 왔지.' 토할 것 같은 기분이었다. '내가 여기에서 뭘 하는 거지? 아버지시여, 왜죠? 네 명이 순식간에 죽어버렸는데, 무엇 때문이었죠?' "불과 피." 그는 속삭였다. "피와 불." 발치에 고인 피가 벽돌 바닥으로 스며들고 있었다. 불은 저 문 너머에 있었다. "쇠사슬…… 우리에겐 열쇠가 없어……."

아치가 말했다. "열쇠 여기 있어." 그는 전투 망치를 강하고 빠르게 휘둘렀다. 망치가 자물쇠를 때리자 불똥이 튀었다. 그리고 다시, 다시, 다시. 다섯 번째 타격에 자물쇠가 부서지고, 쇠사슬이 피라미드 절반은 들었겠다 싶을 만큼 커다랗게 찔그렁 소리를 내며 떨어졌다. "마차 가져와." 드래곤들은 배가 부르면 더 유순할 것이다. '새까맣게 탄 양고기를 실컷 먹이자.'

아치발드 이론우드가 철문 양쪽을 붙잡고 당겨 열었다. 자물쇠 부서지는 소리에 깨지 않은 사람까지 다 깨우겠다는 듯, 녹슨 돌쩌귀가 요란한 소리를 울렸다. 갑작스러운 열기가 그들을 덮쳤다. 재와 유황, 그리고 탄 고기 냄새가 짙었다.

문 너머는 암흑, 살아 움직이고 위협적이며 굶주린 듯한 음산하고 칠흑 같은 어둠이었다. 쿠엔틴은 그 어둠 속에 똬리를 틀고 기다리는 뭔가를 감지할 수 있었다. '전사여, 제게 용기를 주소서.' 그는 기도했다. 이러고 싶지 않았지만, 다른 길이 보이지 않았다. '대너리스가 왜 나에게 드래곤들을 보여줬겠어? 내가 스스로를 증명해 보이길 원하는 거야.' 게리스가 횃불을 건넸다. 그는 문안으로 발을 디뎠다.

'녹색이 라에갈. 하얀색이 비세리온.' 그는 스스로에게 상기시켰다. '이름을 써서 명령해. 차분하지만 엄하게 말해. 대너리스가 투기장에서 드로곤을 굴복시켰듯이, 그 둘을 굴복시키는 거야.' 대너리스는 비단 조각만 두르고 혼자였는데도 두려움이 없었다. '두려워하지 말아야 해. 대너리스가 했으니, 나도 할 수 있어.' 두려움을 보이지 않는 게 중요했다. '평범한 짐승도 두려움의 냄새를 맡을 수 있는데, 드래곤은…….' 그가 드래곤에 대해 무엇을 알던가? '누구든 드래곤에 대해 뭘 알겠어? 1세기 넘게 세상에 없었는데.'

구덩이 가장자리가 코앞이었다. 쿠엔틴은 횃불을 이리저리 움직이며 천천히 걸어갔다. 벽과 바닥과 천장이 불빛을 빨아들였다. '탔구나.' 그는 깨달았다. '벽돌이 새카맣게 타서 재가 되어 부스러지고 있어.' 한 걸음 디딜 때마다 공기가 더 따뜻해졌다. 땀이 흐르기 시작했다.

두 개의 눈동자가 앞에 솟아올랐다.

청동빛이었다. 잘 닦은 방패보다 더 반짝였고, 자체 열로 이글거리는 두 눈동자가 드래곤의 콧구멍에서 뿜어져 나오는 연기 베일 뒤에서 불탔다. 쿠엔틴의 햇불 빛이 암녹색 비늘을 비췄다. 해 질 녘, 마지막 햇살이 스러지기 직전의 깊은 숲속 이끼와 같은 색깔이었다. 드래곤이 입을 열자 빛과 열이 밀려왔다. 날카로운 검은 이빨 울타리 뒤로 용광로 불빛이, 그의 손에 들린 햇불의 백 배는 밝은 불이 잠들어 일렁이는 빛이 보였다. 드래곤의 머리는 말 한 마리보다 컸고, 머리를 들어 올리자 목이 거대한 녹색 뱀처럼 늘어나고 또 늘어나더니, 두 개의 번쩍이는 청동색 눈동자가 그를 내려다보고 있었다.

'녹색. 비늘이 녹색이야.' 그는 생각했다. "라에갈." 목소리가 목에 걸려서 듣기 싫게 꺽꺽거렸다. 개골대는 소리 같았다. '개구리구나. 내가 다시 개구리가 되고 있어.' 그는 개골거리면서 기억해냈다. "먹을 것. 먹을 것을 가져와."

아치가 그 말을 들었다. 아치는 마차에 실린 양의 두 다리를 잡아 들어 올리고, 빙 돌려 구덩이 안으로 던져 넣었다.

라에갈은 허공에서 양을 처리했다. 머리가 휙 움직이더니, 주둥이에서 화염 창이 쏘아져 나왔다. 녹색 결이 섞인 소용돌이치는 오렌지색과 노란색 불길의 폭풍이 허공을 꿰뚫었고, 양은 떨어지기도 전에 불타고 있었다. 그리고 벽돌을 때리기 전에 드래곤의 이빨이 연기가 오르는 사체를 덥석 물었다. 아직도 사체 주위에 후광처럼 불길이 넘실대고 있었다. 타는 양털과 유황 냄새가 매캐했다. '드래곤의 악취야.'

"두 마리라고 생각했는데." 아치가 말했다.

'비세리온. 그래. 비세리온은 어디 있지?' 쿠엔틴은 아래 어둠 속을 비추려고 횃불을 낮췄다. 녹색 드래곤이 연기 오르는 양 사체를 물어뜯는 모습, 먹으면서 긴 꼬리를 이리저리 휘두르는 모습이 보였다. 목에 감긴 두꺼운 쇠목걸이와, 거기서 끊어져 달랑거리는 1미터 정도의 쇠사슬도 보였다. 구덩이 바닥의 새까맣게 탄 뼈들 사이에 부서진 쇠고리가 흩어져 있었다. 반쯤 녹아내려 비틀린 금속 덩이였다. '지난번에 왔을 때 라에갈은 벽과 바닥에 사슬로 묶여 있었지만, 비세리온은 천장에 매달려 있었어.' 쿠엔틴은 기억을 떠올리고 횃불을 들어 올리며 뒤로 물러서서 고개를 젖혔다.

잠시 동안은 드래곤의 화염에 그을려 새카매진 벽돌 아치밖에 보이지 않았다. 부스스 떨어지는 잿가루가 움직임을 드러냈다. 뭔가 하얀 것이 반쯤 숨어서 몸을 움직이고 있었다. 쿠엔틴은 깨달았다. '동굴을 만들었구나. 벽돌 안을 파서.' 미린 대파라미드 기단부는 위에 얹은 거대한 건축물의 무게를 지탱하기 위해 두껍고 육중하게 만들어졌다. 기단부 안벽만 해도 어지간한 성의 바깥벽 세 배는 되는 두께였다. 비세리온은 화염과 발톱으로 그 속에 구멍을 뚫어놓았다. 그 안에서 자도 될 만큼 큰 구멍이었다.

'그리고 우리가 방금 깨웠어.' 쿠엔틴은 벽이 곡선을 그리며 천장으로 이어지는 지점 안에서 거대한 하얀 뱀 같은 것이 똬리를 푸는 모습을 볼 수 있었다. 잿가루가 더 흩날렸고, 부스러진 벽돌 조각도 떨어졌다. 뱀이 목과 꼬리로 변하더니, 뿔이 달린 드래곤의 긴 머리통이 나타나서 금빛 석탄처럼 어둠 속에서 눈을 빛냈다. 날개가 드드득 소리를 내며 펼쳐졌다.

쿠엔틴의 모든 계획이 머릿속에서 달아났다. 시체 살해자 카고가 용병들에게 외치는 소리를 들을 수 있었다. '쇠사슬. 쇠사슬을 가져오라고 하고 있어.' 도르네 공자는 생각했다. 계획은 여왕이 그랬듯이 이 야수들에게 고기를 먹이고, 무기력한 상태일 때 쇠사슬을 감는 것이었다. 한 마리라도. 두 마리면 더 좋고.

"고기를 더 가져와." 쿠엔틴이 말했다. '배불리 먹으면 게을러질 거야.' 도르네에서 뱀들을 잡을 때는 그게 통했지만, 여기에서, 이 괴물들을 상대로는……. "가져…… 가져와……."

비세리온이 하얀 가죽 날개를 쫙 펼치고 천장에서 날아내렸다. 목에 매달린 끊어진 쇠사슬이 마구 흔들렸다. 붉은색과 오렌지색이 섞인 백금색 화염이 구덩이를 밝히고, 하얀 날개가 퍼덕이자 퀴퀴한 공기에 뜨거운 재와 유황 구름이 폭발하듯 피어올랐다.

누군가의 손이 쿠엔틴의 어깨를 잡았다. 손에서 날아간 횃불이 바닥에 통통 튀다가 여전히 불이 붙은 채로 구덩이 속에 굴러 들어갔다. 그는 놋쇠 원숭이와 마주 보고 있었다. '게리스.' "쿠엔틴, 이건 안 되겠어. 저 녀석들은 너무 야생이야. 저건……."

드래곤이 사자 백 마리라도 도망치게 만들 포효를 내지르며 도르네인들과 문 사이에 내려앉았다. 침입자들을 살펴보느라 머리가 이리저리 움직였다. 도르네인들, 바람결단, 카고. 그리고 마지막이자 제일 오래 이쁜이 메리스를 쿵쿵거리며 응시했다. '여자라서야.' 쿠엔틴은 깨달았다. '여자라는 걸 아는 거야. 대너리스를 찾고 있어. 어머니를 보고 싶은데, 왜 여기에 없는지 모르겠어서.'

쿠엔틴은 게리스의 손을 뿌리치고 외쳤다. "비세리온." '하얀 드래곤이 비세리온이야.' 잠시 동안 잘못 알았나 두려웠다. "비세리온." 그는 허리춤에 매단 채찍을 찾아 더듬거리며 다시 외쳤다. '대너리스는 채찍으로 검은 드래곤을 굴복시켰어. 나도 똑같이 해야 해.'

드래곤은 자기 이름을 알았다. 고개를 돌리고, 심장이 천천히 세 번 뛸 동안 도르네 공자에게 시선을 두었다. 반짝이는 검은 단검 같은 이빨들 너머에서 하얀 화염이 타올랐다. 눈동자는 녹인 금으로 만든 호수 같았고, 콧구멍에서는 연기가 피어올랐다.

"숙여." 쿠엔틴이 말했다. 그러고 나서 기침을 하고, 또 했다.

공기 중에 연기와 유황 냄새가 너무 지독해서 숨이 막혔다.

비세리온은 흥미를 잃었다. 바람결단 쪽으로 몸을 돌리더니, 문으로 달려들었다. 죽은 병사들의 피 냄새를 맡았거나, 푸주한 마차에 실린 고기 냄새를 맡았을까. 아니면 이제야 길이 열렸다는 사실을 알았을지도 모른다.

쿠엔틴은 용병들의 고함을 들었다. 카고가 쇠사슬을 가져오라고 외치고, 이쁜이 메리스는 누군가에게 비켜서라고 소리치고 있었다. 땅에 내려선 드래곤은 무릎과 팔꿈치를 대고 움직이는 사람처럼 어색하게 움직였지만, 그래도 쿠엔틴이 믿을 수 없을 만큼 빨랐다. 바람결단이 비켜서기엔 너무 늦었을 때, 비세리온이 다시 포효를 내질렀다. 쿠엔틴은 쇠사슬이 덜그럭거리는 소리, 노궁을 쏘는 텅 소리를 들었다.

"안 돼." 그는 소리 질렀다. "안 돼, 하지 마, 그러지 마." 그러나 너무 늦었다. 화살이 비세리온의 목에 맞고 튕겨 어둠 속으로 사라지는 사이 쿠엔틴에게는 '바보'라는 생각을 할 시간밖에 없었다. 화살이 스친 자리에 불타는 선이 반짝였다. 금색과 붉은색으로 빛나는 드래곤의 피였다.

노궁수는 화살을 더 찾으려고 허둥거리다가 드래곤의 이빨에 목을 물렸다. 놋쇠 짐승의 가면은 무시무시한 호랑이였다. 노궁수가 무기를 떨구고 비세리온의 턱에서 벗어나려 애쓰는 사이, 그 호랑이의 입에서 화염이 터져 나왔다. 남자의 눈동자가 팍 하는 소리와 함께 터지고, 놋쇠가 흘러내리기 시작했다. 드래곤이 용병의 목에 붙은 살 대부분을 뜯어내어 삼키는 사이에 불타는 시체가 바닥으로 무너졌다.

다른 바람결단원들은 후퇴하고 있었다. 이건 이쁜이 메리스라 해도 감당할 배짱이 없는 일이었다. 비세리온의 뿔 달린 머리통이 먹잇감과 후퇴하는 용병들 사이를 오갔지만, 그는 곧 용병들을 잊고 목을 구부려 죽은 남자를 또 한 움큼 뜯어냈다. 이번에는 다리 아래쪽이었다.

쿠엔틴은 채찍을 풀었다. "비세리온." 이번에는 아까보다 더 크게 외쳤다.

할 수 있었다. 해낼 것이다. 아버지가 이 일을 위해 세상 끝까지 그를 보냈는데, 실망시키지 않을 것이다. "비세리온!" 그는 '딱!' 소리가 시커메진 벽에 메아리치도록 허공을 채찍질했다.

하얀 머리통이 올라왔다. 거대한 금빛 눈이 가늘어졌다. 드래곤의 콧구멍에서 연기가 나선을 그리며 피어올랐다.

"숙여." 쿠엔틴은 명령했다. '놈에게 두려움을 들켜선 안 돼.' "숙여, 숙여, 숙이라고." 그는 채찍을 모아다가 드래곤의 얼굴을 때렸다. 비세리온이 쉭 소리를 냈다.

다음 순간 뜨거운 바람이 그를 때렸고, 가죽 날개 치는 소리가 들렸고, 허공에 잿가루가 가득 찼고, 무시무시한 포효가 새까맣게 탄 벽돌에 메아리쳤고, 친구들이 마구 외쳐대는 소리가 들렸다. 게리스는 그의 이름을 거듭거듭 불렀고, 아치는 목청껏 소리치고 있었다. "네 뒤, 네 뒤, 네 뒤에!"

쿠엔틴은 돌아서서 왼팔을 올려 뜨거운 바람에서 눈을 가렸다. '라에갈.' 그는 기억을 돌이켰다. '녹색 드래곤은 라에갈이야.'

채찍을 들어 올려보니, 채찍이 타고 있었다. 그의 손도 타고 있었다. 아니 온몸이, 모든 곳이 불타고 있었다.

'아.' 그는 생각했다. 그리고 비명을 지르기 시작했다.

존

"죽게 놓아두시오." 셀리스 왕비가 말했다.

존 스노우가 예상한 대답이었다. '이 왕비는 실망시키는 일이 없지.' 그렇다고 타격이 완화되지는 않았다. 그는 고집스럽게 계속 말했다. "전하, 수천 명이 하드홈에서 굶어 죽어가고 있습니다. 다수가 여자와—"

"아이란 말이지, 그래. 정말 슬프군." 왕비는 딸을 가까이 끌어당겨 뺨에 입을 맞췄다. '회색비늘이 망치지 않은 뺨이군.' 존은 놓치지 않았다. "물론 어린아이들은 안됐지만, 합리적으로 굴어야지. 우리에겐 베풀 음식이 없고, 그 아이들은 너무 어려서 내 남편인 우리 왕의 전쟁에 도움이 되지도 않소. 빛 속에서 다시 태어나게 두는 것이 나아."

죽게 내버려두라는 말을 돌려 했을 뿐이었다.

방 안에는 사람이 가득했다. 시린 왕녀가 어머니 옆에 서 있었고, 패치페이스는 왕비의 발치에 다리를 접고 앉았다. 왕비 뒤에는 액셀 플로렌트 경이 버티고 섰다. 아샤이의 멜리산드레는 불 가까이에 서 있었고, 숨을 내쉴 때마다 목에 걸린 루비가 고동쳤다. 붉은 여인에게도 수행원들이 있었다. 왕의 종자인 데반 시워스와 왕이 남겨두고 간 두 위병이었다.

셀리스 왕비의 호위들은 벽에 늘어섰는데, 하나같이 반짝이는 기사들이었다. 말레곤 경, 베네톤 경, 나버트 경, 파트렉 경, 도어덴 경, 브루스 경. 캐슬블랙에 피에 굶주린 야인이 들끓다 보니, 셀리스는 자신의 맹약위사들을 밤이고 낮이고 대동했다. 거인의 재앙 토르문드는 그 얘길 듣고 폭소했었다. "납치라도 당할까 두려운가 보구먼? 내 거시기가 얼마나 큰지 말하지 않았길 빈다, 존 스노우. 어떤 여자라도 무서워할 크기거든. 난 언제나 콧수염 달린 여자와 해보고 싶었어." 그렇게 말하고 그는 웃고 또 웃었었다.

'지금은 토르문드라도 웃지 않을걸.'

여기에서 낭비한 시간은 이미 충분했다. "전하의 심기를 어지럽혀 죄송합니다. 이 문제는 밤의 경비대가 처리하겠습니다."

왕비의 콧구멍이 벌름거렸다. "아직도 하드홈으로 달려갈 생각이로군. 얼굴에서 다 보여. 내가 죽게 내버려두라고 했는데도 이 미친 짓거리를 고집할 생각이야. 부인하지 마시오."

"저는 제가 최선이라고 생각하는 일을 해야 합니다. 외람되오나 전하, 장벽은 제 것이고, 이 결정도 제 몫입니다."

"그렇지." 셀리스는 동의했다. "그리고 왕이 돌아오시면 책임을 지게 될 거요. 공이 내린 다른 결정들에 대해서도 그럴 것이고. 하지만 공은 분별 있는 말에 귀 기울이지 않는다는 걸 알겠어. 해야 하는 일을 하시오."

말레곤 경이 입을 열었다. "스노우 공, 그 순찰은 누가 이끄는 거요?"

"경이 자원하는 건가요?"

"내가 그렇게 바보로 보이시오?"

패치페이스가 껑충 뛰어 일어났다. "제가 이끌게요!" 종소리가 명랑하게 울렸다. "바닷속으로 행군했다가 다시 나올 거예요. 파도 아래에서는 해마를 탈 것이고, 인어들이 소라고둥을 불어서 우리가 가는 걸 알리겠지요, 오 오 오."

다들 웃음을 터뜨렸다. 셸리스 왕비마저도 엷은 웃음을 지었다. 존은 별로 재미있지 않았다. "제가 하지 않을 일을 제 대원들에게 시킬 수야 없지요. 이번 순찰은 제가 직접 이끌 작정입니다."

"담대하기도 하구려." 왕비가 말했다. "짐이 허락하지. 분명 이후에 어떤 음유시인이 공에 대해 감동적인 노래를 만들 테고, 우리는 좀 더 분별 있는 총사령관을 얻게 되겠군." 왕비는 와인을 한 모금 마셨다. "다른 문제에 대해 이야기해봅시다. 액셀, 부디 야인 왕을 데려와주겠어요?"

"즉시 대령하겠습니다, 전하." 액셀 경이 문으로 나갔다가 잠시 후에 왕의 피 게릭을 데리고 돌아와서 선언했다. "레드비어드(Redbeard, 붉은 수염) 가문의 게릭. 야인의 왕입니다."

왕의 피 게릭은 다리가 길고 어깨가 넓으며 키가 큰 남자였다. 보아하니 왕비가 남편의 낡은 옷을 입힌 모양이었다. 깨끗하게 목욕하고, 긴 붉은 머리를 새로 감고 불 같은 수염을 깎아 다듬고 초록색 벨벳 옷과 흰담비 반망토를 걸친 야인은 모든 면에서 남부 영주처럼 보였다. '킹스랜딩의 알현실에 걸어 들어가도 누가 눈 하나 깜짝하지 않겠군.' 존은 생각했다.

"게릭은 진정하고 정당한 야인 왕이오." 왕비가 말했다. "위대한 왕이었던 붉은 수염에서 아들과 아들로 끊이지 않고 이어진 직계로, 평민 여자와 공의 검은 형제 누군가의 사이에서 태어난 찬탈자 만스 레이더와는 다르지."

'아니요.' 존은 그렇게 말할 수도 있었다. '게릭은 붉은 수염 레이먼의 동생의 직계입니다'라고. 자유민들 사이에서 그건 붉은 수염 레이먼의 말을 조상으로 둔 것과 마찬가지였다. '저들은 아무것도 몰라, 이그리트. 더 나쁜 건, 배우지도 않는다는 거야.'

"게릭은 관대하게도 우리 사랑하는 액셀과 큰딸을 결혼시키고, 빛의 군주께서 맺어주시는 성스러운 혼례를 치르기로 동의했다오." 셸리스 왕비가 말했다. "다른 딸들도 동시에 결혼할 것이오. 둘째 딸은 브루스 버클러 경과, 막내딸은 레드풀의 말레곤 경과."

"경들." 존은 거론된 기사들 쪽으로 고개를 기울였다. "약혼자와 행복을 찾으시길 빕니다."

"바닷속에서는 남자들이 물고기와 결혼한다네." 패치페이스가 종을 울리며 살짝 춤을 췄다. "그렇다네, 그렇다네, 그렇다네."

셀리스 왕비가 콧방귀를 뀌었다. "세 쌍이나 네 쌍이나 똑같이 간단하게 치를 수 있지. 그 발이라는 여자가 자리를 잡을 때가 지났소, 스노우 공. 난 발이 나의 충실하고 훌륭한 기사, 왕의 산의 파트렉 경과 결혼하는 것으로 결정했소."

"발은 들었습니까, 전하?" 존이 물었다. "자유민들 사이에서는 남자가 어떤 여자를 원하면 그 여자를 훔쳐서 힘과 기지와 용기를 증명해야 합니다. 구혼자는 여자의 친척들에게 잡히면 심하게 두들겨 맞게 되고, 여자가 직접 남자가 자격이 없다는 것을 밝히게 되면 더 심한 대접을 받을 각오를 해야 합니다."

"야만스러운 관습이군." 액셀 플로렌트가 말했다.

파트렉 경은 그저 쿡쿡거렸다. "어떤 남자도 내 용기에 의문을 표한 적이 없지. 어떤 여자도 그럴 일 없을 것이고."

셀리스 왕비는 입술을 오므렸다. "스노우 공, 발 아가씨는 우리 방식을 잘 알지 못하니 고귀한 숙녀가 남편에게 지켜야 할 의무를 가르칠 수 있게 나에게 보내주시오."

'그거 아주 멋지게 돌아가겠군.' 존은 왕비가 발이 시린 왕녀에 대해 느끼는 바를 알아도 자기 기사와 결혼시키는 데 그렇게 열성적일까 궁금했다. "분부대로 하지요. 하지만 제 생각을 자유롭게 말씀드려도 된다면ㅡ"

"아니, 안 될 것 같구려. 이제 나가봐도 좋소."

존 스노우는 무릎을 굽히고, 고개를 숙이고, 물러났다.

그는 왕비의 병사들에게 고개를 까딱이며 한 번에 두 계단씩 내려갔다. 왕비는 흉악한 야인들로부터 몸을 보호하고자 층계참마다 병사를 배치해 두었다. 반쯤 내려갔을 때, 위쪽에서 목소리가 들렸다. "존 스노우."

존은 몸을 돌렸다. "멜리산드레 님."

"우린 대화를 해야 해요."

"그런가요?" '난 아닌 것 같은데.' "제겐 할 일이 있습니다."

"내가 이야기하려는 것도 그 할 일들에 대한 겁니다." 멜리산드레는 새빨간 치맛자락으로 계단을 쓸면서 내려왔다. 마치 허공에 떠 있는 것 같았다. "다이어울프는 어디 있죠?"

"제 방에서 잡니다. 왕비 전하께선 고스트를 데려오게 허락하지 않으세요. 왕녀가 무서워한다고 하시지요. 그리고 보로크와 보로크의 멧돼지가 주위에 있는 동안에는 감히 고스트를 풀어놓을 수가 없습니다." 바다표범잡이의 일족을 그린가드로 실어간 마차들이 돌아오면, 변신자 보로크는 방패 분쇄기 소렌과 함께 있도록 스톤도어로 보낼 예정이었다. 그때까지 보로크는 성 안 공동묘지 옆에 있는 오래된 무덤들 중 하나에 거처를 정했다. 그에게는 오래전에 죽은 자들과 함께 있는 것이 산 자들과 있는 것보다 잘 어울렸고, 그의 돼지는 다른 동물들과 멀찍이 떨어져서 무덤을 파헤치고 다니는 게 행복한 것 같았다. "그 돼지는 몸집이 황소만 하고 엄니는 장검처럼 길어요. 고스트를 풀어줬다간 그놈을 쫓아갈 텐데, 둘이 마주치면 둘 중 하나, 어쩌면 둘 다 살아남지 못할 겁니다."

"보로크는 걱정거리도 못 돼요. 이번 순찰……."

"한마디해주시면 왕비님을 움직일 수도 있겠지요."

"이번 일은 셀리스가 옳아요, 스노우 공. 죽게 내버려두세요. 당신은 구하지 못해요. 배도 잃어버렸고—"

"여섯 척 남았습니다. 함대의 절반이 넘어요."

"배는 잃어버렸어요. 전부 다. 단 한 명도 돌아오지 않아요. 내 불 속에서 봤어요."

"당신의 불은 전에도 거짓말을 했습니다."

"내가 실수했다는 점은 인정하지만—"

"죽어가는 말을 탄 회색 소녀. 어둠 속의 단검. 연기와 소금 속에서 태어난 약속된 왕자. 제게는 멜리산드레 님이 실수만 하시는 것 같은데요. 스타니스는 어디 있습니까? 래틀셔츠와 같이 간 창 마누라들은요? 제 누이는 어디 있습니까?"

"당신의 의문은 모두 답을 받을 거예요. 하늘을 봐요, 스노우 공. 그리고 답을 얻거든, 나를 불러요. 이제 겨울이 거의 닥쳤어요. 내가 당신의 유일한 희망이에요."

"어리석은 희망이죠." 존은 몸을 돌리고 그곳을 떠났다.

바깥으로 나가자 레더스가 마당을 어슬렁거리고 있었다. "토레그가 돌아왔습니다." 그는 존이 나타나자 보고했다. "토레그의 아버지가 오큰실드에 사람들을 정착시켰고, 오늘 오후에 전사 80명과 같이 돌아올 거랍니다. 수염 난 왕비는 뭐랍니까?"

"전하께선 아무 도움도 제공할 수 없다는군."

"턱에 난 털을 뽑느라 너무 바쁜가 보죠?" 레더스가 침을 뱉었다. "상관없습니다. 토르문드의 부하들과 우리 대원들이면 충분할 겁니다."

'거기까지 가기엔 충분하겠지.' 존 스노우가 걱정하는 건 돌아오는 여정이었다. 돌아올 때는 아프고 굶주린 사람이 다수인 자유민 수천 명 때문에 느려질 것이다. '얼어붙은 강보다 더 느리게 흐르는 사람의 강이 되겠지.' 위험에 취약해질 것이다. '숲에 죽은 것들. 물속에 죽은 것들.' "얼마나 많은 수면 충분할까?" 그는 레더스에게 물었다. "백 명? 200명? 500명? 천 명?" '더 데려가야 하나, 덜 데려가야 하나?' 소규모 순찰대라면 하드홈에 더 빨리 도착할 테지만…… 식량도 없이 병력만으로 무슨 소용이 있을까? 두더지 엄마와 그녀를 따라간 사람들은 이미 자기네 시체를 먹을 지경에 이르렀다. 그들을 먹으려면 수레와 마차를 끌고 가야 하고, 그걸 끌 짐승들도 필요했다. 말과 소, 개까지. 숲을 날 듯이 통과하는 게 아니라 기어가듯이 움직이게 될 터였다. "아직 결정할 게 많아. 말을 퍼트리게. 저녁 당직이 시작될 때 우두머리 전원이 방패관에 모였으면 좋겠군. 토르문드도 그때까진 돌아와 있겠지. 토레그는 어디서 찾을 수 있지?"

"작은 괴물과 있을걸요. 괴물의 유모 중 하나를 좋아하게 됐다고 들었습니다."

'발을 좋아하게 됐겠지. 발의 언니는 왕비였는데, 발이라고 안 되겠어?' 토르문드는 만스에게 지기 전에 장벽 너머의 왕이 될 생각을 한 적이 있었다. 키다리 토레그도 같은 꿈을 꾸고 있을지 몰랐다. '왕의 피 게릭보다야 토레그가 낫지.' 존은 말했다. "그럼 놔두지. 토레그와는 나중에 이야기할 수 있어." 그는 왕의 탑을 지나치면서 위를 슬쩍 올려다보았다. 장벽은 희끄무레했고, 그 위 하늘은 더 희었다. '눈이 올 하늘이군.' "폭풍이 또 오지 않기만 빌자고."

무기고 바깥에는 멀리와 '벼룩'이 벌벌 떨면서 지키고 서 있었다. "이 바람을 피해서 안으로 들어가는 게 낫지 않겠어?" 존이 물었다.

"그러면 좋겠지만요." 벼룩 풀크가 말했다. "사령관님 늑대가 오늘은 사람을 받아줄 기분이 아닙니다."

멀리가 맞장구를 쳤다. "절 물려고 했어요. 정말입니다."

"고스트가?" 존은 충격받았다.

"사령관님께 하얀 늑대가 한 마리 더 있다면 모를까요. 이런 모습은 처음 봤습니다, 사령관님. 완전히 야생동물 같아요."

존이 안으로 들어가서 보니 그 말대로였다. 거대한 하얀 다이어울프는 가만히 엎드려 있질 않았다. 차가운 대장간 앞을 지나쳤다가 돌아오며, 무기고 한쪽 끝에서 반대쪽 끝까지 계속 걸어 다녔다. "진정해, 고스트." 존은 외쳤다. "엎드려. 앉아, 고스트. 앉아." 그러나 존이 건드리려 하자 늑대는 털을 곤두세우며 이를 드러냈다. '그 망할 돼지 때문이야. 고스트는 이 안에서도 그 돼지의 악취를 맡을 수 있어.'

모르몬트의 까마귀도 흥분한 모습이었다. "스노우." 까마귀는 계속 우짖었다. "스노우, 스노우, 스노우." 존은 까마귀를 쫓고 새틴에게 불을 피우게 한 후, 보웬 마시와 오델 야윅을 데려오라 일렀다. "멀드와인도 한 병 가져와라."

"잔은 세 개 가져올까요?"

"여섯 개로 해. 멀리와 벼룩에게 몸을 데울 게 필요해 보이더라. 너도 그럴 거고."

새틴이 나가자 존은 앉아서 장벽 북쪽 땅의 지도를 다시 보았다. 하드홈으로 가는 제일 빠른 방법은 해안선을 따라가는 것이었다…… 이스트워치에서부터. 바다 근처에서는 숲이 덜 빽빽했고, 지형이 대부분 평지와 굽이치는 언덕, 소금물 습지였다. 그리고 가을 폭풍이 으르렁거리면, 해안선에는 눈보다 진눈깨비와 우박과 차가운 비가 내렸다. '거인들이 이스트워치에 있고, 레더스는 그게 도움이 될 거라고 해.' 캐슬블랙에서 귀신 들린 숲 한가운데를 지나는 길은 더 힘들었다. '장벽에 눈이 이 정도로 쌓였다면, 저 위는 얼마나 심할까?'

마시는 코를 훌쩍이며, 야윅은 시무룩해서 들어왔다. "폭풍이 또 오는군요." 야윅이 말했다. "이런 날씨에 어떻게 일을 합니까? 건설자가 더 필요해요."

"자유민을 써요." 존이 말했다.

야윅은 고개를 저었다. "그 작자들은 하는 일보다 말썽이 더 큽니다. 엉성하고, 부주의하고, 게으르고……. 가끔 좋은 목공이 있다는 걸 부인하진 않겠지만, 석공은 거의 없고 대장장이는 아예 없어요. 짐은 잘 질지 몰라도 시키는 대로 하질 않아요. 게다가 요새로 바꿔놓아야 할 폐허가 한둘이어 야죠. 못 합니다, 사령관님. 솔직하게 하는 말이에요. 이건 안 돼요."

"될 겁니다." 존이 말했다. "아니면 그 사람들은 폐허에서 살겠지요."

사령관은 정직한 조언을 해주리라 믿을 수 있는 사람들을 주위에 두어야 했다. 마시와 야윅은 아첨꾼이 아니었고, 그건 좋은 일이었다……. 그러나 그들이 도움이 되는 일도 드물었다. 갈수록 무슨 요구를 하기 전에 그 둘이 뭐라고 대답할지 알겠다 싶어졌다.

특히 자유민 문제에서는 그들의 반감이 뼛속 깊었다. 존이 스톤도어에 방패 분쇄기 소렌을 배치하자, 야윅은 너무 외딴 곳이라고 불평했다. 소렌이 그 산 위에서 무슨 나쁜 짓을 한들 어떻게 알겠느냐면서 말이다. 존이 오큰실드에 거인의 재앙 토르문드를, 퀸스게이트에 하얀 가면 모나를 배치하자고 하자 마시는 그렇게 하면 양옆에 캐슬블랙을 나머지 장벽으로부터 쉽게 고립시킬 수 있는 적을 두는 셈이라고 지적했다. 보로크에 대해 오델 야윅은 스톤도어 북쪽 숲에는 야생 돼지가 가득하다고, 변신자가 자기만의 돼지 군대를 만들지 않는다고 누가 장담하겠냐고 주장했다.

호어프로스트힐과 라임게이트에는 아직도 수비군이 없었기에, 존은 남아 있는 야인 부족장과 군사 지도자 중에 누가 그 성을 지키는 데 어울릴지 그들의 견해를 물었다. "우리에겐 브로그, 장사꾼 개빈, 큰 바다코끼리…… 토르문드에게 들으니 방랑자 하우드는 혼자 다닌다지만, 그래도 사냥꾼 하알, 미남 하알, 눈먼 도스가 있고…… 노부(老父) 이곤도 한 무리를 이끌긴 하는데 주로 자기 아들과 손자예요. 아내를 열여덟 두었고 절반은 약탈 중에 훔쳤다는군요. 이 중에……."

"없습니다." 보웬 마시는 그렇게 대답했었다. "저는 그자들 모두가 이전에 무슨 짓을 했는지 압니다. 성을 줄 게 아니라 올가미에 매달아야 해요."

"맞습니다." 오델 야윅도 맞장구를 쳤다. "나쁜 놈과 더 나쁜 놈, 최악의 놈 중에서 고르라니요. 사령관님께선 늑대 한 무리를 내놓고 어느 녀석에게 우리 목을 찢기면 좋을지 묻는 셈입니다."

하드홈 문제에서도 똑같았다. 새틴이 와인을 따르는 동안 존은 왕비와의 알현에 대해 이야기했다. 마시는 멀드와인을 무시하고 신중하게 귀 기울인 반면, 야윅은 한 잔 쭉 마시고 또 한 잔을 마셨다. 하지만 존이 이야기를 끝내기가 무섭게 마시가 말했다. "왕비 전하께서 현명하시군요. 죽게 내버려 둡시다."

존은 등을 뒤로 기댔다. "내놓을 수 있는 조언이 그것뿐입니까? 토르문드는 80명을 데리고 오고 있어요. 우리는 얼마나 보내야 할까요? 거인들을 소집할까요? 롱배로에 있는 창 마누라들은 어때요? 여자들이 같이 있으면, 두더지 엄마 쪽 사람들이 긴장을 풀지 몰라요."

"그럼 여자들을 보내시죠. 거인들을 보내세요. 젖먹이 아기들도 보내시고. 사령관님이 듣고 싶은 말이 그겁니까?" 보웬 마시는 해골 다리에서 얻은 흉터를 문질렀다. "다 보내세요. 없어지면 없어질수록 먹일 입도 줄어들겠죠."

야윅도 도움이 되지 않기는 마찬가지였다. "하드홈에 있는 야인들에게 구조가 필요하다면, 여기 야인들이 구하러 가라고 해요. 토르문드는 하드홈으로 가는 길을 알죠. 말하는 것만 들으면 그놈의 거대한 거시기만으로 다 구하고도 남겠습니다."

'무의미한 회의였어.' 존은 생각했다. '무의미하고, 성과도 없고, 희망도 없군.' "두 분 조언에 감사드립니다."

다시 망토를 걸치는 두 사람을 새틴이 거들었다. 그들이 무기고를 걸어 나가는 동안, 고스트는 꼬리를 빳빳하게 들고 털을 곤두세운 채 두 사람의 냄새를 맡았다. '내 형제들.' 밤의 경비대에는 아에몬 학사의 지혜와 샘웰 탈리의 배움, 반쪽 손 퀴린의 용기, 늙은 곰의 고집스러운 의지, 도날 노이의 연민하는 마음을 지닌 지도자들이 필요했다. 그 대신 있는 게 저들이었다.

바깥에는 눈이 펑펑 쏟아지고 있었다. 야윅이 말했다. "남쪽에서 바람이 부는군요. 장벽에 눈을 날려 보내고 있어요. 보이십니까?"

그 말대로였다. 지금 보니 지그재그 계단이 거의 첫 번째 층계참까지 눈에 파묻혔고, 얼음 감옥과 저장고로 통하는 나무 문들이 하얀 벽에 가려져 있었다. "얼음 감옥에 몇 명이나 있죠?" 존은 보웬 마시에게 물었다.

"산 사람 네 명, 죽은 사람 두 명입니다."

'시체들.' 존도 그 시체에 대해서는 거의 잊고 있었다. 영목 숲에서 가지고 돌아온 시체들에서 뭔가를 배울 수 있지 않을까 했지만, 그 시체들은 고집스럽게 죽어 있기만 했다. "감옥을 파내야겠군요."

"집사 열 명과 삽 열 자루면 됩니다." 마시가 말했다.

"운운도 쓰세요."

"분부 받들지요."

집사 열 명과 거인 하나가 금세 눈 더미를 치웠지만, 문이 드러나고 나서도 존은 만족하지 못했다. "아침이면 저 감옥들이 다시 파묻힐 거야. 질식해 죽기 전에 죄수들을 옮기는 게 좋겠군."

"카스타크도 말입니까?" 벼룩 풀크가 물었다. "그놈은 그냥 봄까지 덜덜 떨고 있게 두면 안 될까요?"

"그럴 수만 있다면야." 크레간 카스타크는 늦은 밤에 울부짖고, 누구든 밥을 주러 오는 사람에게 얼어붙은 얼굴로 덤벼들었다. 감시병들이 좋아할 리가 없었다. "사령관의 탑으로 데려가. 그 탑의 지하실이면 가둘 만해." 부분적으로 무너지기는 했어도, 늙은 곰의 과거 사령부가 얼음 감옥보다는 따뜻할 터였다. 지하 2층은 거의 온전했다.

크레간은 문안으로 들어간 병사들에게 발길질했고, 붙들려고 하자 몸을 비틀고 밀치고 심지어는 깨물려고까지 했다. 하지만 추위에 약해진 상태였고, 존의 병사들이 더 크고 젊고 강했다. 그들은 발버둥 치는 크레간을 떠메고 나와서 허벅지까지 쌓인 눈밭에 질질 끌면서 새로운 집으로 향했다.

"총사령관께서 시체들은 어떻게 하길 바라시는지요?" 산 사람들을 옮기고 나자 마시가 물었다.

"놔두세요." 폭풍이 묻어버린다면 잘된 일이었다. 결국에는 태워야 할 테지만, 당분간은 감방 안에 쇠사슬로 묶여 있었다. 그 정도 구속에 죽어 있다는 점을 더하면 무해한 상태를 유지할 수 있으리라.

거인의 재앙 토르문드는 도착 시간에 완벽하게 맞추어, 눈 치우기가 끝났을 때 전사들과 함께 나타났다. 토레그가 레더스에게 장담한 80명이 아니라 50명만 나타난 것 같았지만, 토르문드가 괜히 허풍쟁이라고 불리는 게 아니었다. 토르문드는 시뻘건 얼굴로 도착해서 에일 한 잔과 뭔가 뜨거운 요리를 달라고 외쳤다. 수염에 얼음이 붙었고 콧수염도 얼어 있었다.

누군가가 천둥 주먹 토르문드에게 이미 왕의 피 게릭과 그의 새로운 모습에 대해 말한 모양이었다. "야인의 왕?" 토르문드는 폭소했다. "하! 그보다는 내 털투성이 똥구멍의 왕이겠지."

"위풍당당하긴 하던데요." 존이 말했다.

"그놈에겐 그 빨간 털에 어울리는 작고 빨간 거시기밖에 없어. 붉은 수염 레이먼과 그 아들들은 너희 저주받을 스타크와 '술 취한 거인' 덕분에 롱레이크에서 죽었지. 막냇동생만 안 죽었어. 왜 그놈을 붉은 까마귀라고 불렀을까 궁금했던 적 없나?" 토르문드의 입이 벌어지더니 이 빠진 데가 보이도록 웃음을 지었다. "제일 먼저 전투에서 도망쳤거든. 나중에 그걸 가지고 노래도 만들어졌지. 가수가 '까무러쳤다'와 운을 맞추려고 하다 보니……."

그는 코를 문질렀다. "너희 왕비의 기사들이 그놈의 딸들을 원한다면야 환영일 거다."

"딸들." 모르몬트의 까마귀가 까악거렸다. "딸들. 딸들."

토르문드는 그 소리에 다시 폭소를 터뜨렸다. "저기 머리 좋은 새가 있구면. 저놈 값으로 얼마나 받고 싶나, 스노우? 내가 아들을 하나 내줬는데, 저 망할 새 하나쯤은 줄 수도 있잖아."

"있지요." 스노우가 말했다. "하지만 분명히 저놈을 잡아먹고 말걸요."

토르문드는 또 웃어젖혔다. "먹어." 까마귀가 검은 날개를 퍼덕이며 음침하게 말했다. "옥수수? 옥수수? 옥수수?"

"순찰에 대해 이야기를 해야 해요." 존이 말했다. "방패관에서 한마음으로 대응했으면 좋겠습니다. 우린 반드시—" 그는 멀리가 음침한 얼굴을 문 안으로 들이밀고 클라이다스가 편지를 가져왔다고 하자 말을 끊었다.

"두고 가라고 해. 나중에 읽을 테니까."

"사령관님 분부대로 하겠습니다. 다만…… 크라이다스가 평소 같지가 않아요……. 분홍색이라기보다는 하얀색인데요. 무슨 말인지 아실까 모르지만…… 그리고 벌벌 떨고 있어요."

"어두운 날개에 어두운 소식." 토르문드가 중얼거렸다. "무릎 꿇는 놈들은 그렇게 말하지 않나?"

"우린 오한에는 피를 내고, 열병에는 실컷 먹으라고도 하지요." 존은 말했다. "또 보름달에는 도르네인들과 절대 술을 마시지 말라고도 하고. 많은 말들을 합니다."

멀리가 한마디 보탰다. "제 할머니는 언제나 이러셨죠. 여름 친구는 여름 눈처럼 녹아 없어지지만, 겨울 친구는 영원한 친구다."

"그게 지금 딱 맞는 지혜 같은데." 존 스노우는 말했다. "그러면 클라이다스를 안내해."

멀리 말대로였다. 늙은 집사는 바깥에 내리는 눈처럼 창백해진 얼굴로 덜덜 떨고 있었다. "제가 바보 같은 건 알지만, 이…… 이 편지가 무섭군요, 사령관님. 여기 보이십니까?"

두루마리 바깥에는 '서자'라고만 적혀 있었다. '스노우 공'도 '존 스노우'도 '총사령관'도 아니었다. 그저 '서자'였다. 그리고 편지는 단단한 분홍색 밀랍으로 봉해져 있었다. "바로 오시길 잘했습니다." 존은 말했다. '두려워한 것도 옳아요.' 그는 봉인을 깨고 양피지를 펴서 읽었다.

네 거짓 왕은 죽었다, 서자. 거짓 왕과 그놈의 군대 전체가 7일간의 전투에서 박살이 났지. 내가 그놈의 마법 검을 빼앗았어. 그놈의 붉은 창녀에게 말해 줘라.

네 거짓 왕의 친구들은 죽었다. 그놈들의 머리통이 윈터펠 성벽 위에 올라갔지. 와서 봐라, 서자. 네 거짓 왕은 거짓말을 했고, 너도 거짓말을 했지. 세상에 네가 장벽 너머의 왕을 불태웠다고 말했어. 그래놓고 사실은 내 신부를 훔치라고 윈터펠로 보냈지.

난 내 신부를 되찾을 거다. 만스 레이더를 되찾고 싶거든 와서 찾아가라. 네 거짓말의 증거로 온 북부가 볼 수 있게 쇠우리에 넣어놨거든. 쇠우리가 춥긴 하지만, 그놈과 함께 윈터펠에 온 여섯 창녀의 살가죽으로 따뜻한 망토를 만들어줬지.

내 신부를 되찾고 싶다. 거짓 왕의 왕비도 원한다. 그놈의 딸과 붉은 마녀도 원해. 야인 공주도 원하고. 그놈의 작은 왕자, 그 야인 아기도 원한다. 그리고 내 구린내도 원한다. 서자, 이들을 나에게 보내면 너나 네 검은 까마귀들은 괴롭히지 않겠다. 그것들을 나에게서 지키려 한다면 네놈의 서자 심장을 꺼내어 먹겠다.

서명은 "윈터펠의 진정한 영주, 램지 볼턴"이었다.

"스노우?" 거인의 재앙 토르문드가 말했다. "그 종이에서 네 아버지의 피 묻은 머리통이라도 굴러떨어진 것 같은 얼굴이야."

존 스노우는 바로 대답하지 않았다. "멀리, 거처로 돌아가는 클라이다스를 도와줘. 밤은 어둡고, 눈 때문에 길이 미끄러울 거야. 새틴, 같이 가라." 그는 거인의 재앙 토르문드에게 편지를 건넸다. "자, 직접 봐요."

야인은 편지를 의심스러운 눈으로 쓱 보더니 바로 돌려줬다. "고약한 느낌인데……. 하지만 천둥 주먹 토르문드는 종이가 말하게 하는 방법을 배우는 것보다 나은 일들을 해야 하지. 어차피 종이가 좋은 말을 하는 일도 없지 않나?"

"자주는 없죠." 존 스노우는 인정했다. '어두운 날개에 어두운 소식.' 그 현명한 옛 격언에는 존의 생각보다 더 많은 진실이 담겨 있는지 몰랐다. "램지 스노우가 보낸 편집니다. 뭐라고 썼는지 읽어드리죠."

존이 다 읽자 토르문드는 휘파람을 불었다. "하. 그거 염병할 노릇이구먼. 만스 부분은 뭐야? 만스를 쇠우리에 가둬놓았다고? 너희 붉은 마녀가 그 놈을 불태우는 걸 수백 명이 봤는데, 어떻게?"

'그건 래틀셔츠였어요.' 존은 말해버릴 뻔했다. '그건 마법이었어. 현혹이라고 했지.' "멜리산드레가…… 하늘을 보라고 했어요." 그는 편지를 내려놓았다. "폭풍 속에 날아온 까마귀라. 이런 일이 있을 줄 안 겁니다." '답을 얻거든, 나를 불러요.'

"다 거짓부렁일 수도 있어." 토르문드가 수염을 긁었다. "나한테 멋진 거위 깃털 펜과 학사의 잉크 한 통이 있다면 내 거시기가 팔뚝만큼 길고 굵다고 쓸 수 있겠지만, 그런다고 그렇게 되는 건 아니잖나."

"그놈이 빛의 인도자를 가졌어요. 윈터펠 성벽에 올라간 머리통 이야기도 하고 있고. 창 마누라들에 대해서나, 그 숫자에 대해서도 압니다." '만스

레이더에 대해 알아.' "아니에요. 이 편지엔 사실이 담겼습니다."

"네가 틀렸다곤 안 하겠어. 그래서 어쩔 건데, 까마귀?"

존은 오른손을 쥐었다 폈다. '밤의 경비대는 편을 들지 않아.' 그는 주먹을 쥐었다가 다시 폈다. '네가 하려는 건 다름 아닌 반역이야.' 그는 머리카락에 내린 눈송이가 녹아가던 롭의 모습을 생각했다. '아이를 죽이고 어른으로 태어나.' 그는 원숭이처럼 민첩하게 탑 벽을 타고 오르던 브랜을 생각했다. 리콘의 숨 넘어가던 웃음소리를 생각했다. 숙녀용 외투를 털고 혼자 노래하던 산사를 생각했다. '넌 아무것도 몰라, 존 스노우.' 새 둥지처럼 헝클어진 머리의 아리아를 생각했다. '그놈과 함께 윈터펠에 온 여섯 창녀의 살가죽으로 따뜻한 망토를 만들어줬지…… 내 신부를 되찾고 싶다…… 내 신부를 되찾고 싶다…… 내 신부를 되찾고 싶다……'

"계획을 바꾸는 게 좋겠어요." 존 스노우가 말했다.

그들은 두 시간 가까이 의논했다.

교대 시간이 지나 풀크와 멀리 대신 망아지와 로리가 무기고 문을 지키고 있었다. "같이 가지." 존은 때가 오자 그들에게 말했다. 고스트도 따라오려고 했지만, 터벅터벅 걸어오는 늑대를 본 존이 목덜미를 붙잡고 힘겹게 다시 안으로 밀어 넣었다. 방패관 회의에는 보로크가 올지도 몰랐다. 지금 그의 늑대가 변신자의 돼지와 싸우는 것만은 피하고 싶었다.

방패관은 캐슬블랙에서도 좀 더 오래된 곳으로, 검은 돌로 만든 외풍 심한 긴 형태의 연회장이었는데 몇백 년의 연기로 참나무 서까래가 시커메져 있었다. 밤의 경비대가 훨씬 컸던 시절에는 그곳 벽에 색색을 칠한 나무 방패들이 죽 걸려 있었다. 그때나 지금이나, 기사가 검은 옷을 입으면 전통에 따라 이전에 쓰던 문장을 버리고 경비대를 의미하는 새까만 방패를 들어야 했다. 그렇게 버려진 방패들이 방패관에 걸렸다.

수백 명의 기사는 곧 수백의 방패를 뜻했다. 매와 독수리, 드래곤과 그리핀, 태양과 수사슴, 늑대와 와이번, 만티코어, 황소, 나무와 꽃, 하프, 장창, 게와 크라켄, 붉은 사자와 금색 사자와 체크무늬 사자, 올빼미, 숫양, 처녀와 인어, 종마, 별, 들통과 버클, 살가죽 벗겨진 남자와 목매달린 남자와 불타는 남자, 도끼, 장검, 거북, 유니콘, 곰, 깃펜, 거미와 뱀과 전갈, 그 밖의 백 가지 다른 문장이 방패관의 벽을 장식하고, 무지개로는 어림도 없을 만큼 많은 색깔을 과시했었다.

그러나 기사가 하나 죽으면 그의 방패를 내렸고, 내린 방패는 함께 화장되거나 무덤에 들어갔으며, 몇 년이 지나고 몇 세기가 지나는 동안 검은 옷을 입는 기사는 점점 더 줄어들었다. 그리고 캐슬블랙의 기사들이 따로 식사하는 게 말이 되지 않는 날이 찾아왔다. 방패관은 버려졌다. 지난 백 년 동안 그곳은 아주 가끔만 사용되었다. 만찬장으로서는 아쉬운 점이 많았다. 어둡고, 지저분하고, 외풍이 심해서 겨울에는 데우기가 힘들었고, 지하실에는 쥐가 들끓었으며, 육중한 나무 서까래는 벌레 먹고 거미집이 가득했다.

그러나 200명이 앉을 만큼 크고 긴 공간이었고, 빽빽하게 앉으면 300명까지도 가능했다. 존과 토르문드가 들어갔을 때는 벌집에서 말벌 떼가 날아오르는 것 같은 소리가 울리고 있었다. 검은색이 얼마나 적게 보이는지를 감안하면, 야인들이 까마귀의 다섯 배에 달했다. 열 개도 남지 않은 방패는 색칠은 바래고 나무에 길게 금이 간 초라한 회색 물체가 되어 있었다. 그러나 벽에 달린 쇠받침대들에는 새 횃불이 탔고, 존은 장의자들과 탁자들을 들여놓으라고 지시해두었다. 아에몬 학사가 언젠가 말하기를, 편안한 의자에 앉은 남자들이 더 귀를 기울이는 경향이 있다고 했다. 서 있는 남자들은 소리치기를 더 좋아한다고.

연회장 맨 끝에는 푹 꺼진 연단이 놓여 있었다. 존은 거인의 재앙 토르문드를 옆에 두고 연단에 올라가서 두 손을 들어 올려 조용히 하라는 신호를 보냈다. 말벌 떼는 더 크게 윙윙거리기만 했다. 그러자 토르문드가 전투 나팔을 입에 갖다 대고 크게 불었다. 나팔 소리가 연회장을 가득 채우고 머리 위 서까래에 메아리쳤다. 정적이 내려앉았다.

"여러분을 소집한 것은 하드홈 구출 작전을 세우기 위함입니다." 존 스노우가 운을 뗐다. "자유민 수천 명이 하드홈에 모여 그곳에 발이 묶인 채로 굶주리고 있고, 숲에 죽은 것들이 있다는 보고를 받았습니다." 왼쪽에 마시와 야윅이 보였다. 오델 야윅은 건설자들에게 둘러싸여 있는 반면, 보웬 마시는 막댓가지 윅, 왼손잡이 루, 러너머드의 알프를 곁에 두었다. 오른쪽에는 방패 분쇄기 소렌이 팔짱을 끼고 앉아 있었다. 더 뒤에 장사꾼 개빈과 미남 하알이 서로 수군대는 모습이 보였다. 노부 이곤은 아내들 사이에 앉았고, 방랑자 하우드는 혼자 앉아 있었다. 보로크는 어두운 구석에서 벽에 기대어 서 있었다. 다행히도 보로크의 돼지는 어디에도 보이지 않았다. "제가 두더지 엄마와 그 여자를 따르는 사람들을 데려오라고 보낸 배들은 폭풍에 난파했습니다. 육지로 가능한 도움을 보내거나, 죽게 놔두거나입니다." 셀리스 왕비의 기사 두 명도 와 있었다. 나버트 경과 베네톤 경이 연회장 끄트머리, 문 근처에 서 있었다. 그러나 왕비의 나머지 병사들은 참석하지 않은 것이 눈에 확 보였다. "원래는 제가 직접 순찰대를 이끌고 갔다가, 이 여정에서 살아남는 자유민을 최대한 데리고 돌아올 생각을 품고 있었습니다." 연회장 뒤쪽에 번득이는 붉은빛이 존의 눈길을 사로잡았다. 멜리산드레가 도착한 것이다. "하지만 이제는 제가 하드홈에 갈 수 없다는 사실을 알았습니다. 순찰대는 모두 아는 거인의 재앙 토르문드가 이끌 겁니다. 필요한 인원은 최대한 내어주기로 약속했습니다."

"그럼 까마귀, 맥은 어디 있을 건데?" 보로크가 우렁찬 목소리로 물었다. "하얀 개를 거느리고 여기 캐슬블랙에 숨어 있게?"

"아니요. 남쪽으로 갑니다." 이어서 존은 램지 스노우가 쓴 편지를 읽었다.

방패관이 미쳐 돌아갔다.

모두가 동시에 고함치기 시작했다. 벌떡 일어나서 주먹을 휘둘렀다. '편안한 의자도 마음을 가라앉혀주진 못하는군.' 사람들이 검을 휘두르고, 도끼로 방패를 쪼갰다. 존 스노우는 토르문드를 쳐다보았다. 거인의 재앙 토르문드가 다시 나팔을 불었다. 처음보다 두 배는 길고, 두 배는 큰 소리였다.

"밤의 경비대는 칠왕국의 전쟁에서 편을 들지 않습니다." 존은 그럭저럭 조용해지자 사람들에게 상기시켰다. "볼턴의 서자에게 대항하거나, 스타니스 바라테온의 복수를 하거나, 남은 부인과 딸을 지키는 건 우리 일이 아닙니다. 여자들의 살가죽으로 망토를 만들었다는 이 짐승은 내 심장을 도려내겠다고 맹세했으니, 나는 그 말에 책임을 지게 하려고 합니다……. 그러나 내 형제들에게 서약을 저버리라고 하지는 않겠습니다.

밤의 경비대는 하드홈으로 갈 겁니다. 저는 혼자 윈터펠로 갑니다. 혹……." 존은 멈칫했다. "여기에 나와 같이 갈 사람이 있습니까?"

이어진 함성은 존이 기대했던 것 이상이었다. 소란이 너무나 커서 벽에 걸린 낡은 방패 두 개가 떨어질 정도였다. 방패 분쇄기 소렌이 일어섰고, 방랑자도 일어섰다. 키다리 토레그, 브로그, 사냥꾼 하알과 미남 하알, 노부 이곤, 눈먼 도스, 심지어 큰 바다코끼리까지 일어섰다. '나에겐 내 군대가 있어.' 존 스노우는 생각했다. '그리고 우리가 널 잡으러 간다, 서자.'

오델 야윅과 보웬 마시가 빠져나가고, 그의 부하들이 모두 뒤따르는 모습이 보였다. 상관없었다. 이젠 그들이 필요하지 않았다. 원하지도 않았다. '아무도 내가 형제들이 서약을 어기게 만들었다고 하지 못할 거야. 이게 서약을 깨는 짓이라면, 그 범죄는 오직 나 혼자 저지르는 거야.' 그때 토르문드가 이 빠진 데가 보이게 활짝 웃으며 존의 등을 두드렸다. "말 잘했다, 까마귀. 이제 꿀술 가져와! 저들을 네 사람으로 만들고 취하게 해. 그렇게 하는 거야. 우리가 네놈을 야인으로 만들어주마. 하!"

"에일을 가져오게 하죠." 존은 정신이 다른 데 팔린 채 말했다. 그러고 보니 멜리산드레가 없어졌고, 왕비의 기사들도 없었다. '셀리스에게 먼저 갔어야 했어. 남편이 죽었다는 사실을 알 권리가 있잖아.' "실례해야겠군요. 다들 취하게 만드는 건 맡기죠."

"하! 나한테 아주 잘 맞는 임무로군, 까마귀. 가봐!"

방패관을 떠나는 존 옆에 망아지와 로리가 따라붙었다. '왕비를 만난 후에 멜리산드레와 이야기해야겠어. 폭풍 속에 날아오는 까마귀를 볼 수 있었다면, 램지 스노우도 찾을 수 있을 거야.' 그때 고함 소리가 들렸다……. 그리고 장벽을 뒤흔들 듯 커다란 포효가 들렸다. "하딘의 탑에서 난 소립니다, 사령관님." 망아지가 말했다. 더 말할 수도 있었겠지만, 비명 소리가 다음 말을 끊었다.

'발.' 존이 제일 먼저 떠올린 생각은 그것이었다. 그러나 여자 비명이 아니었다. '저건 끔찍한 고통에 시달리는 남자 목소리야.' 존은 달리기 시작했다. 망아지와 로리가 뒤쫓아 달렸다. "시귀인가요?" 로리가 물었다. 존도 궁금했다. 감방에 넣어둔 시체들이 사슬을 끊고 빠져나올 수 있었을까?

그들이 하딘의 탑에 도착했을 때쯤에는 비명이 멈췄지만, 운 웨그 운 다르 운은 여전히 포효하고 있었다. 거인은 피투성이 시체 하나를 한쪽 다리만 잡아 들어 올린 모습이었다. 아리아가 어렸을 때 채소로 위협하면 인형을 쥐고 가시 철퇴처럼 휘두르던 모습과 똑같았다. '하지만 아리아는 인형을 갈가리 찢은 적이 없지.' 죽은 남자의 오른팔은 몇 미터 떨어진 곳에서 눈 더미를 빨갛게 물들이고 있었다.

"놓아줘." 존이 외쳤다. "운운, 놓아줘."

운운은 듣지 못했거나, 그의 말을 이해하지 못했다. 운운 본인도 배와 팔에 생긴 상처에서 피를 흘렸다. 그는 죽은 기사를 휘둘러 회색 돌탑에 패

대기치고 또 패대기쳐서, 기어코 머리통이 여름 멜론처럼 붉은 곤죽이 되
게 만들었다. 기사의 망토가 찬바람에 휘날렸다. 하얀 모직물로 만들어서
가장자리에 은란을 대고 파란 별 문양을 넣은 망토였다. 사방에 피와 뇌수
가 흩날렸다.

주위 아성과 탑에서 사람들이 쏟아져 나왔다. 북부인, 자유민, 왕비의
병사들……. "대열을 갖춰라." 존 스노우가 명령했다. "모두를 뒤로 물려. 다
들. 특히 왕비의 병사들이 접근하지 못하게 해." 죽은 남자는 왕의 산의 파
트렉 경이었다. 머리통은 대부분 사라졌지만 문장이 얼굴 못지않게 분별해
줬다. 존은 말레곤 경이나 브루스 경, 아니면 왕비의 다른 기사 누군가가
파트렉 경의 복수를 하려 드는 위험을 막고 싶었다.

운 웨그 운 다르 운이 다시 울부짖더니 파트렉 경의 반대쪽 팔을 비틀
어 당겼다. 팔이 새빨간 피 보라와 함께 뜯겨 나왔다. '데이지 꽃잎을 뜯는
어린애 같군.' 존은 생각했다. "레더스, 말을 걸어서 진정시켜. 옛 언어로, 운
운은 옛 언어를 알아듣지. 나머지는 물러서. 무기는 내려놔. 겁을 주고 있
잖아." 거인이 다쳤다는 게 보이지 않는 걸까? 존이 끝내지 않으면 사람들
이 더 죽을 터였다. 그들은 운운의 힘을 짐작도 하지 못했다. '나팔. 나팔이
필요해.' 그는 강철의 광채를 보고 그쪽으로 돌아서서 외쳤다. "칼은 안 돼!
윅, 그 칼 내려……."

……놓으라고 말하려고 했다. 막댓가지 윅이 그의 목을 긋자, 하려던 말
이 끄륵 하는 소리로 변했다. 존이 몸을 비틀어서 살가죽만 스쳤다. '날 베
었어.' 목 옆에 손을 갖다 대자 손가락 사이로 피가 솟았다. "왜?"

"경비대를 위하여." 윅이 다시 그에게 칼을 그었다. 이번에 존은 그 손목
을 잡고 팔을 꺾어서 단검을 떨구게 만들었다. 껑다리 집사는 물러서면서
마치 '난 아니야. 내가 아니었어'라고 말하려는 듯 두 손을 들어 올렸다. 남
자들이 소리를 질러대고 있었다. 존은 긴 발톱을 뽑으려 손을 뻗었지만, 손

가락이 뻣뻣하니 잘 움직이지 않았다. 어째선지 칼집에서 검을 뺄 수 없을 것만 같았다.

다음 순간에는 보웬 마시가 눈물을 줄줄 흘리며 앞에 서 있었다. "경비대를 위하여." 그는 존의 배를 때렸다. 보웬 마시가 손을 물렸을 때도, 단검은 배에 꽂혀 있었다.

존은 털썩 무릎을 꿇었다. 단검 손잡이를 찾아서 잡아 뽑았다. 추운 밤공기에 상처에서 연기가 오르는 것 같았다. "고스트." 그는 속삭였다. 고통이 엄습했다. '뾰족한 끝으로 찌를 것.' 세 번째 단검이 견갑골 사이를 찔렀을 때, 존은 끙 소리를 내며 눈밭에 엎어졌다. 네 번째 칼날은 느끼지도 못했다. 오직 추위뿐이었다…….

여왕의 수관

도르네 공자는 사흘 만에 죽었다.

그는 어두운 하늘에서 쏟아지는 차가운 비가 오래된 도시의 벽돌길들을 강으로 바꿔놓는 가운데, 을씨년스러운 어두운 새벽에 마지막 떨리는 숨을 뱉었다. 비가 최악의 불길은 잡았지만, 하즈카르 피라미드였던 그을린 폐허에서는 아직도 연기가 피어올랐고, 라에갈이 집으로 삼은 예리잔의 거대한 검은 피라미드는 반짝이는 오렌지색 보석을 품은 뚱뚱한 여자처럼 어둠 속에 도사리고 있었다.

'신들이 그래도 귀가 막히진 않은 모양이야.' 바리스탄 셀미 경은 그 먼 잉걸불을 바라보며 생각했다. '비가 내리지 않았다면 불이 지금쯤 미린 전체를 집어삼켰을 수도 있어.'

드래곤들은 흔적도 보이지 않았지만, 애초에 기대하지도 않았다. 드래곤들은 비를 싫어했다. 가느다란 붉은 선이 태양이 곧 떠오를 동쪽 지평선을 표시했다. 그 빛을 보니 상처에서 처음 솟구치는 피가 생각났다. 상처가 깊어도, 통증보다 피가 먼저일 때가 많았다.

바리스탄은 매일 아침 그랬듯이 대피라미드 제일 높은 층의 난간 옆에

서서 하늘을 살폈다. 새벽은 반드시 온다는 것을 알고, 여왕이 새벽과 함께 돌아오기를 희망하는 마음이었다. '우리를 버리지 않으실 거야. 대너리스는 절대 자기 사람들을 버리지 않아.' 스스로에게 말하고 있을 때, 여왕의 거처에서 도르네 공자가 죽어가는 소리가 들렸다.

바리스탄 경은 안으로 들어갔다. 하얀 망토 등을 타고 빗물이 흘러내렸고, 장화는 바닥과 카펫에 젖은 발자국을 남겼다. 바리스탄의 지시로 쿠엔틴 마르텔은 여왕의 침대에 뉘었다. 그는 기사였고, 게다가 도르네 공자였다. 세상 절반을 가로질러 만나러 온 이의 침대에서 죽도록 해주는 게 친절한 일 같았다. 잠자리가 더럽혀지기는 했다. 시트도, 이불도, 베개도, 매트리스도 피와 연기 냄새를 풍겼다. 그러나 바리스탄 경은 대너리스가 자신을 용서하리라 생각했다.

침대 옆에 미산데이가 앉아 있었다. 미산데이는 밤이고 낮이고 공자 옆에서 공자가 필요한 바를 나타낼 수 있을 때는 그 요구를 돌보고, 마실 만한 힘이 있을 때는 물과 양귀비즙을 먹이고, 가끔 말을 뱉어낼 때는 그 얼마 안 되는 고통스러운 말에 귀를 기울이고, 조용할 때는 그에게 책을 읽어주고, 옆에 놓아둔 의자에서 잤다. 바리스탄 경은 여왕의 술잔 담당 몇 명에게 미산데이를 도우라 일렀지만, 화상을 입은 남자의 모습은 가장 용감한 아이들이라 해도 감당하기 힘들었다. 그리고 네 번이나 전언을 보냈는데도 푸른 은총자들은 오지 않았다. 어쩌면 이제는 하얀 암말이 마지막 남은 푸른 은총자까지 다 실어 갔는지도 몰랐다.

바리스탄이 다가가자 자그마한 나스인 서기가 고개를 들었다. "명예로운 기사님. 공자는 이제 고통에서 벗어났어요. 도르네 신들이 집으로 데려가셨어요. 보이시죠? 웃고 있어요."

'그걸 네가 어떻게 아느냐? 입술도 없는데.' 드래곤들이 잡아먹었다면 차라리 더 친절했을 것이다. 그랬다면 빨리 죽기라도 했을 테니까. 이건······.

'불에 타 죽는 건 끔찍한 죽음이지. 지옥의 절반이 화염으로 이루어진 것도 당연해.' "덮어주려무나."

미산데이는 이불을 끌어 올려 공자의 얼굴을 덮었다. "이분을 어떻게 하실 건가요? 집에서 너무나 멀리 왔는데요."

"도르네에 돌아가게끔 하마." '하지만 어떻게? 잿가루로 만들어서?' 그러자면 불을 또 피워야 할 텐데, 바리스탄 경이 감당할 수 없는 일이었다. '뼈에서 살을 발라내야겠어. 끓이지 말고 벌레를 써서.' 고향에서라면 침묵의 자매들이 처리했겠지만, 여기는 노예상만이었다. 제일 가까이 있는 침묵의 자매도 10만 리는 떨어져 있었다. "너는 이제 자야지, 애야. 네 침대에서 자거라."

"이 몸이 이렇게 버릇 없이 말해도 될지 모르지만, 경도 주무셔야 합니다. 밤새 주무시질 않았어요."

'오랫동안 그랬단다. 트라이던트 이후 쭉 그랬어.' 파이셀 대학사에게 언젠가 노인은 젊은이처럼 잠이 많이 필요하지 않다고 듣기는 했지만, 그래서만은 아니었다. 그는 다시는 눈을 뜨지 못할까 두려워서 눈을 감기가 싫어지는 나이에 이르러 있었다. 다른 남자들이라면 침대에서 잠든 채 죽기를 바랄지 모르나, 그건 킹스가드 기사에게 어울리는 죽음이 아니었다.

그는 미산데이에게 말했다. "밤은 너무 길고, 할 일은 언제나 많고도 많구나. 칠왕국에서나 여기에서나 그래. 하지만 너는 충분히 해줬다. 가서 쉬거라." '그리고 신들이 자비로우시다면, 드래곤 꿈은 꾸지 말거라.'

아이가 가고 나자 노기사는 이불을 젖히고 마지막으로 쿠엔틴 마르텔의 얼굴을, 아니 그 얼굴의 남은 부분을 보았다. 얼굴 살이 심하게 녹아내려서 그 속의 머리뼈가 보일 지경이었다. 두 눈은 고름 웅덩이였다. '도르네에 있었어야 해. 개구리로 남아 있었어야 해. 모든 인간이 드래곤과 춤을 추게 만들어진 건 아냐.' 소년의 얼굴을 다시 덮어주면서 기사는 저도 모르게 누군가가 그의 여왕의 시신도 덮어줬을지, 아니면 여왕의 시신이 도트락의 바다에 자란 키 큰 풀 사이에 애도하는 사람 하나 없이 누워, 뼈에서 살이 다 떨어질 때까지 텅 빈 눈으로 하늘을 보고 있는 건 아닐지 생각하고 말았다.

"아니야." 그는 큰 소리로 말했다. "대너리스는 살아 있어. 드래곤을 타고 있었어. 내 두 눈으로 똑똑히 봤어." 같은 말을 전에도 백 번은 했지만…… 하루하루 지날 때마다 그 말을 믿기가 더 힘들어졌다. '머리카락에 불이 붙은 것도 봤지. 불타고 있었어……. 그리고 나는 떨어지는 모습을 보지 못했지만, 수백 명이 봤다고 맹세해.'

도시에 아침이 찾아왔다. 비는 계속 쏟아졌지만, 희끄무레한 빛이 동쪽 하늘을 채웠다. 그리고 해가 뜸과 동시에 민머리가 도착했다. 스카하즈는 늘 보던 검은색 주름치마와 정강이받이, 근육을 새겨 넣은 흉갑을 입고 있었다. 옆구리에 낀 놋쇠 가면은 새것으로, 혀를 축 늘어뜨린 늑대 머리 모양이었다. "그래서." 그는 인사 대신 말했다. "그 멍청이가 죽었군?"

"쿠엔틴 공자는 해가 뜨기 전에 죽었네." 바리스탄은 스카하즈가 알고 있다는 사실에 놀라지 않았다. 피라미드 안에서는 말이 빨리 전해졌다. "협의회는 모였나?"

"아래에서 수관님 오시기만 기다리지요."

'난 수관이 아니야.' 마음속 한구석에서 외치고 싶었다. '난 단순한 기사이자 여왕님의 호위일 뿐이야. 이런 건 원치 않았어.' 하지만 여왕은 사라졌고 그 남편은 쇠사슬에 묶인 상황에서 누군가는 통치를 해야 했고, 바리스탄 경은 민머리를 믿지 않았다. "녹색 은총자에게서는 아무 말도 없었나?"

"아직 도시로 돌아오지 않았소." 스카하즈는 사제를 보낸다는 생각에 반대했었다. 갈라자 갈라레 본인도 임무를 수긍하지 못했다. 평화를 위해 가기는 하겠지만, 현명한 주인들과 협상하기에는 히즈다르 조 로라크가 더 잘 어울린다고 했다. 그러나 바리스탄 경은 쉽게 굽히지 않았고, 결국 녹색 은총자는 고개를 숙이고 최선을 다하겠노라 맹세했다.

"도시는 어떤 상황인가?" 그는 민머리에게 물었다.

"지시대로 문은 전부 다 닫아서 빗장을 질렀소. 도시 안에 있는 용병이나 융카이 놈은 다 추적하고 내쫓거나 잡으면 체포하고 있고. 대부분은 숨은 모양이오. 보나 마나 피라미드 안이겠지. 거세병들이 공격에 대비해서 벽과 탑을 지키고 있소. 광장에는 귀족 200명이 모여서 토카 차림으로 비를 맞으면서 알현을 해야겠다고 아우성치고 있군. 히즈다르를 풀어주고 나를 죽이길 원하고, 또 경이 그 드래곤들을 죽이길 원한다오. 누군가가 기사들은 드래곤을 죽이는 데 능하다고 말한 모양이야. 하즈카르 피라미드에선 아직도 시체들이 들려 나오고 있소. 예리잔과 울레즈의 대단한 주인들은 자기들 피라미드를 드래곤에게 줘버렸고."

바리스탄 경이 다 아는 소식이었다. "그리고 도살 합계는?" 그는 답을 두려워하며 물었다.

"스물아홉."

"스물아홉?" 생각보다 훨씬 더 나빴다. 하피의 아들들은 이틀 전에 그림자 전쟁을 재개했다. 첫날 밤에는 세 명이 살해당했고, 둘째 밤에는 아홉이었다. 그러나 하룻밤 사이에 아홉에서 스물아홉으로 늘어나다니…….

"정오가 되기 전에 서른을 넘어갈 거요. 왜 그렇게 음울한 얼굴이오, 노인장? 뭘 기대했소? 하피는 히즈다르를 풀어주길 원하니, 손에 칼을 쥐여주고 아들들을 길거리에 풀어놓았지. 전과 마찬가지로 죽은 건 다 해방 노예들과 민머리들이오. 하나는 내 부하인 놋쇠 짐승이었다. 시체 옆에 하피의 표시가 남아 있더군. 길바닥에 분필로 그렸거나, 벽에 휘갈겨놓았거나. 거기에 전언도 같이 있었소. '드래곤은 죽어야 한다' 그리고 '하가즈는 영웅이다.' '대너리스에게 죽음을'도 보였는데, 빗발에 다 씻겨 나갔지."

"핏값은……."

"피라미드마다 금화 2900닢이지." 스카하즈가 그르렁거렸다. "그 돈은 받아낼 테지만…… 돈 좀 잃는다고 하피의 손이 멈추진 않을 거요. 피로만 멈출 수 있지."

"그렇겠지." '또 인질 이야기인가. 내가 허락만 하면 그 아이들을 다 죽이겠군.' "이미 백 번은 들은 이야기일세. 안 돼."

"여왕의 손이라더니……." 스카하즈는 역겹다는 듯 그르렁거렸다. "주름지고 힘없는 노파의 손이로구먼. 대너리스가 어서 돌아오길 기도하겠소." 그는 놋쇠로 만든 늑대 가면을 뒤집어썼다. "당신 협의회가 초조해하고 있을 거요."

"내가 아니라 여왕님의 협의회야." 바리스탄은 젖은 망토를 잘 마른 망토로 바꿔 입고, 검대를 찬 후에 민머리와 함께 계단을 내려갔다.

오늘 아침에는 기둥이 늘어선 알현실에 청원자가 없었다. 수관이라는 이름을 떠맡기는 했어도 바리스탄 경은 여왕이 없을 때 조정을 열 생각이 없었고, 스카하즈 모 칸다크에게 그런 짓을 허락할 생각도 없었다. 그는 히즈다르의 기괴한 드래곤 왕좌들을 치우라고 지시했지만, 그렇다고 여왕이 좋아했던 단순한 장의자와 쿠션 더미를 다시 들이지도 않았다. 대신 알현실 중앙에 커다란 원탁을 놓고, 모두 동료로 앉아서 대화할 수 있게 높은 의자들을 두었다.

그들은 바리스탄 경이 민머리 스카하즈를 옆에 거느리고 대리석 계단을 밟아 내려오자 앉은 자리에서 일어섰다. '어머니의 병사들'을 지휘하는 마르셀렌, '자유 형제단'의 지휘관인 줄무늬 등 사이먼이 출석해 있었다. '충실한 방패단'은 이전 대장인 몰로노 요스 도브가 하얀 암말에게 실려 가면서 새로운 지휘관으로 탈 토라크라는 이름의 피부가 검은 여름 군도인을 선택했다. 회색 벌레는 거세병을 대표하여 참석했고, 가시가 돋은 청동 모자를 쓴 거세병 하사관 세 명이 수행했다. 폭풍 까마귀단은 노련한 용병 두 명이 대표했는데, 조킨이라는 궁수와 단순히 '홀아비'라는 별명으로 불리는 상처투성이의 시큰둥한 도끼잡이였다. 다리오 나하리스가 없는 동안 그 둘이 공동 지휘를 떠맡고 있었다. 여왕의 칼라사르는 대부분 아고와 라카로와 함께 도트락의 바다로 여왕을 찾으러 떠났지만, 남아 있는 기마인들을 대표해 안짱다리의 '자카 란' 로모가 나왔다.

그리고 바리스탄 경 맞은편에는 히즈다르 왕의 예전 호위인 투기장 싸움꾼, 거인 고호르와 뼈 부수는 벨라쿼, 카운트의 카마론, 그리고 얼룩 고양이가 앉아 있었다. 민머리 스카하즈는 반대했지만 바리스탄이 그들의 출석을 고집했다. 그들은 예전에 대너리스 타르가르옌이 이 도시를 점령하도록 도왔으니, 그 공이 잊혀서는 안 됐다. 피에 젖은 망나니이자 살인자일지는 몰라도, 그들은 그들 나름대로 충성스러웠다……. 물론 주로 히즈다르 왕에게 충성했지만, 여왕에게도 충성했다.

마지막으로 힘센 벨와스가 육중한 걸음으로 들어왔다.

이 내시는 죽음을 마주했다. 죽음의 입술에 입 맞출 수 있을 정도로 가까이 간 경험은 흔적을 남겼다. 몸무게가 15킬로그램 가까이 빠졌고, 예전에는 육중한 가슴과 배에 팽팽하게 붙어 있던 흉터투성이의 짙은 갈색 피부가 지금은 세 사이즈 정도 크게 만든 로브처럼 헐렁하게 늘어져서 주름 잡히고 흔들거렸다. 발걸음도 느려졌고, 조금 불안정한 듯도 했다.

그렇다 해도 벨와스를 보니 노기사의 마음이 가벼워졌다. 그는 예전에 힘센 벨와스와 함께 세상을 가로질러 여행했었고, 무력의 문제라면 그에게 의지할 수 있다는 것을 알았다. "벨와스. 자네가 올 수 있어서 정말 기쁘네."

"흰 수염." 벨와스가 미소 지었다. "간과 양파는 어디 있어? 힘센 벨와스는 전처럼 힘이 세지가 않아서, 먹고 다시 커져야 해. 놈들이 힘센 벨와스를 아프게 만들었어. 누군가 죽어야 마땅해."

'누군가는 죽을 걸세. 그것도 많은 누군가가 죽겠지.' "않게나, 친구." 벨와스가 앉아서 팔짱을 끼자 바리스탄 경은 진행을 계속했다. "쿠엔틴 마르텔이 오늘 아침, 해 뜨기 직전에 죽었소."

홀아비가 웃음을 터뜨렸다. "드래곤 기수 말이군."

"멍청이였어." 줄무늬 등 사이먼이 말했다.

'아니, 그저 소년이었어.' 바리스탄 경은 어린 시절에 저질렀던 어리석은 짓들을 잊지 않았다. "죽은 사람에 대해 나쁘게 말하지 말게나. 공자는 자기가 저지른 짓에 끔찍한 대가를 치렀네."

"다른 도르네인들은요?" 탈 토라크가 물었다.

"당분간은 죄수의 몸이지." 도르네인은 둘 다 저항하려 하지도 않았다. 놋쇠 짐승단이 발견했을 때, 아치발드 이론우드는 불타서 연기가 오르는 공자의 몸뚱이를 끌어안고 있었다. 화상 입은 두 손이 증언하는 바였다. 그 두 손으로 쿠엔틴 마르텔을 집어삼킨 화염을 두들겨 *끄려고* 했던 것이다. 게리스 드링크워터는 검을 쥐고 두 사람 옆에 서 있었지만, 메뚜기들이 나타나자마자 검을 떨궜다. "둘이 같은 감방을 쓰네."

"교수대도 같이 쓰게 하죠." 줄무늬 등 사이먼이 말했다. "그놈들은 드래곤 두 마리를 도시에 풀어놓았습니다."

"투기장을 열어서 검을 쥐여주지." 얼룩 고양이가 부추겼다. "온 미린이 내 이름을 외치는 가운데 내 손으로 두 놈 다 죽이겠어."

"투기장은 닫혀 있을 걸세." 바리스탄은 말했다. "피와 소란은 드래곤들을 부를 뿐이야."

"어쩌면 세 마리 다 올 수도 있어요." 마르셀렌이 제안했다. "검은 드래곤이 전에도 왔는데, 또 안 오란 법이 있겠어요? 이번에는 우리 여왕님도 함께 오겠죠."

'아니면 여왕님 없이 오겠지.' 바리스탄 경은 드로곤이 대너리스를 등에 태우지 않고 미린에 돌아온다면 온 도시가 피와 불에 휩싸일 것을 의심하지 않았다. 이 원탁에 앉은 남자들도 곧 서로에게 단검을 겨눌 것이다. 어린 소녀일지 모르나, 대너리스 타르가르옌만이 그들 모두를 하나로 묶었다.

"전하께선 돌아오실 때 돌아오실 걸세." 바리스탄 경은 말했다. "우린 다즈낙 투기장에 양을 천 마리 몰아넣고, 그라즈 투기장에는 황소를, 황금 투기장에는 히즈다르 조 로라크가 투기 시합을 위해 모아놓았던 짐승들을 채워놓았어." 지금까지는 두 드래곤 모두 양고기를 좋아하는 듯, 배가 고플 때마다 다즈낙 투기장으로 돌아갔다. 둘 중 하나라도 도시 안에서든 밖에서든 인간을 사냥했다는 소식은 아직 듣지 못했다. 영웅 하가즈 이후로 드래곤들이 죽인 미린인은 라에갈이 하즈카르 피라미드 꼭대기를 집으로 삼으려고 했을 때 어리석게 저항한 노예상들뿐이었다. "더 급하게 의논할 일들이 있어. 녹색 은총자를 융카이인들에게 보내어 우리 인질을 풀어달라 협상하게 했네. 정오까지는 답을 가지고 돌아올 거야."

"말만 듣고 오겠지." 홀아비가 말했다. "폭풍 까마귀들은 융카이 놈들을 알아. 그놈들의 혓바닥은 이리저리 꿈틀대는 벌레야. 녹색 은총자는 우리 대장이 아니라 벌레 같은 말만 가지고 돌아올 거요."

"여왕의 수관께서 기억하신다면, 현명한 주인들은 우리의 '영웅'도 데리고 있습니다." 회색 벌레가 말했다. "그리고 여왕님의 혈맹기수인 기마전사 조고도 있지요."

"그분의 피 중의 피지요." 도트락인 로모가 맞장구를 쳤다. "조고는 반드시 풀려나야 합니다. 칼라사르의 명예가 요구합니다."

"풀려날 거요." 바리스탄 경이 말했다. "하지만 우선은 녹색 은총자가 해낼 수 있을지 기다려보고—"

민머리 스카하즈가 원탁에 주먹을 내리쳤다. "녹색 은총자는 아무것도 해내지 못해. 우리가 여기에 앉아 있는 동안에도 융카이 놈들과 음모를 꾸미고 있을지 모르지. 협상이라고 했소? 협상을 한다고? 대체 무슨 협상?"

"몸값이네." 바리스탄 경이 말했다. "각각의 몸무게만큼 황금을 주겠다고 했네."

"현명한 주인들에게는 우리 금이 필요 없습니다." 마르셀렌이 말했다. "그 자들 하나하나가 경의 웨스테로스 영주들보다 부유해요."

"하지만 고용한 용병들은 황금을 원할 거야. 그 인질들이 용병들에게 뭐란 말인가? 융카이인들이 거부한다면, 융카이와 용병들 사이에 불화가 일어날 걸세." '내 희망이긴 하지만.' 이 계획을 제안한 사람은 미산데이였다. 바리스탄 본인은 그런 생각을 절대 하지 못했을 것이다. 킹스랜딩에서 뇌물은 리틀핑거의 영역이었고, 왕실의 적 사이를 이간질하는 임무는 바리스 공이 맡았다. 바리스탄의 의무는 좀 더 단순했다. '겨우 열한 살인데도 미산데이가 이 원탁에 모인 자들 절반을 합친 것만큼 영리하고, 모두 합친 것보다 더 현명하구나.' "녹색 은총자에게는 모든 융카이 지휘관이 다 모여서 들을 때만 제안을 내놓으라고 해두었네."

"그렇다 해도 저들은 거절할 겁니다." 줄무늬 등 사이먼이 말했다. "드래곤들을 죽이고, 히즈다르 왕을 복귀시키라고 할 거예요."

"자네 생각이 틀리길 기도하네." '그리고 자네 말이 옳을까 봐 두렵군.'

"경의 신들은 멀리 떨어져 있어, 할아버지 경." 홀아비가 말했다. "경의 기도를 들어줄 것 같지 않군. 그리고 융카이 놈들이 그 노파를 돌려보내서 경의 눈에 침을 뱉으면, 그때는 어쩔 거요?"

"불과 피." 바리스탄 셀미는 부드럽게, 부드럽게 말했다.

오랫동안 아무도 말을 하지 않았다. 그러다가 힘센 벨와스가 배를 철썩 두드리고 말했다. "간과 양파보다 낫네." 그리고 민머리 스카하즈가 늑대 머리 가면의 눈구멍으로 노려보며 말했다. "히즈다르 왕의 평화를 깰 거요,

노인장?"

"박살을 내겠네." 언젠가, 오래전에, 어떤 왕자가 그에게 대담한 바리스탄이라는 별명을 붙여줬다. 그 소년이 아직 약간은 남아 있었다. "우린 예전에 하피가 서 있던 피라미드 꼭대기에 봉화를 설치했네. 마른 장작에 기름을 흠뻑 먹이고, 비에 젖지 않게 덮어두었지. 때가 오면…… 그때가 오지 않기를 기도하네만, 때가 오면 그 봉화에 불을 붙일 거야. 그 불길이 우리 성문으로 쏟아져 나가 공격하라는 신호가 될 걸세. 자네들 모두에게 해야 할 역할이 있으니, 모두가 낮이든 밤이든 상시 준비 태세로 있어야 하네. 우리가 적을 끝장내거나, 우리가 끝장나거나야." 그는 기다리던 종자들에게 한 손을 들어 신호했다. "우리 적들의 배치, 숙영지와 포위선과 투석기 위치를 보여줄 지도를 몇 장 준비했네. 노예상들을 꺾을 수 있다면, 용병들은 그자들을 버릴 것이야. 다들 걱정거리와 질문이 있을 줄 아네. 이 자리에서 말하게. 이 원탁을 떠날 때는 우리 모두가 하나의 목적을 갖고 한마음이어야 해."

"그렇다면 먹을 것과 마실 것을 가져오게 하는 게 좋겠군요." 줄무늬 등 사이먼이 제안했다. "시간이 꽤 걸릴 겁니다."

오전 나머지 시간은 물론이고 오후 시간 대부분이 소요됐다. 지휘관들은 꽂게 한 들통을 두고 싸우는 생선 장수들처럼 지도를 놓고 다투었다. 약점과 강점, 소규모 궁수대를 이용하는 가장 좋은 방법, 코끼리들을 융카이 전열을 무너뜨리는 데 써야 할지 남겨두어야 할지, 누가 첫 공격을 이끄는 영광을 차지할지, 기병대를 양익에 배치하는 게 좋을지 선봉대에 넣는 게 좋을지 등등에 대해서.

바리스탄 경은 각각이 생각하는 바를 말하게 했다. 탈 토라크는 우선 전선을 돌파한 후 융카이를 향해 행군해야 한다고 생각했다. 노란 도시는 거의 무방비 상태일 테니, 융카이군은 포위선을 풀고 따라올 수밖에 없을 것이라는 이유였다. 얼룩 고양이는 적에게 그와 일대일 결투를 벌일 대전사를 보낼 것을 제안하자고 했다. 힘센 벨와스는 그 생각을 마음에 들어했지만, 얼룩 고양이가 아니라 자기가 싸워야 한다고 주장했다. 카운트의 카마론은 강가에 묶여 있는 배들을 탈취하여 스카하자단강을 이용해서 투기장 전사 300명으로 융카이 후방을 치자는 계책을 내놓았다. 거세병단이 최고의 부대라는 데에는 모두가 동의했지만, 거세병들을 어떻게 배치하느냐에 대해서는 아무도 의견을 합치지 못했다. 홀아비는 거세병단을 융카이 방어선의 핵심을 부술 쇠주먹으로 쓰고 싶어 했다. 마르셀렌은 거세병단을 주 전선 양쪽 끝에 배치하여, 측면으로 우회하려 드는 적의 시도를 저지할 수 있게 하는 쪽이 낫다고 생각했다. 줄무늬 등 사이먼은 거세병단을 셋으로 쪼개어 해방 노예 세 군단 사이에 나누고 싶어 했다. 그는 '자유 형제단'이 용감하고 전투를 열망한다고 주장하면서도, 거세병들이 단단히 잡아주지 않으면 피를 흘린 경험이 없는 군대가 전투 경험 많은 용병들을 마주하여 규율을 잃을지 모른다고 걱정했다. 회색 벌레는 그저 무엇을 요구하든 거세병단은 따를 것이라고밖에 말하지 않았다.

그리고 그 모든 내용을 논쟁하고 의논하여 결정했을 때, 줄무늬 등 사이먼이 마지막 지적을 했다. "저는 융카이에서 노예로 살면서 제 주인이 자유 용병단들과 거래하는 것을 돕고, 봉급을 지불하기도 했습니다. 저는 용병들을 알고, 융카이 놈들이 용병에게 얼마를 주든 드래곤의 화염을 마주하게 할 순 없다는 걸 압니다. 그러니 묻겠습니다……. 평화가 무너지고 전투를 벌여야 한다면, 드래곤들이 올까요? 드래곤들이 싸움에 합세할까요?"

'올 걸세.' 바리스탄 경은 그렇게 말할 수도 있었다. '소음이 불러들이겠지. 다즈낙 투기장에서 오른 함성이 드로곤을 붉은 모래 위로 불러들였듯이, 고함과 비명과 피 냄새가 드래곤들을 전장으로 끌어당길 거야. 하지만 온다 한들, 어느 편인지 구분할 수 있을까?' 왠지 그럴 것 같지 않았다. 그래서 그는 이렇게만 대답했다. "드래곤들은 드래곤 마음대로 할 걸세. 온다면야 드래곤의 날개 그림자만으로도 노예상들의 사기를 떨어뜨려 달아나게 할 수 있을지 모르지." 그런 후에 그는 모두에게 고맙다고 말하고 해산시켰다.

회색 벌레는 나머지가 가고 난 후에도 남았다. "저희는 봉홧불이 켜질 때 준비되어 있을 겁니다. 하지만 수관께서는 우리가 공격하면 융카이가 인질들을 죽일 것을 확실히 아셔야 합니다."

"그런 사태를 막기 위해 최선을 다할 걸세, 친구. 나에게 한 가지…… 생각이 있어. 하지만 실례해야겠네. 도르네인들이 자기네 공자가 죽었다는 소식을 들을 때가 됐군."

회색 벌레가 고개를 숙였다. "이 몸은 복종합니다."

바리스탄 경은 새로 서임한 기사 중 둘을 데리고 지하감옥으로 내려갔다. 슬픔과 죄책감은 멀쩡한 남자도 미치게 만들 수 있거니와, 아치발드 이론우드와 게리스 드링크워터는 친구의 사망에 기여했다. 감방에 도착한 바리스탄은 툼코와 붉은 양에게 밖에서 기다리라고 하고 도르네인들에게 공자의 고통이 끝났다는 말을 하러 들어갔다.

덩치 큰 대머리 기사, 아치발드 경은 아무 말도 하지 않았다. 그는 잠자리에 앉아서 리넨 붕대를 감은 두 손을 내려다보기만 했다. 게리스 경은 벽을 때렸다. "어리석은 짓이라고 했는데. 집에 가자고 애걸했지. 그 마녀 같은 여왕은 그 녀석을 거들떠보지도 않았는데, 누구라도 알 수 있었는데! 쿠엔틴이 사랑과 충성 맹세를 바치려고 세상 절반을 가로질러 왔는데 면전에 대고 비웃기나 하고."

"비웃은 적 없네." 바리스탄은 말했다. "그분을 안다면 자네도 알았을 거야."

"여왕은 쿠엔틴을 퇴짜 놓았어요. 쿠엔틴이 진심을 바쳤는데, 그걸 집어 던지고 용병하고나 뒹굴러 가버렸죠."

"입조심하는 게 좋겠군, 경." 바리스탄 경은 이 게리스 드링크워터라는 기사가 마음에 들지도 않았고, 대너리스를 비방하게 둘 생각도 없었다. "쿠엔틴 공자는 죽음을 자초했네. 본인과 자네들이 자초했지."

"우리가? 우리가 무슨 죕니까? 그래요, 쿠엔틴은 우리 친구였지. 조금 바보였을진 모르지만, 몽상가는 다 바보이기 마련이에요. 하지만 뭐라 해도 우리의 공자였습니다. 우린 명령에 복종해야 했어요."

바리스탄 셀미도 그 말에 이의를 제기할 순 없었다. 스스로도 주정뱅이와 광인의 명령에 복종하면서 거의 평생을 보냈으니. "공자는 너무 늦게 왔네."

"여왕에게 진심을 바쳤어요." 게리스 경은 그 말을 되풀이했다.

"여왕님에게 필요한 건 마음이 아니라 칼이었어."

"도르네의 창병 모두를 바치기도 했을 겁니다."

"거느리고 있었다면 그랬겠지." 대너리스가 도르네 공자를 총애하기를 바라기로야 바리스탄 셀미보다 더한 사람이 없었다. "그렇지만 너무 늦게 왔네. 그리고 이 어리석은 짓은…… 용병을 사고, 두 마리 드래곤을 도시에 풀어놓고…… 그건 미친 짓이었고, 미친 짓보다 더 나쁜 짓이었네. 반역이었어."

"다 대너리스 여왕에 대한 사랑 때문에 한 짓이에요." 게리스 드링크워터는 굽히지 않았다. "여왕의 손을 잡을 자격이 있다는 걸 증명하려고."

노기사도 들을 만큼 들었다. "쿠엔틴 공자가 한 짓은 도르네를 위해 한 일이었네. 나를 노망난 할아버지쯤으로 여기나? 난 평생을 왕과 왕비와 왕자 사이에서 보냈어. 선스피어는 철왕좌를 상대로 반기를 들 작정이지. 아니, 굳이 부인할 것 없네. 도란 마르텔은 승리할 희망도 없이 병사들을 소집할 남자가 아니야. 쿠엔틴 공자를 여기까지 데려온 건 의무였어. 의무와 명예, 영광에 대한 갈망…… 절대 사랑은 아니었네. 쿠엔틴은 여기에 대너리스가 아니라 드래곤들을 얻으러 온 거야."

"경은 쿠엔틴을 몰라요. 쿠엔틴은―"

"그 녀석은 죽었어, 드링크." 이론우드가 일어섰다. "말을 쏟아낸다고 그 녀석이 돌아오진 않아. 클레투스와 윌도 죽었어. 그러니 내가 주먹을 날리기 전에 그 망할 입 처닫아라." 덩치 큰 기사는 셀미를 돌아보았다. "우릴 어쩔 생각입니까?"

"민머리 스카하즈는 자네들을 목매달고 싶어 하네. 자네들은 스카하즈의 병사 네 명을 죽였어. 여왕님의 병사 네 명을. 두 명은 아스타포에서부터 전하를 따라왔던 해방 노예였지."

이론우드는 놀라는 것 같지 않았다. "그 짐승 가면들 말이군요. 전 하나만 죽였습니다. 바실리스크 머리요. 나머지는 용병들이 죽였죠. 하지만 그게 중요하지 않다는 건 압니다."

"우린 쿠엔틴을 지키고 있었어." 드링크워터가 말했다. "우린―"

"조용히 해, 드링크. 이분도 알아." 덩치 큰 기사는 바리스탄 경을 향해 말했다. "우릴 목매달 작정이었다면 굳이 와서 말할 필요도 없죠. 그러니까 그건 아닙니다. 그렇죠?"

"그래." '이 친구는 겉보기처럼 우둔하지 않을지도 모르겠군.' "나에겐 죽은 자네들보다 살아 있는 자네들이 더 쓸모가 있네. 나를 섬기면, 이후에 도르네로 돌아갈 배를 수배하고 쿠엔틴 공자의 뼈를 아버님에게 돌려드리도록 내어주겠네."

아치발드 경이 얼굴을 찡그렸다. "왜 늘 배입니까? 하지만 누군가가 쿠엔틴을 집으로 데려가긴 해야죠. 우리에게 뭘 요구하는 겁니까?"

"자네들의 검."

"검사라면 수천 명이 있을 텐데요."

"여왕의 해방 노예들은 아직 경험이 없어. 용병들은 내가 믿지를 않아. 거세병들은 용감한 병사지만…… 전사는 아니지. 기사는 아니야." 그는 말을 멈췄다. "자네들이 드래곤을 탈취하려 했을 때, 무슨 일이 일어났나? 말해보게."

도르네인들은 눈빛을 교환했다. 그리고 드링크워터가 말했다. "쿠엔틴은 누더기 왕자에게 자기가 드래곤을 통제할 수 있다고 했어요. 가능한 혈통이라고 했어요. 쿠엔틴에겐 타르가르옌의 피가 흘렀으니까요."

"드래곤의 피."

"예. 용병들은 저희가 드래곤들을 부두로 데려갈 수 있게, 사슬로 묶는 부분을 도와주기로 되어 있었죠."

"누더기가 배를 수배했습니다." 이론우드가 말했다. "드래곤 둘을 다 얻을 때에 대비해서 큰 배로. 그리고 쿠엔틴이 한 마리를 타려고 했지요." 그는 붕대 감은 두 손을 보았다. "하지만 들어가자마자 전혀 계획대로 되지 않을 걸 알 수 있었습니다. 드래곤들은 너무 야생 그대로였어요. 쇠사슬이…… 사방에 부서진 사슬 조각이 널려 있더군요. 커다란 사슬이, 머리통만 한 쇠고리들이 쪼개지고 부서진 뼛조각들과 섞여 있었습니다. 그리고 쿠엔틴은, 일곱이여 그 녀석을 구하소서, 그 녀석은 그 자리에서 똥을 쌀 것 같은 꼴이더군요. 카고와 메리스도 장님이 아니니 다 봤지요. 그러다가 노궁수 하나가 화살을 쏴버렸습니다. 어쩌면 내내 드래곤들을 죽일 생각이었고, 거기까지 가기 위해 우릴 이용했는지도 모르지요. 누더기 왕자는 알 수가 없어요. 어떻게 봐도 영리한 짓은 아니었습니다. 화살은 드래곤들의 화만 돋웠고, 애초부터 별로 좋은 기분도 아니었거든요. 그러다가…… 그러다가 상황이 나빠졌지요."

"그리고 바람결단은 날아가버렸죠." 게리스 드링크워터가 말했다. "쿠엔틴은 화염에 휩싸여서 비명을 질러댔고, 그놈들은 사라졌어요. 죽은 놈만 빼고 카고나 이쁜이 메리스나 다."

"아, 뭘 기대했어, 드링크? 고양이는 쥐를 죽이고, 돼지는 똥구덩이를 뒹굴고, 용병은 제일 필요할 때 달아나지. 탓할 수도 없어. 그냥 원래 그렇게 생겨먹은 거야."

"틀린 말은 아니군." 바리스탄 경이 말했다. "쿠엔틴 공자가 이 모든 도움의 대가로 누더기 왕자에게 뭘 약속했나?"

그는 답을 듣지 못했다. 게리스 경은 아치발드 경을 쳐다보았다. 아치발드 경은 자기 손을, 바닥을, 문을 보았다.

"펜토스였군." 바리스탄 경이 말했다. "펜토스를 약속한 거야. 말하게. 이제 와서는 자네들이 입을 다문다고 쿠엔틴 공자에게 도움될 것도, 해될 것도 없네."

"예." 아치발드 경이 시무룩하게 말했다. "펜토스였습니다. 둘이서 종이에 남기기도 했지요."

'이건 가능성 있군.' "아직 지하감옥에 바람결단이 있네. 가짜 탈영병들 말이야."

"기억합니다." 이론우드가 말했다. "헝거포드, 스트로 등등이죠. 몇 명은 용병치고 그렇게 나쁘지 않아요. 다른 놈들은 흠, 뭐 그놈들은 죽어도 괜찮을지도요. 그래서 왜요?"

"그자들을 누더기 왕자에게 돌려보낼까 하네. 자네들도 같이야. 자네 둘은 수천 명 사이에 낀 두 명이 되겠지. 융카이 진영에 자네들이 있어도 눈에 띄진 않을 거야. 둘이서 누더기 왕자에게 한 가지 전해줬으면 하네. 내가 보냈다고 하고, 내가 여왕을 대변한다고 전하게. 우리의 인질을 온전하고 무사한 몸으로 돌려보내준다면, 우리가 그 대가를 치르겠다고 전해."

아치발드 경은 얼굴을 찌푸렸다. "누더기 걸레는 우리 둘을 이쁜이 메리스에게 줘버릴걸요. 받아들이지 않을 겁니다."

"왜지? 간단한 임무잖나.' '드래곤을 훔치는 데 비하면.' "난 예전에 더스큰데일에서 여왕님의 부친을 구해냈어."

"그건 웨스테로스였고요." 게리스 드링크워터가 말했다.

"여긴 미린이지."

"아치도 저 손으로는 검을 못 들 겁니다."

"그럴 필요 없을 걸세. 내가 오판하지 않았다면 자네들이 용병들과 싸울 일은 없어."

게리스 드링크워터는 햇살이 내려앉은 더벅머리를 쓸어 올렸다. "우리끼리 의논할 시간 좀 가질 수 있습니까?"

"아니." 바리스탄이 대답했다.

"하겠습니다." 아치발드 경이 말했다. "저주받을 배만 안 타도 된다면요. 드링크도 할 겁니다." 그는 히죽 웃었다. "아직 모르고 있지만, 할 거예요."

그렇게 성사되었다.

'간단한 부분은 말이지.' 바리스탄 셀미는 피라미드 정상으로 먼 길을 다시 올라가며 생각했다. 어려운 부분은 도르네인들의 손에 맡겼다. 그의 할아버지였다면 혼비백산했으리라. 도르네인들이 이름은 기사였지만, 진짜 강철이라고 할 만한 건 이론우드뿐이었다. 드링크워터는 예쁘장한 얼굴에 기름칠한 혓바닥과 보기 좋은 머리카락뿐이었다.

노기사가 피라미드 정상에 있는 여왕의 거처로 돌아왔을 때에는 쿠엔틴 공자의 시신이 치워지고 없었다. 들어갔을 때는 어린 술잔 담당 여섯 명이 놀이를 하는지, 바닥에 둥글게 앉아서 차례차례 단검을 돌리고 있었다. 단검이 기우뚱거리다가 멈추면, 칼끝이 가리키는 사람의 머리 타래를 잘랐다. 바리스탄 경도 하비스트홀에서 어렸을 때 사촌들과 비슷한 놀이를 했었지만…… 웨스테로스에서는 머리카락을 자르는 게 아니라 입을 맞췄다.

"바카즈." 그는 아이 하나를 불렀다. "괜찮다면 와인을 한 잔 가져다다오. 그라자르, 아자크, 문을 지키거라. 녹색 은총자가 찾아올 거다. 도착하면 즉시 안으로 안내해라. 그 외에는 아무에게도 방해받고 싶지 않구나."

아자크가 허둥지둥 일어섰다. "분부대로 하겠습니다, 수관님."

바리스탄 경은 테라스로 나갔다. 비는 그쳤으나, 석판 같은 회색 구름 벽이 노예상만으로 지는 해를 가리고 있었다. 새까맣게 탄 하즈카르의 돌 더미에서는 아직도 연기가 몇 줄기 피어올라, 리본처럼 바람에 휘날렸다. 동쪽 멀리, 도시 벽 너머 머나먼 능선 위에서 움직이는 하얀 날개를 볼 수 있었다. '비세리온.' 아마 사냥을 하고 있거나, 그저 날기 위해 날고 있을 것이다. 라에갈은 어디 있을까 궁금했다. 지금까지는 녹색 드래곤이 하얀 드래곤보다 더 위험한 모습을 보였다.

바카즈가 와인을 가져오자, 노기사는 길게 한 모금을 마시고 소년에게 물을 가져오라 일렀다. 와인을 몇 잔 마시면 자는 데 도움이 될지 모르지만, 갈라자 갈라레가 적과의 협상에서 돌아왔을 때는 명민함을 유지해야 했다. 그래서 그는 어둠이 깔리는 동안 와인에 물을 타서 마셨다. 무척 피곤했고, 의혹이 가득했다. 도르네인들, 히즈다르, 레즈닉, 공격…… 과연 제대로 하고 있는 걸까? 대너리스가 원했을 법한 일을 하고 있는 걸까? '난 이런 일에 어울리지 않아.' 이전에도 다른 킹스가드가 수관 일을 한 적이 있었다. 많지는 않지만, 몇 명은 있었다. 하얀 책에서 읽었다. 이제 그는 그 기사들도 지금의 그처럼 갈피 잃고 혼란스러운 기분이었을까 궁금했다.

"수관님." 그라자르가 초를 손에 들고 문가에 서 있었다. "녹색 은총자께서 오셨습니다. 바로 전하라고 하셨죠."

"안내하거라. 그리고 초를 좀 켜거라."

갈라자 갈라레는 분홍 은총자 네 명의 수행을 받았다. 바리스탄 경이 경탄할 수밖에 없는 지혜와 품위의 기운이 그녀를 감싸고 있는 것 같았다.

'이 사람은 강인한 여성이고, 지금까지 대너리스에게 충실한 친구였어.' "수관님." 녹색 은총자가 일렁이는 녹색 베일에 얼굴을 가린 채 말했다. "앉아도 되겠습니까? 늙고 지친 몸이라서요."

"그라자르, 녹색 은총자께 의자를." 분홍 은총자들은 눈을 내리깔고 두 손을 앞에 모은 채 녹색 은총자 뒤에 늘어섰다. "다과를 내올까요?" 바리스탄 경이 물었다.

"그래주시면 정말 반갑겠습니다, 바리스탄 경. 떠들어서인지 목이 마르군요. 주스가 어떨까요?"

"바라시는 대로 하지요." 그는 케즈미아를 손짓해 불러서 사제에게 꿀을 탄 레몬주스를 한 잔 가져오게 했다. 주스를 마시려니 사제도 베일을 걷어야 했고, 바리스탄은 그녀가 얼마나 늙었는지 상기할 수밖에 없었다. '나보다 20년은 더 나이 들었어.' "여왕님께서 여기 계셨다면, 사제님이 우리를 위해 해주신 모든 일에 같이 고마워했을 줄 압니다."

"폐하께서는 언제나 관대하셨지요." 갈라자 갈라레는 주스를 다 마시고 다시 베일을 썼다. "우리 사랑하는 여왕님에 대해서는 소식이 더 있었나요?"

"아직 없습니다."

"그분을 위해 기도하겠습니다. 그리고 이렇게 대담하게 물어봐도 될지 모르지만, 히즈다르 왕은 어떤가요? 제가 빛나는 국왕 폐하를 만나뵐 수 있을까요?"

"곧 만나실 수 있을 겁니다. 아무 탈 없다는 점은 약속드리지요."

"그 말씀을 들으니 기쁘군요. 융카이의 현명한 주인들이 폐하에 대해 물었습니다. 그들이 고귀한 히즈다르를 즉시 정당한 자리에 복권시키길 바란다는 말을 들어도 놀라진 않으시겠지요."

"우리 여왕님을 죽이려 하지 않았다는 점만 증명할 수 있다면, 그렇게 될 겁니다. 그때까지 미린은 충성스럽고 공정한 협의회가 통치합니다. 사제님의 자리도 있습니다. 저희들 모두에게 가르쳐주실 게 많을 줄 압니다. 사제님의 지혜가 필요해요."

"공허한 예의로 치켜세우시는 게 아닌가 두렵군요, 수관님." 녹색 은총자가 말했다. "정말로 제가 현명하다고 생각하신다면, 지금 제 말을 들으세요. 고귀한 히즈다르를 풀어주고, 왕좌에 복귀시키세요."

"그 일은 여왕님만 하실 수 있습니다."

녹색 은총자는 베일 속에서 한숨을 내쉬었다. "우리가 그토록 힘겹게 일궈낸 평화가 가을바람 앞의 낙엽처럼 흔들리고 있습니다. 무서운 나날입니다. 죽음이 세 번 저주받은 아스타포에서 달려온 하얀 암말을 타고 우리의 길거리를 활보하고 있어요. 드래곤들은 하늘을 날아다니며 어린아이들의 살점을 먹고 있습니다. 수백 명이 배를 타고 융카이로, 톨로스로, 콰스로, 어디든 받아줄 피난처를 찾아서 떠나고 있습니다. 하즈카르 피라미드는 무너져서 연기만 오르는 폐허가 되었고, 그 유서 깊은 혈통 다수가 새까맣게 탄 돌 더미 아래 죽어 누워 있습니다. 울레즈와 예리잔 피라미드는 괴물들의 소굴이 되었고, 그곳의 주인들은 집도 없는 거지가 됐습니다. 제 백성들은 모든 희망을 잃고 신들에게 등을 돌렸으며, 밤마다 취기와 간음에 빠져듭니다."

"그리고 살인도 있지요. 하피의 아들들이 밤새 서른 명을 죽였습니다."

"그 말씀을 들으니 슬프군요. 그러니 더더욱 예전에 그런 살인 행각을 멈췄던 고귀한 히즈다르 조 로라크를 풀어줘야 합니다."

'그런데 본인이 하피가 아니라면 어떻게 그럴 수 있었을까?' "전하께서는 히즈다르 조 로라크의 손을 잡으시고, 배우자이자 왕으로 만드셨으며, 그토록 간청하던 살인 예술의 장도 돌려주셨습니다. 그 대가로 그자는 여왕님에게 독이 든 메뚜기를 선사했지요."

"평화를 선사했지요. 그 평화를 내던지지 마십시오. 평화는 값을 매길 수 없는 진주입니다. 히즈다르는 로라크 가문 사람이에요. 절대 독으로 손을 더럽히지 않았을 겁니다. 결백합니다."

"어떻게 그렇게 확신하실 수 있습니까?" '당신이 독살자를 안다면 몰라도.'

"기스의 신들이 말해주셨습니다."

"제 신은 일곱이고, 일곱은 이 문제에 침묵하고 계십니다. 사제님, 제 제안은 전하셨습니까?"

"명하신 대로 융카이의 모든 귀족과 대장에게 전했지요……. 하지만 답이 마음에 들지 않으실 것 같군요."

"거절했습니까?"

"그렇습니다. 황금을 아무리 준다 해도 사람들을 되찾아 갈 순 없다고 했습니다. 오직 드래곤의 피만이 인질을 풀어줄 수 있다는군요."

바리스탄 경이 희망한 대답은 아닐지 몰라도, 예상했던 대답이었다. 그는 입을 꾹 다물었다.

"경이 듣고 싶었던 대답이 아니라는 걸 압니다." 갈라자 갈라레가 말했다. "하지만 저는 이해합니다. 이 드래곤들은 해로운 짐승이에요. 융카이는 드래곤을 두려워하고…… 그럴 만도 하다는 건 경도 부정하지 못할 겁니다. 우리의 역사는 무시무시한 발리리아의 드래곤 군주들과 그들이 옛 기스 사람들에게 가져왔던 황폐함을 증언합니다. 심지어 경의 어린 여왕님, 스스로를 드래곤의 어머니라 칭하던 아름다운 대너리스마저도……. 우린 투기장에서 그날 불타는 그분을 봤습니다……. 그분마저도 드래곤의 분노로부터 안전하지 못했어요."

"전하께서는…… 전하는……."

"죽었지요. 신들께서 그분에게 단잠을 내려주시기를." 베일 속에서 눈물이 반짝였다. "그분의 드래곤들도 죽게 하십시오."

바리스탄 셀미는 대답할 말을 찾다가 무거운 발소리를 들었다. 문이 벌컥 열리더니, 스카하즈 모 칸다크가 놋쇠 짐승 넷을 거느리고 뛰어 들어왔다. 그라자르가 막으려 하자 쳐내기까지 했다.

바리스탄 경은 즉시 일어섰다. "무슨 일인가?"

"투석기야." 민머리가 으르렁거렸다. "여섯 대 모두."

갈라자 갈라레가 일어섰다. "융카이가 경의 제안에 대답하는 겁니다. 대답이 마음에 들지 않을 거라고 제가 경고했지요."

'그렇다면 전쟁을 택한 거로군. 그러라지.' 바리스탄 경은 이상하게 마음이 놓였다. 전쟁은 그가 이해하는 것이었다. "돌을 날려서 미린을 부수겠다고 생각한다면 —"

"돌이 아닙니다." 늙은 여인의 목소리에 비탄과 두려움이 가득 실렸다. "시체예요."

대너리스

그 언덕은 풀 바다에 뜬 돌섬이었다.

대니는 언덕을 내려가는 데에만 오전을 절반은 썼다. 다 내려갔을 때는 숨이 찼다. 근육이 욱신거렸고, 열이 오르는 느낌이 들었다. 바위가 두 손을 긁어놓아 피가 났다. '그래도 전보다는 낫지.' 대니는 터진 물집을 뜯으면서 생각했다. 피부는 보드라운 분홍색이었고, 갈라진 손바닥에서 희끄무레한 액체가 흘렀지만, 화상은 낫고 있었다.

밑에서 보니 언덕이 더 커 보였다. 대니는 자기가 태어난 유서 깊은 성채를 따서 그 언덕을 드래곤스톤이라 불렀다. 원래의 드래곤스톤에 대해서는 아무 기억도 없었지만, 이 드래곤스톤은 금세 잊지 못할 것이다. 아래쪽 비탈은 관목과 가시덤불이 뒤덮었고, 위로 올라가면 헐벗고 들쭉날쭉한 돌무리가 가파르고 급작스럽게 하늘을 찔렀다. 드로곤은 그곳, 깨어진 돌덩이와 면도날처럼 날카로운 능선과 바늘 같은 바위기둥 사이에 있는 얕은 동굴을 소굴로 삼았다. 대니는 그 언덕을 보자마자 드로곤이 그곳에 산 지 꽤 되었음을 알아차렸다. 공기에서 재 냄새가 났고, 눈에 보이는 돌과 나무는 다 까맣게 그을렸으며, 땅에는 불타고 부서진 뼈가 흩어져 있었지만 그래도 그곳이 드로곤에게는 집이었다.

대니는 집의 유혹이 어떤 것인지 알았다.

이틀 전, 바위기둥을 오른 대니는 남쪽에서 물을 보았다. 가느다란 실 같은 것이 해가 지자 잠시 반짝거렸다. '개울이야.' 대니는 그렇게 판단했다. 작지만, 그 개울을 따라가면 더 큰 개울이 나올 테고, 그 개울은 작은 강으로 흘러들 것이며, 이 지역의 모든 강은 스카하자단강의 지류였다. 일단 스카하자단강을 찾아서 하류로만 따라가면 노예상만이 나올 것이다.

물론 드래곤을 타고 미린으로 날아가는 쪽이 더 좋기는 했다. 그러나 드로곤은 그녀와 같은 마음이 아닌 듯했다.

옛 발리리아의 드래곤 군주들은 속박 주문과 마법 나팔로 드래곤들을 통제했다. 대너리스는 한마디 말과 채찍으로 해냈다. 드래곤의 등에 앉으면, 말타기를 처음부터 다시 배우는 기분이 들 때가 많았다. 은마는 오른쪽 옆구리를 때리면 왼쪽으로 움직였는데, 말은 위험으로부터 달아나는 게 본능이기 때문이었다. 드로곤은 오른쪽을 채찍으로 때리면 오른쪽으로 방향을 틀었는데, 드래곤은 언제나 공격이 본능인 탓이었다. 그러나 대니가 때려도 아랑곳하지 않을 때도 있었다. 가끔은 그냥 자기가 가고 싶은 곳으로 대니를 태워 갔다. 드로곤이 방향을 돌리고 싶어 하지 않으면, 채찍도 말도 드로곤의 방향을 돌리지 못했다. 대니는 채찍이 드로곤에게 아프다기보다는 성가시다는 사실을 알게 되었다. 드로곤은 이제 비늘이 뼈보다 단단했다.

그리고 매일 아무리 멀리 날더라도, 밤이 오면 드로곤은 무슨 본능에 의해서인지 집으로, 드래곤스톤으로 돌아왔다. '내 집이 아니라 드로곤의 집이야.' 대니의 집은 미린에, 남편과 연인과 함께 있었다. 대니가 속한 곳은 아무래도 그곳이었다.

'계속 걸어. 돌아보면 지는 거야.'

기억이 그녀와 함께 걸었다. 하늘에서 본 구름. 풀밭을 가르는 개미 떼처럼 작은 말들. 손이 닿을 듯 가까운 은빛 달. 아래에서 햇빛을 받아 새파랗게 반짝이는 강물. '내가 그런 풍경을 다시 보게 되기는 할까?' 드로곤의 등에 오르면 완전해진 기분이 들었다. 하늘 높이 올라가면 이 세상의 고통은 그녀를 건드릴 수 없었다. 어떻게 그 경험을 버릴 수 있을까?

하지만 이제 때가 되었다. 어린 소녀라면 놀면서 하루하루를 보낼 수도 있겠지만, 대니는 성인 여성이자 여왕이며 아내였고, 수천 명의 어머니였다. 아이들에게 그녀가 필요했다. 드로곤이 채찍 앞에서 몸을 굽혔듯, 그녀도 굽혀야 했다. 다시 왕관을 쓰고 흑단 장의자와 고귀한 남편의 품으로 돌아가야 했다.

'미지근한 입맞춤의 히즈다르에게.'

오늘 아침에는 해가 뜨겁고, 하늘은 구름 한 점 없이 파랬다. 잘된 일이었다. 대니의 옷은 걸레짝이나 다름없어, 몸에 온기를 더해주지 못했다. 미린에서 마구잡이로 날아오는 동안 샌들 한쪽은 벗겨져버렸고, 반대쪽은 드로곤의 동굴에 두고 왔다. 신발을 한쪽에만 신으니 맨발이 더 나았다. 토카와 베일은 투기장에서 버렸고, 리넨 속옷은 도트락의 바다에서 겪는 뜨거운 낮과 차가운 밤을 견디게 만들어져 있지 않았다. 땀과 풀과 흙에 얼룩이 졌고, 정강이에 감을 붕대로 쓰느라 속옷 아랫단도 찢어냈다. '누더기 차림이고 굶어 죽어가지만, 그래도 날이 계속 따뜻하다면 얼어 죽진 않겠지.'

이곳에서의 체류는 외로웠고, 대부분 아프고 배가 고팠지만…… 그래도 이상하게 행복했다. '몇 군데 쑤시고, 배가 고프고, 밤이면 춥고…… 날 수 있는데 그게 뭐가 중요해? 다시 하라고 해도 다 하겠어.'

그녀는 지키와 이리가 미린의 피라미드 꼭대기에서 기다리고 있다고 스스로를 타일렀다. 사랑스러운 서기 미산데이도, 어린 시동들도 기다리고 있었다. 그들이 음식을 가져다줄 테고, 감나무 아래 수조에서 목욕을 할 수 있을 것이다. 다시 깨끗해지면 기분이 좋겠지. 거울이 없어도 지금 지저분하다는 정도는 알았다.

배가 고프기도 했다. 어느 아침인가 남쪽 비탈을 반쯤 내려간 곳에서 자라는 야생 양파를 발견했었고, 같은 날 오후에는 양배추의 일종 같기도 한 잎 많은 붉은 채소도 찾았다. 뭔지는 몰라도 먹고 속앓이를 하지는 않았다. 그 채소들과 드로곤의 동굴 밖에 샘물이 흘러들어 생긴 연못에서 잡은 물고기 한 마리를 빼면, 대니는 드래곤이 남긴 것들로 최선을 다해 살아남아야 했다. 불에 탄 뼈와 반은 타고 반은 날것 그대로 연기를 올리는 고깃덩이로. 먹을 게 더 필요했다. 어느 날은 발 날로 깨진 양 머리뼈를 걸어차는 바람에, 뼈가 통통 튀다가 언덕 아래로 넘어갔다. 그 머리뼈가 가파른 비탈을 굴러 풀 바다로 내려가는 모습을 지켜보던 그녀는 그리로 내려가야 한다는 사실을 깨달았다.

대니는 빠른 걸음으로 키 큰 풀을 헤치고 걷기 시작했다. 발가락 사이로 들어오는 흙이 따뜻했다. 풀은 대니의 키만큼 컸다. '은마를 타고, 나의 태양이자 별 옆을 달리며 칼라사르를 이끌 때는 이렇게 높아 보이지 않았지.' 걸으면서 그녀는 투기장 관리인의 채찍으로 허벅지를 살짝 두드렸다. 미린에서 가져온 것이라곤 그 채찍과 몸에 걸친 누더기가 전부였다.

녹색 왕국을 걷고 있기는 했지만, 여름의 깊고 풍부한 녹색은 아니었다. 여기에서도 가을이 존재감을 드러냈고, 겨울이 멀리 뒤처져 있지 않았다. 풀이 기억 속에서보다 색이 옅었다. 노랗게 변하기 직전의 힘없고 병든 녹색이었다. 노랗게 변한 후에는 갈색이 될 것이다. 풀이 죽어가고 있었다.

대너리스 타르가르옌에게는 코호르 숲에서부터 산들의 어머니와 세상의 자궁까지 펼쳐진 거대한 풀 바다인 '도트락의 바다'가 낯설지 않았다. 처음 보았을 때는 아직 어렸을 때, 처음 칼 드로고와 결혼하여 도시 칼린의 노파들에게 선보이러 바에스 도트락으로 향할 때였다. 눈앞에 끝없이 펼쳐진 풀을 보자 숨이 멎었었다. '하늘은 파랬고, 풀은 초록색이었고, 나는 희망에 가득 차 있었지.' 그때는 그녀의 퉁명스러운 늙은 곰, 조라 경이 같이 있었다. 이리와 지키와 도리아가 시중을 들었고, 밤이면 그녀의 태양이자 별이 안아줬으며, 몸속에서는 아이가 자라고 있었다. '라에고. 아들 이름을 라에고라고 붙이려 했지. 그리고 도시 칼린은 그 아이가 세상에 올라탈 종마가 되리라고 했어.' 붉은 문이 달린 집에서 살았던, 기억도 가물가물한 브라보스 시절 이후로 그렇게 행복한 적이 없었다.

그러나 붉은 황야에서 그녀의 모든 기쁨이 잿더미로 변했다. 그녀의 태양이자 별은 말에서 떨어졌고, 마기 미리 마즈 두르가 자궁에 든 라에고를 살해했으며, 대니는 칼 드로고의 텅 빈 껍데기를 직접 질식시켜 죽였다. 그 후 드로고의 거대한 칼라사르는 산산이 흩어졌다. 코 포노가 칼 포노를 자칭하고 많은 기마전사들과 많은 노예들을 데려갔다. 코 자코가 칼 자코를 자칭하고 더 많은 수를 데리고 떠났다. 드로고의 혈맹기수였던 마고는 대너리스가 구해냈던 소녀 에로어를 강간하고 죽였다. 대니가 바에스 도트락으로 다시 끌려가서 도시 칼린의 노파들과 함께 여생을 보내지 않을 수 있었던 건 오직 칼 드로고를 화장하느라 피운 불과 연기 속에서 태어난 드래곤들 덕분이었다.

'불은 내 머리카락을 태웠지만, 그 외에는 내 몸을 건드리지 않았어.' 다즈낙 투기장에서도 똑같았다. 그 후에 일어난 많은 일이 흐릿했지만, 그것만은 또렷했다. '너무나 많은 사람들이 비명을 지르고 밀쳐대고 있었어.' 뒷발로 일어서던 말들, 뒤집히면서 멜론을 흩뿌리던 수레가 기억이 났다. 아래에서 창이 하나 날아오더니, 노궁 화살이 우수수 따라왔다. 하나는 대니의 뺨을 스칠 만큼 가까이 지나갔다. 나머지는 드로곤의 비늘에 맞아 튕겨나가거나, 비늘 사이에 끼거나, 날개막을 관통했다. 드래곤이 타격에 몸부림치며 몸을 뒤트는 동안 필사적으로 등에 매달려 있으려 했던 기억이 났다. 상처마다 연기가 오르고 있었다. 대니는 화살 한 대가 팍 터지며 불이 붙는 것을 보았다. 또 한 대는 날개 움직임에 느슨해져 떨어졌다. 저 아래에서 격심한 광란의 발작에 사로잡힌 듯 화염에 휩싸여 손을 쳐들고 빙빙 도는 사람들이 보였다. 녹색 토카를 입은 여자 하나가 우는 아이에게 손을 뻗더니, 화염에서 지키려고 품 안에 끌어안았다. 대니는 그 색깔을 선명하게 보았으나, 여자의 얼굴은 보지 못했다. 사람들이 벽돌 위로 엉켜 넘어지며 그 여자를 밟았다. 불이 붙은 사람들도 있었다.

그러다가 드로곤이 하늘로 올라가면서 그 모든 게 희미해지고, 소리가 작아지고, 사람들이 축소되고, 창과 화살이 저 아래로 떨어졌다. 드로곤은 날개를 쫙 펼쳐 햇빛에 구워진 도시 벽돌들의 열기가 만들어낸 따뜻한 공기를 안고 그녀를 태운 채 위로, 위로, 위로, 피라미드들과 투기장들 위로 높이 올라갔다. '여기에서 떨어져 죽는다 해도 그럴 가치는 있었어.' 그렇게 생각했었다.

그들은 강 너머 북쪽으로 날아갔다. 찢어지고 망가진 날개로 미끄러지듯 구름 속을 뚫고 나는 드로곤 주위로 구름이 유령 군대의 깃발처럼 스쳐 지나갔다. 대니는 노예상만의 해안과 그 옆으로 사막과 황야를 관통하여 서쪽으로 사라지는 옛 발리리아 길을 보았다. '집으로 가는 길.' 그러다가 아래에 보이는 것이 바람에 굽이치는 풀만 남았다.

'그 첫 비행이 천 년 전의 일이었나?' 가끔은 틀림없이 그렇다고 느꼈다.

해가 높아질수록 뜨거워졌고, 오래지 않아서 머리가 지끈거렸다. 머리털이 다시 자라고 있었지만, 속도는 느렸다. "모자가 필요해." 대니는 큰 소리로 말했다. 드래곤스톤 바위 위에서 직접 만들어보려고도 했었다. 드로고와 함께하던 시절 도트락 여자들이 만들 때 보았던 대로 흉내 내어 풀 줄기를 엮어보려고 했는데, 엉뚱한 풀을 골랐거나 그저 기술이 부족했는지,

대니가 만든 모자는 손안에서 흩어져버렸다. '다시 해봐.' 그녀는 스스로에게 말했다. '다음에는 더 잘할 거야. 넌 드래곤 혈통이야, 모자 정도는 만들 수 있어.' 그래서 다시 해보고 또다시 해봤지만, 마지막 시도도 처음과 다를 바 없는 실패작이었다.

대니는 오후가 되어서야 언덕 위에서 언뜻 보았던 개울을 찾아냈다. 개울이라고 하기도 민망한 시냇물, 아니 물줄기로 대니의 팔보다 가늘었다……. 그리고 그녀의 팔은 드래곤스톤에서 지내는 동안 더 가늘어진 상태였다. 대니는 물을 한 손 가득 담아 얼굴에 끼얹었다. 두 손을 오므리자 손가락 관절이 물줄기 바닥의 진흙을 뭉갰다. 더 차갑고, 더 깨끗한 물을 소원할 수도 있었겠지만…… 아니다, 소원하며 희망을 건다면 물보다는 구조가 우선이었다.

그녀는 아직도 누군가가 따라오리라는 희망을 버리지 못했다. 바리스탄 경이 찾아올지도 몰랐다. 바리스탄 경은 첫 퀸스가드였고, 목숨을 걸고 그녀를 지키겠다고 맹세했다. 그리고 그녀의 혈맹기수들은 도트락의 바다를 잘 알았고, 그녀에게 목숨을 맡겼다. 남편인 고귀한 히즈다르 조 로라크가 수색대를 보냈을지도 모른다. 그리고 다리오는…… 대니는 저무는 햇살에 금니를 번쩍이며 웃는 얼굴로 키 큰 풀을 헤치고 달려오는 다리오의 모습을 그렸다.

다만 다리오는 융카이 대장들에게 해가 가지 않을 것을 보장하는 인질로 맡겨져 있었다. '다리오와 영웅, 조고와 그롤리오, 그리고 히즈다르 가문 세 명이었지.' 분명 지금쯤이면 인질도 모두 풀려났을 것이다. 그러나…….

다리오의 칼 두 자루가 아직도 그녀의 침대 옆 벽에 걸려서, 주인이 돌아오기를 기다리고 있을까 궁금했다. "내 여자들은 두고 가지요. 날 위해 안전하게 지켜줘요, 내 사랑." 그리고 융카이는 다리오가 그녀에게 어떤 의미인지 얼마나 알고 있을까 궁금했다. 인질들을 보내던 날 오후에 바리스탄 경에게도 같은 질문을 했었다. 바리스탄은 이렇게 대답했다. "소문을 듣기는 하겠지요. 다리오 나하리스가 전하의…… 전하의 큰 호의를 자랑했을 수도 있습니다. 이렇게 말해도 될지 모르겠습니다만, 겸손은 나하리스의 덕목에 들어가지 않지요. 그 친구는 자기…… 자기 검술에 대단한 자부심을 갖고 있어요."

'나와의 잠자리에 대해 자랑한다는 말이군.' 하지만 다리오도 적들 사이에서 그런 일을 자랑할 만큼 어리석지는 않을 것이다. '상관없어. 지금쯤이면 융카이는 집으로 가고 있을 거야.' 전부 다 그걸 위해서 한 일들이었다. 평화를 위해서.

대니는 몸을 돌려, 초원 위로 불끈 쥔 주먹처럼 솟아오른 드래곤스톤을 돌아보았다. '정말 가까워 보이네. 몇 시간은 걸었을 텐데, 아직도 손을 뻗으면 닿을 것 같아.' 아직 돌아가기에 늦지 않았다. 드로곤의 동굴 옆 연못에는 물고기가 있었다. 첫날에 한 마리 잡았으니, 더 잡을 수도 있을 것이다. 그리고 드로곤이 먹고 남은 것들, 까맣게 탄 뼈지만 아직 살점이 붙은 조각들이 있을 것이다.

'안 돼. 돌아보면 지는 거야.' 대니는 스스로에게 말했다. 거대한 초원이 금빛으로, 다시 오렌지빛으로 변하는 동안 낮이면 드로곤을 타고 저녁이 오면 드로곤이 남긴 고기를 갉아 먹으면서 몇 년이고 이 햇빛 비치는 드래곤스톤 바위에서 살 수도 있겠지만, 그건 대니가 타고난 삶이 아닐 터였다. 그래서 대니는 다시 한번 먼 언덕으로부터 등을 돌리고, 그 돌투성이 능선을 뒤흔드는 바람이 부르는 비행과 자유의 노래에 귀를 닫았다. 작은 개울은 남쪽에 조금 더 치우친 남동쪽으로 흐르는 것 같았다. 대니는 그 개울을 따라갔다. '날 강으로 데려가줘. 그것만 부탁할게. 날 강으로 데려가주면, 나머지는 내가 하겠어.'

몇 시간이 천천히 흘러갔다. 개울은 이쪽으로 흐르다가 저쪽으로 흘렀고, 대니는 채찍으로 다리를 두드려 박자를 맞추고, 얼마나 멀리 가야 하는지나 쑤시는 머리, 아니면 텅 빈 배에 대해서는 생각하지 않으려고 애쓰면서 개울을 따라갔다. '한 걸음 걷고, 다음 걸음을 걸어. 또 한 걸음. 또 한 걸음.' 달리 무엇을 할 수 있겠는가?

그녀의 바다는 고요했다. 바람이 불면 풀 줄기가 서로 스치면서 한숨을 내쉬고, 오직 신들만이 알아들을 수 있을 말로 속삭이곤 했다. 이따금 작은 개울이 돌을 만나 꾸르르 소리를 냈다. 발가락 사이로 진흙이 찰박거렸다. 주위에서 벌레들이 웅웅거렸다. 게으른 잠자리와 반짝이는 초록색 말벌, 보이지도 않을 정도로 작은 각다귀였다. 대니는 팔에 내려앉는 벌레를 멍하니 때려 쫓았다. 한번은 개울에서 물을 마시던 쥐와 마주쳤지만, 쥐는 대니가 나타나자마자 달아나서 풀 줄기 사이로 달려 높은 풀숲으로 사라졌다. 가끔은 새 우는 소리가 들렸다. 그 소리를 들으면 배가 꾸르륵거렸지만, 새를 잡을 그물은 없었고 둥지도 찾지 못했다. '한때 나는 날고 싶다는 꿈을 꿨는데, 이제 날아보고 나서는 새알을 훔칠 꿈을 꾸는구나.' 그렇게 생각하니 웃음이 터졌다. "인간은 미쳤고 신들은 더 미쳤어." 그녀가 풀에다 대고 말하자, 풀이 동의하듯 웅얼거렸다.

그녀는 그날 드로곤을 세 번 보았다. 한 번은 독수리처럼 보일 만큼 멀리 떨어진 곳에서 까마득한 구름 속으로 들어갔다가 나왔지만, 이제 대니는 점으로만 보인다 해도 드로곤을 알아보았다. 두 번째에는 검은 날개를 펴고 태양 앞을 지나가서 세상이 어두워졌다. 마지막에는 대니 바로 위를 날았는데, 날갯소리가 들릴 정도로 가까웠다. 대니는 순간 드로곤이 그녀를 찾고 있나 생각했지만, 그녀를 알아차리지도 못하고 동쪽 어딘가로 날아가버렸다. '잘된 거야.' 대니는 생각했다.

저녁은 불시에 찾아왔다. 해가 멀리 드래곤스톤의 첨탑들에 금빛을 입히는 사이, 대니는 부서지고 잡초가 무성하게 자란 낮은 돌담과 마주쳤다.

신전의 일부였거나, 어느 마을 영주의 회당이었는지도 모른다. 그 너머에 폐허가 더 남아 있었다. 오래된 우물, 그리고 예전에 오두막집들이 서 있었던 자리를 표시하는 풀밭의 원들. 대니는 진흙과 짚으로 지은 집이었을 테고, 오랜 세월 바람과 비를 맞아 닳아 없어졌으리라 생각했다. 해가 지기 전에 그런 흔적을 여덟 군데 찾아냈지만, 풀 사이에 숨겨진 흔적이 더 있을 수도 있었다.

돌담은 비교적 풍상을 잘 견뎌낸 모습이었다. 높이 1미터도 안 되는 두 벽이 맞닿은 모퉁이에 불과했지만, 낮은 벽이라 해도 비바람으로부터 피난처가 되어주기는 했으며 밤이 빠르게 찾아오고 있었다. 대니는 그 구석에 몸을 밀어 넣고, 폐허 주위에 자란 풀을 뜯어서 둥지 비슷한 것을 만들었다. 무척이나 피곤했고, 두 발에는 새로 물집이 잡혔는데, 그 와중에 양쪽 새끼발가락은 같은 자리에 물집이 잡혔다. '내가 걷는 방식 때문일 거야.' 대니는 그렇게 생각하며 키득거렸다.

세상이 어두워지는 가운데 대니는 모퉁이에 자리를 잡고 눈을 감았지만, 잠은 오지 않았다. 밤은 추웠고, 땅바닥은 딱딱했으며, 배가 고팠다. 그녀는 저도 모르게 미린을, 연인인 다리오를, 남편인 히즈다르를, 이리와 지키와 사랑스러운 미산데이를, 바리스탄 경과 레즈낙과 민머리 스카하즈를 생각했다. '내가 죽었나 걱정하고 있을까? 난 드래곤의 등에 타고 날아와버렸어. 드로곤이 날 잡아먹었다고 생각할까?' 히즈다르가 아직 왕이기는 할까 궁금했다. 그의 왕관은 대니가 준 것인데, 그녀가 없어도 지킬 수 있을까? '히즈다르는 드로곤을 죽이고 싶어 했어. 그 목소리를 들었어. '죽여라'라고 소리 질렀지. '저 짐승을 죽여'라고. 그 얼굴에는 욕망이 가득했어.' 그리고 힘센 벨와스는 무릎을 꿇고 속을 게워내며 떨고 있었다. '독이었어. 독이었을 수밖에 없어. 꿀에 절인 메뚜기. 히즈다르가 나에게 먹어보라고 했는데, 벨와스가 다 먹었지.' 그녀는 히즈다르를 왕으로 만들고 침대에 들였으며, 그를 위해 투기장도 열어주었다. 그녀가 죽기를 바랄 이유가 없었다. 그러나 달리 누가 그럴 수 있었단 말인가? 향기 나는 시종장 레즈낙? 융카이인들? 하피의 아들들?

저 멀리서 늑대가 울부짖었다. 그 소리를 듣자 슬프고 외로워졌지만, 그래도 배가 고팠다. 초원 위로 달이 떠오르자 대니는 겨우 불안한 잠에 빠져들었다.

꿈을 꾸었다. 모든 걱정과 모든 고통이 사라지고, 그녀는 둥실둥실 하늘로 떠오르는 것 같았다. 다시 날고 있었고, 웃고 빙빙 돌면서 춤을 추고 있었고, 주위에서는 별들이 돌면서 귓가에 비밀을 속삭였다. "북쪽으로 가려면, 남쪽으로 여행해야 합니다. 서쪽에 이르려면 동쪽으로 나아가야 합니다. 앞으로 가려면 돌아가야 하고, 빛을 만지려면 그림자 아래를 지나야 합니다."

"퀘이트?" 대니는 외쳤다. "어디 있어, 퀘이트?"

그러다가 보였다. '별빛으로 만든 가면이구나.'

"당신이 누구인지 기억하세요, 대너리스." 별들이 여자 목소리로 속삭였다. "드래곤들은 압니다. 당신은 아나요?"

다음 날 아침에 깨어났을 때는 몸이 뻣뻣하고 쑤시고 아팠고, 개미들이 팔과 다리와 얼굴을 기어 다니고 있었다. 그게 뭔지 깨달은 대니는 침대이자 담요 역할을 해준 마른 갈색 풀 줄기들을 걷어차고 일어서려고 했다. 온몸을 물려서 작게 부푼 자국들이 가렵고 따가웠다. '이 개미가 다 어디에서 온 거지?' 대니는 팔과 다리와 배에 붙은 개미들을 털어냈다. 머리카락이 타버려 까슬한 머리도 한 손으로 쓸어보니 개미가 더 나왔고, 한 마리가 목덜미를 타고 기어 내려왔다. 그녀는 개미들을 털어내고 맨발로 밟아죽였다. 개미가 너무 많았다…….

알고 보니 벽 반대편에 개미굴이 있었다. 어떻게 그 개미들이 벽을 타 넘어서 그녀를 찾아낸 걸까 의아했다. 그들에게 이 돌 더미는 웨스테로스의 장벽처럼 거대할 텐데. '온 세상에서 제일 큰 벽.' 비세리스 오빠는 장벽에 대해 자기가 직접 쌓기라도 한 것처럼 자랑스럽게 말하곤 했었다.

비세리스는 너무 가난해서 칠왕국의 소로들에 자라난 오래된 산울타리 밑에서 자야 하는 기사들에 대해서도 이야기해줬다. 대니는 무성한 산울타리가 있다면 뭐든 주겠다는 심정이었다. '기왕이면 개미굴이 없는 울타리로.'

해가 막 뜬 시간이었다. 코발트빛 하늘에 반짝이는 별이 몇 개 남아 있었다. '저 중의 하나가 칼 드로고일지도 몰라. 밤의 땅에서 불타는 종마 위에 앉아 나를 내려다보며 미소 짓고 있겠지.' 드래곤스톤은 아직도 보였다. '정말 가까워 보여. 이젠 몇십 리는 떨어졌을 텐데, 한 시간이면 돌아갈 수 있을 것 같아.' 대니는 다시 드러누워 눈을 감고 잠들고 싶었다. '안 돼. 계속 가야 해. 개울. 개울만 따라가자.'

대니는 방향을 확인하는 데 잠시 시간을 들였다. 엉뚱한 방향으로 걷다가 개울을 놓쳐서는 곤란했다. "내 친구." 대니는 큰 소리로 말했다. "내 친구 곁에 머문다면 길을 잃지 않을 거야." 개울물 옆에서 잘 수도 있었겠지만, 밤에 물을 마시러 개울에 내려오는 동물들이 있었다. 흔적도 보았다. 대니는 늑대나 사자에게 형편없는 식사가 될 테지만, 형편없는 식사라도 없는 것보다는 나은 법이었다.

어느 쪽이 남쪽인지 확인하자 그녀는 수를 헤아리며 걷기 시작했다. 여덟을 셌을 때 개울이 나타났다. 대니는 손을 오므려 물을 떠 마셨다. 물을 마시자 배가 아팠지만, 복통이 갈증보다는 견디기 쉬웠다. 키 큰 풀에 내려앉아 반짝이는 아침 이슬 외에는 달리 마실 게 없었고, 풀을 먹지 않는 한 먹을 것도 없었다. '개미를 먹어볼 순 있겠지.' 그 작고 노란 개미들은 영양분을 제공하기에는 너무 작았지만, 풀밭에 돌아다니는 붉은 개미는 좀 더 컸다. "난 바다에서 길을 잃었어." 그녀는 구불거리는 개울 옆을 절뚝절뚝 걸으며 말했다. "그러니 게라든가, 통통하고 맛 좋은 물고기를 보게 될지도 몰라." 채찍이 허벅지를 부드럽게 때리며 툭, 툭 소리를 냈다. 한 걸음씩 가다 보면 개울물이 집까지 데려다줄 것이다.

정오가 막 지났을 때 개울가에 자란 덤불과 마주쳤는데, 뒤틀린 나뭇가지에 딱딱한 초록색 열매가 뒤덮여 있었다. 대니는 의심스럽다는 듯 실눈을 뜨고 열매를 보다가 하나 따서 오물거려보았다. 과육이 새콤하고 씹는 맛이 있었으며, 어딘가 익숙한 쓴 뒷맛이 남았다. "칼라사르에서 이런 나무 열매로 구운 고기에 맛을 내곤 했지." 대니가 내린 판단은 그랬다. 큰 소리로 말하자 더 확신이 들었다. 배 속이 꾸르륵거렸고, 대니는 두 손으로 열매를 따서 입에 마구 던져 넣었다.

한 시간 후에는 배가 너무 아파서 더 걸을 수가 없게 됐다. 그날 남은 시간은 녹색 곤죽을 게워내면서 보냈다. '여기 머물다간 죽을 거야. 지금 죽을지도 몰라.' 도트락의 말 신이 풀밭을 가르고 찾아와서 별빛 칼라사르로 데려갈까? 그래서 칼 드로고와 함께 밤의 땅을 달릴 수 있게 될까? 웨스테로스에서는 타르가르옌 가문의 시신을 불태웠지만, 여기에 누가 있어서 그녀의 화장불을 붙여줄까? '내 몸은 늑대와 까마귀의 먹이가 되겠지.' 그녀는 서글프게 생각했다. '그리고 벌레들이 내 자궁을 파먹을 거야.' 시선이 다시 드래곤스톤으로 돌아갔다. 전보다 더 작아 보였다. 몇 킬로미터 저편에서 풍상에 깎인 바위 정상에서 오르는 연기를 볼 수 있었다. '드로곤이 사냥에서 돌아온 거야.'

해가 저물었을 때 그녀는 풀밭에 쪼그려 앉아서 신음하고 있었다. 변이 갈수록 묽어졌고 냄새는 점점 더 나빠졌다. 달이 떴을 때 그녀는 갈색 물을 쏟아내고 있었다. 물을 마시면 마실수록 설사를 더 했지만, 설사를 하면 할수록 더 목이 말랐고, 갈증 때문에 개울까지 기어가서 물을 더 마셔야 했다. 겨우 눈을 감았을 때 대니는 과연 자신에게 눈을 다시 뜰 만한 힘이 있는지 알 수 없었다.

그녀는 죽은 오빠가 나오는 꿈을 꿨다.

비세리스는 마지막으로 보았을 때 그대로였다. 입은 고통스럽게 일그러지고, 머리카락은 불타고, 얼굴은 시커메져서 녹은 황금이 이마와 뺨과 눈으로 흘러내린 자리마다 연기가 났다.

"오빠는 죽었어." 대니가 말했다.

'살해당했지.' 입술을 움직이지 않는데도 그녀의 귓가에 속삭이는 목소리를 들을 수 있었다. '너는 날 애도하지도 않았어, 누이야. 애도하는 사람도 없이 죽는 건 힘들어.'

"한때는 오빠를 사랑했어."

'한때는.' 그는 대니가 몸을 떨 정도로 비통하게 말했다. '너는 내 아내가 되어 은발에 자줏빛 눈동자의 아이들을 낳아주고, 드래곤의 피를 순수하게 유지해야 했어. 내가 너를 돌봐줬어. 네가 누구인지 가르쳐줬어. 너를 먹여 살렸어. 너를 먹이기 위해 어머니의 왕관도 팔았어.'

"날 아프게 했어. 나에게 겁을 줬고."

'네가 드래곤을 깨울 때만 그랬지. 난 널 사랑했어.'

"날 팔아치웠어. 날 배신했어."

'아니야. 배신한 건 너였지. 넌 나에게, 네 혈육에게 등을 돌렸다. 놈들이 날 속였어. 말똥 냄새 나는 네 남편과 그놈의 야만인들. 그놈들은 거짓말쟁이에 사기꾼이었어. 나에게 황금 왕관을 약속해놓고 이걸 줬어.' 비세리스가 얼굴을 따라 흘러내리는 녹은 황금을 만지자, 손가락에서 연기가 피어올랐다.

"오빠는 왕관을 얻을 수도 있었어." 대니는 말했다. "기다리기만 했으면 내 태양이자 별이 왕관을 얻게 해줬을 거야."

'난 충분히 오래 기다렸어. 평생을 기다렸어. 내가 그놈들의 왕이었어. 정당한 왕. 그런데 날 비웃었어.'

"마지스터 일리리오와 같이 펜토스에 남았어야지. 칼 드로고는 날 도시 칼린에게 데려가야 했지만 오빠는 우리와 같이 갈 필요가 없었어. 그건 네 선택이었어. 네 실수였어."

'드래곤을 깨우고 싶니, 이 멍청한 어린 창녀야? 드로고의 칼라사르는 내 것이었어. 내가 산 거야. 만 명의 소리 지르는 전사를 내가 샀다고. 네 처녀성으로 값을 지불했지.'

"넌 도무지 이해를 못 했지. 도트락인은 사지도 팔지도 않아. 선물을 주고받지. 기다리기만 했으면……"

'기다렸잖아. 내 왕관을, 내 왕좌를, 너를 기다렸어. 그 세월을 기다렸는데 얻은 거라곤 녹인 금 한 단지뿐이었어. 그자들은 왜 너에게 드래곤의 알을 준 거야? 그건 내 것이어야 했어. 나에게 드래곤이 한 마리만 있었어도 온 세상에 우리의 가언이 무슨 의미인지 가르쳐줬을 거야.' 비세리스가 웃기 시작하더니, 턱이 연기를 올리면서 떨어져 나가고 입에서 피와 녹은 황금이 쏟아졌다.

숨을 몰아쉬며 깨어났을 때는 허벅지가 피에 젖어 있었다.

잠시 동안은 그게 무엇인지 이해하지 못했다. 세상이 이제 막 밝아지려는 참이었고, 키 큰 풀이 바람을 받아 술렁거렸다. '안 돼, 제발. 조금만 더 자게 해줘. 너무 피곤해.' 잠들 때 뜯어놓았던 풀 더미 아래로 다시 들어가려고 했다. 풀 줄기가 젖은 느낌이었다. 또 비가 왔나? 대니는 자다가 똥을 싼 게 아닌가 두려워하며 일어나 앉았다. 손가락을 얼굴에 갖다 대니 피 냄새가 났다. '내가 죽어가나?' 그러다가 풀밭 위 높이 뜬 하얀 초승달이 보였고, 이게 월경혈이라는 사실을 깨달았다.

그렇게 아프고 겁에 질리지만 않았어도 마음이 놓였을지 모르겠다. 그러나 그녀는 격하게 몸을 떨기 시작했다. 흙에 손가락을 문질러 닦고, 풀을 한 줌 잡아서 다리 사이를 닦았다. '드래곤은 울지 않아.' 그녀는 피를 흘리고 있었지만, 월경혈일 뿐이었다. '하지만 달이 아직 초승달인데. 어떻게 이럴 수가 있지?' 마지막으로 피를 흘린 게 언제였는지 기억해보려 했다. 지난 보름이었나? 그 전이었나? 더 전이었나? '아니야, 그렇게 오래됐을 리가 없어.' "난 드래곤의 핏줄이야." 그녀는 풀을 향해 큰 소리로 말했다.

'예전엔 그랬지.' 풀이 마주 속삭였다. '네가 네 드래곤들을 어둠 속에 묶어놓기 전까지는.'

"드로곤이 어린 여자애를 죽였어. 그 아이 이름은…… 이름은……." 대니는 그 아이 이름을 떠올릴 수가 없었다. 그 사실이 눈물이 다 타버리지만 않았다면 울었을 정도로 슬펐다. "난 결코 여자아이를 갖지 못할 거야. 난 드래곤들의 어머니였어."

'그래. 하지만 넌 네 아이들에게 등을 돌렸지.'

배 속이 텅 비었고, 발은 부르트고 물집이 잡혔으며, 배앓이는 더 심해진 것 같았다. 속에서 몸부림치며 내장을 깨물어대는 뱀이 가득했다. 대니는 떨리는 손으로 진흙과 물을 한 줌 퍼 올렸다. 정오쯤엔 물이 미지근해질 테지만, 싸늘한 새벽에는 시원한 편이어서 정신이 좀 들었다. 얼굴에 물을 뿌리는데 허벅지에 새로 피가 흘렀다. 너덜너덜한 속옷 가장자리에 피가 얼룩졌다. 붉은 피를 그렇게 많이 보니 겁이 났다. '월경혈이야. 월경혈일 뿐이야.' 하지만 그렇게 피가 쏟아진 적이 있었는지 기억나지 않았다. '물 때문일 수도 있을까?' 물 때문이라면 망한 셈이었다. 물을 마시거나, 갈증으로 죽을 수밖에 없었다.

"걸어." 대니는 스스로에게 명령했다. "개울을 따라가면 스카하자단에 이를 거야. 그러면 다리오가 널 찾아낼 거야." 하지만 다시 일어서는 데에만 온 힘이 다 들어갔고, 겨우 일어섰을 때는 열에 들뜨고 피를 흘리며 서 있는 게 고작이었다. 눈을 들어 텅 빈 파란 하늘을 보고, 실눈으로 해를 보았다. '벌써 오전이 절반은 지나갔어.' 경악스러운 깨달음이었다. 대니는 한 걸음을 겨우 걷고, 또 걷고, 그러다가 작은 개울을 따라 다시 걷기 시작했다.

날이 따뜻해졌고, 해가 머리와 타고 남은 머리카락을 때렸다. 발바닥에 물이 철벅거렸다. 그러고 보니 개울 속을 걷고 있었다. 얼마나 오랫동안 그랬던 걸까? 발가락 사이에 스며드는 부드러운 진흙이 물집의 아픔을 달래는 데 도움이 되었다. '개울 속이든 밖이든, 걸어야 해. 물은 아래로 흐르지. 개울물을 따라가면 강에 이를 테고, 강을 따라가면 집에 갈 거야.'

사실은 그렇지도 않았지만 말이다.

미린은 대니의 집이 아니었고, 집이 될 리도 없었다. 그곳은 이상한 신들을 섬기고 이상한 머리카락을 지닌 이상한 사람들의 도시, 술 달린 토카를 두른 노예상들의 도시, 매춘으로 은총을 얻고 도살은 예술이 되며, 개를 맛있게 먹는 도시였다. 미린은 언제나 하피의 도시일 것이고, 대너리스는 하피가 될 수 없었다.

'절대로.' 풀이 조라 모르몬트를 닮은 그르렁대는 목소리로 말했다. '경고했습니다, 전하. 이 도시는 내버려두라고 말씀드렸어요. 전하의 전쟁은 웨스테로스에 있다고 했지요.'

속삭임에 지나지 않는 목소리였지만, 대니는 조라가 바로 뒤에서 걷고 있는 것처럼 느꼈다. '나의 곰. 나를 사랑하고 나를 배신한, 내 늙고 다정한 곰.' 조라가 너무나 그리웠다. 그 못생긴 얼굴을 보고, 그 몸을 끌어안고 그 가슴에 몸을 기대고 싶었지만, 돌아보면 조라 경이 없을 것은 알았다. "난 꿈을 꾸고 있어. 백일몽이고, 걸으면서 꾸는 꿈이야. 난 혼자고 길을 잃었어."

'길을 잃은 건 애초에 있지 말아야 했던 곳에서 꾸물거렸기 때문입니다.' 조라 경이 바람처럼 조용히 웅얼거렸다. '혼자인 건 저를 옆에서 내쳤기 때

문입니다.'

"경은 날 배신했어. 돈을 받고 내 정보를 알렸어."

'집 때문이었어요. 평생 원한 건 집으로 돌아가는 것뿐이었습니다.'

"그리고 나였지. 날 원했어." 대니는 조라의 눈에서 알아보았었다.

'그랬지요.' 풀이 서글프게 속삭였다.

"나에게 입을 맞췄지. 그래도 된다고 말한 적이 없었는데, 입을 맞췄어. 날 적에게 팔아넘겼으면서, 입 맞출 때는 진심이었어."

'전 전하에게 조언을 잘해드렸습니다. 창과 검은 칠왕국을 위해 아끼시라 말씀드렸지요. 미린은 미린인들에게 맡겨두고 서쪽으로 가자고 말씀드렸지요. 전하는 듣지 않았습니다.'

"미린을 점령하지 않으면 내 아이들이 행군 중에 굶어 죽는 꼴을 봐야 했어." 대니는 아직도 붉은 황야를 건너면서 뒤에 남겼던 시체들의 선을 떠올릴 수 있었다. 다시는 보고 싶지 않은 광경이었다. "내 백성들을 먹이려면 미린을 빼앗아야 했어."

'미린을 점령하시고도, 계속 머무셨지요.'

"여왕이 되기 위해서였어."

'당신은 여왕입니다.' 그녀의 곰이 말했다. '웨스테로스에서요.'

"그건 너무 먼 길이야." 그녀는 불평했다. "난 지쳐 있었어, 조라. 난 전쟁에 싫증이 났어. 쉬기도 하고, 웃기도 하고, 나무를 심고 키우고 싶었어. 난 어린 여자에 불과해."

'아뇨. 당신은 드래곤의 핏줄입니다.' 조라 경이 뒤처지기라도 하는 것처럼 속삭임이 희미해졌다. '드래곤은 나무를 심지 않아요. 기억하십시오. 당신이 누구인지, 무엇이 되어야 하는지 기억하세요. 가언을 기억하세요.'

"불과 피." 대너리스는 흔들리는 풀에게 말했다.

발밑에서 돌멩이 하나가 미끄러졌다. 그녀는 비틀거리다가 한쪽 무릎을 꿇고 아픔에 비명을 지르며, 그녀의 곰이 안아 일으켜줬으면 하는 말도 안되는 희망을 품었다. 고개를 돌려 조라를 찾았을 때 보인 것이라곤 졸졸 흐르는 갈색 물뿐이었다……. 그리고 여전히 살랑살랑 흔들리는 풀뿐이었다. '바람이야.' 대니는 스스로를 타일렀다. '바람이 풀 줄기를 흔들어서 살랑대는 거야.' 다만 바람은 불고 있지 않았다. 해가 중천에 떴고, 세상은 고요하고 뜨거웠다. 각다귀가 우글거렸고, 잠자리 한 마리가 개울 위에 떠서 여기저기로 날고 있었다. 그리고 풀은 움직일 이유가 없는데도 움직였다.

대니는 물속을 더듬어 주먹만 한 돌을 찾아 진흙에서 뽑아냈다. 초라한 무기였지만 빈손보다는 나았다. 시야 가장자리에서 풀이 다시 움직였다. 오른쪽이었다. 풀이 흔들리더니 왕 앞에서처럼 깊이 절을 했지만, 왕은 나타나지 않았다. 세상은 초록색으로 비어 있었다. 세상은 초록색으로 고요했다. 세상은 노란색으로 죽어갔다. '일어나야 해.' 대니는 스스로에게 말했다. '걸어야 해. 개울을 따라가야 해.'

풀 사이로 부드러운 은빛의 딸랑딸랑 소리가 들렸다.

'종소리야.' 대니는 그녀의 태양이자 별이었던 칼 드로고와 그가 머리에 함께 땋았던 작은 종들을 기억하며 미소 지었다. '해가 서쪽에서 뜨고 동쪽으로 지는 날에, 바다가 마르고 산맥이 낙엽처럼 바람에 날릴 때, 내 자궁이 되살아나서 살아 있는 아이를 밸 때, 칼 드로고도 나에게 돌아오겠지.'

하지만 그 어느 일도 일어나지 않았다. '종소리야.' 대니는 다시 생각했다. 그녀의 혈맹기수들이 찾아온 걸까. 대니는 속삭였다. "아고, 조고, 라카로." 다리오도 같이 왔을까?

녹색 바다가 갈라지고 말에 탄 기수 하나가 나타났다. 땋은 머리가 새까맣게 반짝이고, 피부는 윤을 낸 구리같이 가무잡잡했으며, 매서운 두 눈은 아몬드 모양이었다. 머리카락에서 종이 울렸다. 메달로 만든 허리띠를 차고 색칠 조끼를 입었으며, 한쪽 허리에는 아라크를 차고 반대쪽에는 채찍을 찼다. 안장에는 사냥용 활과 화살통이 달려 있었다.

'기마전사 하나. 하나뿐이야. 척후병이야.' 칼라사르에 앞서서 사냥감과 좋은 풀을 찾고 숨어 있는 적을 찾아내는 척후였다. 대니를 찾아낸다면 그녀를 죽이거나, 강간하거나, 노예로 삼을 터였다. 칼이 죽으면 착한 칼리시가 가야 하는 곳으로, 도시 칼린의 노파들에게 데리고 돌아가면 그나마 나은 것이리라.

그러나 그는 대니를 보지 못했다. 풀이 대니를 숨겨줬고, 그는 다른 곳을 보고 있었다. 대니가 그 시선을 따라가보니 날개를 활짝 펼친 그림자가 날고 있었다. 드래곤은 1킬로미터도 더 떨어진 곳을 날고 있었지만, 척후는 준마가 공포에 질려 히힝댈 때까지 얼어붙어 있다가 꿈에서 깨어난 듯 정신을 차리고 말을 돌려 키 큰 풀 사이를 질주했다.

대니는 그 남자가 가는 모습을 지켜보았다. 말발굽 소리가 멀어지다가 사라지자, 그녀는 고함을 치기 시작했다. 목이 쉬도록 소리쳤다……. 그러자 드로곤이 연기를 내뿜으며 왔다. 드로곤 앞에서 풀밭이 다 고개를 숙였다. 대니는 드로곤의 등에 뛰어올랐다. 몸에서 피와 땀과 두려움의 악취가 풍겼지만, 아무것도 중요하지 않았다. "앞으로 가려면 돌아가야 한다." 대니는 말했다. 맨다리가 드로곤의 목을 단단히 감았다. 발로 걷어차자 드로곤이 하늘로 날아올랐다. 채찍을 잃어버렸기에 대니는 두 손과 발을 써서 드로곤을 북동쪽으로, 척후가 사라진 방향으로 돌렸다. 드로곤은 기마전사의 두려움을 냄새 맡았는지, 기꺼이 그 지시에 따랐다.

그들은 심장이 열 번 뛸 시간 만에 아래에서 달리고 있는 도트락인을 지나쳤다. 대니는 왼쪽, 오른쪽에서 풀이 타서 까맣게 변한 곳을 보았다. '드로곤이 전에도 이 길을 왔던 거야.' 이제 보니 그랬다. 회색 섬을 연결한 사슬처럼 드로곤의 사냥 흔적이 녹색 풀 바다에 점점이 남아 있었다.

아래에 거대한 말 떼가 나타났다. 말 탄 사람들도 스물쯤, 아니 더 있었지만 그들은 드래곤이 보이자마자 몸을 돌려 달아났다. 그림자가 떨어지자 말들이 뛰기 시작하더니, 옆구리에 하얀 거품이 일도록 풀밭을 질주하고 발굽으로 흙을 파헤쳤다……. 그러나 아무리 빨리 달려봐야, 날 수는 없었다. 곧 말 한 마리가 다른 말들보다 뒤처지기 시작했다. 드래곤은 포효하며 그 말을 향해 내려갔고, 가엾은 짐승은 순식간에 화염에 휩싸여서도 비명을 내지르며 계속 달렸다. 결국 드로곤이 내려앉아서 등을 부러뜨릴 때까지 도망쳤다. 대니는 미끄러져 떨어지지 않으려고 온 힘을 다해 드래곤의 목에 매달렸다.

말의 사체는 가지고 돌아가기엔 너무 무거웠기에, 드로곤은 그 자리에서 새까맣게 탄 살을 뜯어 먹었다. 주위에서는 풀이 타오르고, 공기 중에는 흩날리는 연기와 탄 말고기 냄새가 매캐했다. 굶주린 대니는 드로곤의 등에서 내려가서 같이 먹었다. 화상을 입은 맨손으로 김이 오르는 죽은 말 고기를 뜯어 먹었다. '미린에서 나는 비단옷을 입고 속을 채운 대추야자와 꿀 바른 양고기를 조금씩 먹는 여왕이었지.' 그녀는 기억을 돌이켰다. '지금 내 모습을 볼 수 있다면 고귀한 내 남편이 어떻게 생각할까?' 히즈다르는 공포에 질릴 게 분명했다. 하지만 다리오라면…….

다리오라면 큰 소리로 웃고, 아라크로 말고기를 잘라 옆에 앉아서 먹겠지.

서쪽 하늘이 피멍 든 빛깔로 변할 무렵, 다가오는 말발굽 소리가 들렸다. 대니는 일어나서 누더기가 된 속옷에 손을 닦고, 드래곤 옆에 가서 섰다.

그게 흩날리는 연기 속에서 나타난 칼 자코와 50명의 기마전사들이 발견했을 때 대니의 모습이었다.

에필로그

"전 배신자가 아닙니다." 그리핀스루스트의 기사가 선언했다. "전 토멘 왕의 사람이고, 여러분의 사람입니다."

눈 녹은 물이 망토를 흘러 바닥에 고이면서 나는 꾸준한 똑, 똑, 똑 소리가 그의 말을 강조했다. 킹스랜딩에 밤새 눈이 내렸고, 바깥에 쌓인 눈이 발목까지 왔다. 케반 라니스터 경은 망토를 더 단단히 여몄다. "경의 말은 그렇지. 말은 바람에 불과하네."

"그렇다면 제 검으로 증명하게 해주십시오." 횃불 빛을 받은 로넷 코닝턴의 긴 붉은 머리와 수염이 불처럼 타올랐다. "제 혈족에게 보내주시면, 제가 그의 머리통과 그 가짜 드래곤의 머리통을 가지고 오겠습니다."

진홍색 망토를 걸치고 사자 장식 반투구를 쓴 라니스터 창병들이 알현실 서쪽 벽에 도열해 있었다. 녹색 망토를 걸친 티렐 위병들이 반대편 벽에 그들을 마주하고 섰다. 알현실의 한기는 뚜렷했다. 세르세이 왕대비도, 마저리 왕비도 없었지만 그들의 존재가 연회장의 유령처럼 공기를 망치는 것을 느낄 수 있었다.

왕의 소협의회 다섯 명이 앉은 탁자 뒤에는 철왕좌가 가시와 발톱과 칼날이 어둠에 반쯤 감싸인 채 거대한 검은 짐승처럼 웅크리고 있었다. 케반 라니스터는 어깨뼈 사이의 근질거림으로 등 뒤의 철왕좌를 느낄 수 있었다. 늙은 아에리스 왕이 올라앉아서 새로 베인 상처에서 피를 흘리며 아래를 노려보고 있다고 상상하기는 쉬웠다. 그러나 오늘 그 왕좌는 비어 있었다. 토멘을 참석시킬 이유가 없었다. 그 아이는 어머니와 함께 있게 두는 편이 친절할 터였다. 세르세이의 재판과…… 아마도 처형이 있기 전까지 어머니와 아들이 얼마나 오래 같이 있을 수 있을지 신들만이 아는 상황이었으니.

메이스 티렐이 말했다. "자네 혈족과 그자의 가짜는 때가 되면 처리할 거야." 새로운 왕의 수관은 손 모양으로 조각한 참나무 옥좌에 앉아 있었다. 케반 경이 메이스 티렐이 갈망하던 자리를 내어주는 데 동의한 날 발동한 어처구니없는 허영심의 결과였다. "경은 우리가 진군 준비를 할 때까지 여기에서 기다려야 하네. 그 후에는 충성심을 증명할 기회가 있겠지."

케반 경도 이의 없었다. "로넷 경을 거처로 모시고 가게." 그는 말했다. '그리고 그 방에 머물도록 지키라'는 말은 굳이 하지 않았다. 아무리 그리핀스 루스트의 기사가 큰 소리로 항의해도 그에 대한 의심은 남아 있었다. 남쪽에 상륙한 용병들을 이끄는 게 그의 혈족이었다.

코닝턴의 발소리가 멀어지자, 파이셀 대학사가 무겁게 고개를 저었다. "저 청년의 혈족은 한때 바로 저 자리에 똑같이 서서 아에리스 왕에게 로버트 바라테온의 머리를 가져오겠노라고 말했지요."

'파이셀만큼 늙으면 저렇게 되지. 보고 듣는 것마다 젊었을 때 보고 들은 뭔가를 떠올리는 거야.' "로넷 경과 함께 도시에 들어온 중장병이 몇이나 됩니까?" 케반 경이 물었다.

"스물입니다." 랜딜 탈리 공이 대답했다. "그리고 대부분 예전 그레고르 클리게인 패거리지요. 경의 조카 제이미가 그놈들을 코닝턴에게 줬답니다.

아마 그놈들을 떼어내기 위해서였겠지요. 메이든풀에 들어와서 하루 만에 한 놈은 살인, 또 한 놈은 강간죄로 고발됐습니다. 한 놈은 목을 매달고 다른 놈은 거세해야 했지요. 나에게 결정권이 있다면 놈들은 다 밤의 경비대로 보내고, 코닝턴도 같이 보내겠어요. 저런 쓰레기들이 있을 곳은 장벽입니다."

"개는 제 주인을 닮는 법이지." 메이스 티렐이 말했다. "나도 검은 망토가 놈들에게 어울린다는 데 동의하오. 그런 자들을 도시 경비대에서 참아줄 수야 없지." 하이가든 병사를 백 명은 황금 망토에 더했음에도, 그는 서부인을 넣어 균형을 잡으려는 시도에 반대하려는 기색이 역력했다.

'주면 줄수록 더 원하는군.' 케반 라니스터도 왜 세르세이가 티렐을 그렇게 싫어하게 됐는지 슬슬 이해가 갔다. 하지만 지금은 공개적인 다툼을 일으킬 때가 아니었다. 랜딜 탈리와 메이스 티렐은 둘 다 킹스랜딩에 군대를 끌고 들어온 반면, 라니스터 가문의 병력 대부분은 강역에 남아서 빠른 속도로 흩어져가고 있었다. "산더미의 부하들은 언제나 싸움꾼이었지요." 그는 회유하는 투로 말했다. "그리고 그 용병들 상대로는 쓸 만한 칼이 하나라도 더 필요할지 모릅니다. 그게 정말 콰이번의 첩자들 주장대로 황금 용병단이라면 —"

"부르고 싶은 대로 부르시죠." 랜딜 탈리가 말했다. "그래봤자 모험가들에 지나지 않아요."

"그럴지도 모르지요." 케반 경이 말했다. "하지만 그 모험가들을 무시하는 기간이 길어질수록 놈들은 강해질 겁니다. 지도를 한 장 준비시켰습니다. 침략 지도지요. 대학사?"

제일 좋은 송아지 가죽에 학사의 손으로 그려서 아름다운 지도였고, 탁자를 다 덮을 만큼 컸다. "여깁니다." 파이셀이 검버섯 핀 손으로 가리켰다. 로브 소매가 말려 올라가자 팔뚝 아래 축 처진 허연 살덩이를 볼 수 있었다. "여기와 여기. 해안가 전체와 섬가지입니다. 타스, 징검돌 군도, 에스터몬트까지요. 그리고 이제는 코닝턴이 스톰스엔드로 가고 있다는 보고가 들어왔습니다."

"그게 존 코닝턴이라면 말이겠죠." 랜딜 탈리가 말했다.

"스톰스엔드라." 메이스 티렐 공이 불만스럽게 말했다. "스톰스엔드를 점령하진 못해. 정복자 아에곤이 아니고서야 안 될 일이지. 그리고 설령 점령한들 뭐? 지금은 스타니스의 성 아니오? 그 성이 한 참칭자 손에서 다른 참칭자에게 넘어가든 말든, 우리가 곤란할 게 있소? 내 딸의 결백이 증명되고 나면 내가 다시 점령하리다."

'애초에 점령한 적도 없으면서 어떻게 다시 점령할 수 있다는 거야?' "말씀은 이해합니다만—"

티렐은 케반이 말을 끝내게 두지 않았다. "내 딸에 대한 고발은 다 더러운 거짓말이오. 다시 묻겠는데, 우리가 왜 이런 광대극에 어울려야 하는 거요? 토멘 왕을 시켜서 내 딸은 결백하다고 선언하게 하고, 이 어리석은 짓거리를 이 자리에서 끝내버려요, 경."

'그랬다간 남은 평생 수군거림이 마저리를 따라다닐걸.' "아무도 따님의 결백을 의심하지 않습니다, 수관." 케반 경은 거짓말을 했다. "하지만 최고성사 성하께서 재판을 고집하세요."

랜딜 공이 코웃음을 쳤다. "어쩌다가 이렇게 된 겁니까. 언제 왕과 귀족들이 참새들이 재잘거리는 소리에 맞춰 춤을 춰야 했습니까?"

"사방에 적이 있습니다, 탈리 공." 케반 경은 그를 일깨웠다. "북쪽에는 스타니스, 서쪽에는 강철인, 남쪽에는 용병들이 있어요. 최고성사를 거슬렀다간 킹스랜딩 도랑에도 피가 흐를 겁니다. 우리가 신들에게 거역한다는 인상을 줬다간, 신실한 신도들이 찬탈자가 되고 싶어 하는 자들의 군대에 합류할 뿐이에요."

메이스 티렐은 꿈쩍도 하지 않았다. "일단 팍스터 레드와인이 바다에서 강철인들을 쓸어버리면, 내 아들들이 방패 군도를 되찾을 거요. 스타니스는 눈이 끝장내지 않으면 볼턴이 끝장낼 것이고. 코닝턴으로 말하면……."

"진짜 코닝턴이라면 말이지요." 랜딜 공이 말했다.

"코닝턴으로 말하면." 티렐은 되풀이해서 말했다. "그놈이 어떤 승리를 거둔 적이 있다고 두려워해야 한답니까? 그놈은 스토니셉트에서 로버트 반란을 끝장낼 수 있었소. 그런데 실패했지. 황금 용병단도 언제나 실패했고. 그래, 그자들에게 합류하겠다고 달려갈 자들도 있겠지요. 그런 바보들은 왕국에 없는 편이 낫소."

케반 경은 메이스 티렐처럼 확신할 수 있다면 좋겠다고 생각했다. 그는 존 코닝턴을 조금 알았다. 자부심이 강한 청년으로, 라에가르 타르가르엔 왕자 주위에 모여서 왕자의 총애를 두고 다투던 젊은 귀족 무리 중에서 가장 고집이 셌었다. '오만하지만, 능력 있고 정력적이었지.' 미친 왕 아에리스가 그를 수관으로 지명한 것도 그런 면모와 무기 다루는 기술 때문이었다. 노(老) 메리웨더 공이 아무것도 하지 않는 사이 반란은 뿌리를 내리고 퍼져나갔고, 아에리스는 로버트의 젊음과 활력에 맞먹는 젊음과 활력을 지닌 누군가를 원했다. "너무 이르다." 왕이 누구를 선택했는지가 캐스털리록에 전해지자 타이윈 라니스터 공은 그렇게 단언했었다. "코닝턴은 너무 젊고, 너무 대담하고, 너무 영광을 갈망해."

종울림 전투는 그 평가가 사실임을 증명했다. 케반 경은 그 후에 아에리스가 타이윈을 다시 부르는 수밖에 없으리라 기대했지만…… 미친 왕은 타이윈 대신 첼스테드 공과 로사트 공에게 고개를 돌렸고, 그 값을 생명과 왕관으로 치렀다. '하지만 다 오래전 일이지. 이자가 진짜 존 코닝턴이라면, 그때와는 다른 남자일 거야. 더 나이 들고, 더 단단하고, 더 노련하고…… 더 위험하겠지.' "코닝턴에게는 황금 용병단 이상이 있을지도 모릅니다. 타르가르엔 참칭자를 데리고 있다더군요."

"가짜 녀석에 불과합니다." 랜딜 탈리가 말했다.

"그럴 수도 있고, 아닐 수도 있지요." 케반 라니스터는 타이윈이 라에가르 왕자의 아이들의 시신을 진홍색 망토에 감싸서 철왕좌 발치에 내려놓았을 때 여기, 바로 이 알현실에 있었다. 여자애는 라에니스 공주라는 사실을 알아볼 수 있었지만, 남자애는…… '얼굴도 없이 뼈와 뇌수와 유혈 곤죽에 금발이 몇 가닥 붙은 꼴이었지. 아무도 오래 쳐다보지 않았어. 타이윈이 그게 아에곤 왕자라고 하니 그 말을 받아들였지.' "동쪽에서 들려오는 이야기들도 있습니다. 두 번째 타르가르엔이고, 아무도 혈통을 의심할 수 없는 타르가르엔이지요. 폭풍의 딸 대너리스."

"제 아비처럼 미쳤지요." 메이스 티렐 공이 단언했다.

'그 아비가 하이가든과 티렐 가문이 최후의 최후까지 지지했던 그 아비일 텐데.' 케반 경은 말했다. "미쳤을지는 모르지만, 서쪽까지 흘러오는 연기가 이렇게 심하다면 동쪽에서 불이 타고 있는 것만은 분명합니다."

파이셀 대학사가 고개를 주억거렸다. "드래곤 말씀이요. 같은 이야기가 올드타운까지 이르렀습니다. 무시하기에는 너무 많습니다. 세 마리 드래곤을 거느린 은빛 머리의 여왕 이야기가요."

"세상 끝에서 말이지요." 메이스 티렐이 말했다. "노예상만의 여왕이라지요. 얼마든지 그러라고 해요."

"그 점은 동의합니다만……" 케반 경이 말했다. "그 여자는 정복자 아에곤의 혈통이니, 미린에 머무는 데 영원히 만족할 리 없습니다. 그 여자가 우리 해변에 와서 코닝턴 공과 가짜든 아니든 코닝턴이 데리고 있는 왕자란 녀석과 힘을 합친다면…… 그러니 폭풍의 딸 대너리스가 서쪽으로 오기 전에 지금 코닝턴과 그 참칭자를 없애야 합니다."

메이스 티렐이 팔짱을 꼈다. "나도 그럴 작정이에요, 경. 재판 이후에 말이오."

"용병들은 돈을 위해 싸우지요." 파이셀 대학사가 말했다. "돈을 충분히 제시한다면, 코닝턴 공과 참칭왕자를 넘기도록 황금 용병단을 설득할 수 있을 겁니다."

"그래요, 금이 있다면 말이지요." 하리스 스위프트 경이 말했다. "안타깝게도 여러분, 우리 금고에는 쥐와 바퀴벌레뿐입니다. 미르 은행가들에게 다시 편지를 썼습니다. 그들이 브라보스인들에게 왕실 빚을 갚아주고 새로 돈을 빌려준다면 세금을 올리지 않아도 될지 모르겠습니다만, 그렇지 않다면—"

"펜토스 마지스터들도 돈을 빌려준다고 알려져 있지요. 그쪽을 시도해봐요." 케반 경이 말했다. 펜토스인들은 미르의 금융업자들보다도 더 도와줄 가능성이 낮았지만, 그래도 노력은 해봐야 했다. 새로운 돈줄을 찾거나, 강철은행을 설득해서 누그러뜨리지 못한다면 라니스터의 황금으로 왕실 빚을 갚을 수밖에 없었다. 칠왕국에 반란군이 우글대는데 새로운 세금에 의지할 수는 없는 노릇이었다. 왕국 영주들 절반은 세금과 독재를 구분하지 못했고, 한 푼이라도 아낄 수 있다면 순식간에 제일 가까이 있는 찬탈자에게 달려갈 터였다. "그게 실패한다면 직접 브라보스에 가서 강철은행과 협상을 해야 할지도 모르겠군요."

하리스 경이 흠칫했다. "제가 말입니까?"

"경이 재무관 아닙니까." 랜딜 공이 날카롭게 말했다.

"맞지요." 스위프트의 턱에 달린 하얀 털 뭉치가 격분에 흔들렸다. "이 곤란을 제가 자초한 게 아니라는 점을 일깨워드려야 합니까? 그리고 우리 모두에게 메이든풀과 드래곤스톤의 약탈품으로 금고를 채울 기회가 있었던 것도 아니란 말입니다."

"그런 암시는 불쾌하구려, 스위프트." 메이스 티렐이 발끈했다. "드래곤스톤에선 어떤 재화도 찾지 못했소. 내 아들의 병사들이 그 축축하고 황량한 섬을 샅샅이 뒤졌는데 보석 하나, 금화 한 닢 찾지 못했어요. 그 전설 속의 드래곤알도 없었고."

케반 라니스터도 드래곤스톤을 직접 본 적이 있었다. 로라스 티렐이 그 오래된 성채를 샅샅이 수색했을지는 무척 의심스러웠다. 뭐라 해도 발리리아인들이 세운 곳이었고, 발리리아인의 작품에서는 모두 마법의 악취가 풍겼다. 그리고 로라스 경은 젊고, 젊은 만큼 성급하게 판단하는 경향이 있었으며, 더하여 그 성을 강습하다가 심하게 부상을 입기도 했다. 그러나 티렐에게 제일 아끼는 아들이 틀렸을 가능성을 일깨워서 좋을 게 없었다. "드래곤스톤에 재화가 있었다면 스타니스가 찾았겠지요. 이제 다음 안건으로 넘어갑시다, 여러분. 기억하실지 모르겠지만, 우리에겐 반역죄로 재판받을 왕비가 둘이 있습니다. 제 조카는 결투 재판을 선택했다고 알렸습니다. 로버트 스트롱 경이 대전사가 될 겁니다."

"그 말 없는 거인 말이군요." 랜딜 공이 얼굴을 찌푸렸다.

"말해보세요, 케반 경. 그 남자는 어디에서 나타난 겁니까?" 메이스 티렐이 물었다. "왜 전에는 그 이름을 들은 적도 없는 겁니까? 말도 하지 않고, 얼굴도 드러내지 않고, 갑옷 없이 모습을 보이는 일도 없어요. 기사이기나 한지 확실히 아는 겁니까?"

'살아 있는지조차 알지 못하지요.' 메린 트랜트는 스트롱이 먹지도 마시지도 않는다고 주장했고, 보로스 블런트는 지금까지 스트롱이 변소를 이용하는 모습을 본 적이 없다는 데까지 갔다. '변소에 왜 가겠나? 죽은 남자는 똥을 싸지 않는데.' 케반 라니스터에게는 그 빛나는 하얀 갑옷 속에 든 로버트 스트롱 경이라는 자가 실제로 누구인지 강하게 의심하는 바가 있었다. 분명 메이스 티렐과 랜딜 탈리도 같은 의심을 공유하고 있을 것이다. 스트롱의 투구 속에 감춰진 얼굴이 무엇이든 간에, 지금은 감춰두어야 했다. 그 말 없는 거인이 지금 그의 조카에게 남은 유일한 희망이었다. '그리고 보기만큼 무시무시하길 기도해야지.'

그러나 메이스 티렐은 자기 딸에 대한 위협 외에는 아무것도 보지 못하는 것 같았다. 케반 경은 그에게 상기시켰다. "국왕 전하께서 로버트 경을 킹스가드로 임명하셨고, 콰이번이 그 남자에 대해 보증했습니다. 그건 그렇다 치고, 로버트 경이 이겨줘야 합니다. 제 조카가 반역죄에 유죄로 판명이 나면, 그 자식들의 적법성에 이의가 제기될 겁니다. 토멘이 국왕이 아니게 되면 마저리도 왕비가 아니게 됩니다." 그는 잠시 티렐이 그 사실을 곱씹게 두었다. "세르세이가 무슨 짓을 했든 간에 여전히 캐스털리록의 딸이고, 제 혈육입니다. 그 아이가 반역자로 죽게 하지는 않겠습니다만, 그래도 송곳니는 빼두었습니다. 그 아이의 호위는 모두 해산시키고 제 병사들로 대체했지요. 앞으로는 이전의 시녀들 대신 최고성사가 선택한 성사 한 명과 수련성사 세 명의 수행을 받을 겁니다. 앞으로 왕국 경영에도, 토멘의 교육에 대해서도 목소리를 내지 못할 겁니다. 재판이 끝나면 캐스털리록으로 돌려보내어 그곳에 남게 할 작정입니다. 그 정도로 만족하시죠."

나머지는 굳이 말하지 않았다. 세르세이는 이제 손상된 상품이었고, 그 권력도 끝났다. 도시의 모든 거지와 빵 장수가 수치를 겪는 세르세이를 보았고, 플리바텀에서 오줌 굽잇길에 이르기까지 모든 매춘부와 무두장이가 그녀의 알몸을 보고, 열렬한 눈으로 그녀의 젖가슴과 배와 음부를 살살이 훑었다. 그런 일이 있고 나서 다시 통치할 수 있는 사람은 없었다. 금과 비단과 에메랄드로 치장한 세르세이는 여신 버금가는 여왕이었다. 벌거벗은 세르세이는 그저 인간이었고, 배에 임신선이 남고 젖가슴은 늘어지기 시작한 나이 든 여자에 불과했다……. 군중 속에 섞인 사나운 여자들이 남편과 연인에게 기쁜 마음으로 그 점을 지적해주기도 했고, '자랑스럽게 죽느니 수치스럽게 사는 게 낫다.' 케반 경은 스스로를 타이르고, 메이스 티렐에게 장담했다. "내 조카도 더는 장난을 치지 못할 겁니다. 내가 약속합니다."

티렐은 못마땅한 듯 고개를 끄덕였다. "그 말대로겠지요. 우리 마저리는 온 왕국이 그 아이의 순수함을 볼 수 있게, 종단의 심판을 받는 쪽을 선호해요."

'당신 딸이 우리에게 믿게 하려는 만큼 순수하다면, 왜 그 딸이 고발자들과 대면할 때 군대를 대기시켜야 하는 거지?' 케반 경은 그렇게 물을 수도 있었지만, "곧 끝나길 바랍니다"라고만 말하고 파이셀 대학사를 돌아보았다. "뭔가 더 있습니까?"

대학사는 들고 온 서류를 참고했다. "로스비 상속 문제를 처리해야 합니다. 여섯 가지 제안이 나왔는데—"

"로스비는 나중에 처리할 수 있겠지요. 다른 안건은?"

"미르셀라 공주님을 맞이할 준비를 해야 합니다."

"도르네인들을 상대하다 보면 이렇게 되는 법이지." 메이스 티렐이 말했다. "분명히 그 아이에게 더 좋은 짝을 찾을 수 있겠지요?"

'아마도 당신 아들 윌라스라든가? 도르네인에게 외모가 상한 여자와 다른 도르네인 때문에 불구가 된 남자라?' "물론입니다." 케반 경은 말했다. "하지만 도르네에 화를 내지 않아도 적은 충분히 많아요. 도란 마르텔이 코닝턴에게 합세하여 그 가짜 드래곤을 지지한다면, 모두에게 아주 나쁘게 돌아갈 수 있습니다."

"도르네 친구들을 설득해서 코닝턴 공을 상대하게 할 수도 있겠지요." 하리스 스위프트 경이 짜증스럽게 킥킥거리며 말했다. "그러면 피와 말썽을 상당히 아낄 겁니다."

"그렇겠지요." 케반 경은 지친 마음으로 대답했다. 이 논의를 끝낼 때가 됐다. "다들 고맙습니다. 앞으로 닷새 후에 다시 의논합시다. 세르세이의 재판 이후에요."

"그러십시다. 전사께서 로버트 경의 팔에 힘을 빌려주시길." 마지못한 말을 던지고, 메이스 티렐은 섭정공에게 턱만 까딱하는 정도로 예우를 다했다. 하지만 그래도 안 하는 것보다는 나았고, 케반 라니스터 경은 그 점이 고마웠다.

랜딜 탈리는 주군과 함께 나갔고, 녹색 망토의 창병들이 바로 뒤따라 나갔다. '정말로 위험한 건 탈리야.' 케반 경은 그들이 나가는 모습을 보며 생각했다. '편협하지만, 의지는 강철 같고 영리한 데다 리치 지역이 내세울 수 있는 가장 뛰어난 군인이지. 하지만 저자를 어떻게 우리 편으로 끌어들인다?'

"티렐 공은 저를 좋아하지 않으십니다." 수관이 나가고 나자 파이셀 대학사가 음울하게 말했다. "그놈의 달차 문제……. 제가 어찌 그런 말을 했겠습니까만, 섭정 대비께서 증언하라고 명하셨단 말입니다! 섭정공께서 위병을 몇 명 빌려주실 수 있다면 제가 좀 더 푹 자겠습니다."

"티렐 공이 오해할 수도 있어요."

하리스 스위프트 경이 턱수염을 잡아당겼다. "저도 위병이 필요합니다. 위험한 시절이에요."

'그래.' 케반 라니스터는 생각했다. '그리고 우리 수관이 교체하고 싶어하는 협의회원이 파이셀만은 아니지.' 메이스 티렐에게는 재정대신 후보도 따로 있었다. 사람들이 방귀쟁이 가스라고 부르는 제 숙부이자 하이가든 대집사였다. '소협의회에 티렐을 하나 더 넣는 것만은 피하고 싶군.' 이미 수적으로 달렸다. 하리스 경은 케반 경의 장인이었고, 파이셀도 그의 편으로 셈할 수 있으리라. 그러나 탈리는 하이가든에게 충성을 맹세했고, 현재 유론 그레이조이의 강철인들을 처리하러 함대를 몰아 도르네를 돌고 있을 제독이자 해군관인 팍스터 레드와인도 마찬가지였다. 일단 레드와인이 킹스랜딩에 돌아오면 소협의회는 라니스터 대 티렐의 수가 3 대 3이 될 것이다.

일곱 번째 발언권은 지금 미르셀라를 데리고 돌아올 도르네 여자에게 주어진다. '니메리아 아가씨라고 했나. 하지만 콰이번의 보고가 절반만 사실이라 해도 숙녀와는 거리가 멀지.' 붉은 독사의 서녀로 제 아버지만큼이나 악명이 높았고, 오베린 공자가 아주 잠깐 채웠던 협의회석을 차지할 생각이었다. 케반 경은 메이스 티렐에게 그 여자가 온다는 사실을 알릴 적절한 방법을 아직 찾지 못했다. 수관이 불쾌해할 것은 뻔했다. '우리에게 필요한 건 리틀핑거야. 피터 베일리시는 허공에서 드래곤 금화를 만들어내는 기술이 있었지.'

"산더미의 부하들을 고용하세요." 케반 경의 제안이었다. "붉은 로넷은 그자들을 쓸 일이 더 없을 테니까요." 메이스 티렐이 파이셀이나 스위프트를 살해하려 할 만큼 서툴다고는 생각하지 않았지만, 호위를 두어서 더 안전하다고 느낀다면 호위를 두게 하자.

세 남자는 같이 알현실을 걸어 나갔다. 바깥 뜰에 눈보라가 휘몰아치는 모습이 우리에 갇혀서 풀어달라고 울부짖는 야수 같았다. "이렇게 추웠던 적이 있던가요?" 하리스 경이 물었다.

"추운 곳에 나와 있을 때는 추위 이야기를 하는 게 아닙니다." 파이셀 대학사가 말하더니, 거처로 돌아가기 위해 천천히 바깥 뜰을 가로질렀다.

나머지 두 사람은 알현실 계단에 잠시 머물렀다. "저는 이 미르인 은행가들에게 아무 믿음도 없습니다." 케반 경이 장인에게 말했다. "브라보스로 갈 준비를 하시는 게 좋겠어요."

하리스 경은 그 전망에 기뻐하지 않았다. "꼭 그래야 한다면 그러지요. 하지만 다시 말하는데, 이 곤란은 내가 만든 곤란이 아니에요."

"그렇지요. 강철은행을 기다리게 만들기로 결정한 건 세르세이였습니다.

그러면 세르세이를 브라보스로 보내야 할까요?"

하리스 경은 눈을 깜박였다. "왕대비 전하께선…… 그건……."

케반 경은 곤란해하는 하리스 경을 구했다. "농담이었습니다. 형편없는 농담. 가서 따뜻한 불가를 찾으세요. 저도 그럴 작정입니다." 그는 장갑을 당겨 끼고, 망토가 요란하게 펄럭거리는 가운데 바람에 맞서서 몸을 굽히고 안뜰을 가로지르기 시작했다.

마에고르 성채를 둘러싼 마른 해자에는 1미터나 눈이 쌓였고, 해자에 늘어선 쇠못들이 서리가 맺혀 반짝였다. 마에고르 성채로 들어가거나 나오는 유일한 길은 그 해자 위에 놓인 도개교였다. 도개교 끝에는 언제나 킹스가드 기사 한 명이 서 있었다. 오늘 밤 그 의무는 메린 트랜트 경에게 떨어졌다. 발론 스완은 저 멀리 도르네에서 다크스타라는 흉포한 기사를 잡으러 나섰고, 로라스 티렐은 드래곤스톤에서 심각한 부상을 입고 누워 있으며, 제이미는 강역에서 사라졌으니 킹스랜딩에는 하얀 기사가 넷밖에 남지 않았는데, 케반 경은 세르세이가 간음을 고백하고 몇 시간 만에 그 당사자인 오스먼드 케틀블랙(과 그 형제인 오스프리드)을 지하감옥에 처넣었다. 그러니 어린 왕과 왕가를 지킬 기사라곤 트랜트와 약해빠진 보로스 블런트, 그리고 콰이번의 벙어리 괴물 로버트 스트롱밖에 남지 않았다.

'킹스가드에 넣을 새로운 기사를 찾아야 해.' 토멘은 훌륭한 일곱 기사를 주위에 두어야 했다. 과거에 킹스가드는 평생 복무했지만, 그런 규칙은 조프리가 자기 사냥개인 산도르 클리게인을 위한 자리를 마련하려 바리스탄 셀미 경을 내치는 것을 막지 못했다. 케반은 그 선례를 이용할 수 있었다. '란셀에게 하얀 망토를 입힐 수도 있어.' 그는 생각했다. '전사의 아들보다는 그쪽이 더 명예로울 거야.'

케반 라니스터는 눈에 젖은 망토를 개인방 안에 걸고, 장화를 벗고 하인에게 벽난로에 새로 넣을 장작을 가져오라 일렀다. "멀드와인도 한 잔 마시는 게 좋겠군." 그는 불가에 자리를 잡으며 말했다. "준비시켜라."

불은 곧 몸을 녹여줬고, 와인은 배 속을 뜨끈하게 데웠다. 덕분에 졸리기도 해서 한 잔 더 마실 수는 없었다. 아직 하루가 끝나려면 멀었다. 읽어야 할 보고서들, 써야 할 편지들이 있었다. '그리고 세르세이와 국왕과 저녁 식사를 해야 해.' 고맙게도 그의 조카는 속죄의 행군 이후 순하고 순종적으로 변했다. 시중드는 수련성사들이 보고하기로 깨어 있는 시간 3분의 1은 아들과 같이 보내고, 3분의 1은 기도하면서, 나머지 3분의 1은 욕조 안에서 보낸다고 했다. 하루에 네다섯 번씩 목욕을 하며 말 털 솔과 독한 잿물 비누로 피부를 벗겨낼 듯이 몸을 문질러 닦았다.

'아무리 벅벅 문질러도 오점을 씻을 순 없어.' 케반 경은 과거의 세르세이를, 생명력과 장난기가 가득했던 모습을 기억했다. 그리고 세르세이가 꽃을 피웠을 때는, 아아아…… 그렇게 아름다운 처녀가 또 있었던가? '아에리스가 그 아이를 라에가르와 결혼시키는 데 동의했더라면, 얼마나 많은 죽음을 피할 수 있었을까?' 세르세이라면 왕자가 원하는 아들들을, 자줏빛 눈동자와 은빛 갈기를 지닌 사자들을 낳아줄 수 있었을 테고…… 그런 아내를 두었다면 라에가르도 리안나 스타크를 두 번 쳐다보지 않았을 것이다. 그 북부 여자에게 야성미가 있었다고 기억은 하지만, 횃불이 아무리 밝게 탄다 해도 떠오르는 태양의 상대가 될 순 없었다.

그러나 이미 진 싸움과 가지 않은 길에 대해 생각해봐야 소용없었다. 그건 늙고 지친 남자들의 악덕이었다. 라에가르는 도르네의 엘리아와 결혼했고, 리안나 스타크는 죽었으며, 로버트 바라테온은 세르세이를 신부로 맞이했고, 그들은 지금 이런 꼴이었다. 그리고 오늘 밤 케반의 길은 조카의 방으로 찾아가서 세르세이와 정면으로 마주하는 길로 이어졌다.

'죄책감 느낄 이유가 없어.' 케반 경은 스스로에게 말했다. '타이윈이라면 분명 이해했을 거야. 우리 가문의 이름에 수치를 불러온 건 내가 아니라

타이윈 형의 딸이었어. 내가 한 일은 라니스터 가문의 안녕을 위해서 한 일이야.'

형이 같은 일을 한 적이 없는 것도 아니었다. 형제의 아버지는 어머니가 먼저 죽고 만년에 양초장이의 예쁜 딸 하나를 정부로 삼았었다. 아내를 잃은 영주가 평민 여자로 침대를 데운 게 드문 일도 아니었다……. 그러나 타이토스 공은 곧 그 여자를 연회장 옆자리에 앉히고, 선물과 영예를 퍼붓고, 심지어 국사에 의견을 묻기까지 했다. 그 여자는 1년 만에 하인들을 해고하고, 가신기사들에게 이래라저래라 하고, 영주가 몸이 안 좋을 때는 발언을 대신하기까지 했다. 그 여자의 영향력이 너무 커진 나머지, 라니스포트에는 청원을 통과시키고 싶으면 그 여자 앞에 무릎을 꿇고 그 여자 무릎에 대고 큰 소리로 말해야 한다는 말까지 돌았다……. 타이토스 라니스터의 두 귀는 그 여자의 다리 사이에 있기 때문이라면서 말이다. 그 여자는 형제의 어머니가 쓰던 보석까지 차기에 이르렀다.

아버지의 심장이 정부의 침대로 향하는 가파른 계단을 오르다가 터진 날까지는 그랬다. 타이윈이 그 여자를 벌거벗겨 평범한 창녀처럼 라니스포트를 통과하여 부두까지 행진하게 만들자, 그 여자의 친구를 자청하고 그 여자와의 관계를 돈독하게 하려 하던 온갖 이기주의자들은 순식간에 그녀를 버렸다. 어떤 남자도 그 여자에게 손을 대지 않았지만, 그 행진은 그녀의 권력을 끝장냈다. 타이윈도 자기가 아끼던 딸에게 같은 운명이 기다릴 줄은 꿈도 꾸지 못했으리라.

"그래야만 했어." 케반 경은 와인을 끝까지 마시면서 중얼거렸다. 최고성사를 달래야 했다. 토멘은 다가올 싸움에서 종단을 등에 업어야 했다. 그리고 세르세이는…… 그 빛나던 아이는 허영심 많고 어리석고 탐욕스러운 여자로 성장해버렸다. 통치하게 내버려뒀다면 조프리와 마찬가지로 토멘도 망쳤을 것이다.

바깥에서는 바람이 심해져서 덧창을 할퀴고 있었다. 케반 경은 몸을 일으켰다. 이제 굴에 들어간 암사자를 대면할 때였다. '세르세이의 발톱은 뽑았어. 그렇지만 제이미는……' 아니, 아니다. 그 문제는 생각하지 않겠다.

그는 조카가 얼굴에 와인이라도 뿌릴 경우에 대비해서 낡고 닳은 더블릿을 입었지만, 검대는 의자 등받이에 걸어두었다. 토멘이 있는 곳에서 검을 찰 수 있는 건 킹스가드 기사들뿐이었다.

케반 경이 왕실의 거처에 들어갔을 때는 보로스 블런트 경이 국왕과 국왕의 어머니 곁을 지켰다. 블런트는 법랑을 입힌 미늘 갑옷을 입고, 하얀 망토를 걸치고, 반투구를 썼다. 상태가 썩 좋아 보이지는 않았다. 최근 보로스 블런트는 얼굴과 배에 눈에 띄게 살이 붙었고, 안색도 좋지 않았다. 그리고 똑바로 서 있는 것조차 너무 큰 노력이라는 듯, 등 뒤 벽에 기대어 있었다.

식사 시중은 수련성사 세 명이 들었는데, 열두 살에서 열여섯 살 사이로 태생이 좋고 잘 훈련받은 소녀들이었다. 부드러운 하얀색 모직 옷을 입은 모습이 모두 순수하고 성스러워 보였지만, 최고성사는 어떤 여성도 왕대비를 7일 이상 시중들어서는 안 된다고, 그 시간이 길어지면 세르세이가 타락시킬 거라고 주장했다. 그들은 왕대비의 옷장을 관리하고, 목욕 시중을 들고, 와인을 따르고, 아침이면 침대보를 갈았다. 매일 밤 한 명씩은 왕대비와 침대를 같이 쓰며 다른 사람이 들어가지 않게 했다. 다른 둘은 감시자 역을 맡은 성사와 함께 곁방에서 잤다.

얼굴이 얽은 꺽다리 황새 같은 소녀가 그를 안내했다. 세르세이는 케반이 들어가자 일어나서 뺨에 가볍게 입을 맞췄다. "친애하는 숙부님. 같이 저녁 식사를 하러 오시다니 정말 반갑네요." 왕대비는 나이 있는 여느 부인처럼 수수하게 짙은 갈색 가운의 옷깃을 목까지 채우고 두건이 달린 녹색 반망토를 입어 밀어버린 머리를 가렸다. '그 행진 이전이라면 밀어버린 머리도 금관을 쓰고 뽐냈을 거야.' 세르세이가 말했다. "자, 앉으세요. 와인 드시겠어요?"

"한 잔만 다오." 그는 경계심을 간직한 채 앉았다.

주근깨가 많은 수련성사가 그들의 잔에 향신료를 넣은 뜨거운 와인을 채웠다. "토멘에게 들으니 티렐 공이 수관의 탑을 재건할 생각이라면서요." 세르세이가 말했다.

케반 경은 고개를 끄덕였다. "새로운 탑은 네가 태워버린 탑의 두 배 높이가 될 거라는구나."

세르세이가 쉰 목소리로 웃었다. "긴 기마창에 높은 탑…… 티렐 공이 뭔가를 암시하는 걸까요?"

그 말에 케반은 미소 지었다. '아직 웃는 방법을 기억하고 있다니 다행이야.' 필요한 건 다 있는지 물어보자 왕대비는 말했다. "시중을 잘 받고 있어요. 여자애들은 상냥하고, 훌륭하신 성사님께서는 제가 기도를 잊지 않게 하시죠. 하지만 제 결백이 증명되고 나면, 타에나 메리웨더가 다시 저를 수행할 수 있다면 기쁘겠어요. 아들을 궁정에 데려올 수도 있을 거예요. 토멘은 주위에 다른 남자애들, 고귀한 태생의 친구들을 둬야 해요."

적절한 요청이었다. 케반 경도 허락하지 않을 이유가 없었다. 타에나 부인이 세르세이를 따라 캐스털리록으로 가면, 메리웨더 소년은 그가 대자로 들일 수도 있으리라. "재판이 끝나면 불러오마." 그는 약속했다.

저녁 식사는 소고기와 보리 수프로 시작해서 메추라기 한 쌍과 1미터 가까운 강꼬치고기에 순무와 버섯을 곁들인 구이 요리, 그리고 따뜻한 빵과 버터 잔뜩으로 이어졌다. 모든 요리를 왕 앞에 차리기 전에 보로스 경이 먼저 맛보았다. 킹스가드 기사에게는 모욕적인 임무였으나, 보로스 블런트가 최근에 할 수 있는 일은 고작 그 정도인지도 몰랐……. 그리고 토멘의 형이 어떻게 죽었는지 생각하면 현명한 조치이기도 했다.

토멘 왕은 케반 라니스터가 그동안 본 나날 중에 제일 행복해 보였다. 토멘은 수프부터 단것을 먹을 때까지 새끼 고양이들이 벌인 묘기에 대해 재잘거리면서 접시에 담긴 강꼬치고기 조각을 고양이들에게 먹였다. 그러다 케반 경에게 이렇게 알려주기도 했다. "어젯밤에 나쁜 고양이가 창밖에 나타났는데요. 맹공 기사가 겁을 줬더니 지붕 저편으로 달아났어요."

"나쁜 고양이?" 케반 경은 재미있어하며 말했다. '상냥한 아이야.'

"한쪽 귀가 찢어진 늙은 검은색 수고양이예요." 세르세이가 대답했다. "지저분하고 성질도 못됐죠. 언젠가 조프리의 손을 할퀴었어요." 그녀는 얼굴을 찌푸렸다. "고양이들이 쥐를 잡는다는 건 알지만, 그 녀석은…… 그 녀석은 까마귀 방의 까마귀들을 공격하기도 했어요."

"쥐잡이들에게 그 녀석을 잡을 덫을 놓으라고 하마." 케반 경은 조카가 이렇게 조용하고, 이렇게 순하고, 이렇게 얌전한 모습을 본 기억이 없었다. 잘된 일이겠거니 싶었다. 하지만 슬프기도 했다. '그토록 밝게 타올랐는데, 그 불이 꺼졌구나.' "네 동생에 대해서는 묻지 않는구나." 그는 크림 케이크가 나오기를 기다리면서 말했다. 크림 케이크는 토멘 왕이 제일 좋아하는 후식이었다.

세르세이는 턱을 들고 촛불 빛에 초록색 눈을 반짝였다. "제이미요? 소식이 있나요?"

"없다. 세르세이, 어쩌면 마음의 준비를—"

"제이미가 죽었다면 제가 알 거예요. 저희는 이 세상에 같이 태어났어요, 숙부님. 제이미는 저 없이 떠나지 않아요." 세르세이는 와인을 한 모금 마셨다. "티리온이야 언제든 원할 때 떠날 수 있지만요. 아마 티리온 소식도 없었겠죠."

"그래, 최근에 난쟁이 머리통을 팔려고 한 사람은 없었다."

세르세이는 고개를 끄덕였다. "숙부님, 질문 하나 해도 될까요?"

"뭐든 물어보거라."

"숙모님 말인데…… 궁정에 데려올 생각이세요?"

"아니." 도르나는 온화한 사람이었고, 친구와 친척과 함께 집에 있을 때가 아니면 편안해하지 않았다. 자식들에게 잘했고, 손주들을 두고 싶어 했으며, 하루에 일곱 번씩 기도했고, 바느질과 꽃을 사랑했다. 도르나가 킹스랜딩에 온다면 토멘의 새끼 고양이가 독사 굴에 떨어진 경우와 다를 바가 없을 것이다. "내 부인은 여행을 싫어하지. 라니스포트가 부인이 있을 곳이다."

"분수를 잘 아는 현명한 여자군요."

그 말은 마음에 들지 않았다. "하고 싶은 말을 하거라."

"그랬다고 생각하는데요." 세르세이는 잔을 들어 올렸다. 주근깨 소녀가 다시 잔을 채웠다. 크림 케이크가 도착했고, 대화는 좀 더 가벼운 쪽으로 흘러갔다. 두 사람은 토멘과 토멘의 고양이들이 보로스 경의 안내를 받아 왕의 침실로 간 이후에야 왕대비의 재판으로 화제를 돌렸다.

"오스니의 형들이 한가롭게 서서 동생이 죽는 꼴을 지켜보진 않을 거예요." 세르세이가 그에게 경고했다.

"나도 그럴 거라고는 생각하지 않았다. 이미 둘 다 체포했어."

세르세이도 그 말에는 놀란 것 같았다. "무슨 죄목으로요?"

"왕대비와 간음한 죄. 최고성사 성하께서 네가 둘 다와 잠자리를 했다고 고백했다던데…… 잊은 거냐?"

세르세이의 얼굴이 붉어졌다. "아뇨. 그자들을 어쩌실 건가요?"

"유죄를 받아들인다면 장벽으로 보내야지. 부인한다면, 로버트 경과 마주 설 수 있겠고. 그런 자들을 그렇게 출세시키는 게 아니었다."

세르세이가 고개를 숙였다. "제…… 제가 그자들을 잘못 판단했어요."

"넌 상당히 많은 남자들을 잘못 판단한 것 같구나."

더 말할 수도 있었겠지만, 둥근 뺨의 검은 머리 수련성사가 돌아와서 말했다. "방해해서 죄송하지만, 아래에 심부름꾼이 와 있습니다. 파이셀 대학사님께서 즉시 섭정공을 뵈어야 한다고 하시네요."

'어두운 날개에 어두운 소식.' 케반 경은 생각했다. '스톰스엔드가 벌써 함락됐나? 아니면 북부에 있는 볼턴이 보낸 소식일까?'

"제이미 소식일지도 몰라요." 왕대비가 말했다.

알아낼 방법은 하나뿐이었다. 케반 경은 자리에서 일어났다. "실례하겠다." 그는 나가기 전에 한쪽 무릎을 꿇고 앉아서 조카의 손에 입을 맞췄다. 말 없는 거인이 그녀를 실망시킨다면, 그것이 세르세이가 받을 마지막 입맞춤이 될지 몰랐다.

전령은 여덟 살인가 아홉 살밖에 안 된 소년이어서, 모피를 둘둘 감은 모습이 새끼 곰 같았다. 메린 트랜트는 그 소년을 마에고르 성채에 들이지 않고 도개교 위에서 기다리게 했다. "가서 불가를 찾거라." 케반 경은 소년의 손에 1페니를 쥐여주며 말했다. "까마귀 방으로 가는 길은 잘 안다."

마침내 눈이 그쳤다. 너덜너덜한 구름 베일 너머에 눈덩이처럼 통통하고 하얀 보름달이 떠 있었다. 별들이 차갑고 아득하게 빛났다. 케반 경이 안뜰을 가로지르려니, 성이 낯설어 보였다. 아성과 탑은 다 얼음 이빨을 길렀고, 친숙하던 길은 다 하얀 담요에 덮여 사라졌다. 한번은 장창만큼 긴 고드름이 발치에 떨어져 부서지기도 했다. 그는 곰곰이 생각했다. '킹스랜딩의 가을……. 저 위 장벽은 어떻겠나?'

문은 너무 큰 모피 안감 로브를 입은 깡마른 어린 하녀가 열었다. 케반 경은 발을 굴러 장화에 붙은 눈을 털고, 망토를 벗어서 하녀에게 넘겼다. "대학사님이 기다리신다." 그 말에 하녀는 말없이 진지하게 고개를 끄덕이고 계단을 가리켰다.

파이셀의 거처는 까마귀 방 아래로, 널찍한 방들이 약초와 연고와 물약이 놓인 선반과 책과 두루마리가 터져 나갈 듯한 책장들로 어지러웠다. 케반 경은 언제나 그곳이 불편하게 덥다고 생각했다. 오늘 밤에는 아니었다. 문을 통과하자 한기가 뚜렷하게 느껴졌다. 벽난로에는 검은 재와 죽어가는 잉걸불만 남아 있었다. 흔들리는 촛불 몇 개가 여기저기에 흐린 빛 웅덩이를 던졌다.

나머지는 어둠에 싸여 있었다……. 열린 창 밑에서만 얼음 결정들이 달빛 속에 반짝이며 바람에 소용돌이치고 있었다. 창가 자리에서는 거대한 흰 까마귀 하나가 깃털을 세우고 서성였다. 케반 라니스터가 평생 본 것 중에 가장 큰 까마귀였다. 캐스털리록에서 키우는 어떤 사냥매보다 더 컸고, 제일 큰 올빼미보다도 컸다. 바람에 날린 눈송이가 주위에서 춤을 추고, 달빛이 까마귀를 은색으로 칠했다.

'은색이 아니야. 흰색이야. 하얀 까마귀야.'

시타델의 하얀 까마귀는 검은 까마귀들과 달리 편지를 전하지 않았다. 올드타운에서 하얀 까마귀를 날려 보내는 목적은 단 하나였다. 계절 변화를 알리기 위해서였다.

"겨울이군." 케반 경이 말했다. 그 말이 허공에 하얀 안개가 되어 맺혔다. 그는 창가에서 몸을 돌렸다.

그때 뭔가가 갈비뼈 사이를 때렸다. 거인의 주먹처럼 세게 때렸다. 숨이 턱 막히고 몸이 뒤로 밀렸다. 하얀 까마귀가 날아오르더니 하얀 날개로 그의 머리를 때렸다. 케반 경은 창가 자리에 반쯤은 앉고, 반쯤은 쓰러졌다. '뭐가…… 누가…….' 노궁 화살이 가슴팍에 깊숙이 박혀 있었다. '아니야. 아니야, 형이 이렇게 죽었는데.' 화살 주위로 피가 배어 나왔다. "파이셀." 그는 혼란에 빠져서 중얼거렸다. "도와줘…… 내가…….."

그때 보였다. 파이셀 대학사는 탁자 앞에 앉아서 앞에 펼친 거대한 가죽 장정본에 머리를 대고 있었다. '자는 건가.' 케반은 생각했다가…… 눈을 깜박이고 보니 노인의 검버섯 핀 머리에 파인 깊은 붉은 상처와 머리 아래 고여서 책장을 물들이고 있는 피가 보였다. 촛불 주위에는 녹아내린 밀랍 호수에 뜬 섬처럼 뼈와 뇌수 조각들이 흩어져 있었다.

'호위를 두고 싶어 했는데.' 케반 경은 생각했다. '호위를 보내줬어야 했어.' 세르세이가 내내 옳았던 걸까? 이것도 그의 조카 작품일까? "티리온?" 그는 외쳤다. "어디……?"

"멀리 있습니다." 알 듯 말 듯 한 목소리가 대답했다.

그는 책장 옆에 고인 어둠 속에 서 있었다. 하얀 얼굴, 둥그런 어깨, 통통한 몸으로 분을 뿌린 부드러운 두 손에 노궁을 쥐고 있었다. 발에는 비단 슬리퍼를 신었다.

"바리스?"

내시는 노궁을 내렸다. "케반 경. 가능하다면 저를 용서하세요. 경에게 나쁜 마음은 없습니다. 적개심에서 한 짓이 아니에요. 왕국을 위해서였습니다. 아이들을 위해서요."

'나에게도 아이들이 있어. 아내가 있어. 아. 도르나.' 고통이 엄습했다. 그는 눈을 감았다가 다시 떴다. "이…… 이 성엔 라니스터 위병이 수백 명은 있어."

"하지만 다행히도 이 방에는 없었지요. 저도 괴롭습니다. 경은 이렇게 춥고 어두운 밤에 혼자 죽을 만한 인물이 아니에요. 경처럼 나쁜 대의에 몸 바치는 좋은 남자들이 많이 있지요……. 하지만 경은 왕대비가 잘해둔 일을 다 원상태로 돌리고, 하이가든과 캐스털리록 사이를 회복시키고, 종단을 어린 왕에게 묶어두고, 칠왕국을 토멘의 통치하에 하나로 만들 위험이 있었습니다. 그래서……."

돌풍이 불어왔다. 케반 경은 심하게 몸을 떨었다.

"추우십니까?" 바리스가 물었다. "용서하세요. 대학사가 죽으면서 똥을 지렸는데 그 악취가 그대로 뒀다간 숨이 막혀 죽겠다 싶을 정도로 지독해서 말입니다."

케반 경은 일어서려 했지만, 힘이 다 빠지고 없었다. 두 다리에 감각이 없었다.

"노궁이 어울리겠다고 생각했습니다. 안 그래도 타이윈 공과 공통점이 많은데, 왜 안 되겠습니까? 조카따님은 티렐이 살해했다고 생각할 테고, 어쩌면 그들이 꼬마 악마와 공모했다고 생각할지도 모르지요. 티렐은 조카따님을 의심할 테고요. 어디선가 누군가는 도르네인들 탓을 할 방법을 찾아낼 겁니다. 의심과 분열, 그리고 불신이 소년 왕의 발밑을 좀먹어 들어가는 사이에 아에곤은 스톰스엔드 위에 깃발을 올릴 것이고 영주들이 그 주위에 모여들 겁니다."

"아에곤?" 순간 이해가 가지 않았다가, 기억이 났다. 진홍색 망토에 싸여 있던 아기, 피와 뇌수가 얼룩져 있었던 붉은 천. "죽었는데. 아에곤은 죽었어."

"아닙니다." 내시의 목소리가 낮고 굵어지는 것 같았다. "여기 있습니다. 아에곤은 걷기도 전부터 통치하는 데 걸맞게 키워졌습니다. 기사에 어울리는 무기 훈련을 받았지만, 그걸로 교육을 끝내지 않았지요. 읽고 쓰고, 몇 가지 언어를 말하고, 역사와 법률과 시도 공부했습니다. 이해할 만한 나이가 된 후부터는 여자 성사 한 명이 종단의 신비에 대해서도 가르쳤지요. 아에곤은 어부들과 같이 살면서 자기 손으로 일을 하고, 강에서 헤엄을 치고 그물을 수선하고 필요하다면 자기 옷을 빠는 방법도 배웠습니다. 물고기를 잡고 요리를 하고 상처에 붕대를 감을 수 있고, 배가 고프다는 게 어떤 건지도, 사냥당하고 두려움에 질린다는 게 어떤 건지도 압니다. 토멘은 왕의 자리가 자기 권리라고 배웠지요. 아에곤은 왕권이란 의무이며, 왕은 백성들을 우선시해야 하고, 백성들을 위해 살고 통치해야 한다는 사실을 압니다."

케반 라니스터는 소리를 지르려 했다……. 위병들에게, 아내에게, 형에게……. 그러나 말이 나오질 않았다. 입에서 피가 뚝뚝 떨어졌다. 그는 몸서리를 쳤다.

"죄송합니다." 바리스는 두 손을 쥐어짰다. "고통을 겪고 계신데 저는 여기 서서 멍청한 노파처럼 주절거리다니요. 끝을 낼 때가 됐군요." 그는 입술을 오므리고 작게 휘파람을 불었다.

케반 경은 얼음처럼 차가워졌고, 힘겹게 들이마시는 숨마다 찌르는 듯한 고통이 새로 찾아왔다. 그는 움직임을 언뜻 보고, 슬리퍼를 신은 발이 돌 위를 스치는 소리를 들었다. 어둠 속에서 어린아이 하나가 튀어나왔다. 너덜너덜한 로브를 입은 창백한 소년으로 아홉 살이나 열 살쯤 되어 보였다. 또 하나가 대학사의 의자 뒤에서 일어섰다. 그에게 문을 열어줬던 소녀도 그 자리에 있었다. 모두 여섯 명쯤 되는 검은 눈에 하얀 얼굴의 소년 소녀가 그를 에워쌌다.

모두의 손에 단검이 들려 있었다.

부록

— 웨스테로스 —

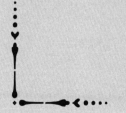
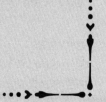

～✦～ 소년 왕 ～✦～

토멘 왕의 깃발은 금색 바탕에 검은색으로 그려진 바라테온의 왕관 쓴 수사슴과 진홍색 바탕에 금색으로 그려진 라니스터의 사자가 서로 싸우는 형상이다.

토멘 바라테온 토멘 1세, 안달인과 로인인과 최초인의 왕, 칠왕국의 주인, 8세 소년

마저리 왕비 토멘의 아내, 티렐 가문 출신, 세 번 혼인, 두 번 남편을 잃고 반역죄로 고발받아 바엘로르 대성소에 구금 중
  › **메가 티렐, 앨라 티렐, 엘리너 티렐** 왕비의 말벗이자 사촌, 간통죄로 고발
    › › **알린 앰브로즈** 엘리너의 약혼자, 종자
세르세이 라니스터 토멘의 어머니이자 왕대비, 캐스털리록의 여주인, 반역죄로 고발받아 바엘로르 대성소에 구금 중

토멘의 형제들
{조프리 바라테온 1세} 형, 결혼식 피로연 중 독살당함
미르셀라 바라테온 왕녀 누나, 9세 소녀로 선스피어에 도란 마르텔 대공의 대녀로 가 있으며 트리스탄 마르텔과 약혼
  › **맹공 기사, 수염 아가씨, 장화** 토멘의 새끼 고양이들

토멘의 숙부들
제이미 라니스터 경 일명 킹슬레이어, 대비의 쌍둥이, 킹스가드 단장
티리온 라니스터 일명 꼬마 악마, 난쟁이, 국왕을 시해한 죄로 고발, 유죄 선고를 받음

다른 친척

{타이윈 라니스터} 외조부, 캐스털리록의 주인이자 서부의 관리자, 왕의 수관이었으며 변소에서 아들인 티리온에게 살해당함

케반 라니스터 경 외종조부, 섭정이자 왕국의 수호자, 도르나 스위프트와 결혼

> **란셀 라니스터 경** 두 사람의 아들, 성스러운 '전사의 아들'에 속한 기사

> **{윌렘}** 리버런에서 살해당함

> **마틴** 윌렘의 쌍둥이, 종자

> **제이네** 케반 경의 딸, 3세 소녀

젠나 라니스터 부인 외고모할머니, 에몬 프레이 경과 결혼

> **{클레오스 프레이 경}** 두 사람의 아들, 무법자들에게 사망

>> **타이윈 프레이** 일명 타이, 클레오스의 아들

>> **윌렘 프레이** 클레오스의 아들, 종자

> **라이오넬 프레이 경** 젠나의 둘째 아들

> **{티온 프레이}** 셋째 아들, 종자였다가 리버런에서 살해당함

> **왈더 프레이** 일명 붉은 왈더, 막내아들, 캐스털리록의 시동

{타이겟 라니스터 경} 외종조부, 달레사 마브랜드와 결혼

> **타이렉 라니스터** 그들의 아들, 종자, 킹스랜딩 식량 폭동 중에 실종

>> **에메산드 헤이포드 부인** 타이렉의 어린 아내

{제리온 라니스터} 외종조부, 바다에서 실종

> **조이 힐** 그의 서녀

토멘 왕의 소협의회

케반 라니스터 경 섭정

메이스 티렐 공 왕의 수관

파이셀 대학사 조언자 겸 치료사

제이미 라니스터 경 킹스가드 단장

팍스터 레드와인 공 대제독이자 해군관

콰이번 자격 박탈 학사이며 사령술사라 알려짐, 첩보관

세르세이 왕대비의 이전 소협의회

{자일스 로스비 공} 재정대신이자 재무관, 기침병으로 사망

오턴 메리웨더 공 사법대신이자 법률관, 세르세이 왕대비가 체포되자 롱테이블로 달아남

오레인 워터스 드리프트마크의 서자, 대제독이자 해군관, 세르세이 왕대비가 체포되자 왕실 함대를 이끌고 바다로 달아남

토멘 왕의 킹스가드

제이미 라니스터 경 단장

메린 트랜트 경

보로스 블런트 경 해임 후 복직

발론 스완 경 미르셀라 왕녀와 함께 도르네에 있음

오스먼드 케틀블랙 경

로라스 티렐 경 꽃의 기사

{아리스 오크하트 경} 도르네에서 사망

토멘의 킹스랜딩 조정

문보이 왕실 어릿광대

페이트 8세 소년, 토멘 왕 대신 매 맞는 아이

올드타운의 오몬드 왕실 하프 연주자이자 음유시인

오스프리드 케틀블랙 경 오스먼드 경과 오스니 경의 형제, 도시 경비대장

노호 디미티스 브라보스의 강철은행에서 보낸 사절

{그레고르 클리게인 경} 일명 달리는 산더미, 독이 있는 부상으로 사망

레니퍼 롱워터스 레드킵 지하감옥의 하급간수장

마저리 왕비의 연인 혐의자들

왓 자칭 푸른 음유시인이라는 가수, 고문으로 미쳐버린 죄수

{하프쟁이 해미시} 고령의 가수, 억류 중 사망

마크 멀런도어 경 블랙워터 전투에서 원숭이와 한쪽 팔 절반을 잃음

키 큰 탤러드 경, 램버트 턴베리 경, 바야드 노크로스 경, 휴 클리프턴 경

잘라바르 쇼 붉은 꽃 협곡의 왕자, 여름 군도의 망명자

476   얼음과 불의 노래 제5부

호라스 레드와인 경 무죄로 밝혀져 풀려남

호버 레드와인 경 무죄로 밝혀져 풀려남

세르세이 왕대비의 주요 고발자

오스니 케틀블랙 경 오스먼드 경과 오스프리드 경과 형제로, 종단에 잡혀 있음

종단 사람들

최고성사 신자들의 아버지, 지상에서 일곱의 대변자, 연약한 노인

우넬라 성사, 모엘 성사, 스콜레라 성사 왕대비의 간수들

토버트 성사, 레이나드 성사, 루시언 성사, 올리도르 성사 최고신관단

아글란틴 성사, 멜리슨트 성사 바엘로르 대성소에서 일곱을 섬김

테오단 웰스 경 일명 진실의 기사 테오단 경, '전사의 아들'의 독실한 지휘관

참새들 가장 초라하면서 맹렬한 신심을 지닌 이들

킹스랜딩 사람들

차타야 값비싼 매춘굴의 소유주

> **알라야야** 그녀의 딸

> **댄시, 마레이** 차타야 아래에서 일하는 여자들

토보 모트 무기제조 장인

킹스랜딩 주위 지역에서 철왕좌에 충성을 맹세한 영주들

렌프레드 라이커 더스큰데일의 영주

> **루퍼스 리크 경** 외다리 기사, 더스큰데일 던포트의 수호성주

{탠다 스토크워스} 스토크워스의 여주인, 엉덩이 골절로 사망

> **{팔리스}** 그녀의 맏딸, 검은 감옥에서 비명을 지르며 죽음

>> **{발만 버치 경}** 팔리스 부인의 남편, 마상시합에서 살해당함

> **롤리스** 둘째 딸, 머리가 모자람, 스토크워스의 여주인

>> **티리온 태너** 그녀의 갓난 아들, 아버지가 백 명

>> **블랙워터의 브론 경** 그녀의 남편, 용병이었다가 기사가 된 인물

> **프렌켄 학사** 스토크워스에서 봉직

❧ 장벽의 왕 ❧

스타니스는 빛의 군주를 뜻하는 불타는 심장을 깃발에 담았다. 노란 바탕에 오렌지색 불길에 둘러싸인 붉은 심장이다. 그 심장 안에는 검은색으로 바라테온 가문의 문장인 왕관 쓴 수사슴이 들어 있다.

스타니스 바라테온 스타니스 1세, 스테폰 바라테온 공과 카사나 에스터몬트 부인의 둘째 아들, 드래곤스톤의 영주, 자칭 웨스테로스의 왕

스타니스 왕과 함께 캐슬블랙에 있는 인물들
아샤이의 멜리산드레 일명 붉은 여인, 빛의 군주 를로르의 여사제
　그의 기사와 맹약 검사
　› **리차드 호프 경** 부사령관
　› **고드리 파링 경** 일명 거인 살해자
　› **저스틴 매시 경**
　› **로빈 피즈버리 공**
　› **하우드 펠 공**
　› **클레이턴 서그스 경, 콜리스 페니 경** 왕비 쪽 사람들로 빛의 군주를 열렬히 따르는 추종자
　› **윌람 폭스글러브 경, 험프리 클리프턴 경, 오르문드 와일드 경, 하리스 코브 경** 기사들
데반 시워스와 브라이엔 파링 그의 종자들
만스 레이더 장벽 너머의 왕, 그의 포로
　› **야인 왕자** 만스 레이더의 어린 아들
　　›› **길리** 아이의 유모, 야인 여자
　　　››› **괴물** 길리의 어린 아들, 길리의 아버지 {크래스터}의 자식

바닷가 이스트워치

셀리스 왕비 플로렌트 가문 출신, 스타니스의 아내
  › **시린 왕녀** 그들의 딸, 11세 소녀
    ›› **패치페이스** 시린의 문신투성이 어릿광대
액셀 플로렌트 경 왕비의 숙부, 왕비 쪽 사람들의 선봉, 자칭 왕비의 수관
  › 나버트 그랜디슨 경, 베네톤 스케일스 경, 왕의 산의 파트렉 경, 음침한 도어덴 경, 레드풀의 말레곤 경, 램버트 화이트워터 경, 퍼킨 폴라드 경, 브루스 버클러 경 왕비의 기사와 맹약검사
다보스 시워스 경 비 숲의 영주, 협해의 제독, 왕의 수관, 일명 양파 기사
리스의 살라도르 산 해적이자 바다 용병, 발리리안호와 갤리선 함대의 주인
타이코 네스토리스 브라보스 강철은행에서 온 특사

⚜ 군도와 북부의 왕 ⚜

파이크의 그레이조이는 영웅 시대 회색 왕의 후손이라고 주장한다. 전설에 따르면 회색 왕은 바다 자체를 다스리고 인어를 아내로 맞이했다. 드래곤 아에곤은 강철 군도 마지막 왕의 혈통을 끊었으나, 강철인들이 고대 관습을 되살려 자기들 중에서 으뜸을 선택하는 것은 허락했다. 그들은 파이크의 비콘 그레이조이 공을 선택했다. 그레이조이 문장은 검은색 바탕에 금색 크라켄이다. 가언은 '우리는 씨를 뿌리지 않는다'이다.

유론 그레이조이 회색 왕 이후로 헤아려 유론 3세, 강철 군도와 북부의 왕, 소금과 바위의 왕, 바닷바람의 아들, 파이크의 수확 영주, 침묵호의 선장, 일명 까마귀 눈

{발론} 그의 큰형, 강철 군도와 북부의 왕으로, 회색 왕 이후 헤아려 발론 9세, 추락사
  › 알라니스 부인 할로우 가문 출신, 발론의 과부
  그들의 자녀
  › {로드릭} 그레이조이 반란 당시 시가드에서 참살됨
  › {마론} 그레이조이 반란 당시 파이크 성벽에서 참살됨
  › 아샤 딸, 블랙윈드호의 선장이며 딥우드모트의 정복자, 에릭 아이언메이커와 결혼
  › 테온 북부인들에게는 변절자 테온으로 불림, 드레드포트의 포로
  빅타리온 동생, 강철 함대의 함대장, 강철 승리호의 주인
  아에론 동생, 일명 젖은 머리, 익사한 신의 사제

그의 선장과 맹약검사
썩은 이 토월드, 눌린 얼굴 존 마이어, 로드릭 프리본, 붉은 노잡이, 왼손잡이 루카스 코드, 켈론

험블, 하렌 하프호어, 서자 케멧 파이크, 노비 콸, 돌 손, 양치기 랄프, 로드스포트의 랄프

그의 선원들
{크래곤} 지옥 나팔을 불었다가 사망

그의 휘하 영주들
에릭 아이언메이커 일명 모루 파괴자 에릭 또는 정의로운 에릭, 강철 군도의 집사장이자 파이크의 수호성주, 과거 유명했던 노인, 아샤 그레이조이와 결혼

강철 군도의 영주들

파이크
저먼드 보틀리 로드스포트의 영주
월든 윈치 아이언홀트의 영주

올드윅
던스턴 드럼 드럼, 올드윅의 영주
노언 굿브러더 섀터스톤의 영주
스톤하우스

그레이트윅
고롤드 굿브러더 해머혼의 영주
트리스턴 파윈드 실스킨포인트의 영주
스파르
멜드레드 멀린 페블턴의 영주

오크몬트
알린 오크우드 일명 오크몬트의 오크우드
발론 타우니 공

솔트클리프
도너 솔트클리프 공
선덜리 공

할로우

로드릭 할로우 일명 독서가, 할로우의 영주, 텐타워스의 주인, 할로우 중의 할로우

> **시그프리드 할로우** 일명 은발의 시그프리드, 로드릭의 종조부, 할로우홀의 주인

> **호토 할로우** 일명 곱사등이 호토, 미광의 탑의 주인, 로드릭의 사촌

> **보어문드 할로우** 일명 파란 보어문드, 해리단힐의 주인, 로드릭의 사촌

더 작은 섬

길버트 파윈드 론리라이트의 영주

강철인 정복자들

방패 군도

웃지 않는 안드릭 사우스실드의 영주

이발사 누트 오큰실드의 영주

마론 볼마크 그린실드의 영주

해라스 할로우 경 그레이실드의 영주, 그레이가든의 기사

모트카일린

랄프 케닝 수호성주이자 지휘관

> **아드락 험블** 한쪽 팔 절반이 없음

> **다곤 코드** 누구에게도 항복하지 않음

토르헨스퀘어

다그머 일명 갈라진 턱, 거품 고래호의 선장

딥우드모트

아샤 그레이조이 크라켄의 딸, 블랙윈드호의 선장

> **처녀 콸** 아샤의 연인, 검사

> **트리스티퍼 보틀리** 아샤의 이전 연인, 로드스포트의 후계자, 자기 땅을 버림

> **녹슨 수염 로곤, 불길한 혓바닥, 난쟁이 롤프, 긴도끼 로렌, 루크, 손가락, 여섯 발가락 할, 처진 눈 데일, 얼 할로우, 크롬, 나팔 하겐**과 그의 아름다운 붉은 머리 딸 아샤의 선원들

> **퀜톤 그레이조이** 아샤의 친척

> **다곤 그레이조이** 아샤의 친척, 일명 주정뱅이 다곤

― 다른 가문들 ―

아린 가문

아린은 산과 협곡의 왕들로부터 내려오는 가문이다. 문장은 하늘색 바탕에 하얀 달과 매. 아린 가문은 다섯 왕 전쟁에서 어떤 역할도 하지 않았다. 아린의 가언은 '명예만큼 드높게'이다.

로버트 아린 이어리의 영주, 협곡의 방어자, 모친이 칭하기로 진정한 동부의 관리자, 병약한 8세 소년으로 별명은 스위트로빈

{**라이사 부인**} 로버트의 어머니, 툴리 가문 출신으로 존 아린 공의 과부, 달의 문에서 밀려 떨어져 죽음

피터 베일리시 로버트의 보호자, 일명 리틀핑거, 하렌홀의 영주, 트라이던트의 지배자이자 협곡의 호국공

> › **알레인 스톤** 피터 공의 서녀로 열세 살 처녀, 실제로는 산사 스타크
> › **로소르 브룬 경** 피터 공을 섬기는 용병, 이어리의 위병대장
> › **오스웰** 피터 공을 섬기는 머리 센 중장병, 때로는 케틀블랙이라고도 불림
> › **셰이디글렌의 셰드리치 경** 일명 미친 쥐, 피터 공 밑에 들어온 방랑기사
> › **아름다운 바이런 경, 명랑한 모가스 경** 피터 공 밑에 들어온 방랑기사들

로버트의 가신과 가솔
콜먼 학사 조언자, 치료사 겸 교사
모드 금니가 특징인 잔혹한 간수
그레첼, 매디, 멜라 하녀들

로버트 공 휘하, 산과 협곡의 영주들

욘 로이스 일명 청동 욘, 룬스톤의 영주

› **안다르 경** 그의 아들, 룬스톤의 후계자

네스토 로이스 공 협곡의 고위 집사이자 달의 관문 수호성주

› **알바르 경** 그의 아들이자 후계자

› **미란다** 그의 딸, 일명 란다, 과부지만 거의 처녀

› **미아 스톤** 로버트 왕의 서녀

라이오넬 코브레이 하츠홈의 영주

› **린 코브레이 경** 그의 동생, 유명한 검 '레이디 폴론'을 휘두름

› **루카스 코브레이 경** 그의 동생

트리스톤 선덜랜드 세 자매 군도의 영주

› **고드릭 보렐** 스위트시스터의 영주

› **롤랜드 롱소프** 롱시스터의 영주

› **알레산더 토런트** 리틀시스터의 영주

아냐 웨인우드 아이언오크스의 주인

› **모턴 경** 아냐 부인의 맏아들이자 후계자

› **도넬 경** 피의 관문의 기사

› **월러스** 막내아들

› **해롤드 하딩** 아냐 부인의 대자, 흔히 '후계자 해리'라 불리는 종자

사이먼드 템플턴 경 나인스타스의 기사

존 린덜리 스네이크우드의 영주

에드문드 왁슬리 위켄덴의 기사

제롤드 그래프턴 걸타운의 영주

{이언 헌터} 롱보우홀의 영주, 최근 사망

› **길우드 경** 이언 공의 맏아들이자 후계자, 현재 '젊은 헌터 공'으로 불림

› **유스터스 경** 이언 공의 둘째 아들

› **할란 경** 이언 공의 막내아들

  젊은 헌터 공의 가솔

› **윌라멘 학사** 조언자이자 치료사, 교사

호턴 레드포트 레드포트의 영주, 세 차례 결혼

- › **재스퍼 경, 크레이턴 경, 존 경** 그 아들들
- › **미첼 경** 막내아들로, 막 기사가 됨, 룬스톤의 이실라 로이스와 결혼
- **베네다르 벨모어** 스트롱송의 영주

달의 산맥 산악민 족장들

돌프의 아들 샤가 달까마귀 씨족, 현재 왕의 숲에서 무리를 이끄는 중

티멧의 아들 티멧 불탄 남자 씨족

체윅의 딸 첼라 검은 귀 씨족

칼로의 아들 크론 달형제 씨족

바라테온 가문

바라테온 가문은 대가문 중에서 가장 젊어, 정복 전쟁 중 정복자 아에곤의 서자라는 소문이 있었던 오리스 바라테온이 마지막 폭풍 왕인 오만한 아르길락을 쓰러뜨려 참살하면서 탄생했다. 아에곤은 오리스에게 상으로 아르길락의 성과 영지와 딸을 내렸다. 오리스는 그 딸을 신부로 맞이하고 그 집안의 깃발과 영전, 가언을 자기 것으로 취했다.

아에곤 정복에서 283년 후, 스톰스엔드의 영주인 로버트 바라테온이 미친 왕 아에리스 타르가르옌 2세를 쓰러뜨리고 철왕좌를 차지했다. 그의 왕권 주장은 아에곤 타르가르옌 5세의 딸이었던 조모의 혈통에서 나왔지만, 로버트는 자신의 전투 망치가 곧 왕위의 자격이라 말하기를 더 좋아했다.

바라테온의 문장은 금빛 바탕에 검은색 왕관 쓴 수사슴이다. 가언은 '맹위는 우리의 것'이다.

{로버트 바라테온} 바라테온 1세, 안달인과 로인인과 최초인의 왕, 칠왕국의 주인이자 왕국의 수호자, 멧돼지에게 받혀 사망

세르세이 왕비 그의 아내, 라니스터 가문 출신

그들의 자녀
- **{조프리 바라테온 왕}** 조프리 1세, 결혼식 피로연에서 살해당함
- **미르셀라 왕녀** 선스피어의 대녀, 트리스탄 마르텔 공자와 약혼
- **토멘 바라테온 왕** 토멘 1세

그의 형제들
스타니스 바라테온 드래곤스톤의 반역 영주이자 철왕좌 참칭자
- **시린** 그의 딸, 11세

{렌리 바라테온} 스톰스엔드의 반역 영주이자 철왕좌 참칭자, 스톰스엔드 앞 숙영지 한가운데에서 살해당함

그의 서출들
미아 스톤 19세 처녀, 달의 관문에서 네스토 로이스 공을 섬김
겐드리 강역의 무법자, 자기 혈통에 대해 모름
에드릭 스톰 플로렌트 가문의 델레나 부인이 낳은 서자로, 인지받은 자식이며 리스에 숨겨짐
> **앤드류 에스터몬트 경** 에드릭의 보호자
> **제랄드 가워 경, '생선 장수' 르위스, 탤리힐의 트리스턴 경, 오머 블랙베리** 보호자와 경호원
{배라} 킹스랜딩의 창녀가 낳은 서녀, 세르세이의 명으로 살해당함

다른 친척들
엘던 에스터몬트 경 그린스톤의 영주, 로버트의 외가
> **아에몬 경** 엘던의 아들
>> **알린 경** 아에몬의 아들
> **로마스 경** 엘던의 아들
>> **앤드류 경** 로마스의 아들

스톰스엔드에 충성을 맹세한 휘하, 폭풍 영주들
다보스 시워스 비 숲의 영주, 협해의 제독, 왕의 수관
> **마리아** 그의 아내, 목수의 딸
>> {데일, 알라드, 매토스, 매릭} 첫째부터 넷째 아들까지, 블랙워터 전투에서 사망
>> **데반** 스타니스 왕의 종자
>> **스타니스, 스테폰**
길버트 파링 경 스톰스엔드의 수호성주
> **브라이엔** 길버트의 아들, 스타니스 왕의 종자
> **고드리 파링 경** 길버트의 사촌, 일명 거인 살해자
엘우드 메도스 그래스필드킵의 주인, 스톰스엔드 집사장
셀윈 타스 일명 저녁 별, 타스의 영주
> **브리엔느** 그의 딸, 타스의 처녀, 또는 미녀 브리엔느

›› **포드릭 페인** 그녀의 종자, 10세 소년

로넷 코닝턴 경 일명 붉은 로넷, 그리핀스루스트의 기사

› **레이먼드와 알린느** 로넷의 동생들

› **로날드 스톰** 로넷의 서자

› **존 코닝턴** 로넷의 친척, 과거 그리핀스루스트의 영주이자 왕의 수관으로, 아에리스 타르가르엔 2세에게 추방됨, 술을 마시다가 죽었다고 여겨짐

레스터 모리겐 크로스네스트의 영주

› **리차드 모리겐 경** 그의 동생이자 후계자

› **{가이야드 모리겐 경}** 일명 녹색의 가이야드, 그의 동생, 블랙워터 전투에서 참살됨

아르스탄 셀미 하비스트홀의 영주

› **바리스탄 셀미 경** 그의 종조부

캐스퍼 와일드 레인하우스의 영주

› **오르문드 와일드 경** 그의 숙부, 노기사

하우드 펠 펠우드의 영주

휴 그랜디슨 일명 회색 수염, 그랜드뷰의 영주

세바스티온 에롤 헤이스택홀의 영주

클리포드 스완 스톤헬름의 영주

베릭 돈다리온 블랙헤이븐의 영주, 일명 번개 영주, 강역의 무법자로, 여러 번 참살당했으며 지금은 죽은 것으로 여겨짐

{브라이스 카론} 나이트송의 영주, 블랙워터에서 필립 푸트 경에게 참살됨

› **필립 푸트 경** 그의 참살자이자 애꾸눈의 기사, 나이트송의 영주

› **롤랜드 스톰 경** 그의 천출 이복동생, 일명 나이트송의 서자, 자칭 나이트송의 영주

로빈 피즈버리 포딩필드의 영주

메리 메르틴스 미스트우드의 여영주

랄프 버클러 브론즈게이트의 영주

› **브루스 버클러 경** 그의 사촌

프레이 가문

프레이 가문은 툴리 가문의 휘하에 있지만, 언제나 의무를 성실히 수행하지는 않았다. 다섯 왕 전쟁 발발 당시 롭 스타크는 그의 딸이나 손녀딸 중 한 명과 결혼하겠다는 맹세로 왈더 공의 충성을 얻어냈다. 그가 맹세를 어기고 제인 웨스털링과 결혼하자, 프레이 가문은 루스 볼턴과 공모하여 젊은 늑대와 그 추종자들을 살해했다. 이 자리는 '피의 결혼식'으로 알려지게 되었다.

왈더 프레이 크로싱의 영주

첫 번째 아내, 로이스 가문의 {페라 부인}
{스테브론 경} 그들의 맏아들, 옥스크로스 전투 이후 사망
에몬 경 둘째 아들, 젠나 라니스터와 결혼
아에니스 경 북부에서 프레이군을 이끌고 있음
  › **아에곤 블러드본** 아에니스의 아들, 범법자
  › **라에가르** 아에니스의 아들, 화이트하버에 사절로 감
페리안 왈더 공의 맏딸, 레슬린 하이 경과 결혼

두 번째 아내, 스완 가문의 {시레나 부인}
제러드 경 화이트하버에 사절로 감
루시언 성사 다섯째 아들

세 번째 아내, 크레이크홀 가문의 {애머레이 부인}
호스틴 경 명성 드높은 기사
리테네 왈더 공의 둘째 딸, 루시아스 바이프렌 공과 결혼

사이먼드 일곱째 아들, 돈 계산 담당, 화이트하버에 사절로 감

댄웰 경 여덟째 아들

{메렛} 아홉째 아들, 올드스톤스에서 목매달려 죽음

  › **왈다** 메렛의 딸, 일명 뚱뚱한 왈다, 드레드포트의 영주 루스 볼턴과 결혼

  › **왈더** 메렛의 아들, 일명 작은 왈더, 8세, 램지 볼턴의 종자

{제레미 경} 열 번째 아들, 익사

레이먼드 경 열한 번째 아들

네 번째 아내, 블랙우드 가문의 {알리사 부인}

로타르 열두 번째 아들, 일명 절름발이 로타르

자모스 경 열세 번째 아들

  › **왈더** 자모스의 아들로 일명 큰 왈더, 8세, 램지 볼턴의 종자

휠렌 경 열네 번째 아들

모리야 셋째 딸, 플레멘트 브락스 경과 결혼

티타 넷째 딸, 일명 처녀 티타

다섯 번째 아내, 휀트 가문의 {사리아 부인}

  › 소생 없음

여섯 번째 아내, 로스비 가문의 {베타니 부인}

퍼윈 경 열다섯 번째 아들

{벤프레이 경} 열여섯 번째 아들, 피의 결혼식에서 입은 부상으로 사망

윌라멘 학사 왈더 공의 열일곱 번째 아들, 롱보우홀에서 봉직

올리바 왈더 공의 열여덟 번째 아들, 과거 롭 스타크의 종자였음

로슬린 다섯째 딸, 피의 결혼식에서 에드무어 툴리 공과 결혼, 그의 아이를 임신

일곱 번째 아내, 파링 가문의 {아나라 부인}

아르윈 여섯째 딸, 14세 처녀

웬델 열아홉 번째 아들, 시가드에 시동으로 가 있음

콜마 스무 번째 아들, 11세로 종단에 들어가기로 되어 있음

왈티르 스물한 번째 아들, 일명 티르, 10세 소년

엘마 스물두 번째이자 막내아들, 아리아 스타크와 잠시 약혼했었음

시레이 일곱째 딸이자 막내딸, 7세 소녀

여덟 번째 아내, 에렌포드 가문의 조유즈 부인

›현재까지 소생 없음

여러 여자에게서 태어난 왈더 공의 사생아들

왈더 리버스 일명 서자 왈더

멜위스 학사 로스비에서 봉직

제인 리버스, 마틴 리버스, 라이거 리버스, 로넬 리버스, 멜라라 리버스 등

라니스터 가문

캐스털리록의 라니스터 가문은 철왕좌에 대한 권리를 주장하는 토멘 왕의 중요 지지자로 남아 있다. 그들은 영웅 시대 전설적인 트릭스터 '영리한 란'의 후손이라고 자랑한다. 캐스털리록과 골든투스의 황금 덕분에 대가문 중에서 가장 부유하다. 라니스터의 상징은 진홍색 바탕에 금색 사자이며, 가언은 '내 포효를 들으라!'이다.

{타이윈 라니스터} 캐스털리록의 영주, 라니스포트의 방패, 서부의 관리자, 왕의 수관, 변소에서 난쟁이 아들에게 살해당함

타이윈 공의 자식들
세르세이 제이미와 쌍둥이, 로버트 바라테온 1세의 과부, 현재 바엘로르 대성소의 죄수
제이미 경 세르세이와 쌍둥이, 일명 킹슬레이어, 킹스가드 단장
› **조스민 페클던, 가렛 페이지, 루 파이퍼** 그의 종자들
› **일린 페인 경** 혀를 잃은 기사, 최근까지 왕의 집행관 겸 처형인이었음
› **로넷 코닝턴 경** 일명 붉은 로넷, 그리핀스루스트의 기사, 포로를 데리고 메이든풀로 가게 됨
› **아담 마브랜드 경, 플레멘트 브락스 경, 알린 스택스피어 경, 스테폰 스위프트 경, 험프리 스위트프 경, '힘센 멧돼지' 라일 크레이크홀 경, '맨턱' 존 베틀리 경** 리버런에 있는 제이미 경의 군에 있는 기사들
티리온 일명 꼬마 악마, 난쟁이이며 친족 살해자, 협해 건너로 망명한 도망자

캐스털리록의 가솔들
크렐린 학사 치료사, 교사 겸 조언자

바일러 위병대장

베네딕트 브룸 경 훈련대장

하얀 미소 왓 가수

타이윈 공의 형제와 그 자손

케반 라니스터 경 스위프트 가문의 도르나와 결혼

젠나 부인 이제는 리버런의 영주가 된 에몬 프레이 경과 결혼

> **{클레오스 프레이 경}** 대리 가문의 제인과 결혼, 무법자들에게 살해당함

>> **타이윈 프레이** 클레오스의 맏아들, 일명 타이, 이제는 리버런의 후계자

>> **윌렘 프레이** 클레오스의 둘째 아들, 종자

> **라이오넬 프레이 경, {티온 프레이}, '붉은 왈더' 왈더 프레이** 젠나의 아들들

{타이겟 라니스터 경} 매독으로 사망

> **타이렉** 타이겟의 아들, 실종되어 죽은 것으로 추정

>> **에메산드 헤이포드 부인** 타이렉의 어린 아내

{제리온 라니스터} 바다에서 실종

> **조이 힐** 제리온의 서녀, 11세 소녀

타이윈 공의 다른 가까운 친척들

{스태퍼드 라니스터 경} 사촌이자 타이윈 공의 부인과 형제, 옥스크로스에서 도끼에 참살됨

> **세레나와 미리엘** 스태퍼드의 딸들

> **대븐 라니스터 경** 스태퍼드의 아들

다미언 라니스터 경 친척, 시에라 크레이크홀과 결혼

> **루시온 라니스터 경** 두 사람의 아들

> **라나** 두 사람의 딸, 안타리오 재스트 공과 결혼

마고트 부인 친척, 티투스 피크 공과 결혼

휘하 봉신과 충성을 맹세한 검사, 서부의 영주

데이먼 마브랜드 애시마크의 영주

롤랜드 크레이크홀 크레이크홀의 영주

세바스톤 파먼 미의 섬 영주

타이토스 브락스 혼베일의 영주

퀜튼 베인포트 베인포트의 영주

하리스 스위프트 경 케반 라니스터 경의 장인

레지나드 에스트렌 윈드홀의 영주

가웬 웨스털링 크래그의 영주

셀몬드 스택스피어 공

테런 케닝 케이스의 영주

안타리오 재스트 공

로빈 모어랜드 공

알리산느 레포드 부인

르위스 리든 딥덴의 영주

필립 플럼 공

개리슨 프레스터 공

로렌트 로치 경 지주기사

가스 그린필드 경 지주기사

라이몬드 비카리 경 지주기사

레이나드 러티거 경 지주기사

맨프리드 유 경 지주기사

티볼트 헤더스푼 경 지주기사

ᨁᨆ 마르텔 가문 ᨆᨁ

도르네는 일곱 왕국 중에서 마지막으로 철왕좌에 충성을 맹세한 왕국이었다. 도르네인은 혈통, 관습, 지리, 역사 모든 면에서 다른 왕국들과 다르다. 다섯 왕 전쟁이 터졌을 때, 도르네는 아무 역할도 맡지 않았으나, 미르셀라 바라테온을 트리스탄 공자와 약혼시키면서 선스피어는 조프리 왕을 지지하겠다고 선언했다. 마르텔의 깃발은 금색 창에 꿰뚫린 붉은 태양이며 가언은 '굽히지 않고, 휘지 않고, 꺾이지 않으리'이다.

도란 니메로스 마르텔 선스피어의 영주, 도르네 대공

멜라리오 그의 아내, 자유도시 노보스 출신
- **두 사람의 자녀**
  - › **아리안느 공녀** 선스피어의 후계자
  - › **쿠엔틴 공자** 갓 기사로 서임, 이론우드의 대자
  - › **트리스탄 공자** 미르셀라 바라테온과 약혼
    - ›› **그린블러드의 가스코인 경** 트리스탄의 맹약위사

도란 대공의 형제들
{**엘리아 공녀**} 킹스랜딩 약탈 중에 강간 살해당함
- › {**라에니스 타르가르옌**} 엘리아의 어린 딸, 킹스랜딩 약탈 중 살해당함
- › {**아에곤 타르가르옌**} 젖먹이 아기로, 킹스랜딩 약탈 중에 살해당함
{**오베린 공자**} 일명 붉은 독사, 결투 재판 중 그레고르 클리게인 경에게 참살됨
- › **엘라리아 샌드** 오베린 공자의 애인, 하먼 울러 공의 서녀
  모래뱀 오베린 공자의 딸들

› **오바라** 올드타운의 창녀에게서 둔 딸

› **니메리아** 일명 니메리아 아가씨, 볼란티스 귀족 여인에게서 둔 딸

› **티엔** 성사에게 둔 딸

› **사렐라** 무역상에게서 둔 딸로 무역선 선장

› **엘리아** 엘라리아 샌드의 딸

› **오벨라** 엘라리아 샌드의 딸

› **도리아** 엘라리아 샌드의 딸

› **로레자** 엘라리아 샌드의 딸

도란 대공의 조정-물의 정원

아레오 호타 노보스 출신의 용병, 위병대장

칼레오트 학사 조언자, 치료사, 가정교사

도란 대공의 조정-선스피어

마일스 학사 조언자, 치료사 겸 교사

리카소 선스피어의 대집사, 늙고 눈이 멂

만프레이 마르텔 경 선스피어의 수호성주

알리세 레이디브라이트 재정관리

미르셀라 바라테온 왕녀 대공의 대녀, 트리스탄 공자와 약혼

› **{아리스 오크하트 경}** 그녀의 맹약위사, 아레오 호타에게 참살됨

› **로자먼드 라니스터** 그녀의 시녀 겸 말벗, 먼 친척

도란 대공의 휘하 봉신, 도르네의 영주

앤더스 이론우드 이론우드의 영주, 돌의 길 관리자, 일명 왕의 피

› **이니스** 그의 맏딸, 리온 알리리온과 결혼

› **클레투스 경** 앤더스의 아들이자 후계자

› **그위네스** 막내딸, 12세

하먼 울러 헬홀트의 영주

델론 알리리온 갓즈그레이스의 여영주

› **리온 알리리온** 델론의 아들이자 후계자

다고스 맨우디 킹스그레이브의 영주

라라 블랙몬트 블랙몬트의 여영주

니멜라 톨랜드 고스트힐의 영주

쿠엔틴 쿼가일 샌드스톤의 영주

데지엘 달트 경 레몬우드의 기사

프랭클린 파울러 스카이리치의 영주, 일명 늙은 매, 대공의 고갯길의 관리자

사이먼 산타가르 스포츠우드의 기사

에드릭 데인 스타폴의 영주, 종자

트레보 조데인 토르의 영주

트레먼드 가갈렌 솔트쇼어의 영주

다에론 베이스 레드듄스의 영주

ᏍᏍᏍᏍ 스타크 가문 ᏍᏍᏍᏍ

스타크의 혈통은 건설자 브랜던과 겨울의 왕들까지 거슬러 올라간다. 그들은 수천 년간 윈터펠에서 북부의 왕으로 통치했고, '무릎 꿇은 왕' 토르헨 스타크에 이르러 드래곤 아에곤과 전투를 벌이지 않고 충성 맹세를 선택했다. 윈터펠의 에다드 스타크 공이 조프리 왕에게 처형당하자 북부인들은 철왕좌에 대한 충성을 버리고 에다드 공의 아들인 롭을 북부의 왕으로 선포했다. 다섯 왕 전쟁에서 롭 스타크는 모든 전투에 이겼으나, 외숙부의 결혼식에서 프레이와 볼턴에게 배신당해 살해됐다.

북부의 왕이 휘날리는 깃발은 수천 년째 그대로이다. 윈터펠의 스타크를 상징하는 회색 다이어울프들이 새하얀 바탕을 뛰어가는 모습이다.

{롭 스타크} 북부의 왕이며 트라이던트의 왕, 윈터펠의 영주, 일명 젊은 늑대, 피의 결혼식에서 살해당함

{그레이윈드} 롭의 다이어울프, 피의 결혼식에서 죽음

형제들

산사 롭의 누이, 티리온 라니스터와 결혼

　› **{레이디}** 산사의 다이어울프, 대리성에서 죽음

아리아 11세 소녀, 실종되어 사망 추정

　› **니메리아** 아리아의 다이어울프, 강역을 돌아다니는 중

브랜던 일명 브랜, 9세의 불구 소년, 윈터펠의 후계자, 사망 추정

　› **서머** 브랜의 다이어울프

리콘 4세 소년, 사망 추정

› **섀기독** 리콘의 다이어울프, 검은색으로 사나움

› **오샤** 윈터펠의 포로였던 야인 여자

존 스노우 롭의 이복형제, 밤의 경비대 소속

› **고스트** 존의 다이어울프, 하얀색이고 소리를 내지 않음

다른 친척들

벤젠 스타크 숙부, 밤의 경비대 제1순찰자, 장벽 너머에서 실종, 사망 추정

{라이사 아린} 이모, 이어리의 여주인

› **로버트 아린** 라이사의 아들, 이어리의 영주이자 협곡의 방어자, 병약한 소년

에드무어 툴리 외숙부, 리버런의 영주, 피의 결혼식에서 포로로 잡힘

› **로슬린 부인** 프레이 가문 출신, 에드무어의 신부, 임신 중

브린덴 툴리 경 외종조부, 일명 '검은 물고기', 최근까지 리버런의 수호성주였고 현재는 쫓기는 신세

윈터펠의 휘하 봉신, 북부의 영주들

존 엄버 일명 그레이트존, 라스트허스의 영주, 트윈스의 포로

› **{존}** 일명 스몰존, 그레이트존의 맏아들이자 후계자, 피의 결혼식에서 참살됨

› **모스** 일명 까마귀 밥, 그레이트존의 숙부, 라스트허스의 수호성주

› **호서** 일명 창녀잡이, 그레이트존의 숙부, 라스트허스의 수호성주

{클레이 세르윈} 세르윈의 영주, 윈터펠에서 죽음

› **조넬레** 클레이의 누이, 32세 처녀

루스 볼턴 드레드포트의 영주

› **{도메릭}** 루스의 적자이자 후계자, 배앓이로 사망

› **월튼** 일명 강철 정강이, 부대장

› **램지 볼턴** 서자, 일명 볼턴의 서자, 혼우드의 영주

›› **왈더 프레이와 왈더 프레이** 일명 큰 왈더와 작은 왈더, 램지의 종자

›› **뼈다귀 벤** 드레드포트의 견사장

›› **{구린내}** 악취로 유명한 중장병, 램지를 가장하고 있다가 참살됨

서자의 자식들, 램지의 중장병들

›› **노란 딕, 춤춰봐 데이먼, 루톤, 시큼한 알린, 스키너, 툴툴이**

{리카드 카스타크} 카홀드의 영주, 죄수들을 살해한 죄로 젊은 늑대에게 참수됨

› **{에다드}** 아들, 속삭이는 숲에서 참살됨

› **{토르헨}** 아들, 속삭이는 숲에서 참살됨

› **해리온** 아들, 메이든풀의 포로

› **알리스** 딸, 15세 처녀

› **아놀프** 숙부, 카홀드 수호성주

›› **크레간** 아놀프의 맏아들

›› **아토르** 아놀프의 작은아들

와이먼 맨덜리 화이트하버의 영주, 엄청나게 뚱뚱함

› **윌리스 맨덜리** 와이먼의 맏아들이자 후계자, 많이 뚱뚱함, 하렌홀의 포로

›› **레오나** 윌리스의 아내, 울필드 가문 출신

››› **위나프리드** 그들의 딸, 19세 처녀

››› **월라** 그들의 딸, 15세 처녀

› **{웬델 맨덜리}** 와이먼의 둘째 아들, 피의 결혼식에서 참살됨

› **말론 맨덜리** 와이먼의 사촌, 화이트하버 수비대장

› **테오모어 학사** 조언자이자 교사, 치료사

› **웩스** 12세 소년, 과거 테온 그레이조이의 종자, 벙어리

› **바티무스 경** 노기사, 외다리에 애꾸눈이며 자주 술에 취해 있는 울프스덴의 수호성주

› **가스** 간수이자 처형 집행인

›› **루 부인** 그의 도끼

› **테리** 젊은 옥사쟁이

매기 모르몬트 곰섬의 여주인, 일명 암곰

› **{데이시}** 매기의 맏딸이자 후계자, 피의 결혼식에서 참살됨

› **알리산** 매기의 딸, 젊은 암곰

› **라이라, 조렐, 리안나** 매기의 딸들

› **{제오 모르몬트}** 매기의 오빠, 밤의 경비대 총사령관으로 부하들에게 참살됨

›› **{조라 모르몬트 경}** 제오 공의 아들, 망명 중

하울랜드 리드 그레이워터워치의 영주, 호상민

› **지아나** 하울랜드의 아내, 호상민

›› **미라** 그들의 딸, 젊은 사냥꾼

> › **조젠** 녹색 시야를 타고난 소년

갤버트 글로버 딥우드모트의 주인, 미혼

> › **로벳 글로버** 갤버트의 동생이자 후계자

> › › **시벨** 로벳 처, 로크 가문 출신

벤지콧 브랜치, 코 없는 네드 우즈 딥우드모트에 충성을 맹세한 늑대 숲 사람들

{헬만 톨하트 경} 토르헨스퀘어의 주인, 더스큰데일에서 참살됨

> › **{벤프레드}** 헬만의 아들이자 후계자, 스토니쇼어에서 강철인에게 참살됨

> › **에다라** 헬만의 딸, 토르헨스퀘어에 포로로 잡혀 있음

> › **{레오발드}** 헬만의 동생, 윈터펠에서 사망

> › › **베레나** 레오발드의 아내, 혼우드 가문 출신, 토르헨스퀘어의 포로

> › › › **브랜던과 베렌** 아들들, 마찬가지로 토르헨스퀘어 포로

로드릭 리스웰 개울 지대의 영주

> › **바브리 더스틴** 로드릭의 딸, 배로턴의 여주인, {윌람 더스틴 공}의 과부

> › › **하우드 스타우트** 바브리의 신하, 배로턴의 소영주

> › › › **{베타니 볼턴}** 하우드의 딸, 루스 볼턴 공의 두 번째 아내, 열병으로 사망

> › **로저 리스웰, 리카드 리스웰, 루스 리스웰** 다투기 좋아하는 친척이자 휘하 봉신들

리에사 플린트 위도스워치의 여영주

온드류 로크 올드캐슬의 영주, 노인

고산 부족장들

> › **휴고 월** 일명 큰 들통, 또는 월

> › **브랜던 노리** 일명 노리

> › **토렌 리들** 일명 리들

> › › **덩컨** 맏아들, 일명 큰 리들, 밤의 경비대 대원

> › › **모건** 둘째 아들, 일명 중간 리들

> › › **리카드** 셋째 아들, 일명 작은 리들

> › **토르겐 플린트** 최초의 플린트 혈통, 일명 플린트 또는 늙은 플린트

> › › **검은 도넬 플린트** 아들이자 후계자

> › › **아토스 플린트** 둘째 아들, 검은 도넬의 이복형제

⚜ 툴리 가문 ⚜

리버런의 에드민 툴리 공은 정복자 아에곤에게 제일 먼저 충성을 맹세한 강역 영주였다. 승리한 아에곤은 툴리 가문에 트라이던트 전역의 지배권을 줌으로써 이를 보상했다. 툴리의 문장은 푸른색과 붉은색 물결 바탕에 은색으로 뛰어오르는 송어이며 툴리의 가언은 '가족, 의무, 명예'이다.

에드무어 툴리 리버런의 영주, 자기 결혼식에서 사로잡혀 프레이의 포로가 됨

로슬린 부인 신부, 프레이 가문, 현재 임신 중
{캐틀린 스타크 부인} 누이, 윈터펠의 에다드 스타크 공의 과부, 피의 결혼식에서 참살됨
{라이사 아린 부인} 누이, 협곡의 존 아린 공의 과부, 이어리에서 떠밀려 죽음
브린덴 툴리 경 숙부, 일명 검은 물고기, 최근까지 리버런의 수호성주, 현재는 무법자

리버런의 가솔들
바이먼 학사 조언자, 치료사, 교사
데스몬드 그렐 경 훈련대장
로빈 라이거 경 위병대장
　> **꺽다리 루, 엘우드, 델프 등** 위병들
유세리데스 웨인 리버런의 집사

에드무어의 휘하 봉신, 트라이던트 영주들
타이토스 블랙우드 레이븐트리의 영주
　> **브린덴** 그의 맏아들이자 후계자

› {루카스} 둘째 아들, 피의 결혼식에서 참살됨

› **호스터** 셋째 아들, 책벌레

› **에드문드, 알린** 아래 아들들

› **베타니** 딸, 8세 소녀

› {로버트} 막내아들, 설사병으로 사망

조노스 브라켄 스톤헤지의 영주

› **바바라, 제인, 캐틀린, 베스, 알리산느** 그의 다섯 딸들

› **힐디** 종군 매춘부

제이슨 말리스터 시가드의 영주, 자기 성에 연금된 포로 상태

› **파트렉** 제이슨의 아들, 아버지와 함께 포로 상태

› **데니스 말리스터 경** 제이슨 공의 숙부, 밤의 경비대원

클레멘트 파이퍼 핑크메이든캐슬의 영주

› **마크 파이퍼 경** 클레멘트의 아들이자 후계자, 피의 결혼식에서 포로로 잡힘

캐릴 밴스 웨이페어러스레스트의 영주

› **리안** 캐릴의 맏딸이자 후계자

› **리알타, 엠피리아** 캐릴의 딸들

노버트 밴스 아트란타의 눈먼 영주

테오마르 스몰우드 에이콘홀의 영주

윌리엄 무튼 메이든풀의 영주

셸라 휀트 쫓겨난 하렌홀의 여영주

할먼 페이지 경

라이몬드 굿브룩 공

티렐 가문

티렐은 '리치 평원의 왕' 집사 가문으로 일하면서 권세를 얻었으나, 정원사인 최초인의 왕 가스 그린핸드의 혈통이라 주장한다. 가드너 가문의 마지막 왕이 '불의 들판'에서 참살되자, 그의 집사였던 할렌 티렐이 정복자 아에곤에게 하이가든을 바쳤다. 아에곤은 그에게 하이가든성과 리치 평원의 지배권을 허락했다. 메이스 티렐은 다섯 왕 전쟁 발발 당시 렌리 바라테온 지지를 선언하고 딸인 마저리와 결혼시켰다. 렌리가 죽자 하이가든은 라니스터 가문과 동맹, 마저리는 조프리 왕과 약혼한다.

티렐의 문장은 풀밭 바탕에 황금색 장미이며 가언은 '강하게 자라리'이다.

메이스 티렐 하이가든의 영주, 남부의 관리자, 변경의 수호자, 리치의 고위 원수

알러리 부인 메이스의 아내, 올드타운의 하이타워 가문 출신

　두 사람의 자녀

› **윌라스** 두 사람의 맏아들, 하이가든의 후계자

› **갈란 경** 일명 용사, 둘째 아들, 새로 브라이트워터의 영주로 승격

　　›› **레오넷 부인** 그의 아내, 포소웨이 가문

› **로라스 경** 꽃의 기사, 막내아들, 킹스가드 결의형제, 드래곤스톤에서 부상

› **마저리** 딸, 두 번 결혼하고 두 번 남편을 잃음

　마저리의 말벗과 시녀들

　　›› **메가, 알라, 엘리너** 친척

　　　››› **알린 앰브로즈** 엘리너의 약혼자, 종자

　　›› **알리산느 불워** 아가씨, **알리스 그레이스포드 부인, 메레디스 크레인**(일명 메리), **타에나 메리웨더 부인, 니스테리카 성사** 말벗들

올레나 부인 메이스의 홀어머니, 레드와인 가문 출신, 일명 가시 여왕

메이스의 누이들

미나 부인 아버의 영주 팍스터 레드와인 공과 결혼

> **호라스 레드와인** 아들, 호버와 쌍둥이, 일명 호러
> **호버 레드와인** 아들, 호라스와 쌍둥이, 일명 슬로버
> **데스메라 레드와인** 딸, 16세

잔나 부인 존 포소웨이 경과 결혼

숙부들

가스 티렐 숙부, 일명 방귀쟁이, 하이가든의 대집사

> **가아스와 가렛 플라워스** 가스의 서자

모린 티렐 경 숙부, 올드타운의 도시 경비대 대장

고르몬 학사 숙부, 시타델의 학자

하이가든의 가솔들

로미스 학사 조언자, 치료사, 교사

이곤 바이어웰 위병대장

보티머 크레인 경 훈련대장

버터범프스 어릿광대, 심하게 뚱뚱함

휘하 봉신, 리치의 영주들

랜딜 탈리 혼힐의 영주, 트라이던트에서 토멘 왕의 군대를 지휘

팍스터 레드와인 아버의 영주

> **호라스 경과 호버 경** 팍스터의 쌍둥이 아들
> **발라바르 학사** 팍스터 공의 치료사

아르윈 오크하트 올드오크의 여영주

마티스 로완 골든그로브의 영주

레이톤 하이타워 올드타운의 목소리, 항구의 주인

험프리 휴엣 오큰실드의 영주

> **팔리아 플라워스** 험프리의 서녀

오스버트 세리 사우스실드의 영주

거터 그림 그레이실드의 영주

모리발드 체스터 그린실드의 영주

오턴 메리웨더 롱테이블의 영주

 › **타에나 부인** 오턴의 아내, 미르 여인

  › › **러셀** 그녀의 아들, 6세 소년

아서 앰브로즈 공 알리산느 하이타워와 결혼

로렌트 캐스웰 비터브리지의 영주

기사와 맹약검사

존 포소웨이 경 초록 사과 포소웨이 가문

탠튼 포소웨이 경 붉은 사과 포소웨이 가문

⊰⊱⊰⊱ 밤의 경비대 결의형제 ⊰⊱⊰⊱

존 스노우 윈터펠의 서자, 998번째 밤의 경비대 총사령관

<u>고스트</u> 그의 하얀 다이어울프
에디슨 톨렛 일명 구슬픈 에드, 사령관의 집사 겸 종자

캐슬블랙
아에몬 (타르가르옌) 학사 치료사이자 조언자, 눈이 먼 102세 노인
 › **클라이다스** 아에몬의 개인 집사
 › **샘웰 탈리** 아에몬의 개인 집사, 뚱뚱한 책벌레
보웬 마시 집사장
 › **세 손가락 홉** 집사 겸 요리장
 › **{도날 노이}** 외팔이 무기제조인이자 대장장이, 문에서 강대한 마그에게 참살됨
 › **미련퉁이 오언, 꼬인 혀 팀, 쿠겐, 다정한 도넬 힐, 왼손잡이 루, 제렌, 막댓가지 윅** 집사들
오델 야윅 제1건설자
 › **남는 장화, 할더, 알벳, 맥주 통, 러니머드의 알프** 건설자들
셀라다르 성사 주정뱅이 종교인
블랙잭 불워 제1순찰자
 › **디웬, 흰눈 케지, 거인 베드윅, 매타, 회색 깃털 가스, 왕의 숲의 울머, 엘론, 초록 창 가렛, 벼룩
 풀크, 피파(핍), 들소 그렌, 검은 베나르, 팀 스톤, 로리, 수염쟁이 벤, 톰 발리콘, 큰 리들, 고디, 롱
 타운의 루크, 털북숭이 할** 순찰자들
레더스 까마귀로 전향한 야인
알리서 쏜 경 과거 훈련대장

자노스 슬린트 공 과거 킹스랜딩 도시 경비대장, 짧게 하렌홀 영주였음

강철 에멧 이스트워치에서 옴, 훈련대장

› **'망아지' 하레스, 쌍둥이 아론과 엠릭, 새틴, 홉로빈** 훈련 중인 신병들

섀도타워

데니스 말리스터 경 섀도타워 사령관

› **월러스 매시** 데니스 경의 개인 집사 겸 종자

› **멀린 학사** 치료사 겸 조언자

› **{반쪽 손 퀴린}, {종자 달브리지}, {에벤}** 순찰자들, 귀곡성 고개에서 참살됨

› **바위뱀** 순찰자이자 산악인, 귀곡성 고개에서 도보 중 실종

바닷가 이스트워치

코터 파이크 강철 군도의 사생아 출신, 이스트워치 사령관

› **하문 학사** 치료사 겸 조언자

› **묵은 넝마 소금** 검은 새호의 선장

› **글렌던 휴엣 경** 훈련대장

› **메이너드 홀트 경** 발톱호의 선장

› **러스 발리콘** 폭풍 까마귀호의 선장

⌘ 야인, 또는 자유민들 ⌘

만스 레이더 장벽 너머의 왕, 캐슬블랙의 포로

{댈라} 그의 아내, 출산 중 사망
- › **그들의 갓 태어난 아들** 전투 중 태어남, 아직 이름은 없음
- › **발** 댈라의 여동생, '야인 공주'로 불리는 캐슬블랙의 포로
  - › › **{자알}** 발의 연인, 추락사

부대장, 족장, 약탈자
뼈다귀 영주 조롱으로 래틀셔츠라 불림, 약탈자이며 한 전단의 지도자, 캐슬블랙의 포로
- › **{이그리트}** 젊은 창 마누라(여전사), 존 스노우의 연인, 캐슬블랙 공격 중 사망
- › **장창 릭** 전단원
- › **랙와일, 레닐** 전단원들
토르문드 러디홀의 꿀술 왕, 일명 '거인의 재앙, 허풍쟁이, 나팔수, 얼음을 깨는 사나이, 천둥 주먹, 곰들의 남편, 신들에게 말하는 자, 만군의 아버지'
- › **키다리 토레그, 순둥이 토르윈드, 도르문드, 드린** 토르문드의 아들들
- › **문다** 토르문드의 딸
울보 또는 우는 남자, 악명 높은 약탈자이며 한 전단의 지도자
{개 머리 하르마} 장벽 아래에서 참살됨
- › **할렉** 하르마의 동생
{스티르} 텐족의 마그나, 캐슬블랙 공격 중 참살됨
- › **시고른** 스티르의 아들, 텐족의 새로운 마그나

여섯 몸의 바라미르 변신자, 어려서는 '럼프'라고 불림

› **애꾸, 능글이, 살금이** 그의 늑대들

› **{범프}** 그의 형제, 개에게 물려 죽음

› **{하곤}** 양아버지, 와르그이자 사냥꾼

시슬 창 마누라, 매섭고 못생김

{브라이어, 그리셀라} 변신자들, 오래전에 죽음

보로크 일명 멧돼지, 많은 두려움을 사는 변신자

왕의 피 게릭 붉은 수염 레이먼의 핏줄

› **그의 세 딸들**

방패 분쇄기 소렌 유명한 전사

하얀 가면 모나 전사 마녀, 약탈자

노부 이곤 아내를 열여덟 둔 부족장

큰 바다코끼리 얼어붙은 해안의 지도자

두더지 엄마 숲 마녀, 예언을 곧잘 함

브로그, 장사꾼 개빈, 사냥꾼 하알, 미남 하알, 방랑자 하우드, 눈먼 도스, 나무 귀 카일렉, 바다표범잡이 데빈 자유민 사이의 족장과 지도자

{오렐} 일명 독수리 오렐, 변신자로 귀곡성 고개에서 존 스노우에게 참살됨

{마그 마르 툰 도 웨그} 일명 강대한 마그, 거인, 캐슬블랙 문에서 도날 노이에게 참살됨

운 웨그 운 다르 운 일명 운운, 거인

로완, 홀리, 다람쥐, 마녀 눈 윌로, 프레냐, 머틀 창 마누라들, 장벽의 포로

장벽 너머

귀신 들린 숲

브랜던 스타크 일명 브랜, 윈터펠의 왕자이자 북부의 후계자, 9세의 불구 소년

브랜의 동반자이자 보호자

› **미라 리드** 16세 처녀, 그레이워터워치의 영주 하울랜드 리드의 딸

› **조젠 리드** 미라의 동생, 13세, 녹색 시야의 저주를 받음

› **호도** 단순한 청년, 키가 2미터가 넘음

› **콜드핸즈** 브랜의 안내인, 검은 옷을 입었으며, 과거에는 아마도 밤의 경비대원이었던 것 같지만, 지금은 수수께끼

크래스터의 요새(한때 밤의 경비대원이었던 배신자들)

비수 크래스터를 살해

잘린 손 올로 늙은 곰 제오 모르몬트를 살해

그린어웨이의 가스, 마우니, 그럽스, 로스비의 앨런 예전에 순찰자였던 이들

굽은 발 카를, 고아 오스, 투덜쟁이 빌 예전에 집사였던 이들

빈 언덕 아래 동굴

세눈박이 까마귀 마지막 그린시어, 마법사이자 꿈 출몰자, 과거에는 브린덴이라는 이름의 밤의 경비대원이었고, 지금은 인간이라기보다는 나무에 가까움

숲의 아이들 땅의 노래를 부르는 이들, 죽어가는 종족의 마지막 몇 명

› **이파리, 물푸레, 비늘, 검은 칼, 눈 타래, 석탄**

― 협해 너머 에소스 ―

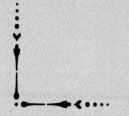

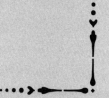

～இ♔ஐ∽ 브라보스 ∽ஐ♔இ～

페레고 안타리온 브라보스의 바다군주, 병으로 약해지고 있음

콰로 볼렌틴 브라보스 제일검, 바다군주의 수호자
벨레지어 아더리스 일명 흑진주, 같은 이름의 해적 여왕 혈통을 이은 코르티잔
베일의 숙녀, 인어 여왕, 달그림자, 황혼의 딸, 나이팅게일, 시인 유명한 코르티잔들
친절한 남자와 부랑아 흑백의 집에 거하는 다면신의 종복들
  › **움마** 신전 요리사
  › **잘생긴 남자, 뚱뚱한 친구, 귀족, 엄숙한 얼굴, 사팔뜨기, 굶주린 남자** 다면신의 비밀스러운
  종복들
아리아 스타크 흑백의 집에서 일하는 수련생, 아리, 낸, 족제비, 비둘기 고기, 솔티, 수로의 고
양이(캣)로도 불림
브루스코 생선 장수
  › **탈리아, 브리아** 그의 딸들
메랄린 일명 메리, 넝마주이 항만 근처의 매춘굴 '행복한 항구' 소유주
  › **선원의 마누라** 행복한 항구의 창녀
  › **라나** 그녀의 딸, 젊은 창녀
붉은 로고, 길로로 도타레, 길레노 도타레, 깃펜이라 불리는 작가, 요술쟁이 코소모 행복한 항구
의 손님들
타가나로 부둣가 소매치기, 도둑
  › **카소** 바다표범의 왕, 타가나로가 훈련한 바다표범
시브론 살인 취향이 있는 부둣가 창녀
술고래 딸 종잡을 수 없는 성격의 창녀

⚬⚯⚬☙ 볼란티스 ☙⚬⚯⚬

통치자 삼두
말라쿼 마에기르 볼란티스의 삼두, 호랑이
도니포스 파에니미온 볼란티스의 삼두, 코끼리
니에소스 바사르 볼란티스의 삼두, 코끼리

볼란티스 사람들
베네로 빛의 군주 를로르의 최고사제
  › **모쿼로** 베네로의 오른팔, 를로르의 사제
강변의 과부 부유한 해방 노예 여성, 보가로의 창녀로도 알려져 있음
  › **과부의 아들들** 그녀의 사나운 경호원들
페니 난쟁이 여성, 배우
  › **이쁜 돼지** 그녀의 돼지
  › **으득이** 그녀의 개
  › **{그로트}** 페니의 오빠, 난쟁이 배우로 살해당해 목이 베임
알리오스 카에다르 삼두 후보
파르퀠로 바엘라로스 삼두 후보
벨리초 스타에곤 삼두 후보
그라즈단 모 에라즈 융카이에서 온 사절

❦❦❦ 노예상만 ❦❦❦

노란 도시 융카이

유르카즈 조 윤자크 융카이 군대와 동맹군들의 최고사령관, 노예상이며 흠잡을 데 없는 혈통의 귀족 노인

예잔 조 카가즈 별명은 노란 고래, 무시무시한 비만에, 허약하고, 엄청나게 부유함

> **보모** 그의 노예 감독관

> **스위츠** 자웅동체의 노예, 그의 보물

> **스카** 하사관, 노예 병사

> **모고** 노예 병사

모르가즈 조 제르진 자주 술에 취해 있는 귀족, 별명은 주정뱅이 정복자

고르자크 조 에라즈 귀족이자 노예상, 별명은 푸딩 얼굴

파에자르 조 파에즈 귀족이자 노예상, 별명은 토끼

가즈도르 조 알라크 귀족이자 노예상, 별명은 떨리는 뺨 각하

파에자르 조 미라크 귀족이며 키가 작으며, 별명은 꼬마 비둘기

체즈다르 조 라에즌, 마에존 조 라에즌, 그라즈단 조 라에즌 귀족이며 삼형제, 별명은 철컹이 나리들

전차몰이, 야수치기, 향수 영웅 귀족이자 노예상

붉은 도시 아스타포

클레온 대왕 일명 도살자 왕

클레온 2세 클레온의 후임자, 8일간의 왕

목 벤 왕 이발사, 클레온 2세의 목을 긋고 왕관을 훔침

창녀 여왕 클레온 2세의 정부, 그가 살해된 후 왕권을 주장함

⚜ 바다 건너의 여왕 ⚜

타르가르옌은 고대 발리리아 프리홀드의 고위 귀족들로부터 내려오는 드래곤 혈통으로, 연보라색이나 남색 혹은 보라색 눈과 은금색 머리카락이 특징이다. 혈통을 순수하게 보존하려던 타르가르옌 가문은 남매나 사촌, 숙부와 조카 사이가 결혼하는 일이 잦았다. 왕조의 설립자인 정복자 아에곤은 두 누이 모두를 아내로 맞아 양쪽에 아들을 두었다. 타르가르옌의 깃발은 검은색 바탕에 붉은색으로 그려진 삼두룡으로, 아에곤과 두 누이를 나타낸다. 타르가르옌의 가언은 '불과 피'이다.

대너리스 타르가르옌 대너리스 1세, 미린의 여왕, 안달인과 로인인과 최초인의 여왕, 칠왕국의 주인, 왕국의 수호자, 거대한 풀 바다의 칼리시, 폭풍의 딸 대너리스, 타지 않는 분, 드래곤의 어머니

드로곤, 비세리온, 라에갈 대너리스의 드래곤들

{라에가르} 대너리스의 오빠, 드래곤스톤의 왕자, 트라이던트에서 로버트 바라테온에게 참살됨
› **{라에니스}** 라에가르의 딸, 킹스랜딩 약탈 중 살해당함
› **{아에곤}** 라에가르의 아들, 젖먹이 아기, 킹스랜딩 약탈 중 살해당함
{비세리스} 대너리스의 오빠, 비세리스 3세, 일명 거지 왕, 녹인 금 왕관을 쓰게 됨
{드로고} 대너리스의 남편, 도트락의 칼, 부상이 악화되어 사망
› **{라에고}** 칼 드로고와의 사이에서 가진 사산아, 미리 마즈 두르에 의해 배 속에서 사망

여왕을 지키는 이들
바리스탄 셀미 경 일명 대담한 바리스탄, 과거 로버트 왕의 킹스가드 단장

바리스탄 경이 기사 훈련을 시키고 있는 종자와 청년

› **툼코 로** 바실리스크 제도 출신

› **라라크** 일명 채찍, 미린 출신

› **붉은 양** 라자르인 해방 노예

› **기스카 삼형제**

힘센 벨와스 내시이자 과거 투기장 노예

대너리스의 도트락 혈맹기수들

› **조고** 채찍, 피 중의 피

› **아고** 활, 피 중의 피

› **라카로** 아라크, 피 중의 피

지휘관과 부대장

다리오 나하리스 화려한 티로시인 용병, 용병단 '폭풍 까마귀' 대장

벤 플럼 일명 갈색 벤, 혼혈 용병, 용병단 '둘째 아들들'의 대장

회색 벌레 내시, 거세병 보병단을 지휘하는 지휘관

› **영웅** 거세병 부지휘관

› **충실한 방패** 거세병 창병

몰로노 요스 도브 해방 노예병단 '충실한 방패'의 대장

줄무늬 등 사이먼 해방 노예병단 '자유 형제단'의 대장

마르셀렌 해방 노예병단 '어머니의 병사들'의 대장, 내시이며 미산데이의 오빠

그롤리오 펜토스 출신, 과거 대상선 새뉼레온호의 선장, 지금은 함대 없는 함대 제독

로모 도트락의 자카 란

미린 조정

레즈낙 모 레즈낙 간살스러운 대머리 시종장

스카하즈 모 칸다크 일명 민머리, 도시 경비대 '놋쇠 짐승단'의 머리를 박박 깎은 대장

시녀와 하인

이리, 지키 젊은 도트락 여성

미산데이 나스 출신의 서기이자 통역가

그라자르, 퀘자, 메자라, 케즈미아, 아자크, 바카즈, 미클라즈, 다자르, 드라카즈, 제자네 미린 피라미드의 아이들, 여왕의 술잔 담당과 시동

미린 사람들, 귀족과 평민
갈라자 갈라레 녹색 은총자, 은총의 신전 최고사제
> **그라즈단 조 갈라레** 사촌, 귀족

히즈다르 조 로라크 부유한 미린 귀족, 전통 있는 혈통
> **마르가즈 조 로라크** 그의 사촌

릴로나 리 해방 노예이자 하프 연주자
{하지아} 농부의 딸, 4세
거인 고호르, 크라즈, 뼈 부수는 벨라쿼, 카운트의 카마론, 겁 없는 이스크, 얼룩 고양이, 흑발의 바르세나, 강철 피부 해방 노예이자 투기장 싸움꾼

불확실한 동맹자, 거짓 친구, 알려진 적
조라 모르몬트 과거 곰섬의 영주
{미리 마즈 두르} 신처이자 마기, 라자르의 위대한 양치기를 섬기는 종
자로 쇼안 닥소스 콰스의 상인 왕자
퀘이트 아샤이 출신의 가면 쓴 그림자술사
일리리오 모파티스 자유도시 펜토스의 마지스터, 칼 드로고와의 혼인을 주선함
클레온 대왕 아스타포의 도살자 왕

여왕의 구혼자들

노예상만
다리오 나하리스 티로시인, 용병이자 '폭풍 까마귀' 대장
히즈다르 조 로라크 부유한 미린의 귀족
스카하즈 모 칸다크 일명 민머리, 미린의 약간 격이 떨어지는 귀족
클레온 대왕 아스타포의 도살자 왕
볼란티스
쿠엔틴 마르텔 공자 선스피어의 영주이자 도르네 대공인 도란 마르텔의 큰아들

그의 맹약위사와 벗

› {클레투스 이론우드 경} 이론우드의 후계자, 해적에게 참살됨

› 아치발드 이론우드 경 클레투스의 사촌, 일명 덩치

› 게리스 드링크워터 경

› {윌람 웰스 경} 해적에게 참살됨

› {케드리 학사} 해적에게 참살됨

로인

젊은 그리프 푸른 머리의 18세 청년

› 그리프 그의 양아버지, 황금 용병단에 있었던 용병

그의 동반자, 교사, 경호자

› 롤리 덕필드 경 일명 오리, 기사

› 레모어 성사 종단의 여성

› 할돈 일명 반쪽 학사, 가정교사

› 얀드리 수줍은 처녀호의 주인이자 선장

› 이실라 얀드리의 아내

바다

빅타리온 그레이조이 강철 함대장, 일명 강철 선장

› 어스름 여인 혀가 없음, 빅타리온의 침실 노예, 까마귀 눈 유론의 선물

› 커윈 학사 그린실드섬에서 잡힘, 까마귀 눈 유론의 선물

강철 승리호의 선원들

› 짝귀 울프, 라그노 파이크, 롱워터 파이크, 톰 타이드우드, 버튼 험블, 켈론 험블, 말더듬이 스테파

휘하 선장들

› 로드릭 스파르 일명 들쥐, 비탄호 선장

› 붉은 랄프 스톤하우스 붉은 농담호 선장

› 맨프리드 멀린 솔개호 선장

› 절름발이 랄프 켈론 공호 선장

› 톰 코드 일명 냉혈한 톰, 애통호 선장

› 다에곤 셰퍼드 일명 검은 양치기, 단도호 선장

✦❀✦ 용병단의 용병들 ✦❀✦

황금 용병단
1만 강병, 충성심 향방은 불확실

집 없는 해리 스트릭랜드 총대장

› **왓킨** 그의 종자 겸 술잔 담당

› **{마일스 토인 경}** 일명 블랙하트, 4년 전 사망, 총대장

› **검은 발라크** 흰머리의 여름 군도인, 용병단 궁수대 대장

› **리소노 마르** 최근까지 자유도시 리스에 있었던 용병, 용병단 정보감

› **고리스 에도리엔** 최근까지 자유도시 볼란티스에 있었던 용병, 용병단 경리감

› **프랭클린 플라워스 경** 사이더홀의 서자, 리치 출신의 용병

› **마크 맨드레이크 경** 노예 제도에서 탈출한 망명자, 천연두 자국이 있음

› **라스웰 피크 경** 망명 영주

  ›› **토만, 파이크우드** 그의 형제들

› **트리스탄 리버스 경** 사생아, 무법자, 망명자

› **캐스퍼 힐, 험프리 스톤, 말로 제인, 딕 콜, 윌 콜, 로리마스 머드, 존 로스스톤, 라이몬드 피즈, 브렌델 번 경, 덩컨 스트롱, 데니스 스트롱, 쇠사슬, 젊은 존 머드** 용병단 하사관들

› **{아에고르 리버스 경}** 일명 비터스틸, 아에곤 타르가르옌 5세의 서자, 황금 용병단의 설립자

› **{마엘리스 블랙파이어 1세}** 일명 괴물 마엘리스, 용병단의 과거 총대장, 웨스테로스 철왕좌 참칭자, 9인대의 일원, 아홉 닢 왕의 전쟁 중에 참살됨

바람결단
기마병과 보병 합이 이천, 융카이에게 고용됨

누더기 왕자 과거 자유도시 펜토스의 귀족, 용병대 대장이자 설립자

› **카고** 일명 시체 살해자, 누더기 왕자의 오른팔

› **덴조 단** 전사 음유시인, 누더기 왕자의 왼팔

› **휴 헝거포드** 하사관, 과거 용병단 경리감, 횡령의 벌로 세 손가락을 잘림

› **오슨 스톤 경, 루시퍼 롱 경, 숲의 윌, 딕 스트로, 진저 잭** 웨스테로스 출신 용병들

› **이쁜이 메리스** 용병단 심문관

› **책벌레** 볼란티스 용병이며 악명 높은 독서가

› **콩줄기** 노궁수, 최근 미르에 있었음

› **늙은 뼈다귀 빌** 풍상에 닳은 여름 군도인

› **미리오 미라키스** 최근까지 펜토스에 있었던 용병

고양이 용병단
삼천 강병, 융카이에게 고용됨
핏빛 수염 용병대장

긴 기마창단
팔백 기마병, 융카이에게 고용됨
길로 레간 용병대장

둘째 아들들
오백 기마병, 대너리스 여왕에게 충성 서약
갈색 벤 플럼 용병대장

› **카스포리오** 일명 교활한 카스포리오, 자객, 부지휘관

› **티베로 이스타리온** 일명 잉크통, 경리감

› **망치** 주정뱅이 대장장이 겸 무기제조인

  ›› **쇠못** 그의 견습생

› **날치기** 하사관, 외팔

› **켐** 젊은 용병, 플리바텀 출신

› **보코코** 무시무시한 명성을 떨치는 도끼잡이

› **울란** 하사관

폭풍 까마귀

오백 기마병, 대너리스 여왕에게 충성 서약

다리오 나하리스 대장이자 지휘관

> **홀아비** 부지휘관

> **조킨** 궁수대장

드래곤과의 춤 3

얼음과 불의 노래 제5부

1판 1쇄 발행 2013년 9월 4일
개정판 1쇄 발행 2020년 8월 3일
개정판 3쇄 발행 2023년 10월 6일

지은이 · 조지 R. R. 마틴
옮긴이 · 이수현
펴낸이 · 주연선

총괄이사 · 이진희
책임편집 · 심하은 이경란
표지 및 본문 디자인 · 이다은
마케팅 · 장병수 김진겸 이한솔 이선행 강원모
관리 · 김두만 유효정 박초희

(주)은행나무
04035 서울특별시 마포구 양화로11길 54
전화 · 02)3143-0651~3 | 팩스 · 02)3143-0654
신고번호 · 제 1997-000168호(1997. 12. 12)
www.ehbook.co.kr
ehbook@ehbook.co.kr

ISBN 979-11-90492-91-1 04840
ISBN 978-89-5660-898-3 (세트)

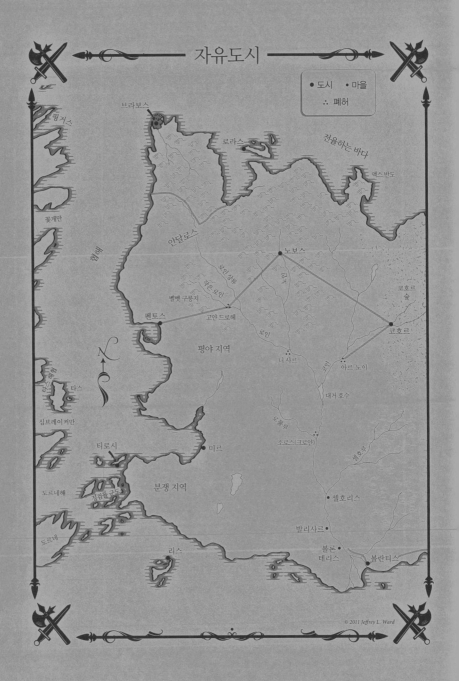

자유도시

- 도시 · 마을
- ∴ 폐허

브라보스

펭거스

로라스

질주하는 바다

앵스반도

꽃게만

안달로스

노보스

로인 상류

작은 로인

벨벳 구릉지

펜토스

고얀 드로헤

평야 지역

헉어

코호르 숲

코호르

로인

니사르

코인

아르 노이

대거 호수

타스

심브레이키만

도룩강

소로스크로얀

셀호르강

미르

티로시

도르네해

정점물 군도

분쟁 지역

셀호리스

도르네

발리사르

리스

볼론 테리스

볼란티스

© 2011 Jeffrey L. Ward

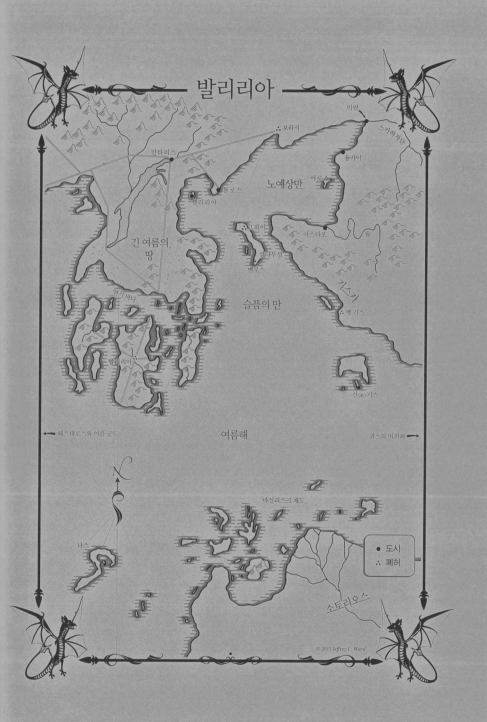